五代史通俗演義

蔡东藩●著

中国历代通俗演义

中国书籍出版社
China Book Press

图书在版编目（CIP）数据

五代史通俗演义/蔡东藩著.—北京：中国书籍出版社，2015.10
(中国历代通俗演义)
ISBN 978-7-5068-5236-4

Ⅰ.①五… Ⅱ.①蔡… Ⅲ.①章回小说-中国-现代 Ⅳ.①I246.4

中国版本图书馆CIP数据核字（2015）第249862号

五代史通俗演义

蔡东藩 著

图书策划 武 斌 崔付建
责任编辑 刘 娜
责任印制 孙马飞 马 芝
出版发行 中国书籍出版社
地　　址 北京市丰台区三路居路97号（邮编：100073）
电　　话 (010)52257143(总编室) (010)52257153(发行部)
电子邮箱 chinabp@vip.sina.com
经　　销 全国新华书店
印　　刷 阳谷毕升印务有限公司
开　　本 880毫米×1230毫米 1/32
字　　数 387千字
印　　张 17.5
版　　次 2016年1月第1版 2021年2月第2次印刷
书　　号 ISBN 978-7-5068-5236-4
总 定 价 980.00元（全十一卷）

自序

读史至五季之世，辄为之太息曰：“甚矣哉中国之乱，未有逾于五季者也！”天地闭，贤人隐，王者不作而乱贼盈天下，其狡且黠者，挟诈力以欺凌人世，一或得志，即肆意妄行，君不君，臣不臣，父不父，子不子，铤而走险，虽夷虏犹尊亲也；急则生变，虽骨肉犹仇敌也。元首如奕棋，国家若传舍，生民膏血涂草野，骸骼暴原隰，而私斗尚无已时，天欤人欤？何世变之亟，一至于此？盖尝屈指数之，五代共五十有三年，汴洛之间，君十三，易姓者八。而南北东西之割据一隅，与五代相错者，前后凡十国，而梁唐时之岐燕，尚不与焉。辽以外裔踞朔方，猾诸夏，史家以其异族也而夷之。辽固一夷也，而如五代之无礼义，无廉耻，亦何在非夷？甚且恐不夷若也。宋薛居正撰《五代史》百五十卷，事实备矣，而书法未彰。欧阳永叔删芜存简，得七十四卷，援笔则笔，削则削之义，逐加断制，体例精严。既足声奸臣逆子之罪，复足树人心世道之防，后人或病其太略，谓不如薛史之渊博，误矣！他若王溥之《五代会要》，陶岳之《五代史补》，尹洙之《五代春秋》，袁枢之《五代纪事本末》，以及路振之《九国志》，刘恕之《十国纪年》，吴任臣之《十国春秋》等书，大都以裒辑遗闻为宗旨，而月旦之评，卒让欧阳。孔圣作《春秋》而乱贼惧，欧阳公其庶几近之乎？

鄙人前编唐宋《通俗演义》，已付手民印行，而五代史则踵唐之后，开宋之先，亦不得不更为演述，以餍阅者。叙事则搜证各籍，持义则特仿庐陵，不敢拟古，亦不敢违古，将以借粗俗之芜词，显文忠之遗旨，世有大雅，当勿笑我为效颦也。抑鄙人更有进者，五代之祸烈矣，而推厥祸胎，实始于唐季之藩镇。病根不除，愈沿愈剧，因有此五代史之结果。今则距五季已阅千年，而军阀乘权，争端迭起，纵横捭阖，各戴一尊，几使全国人民，涂肝醢脑于武夫之腕下，抑何与五季相似欤？况乎纲常凌替，道德沦亡，内治不修，外侮益甚，是又与五季之世有同慨焉者。殷鉴不远，覆辙具存。告往而果能知来，则泯泯棼棼之中国，其或可转祸为福，不致如五季五十余年之扰乱也欤？书既竣，爰慨然而为之序。

中华民国十有二年夏正暮春之月

古越蔡东藩自识于临江书舍

目　录

第一回

睹赤蛇老母觉异征　得艳凤枭雄偿夙愿

治久必乱，合久必分，这是我中国古人的陈言。其实是太平日久，朝野上下，不知祖宗创业的艰难、守成的辛苦；一味儿骄奢淫逸，纵欲败度，所有先人遗泽，逐渐耗尽。造化小儿，又故意弄人，今年大水，明年大旱，害得饥馑荐臻，盗贼蜂起，平民无可如何。与其饿死冻死，不如跟了强盗，同去掳掠一番，倒反得食粱肉、衣文锦，或且做个伪官，发点大财，好夺几个娇妻美妾，享那后半世的荣华。于是乱势日炽，分据一方，就中有三五枭雄，趁着国家扰乱的时候，号召徒党，张着一帜，不是僭号称帝，就是拥土称王。咳！天下有许多帝、许多王，这岂还能平靖么！绝大道理，绝大议论。

小子旷览古史，查考遗事，似这种乱世分裂的情状，实是不止一两次，东周时有列国，后汉时有三国，东晋后有南北朝，晚唐后有五代，统是东反西乱，四分五裂，南北朝五代，更闹得一塌糊涂。小子方编完《唐史演义》，凡残唐时候的乱象，及四方分割的情形，还未曾交代明白，因此不得不将五代史事，继续演述。五代先后历五十三年，换了八姓十三个皇帝，改了五次国号，叫作梁、唐、晋、汉、周。史家因梁、唐、晋、汉、周五字，前代早已称过，恐前后混乱不明，所以各加一个后字，称为后梁、后唐、后晋、后汉、后周。还有角逐中原，称王称帝，与梁、唐、晋、汉、周五朝，或合或离，不相统属的国度，共计十数，著名史乘，称作十国，就是吴、楚、闽、南唐、前蜀、后蜀、南汉、北汉及吴越、荆南。提纲挈领。

看官！听说这五代十国的时势，简直是君不君、臣不臣、父不父、子不子，篡弑相寻，烝报无已，就使有一二君主，如后唐明宗、后周世宗两人，当时号为贤明英武，但也不过彼善于此，未足致治。故每代传袭，最多不过十余年，最少只有三四年，各国亦大都如此。古人说得好，木朽虫生，墙空蚁入，似此荡荡中原，没有混一的主子，那时外夷从旁窥伺，乐得乘隙而入，喧宾夺主，海内腥膻，土地被削，子女被掳，社稷被灭，君臣被囚。中国正纷纷扰扰，无法可治，再加那鲜卑遗种，朔漠健儿，进来蹂躏一场，看官！你想中国此时，苦不苦呢？危不危呢？言之慨然。

照此看来，欲要内讧不致蔓延，除非是国家统一，欲要外人不来问鼎，亦除非是国家统一！暮鼓晨钟。若彼争此夺，上替下凌，礼教衰微，人伦灭绝，无论什么朝局、什么政体，总是支撑不住，眼见得神州板荡，四夷交侵，好好一个大中国，变做了盗贼世界，夷虏奴隶，岂不是可悲可痛么！伤心人别具怀抱。列位不信，五代史就是殷鉴！待小子从头至尾，演述出来。

且说五代史上第一朝，就是后梁，后梁第一世皇帝，就是大盗朱阿三。原名是一“温”字，唐廷赐名全忠，及做了皇帝，又改名为晃。他的皇帝位置，是从唐朝篡夺了来，小子前编《唐史演义》，已将他篡夺的情状，约略叙明，只是他出身履历，未曾详述，现下续演《五代史》，他坐了第一把龙椅，哪得不特别表明。他是宋州砀山午沟里人，父名诚，恰是个经学老先生，在本乡设帐课徒。娶妻王氏，生有三子，长子名全昱，次名存，又次名温。温排行第三，小名便叫做朱阿三。相传朱温生时，所居屋上，有红光上腾霄汉，里人相顾惊骇，同声呼号道："朱家起火了!"当下彼汲水，此挑桶，都奔到朱家救火。那知庐舍俨然，并没有什么烟焰，只有呱呱的婴孩声，喧达户外。大家越加惊异，询问朱家近邻。但说朱家新生一个孩儿，此外毫无怪异，大家喧嚷道："我等明明见有红光，为何到了此地，反无光焰。莫非此儿生后，将来大要发迹，所以有此异征哩!"说本《旧五代史·梁太祖本纪》。盗贼得为帝王，也应该有此怪象。

一世枭雄，降生僻地，闹得人家惊扰，已见得气象不凡。三五岁时候，恰也没甚奇慧，但只喜欢弄棒使棍，惯与邻儿吵闹。次兄存与温相似，也是个淘气人物，父母屡次训责，终不肯改。只有长兄全昱，生性忠厚，待人有礼，颇有乃父家风。朱诚尝语族里道："我生平熟读五经，赖此糊口。所生三儿，惟全昱尚有些相似，存与温统是不肖，不知我家将如何结局哩!"

既而三子逐渐长大。食口增多，朱五经所入脩金，不敷家用，免不得抑郁成疾，竟致谢世。身后四壁萧条，连丧费都无从凑集，还亏亲族邻里，各有赙赠，才得草草藁葬。但是一母三子，坐食孤帏，叫他如何存活，不得已投往萧县，佣食富人刘崇家，母为佣媪，三子为佣工。全昱却是勤谨，不过膂力未充，存与温颇有气力，但一个是病在粗疏，一个是病在狡惰。

刘崇尝责温道："朱阿三，汝平时好说大话，无事不能，其实是一无所能呢。试想汝佣我家，何田是汝耕作，何园是汝灌溉?"温接口道："市井鄙夫，徒知耕稼，晓得什么男儿壮志，我岂长做种田佣么?"刘崇听他出言顶撞，禁不住怒气直冲，就便取了一杖，向温击去。温不慌不忙，双手把杖夺住，折作两段。崇益怒，入内去觅大杖。适为崇母所见，惊问何因。崇谓须打死朱阿三，崇母忙阻住道："打不得，打不得，你不要轻视阿三。他将来是了不得哩。”

看官！你道崇母何故看重朱温？原来温至刘家，还不过十四五岁，夜间熟寐时，忽发响声，崇母惊起探视，见朱温睡榻上面，有赤蛇蟠住，鳞甲森森，光芒闪闪，吓得崇母毛发直竖，一声大呼，惊醒朱温，那赤蛇竟杳然不见了。事见《旧五代史》，并非捏造。嗣是崇母知温为异人，格外优待，居常与他栉发，当做儿孙一般，且尝诫家人道：“朱阿三不是凡儿，汝等休得侮弄！”家人亦似信非信，或且笑崇母为老悖。崇尚知孝亲，因老母禁令责温，到也罢手。温复得安居刘家，但温始终无赖，至年已及冠，还是初性不改，时常闯祸。

一日，把崇家饭锅窃负而去。崇忙去追回，又欲严加杖责，崇母复出来遮护，方才得免。崇母因戒朱温道：“汝年已长成，不该这般撒顽，如或不愿耕作，试问汝将何为？”温答道：“平生所喜，只是骑射。不若畀我弓箭，到崇山峻岭旁，猎些野味，与主人充庖，却是不致辱命。”崇母道：“这也使得，但不要去射死平民！”这是最要紧的嘱咐。温拱手道：“当谨遵慈教！”崇母乃去寻取旧时弓箭，给了朱温。并浼温母亦再三叮咛，切勿惹祸。

温总算听命，每日往逐野兽，趫捷绝伦，就使善走如鹿，也能徒步追取，手到擒来。刘家庖厨，逐日充牣，崇颇喜他有能。温兄存也觉技痒，愿随弟同去打猎，也向崇讨了一张弓，几枝箭，与温同去逐鹿。朝出暮归，无一空手时候，两人不以为劳，反觉得逍遥自在。

一日，骋逐至宋州郊外，艳阳天气，明媚春光，正是赏心豁目的佳景。温正遥望景色，忽见有兵役数百人，拥着香车二乘，向前行去，他不觉触动痴情，亟往追赶。存亦随与俱行，曲折间绕入山麓，从绿树阴浓中，露出红墙一角，再转几弯，始得见一大禅林。那两乘香车，已经停住，由婢媪扶出二人。

一个是半老妇人，举止大方，却有宦家气象；一个是青年闺秀，年龄不过十七八岁，生得仪容秀雅，骨肉停匀，眉宇间更露出一种英气，不等小家儿女，扭扭捏捏，腼腼腆腆。为张夫人占一身分。温料是母女入寺拈香，待他们联步进殿，也放胆随了进去。至母女拜过如来，参过罗汉，由主客僧导入客堂，温三脚两步，走至该女面前，仔细端详，确是绝世美人，迥殊凡艳。勉强按定了神，让她过去。该女随母步入客室，稍为休息，便即唤兵役伺候，稳步出寺，联袂上车，似飞的始行去了。温随至寺外，复入寺问明主客僧，才知所见母女，年大的是宋州刺史张蕤妻，年轻的便是张蕤女儿。温惊寤道："张蕤么？他原是砀山富室，与我等正是同乡，他现在尚做宋州刺史吗？"主客僧答道："闻他也将要卸任了。"温乃偕兄存出寺。

路中语存道："二哥！你可闻阿父在日，谈过汉光武故事么？"存问何事，温答道："汉光武未做皇帝时，尝自叹道：为官当做执金吾，娶妻当得阴丽华！后来果如所愿。今日所见张氏女，恐当日的阴丽华，也不过似此罢了。你道我等配做汉光武否？"写出朱温好色。存笑道："癞蛤蟆想吃天鹅肉，真是自不量力！"温奋然道："时势造英雄，想刘秀当日，有何官爵，有何财产，后来平地升天，做了皇帝，娶得阴丽华为皇后。今日安知非仆？"存复笑语道："你可谓痴极了！想你我寄人庑下，能图得终身饱暖，已算幸事，还想什么娇妻美妾！就是照你的妄想，也须要有些依靠，岂平白地能成大事么？"温直说道："不是投军，就是为盗。目今唐室已乱，兵戈四起，前闻王仙芝发难濮州，近闻黄巢复起应曹州，似你我这般勇力，若去随他为盗，抢些子女玉帛，很是容易，何必再在此厮混，埋没英雄！"志趣颇大，可惜不是正道。

这一席话，把朱存也哄动起来，便道："说得有理，我与你便跟黄巢去罢。"温又道："且回去辞别母亲，并及主人，明日便可动身。”两人计议已定，遂返至刘崇家，先去禀明老母，但说要出外谋生。朱母还放心不下，意欲劝阻。两人齐声道：“儿等年已弱冠，不去谋点生业，难道要老死此间么？母亲尽管放心！”全昱闻二弟有志远出，也来问明行径。两人道：“目下尚难预定，兄要去同去，否则在此陪着母亲，也是好的。”全昱是个安分守己的人物，便答道：“我在此侍奉母亲，二弟尽管前去，得有生路，招我未迟。”两人应声称是。温感刘母好意，即入内陈明，刘母却也嘱咐数语，不消絮述。惟刘崇因两人在家，没甚关系，也听他自由。

两人过了一宿，越日早起，饱餐一顿，便去拜别母亲，再向刘母及崇告辞。由刘母赠给干粮制钱等，作为路费。又辞了全昱，欢跃而去。时正唐僖宗乾符四年。点醒年月，最是要笔。黄巢正据住曹州，横行山东，剽掠州县。郓州、沂州一带，也渐被巢众占夺。所有各处亡命子弟，统向投奔，巢无不收纳。朱温弟兄两人，趋往贼寨，贼目见他身材壮大，武艺刚强，当然录用。两人既入贼党，便与官军为敌，仗着全身勇力，奋往直前，官军无不披靡，遂得拔充队长。朱存乘势掠夺妇女，作为妻房。独温记念张女，儿有“除却巫山不是行云”的意思。因此尚独往独来，做个贼党中的光棍。

过了年余，在贼中立功尤多，居然得在黄巢左右，充做亲军头目。他遂怂恿黄巢，往攻宋州，巢便遣他领众数千，进围宋州城。醉翁之意不在酒。哪知宋州刺史张蕤，早已去任，后任守吏，恰是有些能耐，坚守不下，温已失所望，复闻援兵大至，遂率众趋归。

既而黄巢僭称冲天大将军，驱众南下，温留守山东，存随巢南行。巢众转战浙闽，趋入广南，沿途骚扰，鸡犬皆空。偏南方疫疠甚盛，贼众十死三四，更兼官军四集，险些儿陷入死路。巢乃变计北归，从桂州渡江，沿湘而下，免不得与官军相遇，大小数十战，互有杀伤，存战死。命该如此。巢由湘南出长江，渡淮而西，再召集山东留贼，并力西攻，拔东都，即洛阳，唐号为东都。入潼关，竟陷长安。即唐朝京都。唐僖宗奔往兴元，巢竟僭号称“大齐皇帝”，改元金统，命朱温屯兵东渭桥，防御官军。嗣复令温为东南面行营先锋，攻下南阳，再返长安，由巢亲至灞上，迎劳温军。

未几，又遣温西拒邠、岐、鄜、夏各路官军，到处扬威。巢又欲东出略地，令温为同州防御使，使自攻取。温由丹州移军，攻入左冯翊，遂陷同州。这时候的唐室江山，已半归黄巢掌握，中原一带，统已糜烂不堪，所有民间村落，多成为瓦砾场。老弱填沟壑，丁壮散四方，最可怜的是青年妇女，被贼掠取，无非做了行乐的玩物，任意糟蹋，不顾生命。

朱温从贼有年，历次得伪齐皇帝拔擢，东驰西突，平时掠得美人儿，也不知几千几百，他素性好色，哪里肯做了猫儿尽管吃素？惟情人眼里爱定西施，就使拣了几个娇娃，叫他侍寝，心中总嫌未足，还道是味同嚼蜡，无甚可取，今日受用，明日舍去，总不曾正名定分，号为妻室。老天有意做人美，偏把他的心上人，也驱至同州，为他部下所掠取，献至座前，趋伏案下。温定神一瞧，正是寤寐不忘的好女郎，虽然乱头粗服，尚是倾国倾城，便不禁失声道：“你是前宋州刺史的女公子么？”张女低声称是。温连声道：“请起！请起！女公子是我同乡，猝遭兵祸，想是受惊不小了！”

张女方含羞称谢，起立一旁。温复问她父母亲族，女答道：“父已去世，母亦失散，难女跟了一班乡民，流离至此，还幸得见将军，顾全乡谊，才得苟全。”温拊掌道：“自从宋州郊外，得睹芳姿，倾心已久，近年东奔西走，时常探问府居，竟无着落。我已私下立誓，娶妇不得如卿，情愿终身鳏居，所以到了今朝，正室尚是虚位。天缘辐辏，重得卿卿。这真所谓三生有幸呢！”天意好作成强盗，却也不知何理？

张女闻言，禁不住两颊生红，俯首无言。温即召出婢仆，拥张女往居别室，选择好日子，正式成婚。到了吉期，温穿着伪齐官服，出做新郎，张氏女珠围翠绕，装束如天仙一般，与温并立红毡，行过了交拜礼，然后洞房花烛，曲尽绸缪。欧史《张后传》，谓后为温少时所聘，按张女为富家子，温一孤贫儿，何从得耦？惟薛史谓温闻女美，曾有阴丽华之叹，后在同州得后于兵间，较为合理，今从之。小子有诗叹道：

居然强盗识风流，淑女也知赋好逑。
试看同州交拜日，和声竟尔配雎鸠。

朱温既得张女为妇，朝欢暮乐，正是快活极了。忽由黄巢传到伪诏，命他进攻河中，他才不得已督兵出发。欲知胜负如何，容小子下回表明。

本编踵《唐史演义》之后，虽尚为残唐时事，但唐室如何致亡，黄巢如何作乱，俱已见过《唐史》，无庸重述。惟朱温是本编第一代人物，所有出身履历，为《唐史演义》中所未及详者，应该就此补叙。温本一无赖，故后虽幸得帝位，究不令终。温素来好色，故始虽幸得如愿，仍致荒亡。观此回逐段叙来，已把朱温一生品行，全盘托出。盖能成大事者，即不为小节所拘，而窃釜等事，终非豪杰所屑为。汉光武固有阴氏之感，然光武之不愧中兴，大端并不在此处；且岂如温之得陇望蜀，犹是纵淫无忌乎？赤蛇之征，《旧五代史》载之，而《新五代史》略之，欧阳公之不肯右温，有以夫！

第二回

报亲恩欢迎朱母　探妻病惨别张妃

却说唐僖宗西走兴元，转入蜀中，号召各镇将士，令他并力讨贼，克复长安。河中节度使王重荣本已投顺黄巢，因巢屡遣使调发，不胜烦扰，乃决计反正，驱杀巢使，纠合四方镇帅，锐图兴复。黄巢闻知消息，即命朱温出击河中。温正新婚燕尔，不愿出师，但既为伪命所迫，没奈何备了粮草，带了人马，向河中进发。已是败象。途次与河中兵相遇，一场交战，被他杀得一败涂地，丧失粮仗四十余船，还亏自己逃走得快，侥幸保全性命。

重荣进兵渭北，与温相持。温自知力不能敌，急遣使至长安，报请济师，偏偏黄巢不允。温又接连表请，先后十上，起初是不答一词，后来且严词驳责，说他手拥强兵，不肯效力。温未免愤闷，及探明底细，才知为伪齐中尉孟楷暗中谗间，因致如此。可巧幕客谢瞳入帐献议道："黄家起自草莽，乘唐衰乱，伺隙入关，并非有功德及人，足王天下，看来是易兴易亡，断不足与成大事。今唐天子在蜀，诸镇兵闻命勤王，云集景从，协谋恢复，可见唐德虽衰，人心还是未去呢。且将军在外力战，庸奴在内牵制，试问将来能成功否？章邯背秦归楚，不失为智，愿将军三思！"

温心下正恨黄巢，听了这番言语，不禁点首。复致书张氏，说明将背巢归唐，张氏也覆书赞成，遂诱入伪齐监军严实，把他一刀杀死，携首号令军前，即日归唐。一面贻书王重荣，乞他表奏僖宗，情愿悔过投诚。时僖宗所遣首相王铎，出为诸道行营都统，闻得朱温投降，喜出望外，也代为保奏。僖宗览两处奏章，非常欣慰，且语左右道：“这是上天赐朕哩！”他来夺你国祚，你道是可喜么？遂下诏授温为左金吾卫大将军，充河中行营招讨副使，赐名全忠。自是温与官军联络，一同攻巢。《唐史演义》上改称全忠，本编仍各为温，诛其首恶也。

僖宗自乾符六年后，复两次改元，第一次改号广明，一年即废，第二次改号中和，总算沿用了四年。朱温降唐是在中和二年的秋季，越年三月，又拜温为汴州刺史，兼宣武军治汴州。节度使，仍依前充河中行营招讨副使，俟收复京阙，即行赴镇。

是年四月，河东治晋阳。节度使李克用等，攻克长安，逐走黄巢，巢出奔蓝田。温乃挈领爱妻张氏，移节至宣武军，留治汴州。可见长安收复，并非温功。即遣兵役百人，带着车马，至萧县刘崇家，迎母王氏，并及崇母。

崇家素居乡僻，虽经地方变乱，还幸地非冲要，不遭焚掠，所以全家无恙。惟自朱温弟兄去后，一别五载，杳无信息。五年无家禀，温亦未免忘亲。全昱却已娶妻生子，始终不离崇家。朱母时常惦念两儿，四处托人探问，或说是往做强盗，或说是已死岭南，究竟没有的确音信。及汴使到了门前，车声辘辘，马声萧萧，吓得村中人民，都弃家遁走，还道大祸临头，不是大盗进村劫掠，就是乱兵过路骚扰，连刘崇阖家老小，也觉惊惶万分。嗣经汴使入门，谓奉汴帅差遣，来迎朱太夫人及刘太夫人。朱母心虚胆怯，误听使言，疑是两儿为盗，被官拿住，复来搜捕家属，急得魂魄飞扬，奔向灶下躲住，杀鸡似的乱抖。还是刘崇略有胆识，出去问明汴使，才知朱温已为国立功，官拜宣武军节度使，特来迎接太夫人。

当下入报朱母，四处找寻，方得觅着，即将来使所言，一一陈述。朱母尚是未信，且颤且语道：“朱……朱三，落拓无行，不知他何处作贼，送掉性命！哪里能自致富贵？汴州镇帅，恐非我儿，想是来使弄错哩。”崇母在旁，却从容说道：“我原说朱三不是常人，目今做了汴帅，有何不确！朱母、朱母，我如今要称你太夫人了。一人有福，得挈千人，我刘氏一门，全仗太夫人照庇哩！”说至此，便向朱母敛衽称贺。朱母慌忙答礼，且道：“怕不要折杀老奴！”崇母握朱母手，定要她走出厅堂，自去问明，朱母方硬了头皮，随崇母出来。崇母笑语汴使道：“朱太夫人出来了。”汴使向朱母下拜，并询及崇母，知是刘太夫人，也一并行礼。且将朱温前此从贼，后此归正，如何建功，如何拜爵等情，一一详述无遗。朱母方才肯信，喜极而泣。确有此态，一经描写，便觉入神。

汴使复呈上盛服两套，请两母更衣上车，即日起程。朱母道：“尚有长儿全昱，及刘氏一家，难道绝不提及吗？”汴使道：“节帅俟两夫人到汴，自然更有后命。”朱母乃与刘母入内，易了服饰，复出门登车而去。萧县离汴城不远，止有一二日路程，即可到汴。距汴十里，朱温已排着全副仪仗，亲来迎接两母。既见两母到来，便下马施礼，问过了安，随即让两车先行，自己上马后随。道旁人民，都啧啧叹羡，称为盛事。及到了城中，趋入军辕，温复下马，扶二母登堂，盛筵接风。刘母坐左，朱母坐右，温唤出妻室张氏，拜过两母，方与张氏并坐下首，陪两母欢饮。

酒过数巡，朱母问及朱存。温答道：“母亲既得生温，还要问他做甚？”朱母道：“彼此同是骨肉，奈何忘怀！”温又道：“二兄已早死岭南，闻有二儿遗下，现因道途未靖，尚未收回，母亲也不必记念了！”是好心肠。朱母转喜为悲，因见温带有酒意，却也未敢斥责，但另易一说道：“汝兄全昱，尚在刘家，现虽娶妇生子，不过勉力支撑，仍旧一贫如洗。汝既发达，应该顾念兄长。况且刘家主人，也养汝好几年，刘太夫人如何待汝，汝亦当还记着。今日该如何报德呢？”温狞笑道：“这也何劳母亲嘱咐，自然安乐与共了。”朱母方才无言。及饮毕撤肴，军辕中早已腾出静室，奉二母居住，且更派人送往刘家，馈刘崇金千两，赠全昱金亦千两。

既而黄巢窜死泰山，唐僖宗自蜀还都，改元光启，大封功臣，温得晋授检校司徒、同平章事，封沛郡侯。温母得貤封晋国太夫人。全昱亦得封官。就是刘崇母子，亦因温代请恩赐，俱沐荣封。温奉觞母前，上寿称庆，且语母道：“朱五经一生辛苦，不得一第，今有子为节度使，晋登相位，洊膺侯爵，总算是显亲扬名，不辱先人了！”言毕，呵呵大笑。已露骄盈。

母见他意气扬扬，却有些忍耐不住，便随口答应道：“汝能至此，好算为先人吐气；但汝的行谊，恐未必能及先人呢。”温惊问何故，母凄然道：“他事不必论，阿二与汝同行，均随黄巢为盗，他独战死蛮岭，尸骨尚未还乡；二孤飘零异地，穷苦失依，汝幸得富贵，独未念及，试问汝心可安否？照此看来，汝尚不能无愧了！”温乃涕泣谢罪，遣使往南方取回兄榇，并挈二子至汴，取名友宁、友伦。全昱已早至汴州，见过母弟，自受封列官后，携家眷归午沟里，大起甲第，光耀门楣。他亦生有三子，长名友谅，次名友能，又次名友诲，后文自有表见。

光启二年，温且晋爵为王，自是权势日张，兀成强镇。俗语说得好，江山可改，本性难移。他生成是副盗贼心肠，专喜损人利己，遇着急难的时候，就使要他下拜，也是乐从；到了难星已过，依然趾高气扬，有我无人，甚且以怨报德，往往将救命恩公，一股脑儿迫入死地，好教他独自为王，这是朱温第一桩的黑心。特别表明。小子前编《唐史演义》，已曾详叙，此处只好约略表明。先是巢党尚让，率贼进逼汴城，河东军帅李克用，好意救他，逐去尚让，他邀克用入上源驿，佯为犒宴，夜间偏潜遣军士，围攻驿馆，幸亏克用命不该绝，得逾垣遁去，只杀了河东兵士数百人。是唐僖宗中和四年间事。后来尚让归降，又出了一个秦宗权，也是逆巢余党，据住蔡州，屡次与温争锋。温多败少胜，复向兖、郓求救。兖、郓为天平军驻节地，节度使朱瑄，与弟瑾先后赴援。温得借他兵势，破走秦宗权。他又故态复萌，诬称朱瑄兄弟，诱汴亡卒，发兵袭击二朱，把他管辖的曹、濮二州，硬夺了来。是唐僖宗光启三年间事。一面进攻蔡州，擒住秦宗权，槛送京师，得进封东平郡王。

唐僖宗崩，弟昭宗嗣，他又阴赂唐相张濬，嗾他出征河东，濬为李克用所败，害得公私两丧，流贬远州。是昭宗大顺元年间事。他却乘间取利，故向魏博假道，要发兵助讨河东。魏博军帅罗弘信，与河东素无仇隙，当然不允，他即倾兵击魏，连战连胜。弘信敌他不过，没奈何奉贿乞和。他既得了厚贿，并不向河东进兵，又去攻略兖郓。前军为朱瑾所败，无从得志，索性迁怒徐州，由东而南。徐州节度使时溥，资望本出温上，偏权位不能如温，未免啧有烦言。会秦宗权弟宗衡，骚扰淮扬，唐廷命温兼淮南节度使，令他出剿宗衡。温遂借道徐州，溥竟不许，因为温援作话柄，移军攻徐州，连拔濠、泗二州。溥累战不利，死守彭城，温再四进攻，卒为所拔，溥举族自焚。是昭宗景福二年间事。

温兵势益张，便进图兖、郓。可怜朱瑄兄弟，连年被兵，弄得师劳力竭，没法支持，不得已乞师河东。李克用恨温刁滑，到也发兵东援，偏罗弘信与温和好，在中途截住克用，不令东行。兖、郓属城，陆续被温夺去，朱瑄成擒，为温所杀。瑾脱身走淮南，妻子陷入温手。温见瑾妻姿色可人，迫令侍寝，奸宿数宵，挈归汴梁。经爱妻张夫人婉言讽谏，方出瑾妻为尼。是昭宗乾宁四年间事。张夫人讽谏语见《唐史演义》中，故不重述。

先是温母在汴，尝戒温妄加淫戮。温虽未肯全听母教，尚有三分谨慎。至是温母已早归午沟里，得病身亡，温失了慈训，自然任性横行；还亏妻室张氏，贤明谨饬，动遵礼法，无论内外政事，辄加干涉。温本宠爱异常，更因张氏所料，语多奇中，每为温所未及，所以温越加敬畏，凡一举一动，多向闺门受教。有时温已督兵出行，途次接着汴使，说是奉张夫人命，召还大王，温即勒马回军。就是平时侍妾，也不过三五人，未敢贪得无餍。古人谓以柔克刚，如温妻张氏，真是得此秘诀。不知老天何故生这慧女，为强盗的贤内助呢？褒贬悉宜。

温既据有兖、郓等地，兼任宣武、见前。宣义、治滑州。天平见前。三镇节度使，复会同魏博军，攻李克用，拔洺、邢、磁三州。唐廷威令，已不能出国门一步，哪里还敢过问，温要什么，便依他什么。昭宗光化三年，中官刘季述竟将昭宗幽禁，另立太子裕为皇帝。宰相崔胤，召温勤王。温正进取河中，未肯遽赴，好好一场复辟大功，归了神策指挥使孙德昭。季述诛，太子废，昭宗仍旧登基，改元天复。温不得与闻，后来亦未免自悔，但河中已幸夺取，因讽吏民上表唐廷，请己为帅，昭宗亦不敢不从。

偏偏唐宫里面，又出了一个韩全诲，代刘季述做了中尉，比季述还要狡黠：潜通凤翔节度使岐王李茂贞，劫了帝驾竟赴凤翔。那时唐相崔胤复召温西迎天子，温出兵至凤翔城东，耀武扬威，一住数日。茂贞胁昭宗下诏，饬温还镇，他本无心迎驾，不过假托名目，为欺人计；既接昭宗诏命，便引还河中。又遣将进攻河东，取慈、隰、汾三州，直抵晋阳。围攻了好几天，被河东军杀败，方命退师，慈、隰、汾三州仍然弃去。可巧崔胤奔诣河中，坚劝温迎还昭宗。温乃再督兵五万，进围凤翔。茂贞连战失利，乃诛死韩全诲，放出唐昭宗，与温议和。温奉驾还京，改元天佑，大杀宦官，特旨赐温号为回天再造竭忠守正大功臣，加爵梁王，兼任各道兵马副元帅。

当时唐室大权，尽归温手，温遂思篡夺唐祚，把宫廷内外的禁卫军，一概撤换，自派子侄及心腹将士，代握宫禁兵权。待部署已定，即当强迫昭宗，令他禅位，偏得了汴梁消息，张夫人抱病甚剧，势将不起，乃陛辞昭宗，回汴探妻。

既返军辕，见爱妻僵卧榻中，已是瘦骨如柴，奄奄待毙。英雄气短，儿女情长，到此也不免洒了几点悲泪。张夫人闻有泣声，顿觉惊寤转来，勉睁病目，向外瞧着，见温立在榻前，自弹老泪，便强振娇喉，凄声问道："大王已回来了么？"温答声称是。张夫人道："妾病垂危，不日将长别大王了。"温越觉悲咽，握住妻手，恻然答道："自从同州得配夫人，到今已二十多年，不但内政仗卿主持，就是外事亦赖卿参议。今已大功告成，转眼间将登大宝，满望与卿同享尊荣，再做几十年太平帝后，哪知卿病至此，如何是好！"张夫人亦流泪道："人生总有一死，死亦何恨！况妾身得列王妃，已越望外，还想什么意外富贵，就是为大王计，也算备受唐室厚恩，唐室可辅，还须帮护数年，不可骤然废夺。试想从古到今，有几个太平天子，可见皇帝是不容易做呢！"巾帼妇人，难得有此见识。温随口应道："时势逼人，不得不尔。"张夫人叹道："大王既有大志，料妾亦无能挽回，但上台容易，下台为难，大王总宜三思后行。果使天与人归，得登九五，妾尚有一言，作为遗谏，可好么？"温答道："夫人尽管说来，无不乐从。"张夫人半晌才道："大王英武过人，他事都可无虑；惟'戒杀远色'四字，乞大王随时注意，妾死也瞑目了。”药石名言，若朱温肯遵闺诫，可免刲腹之苦。说至此，不觉气向上涌，痰喘交作，延挨了一昼夜，竟尔逝世。温失声大恸，汴军亦多垂泪。原来温性残暴，每一拂性，杀人如草芥，部下将士，无人敢谏，独张夫人出为救解，但用几句婉言，能使铁石心肠，熔为柔软，所以军士赖她存活者，不可胜计，生荣死哀，也是应有的善报。言下寓劝世意。

温有嬖妾二人，一姓陈，一姓李，张夫人亦和颜相待，未尝苛害。就是温所掠归的朱瑾妻，已出为尼，亦时由张夫人周济衣食，不使少匮。史家称她以柔婉之德，制豺虎之心，可为五代中第一贤妇。这原是真品评呢！张氏受唐封为魏国夫人，生子友贞，为温第四子。后来温篡唐室，即位改元，追封张氏为贤妃，寻复追册为“元贞皇后”。小子有诗咏道：

巾帼聪明胜丈夫，遗箴端的是良谟。
妇言不用终罹祸，淫恶难逃身首诛！

张氏既殁，丧葬告终，野心勃勃的朱阿三，遂日谋夺唐祚，要想帝制自为了。欲知后事，试阅下回。

本回叙朱温事，以母妻二人为关键。《唐史演义》中皆未详叙，故是回特别表明。温之迎母至汴，非真孝思也，为自示豪侈计耳。观其母之询及朱存，而温不以为念，天下有孝子而不知悌弟乎！惟既经母训，尚知涕泣谢罪，取还兄榇，召抚二孤，是大盗犹有天良，彼世之不孝不友者，视温且有愧色矣。张氏为温贤妻，临殁之言，史中虽未曾尽载，但亦不得谓全出虚诬，苏长公所谓想当然者，此类是也。汴有张氏，晋有刘氏，皆为开国内助，贤妇之关系国家，固如此其重且大者。书中述朱温拓地一段，用简笔略过，免至繁复，阅者欲览详文，固自有《唐史演义》在也。

第三回

登大宝朱梁篡位　明正义全昱进规

却说朱温急欲篡唐，逐渐布置，首先与温反对的镇帅，乃是平卢军治青州。节度使王师范。《纲目》于师范攻兖州，曾以讨贼美名归之。故本书亦郑重揭出。师范颇好学，尝以忠义自期。岐王李茂贞，自凤翔贻师范书，谓温围逼天子，包藏祸心。师范不禁愤起，即发兵讨温，遣行军司马刘鄩攻取兖州，自督兵攻齐州。温遣兄子友宁领兵救齐，击退师范，更派别将葛从周围兖州。友宁乘胜拔博昌、临淄各城，直抵青州城下，师范得淮南援兵，大破汴军，友宁马蹶被杀。送死一个侄儿。

温闻败报，亲率强兵二十万，昼夜兼行，至青州城东，与师范大战一日，师范败走。乃留部将杨师厚攻青州，自引军还汴，师厚复连败师范，擒住他胞弟师克。师范恐爱弟受戮，没奈何举城请降。刘鄩亦将兖州城献还从周。温徙师范家族至汴梁，本拟举师范为河阳节度使，寻因友宁妻泣请复仇，乃将师范杀死，并及族属二百余人。残暴不仁。独署刘鄩为元帅府都押牙，权知鄜州留后。

会闻李茂贞与养子继徽，举兵逼京畿。遂复出屯河中，请昭宗迁都洛阳。唐相崔胤，始知温有异图，拟召募六军十二卫，密为防御，且与京兆尹郑元规等，缮治兵甲，日夜不息。温正思诘问，适值兄子友伦，在京中留典禁军，因击毬坠马，竟致毙命。又断送一个侄儿。他遂借此为由，谓友伦暴死，实由崔胤、郑元规等暗中加害，表请昭宗案诛罪犯，毋使专权乱政等语。昭宗览表大惊，即将崔胤等免职。温尚恨恨不平，且遣兄子友谅，带兵入都，令为护驾都指挥使。一面胁昭宗迁洛，一面捕住崔胤、郑元规等，尽行杀毙。

昭宗已同傀儡，只好随了友谅，挈领何皇后等出都。行至陕州，温自河中入觐，由昭宗延入寝室，面赐酒器及衣物。何后泣语道："此后大家夫妇，委身全忠了。"昭宗命温兼判左右神策军，及六军诸卫事。温且将昭宗左右，如小黄门等十余人，及打毬供奉内园小儿等二百余名，也诱入行幄，一并斩首，把众尸埋瘗幕下，另选二百余人，入侍昭宗。于是昭宗名为共主，简直如犯人一般，悉受汴人管束。使好开刀。

温佯为恭顺，先赴洛整治宫阙，然后迎驾至洛，自己返入汴城。昭宗已入牢笼，自知命在旦暮，尚分颁绢诏，告难四方。晋王李克用，岐王李茂贞、蜀王王建、吴王杨行密彼此移檄，声罪讨温。温索性一不做，二不休，竟令养子友恭，及部将氏叔琮、蒋玄晖等，弑了昭宗，改立昭宗第九子辉王柷为帝。他却假惺惺地驰至洛阳，匍伏昭宗柩前，放声大哭，恐是有声无泪。并且诿罪友恭、叔琮，牵出斩首。友恭临刑大呼道："卖我塞天下谤，人可欺，鬼神可欺么？"你也该死。温辞别还镇，辉王柷年只十三，后世号为昭宣帝。他虽身登帝座，晓得什么国事，连年号都不敢更张，何皇后受尊为皇太后，移居积善宫，本来是个女流，没甚能力，此时更如坐针毡，自料母子难保，惟以泪洗面罢了。温又令蒋玄晖诱杀唐室诸王，凡昭宗长子德王裕以下，共死九人。更奏贬唐室故相裴枢、独孤损、崔远、陆扆、王溥等官，俟他出寓白马驿，发兵围捕，一股脑儿结果性命，投尸河中。尚有唐相柳璨，一味媚温，屡替温谋禅代事。温自思逆谋已遂，因遣使传示诸镇，表明代唐意思。晋、岐、蜀、吴当然不从，山南东道治襄州。节度使赵匡凝与弟荆南留后赵匡明，也不肯听令。温立派大将杨师厚，率大兵攻襄州，逐去匡凝，再进拔江陵，逐去匡明，荆襄俱为温有。柳璨等反谓温有南征大功，请旨进温为相国，总制百揆，兼任二十一道节度使。温篡唐心急，还要什么荣封，当下密嘱蒋玄晖，令与柳璨计议，指日迫唐帝传禅。偏玄晖与璨，谋事迂远，谓必须封过大国，加过九锡，然后禅位，方合魏、晋以来的古制。乃再晋封温为魏王，加九锡，入朝不趋，赞拜不名，兼充天下兵马元帅。温勃然怒道："这等虚名，我有何用？但教把帝位交付与我，便好了事。"遂拒还诏命，不愿受赐。宣徽副使王殷、赵殷衡平时与璨等有隙，乘间至温处进谗，谓璨等欲延唐祚，所以种种留难，静候外援。温因此益愤，欲杀柳璨、蒋玄晖。璨闻信大惧，亟奏请传禅，且往汴自解，偏受了一碗闭门羹。还至东都，正值宫人传何太后旨，乞璨代为保护传禅后子母生全，璨含糊答应。蒋玄晖、张廷范处，亦经太后谕意，覆语如璨略同。王殷、赵殷衡又得了间隙，密报汴梁，诬称璨与玄晖、廷范，入积善宫夜宴，对太后焚香为誓，兴复唐祚。温素性暴戾，管什么虚虚实实，竟令殷等收捕玄晖，殷等且说玄晖私通太后，索性把何太后一并弑死。玄晖枭首，焚骨扬灰。又执璨至上东门，赏他一刀，璨自呼道："负国贼柳璨，该死！该死！"死有余辜。廷范亦被拿下，车裂以徇。助逆者其听之。温即欲赴洛，把帝位篡夺了来，偏魏博军帅罗绍威，有密书到汴，请温发兵代除悍将，温乃自往魏州，屠戮魏州牙军八千家。又因幽州军帅刘仁恭，屡为魏患，便顺道渡河，围攻沧州。仁恭向河东乞援，李克用遣将周德威、李嗣昭等，出兵潞州，作为声援。潞州节度使丁会，即昭义节度使。本已归顺汴梁，至是为河东兵所攻，力不能支，且嫉温弑逆不道，竟举城降河东军。温攻沧州不下，又闻潞州失守，乃引兵还魏，由魏返梁。自经这番奔波，唐祚才得苟延了一年。

唐昭宣帝天佑四年三月，东都遣御史大夫薛贻矩，到了汴城，传述禅位诏旨。温盛称符瑞，自言有庆云盖护府署，继又谓家庙中生五色芝，第一室神主上有五色衣，显是代唐的预兆。贻矩北面拜舞，实行称臣，及返至东都，请昭宣帝即日禅位。昭宣帝无可奈何，只得遣宰相张文蔚、杨涉，及薛贻矩、苏循、张策、赵光逢等一班大臣，奉玉册传国宝，及诸司仪仗法驾，驰往汴梁。温命馆待上源驿，即下令改名为晃，取日光普照的意义。四月甲子日，张文蔚等自驿馆入城，登大梁殿廷，殿名金祥也是温临时定名。温戴着通天冕，穿着衮龙袍，大摇大摆，从殿后簇拥出来，汴将早鹄立两旁，拱手伺候。张文蔚、苏循奉册以进，由文蔚朗声读册道：

咨尔天下兵马元帅相国总百揆梁王：朕每观上古之书，以尧舜为始者，盖以禅让之典，垂于无穷，故封泰山，禅梁父，略可道者七十二君；则知天下至公，非一姓独有。自古明王圣帝，焦思劳神，惴若纳隍，坐以待旦，莫不居之则兢畏，去之则逸安。且轩辕非不明，放勋非不圣，尚欲游于姑射，体彼大廷，矧乎历数寻终，期运久谢，属于孤藐，统御万方者哉？况自懿祖之后，嬖幸乱朝，祸起有阶，政渐无象，天纲幅裂，海水横流，四纪于兹，群生无庇，洎乎丧乱，谁其底绥？洎于小子，粤以冲年，继兹衰绪，岂兹冲昧，能守洪基？惟王明圣在躬，体于上哲，奋扬神武，戡定区夏，大功二十，光著册书。北越阴山，南逾粤海，东至碣石，西暨流沙，怀生之伦，罔不悦附，矧予寡昧，危而获存。今则上察天文，下观人愿，是土德终极之际，乃金行兆应之辰。十载之间，彗星三见，布新除旧，厥有明征，讴歌所归，属在睿德。今遣持节银紫光禄大夫同中书门下平章事张文蔚等，奉皇帝宝

> 绶，敬逊于位。於戏！天之历数在尔躬，允执厥中，天禄永终，王其祗显大礼，享兹万国，以肃膺天命！

文蔚读毕，将册文交温，再由张策、杨涉、薛贻矩、赵光逢，依次递呈御宝，均由温接受。温遂俨然升座，文蔚等降至殿下，率百官舞蹈称贺。自问有愧心否？

礼毕退班，温休息半日。午后在内殿设宴，遍赐群臣。这殿叫作玄德殿，隐以虞舜自比，引用"玄德升闻"的成语。文蔚等俱蒙赐宴，侍坐两旁。温举觞与语道："朕辅政未久，区区功德，未能遍及人民，今日得居尊位，实皆由诸公推戴，朕未免且感且惭！请诸公畅饮数杯！"何其客气！文蔚等听着此言，离席叩谢，但一时无词可答，也只有噤声不语。独苏循、薛贻矩及刑部尚书张祎，极力献谀，盛称陛下功德巍巍，正宜应天顺人，臣等毫无功力，唯深感陛下鸿恩，誓图后效云云。天良丧尽。温掀髯大笑，开怀痛饮，直至鼍鼓冬冬，方才撤席，大家谢恩而归。

越日大赦改元，国号大梁，废昭宣帝为济阴王。特下一诏令道：

> 王者受命于天，光宅四海，祗事上帝，宠绥万民。革故鼎新，谅历数而先定，创业垂统，知图箓以无差。神器所归，祥符合应，是以三正互用，五运相生。前朝道消，中原政散，瞻乌莫定，失鹿难追。朕经纬风雷，沐浴霜露，四征七伐，垂三十年，纠合齐盟，翼戴唐室。随山刊木，罔惮胼胝；投袂挥戈，不遑寝处。洎上穹之所赞，知唐运之不兴；莫谐辅汉之文，徒罄事殷之礼。忽比夏禹，忽拟周文，适足令人齿冷！唐主知英华易竭，算祀有终，释龟鼎以如遗，推剑绂而相授。朕惧德勿嗣，执谦允恭，避

景命于南河，眷清风于颍水。吾谁欺，欺天乎。而乃列岳群后，盈廷庶官，东西南北之人，斑白缁黄之众，谓朕功盖上下，泽被幽深，宜顺天以应时，俾化家而为国。恐只有寡廉鲜耻等人，如是云云。拒彼亿兆，至于再三。史策无闻。且曰七政已齐，万几难旷：勉遵令典，爰正鸿名。告天地神祇，建宗庙社稷。顾惟凉德，曷副乐推，栗若履冰，怀如驭朽。金行启祚，玉历建元。方宏经始之规，宜布维新之令。可改唐天佑四年为开平元年，国号大梁。《书》载虞宾，斯为令范，《诗》称周客，盖有明文。是用先封，以礼后嗣，宜以曹州济阴之邑奉唐主，封为济阴王。凡百轨仪，并遵故实。姬庭多士，比是殷臣。楚国群材，终为晋用。历观前载，自有通规。但遵故事之文，勿替在公之效。应是唐朝中外文武旧臣，现任前资官爵，一切仍旧。凡百有位，无易厥章，陈力济时，尽瘁事朕。此诏。

嗣是升汴州为开封府，定名东都。旧有唐东都洛阳，改称西都，废京兆府，易名大安府，长安县为大安县。置佑国军节度使，即令前镇国军治华州。节度使韩建充任。授张文蔚、杨涉为门下侍郎，薛贻矩为中书侍郎，并同平章事。改枢密院为崇政院，命太府卿敬翔为院使。敬翔系梁主温第一功臣，凡一切篡唐谋划，无不与商。所以梁主受禅，仍使他特掌机要。此后军国大事，必经崇政院裁定，然后宣白宰相。宰相非时奏请，皆由崇政院代陈。又特设建昌院，管领国家钱谷，即令养子朱友文知院事。友文本姓康，名勤，为梁主温所特爱，视同己出，改赐姓名，排入亲子行中。温有七子，长名友裕，次为友珪、友璋、友贞、友雍、友徽、友孜，友孜一作友敬。连友文共称八儿。友裕时已逝世，追封郴王，友珪为郢王，友璋为福王，友贞为均王，友雍为贺王，友徽为建王，友文亦受封博王；友孜尚幼，故未得王爵。追尊朱氏四代庙号，高祖黯为肃祖皇帝，妣范氏为宣僖皇后，曾祖茂琳为敬祖皇帝，妣杨氏为光孝皇后，祖信为宪祖皇帝，妣刘氏为昭懿皇后；父诚为烈祖皇帝，母王氏为文惠皇后。封长兄全昱为广王，追封次兄存为朗王。全昱子友谅为衡王，友能为惠王，友诲为邵王，存子友宁、友伦已死，亦得追封：友宁为安王，友伦为密王。

温特开家宴，召集诸王宗戚，酣饮宫中。喝到酩酊大醉，尚是余兴未消，顿时取出五色骰子，与族属戏起赌来，一掷千金，呼喝甚豪，几把那皇帝架子，丢抛净尽，依然是个砀山无赖，满口呶呶，醉骂不休。到是本色。

全昱平时本无心富贵，尝居砀山故里，携杖逍遥。唐廷曾授他为岭南西道治桂州。节度使，他却不愿赴任，仍旧辞职家居。此次闻温受禅，不得已来至大梁，就是得封王爵，也不过随遇而安，没甚喜欢。难能可贵。及见温使酒狂赌，很觉看不过去，便斜视温面道："朱阿三，汝本砀山小民，从黄巢为盗，目无法纪。一旦反正归唐，遭逢盛遇，天子用汝为四镇节度使，位极人臣，穷享富贵，也可谓不负汝志。汝奈何起了歹心，竟灭唐家三百年社稷！似此忘恩背义，恐鬼神未必佑汝，我恐朱氏一族，将被汝覆灭了！还赌出什么来！"快人快语。说至此，顺手取过骰盆，将骰子散掷地上。

看官！你想朱温到了此时，叫他如何忍受，不由得奋袂起座，要与全昱拼命。族属慌忙劝解，令全昱退出宫外，温尚恨恨不已，乱呼乱骂，几乎把朱氏祖宗十七八代，也一并揶揄在内。写尽狂奴。经大众劝他返寝，才算免事。全昱竟飘然自去，仍回砀山故里中，芒鞋竹杖，安享清福去了。及温次日起床，细思兄言，恰也有理，便搁过一边，不再提及。全昱竟得享天年，直至贞明二年，贞明为梁主友贞年号，见后文。寿终故里。

这且休表。且说唐祚已移，正朔复改，梁廷传诏四方，不准再用前唐年号。各镇多畏梁主势力，不敢抗命，独有四镇未服，仍奉唐正朔，且移檄讨梁，兴复唐室。看官道是那四镇，就是上文所说的晋、岐、吴、蜀。小子更略述来历如下：

晋，即河东，为沙陀人李克用所据。原姓朱邪，父名赤心，以功任云州刺史，赐姓名李国昌。克用为云中守捉使，擅杀大同防御使段文楚，据住云州，败奔鞑靼。后因黄巢僭乱，入征有功，拜河东节度使，加封晋王。唐亡后不服梁命，仍称天佑四年。

岐，即凤翔，为深州人李茂贞所据。茂贞本姓宋，名文通，讨黄巢有功，改赐姓名，官凤翔节度使，累封至岐王。唐亡后亦不服梁命，仍称天佑四年。

吴，即淮南，为庐州人杨行密所据。行密少为盗，转投军伍，乘乱据庐州，平黄巢余党，得拜淮南节度使，晋封吴王。唐昭宣帝季年，行密殁，子渥嗣职，因见晋、岐不受梁命，亦仍奉唐正朔，称天佑四年。

蜀，即西川，为许州人王建所据。建以盐枭从忠武军。治许州。入关逐黄巢，得补禁军八都头之一。嗣入蜀并有两川，洊封至蜀王。唐亡后不受梁命，并因天佑为朱氏所改，不应遵名，但称为天复七年。

那时四镇变作四国，与梁分峙中原。晋最强，次为吴、蜀、岐。四国移檄讨梁，梁亦传檄讨四国，这真叫作中原逐鹿了。小子有诗叹道：

人心世道已沦亡，元恶公然做帝王。
差幸纲常存一线，尚留四镇抗强梁。

欲知四国后事，且看下回续表。

朱温于唐，无甚功绩，第因乘乱崛起，得肆其狡猾凶暴之手段，据唐祚而有之。从前王莽、曹操、司马懿、刘裕诸奸雄，其险恶犹不若温也。当时之献媚贡谀者，不一而足，温自以为一手掩尽天下耳目，庸讵知骨肉宗亲中，独有佼佼如全昱，仗义宣言，足以丧其魂而褫其魄耶！观全昱寥寥数语，使阅者浮一大白。而温敢弑昭宗，弑何太后，弑昭宣帝，独不能戕害一兄；盖义正词严，令彼无从躲闪，即令彼无从下手。而全昱复飘然归里，自适其所，卒得寿终，是亦一武攸绪之流亚欤？安得以为温兄而少之哉？

第四回

康怀贞筑垒围潞州　李存勖督兵破夹寨

却说晋王李克用、岐王李茂贞、吴王杨渥、蜀王王建有志抗梁，移檄四方，兴复唐室。当时四方各镇，号称最大的，为吴越、湖南、荆南、福建、岭南五区。这五区见了檄文，并没有什么响应，转令晋、岐、吴、蜀四国，亦急切未敢发难。究竟这五镇军帅，是何等人物，也不得不表明如下：为后文十国伏案。

吴越，系临安人钱镠据守地。镠曾贩盐为盗，改投石镜镇将董昌麾下，以功补都知兵马使。后与昌分据杭越。昌居越州，僭号称帝，镠由杭州发兵斩昌，传首唐廷，唐封镠为越王，继又改封吴王。

湖南，系许州人马殷据守地。殷初为秦宗权党孙儒裨将，儒败死，殷与同党刘建锋走洪州。建锋据湖南，为下所杀，众推殷为帅。殷表闻唐廷，唐乃授殷为淮南节度使。

荆南，系陕州人高季昌据守地。季昌少为汴州富人李让家僮。朱温镇汴，让以入赀见温，温令为义子，易姓名为朱友让。季昌亦因让进见，温与语颇以为能，命让畜为义儿，遂亦冒姓朱氏。后随温攻凤翔有功，得拜宋州刺史，仍复高姓。及温击走赵匡凝兄弟，见前回。遂保奏季昌为荆南留后，唐廷从之。

福建，系光州人王审知据守地。审知兄潮为县史，因乱从军，略定闽邑，由福建观察使陈岩举荐，得任泉州刺史。岩卒，潮进代岩职，审知亦得官副使。及潮殁，审知继任，寻且升任节度使，加封琅琊王。

岭南，系闽人刘隐据守地。隐祖安仁经商南海，留家居此。父谦为封州刺史兼贺江镇遏使。谦殁，隐得袭职。岭南节度使徐彦若表荐隐为节度副使，委以军事。彦若卒，军中推隐为留后，隐表闻唐廷，且纳贿朱温，遂得实授节度使。

看官，你想这五镇中，高季昌为梁主温所拔擢，当然为温效力，刘隐也得温好处，怎肯背梁？吴越、湖南、福建与温素无恶感，乐得袖手旁观。况自温受禅后，格外笼络，加封钱镠为吴越王，马殷为楚王，王审知为闽王，高季昌实授节度使，兼同平章事职衔，刘隐加检校太尉兼侍中，旋且晋封为南平王。这五镇自然岁修朝贡，稽首称臣，哪里还记得唐朝厚恩，愿附入晋、岐、吴、蜀四国，协图兴复呢？富贵误人。

此外尚有河北著名数大镇，唐季尝称雄割据，不奉朝命，至唐室衰亡，各镇非削即弱。成德军治镇州。节度使王镕，为唐累世藩臣，年龄未高，资望最著，向来与河东连和。自朱温得势，会同魏博军攻河东，取得邢、洺、磁三州，见第二回。遂作书招镕，令他绝晋归梁。镕尚犹豫未决，温率军进薄镇州城下，焚去南关，镕乃乞和，愿以子昭祚为质。温带昭祚还汴，妻以爱女，与镕结为儿女亲家，至开平元年，且封镕为赵王。时成德军已倾心归梁了。一镇属梁。

魏博军节度使罗绍威，素与梁和，长子廷规，娶温女为妇，结为婚姻。温尝替他屠灭悍卒，隐除内患。见前回。虽费了无数供亿，绍威尝有铸成大错的悔语；但德多怨少，总不肯无故背梁。温即帝位，且进贡魏州良木，为建造宫殿的材料，温赐他宝带名马，作为酬仪，彼此欢洽，不问可知。又一镇属梁。

卢龙军治幽州。节度使刘仁恭据有幽、沧各州，与魏博不协。曾经温替魏往攻，因仁恭得河东声援，未能得利。见前回。这一镇是与晋通好，与梁为仇。哪知仁恭骄侈性成，既得击退梁兵，越觉穷奢极欲，恣情淫佚。幽州有大安山，四面悬绝，他偏在山上筑起宫室，备极华丽，采选良家妇女，令他居住，以供游幸。自恐精力不继，镇日里召集方士，共炼丹药，冀得长生，凡百姓所得制钱，勒令缴出，窖藏山中，民间买卖交易，但令用墐土代钱，各处怨声载道，他尚自称得计。平时第一爱妾，为罗氏女，生得杏脸桃腮，千娇百媚，偏为次子守光暗中艳羡，勾搭上手，竟代父荐寝，与罗氏作云雨欢。事为仁恭所闻，立将守光笞责百下，逐出幽州。子肯代你效劳，何故黜逐？可巧梁将李思安，奉梁主命，领兵来攻幽州，仁恭尚在大安山，淫乐自如。守光从外引兵到来，击走梁军，随即遣部将李小喜、元行钦等袭入大安山，把仁恭拘来，幽住别室，自称卢龙节度使。凡父亲罗氏以下，但见得姿色可人，一概取回城中，轮流伴宿，日夕烝淫。舍老得少，想彼时伴宿妇女，应亦赞同。乃兄守文，为义昌军治沧州。节度使，闻父被囚，召集将吏，且泣且语道："不意我家生此枭獍，我生不如死，誓与诸君往讨此贼！"将吏应诺，守文遂督众至芦台，与守光部兵对仗。战了半日，互有杀伤，两下鸣金收军。越日，守文再进战蓝田，反为守光所败，乃返兵至镇，遣使向契丹乞援。守光恐守文复至，又虑梁兵乘隙来攻，因差人至梁，赍表乞降。梁主温即颁发诏命，授守光为卢龙节度使。想是性情相同，故不暇指斥。于是幽沧一方面，也为朱梁的属镇了。又一镇属梁。此三镇叙笔与前五镇不同，盖前五镇为后文十国伏案，与此三镇互有重轻，故详略互异。

外此如义武军治定州。节度使王处直、夏州节度使李思谏、朔方节度使韩逊、匡国军治同州。节度使冯行袭等，均已臣事朱梁，不生异心。此四镇为唐室旧臣，非由朱梁特授，故亦略表。所以晋、岐、吴、蜀各檄文，传达远近，终归无效。

蜀王王建，因贻晋王李克用书，请各帝一方。克用复书答云："此生誓不失节！"克用生平，功不掩过，惟此一语特见忠忱。王建得书，又延宕数月，毕竟皇帝心热，竟僭号称尊。国号大蜀，改元武成，用王宗佶、韦庄为宰相，唐道袭为内枢密使，立子宗懿为皇太子。嗣复自上尊号，称英武睿圣皇帝。岐王李茂贞，也想照这般行为，究因地狭兵虚，未敢称帝，但开府置官，所有宫殿号令，略拟帝制罢了。

梁主温最忌晋王，篡位后即遣大将康怀贞，率兵数万，往攻潞州。晋将李嗣昭拒守，怀贞日夕猛攻，竟不能克。乃四面筑垒，成蚰蜒堑，蚰蜒虫名，取以名堑有坚耐意。分兵屯守，为久围计。嗣昭向晋告急。晋王李克用即派周德威为行营都指挥使，率同李嗣本、史建瑭、安元信、李嗣源、安金全等，往援潞州。行至高河，遇着梁将秦武前来拦阻，即麾兵杀去。秦武败走，康怀贞也向梁廷添兵。梁主温恨他无能，另授亳州刺史李思安为潞州行营都统，降怀贞为行营都虞侯。思安领河北兵西行，至潞州城下，更筑重城，内防城中冲突，外拒城中援军，取名叫做夹寨。且调山东人民，馈运军粮，俨然有垒高粮足，虎视眈眈的形势。晋将德威，不与力争，但日遣轻骑抄袭，彼出即归，彼归复出，为牵制梁军的计划，思安恐粮车被劫，再从东南出口，筑起甬道，与夹寨相接，免得疏漏。怎奈周德威与部下诸将，更番进攻，排墙填堑，时来骚扰，害得梁军日不得安，夜不得眠，只好坚壁不出，与晋军积久相持。李克用却命李存璋等分攻晋州、洺州，使梁军往来援应，东西奔命。梁主温也发河中陕州将士，驰赴行营，厚添兵力，两下里旗鼓相当，誓决雌雄，自梁开平元年秋季开战，直至二年正月，尚未解决。此为梁晋第一次大战争。

李克用因军务倥偬，半年不解，免不得忧劳交集，竟致疽发背中。卧床数日，疽患尤剧，无药可疗，自知病将不起，乃命弟振武军治故单于东都护府。节度使克宁，监军张承业，及大将李存璋、吴珙，掌书记吴质等，立长子存勖为嗣。存勖为克用次妻曹氏所出，小名亚子，幼娴骑射，胆力过人，克用早目为奇儿。年十一，随克用立功，献捷唐廷。唐昭宗见他异表，特赏他鸂鶒卮，翡翠盘，且抚背道："儿有奇姿，他日富贵，毋忘我家！"因此克用益加钟爱，特令袭封。并语克宁等道："此儿志气远大，必能成我遗志，愿汝等善为教导，我死无恨了！"又召存勖至卧榻前，叮咛嘱咐道："嗣昭守潞，方困重围，恨我不能亲身往援，恐与他要长别了。我死后，丧葬事了，汝速与德威等竭力救他，勿令陷没为要！"语至此，又令取过平时佩带的箭袋，拔出三矢，分交存勖，交付一支，谆嘱数语。第一矢是教他灭梁，第二矢是教他扫燕，第三矢是教他逐契丹。梁晋世仇，克用不能灭梁，原是一生大恨。燕指刘守光，守光叛晋降梁，也是克用所恨的。契丹酋长耶律阿保机，阿保机一译作按巴坚。曾与克用约为兄弟，及梁主受禅，阿保机与梁通好，自食前言，所以克用也引为恨事。存勖涕泣受命。事见欧阳氏《五代史·伶官列传》。克用复语克宁道："此后以亚子累汝，汝勿负我！"说到"我"字，已是忍不住痛苦，一声狂呼，竟尔毕命。享年五十三岁。

存勖号哭擗踊，非常哀恸。克宁等料理丧事，忙乱了好几天。惟克用在日，养子甚多，衣服礼秩，与存勖相等，共有六七人。存勖嗣位，彼等心怀不服，捏造谣言，意图作乱。克宁久握兵权，又为军士所倾向，因此也涉嫌疑。监军张承业，本是唐朝宦官，当朱温扈驾入京，与崔胤大杀宦官时，见第二回。曾令各镇悉诛监军。李克用与承业友善，但杀罪犯一人，充作承业，承业仍监军如故，感克用恩，格外效力，至是代为衔忧。且见存勖久居丧庐，未曾视事，乃排闼入语存勖道："大孝在不坠基业，非寻常哭泣可了。目今汴寇压境，利我凶哀；我又内势未靖，谣言百出，一或摇动，祸变立至，请嗣王墨缞听政，勉持危局，方为尽孝。"存勖才出庐莅事，闻军中私议纷纷，也觉惊心。便邀克宁入室，凄然与语道："儿年尚幼，未通庶政，恐不足上承遗命，弹压各军。叔父勋德俱高，众情推服，且请制置军府，俟儿能成立，再听叔父处分。"克宁慨语道："汝系亡兄家嗣，且有遗命，何人得生异议？"本意却是不错。遂扶存勖出堂，召集军中将士，推戴存勖为晋王，兼河东节度使。克宁首先拜贺。将士等亦不敢不从，相率下拜。惟克用养子李存颢等，托疾不至。

至克宁退归私第，存颢独乘夜入谒，用言挑拨道："兄终弟及，也是古今旧事，奈何以叔拜侄呢？"克宁正色道："这是体统所关，怎得顾全私谊？"语未毕，忽屏后有人窃笑道："叔可拜侄，将来侄要杀叔，也只好束手受刃了。"克宁闻声返顾，见有一人出来，原来是妻室孟氏。便道："你如何也来胡说！"孟氏道："天与不取，必且受殃。你道存勖是好人么？"存颢得了一个大帮手，复用着一番甜言蜜语，竭力撺掇。说得克宁也觉心动。坏了！坏了！便叹息道："名位已定，叫我如何区处？"存颢道："这有何难？但教杀死张承业、李存璋，便好成功。"克宁道："你且去与密友妥商，再作计较。"

存颢大喜，出与同党计议，决奉克宁为节度使，并执晋王存勖，及存勖母曹氏归梁，愿为梁藩。大约是丧心病狂了。都虞侯李存质，也是克用养子，时亦在座与议，惟尝与克宁有嫌，议论时不免龃龉。存颢诉知克宁，竟诬称存质罪状，把他杀毙。克宁遂求为云中节度使，且割蔚、应、朔三州为属郡。存勖已是动疑，但表面上尚含糊答应。

既而幸臣史敬镕，入见太夫人曹氏，将克宁及存颢等阴谋，详细告闻。曹氏大骇，亟语存勖，存勖召张承业、李存璋入内，涕泣与语道："吾叔欲害我母子，太无叔侄情；但骨肉不应自相鱼肉，我当退避贤路，少抒内祸。"这是欲擒故纵之言，看官莫被瞒过。承业勃然道："臣受命先王，言犹在耳，存颢等欲举晋降贼，王从何路求生？若非大义灭亲，恐国亡无日了！"存勖乃与存璋等定谋，伏兵府署，诱克宁、存颢等入宴。才行就座，伏兵遽起，即将克宁、存颢等拿下。存勖流涕责克宁道："儿前曾让位叔父，叔父不取；今儿已定位，奈何复为此谋，竟欲将我母子执送仇雠，忍心至此，是何道理？"克宁惭伏不能对。存璋等齐呼速诛，存勖乃取出祖父神主，摆起香案，才将克宁枭首，存颢等一并伏诛，令克宁妻孟氏自尽。长舌妇有何善果！一场内乱，化作冰消。

正拟出救潞州，忽闻唐废帝暴死济阴，料知为朱温所害，遂缟素举哀，声讨朱梁。随笔了过唐昭宣帝。部众以周德威外握重兵，恐他谋变，且素与嗣昭不睦，未肯出力相援，因怂恿晋王存勖，调回德威。适梁主温自至泽州，黜退李思安，换用刘知俊，另派范君实、刘重霸为先锋，牛存节为抚遏使，驻兵长子。一面派使至潞州，谕令李嗣昭归降。嗣昭焚书斩使，厉兵死守，梁军又复猛扑。流矢中嗣昭足，嗣昭潜自拔去，毫不动容，仍然督兵力拒，因此城中虽已匮乏，兀自支撑得住。

梁主温闻潞州难下，拟即退师，诸将争献议道："李克用已死，周德威且归，潞州孤城无援，指日可下，请陛下暂留旬月，定可破灭潞城。"梁主温勉留数日，恐岐人乘虚来攻，截他后路，乃决自泽州还师，留刘知俊围攻潞州。

周德威由潞还晋，留兵城外，徒步入城，至李克用柩前，伏哭尽哀，然后退见嗣王，谨执臣礼。存勖大喜，遂与商及军情，且述先王遗命，令援潞州。德威且感且泣，固请再往。存勖乃召诸将会议，首先开言道："潞州为河东藩蔽，若无潞州，便是无河东了。从前朱温所患，只一先王，今闻我少年嗣位，必以为未习戎事，不能出师，我若简练兵甲，倍道兼行，出他不意，掩他无备，以愤卒击惰兵，何忧不胜？解围定霸，便在此一举了！"颇有英雄气象。张承业在旁应声道："王言甚是，请即起师。"诸将亦同声赞成。

存勖乃大阅士卒，命丁会为都招讨使，偕周德威等先行，自率军继进。到了三垂岗下，距潞州只十余里，天色已暮，存勖命军士少休，偃旗息鼓，衔枚伏着。待至黎明，适值大雾漫天，咫尺不辨，驱军急进，直抵夹寨。梁军毫不设备，刘知俊尚高卧未起，陡闻晋兵杀到，好似迅雷不及掩耳。慌忙披衣趿履，整甲上马，召集将士等出寨抵御。哪知西北隅已杀入李嗣源，东北隅已杀入周德威，两路敌军，手中统执着火具，连烧连杀，吓得梁军东逃西窜，七歪八倒，知俊料不能支，领了败兵数百，拨马先逃。梁招讨使符道昭，情急狂奔，用鞭向马尾乱挥，马反惊倒，把道昭掀落地上。凑巧周德威追到，手起刀落，剁成两段，梁军大溃，将士丧亡逾万，委弃资粮兵械，几如山积。败报到了汴梁，梁主温惊叹道："生子当如李亚子，克用虽死犹生！若似我诸儿，简直与豚犬一般呢！"似你得有美媳，也足慰你老怀。小子有诗咏道：

晋阳一鼓奋雄师，夹寨摧残定霸基。
生子当如李亚子，虎儿毕竟扫豚儿。

夹寨已破，周德威至潞州城下，呼李嗣昭开门，偏嗣昭弯弓搭箭，竟欲射死德威。究竟为着何事，容小子下回说明。

唐亡以后，虽有四国反抗朱梁，实则皆纯盗虚声，非真有心兴唐。惟晋王李克用，犹为彼善于此尔，余镇皆利禄薰心，受梁笼络，更不足道。惟唐梁之交，土宇分崩，群雄割据，几如乱猬一般，经作者一一叙清，才觉头头是道，得使阅者爽目。看似容易却艰辛，幸勿轻口滑过。至四国五镇，及关系《五代史》等藩属，俱已交代明白，方折到梁、晋交战事。夹寨一役，为梁、晋兴亡嚆矢，故叙事从详。至若克用父子，一终一继，亦不肯少略，俱为后文处处伏案。阅者悉心浏览，自知作者苦心，非寻常小说比也。

第五回

策淮南严可求除逆　战蓟北刘守光杀兄

却说周德威至潞州城下，呼李嗣昭开门，且遥语道："先王已薨，今嗣王亲自来援，破贼夹寨，贼兵都遁去了。快开门迎接嗣王!"嗣昭闻言，竟抽矢欲射德威。左右连忙劝阻，嗣昭道："我恐他为贼所得，由贼使他来诳我呢!"左右道："他既说嗣王自来，何不求见嗣王，再作区处。"嗣昭乃答德威道："嗣王既已到此，可否一见?"德威才退告存勖。存勖亲至城下，仰呼嗣昭。嗣昭见存勖素服，不禁大恸起来，军士亦相率泣下。乃下城开门，迎存勖入城。存勖好言慰劳，并述克用遗言，与德威同来援潞。嗣昭因与德威相见，彼此释嫌，欢好如初。

德威请进攻泽州，存勖令与李存璋等偕行。适梁抚遏使牛存节，率兵接应夹寨，至天井关遇见溃兵，才知夹寨被破，且闻晋军有进攻泽州消息，便号令军前道："泽州地据要害，万不可失，虽无诏命，亦当趋救为是!"大众都有惧色，存节又道："见危不救，怎得为义?畏敌先避，怎得为勇?诸君奈何自馁呢!"你从了弑君逆贼，难道可称义勇么?遂举起马鞭，麾众前进，到了泽州城下，城中人已有变志，经存节入城拒守，众心乃定，周德威等率众到来，围攻至十余日，存节多方抵御，无懈可击。刘知俊又收集溃兵，来援存节，德威乃焚去攻具，退保高平。

晋王存勖，亦引兵归晋阳，休兵行赏。命德威为振武军节度使，更兄事张承业，升堂拜母，赐遗甚厚。一面饬州县举贤才，黜贪残，宽租税，抚孤穷，伸冤滥，禁奸盗，境内大治。复训练士卒，严定军律，信赏必罚，蔚成强国。潞州经李嗣昭抚治，劝课农桑，宽租缓刑，不到数年，军城完复，依旧变作巨镇。自是与朱梁争衡，成为劲敌了。为后唐灭梁张本。

梁主温既鸩死唐帝，复因苏循等为唐室旧臣，勒令致仕，共斥去十五人。贡谀何益。张文蔚死，杨涉亦免官，改用吏部侍郎于兢，礼部侍郎张策，同平章事。且因韩建尽忠梁室，亦加他同平章事职衔。越年复迁都洛阳，改称大梁为东都。命养子博王友文留守。会岐、蜀、晋三国，联兵攻梁雍州，为梁将刘知俊所拒，不能得志。三国兵陆续引还，再拟联结淮南，共图大举，偏淮南陡起内乱，也闯出弑逆大事来了。

淮南节度使杨渥，年少袭位，性好游饮，又善击毬，居父丧时，尝燃烛十围，与左右击毬为乐，一烛费钱数万。或单骑出外，竟日忘归，连帐前亲卒，都不知他的去向。左牙指挥使张颢，右牙指挥使徐温，统是行密旧臣，面受遗命，辅渥袭爵。渥尝袭取洪州，掳归镇南节度使钟匡时，镇南军治洪州。兼有江西地，嗣是骄侈益甚，日夜荒淫，颢与温入内泣谏，渥怒斥道："汝两人谓我不才，何不杀我，好教汝等快心?"自己讨杀，真是奇闻。颢、温失色而出。渥恐两人为变，召入心腹将陈璠、范遇，令掌东院马军，为自卫计。哪知颢、温已窥透渥意，乘渥视事，亲率牙兵数百人，直入庭中。渥不觉惊骇道："汝等果欲杀我么?"你既怕死，何必讨杀。颢、温齐声道："这却未敢，但大王左右，多年挟权乱政，必须诛死数人，方可定国。"渥尚未及言，颢、温见陈璠、范遇侍侧，立麾军士上前，把璠、遇二人曳下，双刀并举，两首落地，颢、温始降阶认罪，还说是兵谏遗风，非敢无礼。渥亦无可奈何，只好强为含忍，豁免罪名。从此淮南军政，悉归颢、温两人掌握。渥日夜谋去两人，但苦没法。两人亦心不自安，共谋弑渥，分据淮南土地，向梁称臣。计亦太左。颢尤迫不及待，竟遣同党纪祥等，夤夜入渥帐中，拔刃刺渥。渥尚未就寝，惊问何事，纪祥直言不讳，渥且惊且语道："汝等能反杀颢、温，我当尽授刺史。"大众颇愿应允，独纪祥不从，把手中刀砍渥。渥无从闪避，饮刃倒地，尚有余气未尽，又被纪祥用绳缢颈，立刻扼死。当即出帐报颢，颢率兵驰入，从夹道及庭中堂下，令兵站着，露刃以待，然后召入将吏，厉声问道："嗣王暴薨，军府当归何人主持?"大众都不敢对，颢接连问了三次，仍无音响，不由得暴躁起来。忽有幕僚严可求，缓步上前，低声与语道："军府至大，四境多虞，非公将何人主持？但今日尚嫌太速。"颢问为何故，可求道："先王旧属，尚有刘威、陶雅、李简、李遇等人，现均在外，公欲自立，彼等肯为公下否？不若暂立幼主，宽假时日，待他一致归公，然后可成此事。"颢听了这番言语，倒也未免心慌，十分怒气，消了九分，反做了默默无言的木偶。可求料他气沮，便麾同列趋出，共至节度使大堂，鹄立以俟，大众也莫名其妙。但见可求趋入旁室，不到半刻，仍复出来，扬声呼道："太夫人有教令，请诸君静听!"说着，即从袖中取出一纸，长跪宣读，诸将亦依次下跪，但听可求朗读道：

先王创业艰难，中道薨逝。嗣王又不幸早世，次子隆演，依次当立，诸将多先王旧臣，应无负杨氏，善辅导之，予有厚望焉！

读毕乃起，大众亦齐起立道："既有太夫人教令，应该遵从，快迎新王嗣位便了。"张颢此时也已出来，闻可求所读教令，词旨明切，恰也不敢异议。乃由他主张，迎入隆演，奉为淮南留后。看官，你道果真是太夫人教令么？行密正室史氏，本来是没甚练达，不过渥为所出，并系行密元妃，例当奉为太夫人。可求乘乱行权，特从旁室中草草书就，诈称为史氏教令，诸将都被瞒过，连张颢亦疑他是真，未敢作梗。杨氏一脉，赖以不亡。可求诚杨氏功臣。

颢专权如故，默思徐温本是同谋，此次迎立隆演，温却置诸不问，转令自己孤掌难鸣。此中显有可疑情迹，计惟调他出去，免得一患。乃入白隆演，请出温为浙西观察使。可求闻知消息，即潜往说温道："颢令公出就外藩，必把弑君罪状，加入公身，祸且立至了！"温大惊问计，可求道："颢刚愎寡智，可以计诱，公能见听，自当为公设法。"温起谢可求。可求即转说颢道："公与徐温同受顾命，令调温外出，他人都说公夺温卫兵，意图加害，此事真否？"颢惊道："我无此意。"可求道："人言原是可畏，倘温亦从此疑公，号召外兵，入清君侧。公将何法对待呢？"三寸舌确是善掉。颢少断多疑，闻可求言，果将原议取消，乃劝隆演任温如旧。隆演也是个庸柔人物，一一依从。

既而行军副使李承嗣，知可求有附温意，暗中告颢。颢夜遣刺客入可求室，阴刺可求，亏得可求眼明手快，用物格刀，讯明来意，刺客谓由颢所遣，可求神色不变，即对刺客道："要死就死，但须我禀辞府主，方可受刃。"刺客允诺，执刀旁立，可求操笔为书，语语激烈，刺客颇识文字，不禁心折，便道："公系长者，我不忍杀公，但须由公略出财帛，以便复命。"可求任他自取，刺客掠得数物，便去复颢，但说可求已闻风遁去，但俟异日，颢亦只得静待。

可求恐颢再行加害，忙向温告变，力请先发制人，且谓左监门卫将军钟泰章，可与共事，温遂使亲将翟虔，邀泰章入室，与谋杀颢。泰章一力担承，归与壮士三十人，商定秘谋，刺臂流血，沥酒共饮。翌晨起来，装束停当，直入左牙都堂，正值颢升座视事，被泰章掷刀中脑，顿时倒毙。壮士一齐下手，杀死颢左右数十人。温率右牙兵亲来接应，左牙兵惮不敢动，当由温宣言道：“张颢实行弑逆，按律当诛，今已诛死首恶，尚有余党未尽，无论左右牙兵，但能捕除逆党，一概行赏！”左牙兵得此号令，踊跃而出，捕得纪祥等到来，由温命推出市曹，处以极刑。

一面入白史太夫人，史氏惶恐失色，向温泣语道：“我儿年幼，不胜重任，今祸变至此，情愿自率家口，返归庐州原籍，请公放我一条生路，也是一种大德呢。”可见她实是无能。温逡巡拜谢道：“颢为大逆，不可不诛。温岂敢负先王厚恩愿太夫人勿再疑温，尽可放心！”史氏方才收泪，温乃趋退。当时淮南人士，总道徐温是杨氏忠臣，从前弑渥实未与闻，哪知温与颢实是同谋，不过颢为傀儡，转被温所利用，强中更有强中手，就是这事的注脚哩。总断数语坐实温罪。

温既杀颢，遂得兼任左右牙都指挥使，军府事概令取决。隆演不过备位充数，毫无主意。严可求升任扬州司马，佐温治理军旅，修明纪律。支计官骆知祥由温委任财赋，纲举目张，丝毫不紊。淮南人号为“严骆”，很是悦服。温原籍海州，少随杨行密为盗，行密贵显，倚为心腹，至是得握重权，尝语严可求道：“大事已定，我与公等当力行善政，使人解衣安寝，方为尽职。否则与张颢一般，如何安民！”可求当然赞成，举颢所行弊政，尽行革除，立法度，禁强暴，通冤滞，省刑罚，军民大安。不没善政。是善善从长之意。

温乃出镇广陵，大治水师，用养子知诰为楼船副使，防遏昇州。知诰系徐州人，原姓李名昪，幼年丧父，流落濠泗间，行密攻濠州，昪为所掠，年仅八岁，却生得头角峥嵘，状貌魁梧，行密取为养子，偏不为杨渥所容，乃转令拜温为义父，温命名知诰。及长，喜书善射，沉毅有谋，温尝语家人道："此儿为人中俊杰，将来必远过我儿。"自是益加宠爱，知诰亦事温惟谨。所以温修治战舰，特任知诰为副使，知诰果然称职，经营舟师，整而且严。为南唐开国伏笔，故叙徐知诰较详。

过了三月，抚州刺史危全讽，联合抚、信、袁、吉各州将吏，进攻洪州。节度使刘威遣使至广陵告急，自与僚佐登城宴饮，佯示从容。全讽疑威有备，不敢轻进，但屯兵象牙潭，派人至湖南乞师。楚王马殷见第四回。遣指挥使苑玫围高安，遥作声援。会广陵派将周本，率七千人援洪州，倍道疾趋，径抵象牙潭。全讽临溪营栅，绵亘数十里。本隔溪布阵，令羸卒挑战，诱全讽兵追来。全讽轻进寡谋，想打他一个下马威，便倾寨出追，不管好歹，麾众渡溪，甫至半渡，那周本却带领锐卒，前来截击。全讽始知中计，慌忙对仗，奈部众已无行列，东奔西散，只剩得亲卒数百人，保住全讽，又被周本兵围住，杀毙无数，好容易冲开一条血路，奔回溪岸，才得登陆，兜头碰着冤家，一声大呼，竟将全讽吓落马下，活活地被他捉去。真不济事。看官道是何人擒住全讽，原来就是周本，他见部兵围住全讽，便觑隙过溪，截他归路，可巧全讽奔回，掩他不备，遂得顺手擒来。复乘胜攻克袁州，获住刺史彭彦章。吉州刺史彭玕，率众奔湖南。信州刺史危仔倡，单骑奔吴越。湖南将苑玫，闻全讽被擒，撤去高安围军，正思引还，偏被淮南大将米志诚杀到，吃了一个败仗，抱头窜归。江西复平，淮南无恙，小子正好续述河北军情。

义昌节度使刘守文因弟守光囚父不道，发兵声讨，偏偏连战不胜，不得已用着重贿，向契丹借兵，见前回。契丹酋长阿保机，发兵万人，并吐谷浑部众数千，来援守文。守文尽发沧、德两州战士，得二万余人，与契丹、吐谷浑两军会合，有众四万，出屯蓟州。守光闻守文又至，也将幽州兵士，全数发出，亲自督领，与乃兄相见鸡苏，争个你死我活。阵方布定，契丹、吐谷浑两路铁骑，分头突入，锐气百倍，守光部下，见他来势甚猛，料知抵敌不住，便即倒退。守光也无法禁止，只好随势退下。守文见外兵得胜，也骤马出阵，且驰且呼道："勿伤我弟！"迂腐之至。语尚未绝，忽听得"飕"的一声，知是有暗箭射来，急忙勒马一跃。那来箭正不偏不倚，射中马首，马熬痛不住，当然掀翻，守文亦随马倒地，仓猝中不知谁人把他掖起，夹入肘下，疾趋而去，又仔细辨认，才晓得是守光部将元行钦。此时暗暗叫苦，也已无及了。

守光见行钦擒住守文，胆气复豪，又麾兵杀回。沧、德军已失主帅，还有何心恋战，霎时大溃。契丹、吐谷浑两路人马，也被牵动，索性各走自己的路，一哄儿都去了。守光命部将押回守文，禁居别室，围以丛棘，更督兵攻沧州。

沧州节度判官吕兖、孙鹤推立守文子延祚为帅，登陴守御。守光连日猛攻，终不能下，乃堵住粮道，截住樵采，围得他水泄不通。相持到了百日，城中食尽，斗米值钱三万，尚无从得购，人民但食堇泥，驴马互啖鬃尾。吕兖拣得羸弱男女，饲以曲面，乃烹割充食，叫做宰杀务。究竟人肉有限，不足饷军，满城枯骨累累，惨无人烟。孙鹤不得已输款守光，拥延祚出降。守光入城，命将沧州将士家属，悉数掳回幽州，连延祚亦带了回去，留子继威镇义昌军。派大将张万进、周知裕为辅，鸣鞭奏凯，得意班师。全无人心。且遣使告捷梁廷，并代父乞请致仕。梁主温准如所请，命仁恭为太师，养老幽州。封守光为燕王，兼卢龙、义昌两军节度使。义昌留守刘继威，后为张万进所杀，守光亦不能制。惟遣人刺死守文，佯为涕泣，归罪刺客，把他杀死偿命。又大杀沧州将士，族灭吕兖家，仅留孙鹤不杀。兖子琦年十五，被牵出市中，将要处斩。吕氏门客赵玉，急至法场大呼道："这是我弟赵琦，误投吕家，幸勿误诛。"监刑官乃命停刑。玉挈琦逃生，琦足痛不能行，由玉负他奔窜，变易姓名，沿途乞食，得转辗至代州。琦痛家门殄灭，刻苦勤学，始得自立。晋王存勖闻琦名，命署代州判官，并旌玉义，赐他金帛。小子有诗叹道：

幽父杀兄刘守光，朔方黑黯任倡狂。
尚余一个忠诚仆，窃负遗孤义独彰。

梁主温既得服燕，遂欲乘势并岐，遣大将刘知俊出兵，取得丹、延、鄜、坊四州，不意知俊竟起了变志，叛梁降岐。欲知他叛梁情由，容待下回声明。

淮南之乱，首恶为张颢，徐温其从犯也。颢既弑渥，而仍不得逞其志，是由严可求达权之效，迨与温定谋，结钟泰章，手刃逆颢，虽未免存右袒之心，使温得避弑君之罪，然微温不能除颢。颢岂长肯为隆演下乎？然则杨氏之犹得保存，固可求之力居多，本编归功可求，良有以也。刘守光幽父不道，守文乞师外族，幸得少胜，此时苟得捕获守光，虽诛之不为过，乃对众号呼，愿勿伤弟，以丈夫之义愤，忽变而为妇人之仁柔。一何可笑！卒之身为所絷，死逆弟手，天下之愚昧寡识者，无过守文，而守光之行同枭獍，丧尽天良，且自是益著矣。作者叙守光事，略略点染，而恶已尽露，是固有关世道之文，不得以断烂朝报目之。

第六回

刘知俊降岐挫汴将　周德威援赵破梁军

却说梁将刘知俊，曾受梁主温命令，为西路行营都招讨使，防御岐晋。梁佑国军注见第三回。节度使王重师，与知俊友善，尝偕知俊会师幕谷，大破岐兵。梁廷闻捷，更令知俊乘胜进军，连拔丹、延、鄜、坊四州。梁主温即令牛存节为保大军节度使，镇守鄜、坊，高万兴为保塞军节度使，镇守丹、延，唐曾置保大军于延州，统辖四州，后析为二镇。再命知俊进取邠州。邠州为岐王茂贞养子继徽所据，继徽原姓杨，名崇本，拥兵不多，尚有势力。知俊恐不能拔，托言缺粮，不肯遽进。

梁主温疑有异志，召使还朝。知俊正拟赴洛，忽闻王重师被逮，身诛族灭，另用刘捍为留后，不由得吃一大惊。原来重师镇长安数年，贡奉不时，统军刘捍，欲夺重师位置，密向梁主处进谗，但说重师暗通邠、岐，梁主遂召还重师，严刑惩罪，即以刘捍继任。看官，试想此时的刘知俊，能不动了兔死狐悲、鸟尽弓藏的念头么？接连又得弟知浣密书，教他切勿入朝，入朝必死，他越加恐惧，观望不前。知浣曾任梁廷指挥使，复在梁主前面请，愿自迎乃兄还朝。梁主温不知是假，当即允准，他竟挈领弟侄，同至知俊行营。知俊喜家属生全，遂据了同州，降附岐王茂贞，并阴赂长安诸将，令他执住刘捍，械送凤翔，自率部兵占住潼关。

梁主温再遣近臣招谕知俊，知俊不从，乃削知俊官爵，特派山南东道节度使杨师厚，率同马步军都指挥使刘鄩，往讨知俊。鄩至关东，得获知俊伏兵，令为前导，乘夜叩关，关吏未曾辨明，立即开门，鄩兵一拥而入，害得知俊措手不及，只得弃关西走，挈族奔岐。

岐王茂贞正杀死刘捍，发兵援应知俊，不料知俊仓猝前来，不得已好言抚慰，特授中书令。命他往取灵州，俟得地后，即授封镇帅。知俊请得岐兵数千人，克日就道，径至灵州城下，把城池围困起来。梁朔方节度使韩逊，飞使告急，梁王温立遣镇国军唐镇国军治华州，梁迁置陕州，改华州为感化军。节度使康怀贞，感化军唐称徐州为感化军，梁改置。节度使寇彦卿，会师往援，兼攻邠宁。

怀贞等星夜前进，连下宁、衍二州，直入泾州境内。知俊解围还援，怀贞等亦退兵三水，偏知俊已绕出前面，据险邀击，把怀贞麾下的兵士，冲作数段，怀贞仓皇失措，不知所为。亏得左龙骧军使王彦章，持着两大杆铁枪，当先开路，左挑右拨，搠死岐兵数百人，岐兵吓退两旁，让出一条走路，放过梁军。怀贞方得走脱。偏将李德遇、许从实、王审权等统皆失散，不知下落。狼狈奔至升平，蓦有大山当道，两面峭壁，只一狭径可通人马，怀贞正在担忧，猛闻一声胡哨，那岐兵从谷中出来，堵住山口，为首一员大将，正是刘知俊，大呼怀贞快来受死。知俊亦颇能军，后被岐用，全是好猜所致。怀贞吓得手足冰冷，顾着王彦章道："这，这将奈何?"彦章道："节帅只随我前进。怕他什么?"遂舞动两枪，杀入山口，一杆枪足重百斤，经他两手运动，好似篾片一般。知俊上前拦阻，怎经得彦章神力，战到三五个回合，已杀得汗流浃背，招架不住，慌忙勒马退还，彦章且战且前，怀贞紧紧随后，费了若干气力，才得杀透山谷，麾鞭遁去，手下许多军士，多被岐兵截住，不是杀死，就是受擒，一个都没有生还。独寇彦卿与怀贞分途进兵，闻怀贞败还，急急收军回来，还算不吃大亏。

知俊向岐王献捷，岐王授知俊为彰义节度，镇治泾州。梁主温因怀贞丧师，懊怅了好几日，复接了外镇许多军报，无心批驳，只好敷衍了事。一是夏州节度使李思谏病殁，子彝昌嗣职，为部将高宗益所杀，宗益又经将吏诛死，另推彝昌族叔仁福为帅，表闻梁廷，梁主即刻批准，授仁福为夏州节度使。后来即成为西夏国。一是魏博节度使罗绍威病亡，绍威长子廷规，即梁主女夫，亦早去世，次子周翰在镇，表请袭位，梁主亦批准发行。一是楚王马殷，求给赐号为天策上将军，梁主不觉自忖道："我既封他为王，还要这上将军名号，却是何用？"我亦不解。意欲批斥不准，转思笼络要紧，不如依他所请，免令反侧，乃亦许给名号，令为上将。楚王殷得报大喜，遂借天策上将军名目，开府置官，令弟賨存为左右相，居然也独霸一方了。三处皆用简笔叙过，不涉浪墨。

忽由成德军节度使赵王王镕，报称祖母寿终，乃遣使臣赍赐赙仪，兼令吊问。及使臣回来，谓晋使亦曾与吊，转令梁主温大起疑心，便欲并吞河北，省得为晋爪牙。乃遣供奉官杜廷隐、丁延徽为赵监军，且命他发魏博兵数千，分屯深、冀二州，托词助赵守御，暗中实嘱使袭赵。

赵将石公立方戍深州，急遣白王镕，愿拒绝梁使。镕不肯从，反召公立还镇州。公立出门，指城下涕道："朱氏灭唐社稷，三尺童子，犹知他居心叵测，我王反恃为姻好，令他屯兵，这叫做开门揖盗，眼见得全城为虏了！"至公立已去，梁使杜廷隐等率魏博兵入城，深州人民，相率惊骇，奔匿城外，廷隐即将城门关住，尽杀赵戍卒，复照样袭取冀州。

石公立返谒王镕，极言梁人无信，镕尚半信半疑。至深、冀失守消息，报入镇州，才令公立再攻深、冀，杜廷隐等已浚濠拒守，严兵以待，哪里还能攻入！看官听着，这成德军的管辖地，只有镇、赵、深、冀四州；此时失去一半，教王镕如何不慌？当下四出求援，先遣说客至定州，用了甘言厚币，买通义武节度使王处直，与约拒梁。王处直见第四回。再派使至燕、晋告急。

燕王刘守光不报，惟晋王李存勖接见赵使，却毫不迟疑，允令出援。晋将多谏阻道："王镕臣事朱温，已有数年，岁输重赂，并结婚姻。此次向我求救，必有诈谋，愿大王勿允彼言！"存勖摇首道："汝等但知其一，不知其二。试想王氏在唐，尚且叛服无常，怎肯长为朱氏臣属？今朱氏出兵掩袭，王镕救死不暇，还顾及什么姻好？我若不救，正堕朱氏计中，应急速发兵，会同赵军，共破朱氏，免得他踏平河朔，侵及河东哩！"英断过人。语未毕，定州亦派使到来，谓愿联合镇州，推晋王为盟主，合兵攻梁。存勖允诺，即将两使遣归，命周德威率兵万人，往屯赵州，助镕防守。

梁主温闻晋军援赵，也命王景仁、韩勍、李思安诸将，领兵十万，进逼镇州，直至柏乡。王镕大惧，复遣使向晋乞师。存勖乃亲自出马，留蕃汉副总管李存番等守晋阳，自率大军东下。王处直亦派兵五千，前来从行。存勖至赵州，与周德威合军，进营野河，与柏乡只隔五里。梁兵坚壁不出，存勖命德威率兵挑战，仍没有一人出来接仗。德威令游骑进薄梁营，痛骂梁军，且发矢射入营帐。恼了梁军副使韩勍，开营逆战，出兵三万，怒马奔来，德威即麾军退回，勍哪里肯舍，分三万人为三队，追击晋军。晋军见梁军盔甲鲜明，光耀夺目，不禁心摇气馁，各有惧容。德威瞧着，便下令道："敌军皆汴州屠贩徒，衣铠虽是鲜明，统是没用，十人不足当汝一人，汝等尽可无虑。且汝等能擒他一卒，便得小富，这是奇货可居，不应坐失哩。"军士得令，方有起色，统回头想与搏斗。德威就分兵两路，攻击梁军两头，左驰右突，出入数四，俘获得百余人。

乃且战且行，回至野河，存勖出兵接应，梁兵乃退。

德威既驰入大营，上帐献议道："贼势甚锐，宜按兵持重，待他疲敝，方可进攻。"存勖道："我率孤军远来，救人急难，利在速战，奈何按兵持重呢！"德威道："镇定兵只能守城，不能野战；我兵虽能驰骋，但惟旷野间方可冲突。今压贼寨门，无从展技，并且彼众我寡，势不相敌，倘被彼知我虚实，我必危了！"是谓知彼知己。存勖愀然不答，退卧帐中。德威出语张承业道："大王骤胜而骄，不自量力，专务速战，今去贼咫尺，只有一水相隔。彼若造桥迫我，我众恐立尽了，不如退屯高邑，依城自固，一面诱贼离营，彼出我归，彼归我出，再派轻骑掠彼粮饷，不出月余，定可破敌。"仍是从前攻夹寨之计。承业点首，入帐语存勖道："这岂大王安枕时么？周德威老将知兵，言不可忽，愿大王注意！"存勖跃然起床道："我正思德威言，颇有至理。"即出帐召入德威，令拔营徐退，回屯高邑。

嗣获得梁营侦卒，果然王景仁饬兵编筏，拟多造浮桥，以便进兵。存勖始称德威先见，奖劳有加，时已为梁开平四年冬季，两军休兵不战。

过了残冬，越年正月，晋军屡出游骑，截敌刍牧，凡刈刍饲马诸梁兵，多为所掳，梁兵遂闭门不出。周德威令游骑环噪梁营，梁兵疑有埋伏，愈不敢动，惟锉屋第坐席，喂饲战马，马多饿毙。德威见梁兵连日不战，定欲诱他出来，乃与史建瑭、李嗣源两将，带着精骑三千，自往诱敌，驰至梁寨门前，令骑士辱骂梁将，并及梁主，寨门仍寂然无声。再饬骑士下马，席地坐着，信口痛詈，直把那汴梁君臣的丑史，一股脑儿宣扬出来，约骂到一两个时辰，才把寨门骂开，梁兵似潮涌出，当先为梁将李思安，挺枪跃马，引兵前来，周德威忙令骑士上马，与他接战，约略数合，便即引退，一面走，一面追，至野河旁，已有浮桥筑着，晋将李存璋带着镇定兵士，护守浮桥，让过德威等人，方上前拦住梁兵。梁兵横亘数里，竞前夺桥，镇定兵左右抵御，多被梁兵杀退，势将不支，晋王存勖方登高观战，顾语都指挥使李建及道："贼若过桥，不可复制了。"建及奋然跃出，号召长枪兵二百名奔助存璋，一当十，十当百，努力向前，竟将梁兵杀退。梁兵稍稍休息，复来夺桥，存璋、建及等，仍然死斗，不许越雷池一步，自巳牌杀到未牌，尚是胜负未分。这是梁、晋第二次恶战。

存勖语德威道："两军已合，势不相下，我军兴亡，在此一举。我愿为公等先驱，公等继进，定要杀败了他，方泄我恨！"说至此，援辔欲行。德威叩马力谏道："梁兵甚众，只可计取，不能力胜。彼去营数里，虽带着干粮，也无暇取食，俟战至日暮，饥渴两迫，兵刃外交，士卒劳倦，必有退志，我方出精骑掩击，必得大胜，此时还须静待哩！"存勖乃止。两军尚喊杀连天，奋斗不已。

既而夕阳西下，暮色横天，梁兵尚未得食，当然疲乏，渐渐地倒退下去，周德威登高大呼道："梁兵遁走了！"说着，即麾动锐骑，鼓噪而进，梁兵已无斗志，纷纷逃生。王景仁、韩勍、李思安等，也拍马飞奔，远飏而去。李存璋率兵追击，且令军士齐呼道："梁人也是吾民，但教解甲投戈，悉令免死！"梁兵闻言，统把甲兵弃去，委积如山。赵军怀着深、冀旧恨，不愿掠取，但操刀追敌，杀一个，好一个，汴梁精兵，斩馘几尽，自野河至柏乡，尸骸枕籍，败旗断戟，沿途皆是。晋军追至柏乡，梁营内已无一人，所弃辎重粮械，不可胜计。凡斩首二万级，获马三千匹，铠甲兵仗七万件，擒梁将陈思权以下二百八十五人。

晋王存勖收军屯赵州，拟休息一宵，进攻深、冀。哪知梁使杜廷隐等，即弃城遁去，所有二州丁壮，都掳去充做奴婢，老弱坑死。及赵州军入城检视，城中只剩得坏垣碎瓦，一片荒凉了。梁人凶毒一至于此。嗣是镇、定两镇，均与梁绝，改用唐天佑年号。

晋王李存勖因魏博军助梁为虐，决计会同镇、定两军，移节攻魏。先颁发一篇檄文，说得堂堂正正，慷慨淋漓。文云：

王室遇屯，七庙被陵夷之酷，昊天不吊，万民罹涂炭之灾。必有英主奋庸，忠臣仗顺，斩长鲸而清四海，靖祆祲以泰三灵。予位忝维城，任当分阃，念兹颠覆，讵可宴安！故仗桓、文辅合之规，问羿、浞凶狂之罪。逆温砀山庸隶，巢孽余凶。当僖宗奔播之初，我太祖指克用。扫平之际，束身泥首，请命牙门，包藏奸诈之心，惟示妇人之态。我太祖抚怜穷鸟，曲为开怀，特发表章，请帅梁汴，才出萑蒲之泽，便居茅社之尊，殊不感恩，遽行猜忌。我国家祚隆周汉，迹盛伊唐，二十圣之镃基，三百年之文物，外则五侯九伯，内则百辟千官，或代袭簪缨，或门传忠孝，皆遭陷害，永抱沉冤。且镇、定两藩，国家巨镇，冀安民而保族，咸屈节以称藩。逆温惟伏阴谋，专行不义，欲全吞噬，先据属州。赵州特发使车，来求援助。予情惟荡寇，义切亲仁，躬率赋舆，赴兹盟约。贼将王景仁，将兵十万，屯据柏乡，遂驱三镇之师，授以七擒之略。鹳鹅才列，枭獍大奔，易如走阪之丸，势若燎原之火。僵尸仆地，流血成川；组甲雕戈，皆投草莽；谋夫猛将，尽做俘囚。群凶既快于天诛，大憝须垂于鬼箓。今则选搜兵甲，简练车徒，乘胜长驱，翦除元恶。凡尔魏、博、邢、洺之众，感恩怀义之人，乃祖乃孙，为盛唐赤子，岂徇虎狼之党，遂忘覆载之恩？盖以封豕长蛇，凭陵荐食，无方逃难，遂被胁从。空尝胆以衔冤，竟无门而雪愤。既闻告捷，想所慰怀，今义旅徂征，止于招抚。昔耿纯焚庐而向顺，萧何举族以从军，皆审料兴亡，能图富贵，殊勋茂业，翼子贻孙，转祸见机，决在今日。若能诣辕门而效顺，开城堡以迎降，长官则改补官资，百姓则优加赏赐，所经诖误，更不推穷。三镇诸军，已申严令，不得焚烧庐舍，剽掠马牛，但仰所在生灵，各安耕织。予恭行天罚，罪止元凶，已外归明，一切不问。凡尔士众，咸谅予怀，檄到如律令。末数语，隐然以皇帝自命。

檄文既发，遂令周德威、史建瑭趋魏州，张承业、李存璋趋邢州，自率李嗣源等继进。魏博军师罗周翰，急向梁廷乞援，一面出兵五千，堵住石灰窑口。周德威率骑兵掩击，迫入观音门，周翰闭壁自固。晋王存勖，亦率军到了魏州，会闻梁主温亲出援魏，屯兵白马坡，遣杨师厚领兵数万，先驱至邢州，存勖拟速拔魏城，再拒梁兵。

忽由镇州王镕递到一书，连忙启视，乃是刘守光给与王镕，由王镕转递军前。匆匆一览，禁不住冷笑起来。正是：

狡猾难逃英主鉴，聪明反被别人欺。

欲知书中所说大略，待看下回表明。

四国抗梁，岐为最弱。所据共二十州，势不足与梁敌。梁将刘知俊率军西进，即夺去丹、延、鄜、坊四州，大局盖岌岌矣。乃天厌朱氏，偏令温猜忌知俊，迫其走险，叛梁降岐。康怀贞为知俊所挫，而梁军始不敢入岐境，是岐之得以保全，知俊之力也。晋王存勖，出军援赵。幸赖周德威之善谋，方得战胜柏乡，歼除大敌。故本回特推美德威，以明其功之所由成。至录入晋王檄文，特为朱氏声明罪恶，而深许晋王之加讨，盖亦一欧阳公之遗意也。

第七回

杀谏臣燕王僭号　却强敌晋将善谋

却说燕王刘守光前次不肯救赵，意欲令两虎相斗，自己做个卞庄子。偏晋军大破梁兵，声势甚盛，他亦未免自悔，又想出乘虚袭晋的计策，竟治兵戒严，且贻书镇、定，大略说是两镇联晋，破梁南下，燕有精兵三十万，也愿为诸公前驱，但四镇连兵，必有盟主，敢问当属何人？既欲乘虚袭晋，偏又致书二镇，求为盟主，是明明使晋预防。彼以为智，我笑其愚。王镕得书，因转递存勖。存勖冷笑数声，召语诸将道："赵人尝向燕告急，守光不能发兵相助。今闻我战胜，反自诩兵威，欲来离间三镇，岂不可笑！"诸将齐声道："云、代二州，与燕接境，他若扰我城戍，动摇人情，也是一心腹大患，不若先取守光，然后可专意南讨了。"存勖点头称善，乃下令班师，还至赵州。赵王镕迎谒晋王，大犒将士，且遣养子德明，随从晋军。德明原姓张，名文礼，狡猾过人，后来王镕且为所害，事见下文。存勖留周德威等助守赵州，自率大军返晋阳。

梁将杨师厚到了邢州，奉梁主温命令，教他留兵屯守。且遣户部尚书李振，为魏博节度副使，率兵入魏州。但托言周翰年少，未能拒寇，所以添兵防戍，其实是暗图魏博，阳窥成德。

王镕闻报大惊，又致书晋王存勖，相约会议。两王至承天军，握手叙谈，很是亲昵。存佑因镕为父执，称镕为叔，镕以梁寇为忧，面庞上似强作欢笑，不甚开怀。存勖慨然道：“朱温恶贯将满，必遭天诛。虽有师厚等助他为恶，将来总要败亡。倘或前来侵犯，仆愿率众援应，请叔父勿忧。”镕始改忧为喜，自捧酒卮，为晋王寿。晋王一饮而尽，也斟酒回敬，镕亦饮毕，又令幼子昭诲，谒见存勖。昭诲年仅四五龄，随父莅会，存勖见他婉娈可爱，许妻以女，割襟为盟。彼此欢饮至暮，方各散归。晋赵交好，从此益固。

镕返至镇州，正值燕使到来，求尊守光为尚父。镕大起踌躇，只好留入馆中，飞使往报晋王。存勖怒道：“是子也配称尚父么？我正要兴兵问罪，他还敢夜郎自大么？”遂拟下令出师。诸将入谏道：“守光罪大恶极，诚应加讨，但目今我军新归，疮痍未复，不若佯为推尊，令他稔恶速亡，容易下手，大王以为何如？”这便是骄兵计。存勖沉吟半晌，才微笑道：“这也使得。”便复报王镕，姑尊他为尚父。镕即遣归燕使，允他所请。义武节度使王处直，也依样画着葫芦，与晋、赵二镇，共推守光为尚父，兼尚书令。

守光大喜，复上表梁廷，谓晋、赵等一致推戴，惟臣受陛下厚恩，未敢遽受，今请陛下授臣为河北都统，臣愿为陛下扫灭镇、定、河东。两面讨好，恰也心苦。梁主温也笑他狂愚，权令任河北采访使，遣使册命。

守光命有司草定仪注，将加尚父尊号。有司取唐册太尉礼仪，呈入守光，守光瞧阅一周，便问道：“这仪注中，奈何无郊天改元的礼节？”有司答道：“尚父乃是人臣，未得行郊天改元礼。”守光大怒，将仪注单掷向地上，且瞋目道：“方今天下四分五裂，大称帝，小称王，我拥地三千里，带甲三十万，直做河北天子，何人敢来阻我！尚父微名，我简直不要了！你等快去草定帝制，择日做大燕皇帝！”有司唯唯而退。

守光遂自服赭袍，妄作威福，部下稍稍拂意，即捕置狱中，甚且囚入铁笼，外用炭火炽热，令他煨毙，或用铁刷刷面，使无完肤。孙鹤看不过去，时常进谏，且劝守光不应为帝，略谓“河东伺西，契丹伺北，国中公私交困，如何称帝？”守光不听，将佐亦窃窃私议。守光竟命庭中陈列斧锧，悬令示众道：“敢谏者斩！”梁使王瞳、史彦章到燕，竟将他拘禁起来。各道使臣，到一个，囚一个，定期八月上旬，即燕帝位。孙鹤复进谏道：“沧州一役，臣自分当死，幸蒙大王矜全，得至今日，臣怎敢爱死忘恩！为大王计，目下究不宜称帝！”与禽兽谈仁义，徒自取死，不得为忠。守光怒道：“汝敢违我号令么？”便令军吏捽鹤伏锧，剐肉以食，鹤大呼道：“百日以外，必有急兵！”守光益怒，命用泥土塞住鹤口，寸磔以徇。

越数日即皇帝位，国号大燕，改元应天。从狱中释出梁使，胁令称臣，即用王瞳为左相，卢龙判官齐涉为右相，史彦章为御史大夫。这消息传到晋阳，晋王存勖大笑道：“不出今年，我即当向他问鼎了。”张承业请遣使致贺，令他骄盈不备。存勖乃遣太原少尹李承勋赴燕，用列国聘问礼。守光命以臣礼见，承勋道：“我受命唐朝，为太原少尹，燕王岂能臣我？”守光大怒，械系数日，释他出狱，悍然问道：“你今愿臣我否？”承勋道：“燕王能臣服我主，我方愿称臣，否则要杀就杀，何必多问！”守光怒上加怒，竟命将承勋推出斩首。晋王闻承勋被杀，乃大阅军马，筹备伐燕，外面恰托言南征。

梁主温正改开平五年为乾化元年，大赦天下，封赏功臣，又闻清海军即岭南。节度使刘隐病卒，也辍朝三日。假惺惺。令隐子岩袭爵，既而连日生病，无心治事，就是刘守光拘住梁使，自称皇帝，也只好听他胡行，不暇过问。

到了七八月间，秋阳甚烈，他闻河南尹张宗奭家，园沼甚多，遂带领侍从，竟往宗奭私第。宗奭原名全义，家世濮州，曾从黄巢为盗，充任伪齐吏部尚书。巢败死，全义与同党李罕之，分据河阳。罕之贪暴，尝向全义需索，全义积不能平，潜袭罕之。罕之奔晋，乞得晋师，围攻全义。全义大困，忙向汴梁求救。朱温遣将往援，击退罕之，晋军亦引去。全义得受封河南尹，感温厚恩，始终尽力，且素性勤俭，教民耕稼，自己亦得积资巨万。特在私第中筑造会节园，枕山引水，备极雅致，却是一个家内小桃源。朱温篡位，授职如故，全义曲意媚温，乞请改名，温赐名宗奭，屡给优赏。及温到他家避暑，自然格外巴结，殷勤侍奉，凡家中所有妻妾妇女，概令叩见。

温一住数日，病竟好了一大半，食欲大开，色欲复炽，默想全义家眷，多半姿色可人，乐得仗着皇帝威风，召她几个进来，陪伴寂寥。第一次召入全义爱妾两人，迫她同寝，第二次复改召全义女儿，第三次是轮到全义子妇，简直是猪狗不如。妇女们惮他淫威，不敢抗命，只好横陈玉体，由他玷污。甚至全义继妻储氏，已是个半老徐娘，也被他搂住求欢，演了一出高唐梦。张氏妻女何无廉耻。

全义子继祚羞愤交并，取了一把快刀，就夜间奔入园中，往杀朱温，还是他有些志气。偏被全义看见，硬行扯回，且密语道：“我前在河阳，为李罕之所围，啖木屑为食，身旁只有一马，拟宰割饲军，正是命在须臾，朝不保暮，亏得梁军到来，救我全家性命，此恩此德，如何忘怀！汝休得妄动，否则我先杀汝！”不是报恩，直是怕死。继祚乃止。

越宿，已有人传报朱温。温召集从臣，传见全义，全义恐继祚事发，吓得乱抖。妻储氏从旁笑道：“如此胆怯，做什么男儿汉？我随同入见，包管无事！”遂与全义同入，见温面带怒容，也竖起柳眉，厉声问道：“宗奭一种田叟，守河南三十年，开荒掘土，敛财聚赋，助陛下创业，今年齿衰朽，尚何能为？闻陛下信人谗言，疑及宗奭，究为何意？”恃有随身法宝，故敢如此唐突。温被她一驳，说不出什么道理，又恐储氏变脸，将日前暧昧情事，和盘托出，反致越传越丑，没奈何假作笑容，劝慰储氏道：“我无恶意，幸勿多言！”好一个箝口方法。储氏夫妇，乃谢恩趋出，朱温也未免心虚，即令侍从扈跸还都。

忽闻晋、赵将联军南来，又想出些风头，亲至兴安鞠场，传集将吏，躬自教阅，待逐队成军，乃下令亲征。出次卫州，正在就食，又有人来报道：“晋军已出井陉了。”当下匆匆食毕，即拔寨北趋，兼程至相州，始接侦骑实报，晋军尚未南来，乃停兵不进。已而移军洹水，又得边吏奏报，晋、赵兵已经出境，累得梁主温坐食不安，急引军往魏县。军中时有谣传，一日早起，不知从何处得着风声，哗言沙陀骑兵，杂沓前来，顿时全营大乱，你逃我散，梁主命严刑禁遏，尚不能止。嗣探得数十里间，并无敌骑，军心才定。

梁主温疾已经年，只因夹寨、柏乡，两次失利，不得不力疾北行，勉图报复。谁知又着了晋王声东击西的诡计，徒落得奔波跋涉，冒犯风霜，还是幸免，否则军志浮嚣，宁能不败？他不禁躁忿异常，所有功臣宿将，略犯过误，不是诛戮，就是斥逐，因此众心益惧，日夕恂恂。待了一月有余，仍不见有一个敌兵，乃南还怀州。怀州刺史段明远，出城迎谒，很是恭谨。梁主入城，供馈甚盛。明远有一妹子，豈蔻年华，芙蓉脸面，蓦被梁主温瞧着，问明明远，硬索侍寝。明远无可奈何，便令妹子盛饰入谒，亲承雨露。少妇嫁老夫，恐非段妹所愿。春风一度，深惬皇心，即面封段妹为美人，挈归洛阳。怎奈年周花甲，禁不住途中辛苦，并因色欲过度，精力愈衰，还洛后旧病复发，服过了无数参茸，才得起床。可巧前使史彦章回来，替刘守光代乞援师。梁主温怒道：“汝已臣事守光，尚敢来见朕么？”彦章伏奏道：“臣怎敢负恩事燕。只因晋、赵各镇，推尊守光，嗾他背叛陛下，出来当冲，他却以渔人自居，稳收厚利。臣与王瞳暂时居燕，力劝守光勿负陛下，守光因复与各镇绝交，为陛下往攻易、定。定州王处直，向晋、赵乞得援兵，夹攻幽州，幽州危急万分，若陛下坐视不救，恐河朔终非梁有了！”这一番花言巧语，又把梁主温的怒气平了下去。彦章又特随来的燕使，召入见温，呈上守光表文，中多悔过乞怜等语，惹动梁主雄心，许出援师，遂又督兵亲出。

到了白马顿，从官多不愿随行，勉强趱程，有三人剩落后面，一是左散骑常侍孙隲，一是右谏议大夫张衍，一是兵部郎中张儁，都至隔宿才到。梁主温恨他后至，一并处斩，行至怀州，段明远供张极盛，比前次还要华朊。此次变作国舅，应该比前巴结。梁主大喜，厚加赏赐，且改令明远名凝，及进次魏州，决议攻赵以纾燕难，乃命杨师厚为都招讨使，李周彝为副使，率三万人围枣强县，贺德伦为招讨接应使，袁象先为副使，也率三万人围蓨县。

两路兵马，同时发出，梁主温安居行幄，专候捷音。突有哨卒踉跄奔入，大声奏报道：“晋兵来了！”梁主温仓皇失措，忙出帐骑了御马，只带亲兵数百名，奔往杨师厚军前。看官！你道晋军有否到来？原来并不是晋军，乃是赵将符习，引数百骑逻侦消息，梁兵误作晋军，竟弃幄远飏，眼见得军心不固，便是败象哩。

杨师厚到了枣强，督兵急攻。枣强城小而坚，赵人用精兵守住，很是坚忍，任他如何攻扑，死战不退。一攻数日，城墙屡坏屡修，内外死伤，约以万计。既而城中矢石将竭，共议出降，有一卒奋然道：“贼自柏乡战败，恨我赵人切骨，今若往降，徒自取死，我愿独入虎口，杀他一二员大将，或得使他解围，也未可知。”遂乘夜缒城而下，径至梁营诈降。李周彝召他入帐，问及城中情形，赵卒答道：“城中粮械尚多，足有半月可持，但军使既收录微材，乞赐一剑，效死先登，愿取守城将首。”周彝恰还小心，不肯给剑，止令荷担从军，赵卒觑得间隙，竟举担击周彝首，周彝呼痛踣地。左右急救周彝，立将赵卒砍死。赵卒颇有忠胆，可惜史册中不留姓名。梁主温闻报大怒，限令三日取城。师厚亲冒矢石，昼夜猛攻，越二日，得陷。入城中，不问老幼，一概骈戮，可怜这枣强城中，变作了一座血污城。极写梁主暴虐。

那贺德伦等进攻蓨县，蓨县为赵州属地，相距不远。赵州本由晋将周德威驻扎，后来调镇振武军，注见前。仅留李存审、史建瑭、李嗣肱等戍守。既得蓨县急报，当由存审主议，与建瑭、嗣肱熟商道：“我王方有事幽、蓟，无暇到此，南方军事，委任我等数人，今蓨县告急，我等怎能坐视？况贼得蓨县，必西侵深、冀，为患益深。我当与公等别出奇谋，使贼自遁。”建瑭、嗣肱齐声道：“果有奇计，愿听指挥！”存审乃引兵趋下博桥，令建瑭、嗣肱分道巡逻，遇有梁卒刍牧，立刻擒来。自分麾下为五队，统令衔枚疾走，沿途遇着梁兵，无论为侦探，为樵采，一概捕住，带回下博桥。建瑭、嗣肱，也有一二百人捉回，存审命一一杀死，只留活数人，断去一臂，纵使还报道：“汝等为我转达朱公，晋王大军已到，叫他前来受死！”断臂兵奔回梁营，当然依言禀报。适值梁主温引杨师厚兵，自就贺德伦营，助攻蓨县，听着断臂兵报语，恰也惊心，即与德伦分驻营寨，相隔里许。德伦也很是戒备，派兵四巡，慎防不测。不意到了日暮，营门外忽然火起，烟雾冲霄，接连是噪声大作，箭镞齐来。德伦忙命亲卒把守营门，严禁各军妄动。外面却乱了一两个时辰，待至天色昏黑，方闻散去。当由德伦检查军士，又失了一二百名，或说是变起本军，究竟不知真伪。偏是梁主营前，又有断臂兵突入，大呼晋军大至，贺军使营，已陷没了。梁主温惊愕异常，立命毁去营寨，乘夜遁走。天昏不辨南北，竟至失道，委曲行二三百里，始抵贝州。

如此胆小，何必夸语亲征？

德伦闻梁主遁还，也即退军。再遣侦骑探明虚实，返入梁营，报称晋军实未大出，不过令先锋游骑，先来示威。德伦听着，虽带着三分惭色，尚得谓梁主先遁，聊自解嘲。只梁主闻知，叫他如何忍受，且忧且恚，病又增剧，不得已养疾贝州，令各军陆续退归。

当时晋军计却大敌，欢声雷动，统称存审善谋。小子把存审计划，上文叙明一半，还有一半详情，应该补叙。存审闻梁主自至，与德伦分营驻扎，已知梁主堕入计中。再将前时俘斩的梁卒，从尸身上剥下衣服，令游骑穿着，伪充梁兵，三三五五，混至德伦营前。德伦虽有巡兵四察，还道是本营士卒，不加查问。那伪充梁兵的晋军，遂就梁营前放火射箭，喊杀连天，乘间捕得几十个梁兵，依着存审密计，把他截臂纵去，令他往吓梁主。梁主被他一吓，果然远遁，连德伦也立足不住，拔营退去。经此一段说明，方知前文笔法之妙。仅仅几百个晋军，吓退了七八万梁兵，这都是李存审的妙计。小子有诗咏存审道：

> 疆场决胜在多谋，用力何如用智优，
> 任尔貔貅七八万，尚输良将幄中筹。

梁主温一病兼旬，好容易得有起色，复自贝州至魏州。博王友文，自东都过觐，请驾还都，梁主温乃启程南归。欲知后事，且阅下回。

刘守光一騃竖耳，如尚父皇帝之尊卑，尚不能辨，顾欲侈然称帝，凌压各镇，何不自量力若此！况前幽父，继杀兄，后且淫刑求逞，妄戮谏臣，天下有如此狂騃，而能不危且亡者，未之闻也。若梁主温之老奸巨猾，较守光固胜一筹；但暴虐不亚守光，淫恶比守光为尤甚。夹寨破，柏乡败，乃欲亲出报怨，两次督师，未遇敌而先怯，是正天夺之魄，阴促老奸之寿算耳。此而不悟，愈老愈虐，愈虐愈淫，几何而不受剸刃之惨也？善恶到头终有报，只争来早与来迟，斯言虽俚，亶其然乎！

第八回

父子聚麀惨遭剚刃　君臣讨逆谋定锄凶

却说梁主温还至洛阳，病体少愈，适博王友文，新创食殿，献入内宴钱三千贯，银器一千五百两，乃即就食殿开宴，召宰相及文武从官等侍宴。酒酣兴发，遽欲泛舟九曲池。池不甚深，舟又甚大，本来是没甚危险，不料荡入池心，陡遇一阵怪风，竟将御舟吹覆。梁主温堕入池中，幸亏侍从竭力捞救，方免溺死。别乘小舟抵岸，累得拖泥带水，惊悸不堪。不若此时溺死，尚免一刀之惨。

时方初夏，天气温和，急忙换了龙袍，还入大内，嗣是心疾愈甚，夜间屡不能眠，常令妃嫔宫女，通宵陪着，尚觉惊魂不定，寤寐徬徨。那燕王刘守光屡陈败报，一再乞援，梁主病不能兴，召语近臣道："我经营天下三十年，不意太原余孽，猖獗至此，我观他志不在小，必为我患。天又欲夺我余年，我若一死，诸儿均不足与敌，恐我且死无葬地了！"语至此，哽咽数声，竟至晕去。近臣急忙呼救，才得复苏。只怕晋王，谁知祸不在晋，反在萧墙之内。嗣是奄卧床褥，常不视朝，内政且病不能理，外事更无暇过问了。

是年岐、蜀失和，屡有战争。蜀主王建曾将爱女普慈公主，许嫁岐王从子李继崇，岐王因戚谊相关，屡遣人至蜀求货币，蜀主无不照给。寻又求巴、剑二州，蜀主王建怒道："我待遇茂贞，也算情义兼尽，奈何求货不足，又来求地？我若割地界彼，便是弃民。宁可多给货物，不能割地。”乃复发丝茶布帛七万，交来使带还。赔贴妆奁，确是不少。奈彼尚贪心未餍何？茂贞因求地不与，屡向继崇说及，有不平意。继崇本嗜酒使气，伉俪间常有违言，至是益致反目。普慈公主潜遣宦官宋光嗣，用绢书禀报蜀主，求归成都。蜀主王建，遂召公主归宁，留住不遣，且用宋光嗣为閤门南院使。

岐王大怒，即与蜀绝好，遣兵攻蜀兴元，为蜀将唐道袭击退。岐王复使彰义节度使刘知俊，及从子李继崇发大兵攻蜀。蜀命王宗侃为北路行营都统，出兵搦战，被知俊等杀败，奔安远军，安远军为兴元城西县号，障蔽兴元。知俊等进兵围攻，经蜀主倾国来援，大破岐兵，知俊等狼狈走还，后来知俊为岐将所谗，兵权被夺，举族寓秦州。越三年，秦州为蜀所夺，知俊因妻孥被掳，又背岐投蜀去了。后文慢表。

且说梁主温连年抱病，时发时止，年龄已逾花甲，只一片好色心肠，到老不衰，自从张妃谢世，篡唐登基，始终不立皇后。昭仪陈氏，昭容李氏，起初统以美色得幸，渐渐地色衰爱弛，废置冷宫。应第二回。陈氏愿度为尼，出居宋州佛寺，李氏抑郁而终。此外后宫妃嫔，随时选入，并不是没有丽容，怎奈梁主喜新厌故，今日爱这个，明日爱那个，多多益善，博采兼收，甚至儿媳有色，亦征令入侍，与她苟合，居然做个扒灰老。博王友文，颇有材艺，虽是梁主温假子，却很是怜爱，比亲儿还要优待，梁主迁洛，留友文守汴梁。见第五回。历年不迁，惟友文妻王氏，生得一貌似花，为假翁所涎羡，便借着侍疾为名，召她至洛，留陪枕席，王氏并不推辞，反曲意奉承，备极缱绻，但只有一种交换条件，迫令假翁承认，看官道是何事？乃是梁室江山，将来须传位友文。还记得乃夫么？

梁主温既爱友文，复爱王氏，自然应允。偏暗中有一反对的雌儿，与王氏势不两立，竟存一个你死我活的意见。这人为谁？乃是友珪妻室张氏。张氏姿色，恰也妖艳，但略逊王氏一筹，王氏未曾入侍，她已得乃翁专宠；及王氏应召进来，乃翁爱情，一大半移至王氏身上，渐把张氏冷淡下去。张氏含酸吃醋，很是不平，因此买通宫女，专伺王氏隐情。

一日合当有事，梁主温屏去左右，专召王氏入室，与她密语道："我病已深，恐终不起，明日汝往东都，召友文来，我当嘱咐后事，免得延误。"为了肉欲起见，遂拟把帝位传与假子，扒灰老也不值得。王氏大喜，即出整行装，越日登程。这个消息，竟有人瞧透机关，报与张氏，张氏即转告友珪，且语且泣道："官家将传国宝付与王氏，怀往东都，俟彼夫妇得志，我等统要就死了！"友珪闻言，也惊得目瞪口呆，嗣见爱妻哭泣不休，不由得泪下两行。

正在没法摆布，突有一人插口道，"欲要求生，须早用计，难道相对涕泣，便好没事么？"友珪愕然惊顾，乃是仆夫冯廷谔，便把他呆视片刻，方扯他到了别室，谈了许多密语。忽由崇政院遣来诏使已入大厅，他方闻信出来接受诏旨，才知被出为莱州刺史，他愈加惊愕，勉强按定了神，送还诏使，复入语廷谔，廷谔道："近来左迁官吏，多半被诛，事已万急，不行大事，死在目前了！"

友珪乃易服微行，潜至左龙虎军营，与统军韩勍密商，勍见功臣宿将，往往诛死，心中正不自安，便奋然道："郴王指友裕。早薨，大王依次当立，奈何反欲传与养子？主上老悖淫昏，有此妄想，大王诚宜早图为是！"又是一个薪上添火。遂派牙兵五百人，随从友珪，杂入控鹤士中，唐已有控鹤监，系是值宿禁中。混入禁门，分头埋伏，待至夜静更深，方斩关突入，竟至梁主温寝室，哗噪起来。侍从诸人，四处逃避，单剩了一个老头儿，揭帐启视，披衣急起，怒视友珪道："我原疑此逆贼，悔不早日杀却！逆贼！逆贼！汝忍心害父，天地岂肯容汝么?”友珪亦瞋目道：“老贼当碎尸万段!”臣忍杀君，子亦何妨弑父。惜友珪凶莽，未能反唇相讥！冯廷谔即拔剑上前，直迫朱温，温绕柱而走，剑中柱三次，都被温闪过，奈温是有病在身，更兼老惫，三次绕柱，眼目昏花，一阵头晕，倒翻床上，廷谔抢步急进，刺入温腹，一声狂叫，呜呼哀哉！年六十一岁。

友珪见他肠胃皆出，血流满床，即命将裀褥裹尸，瘗诸床下。秘不发丧，立派供奉官丁昭溥，赍着伪诏，驰往东都，令东都马步军都指挥使均王友贞，速诛友文。友贞不知是假，即诱入友文，把他杀死。友文妻王氏未曾登途，已被友珪派人捕戮，一面宣布伪诏道：

> 朕艰难创业，逾三十年，托于人上，忽焉六载，中外协力，期于小康。岂意友文阴蓄异图，将行大逆，昨二日夜间，甲士突入大内，赖郢王友珪忠孝，领兵剿戮，保全朕躬。然疾因震惊，弥致危殆。友珪克平凶逆，厥功靡伦，宜令权主军国重事，再听后命。

越二日，丁昭溥自东都驰还，报称友文已诛，喜得友珪心花怒开，弹冠登极，再下一道矫诏，托称乃父遗制，传位次子。乃将遗骸草草棺殓，准备发丧，自己即位柩前，特授韩勍为侍卫诸军使，值宿宫中，勍劝友珪多出金帛，遍赐诸军，取悦士心，诸军得了厚赉，也乐得取养妻孥，束手旁观。惟内廷被他笼络，外镇却不受羁縻。

匡国军闻知内乱，都向节度使告变，时值韩建调任镇帅，置诸不理，竟为军士所害。此匡国军为陈许军号，与唐时之同州有别。杨师厚留戍邢魏，也乘隙驰入魏州，驱出罗周翰，据位视事。友珪惧师厚势盛，只好将周翰徙镇宣义，注见第二回。特任师厚为天雄军节度使。天雄军就是魏博，唐时旧有此号，屡废屡行，梁尝称魏博为天雄军，小子因前文未详，故特别表明。护国军治河中。节度使朱友谦，少时为石壕间大盗，原名只一“简”字，后来归附朱温，因与温同姓，愿附子列，改名友谦，温篡位后命镇河中，加封冀王。他闻洛阳告哀，已知有异，泣对群下道：“先帝勤苦数十年，得此基业，前日变起宫掖，传闻甚恶，我备位藩镇，未能入扫逆氛，岂不是一大恨事！”道言未绝，又有洛使到来，加他为侍中、中书令，并征他入朝，友谦语来使道：“先帝晏驾，现在何人嗣立？我正要来前问罪，还待征召么？”

来使返报友珪，友珪即遣韩勍等往击河中。友谦举河中降晋，向晋乞援。晋王李存勖统兵赴急，大破梁军，勍等走还。看官听着！这朱友珪的生母，本是亳州一个营娼，从前朱温镇守宣武，见第一回。略地宋亳，与该娼野合生男，取名友珪，排行第二，弟兄多瞧他不起。况又加刃乃父，敢行大逆，岂诿罪友文，平空诬陷，就可瞒尽耳目，长享富贵么？至理名言。

糊糊涂涂地过了半年，已是梁乾化三年元旦，友珪居然朝享太庙，返受群臣朝贺。越日祀圜丘，大赦天下，改元凤历。均王友贞，已代友文职任，做了东都留守，至是复加官检校司徒，令驸马都尉赵岩，赍敕至东都，友贞与岩私宴，密语岩道：“君与我系郎舅至亲，不妨直告，先帝升遐，外间啧有烦言，君在内廷供职，见闻较确，究竟事变如何？”岩流涕道：“大王不言，也当直陈。首恶实嗣君一人，内臣无力讨罪，全仗外镇为力了。”友贞道：“我早有此意，但患不得臂助，奈何？”岩答道：“今日拥强兵，握大权，莫如魏州杨令公，近又加任都招讨使，但能得他一言，晓谕内外军士，事可立办了。”友贞道：“此计甚妙。”

待至宴毕，即遣心腹将马慎，驰至魏州，入见杨师厚，并传语道："郢王弑逆，天下共知，众望共属大梁，公若乘机起义，帮立大功，这正所谓千载一时呢！"师厚尚在迟疑，慎又述均王言，谓事成以后，当更给犒军钱五十万缗。师厚乃召集将佐，向众质问道："方郢王弑逆时，我不能入都讨罪，今君臣名分已定，无故改图，果可行得否？"众尚未答，有一将应声道："郢王亲弑君父，便是乱贼。均王兴兵复仇，便是忠义。奉义讨贼，怎得认为君臣？若一旦均王破贼，敢问公将如何自处哩？"这人不知谁氏，也惜姓名不传。师厚惊起道："我几误事，幸得良言提醒，我当为讨贼先驱哩！"遂与马慎说明，令归白均王，伫候好音，自派将校王舜贤，潜诣洛阳，与龙虎统军袁象先定谋，复遣都虞侯朱汉宾屯兵滑州，作为外应。舜贤至洛，可巧赵岩亦自汴梁回来，至象先处会商，岩为梁主温婿，象先为梁主温甥，当然有报仇意，妥商大计，密报梁魏。

先是怀州龙骧军系梁主温从前随军。三千，推指挥刘重霸为首，声言讨逆，据住怀州，友珪命将剿治，经年未平，汴梁戍卒，亦有龙骧军参入，友珪也召令入都。均王友贞也遣人激众道："天子因龙骧军尝叛怀州，所以疑及尔等，一概召还，尔等一至洛下，恐将悉数坑死。均王处已有密诏，因不忍尔等骈诛，特先布闻。"戍卒闻言，统至均王府前，环跪呼吁，乞指生路。友贞已预书伪诏，令他遍阅，随即流涕与语道："先帝与尔等经营社稷，共历三十余年，千征万战，始有今日。今先帝尚落人奸计，尔等从何处逃生呢？"说至此，引士卒入府厅，令仰视壁间悬像。大众望将过去，乃是梁主温遗容，都跪伏厅前，且拜且泣。友贞亦唏嘘道："郢王贼害君父，违天逆地，复欲屠灭亲军，残忍已极，尔等能自趋洛阳，擒取逆竖，告谢先帝，尚可转祸为福呢！"大众齐声应诺，惟乞给兵械，以便趋洛。友贞即令左右颁发兵器，令士卒起来，每人各给一械，大众无不踊跃，争呼友贞为万岁，各持械而去。此计想由赵岩等指授。

友贞遣使飞报赵岩等人，赵岩、袁象先夜开城门，放诸军入都，一面贿通禁卒千人，共入宫城。友珪仓猝闻变，慌忙挈妻张氏，及冯廷谔共趋北垣楼下，拟越城逃生。偏后面追兵大至，喧呼杀贼。自知不能脱走，乃令廷谔先杀妻，后杀自己。廷谔亦自刭。都中各军，乘势大掠，百官逃散。中书侍郎同平章事杜晓，侍讲学士李珽，均为乱兵所杀，门下侍郎同平章事于兢，宣政院使李振代敬翔。被伤。骚扰了一日余，至暮乃定。

袁象先取得传国宝，派赵岩持诣汴梁，迎接均王友贞。友贞道："大梁系国家创业地，何必定往洛阳。公等如果同心推戴，就在东都受册，俟乱贼尽除，往谒洛阳陵庙便了。"岩返告百官，百官都无异辞。乃由均王友贞，即位东都，削去凤历年号，仍称乾化三年，追尊父温为"太祖神武元圣孝皇帝"，母张氏为"元贞皇太后"，给还友文官爵，废友珪为庶人，颁诏四方道：

我国家赏功罚罪，必协朝章，报德伸冤，敢欺天道？苟显违于法制，虽暂滞于岁时，终振大纲，须归至理。重念太祖皇帝尝开霸府，有事四方，迨建皇朝，载迁都邑每以主留重务，居守需才，慎择亲贤，方膺寄任。故博王友文，才兼文武，识达古今，俾分忧于在浚之郊，亦共理于兴王之地，一心无易，二纪于兹，尝施惠于士民，实有劳于家国。去岁郢王友珪，尝怀逆节，已露凶锋，将不利于君亲，欲窃窥夫神器，此际值先皇寝疾，大渐日臻，博王乃密上封章，请严宫禁。因以莱州刺史授于郢王，友珪才睹宣纶，俄行大逆，岂有自纵兵于内殿，翻诿罪于东都？伪造诏书，枉加刑戮，且夺博王封爵，又改姓名，冤耻两深，欺罔何极！伏赖上穹垂佑，宗社降灵，俾中外以叶谋，致遐迩之共怒。寻平内难，获诛元凶，既雪耻于同天，且免讥于共国，朕方期遁世，敢窃临人？遽迫推崇，爰膺缵嗣。

冤愤既伸于幽显，霈泽宜及于下泉。博王宜复官爵，仍令有司择日归葬。友珪凶恶滔天，神人共弃，生前敢为大逆，死后且有余辜，例应废为庶人，以昭炯戒。特此布敕，俾远近闻知。

此诏下后，又改名为锽，进天雄军节度使杨师厚为检校太师，兼中书令，加封邺王。西京左龙虎统军袁象先为检校太保同平章事，加封开国公。这两人最为出力，所以封爵最优。余如赵岩以下，各升官晋爵有差。又遣使招抚朱友谦，友谦仍复归藩，称梁年号。惟对晋仍然未绝，算是一个骑墙派人物。梁廷至此，才得苟安。越二年始改元贞明，梁主友贞，又改名为瑱。小子有诗叹道：

多行不义必遭殃，稽古无如鉴后梁。
乃父淫凶子更恶，屠肠截脰有谁伤？

梁室粗定，晋已灭燕，欲知燕亡情形，且至下回再叙。

淫恶如朱温，宜有剚刃之祸，但为其子友珪所弑，岂彼苍故演奇剧，特假手友珪，以示恶报之巧乎！温为臣弑君，友珪为子弑父，有是父乃有是子，果报固不爽也。惟友珪弑逆不道，尚得窃位半年，杨师厚兼雄镇，擅劲兵，未闻首先倡义，乃迫于均王之一激，部将之一言，始幡然变计，盖当时礼教衰微，几视篡弑为常事。非有大声疾呼者，唤醒其旁，几何不胥天下为禽兽也！然淫恶者终遭孑祸，凶逆者卒受身诛。苍苍者天，岂真长此晦盲乎？老氏谓天地不仁，夫岂其然！

第九回

失燕土伪帝做囚奴　平宣州徐氏专政柄

却说刘守光僭称帝号，遂欲并吞邻镇，拟攻易定，参军冯道，系景城人，长乐老出身，应该略详。面谏守光，劝阻行军。守光不从，反将道拘系狱中。道素性和平，能得人欢，所以燕人闻他下狱，都代为救解，幸得释出。道料守光必亡，举家潜遁，奔入晋阳，晋王李存勖，令掌书记，且问及燕事，得知虚实。

正拟发兵攻燕，可巧王处直派使乞援，遂遣振武节度使周德威，领兵三万，往救定州。德威东出飞狐，与赵将王德明，义武即定州，见前。将程严，会师易水，同攻岐沟关。一鼓即下，进围涿州。刺史刘知温，令偏将刘守奇拒守。守奇有门客刘去非，大呼城下道："河东兵为父讨贼，干汝甚事，乃出力固守呢？"守兵被他一呼，各无斗志，多半逃去。知温料不能守，开门迎降。守奇奔梁，得任博州刺史。晋将周德威，即率众抵幽州城下，另派裨将李存晖等往攻瓦桥关，守关将吏及莫州刺史李严皆降。守光连接败报，惊惶得了不得，卑辞厚币，向梁求援。梁主温督兵攻赵，为晋将李存审所却。见第七回。本段是回溯文字。幽州失一大援，益觉孤危，只好誓死坚守。

晋将周德威，因幽州城大且固，兵不敷用，再向晋阳济师。晋王李存勖，便调李存审援应，带领吐谷浑、契苾两部番兵，往会德威。德威已得增兵，即四面筑垒，为围攻计，守光益惧。

燕将单廷珪素号骁勇，独请出战。守光乃拨精兵万人，令他开城逆击。廷珪披甲上马，扬鞭出城，一声狂呼，万人随进，左冲右突，恰是有些利害。晋军拦阻不住，退至龙头冈。冈峦高出云表，势颇险峻，周德威倚冈立寨，据险自固，猛见单廷珪跃马前来，势甚凶猛，即令部将排定阵势，自己登冈指挥，准备对敌。廷珪遥见德威，便顾左右道："今日必擒周阳五以献！"大言何益？阳五系德威小字。说毕，持着一枝长枪，当先突阵，枪锋所至，无人不靡。晋军三进三却，由廷珪冲过阵后，一人一骑，不管什么死活，竟上冈去捉德威。德威究是老将，没甚慌忙，但佯作胆怯状，回马急走，跑上峰峦。廷珪也跃马追上，觑着德威背后，一枪刺去，正道是洞穿胸腹，那知德威早已防着，闪过一旁，让开枪头，右手恰掣出铁樋，向廷珪马头猛击。马忍痛不住，滚了下去，冈峦本是不平，这一滚约有数丈。任你廷珪如何骁悍，也是约束不住，人仰马翻，统跌得皮开血裂，凑巧下面尚有晋军，顺手揿住廷珪，把他捆绑起来。燕兵见主将被擒，慌忙退走。被晋军驱杀一阵，斩首三千级，余众逃入城中，全城夺气。

德威斩了廷珪，又分兵攻下顺州、檀州，复拔芦台军，再克居庸关。刘守光惶急异常，屡使人赴梁告急，正值梁廷内乱，不暇应命。他只得自去设法，命大将元行钦募兵山北，骑将高行珪出守武州，作为外援。晋王李存勖，即遣李嗣源往攻武州，行珪出战失利，遂降嗣源，嗣源乃退。元行钦闻武州失守，亟引兵攻行珪。行珪令弟行周往质晋军，求他援助。嗣源再进兵击行钦，八战八胜，行钦力屈乃降。嗣源爱他材勇，养为己子，令为代州刺史。

行周留事嗣源，常与嗣源养子从珂，分领牙兵，转战有功。从珂母魏氏，先为王氏妇，生子名阿三，嗣源随克用出师河北，掠得魏氏，见她秀色可餐，便纳为妾媵。阿三即拜嗣源为义父，取名从珂。及年已成立，以勇健闻。晋王存勖，尝呼他小字道："阿三与我同年，勇敢亦与我相类，恰是个不凡子。"后来叛唐篡国，就是此人，事见下文。不第叙过从珂，并带过高行周。

且说周德威围攻幽州，已是逾年。从前因幽州四近，尚有燕兵散布，须要远近兼顾，内外合筹，一时不便进副，惟连营竖栅，与燕相持。嗣闻四面犄角，均已毁灭，乃进军南门，专力攻城。守光昼夜不安，自知兵力不支，不得已致书乞怜，愿为城下盟。德威笑语来使道："大燕皇帝，尚未郊天，何故雌伏如此！我受命讨罪，不知他事，继盟修好，更非乐闻，请为我转语燕帝，休想乞和，快来一战。"揶揄得妙。遂叱退来使，不答一字。守光闻报，越加窘迫，又遣将周遵业，赍绢千匹，银千两，锦百段，献入晋营，哀求德威道："富贵成败，人生常理，录功叙过，也是霸主盛业。我王守光，不欲为朱温下，所以背梁称尊。哪知得罪大国，劳师经年，现已自知罪戾，还祈少恕！"德威道："能战即来，不能战即降，何必多言！"遵业尚欲开口，见德威起身入内，只好怏怏退还，报知守光。守光搔首挖耳，无法可施。踌躇了许多时候，突闻城外喊声大震，又来攻城，不得已硬着头皮，登陴巡守。遥见周德威跨着骏马，手执令旗，指挥战士，遂凄声遥呼道："周将军！汝系三晋贤士，奈何迫人危急，不开一网呢？"淫威扫地。德威答道："公已为俎上肉，但教责己，不必责人！"守光语塞，流涕而下。

既而平、营、莫瀛诸州，均已降晋，他却情急智生，暗觑晋军少懈，自引兵夜出城中。潜抵顺州城下，假充晋军，呼开城门。守卒被他所绐，又当黑夜无光，竟开城放入。城门甫启，守光麾兵大进，乱杀乱砍，伤毙许多守卒，占住城池，复乘胜转趋檀州，那时周德威已经闻知，急引兵至檀州邀击。适与守光相遇，一场混战，大破守光，守光带领残卒百余骑，逃回幽州。晋王存勖，遣张承业犒慰行营，并与德威商议军情。事为守光侦悉，又致书承业，举城乞降。承业知他狡猾，拒回来使。急得守光真正没法，再派人往契丹，吁请援兵。契丹酋长阿保机，也闻他平日无信，不肯出援。无信之害如此。守光急上加急，除出降外无别法，乃屡遣使向德威乞降，德威始终不许，守光复登城语德威道："我已力屈计穷，只求将军少宽一线，俟晋王亲至，我便开门迎谒，泥首听命！"皇帝也不愿做了。

德威乃托张承业返报晋王。晋王命承业居守，权知军府事，自诣幽州，单骑抵城下，呼守光与语道："朱温篡逆，我本欲会合河朔五镇兵马，兴复唐祚。公不肯与我同心，乃效尤逆温，居然僭号称帝，且欲并吞镇、定，是以大众愤发，至有今日。成败亦丈夫常事，必须自择所向，敢问公将何从？"守光流涕道："我今已为釜中鱼，瓮中鳖了，惟王所命！"晋王也觉动怜，即折断弓矢，向他设誓道："但出来相见，保无他虞。"守光闻言，又道他是仁柔易欺，便含糊答应道："再俟他日！"是谓无信。

晋王且笑且愤，返入德威营中，决定明日督军猛攻，誓入此城。是夕有燕将李小喜，缒城来降，报称城中力竭。看官道这小喜是何等人物？他原是守光嬖臣，教守光切勿降晋，守光被他哄动，遇着危急时候，不得不作书乞降，其实是借此缓兵，并非实心投诚，不料小喜却先走一着，竟已奔投晋营。欺人者反为人欺，可为后鉴。晋王存勖，即命五更造饭，饬各军饱餐一顿，俟至黎明，一声鼓角，全营涌出。晋王亲披甲胄，督令进攻，这边竖梯，那边攀堞，四面八方，同时动手。燕兵已经力尽，哪里还能支持，就是有心拒守，也是防不胜防，霎时间阖城鼎沸，纷纷乱窜。晋兵一齐登城，拔去燕帜，改张晋帜，趁势下城往捉守光。守光已挈妻李氏、祝氏，子继珣、继方、继祚等，逃出城外，南走沧州，只有乃父仁恭还幽住别室，被晋军马到擒来。此外有家族三百口，逃奔不及，一齐做了俘囚。

晋王存勖入幽州城，禁杀安民，授德威卢龙节度使，兼官侍中，改命李嗣本为振武节度使，更遣别将追捕守光。可怜守光抱头南奔，途次又复失道，向荒径中走了数日，身旁未带干粮，只是枵腹逃难。到了燕乐界内，见有村落数处，乃遣妻祝氏乞食田家，可称作讨饭皇后。田家见她衣服华丽，并没有乞人形相，遂向她盘问，祝氏直言不讳。大抵想用皇后威势去吓平民。田家主人张师造，假意留她食宿，且令家人往给守光，一同到家，暗中却飞报晋军。晋军疾趋而至，将守光及二妻三子，一并捉住，械送军门。晋王存勖，方宴犒将士，见将吏擒到守光，便笑语道："王是本城主人，奈何出城避客？"守光匍伏阶下，叩首乞命。晋王命与仁恭同系馆舍，给与酒食。守光正是腹饥，乐得一饱。写尽狂愚。

越数日，晋王下令班师，令守光父子，荷校随行。守光父母，对着守光，且唾且骂道："逆贼破灭我家，竟到这般！"守光俯首无言。路过赵州，赵王镕盛帐行幄，迎犒晋军，且请晋王上坐，奉觞称寿，酒酣起请道："愿见大燕皇帝刘守光一面。"挖苦之极。晋王乃命将吏牵入仁恭父子，脱去桎梏，就席与饮。仁恭父子拜镕，镕亦答拜，又赠他衣服鞍马，守光饮食自如，毫无惭色。

及晋王辞别赵王返至晋阳，即将仁恭父子，用白链牵入太庙，自己亲往监刑，守光呼道："守光死亦无恨，但教守光不降，实出李小喜一人！"晋王召小喜入证，小喜瞋目叱守光道："囚父杀兄，上烝父妾，难道亦我教汝么？"晋王怒指小喜道："汝究竟做过燕臣，不应如此无礼！"便喝令左右，先将小喜枭首，然后命斩守光。守光又呼道：“守光素善骑射，大王欲成霸业，何不开恩赦罪，令得自效！”晋王不答，二妻恰在旁叱责道：“事已至此，生亦何为？我等情愿先死。”即伸颈就戮！还是二妇豪爽。守光临刑，尚哀求不已，直至刀起首落，方才寂然。独留住仁恭，不即处斩，另派节度副使卢汝弼，押仁恭至代州，剖心祭先王克用墓，然后枭首示众。所有刘氏家口，尽行处死，不消絮述。

王镕与王处直，推晋王存勖为尚书令。晋王三让乃受，始开府置行台，仿唐太宗故事，再命李嗣源会同周德威及镇州兵马，攻梁邢州。梁天雄节度使杨师厚，发兵救邢。晋军前锋失利，便即引还。

话分两头，且说淮南节度使杨隆演，既得嗣位，又由徐温遣将周本，戡定江西，内外无事。回应第五回。乃令将军万全感分诣晋、岐，报告袭位。晋、岐两国，承认他为嗣吴王，隆演自然喜慰。惟徐温辅政，权势日盛一日，镇南节度使刘威，歙州观察使陶雅，宣州观察使李遇，常州刺史李简，统是杨行密宿将，恃有旧勋，蔑视徐温。李遇尝语人道：“徐温何人！我未曾与他会面，乃俨然为吴相么？”这语传入温耳，温派馆驿使徐玠，出使吴越，令他道过宣州，顺便召遇入朝。遇踟蹰未决。玠又说道：“公若不即入谒，恐人将疑有反意了！”遇忿然道：“君说遇反，日前与杀侍中，指杨渥，渥曾自兼侍中。还是反不是反呢？”及玠回来报温，温触着隐情，顿时动怒，便令淮南节度副使王坛，出为宣州制置使，即加遇抗命不朝的罪状，遣都指挥使柴再用，及徐知诰两人，领兵纳坛，乘势讨遇。遇怎肯听命，闭城拒守，再用等围攻月余，竟不能下。遇少子曾为淮南牙将，被温捕送军前，由再用呼遇指示道：“如再抗命，当杀汝少子。”遇见少子悲号求生，心中好似刀割，乃答再用道：“限我两日，当即报命！”再用乃牵遇少子还营，适值典客何荛，由温派令劝遇，即入城语遇道：“公若不肯改图，荛此来亦不想求生，任凭斩首。止靠此一城，恐未能长持过去，不若随荛纳款，保全身家！”遇左思右想，实无良法，没奈何依了荛言，开门请降，哪知徐温却是利害，竟令柴再用把遇杀死，且将遇全家人口，一并诛夷。如此残虐，宜其无后。于是诸将相率畏温，不敢逆命。

知诰以功升昇州刺史，选用廉吏，修明政教，特延洪州进士宋齐邱，辟为推官，与判官王令谋，参军王翊，同主谋议，牙吏马仁裕、周宗、曹悰为腹心，隐然有笼络众心，缔造宏基的思想。惟向温通问，恪守子道，一些儿不露骄态。温尝谓诸子道：“汝等事我，能如知诰否？”恐也着了道儿。从此知诰所请，无不依从。知诰密陈刘威专恣，不可不防，温又欲兴兵往讨。

威有幕客黄讷向威献议道：“公虽遭谗谤，究竟未得确据，若轻舟见温，自然嫌疑尽释了。”威如讷言，便乘一小舟，只带侍从二三人，径诣广陵，陶雅亦至，与温相见。温馆待甚恭，以后进自居，且转达吴王隆演，优加二人官爵。威、雅很是悦服，一住经旬，方才告别。温盛筵饯行，席间备极殷勤，佯作恋恋不舍的状态，引得威、雅两人，死心塌地，誓不相负，方洒泪还镇去了。徐温颇有莽、操手段。

已而温与威、雅，推吴王杨隆演为太师，温亦得升官加爵，领镇海军治润州。节度使，兼同平章事职衔。温尚在广陵，遣将陈章攻楚，取得岳州，擒归刺史苑玫。又在无锡击退吴越兵。楚与吴越，先后诉梁，梁命大将王景仁为淮南招讨使，率兵万人，进攻庐、寿二州。温与东南诸道副都统朱瑾，联兵出御，大破梁军。温遂超任马步诸军都指挥使，并两浙招讨使，兼官侍中，晋爵齐国公。乃徙镇润州，留子知训居广陵，知训已得充淮南行军副使，至是更握内政，小事悉由知训裁决，大事始遥与温商。当时淮南一大镇，只知有徐氏父子，不知有杨隆演了。

梁主友贞闻淮南势盛，恐东南各镇或与淮南连兵，将为梁患，正拟设法牢笼。可巧荆南节度使高季昌，见第四回。造战舰五百艘，治城堑，缮器械，招兵买马，有志称雄，梁主亟封他为渤海王，赐给衮冕剑佩，为羁縻计。季昌意气益豪，日谋拓地，探得蜀有内变，即亲率战船，攻蜀夔州。小子先将蜀中乱事，大略补述，方好叙明战事。

蜀王王建自僭号称帝后，与岐王失和构兵，争战经年，得将岐兵击退，气焰益张。见第八回。左相王宗佶，本王建养子，与太子宗懿不协，并因枢密使唐道袭，以舞僮得宠，素常轻视，致为所谮，被建扑死。宗懿改名元膺，豭喙龋齿，好勇善射，既与道袭谮死宗佶，复好面辱大臣，最喜与道袭戏谑，尝在大庭广众中，效为舞僮模样，任意揶揄。道袭老羞成怒，引为深恨。他本是王建宠臣，每事必与熟商，遂得乘隙进谗，诬称元膺谋乱。王建初尚未信，禁不得道袭再三浸润，复由诸王大臣，加添数语，也不觉动疑起来，遂令道袭召兵入卫。也怕作刘仁恭耶！元膺闻信，惊惧交并，遂嘱大将徐瑶、常谦等，引兵猝攻道袭，道袭身中流矢，坠马而亡。那时王建得报，果道是元膺为逆，即遣王宗侃调集大军，出讨元膺。瑶与谦皆败死，元膺逃匿龙池舰中，到次日登岸乞食，为元兵所杀。建追放心元膺为庶人，改立幼子宗衍为太子。

高季昌以蜀遭内乱，有隙可乘，遂进攻夔州。夔州刺史王成先出兵逆战，季昌令军士乘风纵火，焚蜀浮桥。蜀兵颇有惧色，幸蜀将张武，举铁絙拒住敌舰。季昌仍不能进军，忽然间风势倒吹，害得季昌放火自燃，荆南兵不被焚死，也被溺死，季昌忙易小舟，狼狈奔还。小子有诗咏道：

返风扑火自当灾，数载经营一炬灰！
天意未容公灭蜀，艨艟多事溯江来。

荆蜀战罢，梁、晋又复交兵，欲知胜负如何，试看下回便知。

刘守光父子，有必亡之道，亦有应诛之罪。晋王存勖，出兵灭燕，絷归守光父子，声其罪而诛之，宜也，但必骈戮家属，毋乃过甚。李遇自恃旧勋，蔑视徐温，不过骄矜之失，无甚大恶，且既夸命出降，黜其官而赦之，可也，即不赦之，而家族何辜，宁必诛夷而后快！周文王治岐，罪人不孥，方卜世至八百年，盖不嗜杀人，方垂久远。李存勖已为过暴，而徐温尤甚。是欲垂裕后昆，其可得乎？蜀事随手叙入，亦为按时叙事起见，僭伪之徒，且不能自全骨肉，雄鸷亦何益乎？

第十回

逾黄泽刘鄩失计　袭晋阳王檀无功

却说梁任杨师厚为天雄节度使，兼封邺王。师厚晚年，拥兵自恣，几非梁主所能制，幸享年不久，遽尔去世，梁廷私相庆贺。租庸使赵岩，判官邵赞，请分天雄军为两镇，减削兵权，梁主友贞依计而行。天雄军旧辖疆土，便是魏、博、贝、相、澶、卫六州，梁主派贺德伦为天雄节度使，止领魏、博、贝三州，另在相州置昭德军，兼辖澶、卫，即以张筠为昭德节度使，二人受命赴镇。梁主又恐魏人不服，更遣开封尹刘鄩，率兵六万名，自白马顿渡河，阳言往击镇、定，实防魏人变乱，暗作后援。

德伦至魏，依着梁主命令，将魏州原有将士，分派一半，徙往相州。魏兵皆父子相承，族姻结合，不愿分徙，甚至连营聚哭，怨苦连天。德伦恐他谋变，即报知刘鄩，鄩屯兵南乐，先遣澶州刺史王彦章，率龙骧军五百骑入魏州。魏兵益惧，相率聚谋道："朝廷忌我军府强盛，所以使我分离，我六州历代世居，未尝远出河门，一旦骨肉分抛，生还不如死罢！"当即乘夜作乱，纵火大掠，围住王彦章军营。可见一动不如百静。彦章斩关出走，乱兵拥入牙城，杀死德伦亲卒五百人，劫德伦禁居楼上。德伦焦急万分，适有乱军首领张彦，禁止党人剽掠，但逼德伦表达梁廷，请仍旧制，德伦只好依他奉表梁主。梁主得表大惊，立遣供奉官扈异，驰抚魏军，许张彦为刺史，惟不准规复旧制。彦一再固请，梁使一再往返，只是赍诏宣慰，始终不许复旧。彦怒裂诏书，散掷地上，戟手南指，诟詈梁廷，且愤然语德伦道："天子愚暗，听人穿鼻，今我兵甲虽强，究难自立，应请镇帅投款晋阳，乞一外援，方无他患。"仍要求人，何如不乱。德伦顾命要紧，又只得依他言语，向晋输诚，并乞援师。

晋王得书，即命李存审进据临清，自率大军东下，与存审会。途次复接德伦来书，说是梁将刘鄩，进次洹水，距城不远，恳速进军。晋王尚虑魏人多诈，未肯轻进。德伦遣判官司空颋往犒晋军。颋系德伦心腹，既至临清，密陈魏州起乱情由，且向晋王献言道："除乱当除根，张彦凶狡，不可不除，大王为民定乱，幸勿纵容乱首！"

晋王乃进屯永济，召张彦至营议事，彦率党与五百人，各持兵仗，往谒晋王。晋王令军士分站驿门，自登驿楼待着，俟彦等伏谒，即喝令军士，将他拿下，并捕住党目七人。彦等大呼无罪，晋王宣谕道："汝陵胁主帅，残虐百姓，尚得说是无罪么？我今举兵来此，但为安民起见，并非贪人土地，汝向我有功，对魏有罪，功小罪大，不得不诛汝以谢魏人。"彦无词可答。即由晋王出令处斩，并及党目七人。杀得好。余众股栗，晋王复传谕道："罪止八人，他不复问。"众皆拜伏，争呼万岁。

越日，皆命为帐前亲卒，自己轻裘缓带，令他擐甲执兵，冀马前进，众心越觉感服。贺德伦闻晋王到来，率将吏出城迎谒。晋王从容入城，由德伦奉上印信，请晋王兼领天雄军，晋王谦让道："我闻城中涂炭，来此救民，公不垂察，即以印信见让，诚非本怀。"未免做作。德伦再拜道："德伦不才，心腹纪纲，多遭张彦毒手，形孤势弱，怎能再统州军？况寇敌逼近，一旦有失，转负大恩，请大王勿辞！"晋王乃受了印信，调德伦为大同节度使。德伦别了晋王，行抵晋阳，为张承业所留，不令抵任，后文再表。

且说晋王存勖既得魏城，令沁州刺史李存进，为天雄都巡按使，巡察城市。遇有无故讹言，及掠人钱物，悉诛无赦，城中因是帖然，莫敢喧哗。一面派兵袭陷德、澶二州，梁将王彦章奔往刘鄩军营，家属犹在澶州城内，被晋军掠取，仍然优待，且遣使招置彦章。彦章置家不顾，杀毙晋使，晋军乃把彦章家属，骈戮无遗。刘鄩进次魏县，晋王出军抵御，他素好冒险，但率百余骑往探鄩营，偏为鄩所探悉，分布伏兵，待晋王驰至，鼓噪而出，围绕数匝，晋王跃马大呼，麾骑冲突，所向披靡，骑将夏鲁奇，手持利刃，翼王突围，自午至申，杀死梁兵百余名，方得跃出，夺路驰回。梁军尚不肯舍，在后急追，鲁奇请晋王先行，自率百骑断后，又手刃梁兵数十人，身上亦遍受创伤，正危急间，救星已到。李存审率军前来，击退梁兵，随王回营。晋王检点从骑，虽多受伤，阵亡只有七人，乃顾语从骑道：“几为虏笑。”从骑应声道：“敌人怎敢笑王，适使他见王英武哩！”晋王因鲁奇独出死力，抚赏有加，赐姓名为李绍奇。

刘鄩驰入魏县城中，数日不出，杳无声迹。晋王怀疑，便命侦骑往探鄩军，返报城中并无烟火，只有旗帜竖着，很是整齐。晋王道：“我闻刘鄩用兵，一步百计，这必是有诈谋哩！”乃再命侦探，始得确报，果系缚刍为人，执旗乘驴，分立城上。晋王笑道：“他道我军尽在魏州，必乘虚袭我晋阳，计策却很是利害，但他的长处在袭人，短处在决战，我料他前行不远，速往追击，不难取胜。”料事颇明。遂发骑兵万人，倍道急追，果然鄩军潜逾黄泽岭，欲袭晋阳，途次遇着霪雨，道险泥滑，部众扳藤援葛，越岭西行，害得腹疾足肿，或且失足堕死，因此不能急进。晋阳城内，也已接得军报，勒兵戒严，鄩军行至乐平，粮食且尽，又闻晋阳有备，后面又有追兵到来，免不得进退两难，惊惶交迫。大众将有变志，势且溃散，鄩泣谕道："我等去家千里，深入敌境，腹背皆有敌兵，山谷高深，去将何往？惟力战尚可得免。否则一死报君便了。"部众感他忠诚，才免异图。

晋将周德威本留镇幽州，见前回。闻刘鄩西袭晋阳，亟引千骑往援，行至土门，鄩已整众下山，自邢州绕出宗城，欲袭据临清，绝晋粮道。又复变计。德威兼程追鄩，到了南宫，捕得鄩谍数人，断腕纵还，令他还报道："周侍中已到临清了！"鄩始大惊，按兵不进，哪知中了德威诡计，直至次日迟明，始由德威军略过鄩营，驰入临清，煞是斗智。鄩始悔为德威所赚，亟引兵趋贝州。晋王连得军报，已知鄩由西返东，追兵不能得手，乃出屯博州，遥应德威。德威追鄩至堂邑，杀了一仗，互有死伤，鄩移军莘县，设堑固守，自莘及河，筑甬道以通粮饷。晋王存勖，也出屯莘县西偏，烟火相望，一日数战，未分胜负，晋王分兵攻鄩甬道，用着大刀阔斧，斩伐栅木，鄩督兵坚拒，随坏随修，晋军亦无可奈何，只捕得数十人，便即退还。刘鄩也算能军。

梁主友贞偏责鄩老师费粮，催令速战，鄩历奏行军情形，且言晋系劲敌，不能轻战，只有训兵养锐，徐图进取云云。这报呈将进去，又接梁主手谕，问他何时决胜，鄩很是懊怅，竟复奏道："臣今日无策，惟愿每人给千斛粮，始可破贼。"看官！试想这梁主友贞，虽然是素性优柔，见了这种奏语，也有些忍耐不住，便复下手谕道："将军屯军积粮，究竟为疗饥呢，还是为破贼呢？"鄩接得此谕，不得已召问诸将道："主上深居禁中，不知军旅，徒与少年新进，谋画军机，急求一逞，无如敌势方强，战必不利，奈何奈何？"智囊也没法了。诸将齐声道："胜负总须一决，旷日持久，亦非善策。"鄩不禁变色，退语亲军道："主暗臣谀，将骄卒惰，我未知死所了！"

越日，又召集诸将，每人面前置水一器，令他饮尽，大众皆面面相觑，无人敢饮。鄩便对诸将道："一器中水，尚难尽饮，滔滔河流，能一口吸尽么？"众始知他借水喻意，莫敢发言，偏是朝使到来，总是促战。鄩乃自选精兵万余人，开城薄镇定军营。镇定军猝不及防，到也惊乱，偏晋将李存审、李建及等，左右来援，冲断鄩军。鄩腹背受敌，慌忙收兵奔还，已丧失了千余人，乃决计坚守，不准出兵，且详报梁主友贞，请勿欲速。

梁主友贞疑信参半，连日不安，又因宠妃张氏，忽然得病，很是沉重。妃系梁功臣张归霸女，才色兼优，梁主友贞，早欲册她为后，张妃请待帝郊天，然后受册，友贞因连年战争，无心改元，所以郊天大礼，也延宕过去。至妃病已剧，亟册她为德妃，日间行礼，夜半去世，未免有情，谁能遣此！那梁主友贞，悲悼了好几日，自觉形神俱惫，未晚即寝，到了夜间，梦寐中似有人行刺，骇极乃寤。正在徬徨时候，突闻御榻中有击刺声，越觉惊异。仔细一听，乃出自剑匣中，就开匣取剑，披衣亟起，自言自语道："难道果有急变么？"道言未绝，寝门忽启，有一人持刀直入，竟来行凶，不防梁主持剑以待，急忙转身返奔，被梁主抢上一步，将他刺倒，结果性命。侥幸侥幸。乃急呼卫士入室，令他验视尸骸。有人识是康王友孜的门客，因即令卫士往捕友孜。友孜正待刺客返报，一闻叩门，亲来启视，被卫士顺手牵来，押入内廷。梁主面加审讯，友孜无可抵赖，俯首无词，便由梁主喝令处斩。原来友孜系梁主幼弟，双目有重瞳子，遂自谓有天子相，欲弑兄自立，不意弄巧成拙，竟至丧命。既自命有异相，何不待兄终弟及，乃遽自送命耶？

越宿，梁主视朝，顾语租庸使赵岩，及张妃兄弟汉鼎、汉杰道："几与卿等不得相见！"赵岩等尚未详悉，经梁主说明底细，方顿首称贺，且面奏道："陛下践祚，已越三年，尚未郊天改元，致被奸人觊觎，猝生内变，若陛下早已亲郊，早已改元，当不致有此事了！"梁主友贞，乃改乾化五年为贞明元年，亲祀圜邱，颁诏大赦，即命次妃郭氏，暂摄六宫事宜。郭氏为登州刺史郭归厚女，亦以姿色见幸，无容琐述。惟自友孜伏诛，梁主遂疏忌宗室，专任赵岩及张妃兄弟，参预谋议。岩等依势弄权，卖官鬻爵，谗间故旧将相，如敬翔、李振等一班勋臣，名为秉政，所言皆不见用。大家灰心懈体，眼见得朱梁七十八州，要陆续被人占去，不能长此安享了。为朱梁灭亡断笔。

梁主改元贞明，已在乾化五年十一月中，转瞬间就是贞明二年。刘鄩仍坚守莘城，闭壁不出。晋军乃屡次挑战，终无人出来接应，城上却守得甚固，无隙可乘。晋王存勖，留李存审守营，自往贝州劳军，阳言当返归晋阳。刘鄩乃奏请袭击魏州，梁主友贞答书道："朕举全国兵赋，付托将军，社稷存亡，关系此举，愿将军勉力！"鄩因令杨师厚故将杨延直，引兵万人，往袭魏州。延直夜半至城南，总道城中未曾备防，慢慢儿的扎营，不料营未立定，突来了一彪人马，统是精壮绝伦，所当辄靡。况且夜深天黑，几不知有多少敌军，只好见机急走，其实城中止有五百名壮士，潜出劫寨，却吓退了梁兵万人。

翌日晨刻，刘鄩率兵至城东，与延直相会，正拟督兵进攻，但听城中鼓声大震，城门洞开，有一大将领军杀出，前来接仗。鄩遥认是李嗣源，也摆开阵势，与他交锋。将对将，兵对兵，正杀得难解难分，突见贝州路上，也有一军杀到。当先一员统帅，服色不等寻常，面貌很是英伟，手中执着令旗，似风驱来。鄩惊语道："来帅乃是晋王，莫非又被他赚了？"果如尊言。遂引兵却退。晋王与嗣源合兵，步步进逼，鄩且战且行，奔至故元城西，后面喊声又震，李存审驱军杀来，鄩叫苦不迭，急麾兵布成圆阵，为自固计。偏西北是晋王军，东南是存审军，两军皆布方阵，鼓噪而前，害得鄩军四面受敌，合战多时，鄩军不支，纷纷溃散，鄩急引数十骑突围出走，所有步卒七万，经晋军一阵环击，杀死了一大半，余众侥幸逃脱，又被晋军追至河上，杀溺几尽，仅剩数千人过河，跟着刘鄩退保滑州。

梁匡国军节度使王檀密奏梁廷，请发关西兵掩袭晋阳，廷臣以为奇计，即令照行。檀发河中、陕、同、华诸镇兵，合三万人，出阴地关，掩至晋阳城下，果然城中未及预防，即由监军张承业，调发诸司丁匠，并市民登城拒守。檀昼夜猛攻，险些儿陷入城中，承业慌急异常。代北故将安金全，退居晋阳，入见承业道："晋阳系根本地，一或失守，大事去了！仆虽老病，忧兼家国，愿授我库甲，为公拒敌。"幸有此人。承业易忧为喜，立发库中甲械，给与金全，金全召集子弟，及退职故将，得数百人，夜出北门，袭击梁营，梁兵惊退，金全乃还。

过了一日，又由昭义军即泽潞二州。昭义军本统五州，自泽潞入晋。余如邢、洺、磁三州，尚为梁有，统称昭义军，故五代初有两昭义军。节度使李嗣昭，拨出牙将石君立，引五百骑来援。君立朝发潞州，夕至晋阳，突过汾河桥，击败梁兵，直抵城下，佯呼道："昭义全军都来了！"承业大喜，开城迎入。君立即与安金全等，夜出各门，分劫梁营，梁兵屡有死伤，王檀料不能克，又恐援军四集，遂大掠而还。是时贺德伦尚留住晋阳，部兵多缒城逃出，往投梁军。承业恐他内应，收斩德伦，然后报达晋王，晋王也不加罪。惟晋阳解围，并非由晋王授计，晋王素好夸伐，竟不行赏，还亏张承业抚慰有方，大众始无怨言。晋室功臣，要算承业。梁主友贞，闻刘鄩败还，王檀又复无功，忍不住长叹道："我事去了！"乃召刘鄩入朝。鄩恐战败受诛，但托言晋军未退，不便离滑。梁主权授鄩为宣义节度使，使将兵进屯黎阳。晋王使李存审往攻贝州，刺史张源德固守，屡攻不下。晋王自攻卫、磁二州，均皆得手，降卫州刺史米昭，斩磁州刺史靳绍。再派将分徇洺、相、邢三州，守吏或降或走，三州俱下。晋王命将相州仍归天雄军，惟邢州特置安国军，兼辖洺、磁，即令李嗣源为安国节度使，又进兵沧州。沧州已为梁所据，守将毛璋，至是亦降。只有贝州刺史张源德，始终拒晋，城中食尽，甚至啖人为粮，军士将源德杀死，奉款晋营，因恐久守被诛，请擐甲执兵，出城迎降。存审佯为应允，俟开城后，麾兵拥入，抚慰一番，乃令降众释甲。降众不知是计，各将甲兵卸置，不料一声号令，四面被围，见一个，杀一个，把降众三千人，杀得干干净净，一个不留。存审亦太惨毒。自是河北一带，均为晋有。惟黎阳尚由刘鄩守住，总算还是梁土。晋军往攻不克，班师而回。

晋王存勖亟倍道驰归晋阳，原来存勖颇孝，累岁经营河北，必乘暇驰归，省视生母曹氏。此次因行军日久，所以急归。看官听着，晋祖李克用正室，本是刘氏，克用起兵代北，转战中原，尝令刘氏偕行，刘氏颇习兵机，又善骑射，尝组成宫女一队，教以武技，随从军中。克用所向有功，半出内助，及克用封王，刘氏亦受封秦国夫人。惟刘氏无子，与克用妾曹氏，相得甚欢，每与克用言及，曹氏相当生贵子，后来果生存勖，存勖嗣立，曹氏亦推为晋国夫人，母以子贵，几出刘氏右。刘氏毫不妒忌，欢爱逾恒，存勖归省曹氏，曹氏亦必令问候嫡母，不致缺仪。难得有此二贤妇。小子有诗咏道：

尹邢相让不相争，王业应由内助成，
到底贤明推大妇，周南樛木好重赓。推重刘氏，为后文易嫡为庶伏案。

晋王存勖归省后，过了残年，忽闻契丹酋长阿保机，称帝改元，竟取晋新州，入围幽州。那时又要大动干戈了。欲知契丹入寇情事，请看官续阅下回。

本回叙梁、晋交争，为梁、晋兴亡一大关键。刘鄩良将也，一步百计，可谓善谋，然晋为劲敌，非智力足以胜之。观鄩之固守莘城，坚壁不出，最为良策，司马懿之所以能拒诸葛者，即是道也。梁主不察，屡次促战，卒致鄩不能牢守成见，堕入晋王诈计，魏州一役，丧师无算，渡河奔还，而河北遂为晋有矣。王檀之袭击晋阳，智不在刘鄩下，乃顿兵城下，又复无功。河东方盛，人谋无益，梁亡晋兴，实关此举。然梁主不分天、雄二镇，尚不致有此败。兴亡之数，虽曰天命，岂非人事哉！况友孜谋逆，内变频兴，不能安内，乌能攘外，识者以是知朱梁之必亡！

第十一回

阿保机得势号天皇　胡柳陂轻战丧良将

却说中国北方，素为外夷所居，历代相沿，屡有变革。唐初突厥最大，后来突厥分裂，回鹘、奚、契丹，相继称盛。到了唐末，契丹最强，他本是鲜卑别种，散居潢河两岸，乘唐衰微，逐渐拓地，成为北方强国，国分八部。但皆利部，乙室活部，实活部，纳尾部，频没部，内会鸡部，集解部，奚嗢部。每部各有酋长，号为大人。又尝公推一大人为领袖，统辖八部，三年一任，不得争夺。居然有选举遗风。

到了唐朝季年，正值阿保机为八部统领，善骑射，饶智略，尝乘间入塞，攻陷城邑，掳得中国人民，择地使耕，辟土垦田，大兴稼穑。不到数年，居然禾麦丰收，户口蕃息。阿保机为治城郭，设廛市，立官置吏，仿中国幽州制度，称新城为汉城，汉人安居此土，不复思归。阿保机闻汉人言，谓中国君主，向来世袭，未尝交替，因此威制诸部，不肯遵行三年一任的老例，悠悠忽忽，已越九年。八部大人，各有违言，阿保机乃通告诸部道："我在任九年，所得汉人，不下数万，现皆居住汉城，我今自为一部，去做汉城首领，不再统辖各部，可好么?"各部大人，当然允诺。阿保机遂徙居汉城，练兵造械，四出略地。

党项在汉城西，他率兵往攻，欲取党项为属地，不意东方的室韦部，乘虚来袭汉城，城中闻报皆惊，偏出了一个女英雄，披甲上马，号召徒众，竟开城搦战，击破室韦部众，追逐至二十里外，斩获无数，始收众回城。这人为谁？就是阿保机妻述律氏。述律一作舒噜。述律氏名平，系回鹘遗裔，小字月理朵，一作鄂尔多。生得身长面白，有勇有谋，阿保机行兵御众，多由述律氏暗中参议，屡建奇功，此次阿保机西侵党项，留她居守，她日夕戒备，竟得从容破敌。及阿保机闻变回来，敌人早已败走，全城安然无恙了。梁兴有张妃，晋兴有刘妃，契丹之兴有述律氏，可见开国成家，必资内助。汉城在炭山西南，素产盐铁，所出食盐，往往分给诸部。述律氏为阿保机设法，拟借此召集诸部大人，为聚歼计，阿保机遂遣使语诸部道："我有盐池，为诸部所仰给，诸部得了盐利，难道不知有盐主么？何不一来犒我！"诸部大人乃各赍牛酒，亲诣汉城，与阿保机共会盐池。阿保机设筵相待，饮至酒酣，掷杯为号，两旁伏兵突发，持刀乱杀，八部大人，无一生还。阿保机即分兵往徇八部，八部已失了主子，哪个敢来抵挡，只好俯首听命，愿戴阿保机为国主，阿保机遂得雄长北方了。阿保机并吞八部，叙笔不略。

晋王李克用，闻梁将篡唐，意图声讨，因欲联络契丹，作为臂助，乃遣人往约阿保机，愿与联盟。阿保机率兵三十万，来会克用，到了云州东城，由克用迎入宴饮，约为兄弟，共举兵击梁，临别时赠遗甚厚。阿保机亦酬马千匹，不意梁既篡唐，阿保机竟背盟食言，反使袍笏梅老诣梁，袍笏系番官名。献上名马貂皮，求给封册。梁主温遣使答报，令他翦灭晋阳，方给封册，许为甥舅国。看官！你想李克用得此消息，能不引为大恨么？克用病终，曾付一箭与存勖，嘱他剿灭契丹。见前第四回。

存勖嗣立，先图河北，不便与契丹绝交，所以贻书契丹，仍称阿保机为叔父，述律氏为叔母。及存勖伐燕，燕王刘守光，使参军韩延徽往契丹乞师，阿保机不肯发兵。见前第九回。但留住延徽，令他为契丹臣。延徽不拜，惹动阿保机怒意，罚使喂牛饲马，独述律氏慧眼识人，徐劝阿保机道："延徽守节不屈，正是当今贤士，若能优礼相待，当为我用，奈何使充贱役呢！"阿保机乃召入延徽，令延旁坐，与语军国大事，应对如流。阿保机大喜，遂待若上宾，用为谋主，延徽感怀知遇，竭力赞襄，教他战阵，导他侵略，东驰西突，收服党项、室韦诸部，又制文字，定礼仪，置官号，一切法度，番、汉参半，尊阿保机为契丹皇帝。阿保机自称天皇王，令妻述律氏为天王皇后，改元天赞。即以所居横帐地名为姓，叫作世里，由中国文翻译出来，便是"耶律"二字。别在汉城北方，营造城邑宫室，称为上京，上京四近，各筑高楼，为往来游畋，登高憩望的区处，俗尚拜日崇鬼，每月逢朔望，必东向礼日，所以阿保机莅朝视事，亦尝东向称尊。这是梁贞明二年间事。

韩延徽却潜归幽州，探视家属，乘便到了晋阳，入见晋王李存勖。存勖留居幕府，命掌书记。偏有燕将王缄，密白晋王，说他反复无常，不宜信任。"反复无常"四字，确是延徽定评。晋王因也动疑，延徽瞧透隐情，便借省母为名，复走契丹。阿保机失了延徽，如丧指臂，及延徽复至，几疑他从天而下，大喜过望，即令延徽为相，叫作政事令。延徽致晋王书，归咎王缄，且云："延徽在此，必不使契丹南牧，惟幽州尚有老母，幸开恩赡养，誓不忘德。"晋王存勖乃令幽州长官，岁时问延徽母，不令乏食。哪知契丹竟大举南寇，自麟、胜二州攻入，直抵蔚州。晋振武军节度使李嗣本，发兵往矩，众寡不敌，嗣本被擒。又值新州防御使李存矩骄惰不恤军民，为偏将卢文进等杀死，文进亡入契丹，引契丹兵入据新州，留部校刘殷居守，云、朔大震。

晋王李存勖正自河北归来，接连得着警报，亟调幽州节度使周德威，发兵三万，往拒契丹。德威至新州城下，望见契丹兵士，精悍绝伦，已有退志。嗣闻契丹皇帝阿保机率兵数十万，前来援应，料知不能抵敌，引兵退还。到了半途，突闻后面喊声大震，契丹兵已经杀到。德威回马北望，那胡骑漫山遍野，踊跃奔来，急忙下令布阵，整备对仗，阵方布定，敌骑已至，凭着一股锐气，突入阵中，德威招架不住，没奈何麾军再走。偏敌骑驰骋甚速，霎时间又被冲断，裹去了无数人马，仅得数千人保住德威，狼狈急奔，始得回入幽州。德威老将，也有此败。契丹兵乘胜进薄城下，声言有众百万人，毡车毳幕，弥漫山泽，沿途俘获兵民，统用长绳捆住，连头带足，似缚豚相似，悬诸树上。恰是好看。兵民到了夜间，往往潜自解脱，伺隙逸去，契丹主也不过问，但督兵围攻幽州。周德威一面乞援，一面固守。契丹降将卢文进，请造火车地道，仰攻俯掘，德威用铜铁镕汁，上下挥洒，敌众多被沾染，无不焦烂，因此攻势少懈。

相持至百余日，晋将李嗣源、阎宝、李存审等奉晋王命令，率步骑七万，进援幽州，嗣源与存审商议道："敌利野战，我利据险，不若自山中潜行，趋往幽州，倘或遇敌，亦可依险自固，免为所乘。"存审称善，遂逾大防岭东行，由嗣源与养子从珂率三千骑为先锋，衔枚疾走。距幽州六十里，与契丹兵相值，力战得进，行至山口，契丹用万骑阻住去路，嗣源仅率百余骑，至契丹阵前，免胄扬鞭，口操胡语道："汝无故背盟，犯我疆土，我王已麾众百万，直抵西楼，灭汝种族，汝等还在此做什么？"契丹兵听了此语，不免心惊，互相顾视，嗣源乘势突入，手舞铁镕，击死敌目一人。后军怒马继进，得将契丹兵冲退，径抵幽州。契丹主阿保机攻城不下，又值大暑霖潦，班师回国，止留部将卢国用围城。说本《辽史·太祖纪》国用闻救兵到来，列阵待着，李存审命步兵伏住阵后，戒勿妄动，但令羸卒曳柴燃草，鼓噪先进，那时烟尘蔽天，弄得契丹兵莫名其妙，不得已出阵逆战，存审始令阵后伏兵，齐向前进，趁着烟雾迷离的时候，人自为战，蹂躏敌阵。契丹兵大败而逃，由晋军从后追击，俘斩万计，乃收军入幽州。前写嗣源，后写存审。德威接见诸将，握手流涕，越日始遣人告捷。

晋王闻契丹败归，又决计伐梁，调回李嗣源等将士，指日出师。会值天寒水涸，河冰四合，晋王大喜道："用兵数载，只因一水相隔，不便飞渡，今河冰自合，正是天助我了！"遂急赴魏州，调兵南下。

是时梁黎阳留守刘鄩，应召入朝，接应前回。朝议责他失守河朔，贬为亳州团练使。河北失一大将，没人抵挡晋军，晋王视河冰坚冱，即引步骑渡河。河南有杨刘城，由梁兵屯守，沿河数十里，列栅相望。晋王麾军突进，毁去各栅，竟抵杨刘城，饬步兵各负葭苇，填塞城濠，四面攻扑，即日登城，擒住守将安彦之。梁主友贞正在洛阳谒陵，拟行西郊祀天礼，忽闻杨刘城失守，晋军将抵汜水，急得不知所措，慌忙停罢郊祀，奔还大梁。嗣探得晋王略地濮郓，大掠而还，才得略略放心，安稳过了残年。

越年为贞明四年，梁主友贞与近臣会议，欲发兵收复杨刘。梁相敬翔上疏道："国家连年丧师，疆宇日蹙，陛下居深宫中，惟与左右近臣商议军务，所见怎能及远？试想李亚子继位以来，攻城野战，无不身先士卒，亲冒矢石。近闻攻杨刘城，且身负束薪，为士卒先，所以一鼓登城，毁我藩篱。陛下儒雅守文，宴安自若，徒令后进将士，攘逐寇仇，恐非良策。为今日计，速宜周谘黎老，别求善谋，否则来日方长，后患正不少哩！"颇切时弊。梁主览奏，乃与赵、张诸臣商议。赵、张诸臣，反说敬翔自恃宿望，口出怨言，竟请梁主下诏谴责。还是梁主曲意优容，但将奏疏搁起，置诸不理。

过了数日，令河阳节度使谢彦章，领兵数万，攻杨刘城。晋王存勖已还寓魏州，接到杨刘警报，亟率轻骑驰抵河上。彦章筑垒自固，决河灌水，阻住晋军。晋王泛舟测水，见水势弥漫数里，深且没枪，也觉暗暗出惊，沉吟半晌，始笑顾诸将道："我料梁军并无战意，但欲阻水为固，使我自敝，我岂堕他狡计！看我先驱渡水，攻他不备哩。"翌晨即调集将士，下令攻敌。自率魏军先涉，各军继进，褰甲横枪，整队后行，可巧水势亦落，深才及膝，大众欢跃而前。梁将谢彦章率众数万，临水拒战，晋军冲突数次，统被击退。晋王眉头一皱，计上心来，即麾军却还。到了中流，回顾梁兵追来，复翻身杀回。军士亦皆返战，奋呼杀贼。彦章不防这着，竟被晋军冲散队伍，及奔还岸上，已是不能成列。晋王驱军大杀一阵，流血万人，河水为赤，彦章仓皇遁走，晋军遂陷入滨河四寨。极写晋王智勇。

晋王欲乘胜灭梁，四面征兵，令周德威率幽州兵三万人，李存审率沧、景兵万人，李嗣源率邢、洺兵万人，王处直遣将率易、定兵万人，及麟、胜、云、朔各镇兵马，同集魏州，还有河东、魏博各军，齐赴校场，由晋王升座大阅，慷慨誓师，各军齐声应诺，仿佛似海啸山崩，响震百里。梁兖州节度使张万进，望风股栗，遣使纳款。晋王乃带领全军，循河直上，立营麻家渡。梁命贺瓌为北面行营招讨使，率师十万，与谢彦章会兵濮州，出屯州北行台，相持不战。原是上策。

晋王屡发兵诱敌，梁营中始终不动，恼得晋王性起，自引轻骑数百人，到梁营前，踞坐辱骂。梁兵却出营追赶，险些儿刺及晋王，亏得骑将李绍荣，力战得免。众将皆谏，赵王镕及王处直，亦致书晋王道："元元命脉，系诸王身，大唐命脉，亦系诸王身，奈何自轻若此！"晋王笑语来使道："自古到今，平定天下，多由百战得来，怎可深居帷闼，自溺宴安哩！"来使既去，晋王又出营上马，亲往挑战。李存审叩马泣谏道：“大王当为天下自重，先登陷阵，乃是存审等职务，并非大王所应为！”晋王尚不肯止，经存审揽住马缰，方下马还营。

越日觑存审外出，复策马驰往敌营，随身仍不过百骑，且顾语左右道：“老子妨人戏，令人惹厌！”既近梁营，营外有长堤，晋王跃马先登，随登的骑将，仅及十余人，不防堤下伏有梁兵，一声呼噪，持械突发，围住晋王至数十匝，晋王拼命力战，一时冲突不出，幸后骑陆续登堤，从外面攻入，方杀开一条血路，策马飞奔，李存审也领兵来援，方将梁兵杀退，晋王方信存审忠言，待遇益加厚了。存勖之不得善终，亦未始非轻躁之失。

两军相持，转瞬百日，晋王又暴躁起来，饬令进军，距梁营十里下寨。梁招讨使贺瓌屡欲出战，均被谢彦章阻住。一日瓌与彦章阅兵营外，对营数里，适有高地，瓌指示彦章道：“此地可以立栅。”彦章不答，及晋军进逼，果在高地上竖栅屯军，瓌遂疑彦章与晋通谋，密报梁主，诬称彦章挠阻军谋，私通寇敌。一面与行营都虞侯朱珪密谋，诱杀彦章，并骑将孟审澄、侯温裕。当下再奏梁主，只说三人谋叛，已与朱珪定计，将他诛死，梁主不辨虚实，竟升珪为平卢节度使，兼行营副指挥使。

晋王闻彦章被杀，喜语诸将道：“将帅不和，自相鱼肉，这正是有隙可乘！我若引军直指梁都，他岂能仍然坚壁，不来拦阻？我得与战，当无不胜了。”周德威谏阻道：“梁人虽屠上将，兵甲尚是完全，若冒险轻行，恐难得利。”晋王不从，下令军中，老弱悉归魏州，所有精兵猛将，一概随行。当即毁营亟进，竟向汴梁进发。至胡柳陂，有侦骑来报道：“梁将贺瓌，也率大兵追来了。”晋王道：“我正要他追来，好与一战。”周德威又谏道：“贼众倍道来追，未曾休息，我军步步为营，所至立栅，守备有余，兵法上所谓以逸待劳，便是此策，请王按兵勿战，但由德威等分出骑兵，往扰敌垒，使他不得安息，然后一鼓出师，可以立歼，否则梁人顾念家乡，内怀愤激，锐气方盛，暮气未生，骤然与战，恐未必得志呢。”晋王勃然道：“前在河上，恨不得贼，今贼至不击，尚复何待？公何胆怯至此！”说至此，复顾李存审道：“尔等令辎重兵先发，我为尔等断后，破贼即行。”勇则有余，慎则不足。德威不得已，引幽州兵从行，向子流涕道：“我不知死所了。”也是命数该终，所以良谋不用。

已而梁军大至，横亘数十里：晋王自领中军，镇定军居左，幽州军居右，辎重兵留屯陈西，晋王率亲军陷入梁阵，所向无前，十荡十决，往返至十余次。梁马军都指挥使王彦章，支持不住，竟率部众西走。晋辎重兵望见梁帜，还道他来袭辎重，顿时惊溃，驰入幽州军。幽州军亦被他扰乱，反令彦章乘隙捣入，斫死许多幽州军。周德威慌忙拒战，已是不及拦阻，再经贺瓌部众，也来帮助彦章，一场蹂躏，可怜德威父子，竟战死乱军中！小子有诗叹道：

统兵百战老疆场，具有兵谋保晋王。
谁料渡河偏梗议？将军难免阵中亡。

德威已死，晋军夺气，晋王存勖，忙据住高邱，收集散兵。梁兵四面会合，贺瓌亦占了对面的土山，与晋王再决胜负。欲知再战情形，俟小子下回续叙。

契丹阿保机之强，谋略多出述律氏，彼徒执哲妇倾城之语，以律人家国者，毋乃其所见太小耶！盖惟妖媚妒悍之妇人，不误人家国不止，若果智勇深沉，好谋善断，则佐兴一国且有余，遑论一家乎！但为阿保机设法，诱入八部大人，聚而歼旃，虽从此得统一契丹，而居心未免太毒，述律氏亦悍矣哉！若夫晋之攻梁，名正言顺，不劳赘述。晋王之冒险轻进，原违临事而惧，好谋而成之诫，胡柳陂一役，宿将如周德威，亦致战死，此皆由轻率之害。但德威行军日久，奈何不预先戒备，竟为各军所乘！然则其战死也，殆亦有自取之咎乎？盖德威年已衰迈，暮气亦深，无怪其前遇契丹，即望风奔靡也。

第十二回

莽朱瑾手刃徐知训　病徐温计焚吴越军

却说梁将贺瓌据住土山，为晋王所望见，即顾语将士道："今欲转败为胜，必须往夺此山。"说着，即引骑兵下丘，驰至对面土山前，奋勇先登，李从珂、王建及等，随后踵至，统是努力向前，一拥而上。梁兵抵敌不住，纷纷下山，改向山西列阵，尚是气焰逼人。晋军相顾失色，各将请晋王敛兵还营，诘朝复战，独阎宝进言道："王彦章骑兵已西走濮阳，山下只有步卒，向晚必有归志，我乘高临下，定可破敌，且大王深入敌境，偏师失利，若再引退，必为敌乘，就使收众北归，河朔恐非王有，成败决诸今日，奈何退去？"晋王尚犹豫未决，此时何亦迟疑耶？李嗣昭亦进谏道："贼无营垒，日暮思归，但使精骑往扰，使彼不得晚食，待他引退，麾众追击，必得全胜。"王建及擐甲横槊，慷慨陈词道："敌兵已有倦容，不乘此时往击，更待何时？大王尽管登山，看臣为王破贼！"晋王见他声容俱壮，也奋然道："非公等言，几误大计！"便令嗣昭、建及率领骑兵，先驱突阵，自率各军继进。

梁兵正虑枵腹，不防嗣昭、建及两大将，盛怒前来，大刀长槊，搅入阵中，刀过处头颅乱滚，槊到时血肉横飞，大众逃命要紧，立时溃散。那晋王又率大军驱到，好似泰山压卵一般，所当辄碎。贺瓌拍马返奔，部众大溃，死亡约三万人。这是梁、晋第三次鏖战。

晋王存勖得胜还营，检点军士，倒也死了不少。又闻德威父子阵亡，不禁大恸道："丧我良将，咎实在我，悔无及了！"德威尚有子光辅，为幽州中军兵马使，留守幽州，当即命为岚州刺史。惟李嗣源与从珂相失，且因军中讹传，晋王已渡河北返，也即乘冰北渡，嗣闻晋王得胜，进拔濮阳城，乃再南渡至濮阳，进谒晋王。晋王冷笑道："汝道我已死么？仓猝北渡，意欲何为？"嗣源顿首谢罪。晋王以从珂有功，不忍加谴，且罚他饮酒一大觥，聊示薄惩。自引军北还魏州，遣嗣昭权知幽州军府事。

梁主友贞接到贺瓌败耗，已是不安，随后有王彦章败卒奔还，说是晋军将至，越加惊惶，亟驱市人登城，又欲奔往洛阳，及得行营确报，方知晋军北还，始免奔波，但已是吃惊不小了。写出友贞庸柔。

先是晋王发兵攻梁，曾遣使至吴，约他南北夹攻。吴王杨隆演，命行军副使徐知训，为淮北行营都招讨使，偕副都统朱瑾等，领兵趋宋亳，与晋相应，且移檄州县，进围颍州。梁令宣武节度袁象先，出兵救颍，吴军不战即退。看官！你道吴军何故如此怯弱呢？原来徐知训骄倨淫暴，未惬舆情，所以士无斗志，不愿接仗，知训亦乐得退军，返至广陵，自耽淫乐。但是有势不可行尽，有福不可享尽，似徐知训的生平行谊，哪里能保有富贵，安佚终身？借古警世，不啻暮鼓晨钟。说来又是话长，待小子略述知训的行为。

知训凭借父威，累任至内外都军使，兼同平章事职衔，平时酗酒好色，遇有姿色的妇女，百计营取。知抚州李德诚，有家妓数十人，为知训所闻，即贻书德诚，向他分肥。德诚复书道："寒家虽有数妓，俱系老丑，不足侍贵人，当为公别求少艾，徐徐报命。"知训得书大怒道："他连家妓也不肯给我，我当杀死德诚，并他妻室都取了回来！看他能逃我掌中否？"

德诚闻之大恐，亟购了几个娇娃，献与知训，知训方才罢休。

吴王隆演幼懦，尝被知训侮弄。一日，知训侍隆演宴饮，喝得酩酊大醉，便迫隆演下座，令与优人为戏，且使隆演扮作苍鹘，自己扮作参军。什么叫作参军、苍鹘呢？向例优人演戏，一人袱头衣绿，叫做“参军”，一人总角敝衣，执帽跟着参军，如僮仆状，叫做“苍鹘”。隆演不敢违拗，只好勉强扮演，胡乱一番罢了。想入非非。又尝与隆演泛舟夜游，隆演先行登岸，知训恨他不逊，用弹抛击隆演，还幸隆演随卒，格去弹子，才免受伤。既而至禅智寺赏花，知训乘着酒意，诟骂隆演，甚至隆演泣下，尚呶呶不休。左右看不上眼，潜扶隆演登舟，飞驶而去。知训怒上加怒，急乘轻舟追赶，偏偏不及，竟持了铁挝，寻击隆演亲吏，扑死一人，余众逃去，知训酒亦略醒，归寝了事。隆演有卫将李球、马谦意欲为主除害，俟知训入朝时，挟隆演登楼，引着卫卒出击知训，知训随身也有侍从，即与卫士交战，只因寡不敌众，且战且却，可巧朱瑾驰至，知训急忙呼救，瑾返顾一麾，外兵争进，得将李球、马谦两人杀死，卫卒皆遁。知训欲入犯隆演，为瑾所阻，始不敢行，但从此益加骄恣，不特凌蔑同僚，并且嫉忌知诰。

知诰为昇州刺史，修筑府舍，振兴城市，很有富庶气象。润州司马陈彦谦，劝徐温徙治昇州，调知诰为润州团练使。知诰乘便入朝，辞行时，知训佯为宴饯，暗中伏甲，欲杀知诰，幸知训季弟知谏素睦知诰，此时亦在座中，蹑知诰足，知诰始知诡计，佯称如厕，逾垣遁去。知训闻知诰已遁，拔剑出鞘，授亲吏刁彦能，令速追杀知诰。彦能追及中途，但以剑示知诰，纵使逃生，自己返报知训，只说是无从追寻，知训无法可施，也即罢论。

朱瑾前助知训，幸得脱难，他却不念旧德，阴怀猜忌。瑾尝遣家妓问候知训，知训将她留住，欲与奸宿。家妓知他不怀好意，乘间逸出，还语朱瑾，瑾亦愤愤不平。嗣又闻知训将他外调，出镇泗州，免不得恨上加恨。于是想出一计，请知训到家，盛筵相待，席间召出宠妓，曼歌侑酒，惹动知训一双色眼，目不转睛地瞟着歌妓。瑾暗中窃笑，佯为奉承，愿以歌妓相赠，并出名马为寿。引得知训手舞足蹈，喜极欲狂。瑾因知训仆从，多在厅外，急切未便下手，乃复延入内堂，召继妻陶氏出见。瑾妻为朱温所掳，已见前。陶氏敛衽而前，下拜知训，知训当然答礼，不防背后被瑾一击，立足不住，竟致踣地。户内伏有壮士，持刀出来，刀锋一下，那淫凶暴戾的徐知训，魂灵透出，向鬼门关挂号去了。趣语。

瑾枭下知训首级，持出大厅，知训从人，立即骇散。瑾复驰入吴王府，向杨隆演说道："仆已为大王除了一害！"说着，即将血淋淋的头颅举示隆演，隆演吓得魂不附体，慌忙用衣障面，嗫嚅答道："这……这事我不敢与闻。"一面说，一面走入内室。实是没用。瑾不禁愤怒交集，大声呼道："竖子无知，不足与成大事！"你亦未免太粗莽了。随即将首击柱，掷置厅上，挺剑欲出，不料府门已阖，内城使翟虔等竟勒兵拥至，争来杀瑾，瑾急奔回后垣，一跃而上，再跃坠地，竟至折足，后面追兵，也逾垣赶来，瑾自知不免，便遥语道："我为万人除害，以一身任患，也可告无罪了。"言已，把手中剑向颈一横，也即殒命。

徐温向居外镇，未知子恶，一闻知训被杀，愤怒得了不得，即日引兵渡江，径至广陵，入叩兴安门，问瑾所在。守吏报称瑾死，乃即令兵士搜捕瑾家，自瑾妻陶氏以下，一并拘至，推出斩首。陶氏临刑泣下，瑾妾却怡然道："何必多哭，此行却好见朱公了！"陶氏闻言，遂亦收泪，伸颈就刑。一妻受污，一妻受戮，难乎其为朱瑾妻。家口尽被诛夷，并令将瑾尸陈示北门。瑾名重江淮，人民颇畏威怀德，私下窃尸埋葬。适值疫气盛行，病人取瑾墓土，用水和服，应手辄愈，更为墓上培益新土，致成高坟。徐温闻知，命劚发瑾尸，投入雷公塘下。后来温竟抱病，梦见瑾挽弓欲射，不由得惊惧交并，再命渔人网得瑾骨，就塘侧立祠，始得告痊。总计朱瑾一生，尚无大恶，也应受此庙祀。温本欲穷治瑾党，为此一梦，才稍变计，又因徐知诰、严可求等具述知训罪恶，乃幡然道："孽子死已迟了！"遂斥责知训将佐，不能匡救，一律落职，独刁彦能屡有诤言，特别加赏。恐是由知诰代陈。进知诰为淮南节度副使，兼内外马步都军副使，通判府事，命知谏权润州团练事，温仍然还镇。庶政俱决诸知诰。

知诰乃悉反知训所为，事吴王尽恭，接士大夫以谦，御众以宽，束身以俭，求贤才，纳规谏，杜请托，除奸猾，蠲逋税，士民翕然归心。就是悍夫宿将，亦无一不悦服。用宋齐邱为谋主，齐邱劝知诰兴农薄赋，江淮间方无旷土，桑柘满野，禾黍盈郊，国以富强。务本之策，原无逾此。知诰欲重用齐邱，偏是徐温不愿，但令为殿直军判官。齐邱终为知诰效力，每夕与知诰密谋，恐属垣有耳，只用铁筋画灰为字，随书随灭，所以两人秘计，无人得闻。

严可求料有大志，尝语徐温道："二郎君指知诰。非徐氏子，乃推贤下士，笼络人望，若不早除，必为后患！"温不肯从，可求又劝温令次子知询，代掌内政，温亦不许。知诰颇有所闻，竟调可求为楚州刺史。可求知已遭忌，亟往谒徐温道："唐亡已十余年，我吴尚奉唐正朔，无非以兴复为名。今朱、李争逐河上，朱氏日衰，李氏日盛，一旦李氏得有天下，难道我国向他称臣么？不若先建吴国，为自立计。"这一席话，深中徐温心坎，原来温曾劝杨隆演为帝，隆演不答，因致迁延。在温的意思中，自虑权重位卑，得使吴王称帝，自己好总掌百揆，约束各镇。独严可求却另有一种思想，自恐知诰反对，不得不推重徐温，作一靠山。既要推重徐温，不得不阳尊吴王，彼此各存私见，竟似心心相印。

温即留可求参总庶政，令他草表，推吴王为帝，吴王杨隆演仍然却还。温再邀集将吏藩镇，一再上表，乃于唐天佑十六年，这是淮南旧称。即梁贞明五年四月，杨隆演即吴王位，大赦国中，改元武义，建宗庙社稷，置百官宫殿，文物皆用天子礼，惟不称帝号。追尊行密为太祖，谥曰“孝武王”，渥为烈祖，谥曰“景王”，母史氏为太妃。拜徐温为大丞相，都督中外军事，封东海郡王，授徐知诰为左仆射，参知政事，严可求为门下侍郎，骆知祥为中书侍郎，立弟濛为庐江郡公，溥为丹阳郡公，浔为新安郡公，澈为鄱阳郡公，子继明为庐陵郡公。濛有材气，尝叹息道：“我祖创造艰难，难道可为他人有么?”温闻言，惧不能制，竟出濛为楚州团练使。吴王杨隆演本意是不愿称制，只因为徐氏所迫，勉强登台，且见徐氏父子，专权日久，无论如何懊怅，不敢形诸词色，所以居常怏怏，镇日里沉饮少食，竟致疾病缠身，屡不视朝。想是没福为王。

哪知吴越忽来构衅。吴越王钱镠竟遣仲子传瓘，率战舰五百艘，自东洲击吴，警报与雪片相似，连达广陵。吴王隆演病中不愿闻事，一切调兵遣将的事情，当然委任大丞相、大都督了。先是吴越王钱镠，本与淮南不和，梁廷因得利用，令他牵制淮南，且加他兼职，授淮南节度使，充本道招讨制置使。钱镠亦尝奉表梁廷，极陈淮南可取状。嗣是屡侵淮南，互有胜负，及梁主友珪篡位，册钱镠为尚父，友贞诛逆嗣统，又授镠为天下兵马元帅。镠遂立元帅府，建置官属，雄据东南。至吴王隆演建国改元，梁主友贞，又颁诏吴越，令大举伐吴，因此钱镠复遣传瓘出师。

吴相徐温亟调舒州刺史彭彦章，及裨将陈汾，带领舟师，往拒吴越军。舟师顺流而下，到了狼山，正与吴越军相遇，可巧一帆风顺，不及停留，那吴越战舰，又复避开两旁，由他驰过，明明有计。吴军踊跃前进，不意后面鼓角齐鸣，吴越军帅钱传瓘竟驱动战舰，扬帆追来，吴军只好回船与战。甫经交锋，吴越舰中，忽抛出许多石灰，乘风飞入吴船，迷住吴军双目，吴军不住地擦眼；他又用豆及沙，散掷过来。吴军已是头眼昏花，怎禁得脚下的沙、豆，七高八低，立脚不住；又经吴越军乱劈乱斫，杀得鲜血淋漓，渍及沙、豆，愈加圆滑，顿时彼倾此跌，全船大乱。传瓘复令军士纵火，焚毁吴船，吴军心惊胆落，四散奔逃。彭彦章还想力战，身被数十创，智穷力竭，情急自刭。陈汾却先已逃回，坐视彦章战死，并不顾救，遂致战舰四百艘，多成灰烬，偏将被掳七十人，兵士伤亡数千名。

徐温闻报，立诛陈汾，籍没家产，半给彦章妻子，赡养终身。一面出屯无锡，截住敌军，一面令右雄武统军陈璋，率水军绕出海门，断敌归路，吴越军乘胜进军，与温相值，时当孟秋，暑气未退，温适病热，不能治军。判官陈彦谦亟从军中选一弁目，面貌似温，令他充作军帅，身环甲胄，号令军士，温得少休。既而吴越军来攻中军，温疾已少闲，亲自出战，遥见秋阳暴烈，两岸间萑苇已枯，又值西北风起，正好乘势放火，烧他一个精光，便令军士挟着火具，四散纵火，火随风猛，风引火腾，吴越军立时惊溃，当由温驱兵追击，斩首万计，吴赵将何逢、吴建亦被杀死，只传瓘遁去。前曾以火攻胜吴，奈何自不及防，岂真一报还一报耶！走至香山，又被吴将陈璋，截住去路，好容易夺路逃回。十成水师，已失去七八成了。

徐温令收兵回镇，知诰请派步卒二千，假冒吴越旗帜，东袭苏州。温喟然道："汝策原是甚妙，但我只求息民，敌已远遁，何必多结仇怨！"也是有理。诸将又齐请道："吴越所恃，全在舟楫，方今天旱水涸，舟楫不便行驶，这正天亡吴越的机会，何不乘胜进兵，扫灭了他！”温又叹道：“天下离乱，已是多年，百姓困苦极了，钱公亦未可轻视。若连兵不解，反为国忧，今我既得胜，彼已惧我，我且敛兵示惠，令两地人民，各安生业，君臣高枕，岂非快事！多杀果何益呢！”具有保境息民之意。遂引兵还镇。

嗣复用吴王书，通使吴越，愿归无锡俘囚。吴越王钱镠亦答书求和。两下释怨，休兵息民，彼此和好度日，却有二十年不起烽烟，这未始非徐温所赐呢。应该称美。

越年五月，吴王杨隆演病已垂危。温自升州入朝，与廷臣商及嗣位事宜。或语温道：“从前蜀先主临终时，尝语诸葛武侯，谓嗣子不才，君宜自取。”温不待词毕，即正色道：“这是何言，我若有意窃位，诛张颢时即可做得，何必待至今日？杨氏已传三主，就使无男有女，亦当拥立，如有妄言，斩首不赦！”大众唯唯听命，乃传吴王命令，召丹阳公杨溥监国，徙溥兄濛为舒州团练使。未几隆演病逝，年仅二十四岁。弟溥嗣立，尊生母王氏为太妃，追尊兄隆演为高祖宣皇帝。小子有诗咏徐温道：

权兼内外总兵屯，报国犹知戴一尊。
试看入朝排众议，徐温毕竟胜朱温。

吴王溥已经嗣位，国中好几年无事，小子好别叙蜀中情形，欲知蜀事，且阅下回。

是回除首数行外，纯叙吴事，如徐知训之不道，朱瑾诛之宜也；但瑾之所为，未免卤莽，投鼠尚且忌器，岂有内为孱主，外有强镇，顾可为孤注之一掷乎？况徐温亦非真懵于事者，特未闻其子之过恶耳。

为瑾计，何不致书徐温，直陈知训罪状，令他自行废置，乃诱诛知训，卒致杀身亡家？武夫之一往直前，不知审慎，往往有此大弊。幸徐温入都，心目中尚有吴王，不致篡夺，否则隆演之首，几何而不立陨也！史称温梦瑾挽射，始为改葬，瑾未必有此灵异，但亦因严可求、徐知诰之先陈子恶，未免生悔，悔则因致成梦耳。且隆演幼懦，内外军事，亦赖有徐氏主持，观吴越之大举侵吴，幸温用火攻计，转败为胜，淮南得以无恙。厥后隆演病剧，且使杨氏无男有女，亦当拥立之言，宁得以父子专政，遽谓其罪大功小哉？篇中抑扬得当，可作史评一则。

第十三回

嗣蜀主淫昏失德　唐监军谏阻称尊

却说蜀主王建杀死太子元膺，改立幼子宗衍为太子。见前第九回。建子有十一人，为何独立这幼子呢？原来蜀主正室周氏，才貌平常，且无子嗣，虽有妾媵数人，生了数子，怎奈没有丽色。嗣得眉州刺史徐耕二女，入侍后宫，一对姊妹花，具有丽容，仿佛与江东大小乔相似。看官！你想蜀主得此二美，尚有不爱逾珍璧么？大徐女生子宗衍，小徐女生子宗鼎。宗鼎先生，排行第七，宗衍后生，排行最幼。此外尚有宗仁、宗纪、宗辂、宗智、宗特、宗杰、宗泽、宗平等，均系别媵所出。王建僭号，十一子均得封王。元膺既死，建因宗辂类己，宗杰有才，两子中拟择一为嗣。大徐女已进封贤妃，小徐女亦进封淑妃，两妃专房用事，怎肯令一把龙椅，付与别子？当下令心腹太监唐文扆赍金百镒，送与宰相张格，嘱他号召百官，立宗衍为太子。张格既得重贿，即草得一表，令百官署名，但说是已奉密旨，决立宗衍。百官以君相定策，不便违议，乐得署名呈入。蜀主览表惊疑道："宗衍幼弱，好立做太子么？"未始无识。适值大徐妃在旁，便即进言道："宗衍已十多岁了，相士谓后当大贵；不过陛下今日，却很为难；诸王十数，后宫充斥，哪里挨得着宗衍，妾情愿挈他出宫，免遭人妒，也省得陛下为难呢！"说至此，面上的泪珠儿，已扑簌簌地坠了下来。妇人惯技。蜀主连忙慰谕道："我并非不愿立宗衍，但恐他少不更事，反误国计。”徐妃复答道：“相臣以下，且一致赞成，只有陛下圣明，虑及此着，妾恐陛下并不为此，无非是左右为难，借此诳妾呢!”蜀主一再申辩，徐妃一再撒娇，弄得蜀主情急起来，便道：“罢！罢！我明日决立宗衍便了。”徐妃方含泪谢恩。翌日即立宗衍为太子。

宗衍方颐大口，垂手过膝，顾目见耳，颇知学问，童年即能属文。只是性好靡丽，酷爱郑声，尝集艳体诗二百篇，署名《烟花集》，传诵全蜀。但不合人主身分。既得立为储贰，开府置官，专任一班淫朋狎客，充作僚属，除倡和淫词外，斗鸡击毬，镇日戏狎。蜀主尝过东宫，闻里面喧呼声很是热闹，问明底细，乃是太子与诸王蹴踘，不禁长叹道：“我百战经营，才立基业，此辈岂能守成么?”嗣是颇恨及张格，且有废立意。怎奈徐贤妃从中把持，但将一笑一颦的作态，竟制住这狡猾枭雄的蜀主王建，一成不变，无法改移。

宗杰为蜀主所爱，屡陈时政，不知为何中毒，四肢青黑，霎时身亡。明明是徐妃下毒。蜀主益加忧疑，并因年力衰迈，禁不住这般拨弄，伤感成疾，无药可医，私念惟北面行营招讨使王宗弼，沉重有谋，可属大事，遂召还成都，令为马步都指挥使，当下宣入寝殿，并饬同宰相张格等，共受面嘱道：“太子仁弱，朕曲循众请，越次册立。若他未能承业，可置居别宫，幸勿加害。我子尚多，幸择贤继立。徐妃兄弟，只可优给禄位，慎勿使他掌兵预政，借示保全。”偏不由你算奈何？宗弼等唯唯而退，偏此语被徐妃闻知，转告唐文扆。文扆为内飞龙使，久握禁兵，兼参枢密，他竟派兵守住宫门，不令大臣再入。宗弼等三十余人，日夕问安，不得入见，只有慰抚的命令，逐日外颁。宗弼料文扆谋乱，正拟设法抵制，可巧皇城使潘在迎，密报宗弼，说是文扆谋害大臣。宗弼遂带领壮士，排闼入谒，极言文扆罪状。

蜀主王建病虽加剧，尚知人事，乃召太子宗衍，入宫侍疾，并令东宫掌书记崔延昌，权判六军事，贬文扆为眉州刺史。翰林学士承旨王保晦亦坐文扆私党，褫夺官爵，流戍泸州。所有内外财赋，及中书除授诸司，与一切刑牍案狱，统委翰林学士庾凝绩承办。都城及行营军旅，统委宣徽南院使宋光嗣管领。光嗣系小太监出身，专务揣摩迎合，因得重用。本来蜀主平时，内置枢密使，专用士人。此次恐太子年少，士人不为所用，因特改任宦官，那知这两川土宇，要被这阉人破裂了！士人不可用，宦官更不可用，王建系残唐狡将，难道未鉴唐事么？

既而蜀主弥留，令宗弼兼中书令，光嗣任内枢密使，与功臣王宗绾、王宗瑶、王宗夔等，同受遗诏。宗弼、宗绾、宗瑶、宗夔，统是王建养子，改姓王氏，辅建有功，俱得兼中书令。及建已病殁，太子宗衍嗣位，除去“宗”字，单名为衍。宗弼等进封为王，尊父建为“高祖皇帝”，嫡母周氏为“昭圣皇后”。周氏哀毁成病，未几去世，乃尊生母徐贤妃为皇太后，太后妹徐淑妃为皇太妃，命宋光嗣判六军诸卫事，再夺唐文扆官爵，赐他自尽。王保晦亦诛死，贬宰相张格为茂州刺史，寻又谪为潍州司户。援立宗衍，究有何益？礼部尚书杨玢，吏部侍郎许寂，户部侍郎潘峤，皆坐格党贬官。一朝天子一朝臣，同平章事的位置，授与兵部尚书庾传素。即凝绩从兄。又用内给事王廷绍、欧阳晃、李周辂、宋光葆、宋承蕴、田鲁俦为将军，各参军事。兄弟诸王俱使他兼领军使。彭王宗鼎，独遍白兄弟道：“亲王掌兵，实是祸本，况主少臣强，谗间必兴，缮甲训兵，殊非我辈应做的事情哩。”遂辞去军使兼职，自营书舍，植松竹自娱，倒也逍遥快活，无是无非。惟宗弼已封巨鹿王，复晋封齐王，总揽大权，职兼文武，凡内外迁除官吏，均出他一人掌握，他得纳贿营私，擅作威福。蜀主衍毫不过问，镇日里醉酒唱歌，靡靡忘倦。即位时，册立一位皇后，乃是前兵部尚书高知言女，端庄沈静，颇有妇德，衍独谓她朴陋少文，不甚惬意。乃更令内教坊严旭，选取良家女子二十人，入备后宫。旭强搜民家，见有姿色女子，无论他家愿与不愿，硬要他献入宫中。惟该家厚给金帛，才得免选，民间怨声载道。旭却腰橐丰盈，至二十人已经满额，入宫复旨。蜀主见他所选各女，统是芙蓉为面，杨柳为眉，不由得喜笑颜开，极称旭办事才能，即擢为蓬州刺史。嗣是左拥右抱，备极欢娱。还有太后、太妃，也最喜冶游，时常至亲贵私第，酣饮达旦，有时蜀主亦与偕行，或同游近郡名山，饮酒赋诗，耗费不可胜计。太后、太妃又各出教令，卖官鬻爵，出价最多，得官最速。礼部尚书韩昭，素无才具，但以便佞得幸，又纳赂太后、太妃，得升任文思殿大学士，位出翰林承旨上。后妃卖官，古今罕闻。他尝出入宫禁，面恳蜀主，乞买数州刺史官职，得金营第，蜀主衍居然应诺，这真可谓特别加恩了。

蜀主衍改元乾德。乾德元年，改龙跃池为宣华池，就池造苑，大兴工作，越年立高祖庙于万岁桥，蜀主衍奏太后、太妃，及后宫妃嫔等，入庙祭祀，参用亵味，并及郑声。华阳尉张士乔，上疏切谏，顿触衍怒，饬令处斩，还是徐太后当面谕阻，始得免诛，流窜黎州，士乔愤激得很，竟投水自尽。

未几下诏北巡，蜀主衍出发成都，披金甲，冠珠帽，执弓矢而行，旌旗兵甲，亘百余里，人民疑为灌口袄神。到了安远城，令王宗俦、王宗昱、王宗晏、王宗信等，俱王建养子。统兵伐岐，进攻陇州。岐王李茂贞出屯汧阳，遥为援应，蜀偏将陈彦威出散关至箭筈岭，遇着岐兵，打了一回胜仗，便即引还。蜀主衍接得捷报，亲赴利州，龙舟画舸，辉映江渚，州县供张，穷奢极丽，百姓各有怨言。

及抵阆州，见州民何康女，美丽过人，即命侍从强行取来。何女已经字人，出嫁有日，经蜀主问明底细，乃赉帛百匹，赐他夫家，饬令别娶，还算是浩荡皇恩，不使向隅，那何女却占为已有，乐得受用。谁料该未婚夫闻这急变，竟致一恸而亡！想也是个情种，可惜何女未能报他。

蜀主衍既得何女，也无心再游，即日归还成都，与何女缱绻月余，又觉得味同嚼蜡，平淡无奇。会奉徐太后往省母家，瞥见一个绝代佳人，极袅娜，极娉婷，端的是玉骨仙姿，不同凡艳。王衍怎肯轻轻放过，询明太后，知是徐耕孙女，与衍为中表姊妹，当下召令出见，携带进宫。看官！你想王衍是个蜀帝，叫徐氏如何违慢，只好睁着双眼，由他携去，入宫以后，颠鸾倒凤，自在意中。那徐女不但美艳，并且曲尽柔媚，极善奉承。引得这位伪天子，非常恋爱，宠冠六宫。既有大小徐妃，复有这位徐女，何徐娘之多耶！徐太后姊妹因侄女又得专宠，可为母族增光，也为欣慰。偏王衍不欲娶诸母族，反托言是韦昭度女孙，竟封她为韦婕妤，嗣又加封为韦元妃，六宫粉黛，当然怀妒。最难堪的是正宫高氏，平时本已失宠，自韦妃入宫，更被疏薄，免不得略有怨言，王衍竟将她废去，遣令还家。乃父高知言，时已老迈，闻着此变，顿时惊仆，好容易灌救转来，还是涕泣涟涟，不愿进食，饿了数日，竟致死去。何必如此？王衍也不加赙恤，即欲立韦妃为继后。无如宫内还有一位金贵妃，姿容恰也秀媚，兼通绘事。她出世时，天大风雨，母梦见赤龙绕庭，因得分娩，所以闺名叫作飞山，乾德初选入掖庭，曾得专宠，至韦妃入幸，也逐渐见疏。但资格比韦妃为优，势不能后来居上，且有赤龙梦兆，已具瑞征，王衍踌躇多日，不得已立金妃为继后。后来又欲废立，幸亏钱贵妃代为力争，才得定位。惟名目上虽然未易，情意中不甚相亲。蜀宫内佳丽日增，镇日里酣歌恒舞，变成一个花天酒地。俗语说得好，乐极悲生，似这蜀主衍的荒淫无度，尚能不自速危亡么？为下文伏笔。

可巧梁、晋交争，晋王李存勖出次魏州，得了一个传国宝，系是僧人传真献入，谓由唐京丧乱时所得，秘藏已四十年，于是晋臣相率称贺，接连是上表劝进，怂恿晋王为帝。蜀主衍得知消息，也遣使致书，请晋王嗣唐称尊。劝人称帝，即能自保耶？晋王出书示僚佐道："昔王太师指王建。亦尝遗先王书，请各帝一方，先王尝语我云：'昔唐天子幸石门，我尝发兵诛贼，当然威震天下。我若挟天子，据关中，自作九锡禅文，何人敢阻？但我家世代忠良，不忍出此，他日务当规复唐室，保全唐祚，慎勿效若辈所为！'此语犹在耳中，我怎好背弃父训呢？"言已泣下，群臣乃暂将称尊事搁起，一时不敢多言。

这时候的梁、晋两国，方在德胜两城间穷年鏖兵。德胜是个渡名，正当河北要冲，晋王命李存审夹河筑城，分作南北二郭，亦称夹寨。梁将贺瓌，率兵往争，大小百余战，终不能克。梁河中节度使冀王朱友谦，因为子令德表求节钺，不得所请，复举河中降晋。梁又起用刘鄩为招讨使，令攻河中。鄩与友谦素有婚谊，先移书谕以祸福，然后进兵。友谦不答，但向晋王处告急，晋王遣李存审往援。及鄩待复不至，始进逼同州，那时李存审亦已驰至，两下交绥，鄩军败走，梁副使尹皓、段凝等，密表梁主，诬鄩徇亲误国，沿途逗挠，乃有此败。梁主友贞，遂潜令西都留守张宗弼，将鄩鸩死，贺瓌又复病殁。

梁将中智推刘鄩，勇推贺瓌，相继毕命，诸军夺气。晋军连得胜仗，声威愈振。于是一班攀龙附凤的臣僚，复提出劝进文，陆续呈入，无非说是天命攸归，人心属望，宜应天顺人，亟正大位等语。各镇节度使，又各献货币数十万，充作即位经费，还有吴王杨溥，亦贻书劝进，遂令这无心称帝的李存勖，也不能抱定宗旨，居然雄心勃勃，想做起皇帝来了。皇帝趣味，究竟动人。

独有一个唐室遗臣，闻知此信，大为不然，遂自晋阳趋魏州，面加谏阻。这人为谁？就是监军张承业。承业竭诚事晋，凡晋王出征，所有军府政事，俱委承业处置。承业劝课农桑，贮积金谷，收养兵马，征租行法，不宽贵戚，因此军政肃清，馈饷不乏。刘、曹两太夫人，尝重视承业，有时承业忤存勖意，两太夫人必痛责存勖，令谢承业。存勖加授承业为左卫上将军，兼燕国公，承业皆固辞不受，但称唐官终身。至是诸臣劝进，晋王已为所动，即至魏州面谏道："我王世忠唐室，历救患难，所以老奴事王，至今已三十余年；为王聚积财赋，召补兵马，誓灭逆贼，恢复本朝宗社，借尽臣心。今河北甫定，朱氏尚存，王乃遽即大位，实与前时征伐初意，殊不相同，天下谓王自相矛盾，必致失望，尚有不因此解体么？今为王计，最好是先灭朱氏，为列圣复仇，然后求立唐后，南取吴、西取蜀，泛扫宇内，合为一家。那时功德无比，就使高祖、太宗，再生今世，也未能高居王上，王让国愈久，即得国愈坚，老奴并无他意，不过受先王大恩，欲为王立万年基业，请王勿疑！"为唐进言，志节可嘉。李存勖徐答道："这事原非我意，但众志从同，不便相违，奈何？"承业知不可止，忍不住恸哭道："诸侯血战，本为唐家，今王乃自取，不特误诸侯，兼误老奴了！"遂辞归晋阳，郁郁成疾，竟不能起。

存勖闻承业得病，一时也不愿称帝。会值成德军变，王镕养子王德明原姓名为张文礼，竟弑死主将王镕，屠灭王氏家族，且遣使向晋告乱，乞典旌节，为这一番意外情事，又惹动李家兵甲，假仁仗义，往讨镇州。正是：

乱世屡生篡夺祸，强王又逞甲兵威。

欲知张文礼何故弑主，且看下回分解。

蜀主王建明知幼子之不能守成，乃为徐贤妃所迫，唐文扆、张格等所怂恿，卒立为太子。举两川数十载之经营，不惜为孤注之一掷，何其误甚？但溯厥祸源，实为一妇人而起，好色者终为色误云，建其明鉴也！夫其父行劫，其子必且杀人，建因好色而误国，衍即因好色而亡国。父作而子述，其祸必有甚于乃父者，故祖父贻谋，断不可不慎耳！自来国家之患，莫如女色，尤莫如宦官。但宦官中亦非无贤者，如张承业之乃心唐室，始终不渝，洵足为庸中佼佼，铁中铮铮之特色。观其谏阻晋王，沥肝披胆，无非为复唐起见。及力谏不从，恸哭而返，遂至悒悒不起，彼其悔所辅之非人乎？笃于效忠，而短于料事，承业亦不得为智。但略迹原心，固足告无愧于天下！故《纲目》于承业之殁，特书曰唐河东监军使，而本回亦特别提明，不没忠节云。

第十四回

助赵将发兵围镇州　嗣唐统登坛即帝位

却说成德节度使赵王王镕自与晋连和后，得一强援，因乏外患，他不免居安忘危，因佚思淫。大治府第，广选妇女，又宠信方士王若讷，在西山盛筑宫宇，炼丹制药，求长生术。居然一刘仁恭。每一往游，辄使妇人维系锦绣，牵持而上。既入离宫，连日忘归，一切政务，委任宦官李弘规、石希蒙。希蒙素善谄谀，尤见宠幸，尝与镕同卧起，会镕宿西山鹘营庄，李弘规进谏道："今天下强国莫如晋，晋王尚身自暴露，亲冒矢石，今大王搜括国帑，充作游资，开城空宫，旬月不返，倘使一夫闭门不纳，试问大王将归依何处？"镕闻言颇知戒惧，急命还驾。偏石希蒙从旁阻住，不令镕归。弘规怒起，竟遣亲事军将苏汉衡，率兵擐甲，直入庄中，露刃逼镕道："军士已劳敝了，愿从王归国！"镕尚未及答，弘规又继进道："石希蒙逢君长恶，罪在不赦，请亟诛以谢众士。"镕仍不应，弘规竟招呼甲士，捕斩希蒙，掷首镕前。镕无奈驰归。时长子昭祚，已挈梁公主归赵。回应卷前。镕遂与熟商，谋诛弘规、汉衡。昭祚转告王德明，遂将弘规、汉衡拿下，一并枭首，且骈戮二人族属。一面搜缉余党，穷究反状，亲军皆栗栗自危。

德明本来狡狯，至此有隙可乘，即煽诱亲军道："大王命我尽坑尔曹，从命实不忍，不从又获罪，应如何区处？"众皆感泣，愿听指挥，德明乃密令亲军千人，夜半逾垣，往弑王镕，适镕与道士焚香受箓，想是祈死。军士不费气力，立断镕首，携报德明。德明索性毁去宫室，大杀王氏家族，自昭祚以下，悉数毙命。惟梁女普宁公主，留下不杀，还有镕少子昭诲，年方十龄，由亲将救出，藏置穴中，幸得不死，后来潜往湖南，髡发为僧，易名崇隐。即卷前晋王许婚之昭诲。德明仍复姓名为张文礼，向晋告乱，求为留后。晋王即欲加讨，群臣谓方与梁争，不宜更树一敌，乃暂准所请。偏张文礼又密表梁主，但称王氏为乱兵所屠，幸公主无恙，请朝廷亟发精兵万人，由臣更乞契丹为助，自德隶渡河，往攻河东，晋可从此扫灭了。梁主友贞，览表未决，敬翔请乘衅规复河北，赵岩、张汉鼎、汉杰等，谓文礼首鼠两端，万不可恃，梁主乃按兵不发。文礼且一再驰书，多被晋军中途搜获。

赵将都指挥使符习，曾率兵万人，从晋王驻德胜城，文礼阴怀猜忌，召令还镇，愿以他将代任。习入谒晋王，涕泣请留。晋王与语道："我与赵王同盟讨贼，谊同骨肉，不料一旦遇祸，竟为所戕，我心很是痛悼。汝若不忘故主，能为复仇，我愿助汝兵粮，往讨逆贼！"有心讨逆，何必许为留后，此次遣习复仇，无非恨他通梁耳。习与部将三十余人，举身投地，且泣且语道："大王诚记念故主，许令复仇，习等不敢上烦府兵，情愿领本部前往，搏取凶竖，报王氏累世隆恩，虽死亦无恨了！"晋王大喜，立命习为成德留后，领本部兵先进，且遣大将阎宝、史建瑭为后应，自邢、镕北趋，直抵赵州，刺史王铤，自知不支，开城乞降。晋王仍令为刺史，即饬移军攻镇州。

文德已经病疽，闻赵州失守，便即吓死，子处瑾秘不发丧，与他将韩正时等，悉力拒晋。晋兵渡滹沱河，进薄镇州，城上矢石雨下，史建瑭中箭身亡。晋王得建瑭死耗，拟分兵自往策应，凑巧获得梁军谍卒，俯首乞降，且言梁北面招讨使戴思远，将乘虚来袭德胜城，晋王亟命李存审屯兵德胜，李嗣源伏兵戚城，先用羸骑往诱梁兵，待他入境，鼓起伏发。李嗣源先出接仗，已将梁兵冲乱，李存审又从城中杀出，晋王复自率铁骑三千，迎头痛击，斩获梁兵二万余人。

思远窜去，晋王乃拟自往镇州，忽接到定州来书，劝阻进兵，转令晋王动起疑来。暗暗自忖道："王处直从我有年，奈何阻我！"乃即取出文礼与梁蜡书，寄示处直，且传语道："文礼负我，不能不讨！"看官道处直为何劝阻晋王？原来处直闻晋讨文礼，即与左右商议道："镇、定二州，互为唇齿，镇州亡，定州不能独存，此事不可不防。"乃致书晋王，请赦文礼。偏晋王复词拒绝，害得处直日夕耽忧。

处直有庶子名郁，素来无宠，亡奔晋阳，晋王克用，曾妻以爱女，累迁至新州防御使。此时处直贰晋，潜遣人语郁，令他重赂契丹，乞师南下，牵制晋军。郁求为继嗣，方才听命，处直不得已许诺。怎奈定州军士，都不欲召入契丹，就中又有处直养子刘云郎，改名为都，向为处直所爱，有嗣立意。至是闻郁得为嗣，眼见得定州节钺，被他取去，心下甚是不安，适有小吏和昭，劝都先行发难，都遂率新军数百人，闯入府第，挟刃大噪道："公误信孽子，私召外寇，大众无一赞成，昏谬如公，不能再理军事，请退居西宅，聊尽天年！"处直正要面驳，哪知军士一哄而上，把他拥出府中，竟往西第，又逼勒处直妻妾，同至西第中，一并锢住，所有王氏子孙，及处直心腹将士，杀戮无遗。引狼入室，宜遭此祸。都遂遣使报晋王，晋王以处直被幽，免为晋患，即令都代握兵权。都罪不亚文礼，胡为一讨一赏？都得晋王书，诣西第见处直，处直投袂奋起，捶胸大呼道："逆贼！我何负尔？"说至此，四顾无械，竟牵住都袂，张口噬鼻。都慌忙躲闪，掣袖外走，处直忧愤竟死。都复拨兵助晋，晋王即留李存审、李嗣源居守德胜，自率大军攻镇州，城中防守颇严，旬日不克。

蓦得幽州急报，契丹大举南下，涿州被陷，幽州亦在围中了。晋王拟分兵往援，偏定州亦来告急，报称契丹前锋，已入境内，那时晋王不能兼顾，只好先救定州，当下率军北进，行至新城，闻契丹兵已涉沙河，士卒皆有惧容，或潜自亡去，严刑不能止。诸将入帐请道："契丹锋盛，恐不可当，又值梁寇内侵，不如还师以救根本。"晋王却也难决，或说宜西入井陉，暂避寇锋。

正在聚议纷纭的时候，忽有一人朗声道："契丹前来，意在利人金帛，并非为镇州急难，诚意相援，大王新破梁兵，威振夷夏，若挫他前锋，他自然遁走了。"晋王瞧着，乃是中门副使郭崇韬，方欲答言，又有一人接入道："强兵在前，有进无退，怎可无故轻动，摇惑人心?"这数语出自李嗣昭。晋王挺身起座道："我意亦是如此!"遂出营上马，自麾铁骑五千，奋勇先进，诸将不敢不从。

至新城北，前面一带，统是桑林，晋军从林中分趋，逐队驰至。可巧契丹兵骤马前来，见桑林中尘埃蔽天，几不知有多少人马，当即回辔返奔。晋王分兵追击，驱契丹兵过沙河，多半溺死，契丹主阿保机子，被晋军擒还，阿保机退保望都。晋王收兵入定州，王都迎谒马前，愿以爱女妻王子继岌。继岌系晋王第五子，为宠妃刘氏所出，尝随晋王军前，晋王慨然许婚。

休息一宵，便引兵趋望都，中途遇奚酋秃馁一作托辉。带着许多番骑，前来拦截。晋王兵少，被番骑困在垓心，晋王麾军力战，出入数四，尚不能解，幸李嗣昭率兵三百骑，上前救应，横击奚兵，奚酋乃退。晋王乘势奋击，连败奚酋，契丹主亦立足不住，北奔易州。晋王追赶不及，转入幽州，契丹兵解围遁去，会大雪经旬，平地数尺，虏兵冻毙甚多，阿保机懊怅而还。

先是契丹出兵，实由王郁乞请，郁曾语阿保机道：“镇州美女如云，金帛如山，天皇即速往取，可以尽得，否则将为晋有了。”阿保机大喜，独番后述律道：“我有羊马千万头，坐踞西楼，自多乐趣，为何劳师远出，乘危徼利呢？况我闻晋王用兵，天下无敌，倘一失败，后悔难追！”此非述律预能知败，实恐阿保机取得赵女，自己必致失宠，故有此谏。阿保机跃然道：“张文礼有金五百万，留待皇后，我当代为取来，供给内费。”不出郭崇韬所料。遂不从述律言，悉众南下，不幸吃了几个败仗，嗒然回去，私心懊闷，无处可泄，遂将王郁絷归，锢住狱中。

晋王闻番兵远遁，巡阅番营故址，见他随地布藁，回环方正，均如编剪，虽去无一枝倒乱，不禁长叹道：“用法严明，乃能至此，非我中国所可及，后患正不浅哩！”隐伏后文。道言甫毕，那德胜城递到军报，说是梁兵乘虚袭魏，现正吃紧，亟请济师。晋王忙招呼亲军，倍道南行，五日即抵魏州。梁将戴思远，烧营遁去。

晋王以南北两敌，均已击退，镇州援绝势孤，可以立拔，偏偏兵家得失，不能逆料。大将阎宝，竟为镇州兵所破，退保赵州。原来阎宝抵镇州城下，筑起长垒，连日围攻，又绝滹沱水环城，断绝内外。城中食尽，夜出五百人觅食，宝亦探知消息，故意纵使出来，拟伏兵掩捕，一鼓尽歼，谁知这五百人鼓噪而至，竟攻长围。宝见他兵少，尚不为备，俄顷有数千人继至，各用大刀阔斧，破围径出，来烧宝营。宝抵挡不住，只好弃营窜去，往守赵州。营中刍粟甚多，统被镇州兵搬去，数日不尽。

晋王闻报，急改任李嗣昭为招讨使，代宝统军。嗣昭驰至镇州，正值镇州守将张处瑾遣兵千人，出城迎粮，被嗣昭率军掩至，杀获几尽，有数人避匿墙墟间，嗣昭跃马弯弓，迭发迭中。不意城上有暗箭射来，正中嗣昭脑上。嗣昭忍痛拔箭，返射守卒。一发即殪，时已日暮，回营裹创，血流不止，竟尔晕毙。凶信传到魏州，晋王很是悲悼，好几日不食酒肉，继闻嗣昭遗言，“暂将泽潞兵授判官任圜，令督诸军攻镇州”，晋王依言而行，一面调李存进为招讨使，进营东垣渡，立栅未就，镇州将张处球即处瑾弟。领兵七千人，突来劫寨。存进慌忙对敌，出斗桥上，杀毙镇兵无数，自已亦战殁阵中。

镇州力竭粮尽，张处瑾等束手无策，只好遣使至魏州乞降。使人方去，晋王已遣李存审到来，挥兵猛扑，两下相持至暮。城中守将李再丰，愿为内应，乘着夜阑月黑，投缒招引晋军；晋军缘缒而上，到了黎明，全军毕登，擒住张文礼妻，及子处瑾、处球、处琪，及余党高蒙、李翥、齐俭等，拟送魏州。赵人请命军前，愿得此数人，为故主泄恨。存审报明晋王，准如所请，赵人将数人醢为肉泥，顷刻食尽，又掘发张文礼尸，寸磔市曹。且向故宫灰烬中，检出赵王王镕遗骸，以礼祭葬。授赵将符习为成德节度使，习泣辞道：“故使无后，习当斩衰送葬，俟礼毕听命。”既而葬毕，仍诣魏州，赵人请晋王兼领成德军。晋王许诺，另拟割相、卫二州，置义宁军，即命习为节度使。习复辞道：“魏博霸府，不应分疆，愿得河南一镇，归习自取，方不虚糜廪禄呢。”乃以习为天平节度使，兼东南面招讨使，加李存审兼侍中。

是时晋魏州刺史李存儒，原姓名为杨婆儿，以俳优得幸。既为刺史，专事剥民，州民交怨，梁将段凝、张朗等，引兵袭入，执住存儒，遂拔卫州；又与戴思远攻陷淇门、共城、新乡，于是澶州以西，相州以南，复为梁有。还有泽潞留后李继韬，竟叛晋降梁，受梁命为节度使。继韬系李嗣昭次子，嗣昭曾任泽潞节度使，及战殁镇州，长子继俦袭职，因秉性懦弱，为弟继韬所囚。晋王以用兵方殷，无暇过问，权命继韬为留后。泽潞本置昭义军，至是改称安义军。继韬虽得窃位，心中终不自安，幕僚魏琢、牙将申蒙，复语继韬道："晋朝无人，将来终为梁所并，不如先机归梁为是。"继韬弟继远亦劝兄降梁。继韬乃遣继远奉表梁廷，梁主喜甚，立授继韬节度使。

惟昭义旧将裴约，曾戍泽州，涕泣誓众道："我服事故使，已逾二纪，尝见故使分财享士，志灭仇雠，不幸一旦捐馆，柩尚未葬，乃郎君遽背君亲，甘心降贼，诚不可解？我宁死不肯相从哩！"也是符习流亚。遂据城自守，梁遣偏将董璋往攻，久不能克。继韬散财募士，尧山人郭威应募，尝杀人系狱，继韬惜他才勇，纵令逸去。郭威事始此。一面发新募各兵，往助董璋，裴约向魏州乞援，偏晋王李存勖，创行帝制，镇日间编订礼仪，竟无心顾及泽州。

看官阅过上文，应知晋臣劝进，已不止一二次，只因监军张承业，力加谏阻，又延宕了一两年。偏承业得病不起，奄卧年余，竟致逝世，晋王虽似含哀，却带着三分喜意，僚佐觑透隐情，因复上笺劝进。五台山僧人，又献入古鼎，目为祥瑞。晋王乃命有司制置百官省寺，仗卫法物，定期四月举行，派河东判官卢质为大礼使，就在魏州牙城南面，筑起坛幄，行即位礼。晋王本奉唐正朔，称为天佑二十年，至四月上旬，升坛称帝，祭告天神地祇，改元同光，国号唐。宣制大赦，授行台左丞相豆卢革为门下侍郎，右丞相卢澄为中书侍郎并同平章事，中门使郭崇韬、昭义监军使张居翰并为枢密使，判官卢质、掌书记冯道俱充翰林学士，升魏州为东京兴唐府，号太原即晋阳。为西京，镇州为北都，令魏博判官王正言为兴唐尹，都虞侯孟知祥为太原尹，充西京副留守，泽潞判官任圜为真定尹，充北京副留守，凡李存审、李嗣源等一班功臣，统加官进秩，兼任节度使如旧。追尊曾祖执宜为"懿祖皇帝"，祖国昌为"献祖皇帝”，父克用为“太祖皇帝”，立庙晋阳。除三代外，又奉唐高祖、太宗、懿宗、昭宗四主，分建四庙，与懿祖以下，合成七室，尊生母曹氏为皇太后，嫡母刘氏为皇太妃。刘氏毫不介意，依着故例，向太后曹氏处称谢，曹氏恰有惭色，离坐起迎，露出那跼蹐不安的状态，刘氏独怡然道：“愿吾儿享国无穷，使我得终天年，随先君于地下，已是万幸！此外还计较什么？”曹氏亦相向欷歔。嗣命宫中开宴，彼此对坐，略迹言情，尽欢而罢。后人共称刘太妃的美德，小子恰有一诗道：

并后犹防祸变随，况经嫡庶乱尊卑。
私图报德成愚孝，亚子开基礼已亏！

晋王李存勖，已改号为唐，当然称为唐主，其时尚留魏州，意欲攻梁，巧值梁郓州将卢顺密奔唐，献袭取郓州策，唐主乃召群臣会议，议决后如何进止，待至下回表明。

张文礼弑养父王镕，固有应讨之罪，晋王讨之，宜也。但文礼宜讨，而王都亦曷尝不宜讨？晋王独以私废公，授彼节钺，闻急赴援，且与之约为婚姻，所谓见利忘义者非耶！即是以观晋王之心术，已可见矣。镇州虽下，逆子骈诛，而卫州一带，复为梁取，李继韬又以潞州降梁，是固非称帝之时，乃以张承业之去世，五台山僧之献鼎，即称尊魏州，前时之假面具，一举尽撤，既食前言，兼露骄态，识者已知其不终。况于生母而尊之，于嫡母而抑之，嫡庶倒置，贻谋不臧，宁待刘后之专权乱政，始肇危机耶？阅者于文字间细心求之，褒贬固自不苟云。

第十五回

王彦章丧师失律　梁末帝陨首覆宗

却说唐主李存勖因郓州将卢顺密来降，即欲依顺密计议，进袭郓州。当下与诸臣商定进止，郭崇韬等都说未可。唐主独召李嗣源入商，嗣源尝自悔胡柳渡河，致遭谴罚，见十二回。至是欲立功补过，即慨然进言道："我朝连年用兵，生民疲敝，若非出奇取胜，大功何日得成？臣愿独当此任，勉图报命！"唐主大悦，立遣他率兵五千，潜趋郓州。行至河滨，天色昏暮，夜雨沉阴，军士多不欲进行，前锋将高行周宣言道："这是天助我成功哩！郓人今日，必不防备，我正好出他不意，进取此城。"遂渡河东趋，直抵城下，李从珂缘梯先登，军士踊跃随上，守卒至此始觉，哪里还及抵敌，徒落得身首分离，做了数十百个刀头鬼。从珂开城迎入嗣源，再攻牙城，一鼓即下，擒住州官崔筜，判官赵凤，送入兴唐府。唐主喜甚，叹嗣源为奇才，即命为天平节度使。

梁主友贞，闻郓州失守，惊惶得了不得，斥罢北面招讨使戴思远，严促他将段凝、王彦章等，发兵进战。梁相敬翔，自知梁室将危，即入见梁主道："臣随先帝取天下，先帝录臣非才，言无不用，今敌势益强，陛下乃弃忽臣言，臣尸位素餐，生亦何用，不如就此请死罢！"说至此，即从靴中取出一绳，套入颈中，作自经状。居常未见良谟，遇急则以死相胁，是乃儿女子态，不足与言相道。梁主急命左右救解，问所欲言。敬翔道：

“大局日危，事机益急，非用王彦章为大将，万难支持了！”用一王彦章，即能救亡么？梁主点首，即擢彦章为北面招讨使，段凝为副。彦章入见梁主，梁主问他破敌的期限，彦章答以三日，左右都不禁失笑。

及彦章退出，即向滑州进发，两日即至，召集将士，置酒大会，暗中却遣人至杨村具舟，夜命甲士六百人，各持巨斧，与冶工一同登舟，顺流而下。时饮尚未散，彦章佯起更衣，从营后趋出，引精兵数千，循河南岸，直趋德胜南城。德胜守将为朱守殷，唐主曾遥嘱道：“王铁枪勇决过人，必来冲突德胜，汝宜严备为是。”守殷屯兵北城，总道彦章出兵，无此迅速，所以未曾预防。哪知彦章所遣的兵船，乘风前来，先由冶工炽炭，烧断河中的铁锁，再由甲士用斧砍断浮桥，南城孤立失援，王彦章麾兵驰至，急击南城，立被破入，杀毙守兵数千人。计自彦章受命出师，先后正值三日，已将德胜南城夺下。朱守殷忙用小船载兵，渡河往援，又被彦章杀退。彦章复进拔潘张、麻家口、景店诸寨，军势大振。

唐主闻报，亟遣宦官焦守宾趋杨刘城，助镇使李周固守。且命守殷弃去德胜北城，撤屋为筏，载着兵械，俱至杨刘。王彦章亦撤南城屋材，浮河而下，作为攻具。两造各行一岸，每遇湾曲，便即交斗，飞矢雨集，一日百战，兵械往往覆没，各有损伤。彦章又偕副使段凝，率十万众进攻杨刘，好几次冲毁城堞，赖李周悉力堵御，始得保全。彦章猛攻不下，退屯城南，另用水师据守河津。

李周飞使告急，唐主自率兵赴援，至杨刘城，见梁兵堑垒复叠，无路可通，也不禁忧急起来。当下向郭崇韬问计，崇韬答道：“今彦章据守津要，实欲进取东平，若我军不能南进，彼必指日东趋，郓州便不可守了。臣请在博州东岸，筑城戍兵，截住河津，既可接应东平，复可分贼兵势。但或被彦章诇知，前来薄我，使我无暇筑城，恰是一桩大患。臣愿陛下募敢死士，日往挑战，牵缀彦章。彦章十日不得东行，城已筑就，当可无虑了。”唐主一再称善。即命崇韬率兵万人，夤夜往博州，至麻家口渡河筑城，昼夜不息。

唐主在杨刘城下，与彦章日夕苦战，杀伤相当，才阅六日，彦章得知崇韬筑城，便统兵往攻。城方筑就，未具守备，且沙土疏恶，不甚坚固。崇韬亟鼓励部众，四面拒战。彦章兵约数万，且用巨舰十余艘，横亘河流，断绝援路，气势张甚。犹幸崇韬身先士卒，死战不退，尚自支持得住，一面请唐主济师，唐主自杨刘驰援，列阵新城西岸。城中望见援师，顿时增气，呼叱梁军。梁军始有惧色，断绁收缆，彦章亦自知无成，解围退去。前时虽得幸胜，此次不免却退，王铁枪亦徒勇耳。郓州奏报始通，李嗣源密表唐主，请正朱守殷罪状，唐主不从。守殷系唐主旧役苍头，所以不忍加罪。为私废公，终属未当。随即引兵南下，彦章等复趋杨刘，唐骑将李绍荣，先驱至梁营，擒住梁谍牧人，复纵火焚梁连舰，段凝首先怯退，彦章亦自杨刘退保杨村，唐军奋力追击，斩获梁兵万人，仍得屯德胜城，杨刘城中，已三日无食，至此始得解围，守兵乃共庆更生了。

先是彦章在军，深恨赵、张乱政，尝语左右道：“待我成功还朝，当尽诛奸臣以谢天下。”机事不密则害成，可见彦章是徒勇无谋。这二语为赵、张所闻，私相告语道：“我等宁受死沙陀，不可为彦章所杀！”因结党构陷彦章。段凝尝倚附赵、张，素与彦章不协，在军时动与龃龉，多方牵掣。每有捷奏，赵、张即归功段凝，至败书报入，乃归咎彦章。梁主友贞，高居深宫，怎知外事？且恐彦章成功难制，召还汴梁，把军事悉付段凝，自是将士灰心，梁室覆亡不远了。叙出梁亡之由来。

唐主闻彦章已退，乃还军兴唐府。泽州守将裴约，连章告急，唐主叹息道：“我兄不幸，生此枭獍！嗣昭为克用养子，故唐主称嗣昭为兄。裴约能知顺逆，不可使陷没敌中。”乃顾指挥使李绍斌道：“泽州系弹丸地，朕无所用，卿为我救裴约，叫他回来。”绍斌奉命而去，及趋至泽州，城已被陷，裴约战死，乃返报唐主，唐主悲悼不已。

嗣闻梁将段凝继任招讨使，督军河上，且从酸枣决河，东注曹、濮及郓州，隔绝唐军，不由得冷笑道：“决水成渠，徒害民田，难道我不能飞渡么？”遂统军出屯朝城。可巧梁指挥使康延孝得罪梁主，引百骑来奔。唐主召入，赐他锦袍玉带，温颜问以梁事。延孝答道：“梁朝地不为狭，兵不为少，但梁主暗懦不明，赵岩、张汉杰等，揽权专政，内结宫掖，外纳货赂，段凝本无智勇，徒知克剥军饷，私奉权贵，王彦章、霍彦威诸宿将，反出凝下。梁主不善择帅，并且用人不专，每一发兵，辄令近臣监制，进止可否，悉取监军处分。近又闻欲数道出兵，令董璋趋太原，霍彦威寇镇定，王彦章攻郓州，段凝当陛下，定期十月大举。巨窃观梁朝兵力，聚固不少，分即无余。陛下但养精蓄锐，待他分兵，趁着梁都空虚的时候，即率精骑五千，自郓州直抵大梁，不出旬月，天下可大定了。”策固甚善，但叛梁降唐，又为唐献议灭梁，心术殊不可问。唐主大喜，即授延孝为招讨指挥使。

果然不到数日，即闻王彦章进攻郓州。原来彦章应召还梁，入见梁主，用笏画地，历陈胜败形迹，赵岩等劾他不恭，勒归私第。旋拟分道进兵，乃再命彦章攻郓州，仅给保銮将士五百骑，及新募兵数千人，归他统领。另使张汉杰监彦章军，彦章怏怏东行。梁主又令段凝带着大兵，牵制唐主。凝屡遣游骑至澶、相二州间，抄掠不休。泽、潞二州，为梁援应。

契丹因前次败还，日思报复，传闻俟草枯冰合，深入为寇。唐主至此，颇费踌躇，宣徽使李绍宏等，都说是郓州难守，不如与梁讲和，掉换卫州及黎阳，彼此划河为界，休兵息民，再图后举。唐主勃然变色道：“诚如此言，我等无葬身地了！”遂叱退绍宏等人，另召郭崇韬入议，崇韬进言道：“陛下不栉沐，不解甲，已十有五年，无非欲翦灭伪梁，雪我仇耻，今已正尊号，河北士庶，日望承平，方得郓州尺寸土，乃仍欲弃去，还为梁有，臣恐将士解体，将来食尽众散，就使画河为境，何人为陛下拒守哩？臣尝细问康延孝，已知伪梁虚实。梁悉举精兵授段凝，据我南鄙，又决河自固，谓我不能飞渡，可以无患。彼却使王彦章侵逼郓州，两路下手，摇动我军，计非不妙。但段凝本非将才，临机未能决策；彦章统兵不多，又为梁主所忌，亦难成事。近得敌中降卒，俱言大梁无兵，陛下若留兵守魏，固保杨刘，自率精兵与郓州合势，长驱入汴，彼城中既经空虚，势必望风瓦解，伪主授首，敌将自降。否则今年秋谷不登，军粮将尽，长此迁延，且生内变，俗语有云：‘筑室道旁，三年不成。’愿陛下奋志独断，勿惑众议！帝王应运，必有天命，为什么畏首畏尾哩？”崇韬智勇，确是过人。唐主闻言，不禁眉飞色舞道：“卿言正合朕意，大丈夫成即为王，败即为虏，我便决计进行了！”

既而得李嗣源捷报，谓已遣李从珂等，击败王彦章前锋，彦章退保中都。唐主顾语崇韬道：“郓州告捷，足壮吾气，就此进兵，下必迟疑！”当下命将士遣还家属，尽入兴唐府，并将随身第三妃刘氏，及皇子继岌，也遣归兴唐，自送至离亭，唏嘘与诀道：“国家成败，在此一举，事若不济，当就魏宫中聚我家属，悉数尽焚，毋污敌手！”刘氏独怡然道：“陛下此去，必得成功，妾等将长托鸿庥，何致变生意外呢？”言已，从容告别。能博唐主欢心，就在此处。

唐主嘱李绍宏送归刘氏母子，且饬他与宰相豆卢革，兴唐尹王正言等，同守魏城。自率大军由杨刘渡河，直至郓州，与李嗣源会师。即命嗣源为前锋，乘夜进军，三鼓越汶河，逼梁中都。中都素无守备，虽由王彦章屯扎，怎奈兵不满万，且多是新来募兵，将卒不相习，行阵不相谙，任你百战不殆的王彦章，也是有力难使，孤掌难鸣。初得侦报，闻唐主亲自到来，忙选前锋数千人，出城十里，前往堵截，不值唐军一扫，剩得几个败卒，逃回中都。彦章焦急异常，正拟弃城奔回，城外已鼓角齐鸣，炮声大震，唐军数万人，乘胜杀到。彦章登城遥望，但见戈鋋耀日，旌旗蔽空，一班似虎似罴的将士，拥着一位后唐主子李存勖，踊跃前来，禁不住仰天叹道："如此强敌，叫我如何对付呢？"当下饬军登陴，谕令固守。偏各兵士望见唐军，统已魂驰魄散，意变神摇，勉强守了半日，那唐军的强弓硬箭，接连射上，飞集城头；守兵多中箭晕仆，余卒哗走城下。彦章料不可支，没奈何开城突围，仗着两杆铁枪，挑开血路，破了一重、又有一重，破了两重、又有两重；等到重重解脱，向前急奔，身上已遍受重创，手下已不过数十骑，只因逃命要紧，不得不勉力趱路。偏后面有人叫道："王铁枪！王铁枪！"彦章不知为谁，回马相顾，那来人手起槊落，刺伤彦章马头，马即仆地，彦章当然跌下，时已重伤，无力跳免，眼见被来将捉去。徒勇者终不得其死。

看官道是何人捉住彦章？原来是唐将李绍奇。唐主麾动兵士，围捕梁将，擒住监军张汉杰，曹州刺史李知节，及裨将赵廷隐、刘嗣彬等二百余人，斩首至数千级。王彦章尝语人道："李亚子系斗鸡小儿，怕他做甚？"至是被绍奇缚送帐下，唐主笑问道："汝尝目我为小儿，今日肯服我否？"彦章不答，唐主又问道："汝系著名大将，奈何不守兖州，独退处危城？"彦章正色道："天命已去，尚复何言？"唐主惜彦章材勇，谕令降唐，且赐药敷他创痕。彦章长叹道："我本一匹夫，蒙梁朝厚恩，位至上将，与皇帝交战十五年，今兵败力竭，不死何为！就使皇帝意欲生我，我有何面目见天下士，岂可朝为梁将，暮作唐臣么？”忠壮可风。

唐主令暂居别室，再遣李嗣源往谕。嗣源小名邈佶烈，彦章据卧自若，毅然说道：“汝非邈佶烈么？休来诱我！”嗣源忿然归报。唐主大开盛筵，宴集将佐，即命嗣源列坐首席，举酒相属道：“今日战功，公为首，次为郭卿崇韬。向使误听绍宏等言，大事去了。”又语诸将道：“从前所患，只一王彦章，今已就擒，是天意已欲灭梁了。但段凝尚在河上，究竟我军所向，如何为善？”诸将议论不一，或言宜先徇海东，或言须转攻河上，独康延孝请亟取大梁。李嗣源起座道：“兵贵神速，今彦章就擒，段凝尚未及知，就使有人传报，他必半信半疑。如果知我所向，即发救兵，亦应由白马南渡，舟楫何能猝办？我军前往大梁，路程不远，又无山险梗阻，可以方阵横行，昼夜兼程，信宿可至，窃料段凝未离河上，友贞已为我所擒了！陛下尽可依延孝言，率大军徐进，臣愿带领千骑，为陛下前驱！”唐主遂令撤宴，即夕遣嗣源先行。

翌晨，唐主率大军继进，令王彦章随行。途次问彦章道：“我此行能保必胜否？”彦章道：“段凝有精兵六万，岂肯骤然倒戈，此行恐未必果胜呢！”唐主叱道：“汝敢摇我军心么？”遂令左右推出斩首，彦章慨然就刑，颜色不变。及处斩后，献上首级，唐主亦叹为忠臣，即命藁葬。越二日，到了曹州，梁守将开城迎降。

梁主友贞迭接警报，慌得手足无措，亟召群臣问计，大众面面相觑，不发一言。梁主泣语敬翔道：“朕自悔不用卿言！今事已万急，幸勿怨朕，为朕设一良谋！”翔亦泣拜道：“臣受先帝厚恩，已将三纪，名为宰相，不啻老奴，事陛下如事郎君。臣尝谓段凝不宜大用，陛下不从。今唐兵将至，段凝限居河北，不能入援。臣欲请陛下避狄，谅陛下必不肯从，欲请陛下出奇合战，陛下亦未必决行。今日虽良、平复出，亦难为陛下设法，请先赐臣死，聊谢先帝！臣不忍见宗社沦亡哩！”全是怨言，何济国难。梁主无词可答，只得相向恸哭。哭到无可如何，乃令张汉伦驰骑北去，追还段凝军，汉伦到了滑州，坠马伤足，又为河水所限，竟不能达。梁都待援不至，越加惶急。城中只有控鹤军数千，朱珪请率令出战，梁主不从，但召开封尹王瓒，嘱托守城。瓒无兵可调，不得已驱迫市民，登城为备。唐军尚未薄城，城内已一日数惊，朝不保夕了。

先是梁故广王全昱子友诲，为陕州节度使，颇得人心，或诬他勾众谋乱，召还都中，与友诲兄友谅、友能，并锢别第。及唐军将至，梁主恐他乘危起事，一并赐死，并将皇弟贺王友雍，建王友徽，亦勒令自尽，自登建国楼，唏嘘北望，或请西奔洛阳，或请出诣段凝军，控鹤都指挥使皇甫麟道：“凝本非将材，官由幸进，今时事万急，能望他临机制胜，转败为功么？且凝闻彦章军败，心胆已寒，恐未必能为陛下尽节呢！”赵岩亦从旁接口道：“事势至此，一下此楼，谁心可保？”既亡梁室，复死梁主，汝心果如何生着？梁主乃止，复召宰相郑珏等问计，珏答道：“愿请将陛下传国宝，赍送唐营，为缓兵计，徐待外援。”梁主道：“朕本不惜此宝，但如卿言，事果可了否？”珏俯首良久，乃出言道：“尚恐未了。”左右皆从旁匿笑，珏怀惭而退。梁主日夜涕泣，不知所为，及在卧寝间检取传国宝，已不知何时失去，想已被从臣窃出，往献唐军了。越日传到急耗，唐军将至城下，最信任的租庸使赵岩，又不别而行，潜奔许州。梁主已无生望，乃召语皇甫麟道：“李氏是我世仇，理难低头，我不俟他刀锯，卿可先断我首！”麟答道：“臣只可为陛下仗剑，效死唐军，怎敢奉行此诏？”梁主道：“卿欲卖我么？”麟急欲自刎，梁主阻手道：“当与卿俱死！”说至此，即握麟手中刃，向颈一横，鲜血直喷，倒毙楼侧，麟亦自杀。史称梁主友贞为末帝，在位十年，享年止三十六岁。

梁自朱温篡位，国仅一传，共得一十六年而亡。小子有诗叹道：

登楼自尽亦堪哀，阶祸都由性好猜。

宗室骈诛黎老弃，覆宗原是理应该！

过了一日，唐前锋将李嗣源，始到大梁城下，王瓒即开城迎降。欲知后事，且至下回再阅。

梁室大将，只一王彦章，然角力有余，角智不足。观其取德胜南城，适与三日之言相符。第一时之侥幸耳。彼守德胜者为朱守殷，故为所掩袭，若易以他将，宁亦能应刃而下耶？迨晋主自援杨刘，用郭崇韬计，筑城博州东岸，而彦章即无从施技。迭次败北，及奉召还朝，用笏画地，亦无非堂陛空谈，何怪梁主之不肯信任也！若段凝更不足道！决河阻敌，反致自阻，及梁室已亡，又不能如王彦章之决死，欧阳公作死节传，首列彦章，其固因彼善于此，而特为表扬乎？梁主友贞，所任非人，敌未至而已内溃，首先陨而即亡家，愚若可悯，咎实自取，且死期已至，尚忍摧残骨肉，天下有如是忮刻者，而能长享国家乎？史称其宠信赵、张，疏弃敬、李，以至于亡，是尚未能尽梁主之失也。

第十六回

灭梁朝因骄思逸　册刘后以妾为妻

却说唐将李嗣源到了大梁城下，王瓒开门迎降。嗣源入城，抚安军民。未几唐主亦至，嗣源率梁臣出迎。梁臣拜伏请罪，由唐主温词抚慰，令仍旧职。又举手引嗣源衣，用首相触道："我有天下，统是卿父子的功劳，此后富贵，应与卿父子同享了！"暗射下文。既入城，御元德殿受贺，梁相李振语敬翔道："新主已有诏赦罪，我辈理当入朝。"翔慨然道："我二人同为梁相，君昏不能谏，国亡不能救，新君若问及此事，将如何对答呢？"李振退出，次日竟入谒唐主。有人报告敬翔，翔叹道："李振谬为丈夫，国亡君死，有何面目入建国门呢？"遂投缳自尽。还算有志。

唐主命缉梁主友贞，有梁臣携首来献，当由唐主审视，怃然叹道："古人有言，敌惠敌怨，不在后嗣。朕与梁主十年对垒，恨不得生见他面。今已身死，遗骸应令收葬；惟首级当函献太庙，可涂漆收藏。"左右闻谕，当然依言办理。一面遣李从珂等出师封邱，招降段凝。凝正率兵入援，遣部将杜晏球为先锋，途次接得唐主诏敕，晏球即贻书从珂，情愿投降，凝众五万，统随凝投诚。凝诣阙请罪，唐主好言抚慰，并温谕将士，仍使得所。

凝扬扬自得，毫无愧容。梁室旧臣，相见切齿，凝遂暗地进谗，极力排斥。于是贬梁相郑珏为莱州司户、萧倾为登州司户、翰林学士刘岳为均州司马、任赞为房州司马、封翘为唐州司马、李怿为怀州司马、窦梦徵为沂州司马、崇政院学士刘光素为密州司户、陆崇为安州司户、御史中丞王权。为随州司户，共计十一人，同日黜逐。段凝意尚未足，再与杜晏球联名上书，谓梁要人赵岩、张汉杰、朱珪等，窃弄威福，残害群生，不可不诛。唐主再下诏令，首罪敬翔、李振，说他党同朱氏，共倾唐祚，宜一并诛夷。朱珪助虐害良，张氏族属，涂毒生灵，一应骈戮。赵岩在逃，饬严加擒捕，归案正法。

这诏一下，除敬翔已死外，所有李振、朱珪、张汉杰、张汉伦等，均被缚至汴桥下，尽行处斩。所有妻孥人等，亦被收戮，敬翔家属，也并受诛。赵珪逃至许州，为匡国节度使温韬所杀，献首唐廷。岩家满门抄斩，自不必说。以上诸人非无应诛之罪，但由段凝媒孽，始命诛夷，唐主于凝何德？于群臣何仇耶？赐段凝姓名为李绍钦，杜晏球姓名为李绍虔。追废朱温、朱友贞为庶人，毁去梁宗庙神主，并欲挖朱温墓，斫棺焚尸。河南尹张宗奭，已复名全义，自河南入朝唐主，唐主与语掘墓事，全义面陈道："朱温虽陛下世仇，但死已多年，刑无可加，乞免焚斫，借示圣恩！"不忆妻女被淫否？唐主乃止，只令铲除阙室，削去封树，便算了事。乃颁诏大赦，凡梁室文武职员将校，概置不问。令枢密使郭崇韬权行中书事，寻进封为太原郡侯，赐给铁券，并兼成德军节度使。崇韬职兼内外，竭忠无隐，唐主亦倚为心膂；豆卢革、卢程等本没有什么材能，无非因唐室故旧，得厕相位，坐受成命罢了。

唐主命肃清宫掖，捕戮朱氏族属。所有梁主妃嫔，多半怕死，统是匍匐乞哀，涕乞求免，独贺王友雍妃石氏，兀立不拜，面色凛然。唐主见她丰容盛鬋，体态端庄，不禁爱慕起来，便谕令入侍巾栉。石氏瞋目道："我乃堂堂王妃，岂肯事你胡狗！头可斩，身不可辱！"朱氏中有此烈妇，安可不传！唐主怒起，即令斩首。继见梁末帝妃郭氏，缟裳素袂，泪眼愁眉，仿佛似带雨梨花，娇姿欲滴，便和颜问她数语，释令还宫。此外一班妃妾，或留或遣，多半免刑。是夕召郭氏侍寝，郭氏贪生畏死，没奈何解带宽衣，一任唐主戏弄。这也是朱温淫恶的孽报，该当有此出丑哩。好淫者其听之。

已而唐主第三夫人刘氏，及皇子继岌，自兴唐府至汴，当由唐主迎入，重叙欢情。刘氏家世本微，籍隶成安，乃父黄须，通医卜术，自号刘山人。唐主攻魏，裨将袁建丰掠得刘女，年不过六七龄，生得聪明伶俐，娇小风流。唐主爱她秀慧，挈入晋阳，令侍太夫人曹氏。太夫人教她吹笙，一学即能，再教以歌舞诸技，无不心领神会，曲尽微妙。转瞬间已将及笄，更觉得异样鲜妍，居然成了一代尤物。唐主随时省母，上觞称寿，自起歌舞，曹氏即命刘女吹笙为节，悠扬宛转，楚楚动人，尤妙在不疾不徐，正与歌舞相合。唐主深通音律，闻刘女按声度曲，一些儿没有舛误，已是惊喜不置，又见她千娇百媚，态度缠绵，越觉可怜可爱，只管目不转睛，向她注视。曹太夫人也已觉着，便把刘女赐与为妾。唐主大喜过望，便拜谢慈恩，挈她同至寝室，去演那龙凤配了。当时唐主正室，为卫国夫人韩氏，次为燕国夫人伊氏，自从刘女得幸，作为第三个妻房，也封为魏国夫人。刘氏生子继岌，貌颇类父，甚得唐主欢心，刘氏因益专宠。

唐主经营河北，每令刘氏母子相随。刘叟闻女已贵显，诣魏宫入谒，自称为刘氏父，唐主令袁建丰审视，建丰谓得刘氏时，曾见此黄须老人，挈着刘氏，偏刘氏不肯承认，且大怒道："妾离乡时，尚略能记忆，妾父已死乱兵中，曾由妾恸哭告别，何来这田舍翁，敢冒称妾父呢？"忍哉此妇！因命笞刘叟百下，可怜刘叟老迈龙钟，哪里禁受得起？昏晕了好几次，方得苏转，大号而去。入谒时，何不一卜，乃受此无情杖耶！看官！

你想这位刘夫人，连生父尚不肯认，何况是他人呢？

既至汴宫，闻唐主召幸梁妃，自然生了醋意，便提出一番正语，与唐主大起交涉。唐主也自觉不合，乃出梁妃为尼。这位梁妃郭氏，被唐主占宿数宵，仍然不得享受荣华，只好洒泪别去。唐主慨赠金帛，并赐名“誓正”，作为最后的恩典。刘氏尚恐他藕断丝连，定要唐主遣发远方。唐主因命送往洛阳，为尼终身。

此事一传，内外共知刘氏权重，相率献谀。宋州节度使袁象先入朝，辇珍宝数十万，先赂刘夫人，次及唐主亲幸，遂得宫廷称誉，备邀宠赉，赐姓名为李绍安。此外如梁将霍彦威、戴思远等，亦皆纳贿宫中，阴结内援，得蒙唐主恩赐。段凝既改姓名为李绍钦，仍为滑州留后，他又因伶官景进，献宝入宫，刘夫人替他揄扬，竟升任泰宁节度使。还有河中节度使朱友谦、博州刺史康延孝，相继入朝，无一不打通内线，厚沐恩施。友谦得赐姓名为李继麟，延孝得赐姓名为李绍琛，匡国节度使温韬，从前助梁肆虐，发唐山陵，此次因献赵岩首，仍居方镇，闻袁象先等俱受宠荣，也辇金入都，遍赂宫禁，即由唐主召见，再三慰劳，赐姓名为李绍冲，旬日遣还许州。郭崇韬劾他罪状，唐主不问。

既而楚遣使入贡，吴遣使入贺，岐遣使奉表称臣，引得唐主志满气盈，不是出外游畋，就是深居宴乐。刘夫人善歌舞，唐主欲取悦刘氏，尝自傅粉墨，与优人共戏庭中。优人呼为“李天下”，唐主亦以“李天下”自称。一日在庭四顾道：“李天下！李天下！”优人敬新磨，竟上前批唐主颊，唐主失色，余优大骇。新磨从容说道：“李天下只有一人，尚向谁呼呢？”唐主乃转怒为喜，厚赏新磨。

越数日出畋中牟，践害民禾，中牟令叩马前谏道：“陛下为民父母，奈何损民稼穑，令他转死沟壑呢！”唐主恨他多言，叱退中牟令，意欲置诸死刑。新磨追还该令，牵至马前，佯加诟责道："汝为县令，独不知我天子好猎么？奈何纵民耕种，有碍吾皇驰骋哩！汝罪当死！"唐主听了此言，也不禁哑然失笑，乃赦该令罪，仍使还宰中牟。该令不失为强项，敬磨也有谲谏风。

惟伶官流品混杂，有几个能如敬新磨？并因刘夫人爱看戏剧，辄召伶人入戏，多多益善，诸伶得出入宫掖，侮弄缙绅。群臣侧目，莫敢发言，或反相依附，取媚深宫。最有权势的是伶官景进，平时常采访民间琐事，奏闻唐主。唐主亦欲探悉外情，遂恃进为耳目，进得乘间行谗，蠹民害政，连将相都怕他凶威。唐主本英武过人，乃灭梁以后，即如此糊涂，殊不可解。

宰相卢程才不称职，已罢为左庶子。郭崇韬荐引尚书左丞赵光胤，豆卢革荐引礼部侍郎韦说，俱授为同平章事。其实光胤是轻率好夸，说亦不过谨重守常，都没有相国材略。况值此嬖幸当道，朝政昏蒙，单靠这几个庸夫，怎能斡旋大局呢？

荆南节度使高季昌闻唐已灭梁，颇加畏惮，特避唐祖国昌庙讳，改名季兴，亲自入朝。司空梁震进谏道："大王系梁室故臣，今唐已灭梁，必将南下，大王严兵守险，尤恐难保，奈何自投虎口，甘为鱼肉呢？"季兴不从，留二子居守，但率卫士三百人，竟至汴都。唐主果欲留住季兴，经郭崇韬婉言相劝，谓新得天下，宜示宽大，乃优礼相待，并赐盛宴。席间趁着酒兴，由唐主笑问季兴道："朕仗着十指，得取天下，现在各镇多已称臣，惟吴、蜀二国，未肯归命，今欲为统一计，应先取吴呢？还是取蜀呢？"季兴暗思蜀道艰险，未易进攻，乃故意答说道："吴地卑下，不如蜀土富饶，况蜀主荒淫日甚，民多怨言，若王师进攻，无患不胜。待全蜀扫平，顺流东下，取吴亦似反掌哩。"唐主称善，尽欢而散。越宿，即遣使归镇。

季兴闻命，立即陛辞，倍道南归，行至襄州，投宿驿馆，忽然心动起来，即命卫士斩关夜逸。果然襄州刺史刘训，夜得唐主飞诏，令他羁住季兴。哪知季兴已早驰去，追亦无益，只好据实复命。原来季兴入朝，伶官阉人，屡向季兴索赂，季兴虽有馈赠，尚未偿他心愿，所以季兴辞行，便由伶宦等互劝唐主，拘住季兴。季兴幸已脱身，驰回江陵，握梁震手道："不用君言，几致不免，但新朝百战经营，才得河南，便自矜功烈，色荒禽荒，怎能久享？我可无庸多虑了！"旁观者清。乃缮城积粟，招纳梁朝散卒，日加操练，为战守计。那唐主藐视季兴，就使被他幸脱，也不甚注意。

河南尹张全义因前时梁主至洛，将行郊礼，被唐军一鼓吓回，见十一回。剩下仪仗法物，俱未取归。此时江山易姓，乐得趋奉新主，表请唐主幸洛郊天，仪物俱备，唐主大喜，加拜全义太师尚书令，即择期仲冬吉日，挈着家属，由汴赴洛，全义竭诚迎接，匍伏道旁，怎奈年力衰迈，一经跪下，两足已觉酸痛。至唐主谕令平身，他欲伸足起来，偏偏一个脚软，复致跌倒。描写丑态。唐主亟命左右扶持，方得勉强起身，导入洛城。当下检验仪物，准备南郊，独刘夫人别具私心，但言仪物未齐，不足示尊，须再加制造，方可大祀。唐主专信妇言，遂嘱全义增办仪物，改期来年二月朔日，行郊祀礼，且见洛阳宫阙，较汴梁尤为华丽，索性就此定都，不愿还汴。仍复汴州开封府为宣武军。且改前梁永平军大安府即长安。为西京，仍置京兆尹，称晋阳为北京，仍复镇州为成德军，此外如宋州宣武军，改名归德军；华州感化军，改名镇国军；许州匡国军，复为忠武军；滑州宣义军，复为义成军；陕府镇国军，复为保义军；耀州静胜军，复为顺义军；潞州匡义军，复为安义军；郎州武顺军，复为武贞军；延州置彰武军；邓州置威胜军；晋州置建雄军；安州置安远军。所有天下官府名号，及寺观名额，曾经梁室改名，一律复旧。

安义军李继韬，前已叛唐降梁。见十四回。梁亡后，欲北走契丹。唐主召他诣阙，他尚却顾不前。惟生母杨氏，素善蓄财，积资百万，以为钱可通灵，不妨入朝，遂率子偕行。一入洛阳，遍赂伶宦，且由杨氏入宫，厚赠刘妃金宝，乞为解免。刘妃即代白唐主，极言嗣昭功臣，宜加恩贷；伶宦等亦替继韬乞哀，说他本无邪意，但为奸人所惑，因致误为，唐主乃召入继韬。继韬叩头谢罪，泣言知悔，当经唐主慨谕赦免，且屡命从畋，渐渐地宠幸起来。独唐主弟薛王存渥，不直继韬，屡加面责，继韬未免不安，复赂宦官伶人，乞请还镇。唐主不许，继韬密贻弟继远书，令佯嘱军士纵火，冀唐主遣归安抚。那知诡谋被泄，立遭枭首，继远亦受捕伏诛。

乃兄继俦，前为继韬所囚，至此受命袭职，出来报怨，悉取继韬产物，并将他妻妾一并夺去，恣意淫污。继韬弟继达大怒道："吾兄被诛，大兄无骨肉情，毫不悲痛，反劫他货财，淫他妻妾，此等人面兽心，尚堪与同处么？"乃为继韬服缞麻，使私党入杀继俦。节度副使李继珂，又募市人攻继达，继达自刎而亡。唐主闻报，即命李继珂知潞州事，便算了案。

越年为同光二年，唐主遣皇弟存渥，及皇子继岌，同往晋阳，迎太后、太妃至洛。刘太妃道："陵庙在此，若同往洛阳，岁时何人奉祀呢？"因留居晋阳，但与曹太后饯行，涕泣而别。曹太后遂诣洛阳，由唐主迎居长寿宫，还有唐主正妃韩氏，次妃伊氏，也随同到洛，分居宫中。母子团圆，妻妾欢聚，经唐主开筵接风，畅饮通宵，自不消说。独有这位貌美心凶的刘夫人，外面佯作欢容，暗中非常焦灼。她本想册为皇后，一意蛊惑唐主，求达奢愿。唐主颇有允意，只因韩、伊两夫人，位次在刘氏上，究不便越次册立，所以随时迁延，怀意未发。刘夫人屡次设谋，未见成效，前此拟行郊祀，从旁力阻，也是她借端梗议，欲令唐主立她为后，然后再行郊礼。唐主虽改定郊期，终究未定后位，此次韩、伊两夫人，又复到来，眼见得正宫位置，要被她两人夺去，当下情急智生，亟嘱使伶人宦官，运动相臣。

豆卢革素来模棱，自然乐允。惟郭崇韬位兼将相，遇事不阿，平常嫉视伶宦，未易进言。乃转令他故人子弟，往说崇韬。崇韬正虑伶宦用事，与己不利，见了故人子弟，谈及后患，故人子弟便答道："为公计，莫如请立刘氏为后。刘氏专宠，公所深知，主上早有意册立，惟恐公不肯相从。今公能先行陈请，上结主欢，内得后助，虽有千百谗人，也无从撼公了。"崇韬不禁点首，遂与豆卢革等联名上书，请立刘氏为皇后。徒中后计，无补后来。

唐主自然欣慰。因郊祀届期，崇韬复献劳军钱十万缗。二月朔日，唐主亲祀南郊，命皇子继岌为亚献，皇弟存纪为终献，礼毕退班，宰相以下，就次称贺，还御五凤楼，宣诏大赦。过了数日，即册刘氏为皇后，封皇子继岌为魏王。时洛都已建太庙，皇后刘氏既受册宝，遂乘重翟车，卤簿鼓吹，行庙见礼。她本是个脂粉班头，更兼那珠冠玉佩，象服翚衣，愈显出万种妖娆，千般婀娜。洛阳士女，夹道聚观，称美不置。可惜不合国母身分。还宫后相率朝贺，只韩、伊两夫人，很是不平，未肯往朝。唐主不得已封韩氏为淑妃，伊氏为德妃。小子有诗叹道：

漫将妾媵册中宫，禁掖甘心启女戎。
纵使英雄多好色，小星胡竟乱西东！

刘氏既得为后，益复选用伶宦，群小幸进，宫廷竟从此多事了。欲知后来如何，待至下回再表。

本回叙后唐兴亡关键，为承上启下之转捩文字。唐主李存勖，以英武闻，虽有强兵猛将，不足以制之，而独受制于一妇人之手！倘所谓以柔克刚者非耶？刘氏出身微贱，无德可称，徒以色进，而唐主乃宠爱逾恒，视如珍宝，随军数载，朝夕不离，其蛊惑唐主也，亦已久矣。灭梁以后，先至汴都，唐主自傅粉墨，与优为戏，取悦爱妾，何其惑也！且伶入宦官，由此而进，媚子谐臣，借此而荣，以视前日知人善任，披甲枕戈之唐主，几不啻判若两人，盖骄则思佚，佚则思淫，而刘氏益得乘间献媚，玩弄唐主于股掌之上。“蛾眉不肯让人，狐媚偏能惑主”，斯言其信然乎？甚至以妾为妻，越次册立，嫡庶倒置，内乱已生，外侮乘之而起，自在意中，独惜郭崇韬名为智士，乃不能急流勇退，反堕刘氏阴谋，代为陈请，富贵误人，一至于此，可胜叹哉！

第十七回

房帏溺爱牝鸡司晨　酒色亡家牵羊待命

却说唐主既册立刘后，嫡庶倒置，已成大错，更且听信刘氏，复用宦官为内诸司使，及诸道监军，嗣更命伶人陈俊、储德源为刺史。郭崇韬力谏不从，功臣多半愤惋，渐起怨声。再加租庸副使孔谦，得兼任盐铁转运副使，凡赦文所蠲赋税，仍旧征收。自是每有诏令，人多不信，百姓亦愁怨盈途。唐主尚自加尊号，封赏幸臣，并加封岐王李茂贞为秦王，荆南节度使高季兴为南平王，夏州节度使李仁福为朔方王，赐吴越王钱镠金印玉册，并遣客省使李严赴蜀，探察虚实。严返报唐主，谓“蜀主王衍，童騃荒纵，不亲政务，斥逐故老，昵比小人，贤愚易位，刑赏失常，若大兵一临，定可成功”等语。唐主乃决意攻蜀，整备兵马粮械，指日出师。

会秦王李茂贞病死，此老竟得善终，可谓万幸。遗表令长子继曮权知军府事。唐主拜继曮为凤翔节度使，赐名从曮，且征兵会同伐蜀。从曮尚未出军，那契丹已进蔚州，乃将攻蜀事暂行搁起，即授李嗣源为招讨使，出御契丹。嗣源既奉命出师，唐主又与郭崇韬商议，令嗣源镇守成德军，调崇韬兼镇汴州。崇韬兼镇成德军事，见前回。崇韬面辞道：“臣富贵已极，何必更领藩方？且群臣或经百战，所得不过一州，臣无汗马功劳，得居高位，本已深抱不安，今因委任亲贤，使臣得解旄节，正出陛下圣恩，使臣免疚！况汴州冲要富繁，臣不至治所，徒令他人摄职，也与空城无二，为什么设此虚名，无补国本呢？”唐主道：“卿言亦是，但卿为朕画策，保固河津，直趋大梁，成朕帝业，岂百战功所得比么？”崇韬一再固辞，乃许他解除兼职，令蕃汉总管李嗣源，出镇成德军。嗣源受命莅镇，因家在太原，表请授从珂为北京内牙指挥使，俾得顾家。唐主览表，恨他为家忘国，竟斥从珂为突骑指挥使，令率数百人戍石门镇。嗣源正击退契丹，闻从珂被黜，惶恐求朝，唐主不许，嗣源至此，更不免疑上加疑，忧上加忧了。唐主与嗣源曾有富贵与共之约，此时嗣源并无异志，乃激使起疑，岂非自寻祸祟么？且说唐主闻契丹已退，北顾无忧，又好肆志畋游，耽情声色，尝与刘后私幸大臣私第，酣饮达旦，最多往返的是张全义宅中。全义屡陈贡献，半输内府，半入中宫，刘后很是满意，自念母家微贱，未免为妃妾所嫌，不如拜全义为养父，得借余光。乃面奏唐主，自言幼失怙恃，愿父事张全义，唐主慨然允诺。刘后遂乘夜宴时，请全义上坐，行父女礼。全义怎敢遽受？刘后令随宦强他入座，竟尔亭亭下拜，惹得全义眼热耳红，急欲趋避，又被诸宦官拥住，没奈何受了全礼。唐主在旁坐着，反嘻笑颜开，叫全义不必辞让，并亲酌巨觥，为全义上寿。全义谢恩饮毕，复搬出许多贡仪，赠献刘后。大约算是妆奁。俟帝后返宫时，赍送进去。

越日，刘后命翰林学士赵凤，草书谢全义。凤入奏道：“国母拜人臣为父，从古未闻，臣不敢起草！”唐主微笑道：“卿不愧直言，但后意如此，且与国体亦没甚大损，愿卿勿辞！”凤无可奈何，只好承旨草书，缴入了事。

唐主复采访良家女子，充入后庭。有一女生有国色，为唐主所爱幸，竟得生子。刘后很怀妒意，时欲将她捽去。可巧李绍荣丧妇，唐主召他入宫，赐宴解闷，且谕行钦道：“卿新赋悼亡，自当复娶，朕愿助卿聘一美妇。”刘后即召唐主爱姬，指示唐主道："陛下怜爱绍荣，何不将此女为赐？"唐主不便忤后，佯为允许。不意刘后即促绍荣拜谢，一面即嘱令宦官，扶掖爱姬出宫，一肩乘舆，竟抬入绍荣私第去了。绍荣何幸，得此美妇！唐主愀然不乐，好几日称疾不食，始终拗不过刘皇后，只好耐着性子，仍然与刘后交欢。

刘后素性佞佛，自思贵为国母，无非佛力保护，平时所得货赂，辄赐给僧尼，且劝唐主信奉佛教。有胡僧从于阗来，唐主率刘后及诸子，向僧膜拜。僧游五台山，因遣中使随行，供张丰备，倾动城邑。又有五台僧诚惠，自言能降伏天龙、呼风使雨，先时尝过镇州，王镕不加礼待，诚惠忿然道："我有毒龙五百，归我驱遣，今当遣一龙揭起片石，恐州民皆成鱼鳖了！"越年镇州大水，漂坏关城，人乃共称为神僧。唐主闻他神奇，饬中使延令入宫，自率后妃下拜。诚惠居然高坐，安身不动，至唐主已经拜毕，留居别馆，他乘着闲暇，昂然出游，百官道旁相遇，莫敢不拜。独郭崇韬不肯从众，相见不过拱手，诚惠尚傲不为礼。冤冤相凑，洛阳天旱，数旬不雨。崇韬奏白唐主，请令诚惠祈雨。诚惠无可推辞，便令筑坛斋醮，每日登坛诵咒，也似念念有词，偏龙神不来听令，赤日尽管高升，遂被崇韬指摘，说他祷雨无验，拟在坛下积薪，将他焚死。不意有人报知诚惠，吓得诚惠神色仓皇，乘夜遁去。后来闻他逃回五台，只恐都中饬捕，竟致忧死。妖僧惑人，大都如此。唐主及刘后，尚自言信佛未虔，不能留住高僧，引为悔恨！刘氏不足责，唐主何昏庸至此？

许州节度使温韬，闻刘后佞佛，情愿改私第为佛寺，替后荐福。奏疏一上，得旨嘉奖。还有皇后教令，亦联翩下去，优加褒美。当时太后旨意称诰令，皇后旨意称教令，与唐主诏旨并行，势力相等。内外官吏，接到后教，也奉行维谨，不敢稍违，所以中宫使命，愈沿愈多，还幸太后诰令，罕有所闻，大众尚得少顾一面，免得头绪纷繁。

同光三年，太妃刘氏得病晋阳，曹太后亲拟往省，为唐主谏止。嗣闻太妃病逝，又欲自往送葬，再经唐主泣谏，与群臣交章请留，太后虽难佛众意，未曾启行，但哀痛异常，累日不食。过了一月，也魂归地下，往寻那位刘太妃，再续生前睦谊去了。却是难得。唐主初遭母丧，却也号恸哭泣，至绝饮食，百官连表劝慰，阅五日始进御膳，渐渐的悲怀减杀，又把那佚游故态，发作出来。

是年春夏大旱，至六月中方才下雨，一雨至七十五日，天始开霁，百川泛滥，遍地浸淫。宫中本是高地，至此亦患暑湿。唐主欲登高避暑，苦乏层楼，似乎闷闷不乐。宦官等即进言道：“臣见长安全盛时，宫中楼阁，不下百数，今陛下乃无一避暑楼，亦太不适意了。”唐主道：“朕富有天下，岂不能缮筑一楼？”宦官又道：“郭崇韬常眉头不展，屡与租庸使孔谦，谈及国用不足，陛下虽欲营缮，恐终不可得呢。”借端诬人，利口可畏。唐主变色道：“朕自用内府钱，何关国帑？”遂命宫苑使王允平，赶造清暑楼，因恐崇韬进谏，特遣中使传谕道：“朕昔在河上，与梁军对垒，虽行营暑湿，被甲乘马，未尝觉疲。今居深宫，荫大厦，反不堪苦热，未识何因？”崇韬即托中使转奏道：“陛下前在河上，强敌未灭，深念仇耻，虽遇盛暑，不介圣怀。今外患已除，海内宾服，虽居珍台凉馆，尚患郁蒸，这乃是艰难逸豫，为虑不同！陛下能居安思危，便觉今日暑湿，变为清凉了！”唐主闻言，默然不语。宦官又进谗道：“崇韬居第，无异皇宫，怪不得未识帝热哩。”唐主由是隐恨崇韬。

崇韬闻允平营楼，日役万人，费至巨万，因复进谏道：“今河南水旱，军食不充，愿息役以俟丰年！”看官试想，唐主既偏信谗言，尚肯依他奏请么？还有河南令罗贯，人品强直，系由崇韬荐拔，伶宦有所请托，贯守正不阿，屡将请托书献示崇韬。崇韬一再奏闻，唐主亦置诸不理，伶宦等尤加切齿。张全义亦恨罗贯，密诉刘后，刘后遂谮贯不法，唐主含怒未发。会因曹太后将葬坤陵，先期往祀，适天雨道泞，桥梁亦坏，唐主问明宦官，谓系河南境内，属贯管辖，当即拘贯下狱，狱吏拷掠，几无完肤，至祀陵返驾，且传诏诛贯。崇韬进谏道："贯不过失修道路，罪不至死。"唐主怒道："太后灵驾将发，天子朝夕往来，桥路不修，尚得说死无罪么？"崇韬又叩首道："陛下贵为天子，乃嫉一县令，使天下谓陛下用法不公，罪在臣等！"唐主拂袖遽起道："卿未免与贯为党，但卿既爱贯，任卿裁决！"言已，返身入宫。崇韬也起身随入，还欲辩论，唐主竟阖门不纳，崇韬懊怅而出。贯竟被杀，暴尸府门，远近共呼为冤，独伶宦等互相道贺。崇韬尚恋栈不去，意欲何为？

既而唐主召集群臣，会议伐蜀。宣徽使李绍宏保荐李绍钦为帅，崇韬奋然道："段凝即绍钦，详见前回。系亡国旧将，徒知谀谄，有何材略！"群臣乃更举李嗣源。崇韬又说道："契丹方炽，李总管即嗣源。不应调开河朔。"唐主乃问崇韬道："公意果属何人？"崇韬道："魏王地当储嗣，未立殊功，请授为统帅，俾成威望。"保荐继岌亦是误处。唐主道："继岌年幼，何能独往？当更求副帅。"崇韬尚未及答，唐主复道："朕意属卿，烦卿一行。"崇韬不好违命，便拜称遵谕。乃命魏王继岌充西川四面行营都统，崇韬充西川北面都招讨制置等使，悉付军事。又命荆南节度使高季兴，充西川东南面行营招讨使；凤翔节度使李从曮，充供军转运应接等使；同州节度使李令德，充行营副招讨使；陕府节度使李绍琛，充蕃汉马步军都排阵斩斫使；西京留守张筠，充西川管内安抚应接使；华州节度使毛璋，充左厢马步军都虞侯；邠州节度使董璋，充右厢马步军都虞侯；客省使李严为安抚使，率兵六万，西向进发。寻又任工部尚书任圜，翰林学士李愚，并随魏王出征，参预军机。

蜀主王衍尚南巡北幸，淫昏无度。中书令王宗俦，与王宗弼密谋废立，宗弼犹豫未决，宗俦忧愤身亡，蜀主衍仍得安位，日与狎客美人，纵情游豫。自宣华苑告成后，中有重光、太清、延昌、会真等殿，清和、迎仙等宫，降真、蓬莱、丹灵等亭，又有飞鸾阁、瑞兽门、怡神院等名目，统是金碧辉煌，备极奢丽。每令后宫妇女，戴金莲冠，着女道士服，扈从至苑，列座畅饮，不问晨夕。又往往参入近臣，得与宫人并坐并饮，到了得意忘情的时候，男女媟亵，脱冠露髻，恣意喧呶，毫无禁忌。大约是与人同乐的意思。有时令宫人浓施朱粉，号为“醉妆”，上行下效，全国通行。会逢太后、太妃，游青城山，宫人衣服，统绘云霞，飘飘如神仙中人。衍自作《甘州曲》，侈述仙状，往返山中，沿途歌唱。宫人依声属和，娇喉清脆，娓娓可听，确是一种赏心悦耳的形景。他又以为与唐修好，可以无虞，撤出边疆兵戍，安享太平。

宣徽北院使王承休，本是一个宦官，恰娶有妻室严氏。严氏具有绝色，由王衍屡召入宫，与她同梦。承休与严氏，本是一对假夫妇，乐得借妻求宠，仰沐恩荣。后世之纵妻为奸，冀得升官者，想都从承休处学来，可惜身非阉宦。果然夫因妻贵，得升任龙武军都指挥使，用裨将安重霸为副。重霸狡佞善媚，劝承休入求秦州节度使，且授他奏语。承休即入见王衍道：“秦州多美妇人，愿为陛下采献。”王衍大悦，即授承休为秦州节度使，兼封鲁国公。承休挈妻赴镇，毁府署，作行宫，大兴力役，强取民间女子，教导歌舞，当将歌女绘成图像，并画秦州花木，赍送成都尹韩昭，托他代奏，请驾东游。

衍览图甚喜，即拟登程，群臣交章谏阻，衍皆不从。王宗弼上表力争，反被衍掷弃地上。徐太后涕泣劝止，亦不见效。

前秦州判官蒲禹卿上书极谏，几二千言，韩昭语禹卿道：“我收汝表，俟主上西归，当使狱吏字字问汝！”恐不及待了。禹卿退去，王衍既记念严氏，欲续旧欢，承休既借妻求宠，何不留妻在宫？又因承休所呈各图，统皆中意。无论何人规谏，也是阻他不住。当下改元咸康，颁诏东巡，令兵士数万扈跸，出发成都。

行次汉州，武兴节度使王承捷报称唐军西来，衍尚未信，且大语道：“我正欲耀武，怕他什么？”及进至梓潼，遇大风发木拔屋。随行史官占兆，谓此风为贪狼风，当有败军覆将的大患。衍亦未省，在途与狎客赋诗，毫不为意。再进抵利州城，始接到警信，威武城守将唐景思，已迎降唐将李绍琛了。衍方信承捷军报，实非谎言。越宿由威武溃军，陆续奔来，说是凤、兴、文、扶四州，已由节度使王承捷，一并献唐，那时才觉惶急，令随驾清道指挥使王宗勋、王宗俨，及待中王宗昱，并为招讨使，率兵三万，往拒唐军。

唐军倍道前进，势如破竹。李绍琛等为先驱，所过城邑，不战自破。既收降威武城，并得凤、兴、文、扶四州，遂令降将为向导，入攻兴州。兴州刺史王承鉴弃城遁去，郭崇韬命承捷摄兴州刺史，再促绍琛等进兵，拔绍州，下成州，到了三泉，与蜀三招讨使相遇，凭着一股锐气，横冲直撞，杀将过去。蜀兵连年不练，很是窳惰，怎禁得百战雄师，乘胜前来，顿时你惊我惧，彼逃此散。三招讨使本非将才，统吓得魂魄飞扬，抱头鼠窜，所领部众，被唐军杀死五千人，余皆四溃。

蜀主衍闻三泉又败，急自利州西还，留王宗弼屯戍利州，且令斩三招讨使，以振士心。唐将李绍琛，昼夜兼行，径向利州进发，西川大震。蜀武德留后宋光葆，贻郭崇韬书，请唐军不入辖境，当举巡属内附，否则当背城决战。崇韬复书如约，光葆遂举梓、绵、剑、龙、普五州降唐。武定节度使王承肇，山南节度使王宗戚，阶州刺史王宗岳，也闻风生畏，各遣使至唐营中，奉土投诚。一班降将军，送完蜀土。秦州节度使王承休，与副使安重霸谋袭唐军，重霸道：“一击不胜，大事去了；但公受国恩，闻难不可不赴，愿与公西行入援。”承休以为真情，整军出城，重霸随至城外，忽向承休下拜道：“国家取得秦、陇，何等竭力，若从公还朝，谁人守此？重霸愿代公留守！”说至此，竟麾亲军还城，承休无可奈何，只好西行。重霸竟举秦、陇归唐。

王宗弼闻各属瓦解，正在惊惶，可巧唐使到来，投入郭崇韬书，为陈利害，勉令归降。他已怦然心动，无意守城，又值王宗勋等狼狈到来，即出示诏书，相持而泣。宗勋等流涕道：“国危至此，统由主上一人荒淫所致。公今日依诏，杀我三人，他日必轮及公身了！愿公亟图变计。”宗弼道：“我正怀此意，所以出示诏书，同筹良策。”三人齐声道：“不如降唐罢？”宗弼徐说道：“公等先送款唐军，我且往成都一行，何如？”宗勋等当然赞成，便分头行事。

宗弼弃城西归，距蜀主衍返都时，仅隔五六日。衍至成都，百官及后宫出迎，衍驰入妃嫔中，令宫人排作回鹘队，送拥入宫。还有这般兴致。至宗弼到来，登太元门，严兵自卫。徐太后与蜀主衍，同往慰劳，宗弼竟趁势图逆，劫迁太后及蜀主，幽置西宫。所有后宫及诸王，一同锢禁，收取国宝，及内库金帛，俱入私第，自称西川兵马留后。嗣闻唐军已入鹿头关，进据汉州，当即拨出币马若干，牛酒若干，遣人迎犒唐军。且因唐安抚使李严，曾至蜀聘问，与有一面交，遂伪作蜀主书，送达李严道：“公来我即降！”降将军外，又出这叛将军，西蜀可谓多人。严既得书，便欲驰往，或阻严道：“公首议伐蜀，蜀人怨公，深入骨髓，奈何轻往！”严微笑不答，竟率数骑入成都，抚谕吏民，告以大军继至，悉命撤去楼橹，且入西宫见蜀主衍，衍向严恸哭。儿女子态，有何用处？严婉言劝慰，谓出降以后，必能保全家属。衍乃收泪，引严见太后，以母妻为托。一面令翰林学士李昊草降表，同平章事王锴草降书，遣兵部侍郎欧阳彬，赍奉书表，偕严同迎唐军，唐统帅继岌、郭崇韬等，闻蜀已愿降，即兼程至成都，令李严再行入城，引蜀君臣出降马前。蜀主衍白衣首绖、衔璧牵羊，蜀臣衰绖徒跣，舆榇俟命。继岌受璧，崇韬解缚焚榇，承制赦蜀君臣罪，衍率百官向东北拜谢，导唐军入成都。总计蜀自王建据守，一传即亡，共计一十九年。小子有诗叹道：

休言蜀道是崎岖，徒险终难阻万夫。
刘李以来王氏继，荒淫亡国付长吁！

蜀主出降时，尚有王宗弼一番举动，且至下回表明。

前半回承述前文，历述刘后行谊，一无可取，而唐主反事事听从，益见唐主之为色所迷，致兆危亡之渐。郭崇韬已遭主忌，尚不知引退，为唐主慨，尤为崇韬惜，寓意固深且远也。下半回叙伐蜀事，蜀主以淫昏致亡，正为唐主一大对照。唐军西入，势如破竹，仅有三泉之战，一交锋而即溃，各镇望风迎降，不待遗镞。而王宗弼且弃城走还，劫迁蜀主及太后，并后宫诸王，卒致牵羊衔璧，面缚舆榇，淫昏失德者，终局如是，非唐主之殷鉴乎？然郭崇韬以得蜀而益危，唐主以得蜀而益骄，是蜀之亡，未见唐利，反为唐害。杜牧所谓后人哀之而不鉴之，使后人复哀后人，正本回之注脚也。

第十八回

得后教椎击郭招讨　遣兵乱劫逼李令公

却说王宗弼纳款唐军，并斩内枢密使宋光嗣、景润澄，及宣徽使李周辂、欧阳晃，说他荧惑唐主，函首送唐帅继岌；又责韩昭佞谀，枭首金马坊门；又令子从班，劫得蜀主后宫，及珍奇宝玩，赍献继岌及郭崇韬，求为西川节度使。继岌笑道："这原是我家应有物，何用他献来呢？"及大军既入成都，露布告捷，当由崇韬禁止侵掠，市不改肆。自出师至此，只七十日，得方镇十，州六十四，县二百四十九，兵三万，铠仗钱粮，金银缯帛，以千万计。

当时平蜀首功，要算李绍琛，独崇韬与董璋友善，每召璋入议军情，不及绍琛。绍琛位在璋上，很是不平，顾语董璋道："我有平蜀大功，公等朴樕喻小材也。相从，反向郭公前饶舌，难道我为都将，不能用军法斩公么？"璋不禁怀惭，转诉崇韬。崇韬竟表荐璋为东川节度使，绍琛益怒道："我冒白刃，越险阻，手定两川，乃反令董璋坐享么？"遂入见崇韬，极言东川重地，不应位置庸臣，现惟任尚书兼文武材，宜表为镇帅。崇韬变色道："我奉上命，节制各军，公怎得违我处置？"绍琛怏怏而退。绍琛固误，崇韬尤误。

王宗弼欲镇西川，为继岌所拒，复密赂崇韬，乞令保荐。崇韬佯为允许，始终不为出奏。宗弼乃率蜀人列状，请留崇韬镇蜀。宦官李从袭，随继岌至成都，他本挟望而来，想乘此多得财帛，偏军中措置，全属崇韬，无从染指，遂入语继岌道：“郭公专横，今又使蜀人请已为帅，心迹可知，王宜预防为是!”继岌道：“主上倚郭公如山岳，怎肯令他出镇蛮方？且此事亦非我所应闻，姑俟班师以后，由汝等诣阙自陈便了。”原来崇韬有五子，长廷诲，次廷信，随父从军。廷诲私受货赂，蜀臣自宗弼以下，多由廷诲先容，馈遗崇韬，宝货妓乐，连日不绝。惟都统牙门，寂然无人，继岌所得，不过匹马束帛，及唾壶、麈尾等件，心下亦觉不平，再加从袭在旁谗构，自然疑忿交乘，有时与崇韬晤谈，语多讥讽。崇韬不能自明，乃欲归罪宗弼，特向宗弼索犒军钱数万缗，宗弼靳不肯给。由崇韬唆动军士，纵火喧噪，一面入白继岌，召入宗弼，责他贪黩不忠，牵出斩首。该杀。并收诛宗勋、宗渥，骈戮族属，籍没家产，并将宗弼尸骸，陈诸市曹，蜀人剖肉烹食，聊泄怨恨。

先是乾德中曾传童谣云：“我有一帖药，名目叫阿魏，卖与十八子。”至是始验。原来宗弼系王建养子，原姓名为魏宏夫，自王建为假父，始改姓名。宗弼已诛，王承休亦自秦州到来，进谒崇韬。崇韬亦数责罪状，枭示军辕。也是该死，但严氏不知如何下落？因复荐孟知祥为西川节度使，知祥本留守北都，与崇韬为故交，所以荐引。屡引私人，已觉不当，且使全蜀得归孟氏，未始非崇韬贻患。知祥从北到西，一时未能莅蜀，蜀中留驻的大军，不便遽行班师，且因盗贼四起，随处须剿，特由崇韬派遣偏师，令任圜、张筠等分领，四出招讨。

唐主遣宦官向延嗣，促令大军还朝。延嗣到了成都，崇韬未尝郊迎，及入城相见，叙及班师事宜，崇韬且有违言，延嗣好生不乐。因与李从袭僚谊相关，密谈情愫，从袭得间进言道：“此间军事，统由郭公把持，伊子廷诲，复日与军中骁将，及蜀土豪杰，把酒狎饮，指天誓日，不知怀着何意？诸将皆郭氏羽党，一或有变，不特我等死无葬地，恐魏王亦不免罹祸了！”言已泣下。阉人丑态，不啻妇女。延嗣道：“俟我归报宫廷，必有后命。”

越日，即向继岌、崇韬处辞行，匆匆还洛，入诉刘后。刘后亟白唐主，请早救继岌。唐主闻蜀人请崇韬为帅，已是怀疑，及阅蜀中府库各籍，更不惬意，至此闻刘后言，即召入延嗣，问明底细。延嗣统归咎崇韬，且言蜀库货财俱入崇韬父子私囊，惹得唐主怒气上冲，复遣宦官马彦珪速诣成都，促崇韬归朝，且面谕道：“崇韬果奉诏班师，不必说了。若迁延跋扈，可与魏王继岌密谋，早除此患！”彦珪唯唯听命，临行时入见刘后道：“蜀中事势，忧在朝夕，如有急变，怎能在三千里外往复禀命呢？”刘后再白唐主，唐主道：“事出传闻，未知虚实，怎得便令断决！”后不得请，因自草教令，嘱彦珪付与继岌，令杀崇韬。

崇韬方部署军事，与继岌约期还都。适彦珪至蜀，把刘后教令，出示继岌，继岌道：“今大军将还，未有衅端，怎可做此负心事？”唐主父子，非无一隙之明，乃卒为所蒙，以底危亡。彦珪道：“皇后已有密敕，王若不行，倘被崇韬闻知，我辈无噍类了。”继岌道：“主上并无诏书，徒用皇后手教，怎能妄杀招讨使？”李从袭等在旁，相向环泣，并捕风捉影，说出许多利害关系，恐吓继岌，令继岌不敢不从。乃命从袭召崇韬议事，继岌登楼避面，嘱使心腹将李环，藏着铁椎，俟立阶下。崇韬昂然入都统府，下马升阶，那李环急步随上，出椎猛击，正中崇韬头颅，霎时间脑浆迸裂，倒毙阶前。

继岌在楼上瞧着，见李环已经得手，亟下楼宣示后教，收诛崇韬子廷诲、廷信。崇韬左右，统皆窜避，惟掌书记张砺，诣魏王府前抚崇韬尸，恸哭失声。推官李崧进语继岌道：“今行军三千里外，未接皇上敕旨，擅杀大将，若军心一变，归路皆成荆棘了。大王奈何行此危事？”继岌方着急起来，自述悔意，且向李崧问计。崧乃召书吏数人，登楼去梯，伪造敕书，钤盖蜡印，再行颁示，但言罪止及崇韬父子，不及他人，于是军心略定。适任圜平盗还军，继岌令他代总军政，乃遣彦珪还报阙廷，唐主再饬继岌还都，且令王衍入觐，赐他诏书道：“固当裂土而封，必不薄人于险，三辰在上，一言不欺！”衍奉诏大喜，语母及妻妾道：“幸不失为安乐公！”未必。遂转告继岌，愿随入洛。继岌正要动身，凑巧孟知祥亦至，遂留部将李仁罕、潘仁嗣、赵廷隐、张业、武璋、李延厚等，佐知祥守成都。自率大军启程，押同王衍家属，向东北进发。沿途山高水长，免不得随驿逗留，那时唐主已下诏暴崇韬罪状，并杀崇韬三子，抄没家资。保大军节度使，睦王李存乂，系唐主第五弟，曾娶崇韬女为妻。宦官欲尽诛崇韬亲党，杜绝后患。乃入奏唐主道：“睦王闻郭氏诛夷，攘臂称冤，语多怨望。”唐主大怒，竟发兵围存乂第，悉加诛戮。全然昏愦。伶官景进又诬称存乂与李继麟通谋。继麟就是朱友谦，任护国军节度使，常苦伶宦索货，屡拒不与，大军征蜀，曾遣子令德从行。谗人罔极，借端株连。刚值继麟惧谗入朝，意欲自白心迹，偏唐主已先惑蜚言，待他入居馆舍，竟嘱令朱守殷，发兵至馆，驱他出徽安门外，一刀杀死，复姓名为朱友谦。且传诏至继岌军前，令诛令德。继岌尚未出蜀境，才至武连，遇着敕使，即谕令董璋依敕行事，董璋将令德杀毙。

李绍琛率领后军，与继岌相隔三十里，闻令德被诛，但委董璋，不及自己，遂怒语诸将道：“国家南取大梁，西定巴蜀，定策由郭公，战胜由我侪，至若去逆效顺，与国家协力破梁，实出朱公友谦。今朱、郭皆无罪族灭，我若归朝，亦必及祸，冤哉！冤哉！奈何！奈何？”部将焦武等本由河中拨隶绍琛，曾随友谦麾下，闻绍琛言，便一齐号哭道：“朱公何罪？

阖门受戮！我辈归即同诛，决不复东行了。”遂同拥绍琛，由剑州西还。绍琛自称西川节度使，移檄成都，招谕蜀人，有众五万。

继岌闻变，立授任圜为副招讨使，令与董璋率兵数万，追绍琛至汉州。绍琛麾众接战，胜负未分，忽后队纷纷溃乱，另有一彪人马长驱突入，穿过绍琛阵内，接应任圜等军。绍琛腹背受敌，哪里支持得住，当下拼命杀出，仅率十余骑奔绵竹，途中被唐军追及，一鼓围住，任你绍琛勇武绝伦，也只好束手成擒了。看官道后军何来？原来就是新任西川节度使孟知祥。知祥得绍琛檄文，料他必进窥成都，不如先行出兵，堵截绍琛。可巧绍琛与任圜等对仗，便乘机夹攻，把绍琛一阵杀败，追擒而归。

当下至汉州犒军，与任圜、董璋，置酒高会，引绍琛槛车至座中，知祥自酌大卮，递饮绍琛，且与语道：“公身立大功，何患不富贵，乃甘心觅死么？”绍琛道：“郭公为佐命第一功臣，兵不血刃，手定两川，一旦无罪族诛，如绍琛等怎能保全？因此不敢还朝。今日杀绍琛，明日恐将及公等了！”知祥却也心动，但对着大众，不便措词，伏下文王蜀事。只好令任圜等押送洛阳。绍琛被解至凤翔，由宦官向延嗣赍敕到来，诛死绍琛，复姓名为康延孝。朱友谦与康延孝，首先叛梁归唐，至此亦相继被戮，可为卖国求荣者戒。

继岌因绍琛变后，恐王衍在途脱逃，特令李从曮发凤翔军，与李严送衍入洛，得先交卸。从曮等押衍家族及蜀臣眷属三千人，行至长安，忽接唐主敕书，止令入都。这事发生的原因，系由邺都作乱，洛阳亦未免惊慌，恐王衍入都为变，所以将他截留长安，督令西京留守，把他看管。邺都就是魏州，唐主在魏州即位，因号为邺都。

魏博指挥使杨仁晸曾率兵戍瓦桥关，逾年受代，当然归邺。偏唐主因邺都空虚，恐还兵生变，降敕令仁晸留屯贝州。当时邺下谣传，谓郭崇韬杀死继岌，自王蜀中，因致族灭。或且说继岌被杀，刘皇后归咎唐主，已加弑逆。邺都留守兴唐尹王正言，年老怕事，急召监军史彦琼入商。彦琼本由伶人得宠，在邺专恣，藐视将佐，及与正言密议终日，便令人心惶惑，讹言益甚。

仁晸部兵皇甫晖，因人情不安，遂号召徒众，入劫仁晸道："主上抚有天下，都是我魏军百战得来，魏军甲不去体，马不解鞍，约有十余年。今天子不念旧劳，更加猜忌，远戍逾年，方喜代归，乃去家咫尺，不使相见。今闻皇后弑逆，京师已乱，将士愿与公俱归。表闻朝廷，若天子万福，兴兵致讨，似我魏、博兵力，亦足拒敌，或更得意外富贵，也未可知，请公不必迟疑！"仁晸怒道："这是何言？"晖亦厉色道："公如不允，祸在目前！"仁晸尚欲呵叱，已被晖指麾徒众，乱刀交挥，立将仁晸砍死，又欲劫一小校为帅，仍不见从，并为所杀。

效节指挥使赵在礼闻乱，衣不及带，逾垣出走。晖率众追及，曳在礼足，示以二首。在礼恐遭毒手，勉强承认。晖等遂奉他为帅，焚掠贝州，南越临清、永济、馆陶等县，所过剽掠，警报飞达邺都。都巡检使孙铎等急白史彦琼，请授甲登城。彦琼尚疑铎有异志，谓俟贼到城，防守未迟。贼竖可杀。哪知到了黄昏，贼队已到城下，环攻北门，彦琼仓猝召兵，登北门楼拒守。蓦闻贼众大噪，便即骇散，彦琼单骑奔洛阳，贼拥在礼入邺都，孙铎等拒战不胜，也即遁去。在礼据住宫城，署皇甫晖、赵进为马步都指挥使，纵兵大掠。王正言尚莫名其妙，方据案召吏草奏，竟无一至，他遂拍案大呼。家人入禀道："贼已入城，焚掠都布，吏皆逃散，公尚呼谁人呢？"正言才惊起道："有这等事么？"不是老昏，定是重听。急命家人索马，四觅无着，踌躇良久，不得已步出府门，走谒在礼，再拜请罪。倒是个急救良方。在礼亦答拜道："士卒思归，不得不然，公勿过自卑屈，尽可无虞。"正言涕泣求归，由在礼送他出城，晖等以邺都无主，即推在礼为魏博留后。在礼出示安民，闻北京留守张宪家族留住邺都，即着人慰问，且致书张宪，诱使入党。宪得书未曾启封，立将使人斩讫，举原书奏闻唐主。

唐主正欲派将往剿，适值史彦琼奔还洛阳，由唐主令他择将。不加彼罪，反令择将，真是糊涂！彦琼推荐李绍宏，绍宏转荐李绍钦，独刘皇后谓"些须小事，但使李绍荣往办，即虽敉平。"唐主乃颁敕宋州，令归德节度使李绍荣，诣邺都招抚，仍使史彦琼监绍荣军。绍荣率兵至邺都，驻扎南门，先遣人入城，持敕抚谕。赵在礼用羊酒犒师，且罗拜城上道："将士思家擅归，劳公代为奏明，如得免死，敢不自新?"遂奉敕遍谕将士，偏彦琼戟手大骂道："群死贼！城破万段！"可恨可杀！皇甫晖见彦琼情状，便语众道："史监军这般说法，想不得蒙恩赦了！"遂鼓噪拒守，撕坏敕书，绍荣攻城失利，退至澶州，招集兵马，再行进攻。裨将杨重霸，率数百人，奋勇登城，后面无人继上，徒落得身首分离，无一生还。

唐主闻报，欲自征邺都，适从马直军士王温等擅杀军使，闯乱都下，虽幸得即日捕诛，终究是惊疑不安。看官听着！唐王尝选勇士为亲军，叫做从马直，亲军生变，心腹已溃，教唐主如何放心自行出征？接连是邢州兵赵太等，结党四百人，戕官据城，居然自称留后。沧州相继生乱，由小校王景戡讨平，亦以留后自称，彼此俱自说有理，表闻洛都。唐主命东北面招讨副使李绍真，往讨赵太。绍真即霍彦威，由唐主改赐姓名。另派人抚谕王景戡。独邺都日久未下，又拟督师亲征。宰相等交章谏阻，并荐李嗣源为帅，代李绍荣。

嗣源已为唐主所忌，征令入朝。宣徽使李绍宏与嗣源友善，力为救护。唐主密令朱守殷伺察嗣源，守殷反私语嗣源道："令公勋业震主，宜自图归藩，毋自撄祸！"嗣源道："我心诚不负天地，所遇祸福，听诸命数罢了！"及邺都乱起，嗣源尚在洛中，廷臣以绍荣无功，乃奏令赴邺。唐主道："朕惜嗣源，欲留他为宿卫，所以不便遣往。"李绍宏从旁力请，张全义亦乞命嗣源出师，唐主乃令他总率亲军，渡河北讨。

嗣源拜命即行，至邺城西南，正值李绍真荡平邢州，擒住赵太等叛徒，亦来邺会师。嗣源与绍真相见，即令绍真推出赵太等人至城下斩首以徇，为邺都作一榜样。当即下令军中，立营休息，待诘旦攻城。不意时至夜半，从马直军士张破败，竟纠众大哗，杀都将，焚营舍，直逼中军。嗣源率亲军出营，大声呵叱道："尔等意欲何为？"乱众哗声道："将士从主上十余年，百战得天下，今贝州戍卒思归，主上不赦；从马直数卒喧闹，便欲悉众诛夷，我等本无叛志，今为时势所逼，不得不死中求生。现经大众定议，与城中合势同心，请主上帝河南，令公帝河北。"全是唐主一人激使出来。嗣源不禁失色，涕泣劝导，终不见从。嗣源复道："尔等不听我言，任尔所为，我当自归京师。"乱众又道："令公去将何往？若不见机，将蹈不测了！"遂抽戈露刃，拥嗣源入城。

嗣源尚不肯行，经李绍真蹑足示意，乃越濠而入。城中不受外兵，由皇甫晖开城邀击，阵斩张破败，乱众尽溃。只剩嗣源、绍真，进退无路。恰巧赵在礼出迎，率将校罗拜嗣源，且泣谢道："将士等负令公，在礼愿从公命！"嗣源偕绍真入城，在礼设宴相待，酒酣登南楼，阅视形势，当由嗣源诡词道："此城险固，可作根据，但必须借资兵力，城中兵不敷用，应由我出招各军，才好举事。"在礼随口赞成，嗣源即与绍真出城，寄宿魏县，将佐稍集，但亦不过百人。

先是李绍荣屯兵城南，众尚逾万，嗣源为乱兵所逼，即遣牙将高行周等，密召绍荣，共攻乱卒，绍荣不应，引众径去。及嗣源出次魏县，才得百人归集，又无兵仗，幸绍真所领镇兵五千，留营以待，仍来归命。嗣源流涕道：“国家患难，一至于此！我惟有归藩待罪，再图后举。”绍真道：“此语不便果行。公为元帅，不幸为凶人所劫，李绍荣不战而退，必且指公为逆，公若归藩，便是据地邀君，适资谗人口实。不若亟驰诣阙，面陈天子，尚可自明。”中门使安重诲，所言略同。嗣源乃南趋相州，遇马坊使康福，给官马数千匹，始得成事。

嗣闻绍荣退至卫州，飞章奏嗣源叛逆，与贼通谋。嗣源很是惶急，忙遣使上章申辩，接连数奏，并不见有朝旨到来，益觉慌张得很，忽有一人驰入道：“明公何不速筹善策！难道愿束手受戮么？”嗣源便惊问道：“公意将如何办法？”那人不慌不忙，便说出一条计策出来。为这一计，有分教：

佐命功臣同叛命，平戎大将反兴戎。

欲知何人献计，容待下回表明。

郭崇韬有取死之咎，而无应诛之罪，刘后何人，敢自草教令，命继岌杀崇韬！继岌又何人，敢私奉后教，令李环击死崇韬？母子二人，轻信谗言，擅戕功臣，唐主不罪刘后，不罪继岌，且并崇韬家属而尽戮之。溺爱不明，偏听生乱，曾有如此昏愦，而尚不亡国败家乎！贝州戍兵之乱，一也；都城从马直之乱，二也；邢州赵太等之乱，三也；沧州王景戡之乱，四也。四乱俱起，或幸得立时扑灭，而邺都终未得告平。李嗣源一至邺下，即为乱兵所劫，乱愈炽而国亦愈危矣。谁生厉阶，相寻不已？阅是书者当有以知乱源之由来也。

第十九回

郭从谦突门弑主　李嗣源据国登基

却说李嗣源正在惶急，帐下有人献议，请嗣源速决大计。这人为谁？乃是左射军使石敬瑭。敬瑭沙陀人，父名臬捩鸡，从李克用转战有功，官至洺州刺史。臬捩鸡殁，子敬瑭得随嗣源麾下，所向无前，得署左射军使。敬瑭为后晋开国主，故世系较详。至是独进言道：“天下事成自果决，败自犹豫，宁有上将为叛卒所劫，同入贼城，他日尚得无恙么？大梁为天下要会，愿假敬瑭三百骑，先往占据，公引军亟进，借大梁为根本地，方可自全！”突骑都指挥使康义诚亦接入道：“主上无道，军民怨愤，公从众乃生，守节必死。”嗣源想了多时，除此亦无别法，乃令安重诲移檄会兵，决向大梁。

唐主先得绍荣奏报，即遣嗣源长子从审，往谕嗣源。行至卫州，为绍荣所阻，欲杀从审。从审道：“公等既不谅我父，我亦不能径往父所，愿复还宿卫。”绍荣乃释令还都。从审返见唐主，泣诉绍荣阻挠，唐主恰也矜怜，赐名继璟，待他如子。嗣源前后奏辩，亦被绍荣截住，不使上达。

是时两河南北，屡患水溢，人民流徙，饿莩盈途。即阴气太盛之兆。京师财赋减收，军食不足，唐主尚挈领后妃，出猎白沙，历伊阙，宿龛涧，卫士万骑，责民供给。可怜百姓已卖妻鬻子，啼饥号寒，还有什么钱财，上应征求？辇驾所经，逃避一空。卫兵愤无所泄，甚至毁庐舍，坏什器，乐鏖西突，比强盗还要逞凶，地方有司，亦畏他如虎，亡窜山谷。至唐主还都，军士因在途枵腹，各起怨声，租庸使孔谦，且因仓储将罄，克扣军粮，各营中流言愈甚。唐主亦有所闻，反下一诏敕，预借明年夏秋租税。

看官试想，当年租赋，百姓尚无从措缴，那里缴得出次年的租税哩？官吏奉诏苛迫，累得人民怨苦异常，激成天变，太史上奏客心犯天库，防有兵变，宜速颁内帑，散给禳灾。宰相等亦上表固请，唐主意欲准奏，偏是刘后不肯，愤语唐主道：“我夫妇君临天下，虽借武功，亦由天命，命既在天，人不足畏了！”颇似桀、纣口吻，不过男女不同。唐主乃停诏不下，宰相等又入陈便殿。刘后在屏后窃听，闻相臣等仍固执前议，她即令宫人取出妆具及银盆三件，并皇幼子三人，挈至帝前，竖着两道柳眉，带嗔带笑道：“四方贡献，给赐已尽，宫中只有此数，鬻财给军！”唐主不禁色变，宰相等统瞠目伸舌，陆续退去。及嗣源举事，警报频传，河南尹张全义恐连坐嗣源，竟致急死。唐主乃令指挥使白从晖，扼守洛阳桥，且出内府金帛，给赐诸军，军士诟詈道：“我等妻子，均已饿死，还要这金帛何用？”唐主闻言，悔已无及，飞诏李绍荣还洛。绍荣至鹞店，由唐主亲出慰劳。绍荣面请道：“邺都乱兵，欲渡河袭取郓、汴，愿陛下亟幸关东，招抚各军，免为所诱。”唐主点首，返入都城，调集卫士，计日出发。

伶官景进，因事生风，即入白唐主道：“西南未安，王衍族党不少，闻车驾东征，未免谋变，不如早除为妥。”唐主已忘却前言，急遣向延嗣赍敕西行，敕中写着，乃是“王衍一行，并从杀戮”云云。枢密使张居翰，取敕复视，亟就殿柱上揩去“行”字，改为“家”字。一字活人无数。始付延嗣赍去。延嗣到了长安，由西京留守接诏，即至秦川驿中，收捕王衍全眷，尽行处斩。衍母徐氏临刑。搏膺大呼道：“我儿举国迎降，反加夷戮，信义何在？料尔唐主亦将受祸了！”徐氏母子既死，所有衍妻妾金氏、韦氏、钱氏等，一并陨首。惟幼妾刘氏，最为少艾，发似乌云，脸若朝霞，被监刑官瞧着，暗生艳羡，指令停刑。刘氏慨然道：“国亡家破，义不受污，幸速杀我！”不没烈妇。刑官无可如何，乃概令受刃。此外蜀臣家属，及王衍仆役，悉数获免，不下千余人。亏得张居翰。

延嗣还都复命，唐主乃出发洛阳，遣李绍荣带着骑兵，沿河先行，自率卫兵徐进。行次汜水，凡与嗣源亲党相关，多半逃亡。独嗣源子继璟，尚然随着。唐主命他再谕嗣源，他终不肯应命，情愿请死。旋经唐主慰谕再三，强使召父，不得已奉谕登程。道遇绍荣，竟被杀死。还有嗣源家属，留居真定，经虞侯将王建立，出为保护，杀毙监军，正拟与嗣源通书告慰，凑巧嗣源养子从珂，自横水率军到来，遂与建立会合，倍道从嗣源，嗣源大喜，即分兵三百骑，归石敬瑭统带，令为前驱。李从珂为后应，向汴梁进发。又檄召齐州防御使李绍虔，即杜晏球。泰宁节度使李绍钦，即段凝。贝州刺史李绍英，原姓名为房知温，由唐主改赐姓名。北京右厢马军都指挥使安审通，约期来会。随即渡河至滑州，再召平卢节度使符习。习自天平军徙镇平卢，习镇天平，见十四回。闻梁臣多半被诛，已有惧意，一闻嗣源相召，便即过从，安审通亦引兵驰至，军势大振。

知汴州孔循，既遣使奉迎唐主，复遣使输款嗣源。好一条两头蛇。嗣源前锋石敬瑭，星夜抵汴，突入封邱门，遂据大梁，亟使人催促嗣源。嗣源从滑州急行，亦夤夜赶入大梁城。时唐主方至荥泽，命龙骧指挥使姚彦温，率三千骑为前军，且面谕道：“汝等俱系汴人，我入汝境，不欲使他军前驱，恐扰汝室家，汝宜善体我意！”彦温应声即发，行抵汴城，见嗣源已经据守，便释甲入见，向嗣源进言道：“京师危迫，主上为绍荣所惑，不可复事了。”嗣源冷笑道：“汝自不忠，何得妄毁！”

遂夺他军印，收三千骑为己属。指挥使潘环，守王村寨，有刍粟数万，亦献入大梁。

唐主进次万胜镇，接得各种军报，不由得神色沮丧，登高唏嘘道："吾事不济了！"前日英雄，而今安在？遂下令旋师。还至汜水，卫军已逃去半数，乃留秦州都指挥使张唐，驻守汜水关。李绍荣请唐主招抚关东，便是此关。自率余军西归，道过罂子谷，山路险窄，见从官执仗扈卫，辄用好言慰抚，且与语道："魏王已将入京，载回西川金银五十万，当尽给汝等，酬汝劳绩！"从官直陈道："陛下至今日慨赐，已太迟了！恐受赐各人，亦未感念圣恩哩。"唐主又恨又悔，不禁流涕，乃向内库使张容哥，索取袍带，欲赐从臣。容哥方说出"颁给已尽"四字，那卫士一拥直上，大声叱道："国家败坏，都出尔阉竖手中，尚敢多言么？"道言未绝，即抽刀逐容哥，还是唐主涕泣谕止，才得罢休。容哥私语同党道："皇后吝财至此，今乃归咎我等，事若不测，我等必被他碎尸，我不忍待遭此惨了！"竟投河自尽。唐主至石桥西，置酒悲涕，凄然语绍荣等道："卿等事我有年，富贵休戚，无不与共，今使我至此，难道无一策相救么？"绍荣等百余人，皆截发置地，共誓死报。无非相欺。唐主乃驰入洛都。

越宿，即闻汜水关急报，"嗣源前军石敬瑭，已抵关下。李绍虔、李绍英等，皆与嗣源合军，气势益盛"云云。宫廷很是惊惶，宰相、枢密等，奏称魏王将率军到来，请车驾亟控汜水，收抚散兵，静俟西军接应。唐主乃自出上东门，搜阅车乘，约期诘旦启行，复赴汜水。

同光四年四月朔日，急述年月，点醒眉目。为唐主再往汜水的行期，严装将发，骑兵列宣仁门外，步兵列五凤门外，专候御驾出巡。唐主方在早餐，忽闻皇城兴教门口，喊声大震，料知有变，慌忙放下匕箸，召集近卫骑兵，亲督出御。至中左门，见乱兵已突入门内，声势汹汹，乱首乃是从马直御指挥使郭从谦，惹得唐主躁怒异常，麾动卫骑，迎头痛击。从谦抵敌不住，率乱军退出门外，当将城门关住，再遣中使至宣仁门外，速召骑兵统将朱守殷，入剿乱党。那知守殷并不见到，郭从谦更纠集多人，焚兴教门，且有许多乱兵，援城而入。唐主再欲抵御，四顾近臣宿将，多半逃匿，只有散员都指挥使李彦卿，军校何福进、王全斌等尚随着唐主，挺刃血战。唐主亦冒险格斗，杀死乱兵百余人，突有一箭飞来，正中唐主面颊，唐主痛不可忍，几乎晕倒。鹰坊人善友，见唐主中箭，忙上前扶掖，还至绛霄殿庑下，拔去箭镞，流血盈身。唐主渴懑求饮，宦官承刘后命，奉进酪浆，一杯才下，遽尔殒命。年才四十二岁。

李彦卿、何福进、王全斌等见唐主已殂，皆恸哭而去。善友敛乐器覆尸，放起一把无名火，将乐器及唐主遗骸，俱付灰烬，免得乱兵蹂躏，然后遁去。统计唐主称帝，仅及四年，先时承父遗志，灭伪燕、扫残梁、走契丹，三矢报恨，还告太庙，及家仇既雪，国祚中兴，几与夏少康、汉光武相似。偏后来妇寺擅权，优伶乱政，戮功臣，忌族戚，不恤军民，酿成祸患，就是作乱犯上的郭从谦，也是优人出身，平白地令典亲军，致为所弑。这可见女子小人，最为难养，两害相兼，断没有不危且亡哩。伏笔如椽。

刘皇后最得恩宠，闻夫主伤亡，并不出视，亟与唐主第四弟申王存渥，及行营招讨使李绍荣等，收拾金宝，贮入行囊，匆匆出宫，焚去嘉庆殿，引七百骑出狮子门，向西遁走。宫中大乱，纷纷避匿。那朱守殷至此才入，并不设法平乱，先选得宫人三十余名，各令自取乐器珍玩，带回私第，去做那李存勖第二，寻欢取乐去了。夫妻尚且不顾，遑问苍头。各军遂大掠都城，昼夜不息。

是夕李嗣源已至罂子谷，闻唐主凶耗，泣语诸将道：“主上素得士心，只为群小所惑，惨遭此变，我今将何归呢?”好去做皇帝了。诸将当然劝慰，才见收泪。越日，由朱守殷遣使到来，报告京城大乱，请即入抚。嗣源乃引军入洛，暂居私第，禁止焚掠。守殷进见，当由嗣源面语道：“公善为巡徼，静待魏王。淑妃、德妃在宫，淑妃、德妃见十六回。供给尤应丰备！我俟山林葬毕，社稷有主，仍当归藩尽职，为国家捍御北方呢！”真耶！假耶！说至此，即命守殷往收唐主遗骨，在灰烬中拾出，妥加棺殓，留殡西宫。宰相豆卢革、韦说等，即率百官奉笺劝进，嗣源召谕道：“我奉诏讨贼，不幸部曲叛散，意欲入朝自诉，偏为绍荣所遏，披猖至此，我本无他意，今为诸君所推，殊非知己，幸勿复言！”于是驰书远近，报告主丧。

魏王继岌，因蜀乱稽延，至此始至兴平，得悉洛阳变乱，恐嗣源不能相容，复引兵西行，谋保凤翔。西京推官张昭远，劝留守张宪，上劝进表，宪慨然道：“我一书生，自布衣至服金紫，均出先帝厚恩，怎可偷生怕死，背主求荣呢?”昭远感泣道：“公能如此，忠义不朽了！”先是晋阳城中，曾由唐主遣吕、郑二幸臣，监督兵赋；至是又有唐主近属李存沼，自洛阳奔至晋阳，与吕、郑二人密谋，拟害死张宪，据住晋阳。汾州刺史李彦超，得知消息，即劝宪先发制人。宪又说道：“仆受先帝厚恩，不忍出此，若为义亡身，乃是天数，怎得趋避呢！”未免近迂。彦超趋出，免不得与将士叙谈，将士不待命令，乘夜起事，杀毙存沼，及吕、郑二人。宪闻变起，出奔忻州。适值洛都使至，出嗣源书，由彦超号令士卒，城中始安。当即遣回洛使，奉表劝进。都中百官，又三次上笺，请嗣源监国。嗣源始允，入居兴圣宫，百官班见，下令称教。后宫尚存侍女千余人，宣徽使选得数百名，献诸嗣源。嗣源道：“留此何用?”宣徽使答道：“宫中使令，亦不可阙。”嗣源道：“宫中充使，宜谙故事。此辈年少无知，不能充选。”乃悉令出宫还家，无家可归，令戚党领去。另用老旧宫人，分掌各职。即用安重诲为枢密使，张延朗为副使，延朗本梁旧臣，善事权要，与重诲相结，所以引入。

嗣源又令内外有司，访求诸王。永王存霸，系唐主存勖次弟，本留守北京，李绍荣自洛阳奔出，撇去刘后，欲往依存霸，行至平陆，为野人所执，送往虢州，刺史石潭，击断绍荣足骨，置入囚车，解至洛阳。嗣源怒骂道：“我儿有何负汝，乃遭汝毒手?”绍荣道：“先皇帝有何负汝，乃叛命入都?”嗣源怒甚，即命推出斩首。还有通王存确，雅王存纪，系唐主季弟，逃匿民间，安重诲查有着落，即与李绍真密谋，遣人杀死二王，免人瞩目。过了月余，嗣源方才闻知，切责重诲，但已不能重生，只好付诸一叹罢了。也是一番假慈悲。

存渥与刘后奔晋阳，途次昼行夜宿，备历艰辛。刘后因绍荣他去，只恐存渥也即分离，索性相依为命，献身报德。存渥见刘氏多姿，虽已三十余龄，风韵不减畴昔，乐得将错便错，与刘后结成露水缘。妇人之坏，无所不至。及抵晋阳，李彦超不纳存渥，存渥走至凤谷，被部下所杀。刘后无处存身，没奈何削发为尼，就把怀金取出，筑一尼庵，权作羁栖。偏监国嗣源，不肯轻恕，竟遣人至晋阳，刺死刘后。一代红颜，到此才算收场。无非恶贯满盈。

北京留守永王存霸，闻兄弟多遭杀戮，自然寒心，即弃镇奔晋阳，往依彦超，愿为山僧。彦超欲奏取进止，偏部众不肯纵容，定要置他死地。存霸骇极，即祝发披缁，潜出府门，奈被军士阻住，拔刀斫去，死于非命。薛王存礼，是唐主三弟，与唐主子继潼、继漳、继憺、继峣等，俱不知所终。惟唐主介弟存美，素有风疾，幸得免死。克用本有七子，只一存美仅存。存勖五子，四子未知下落。

继岌行至武功，宦官李从袭，又劝继岌驰赴京师，往定内难。继岌又复东行，到了渭河。西都留守张篯，折断浮桥，不令东渡，乃只好沿河东趋，途中随兵，陆续奔散，从袭又语继岌道："大事已去，福不可再，请王早自为计。"继岌彷徨泣下，徐语李环道："我已道尽途穷，汝可杀我。"环迟疑多时，乃语继岌乳母道："我不忍见王死，王若无路求生，当卧榻踣面，方可下手。"乳母泣白继岌，继岌面榻偃卧，环遂取帛套颈，把他缢死。从袭自往华州，也为都监李冲所杀。任圜后至，收集余众，得二万人还洛。嗣源命石敬瑭慰抚，军士皆无异言，各退还原营。

百官因继岌已死，仍累表劝进。嗣源始有动意，大行赏罚，先责租庸使孔谦奸佞苛刻，将他处斩。废去租庸使名目，悉除苛政。又罢诸道监军使，历数宦官劣迹，令所在地一概加诛。李绍真总决枢机，擅收李绍钦、李绍冲下狱。安重诲语绍真道："温、段罪恶，皆在梁朝，今监国新平内乱，冀安万国，岂专为公复仇么？"绍真意沮，乃禀明监国，复两人姓名为段凝、温韬，放归田里。召孔循为枢密使。循与绍真，皆入白监国，请改建国号。嗣源道："我年十三事献祖，即李国昌，见十四回。献祖因我关宗属，视我犹子，又事太祖、指克用，亦见十四回。先帝垂五十年，经营攻战，未尝不预。太祖基业，就是我的基业，先帝天下，就是我的天下，哪有同家异国的道理？当令执政更议！"礼部尚书李琪，承旨入对道："若改国号，是先帝成为路人，梓宫何所依托？不但殿下不忘三世旧君，就是我辈人臣，问心也自觉不安！前代以旁支入继，不一而足，请用嗣子柩前即位礼，才算得情义两全了。"嗣源称善，群议乃定。

过了两日，嗣源自兴圣宫转赴西宫，自服斩衰，至柩前即位，百官俱服缟素，既而御衮冕受册，百官皆改着吉服，行朝贺礼，颁诏大赦。即改同光四年为天成元年。酌留后宫百人，宦官三十人，教坊百人，鹰坊二十人，御厨五十人，自余任从他适。中外毋得献鹰犬奇玩，诸司有名无实，一体裁革。分遣诸军就食近畿，减省馈运，除夏秋税省耗，各道四节供奉，不得苛敛百姓，刺史以下，不得贡奉。封赏百官，进任圜同平章事，复李绍真、李绍虔、李绍英等姓名，仍为霍彦威、房知温、杜晏球。晏球又自称为王氏子，仍复姓王。又有河阳节度使夏鲁奇，洺州刺史米君立，本由唐主李存勖赐姓名为车绍奇、李绍能，至是俱复原姓名，听郭崇韬归葬，赐还朱友谦官爵，安葬先帝李存勖于雍陵，庙号“庄宗”。小子有诗叹道：

得国非难保国难，霸图才启即摧残。
沙陀派接虽犹旧，毕竟雍陵骨早寒！

朝廷易主，庶政维新。欲知后事，请看下回续叙。

唐主存勖，不死于他人，而独死于伶人郭从谦之手，天之留示后世，何其微而显也！堂堂天子，宁有与优人为戏，足以治国平天下者？其遇弑也，正天之所以加谴也！然则李嗣源果为无罪乎？曰：薄乎云尔，恶得无罪。嗣源为部众所逼，拥入邺都，尚出于不得已，及移檄会兵，进据大梁，无君之心，固已暴露，入洛以后，何不亟诛首逆，为故主复仇？且魏王在外，未尝遣使奉迎，通、雅二王，由安重诲、霍彦威等，定谋致毙。徒以一责了事，自饰逆迹，古人所谓欲盖弥彰者，可为嗣源论定矣。至若存霸之死于晋阳，继岌之死于渭南，且未闻一言痛悼，并假面具亦揭去之。百僚劝进，腼然即真，谓非篡逆得乎？读是回毕，当下一断词曰：弑庄宗者为郭从谦，令从谦得弑庄宗者实李嗣源！

第二十回

立德光番后爱次子　杀任圜权相报私仇

却说李嗣源即位以后，更张庶政，改易百官，宰相任圜，尽心佐治，朝纲渐振，军民各饱食无忧。邺都守将赵在礼，却请唐主嗣源，转幸邺都。唐主颇以为疑，徙在礼为义成节度使。在礼不肯离邺，但表称军情未协，乃改拜邺都留守兴唐尹。尚有从马直指挥使郭从谦，本是个弑君首恶，唐主嗣源入都，并未过问，仍复旧职。既而出调为景州刺史，乃遣使加诛，并令夷族。入洛时，并未声讨，直至后来诛夷，转若罚非其罪，赵在礼明是乱首，乃一意优容，嗣源之心不大可见耶。嗣源自不知书，四方奏事，统令安重诲旁读。重诲亦不能尽通，因奏请选用文士，上供应对。乃命翰林学士冯道、赵凤，俱充端明殿学士。端明学士的职位，向无此官，至是创设。唐主因侍读得人，使重诲兼领山南东道节度使。重诲奏言襄阳重地，不可乏帅，未便兼领，因此表辞，唐主始收回成命。但重诲自恃功高，未免挟权专恣，盈廷大臣，又要从此侧目了。奈何不鉴郭崇韬！

这且慢表，且说契丹主阿保机，自沙河败退，未敢入寇。见十四回。同光年间，反遣使聘唐通好，唐亦释嫌馆使，优礼相待。阿保机南和东战，恰出击渤海，进攻扶余城。适唐廷遣使姚坤，至契丹告哀，且报明新主嗣位。阿保机尚未返西楼，由番官伴坤东行，往谒行幄。坤入帐中，但见阿保机锦袍大带，与妻述律氏对坐。俟坤行过了礼，便启问道："闻尔河南北有两天子，可真么？"坤答道："天子因魏州军乱，命总管李令公往讨，不幸变起洛阳，御驾猝崩。总管返兵河北，赴难京师，为众所推，勉副人望，现已正位有日了。"

阿保机闻言变色，突然起座，仰天大哭道："晋王与我约为兄弟，河南天子，就是我兄弟的长儿，今果因变致亡么？我闻中国有乱，未知确实，正拟率甲马五万，来助我儿，只因渤海未除，坐此迁延，哪知我儿竟长逝了！"说毕复哭，哭毕复说道："我儿既殁，理应遣人北来，与我商量，新天子怎得自立？"仿佛是无赖徒口吻。坤又道："新天子统师二十年，位至大总管，所领精兵三十万，上应天时，下从人欲，哪里还好延宕呢？"阿保机尚未及言，长子突欲，一作托允。入帐指驳道："唐使不必多渎，尔新天子究臣事故主！擅自称尊，岂不为过！"坤正色道："应天顺人，岂徇匹夫小节，试问尔天皇王得国，究由何人授受？难道也是强取么！"突欲不能再驳，只好默然。阿保机乃和颜语坤道："理亦应尔。"随即廷坤旁坐，徐语坤道："我闻此儿有宫婢二千人，乐官千人，放鹰走狗，嗜酒好色，任用不肖，不惜人民，应该遭祸致败。我得知消息，即举家断酒，解放鹰犬，罢散乐官，若效我儿所为，亦将同归覆没了！"外人尚知借鉴，所以渐臻强盛。坤答道："今新天子圣明英武，剔清宿弊，庶政一新，即位才经旬月，海内慰望，亿兆咸怀。天皇王诚有心修好，令南北人民，共享太平，岂不甚善！"阿保机道："我与汝新天子并无宿怨，不妨修好，但须割河北地归我，我从此决不南侵，与汝国长敦睦谊了！"坤又说道："这非使臣所敢与闻！"阿保机复道："河北不肯让我，但与我镇、定、幽州，也算了事。"说至此，从案上取过纸笔，令草让书。坤朗声道："外臣为告哀来此，岂为割地来么？"遂缴还纸笔，不肯草写。

阿保机将他拘住，不使南归。及夺得扶余城，改名东丹国，留长子突欲镇守，号为人皇王；挈次子德光回国，号为元帅太子，途次遇病，竟致殁世。由皇后述律氏护丧返西楼，突欲亦奔丧归来。当由述律氏召集部酋，商议继统问题。述律后素爱德光，至是命二子乘马，俱立帐前，乃宣告诸部酋道："二子皆我所爱，未知所立，还请汝等审择一人。如已审择得宜，可趋前执辔。"说至此，以目斜视德光，诸酋长素惮雌威，瞧着述律后形状，已经窥测意旨，便各趋德光马前，握住马缰，述律后喜道："众志从同，我怎敢故违？"遂立德光为契丹嗣主。舍长立次，究属未当。令突欲仍归东丹，一面释出唐使姚坤，令他归国报丧。

坤还洛都，报明唐主嗣源，唐主以使臣得归，不便决裂，乃遣使吊问。德光尊述律氏为太后，送阿保机归葬木叶山，庙号"太祖"。述律太后征集各酋长夫妻，一同会葬，临葬时，问诸酋长道："汝等思先帝否？"诸酋长自然同声道："我等受先帝恩，怎得不思？"述律太后微笑道："汝等既思先帝，我当令汝相见地下。"遂指令左右，引诸酋长至墓前，杀死殉葬。各酋长妻皆失色大恸。述律太后又传谕道："汝等不得多哭，我今寡居，汝等岂可不效我么？"全没道理。各酋长妻无法违拗，只好退去。述律太后见左右桀黠，又尝与语道："为我传达先帝！"说毕，即牵至阿保机墓前，杀毙了事。前后被杀，不下百数，最后轮到阿保机宠臣赵思温，独不肯行。述律太后道："汝尝亲近先帝，怎得不往？"思温答道："亲近莫如皇后；太后若行，臣自当相随！"此子可谓有胆。述律太后道："我非不欲追随先帝，侍奉地下，但因嗣子幼弱，国家无主，所以不便往殉呢。"道言未已，竟取剑截去左腕，令左右携置墓中。恰是一奇。赵思温竟得免死。

述律太后临朝谕政，大小国事，均由裁决，仍令韩延徽为政事令，见第十一回。纳侄女为德光帝后。德光性颇孝谨，每遇太后有恙，忧急异常，甚至不进饮食，太后疾愈，仍复常度。礼失求野，所以叙及。越三年始改元天显。述律太后素有智谋，德光亦勇略过人，所以雄长北方依然如旧，并不闻有什么大变哩。惟契丹卢龙节度使卢文进，由唐主嗣源遣人游说，谓“易代以后，无复嫌怨，何不归朝!”文进部下皆华人，闻言思归，不由文进不从，乃率众归唐。文进降契丹亦见第十一回。唐主令为义成军节度使，寻复徙镇威胜军，加授同平章事，这真所谓特别宠荣了。

是时蜀亡岐降，吴尚照旧。岭南镇将南海王刘岩，因兄隐死后，承袭旧封。梁末建国号越，自称皇帝，改元乾亨。寻又改国号汉，更名为陟。尝与唐主存勖书，自称大汉国主。唐廷令改定国书，汉使何词不从，返报汉主。谓唐主骄淫，必不能久，汉主遂与唐绝好。南诏与汉境接壤，当时酋长蒙氏，为部下郑旻所灭，改国号为长和。旻遣使郑昭淳至汉，献上朱鬃白马，并乞和亲。汉王赐昭淳宴，赋诗属和，昭淳随口吟咏，压倒汉臣。汉主乃以兄女增城公主遣嫁郑旻。其实旻已有后马氏，就是楚王马殷女，那增城公主到了长和，无非是备作嫔嫱罢了。既而汉南宫忽现白龙，汉王应瑞改名，易“陟”为“龚”。有胡僧呈入谶书，谓灭刘者龚，汉主乃更采飞龙在天的意义，杜造一个“䶮”字，定音为“俨”，取以为名。白龙已不足信，至自造名字，更旻无谓。未几与楚失和，楚人入攻封州，䶮颇有惧意，筮《易》得“大有卦”，乃改元“大有”。遣将苏章救封州，用诱敌计，尽覆楚军。楚王马殷，乃遣使贡唐，联唐拒汉，自是楚汉相持，各按兵不动。

汉东就是福建，自王审知受梁封爵，称号闽王。同光三年，审知病殁，子延翰嗣，受唐封为节度使。至庄宗遇弑，中原多故，延翰也建国称王，表面上尚奉唐正朔。只是延翰好色，妻崔氏貌甚丑陋，却异常妒悍，延翰广选良家女，充当妾媵，被崔氏接连加害，一年中伤毙至八十四人，崔氏为冤鬼所祟，也致暴亡。延翰得拔眼中钉，很是欣幸，乐得淫纵暴虐，任所欲为。弟延钧上书极谏，反被黜为泉州刺史。延钧很是不平，便与延禀私下设谋，欲杀延翰。延禀为审知养子，本姓周氏，原名彦琛，素与延翰有隙，曾任建州刺史，此次遂合兵进袭福州。延禀先至，缘城得入。延翰为色所迷，一些儿未曾预闻，至延禀突入宫门，方惊走床后。延禀早已瞧着，令部兵牵出门外，面数罪状，将他杀死。即开城迎纳延钧，推为留后。延钧仍令延禀还守建州，一面详报唐廷。唐封延钧为闽王。但闽已立国，与汉相似，不过汉已绝唐，闽尚臣唐，所以后唐天成元年，分为四国三镇。唐、吴、汉、闽为四国，吴越、荆南、湖南为三镇，吴、汉不服唐命，此外还算称臣唐室，列作屏藩。此段是补叙文字，亦即是点醒文字，遥应前第三回，表明大势沿革。但荆南节度使南平王高季兴，与唐是阳奉阴违，当唐师伐蜀时，曾命充西川东南面行营招讨使，见十七回。他却请自取夔、忠、万、归、峡等州，唐庄宗当然允许。哪知他实作壁上观，按兵不发。嗣闻蜀已被灭，不禁大惊道："这是老夫的过失哩！"司空梁震道："唐主得蜀，势必益骄，骄必速亡，何足深虑！且安知不为吾福？"

季兴乃放着大胆，竟遣兵士截住江中，遇有唐吏押解蜀物，送往洛阳，即就中途邀劫，夺得蜀货四十万，并杀死唐押牙官韩珙等十余人，会唐都大乱，不暇过问。至嗣源即位，遣人诘问季兴，季兴满口抵赖，只说是押官覆溺，当问水神。嗣源闻报，未免含愤，但因即位未久，不便劳师进讨。哪知季兴得步进步，且乞将夔、忠、万等州，归属荆南。唐主嗣源，还是含忍优容，勉强允许，惟刺史须由唐廷简放。偏季兴先袭踞夔州，拒绝唐官。那时唐主忍耐不住，遥饬襄州镇帅刘训为招讨使，进攻荆南。老天似暗助季兴，竟连日霪雨，不肯放晴。刘训部军，多半病疫，且因粮运不继，没奈何引兵退还。季兴遂并取忠、万、归、峡四州，已而唐将西方邺，突出奇兵，把夔、忠、万三州夺还，更欲入攻荆南，季兴才有惧意，竟举荆、归、峡三州，向吴称臣去了。同一称臣，何必舍北逐南。

唐相豆卢革、吴说，为谏议大夫萧希旨所劾，说他不忠故主，一并罢职，朝政悉令任圜主持。枢密使孔循，独荐引梁臣郑珏，得擢为相，循又荐入太常卿崔协，任圜以协无相才，拟改用吏部尚书李琪。偏郑珏与琪不协，极力阻挠，安重诲又袒护郑珏，与任圜屡起龃龉，一日在御前争议，任圜愤然道："重诲未悉朝中人物，为人所卖，协虽出名家，识字无多，臣方愧不学，谬居相位，奈何复添入崔协，惹人笑议！"唐主嗣源道："宰相位高责重，应仔细审择。朕前在河东时，见冯书记博学多材，与人无忤，看来且可任为相呢。"语毕退朝。孔循面带愠色，拂衣先走，且行且语道："天下事统归任圜，究竟任圜有什么才能？如果崔协暴死，也不必说了；协如不死，总要入相，看任圜如何对待呢？"全是蛮话。嗣是好几日称疾不朝。唐主令重诲慰谕，方入朝莅事，重诲私语任圜道："现在朝廷乏人，姑令崔协备员，想亦无妨。"圜答道："公舍李琪，相崔协，好似弃苏合丸，取蛣蜣粪了。"重诲不答，心中很是不乐，每与孔循相结，毁琪誉协，唐主竟为所蒙，命冯道、崔协同平章事。看官！你想圜既短协，协必嫉圜，两人共掌朝纲，还能和衷共济吗？圜奈何还不辞职！

任圜自蜀入相，兼判三司，素知成都富饶，前时除犒军外，尚余钱数百万缗，乃遣太仆卿赵季良，为三川制置转运使，令送犒军余钱至京使。西川节度使孟知祥，怒不奉命，但因季良旧交，留居蜀中，不使任事。知祥妻李氏，系唐庄宗从姊，曾封琼华长公主，自与董璋分镇两川，内恃帝戚，外拥强兵，权势日盛，及季良至蜀，不得输送犒军余钱，唐廷颇加疑忌。安重诲尤欲设法除患，客省使李严，自请为西川监军，严母面谕道："汝倡谋伐蜀，侥幸成功。今日尚好再往么?"严谓食君禄，当尽君事，竟不遵母教，得请即行。得意不宜再往，此去真是送死了。既至成都，知祥盛兵出迎，入城与宴，酒至半酣，知祥勃然道："公前奉使王衍，归即请公伐蜀，庄宗信用公言，遂致两川俱亡，今公复来，蜀人能不怀惧么?况现今各镇，俱废监军，公独来监我军，究是何意?"严方欲答辩，知祥已顾部将王彦铢，令他动手。彦铢率严下座，严始惶恐乞哀。知祥道："蜀人俱欲杀公，并非出自我意，公亦知众怒难违吗?"遂不由分说，竟被彦铢推至阶下，一刀两段。遂上表唐廷，诬严他罪，且请授赵季良为节度副使。

唐主嗣源尚欲以恩信羁縻，再遣客省使李仁矩赴蜀慰谕。并因琼华公主及知祥子昶，尚留住都中，亦命仁矩乘便送去，知祥总算厚待仁矩，遣归洛阳，申表称谢，但心中已不免藐视唐廷了。为后文伏案。

时平卢军校王公俨作乱，幸得讨平，公俨伏诛，支使官名。韩叔嗣坐党并死。叔嗣子熙载奔吴，邺都军亦蠢然思动，留守赵在礼恐不能制，密求移镇。唐主徙在礼为横海节度使，授皇甫晖为陈州刺史，赵进为贝州刺史，遣皇次子从荣镇守邺都。卢台兵变，由副招讨使房知温，与马军指挥使安审通，合兵围击，才得荡平。

宰相任圜，与安重诲同议内外重事，多半未合，唐主因数平外乱，多出重诲主张，所以专信重诲。向例使臣出四方，必由户部给券，重诲拟改从内出，任圜与他力争廷前，声色俱厉，唐主也看不过去，怏怏入内。适有宫嫔接着，见唐主含有怒意，便问道："陛下与何人议事，声彻内廷?"唐主说是宰相任圜，宫嫔道："妾在长安宫中，从未见宰相奏事如此放肆，莫非轻视陛下不成？”想是花见羞，详见下文。唐主被她挑拨，愈滋不悦，卒从重诲言。圜因求罢，遂免他相职，令为太子少保，圜心不自安，更请致仕，也由唐主允准，退老磁州。已经迟了。

嗣因唐主出巡汴州，行至荥阳，民间讹言纷起，都说车驾将调迁镇帅。朱守殷正出镇宣武军，颇怀疑惧。判官孙晟劝守殷先发制人，守殷遂召都指挥使马彦超，与谋叛命。彦超不从，守殷便砍死彦超，登城拒守。唐主急遣宣徽使范延光往谕，延光道：“往谕何益，不如急攻。否则彼得缮备，反致城坚难下了。臣愿得五百骑速趋汴城，乘他无备，方可收功。”唐主乃拨骑兵五百，星夜前往，飞驰二百里，到了大梁城下，天尚未明，喊声动地。守殷从睡梦中惊醒，急忙号召徒众，开城搦战，两下里杀到黎明，御营使石敬瑭，又率亲军趋至，杀得汴军人仰马翻。守殷正要退回，遥见有一簇人马，拥着黄盖乘舆，呼喝前来。不由得意忙心乱，策马返奔，哪知城上已竖起降旗，守兵一齐拥出，向前迎降，眼见是禁遏不住，无路可归，没奈何拔刀自刎，血溅身亡！死有余辜。

唐主入城，搜诛余党，共死数十百人，独孙晟乘间逃脱，径奔淮南。安重诲尚恨任圜，诬称圜与守殷通谋，密遣供奉官王镐赴磁州，矫制赐任圜自尽。圜受命怡然，聚族酣饮，然后仰药自杀。圜系京兆人氏，素有政声，相业卓著，不幸抗直遭谗，无辜毕命。小子有诗叹道：

折槛留旌抗直臣，汉成庸弱尚知人。
如何五季称贤辟，坐使忠良枉杀身！

重诲既矫制杀圜，然后出奏，究竟唐主嗣源如何主张？待至下回说明。

本回多叙外事，是前后过渡文字。前数回是专叙后唐，无暇述及外情，即如灭蜀一段，亦系唐廷直接用兵，唐为主，蜀固为客也。此回叙契丹事，兼及南方各镇，是契丹为主，而各镇为客，经此一回表明，则既足顾应上文，俾阅者知所沿革，下文因事叙人，自不至无绪可寻矣。至若孟知祥之杀李严，及平卢之乱，邺都之乱，汴州之乱，俱用简笔叙过，绝不渗漏。而任圜枉死，即顺手带出，后唐贤相莫如圜，特别提明，正所以表其贤而惜其死也。

第二十一回

王德妃更衣承宠　唐明宗焚香祝天

却说唐主李嗣源，宠任枢密使安重诲，连他矫制与否，亦未尝过问。重诲冤杀任圜，才行奏闻，唐主反诏数圜罪，说他“不遵礼分，潜附守殷，应该处死。惟骨肉亲戚仆役等，并皆赦罪”云云。在唐主的意见，还算是格外矜全，其实已为重诲所蒙蔽，枉害忠良了。

重诲为佐命功臣，因此得宠。还有一个后宫宠妃，与重诲阴相联络，每在唐主面前，陈说重诲好处，唐主益深信不疑。原来唐主正室，系是曹氏，只生一女，封永宁公主；次为夏氏，生子从荣、从厚；妾为魏氏，就是从珂生母，由平山掳掠得来。见前文。又有一个王氏女，出自邠州饼家，为梁将刘鄩所买，作为侍儿，及年将及笄，居然生成一副绝色，眉如远山，目如秋水，鼻似琼瑶，齿似瓠犀，当时号为“花见羞”。得鄩钟爱，鄩死后，此女无家可归，流寓汴梁。适嗣源次妻夏夫人去世，另求别耦，有人至安重诲处，称扬王氏美色，重诲即转白嗣源，嗣源召入王氏，仔细端详，果然是艳冶无双，名足称实。虽王氏行谊不同刘后，但也是一朝尤物。从来好色心肠，人人所同，难道唐主嗣源，见了美色，有不格外爱怜么？况王氏身虽无主，尚带得遗金数万，至此多赍给嗣源。嗣源既得丽姝，又得黄金，自然喜上加喜，宠上加宠。即位未几，封曹氏为淑妃、王氏为德妃。

王氏尚有余金，又赠遗嗣源左右，与嗣源诸子。大家得了钱财，哪个不极口称赞，并且王氏性情和婉，应酬周到。每当嗣源早起，盥栉服御，统由她在旁侍奉，就是待遇曹淑妃，亦必恭必敬，不敢少忤。及曹淑妃将册为皇后，密语王氏道："我素多病，不耐烦劳，妹可代我正位中宫。"王氏慌忙拜辞道："后为帝匹，即天下母，妾怎敢当此尊位呢?"初意却还可取。既而六宫定位，曹氏虽总掌内权，如同虚设，一切处置，多出王氏主张。

王氏既已得志，倒也顾念恩人，如遇重诲请托，无不代为周旋。重诲有数女，经王氏代为介绍，欲令皇子从厚娶重诲女为妇，唐主恰也乐允。偏重诲入朝固辞，转令王氏一番好意，无从效用。看官阅此，几疑安重诲是个笨伯，有此内援，得与后唐天子，结作儿女亲家，尚然不愿，岂不是转惹冰上人懊怅么？哪知重诲并非不愿，却是受了孔循的愚弄。循也有一女，方运动作太子妃，一闻重诲行了先着，不禁着急起来，他本是刁猾绝顶的人，便往见重诲道："公职居近密，不应再与皇子为婚，否则转滋主忌，恐反将外调呢。"重诲是喜内恶外，又与循为莫逆交，总道是好言进谏，定无歹意，因此力辞婚议。聪明反被聪明误。循遂托宦官孟汉琼，入白王德妃，愿纳女为皇子妇。王氏因重诲辜负盛情，未免介意，此时由汉琼入请，乐得以李代桃，便乘间转告唐主，玉成好事。重诲渐有所闻，才觉大怒，即奏调孔循出外，充忠武军节度使，兼东都留守，唐主勉从所请。

可巧秦州节度使温琪入朝，愿留阙下。唐主颇喜他恭顺，授为左骁卫上将军，别给廪禄。过了多日，唐主语重诲道："温琪系是旧人，应择一重镇，俾他为帅。"重诲答道："现时并无要缺，俟日后再议。"又隔了月余，唐主复问重诲，重诲勃然道："臣奏言近日无阙，若陛下定要简放，只有枢密使可代了。”唐主亦忍耐不住，便道：“这也无妨，温琪岂必不能做枢密使么？”重诲也觉说错，无词可对。谁叫你如此骄横。温琪得知此事，反暗生恐惧，好几日托疾不出。

成德节度使王建立亦与重诲有隙，重诲说他潜结王都，阴怀异志，建立亦奏重诲专权，愿入朝面对。唐主即召令入都，建立奉诏即行，驰入朝堂，极言重诲植党营私，且说枢密副使张延朗，以女嫁重诲子，得相援引，互作威福。唐主已疑及重诲，又听得建立一番奏语，当然不乐，便召重诲入殿。重诲也含怒进来，惹得唐主愈加懊恼，便顾语重诲道：“朕拟付卿一镇，暂俾休息，权令王建立代卿，张延朗亦除授外官。”重诲不待说毕，厉声答道：“臣披除荆棘，随陛下已数十年，值陛下龙飞九重，承乏机密，又阅三载，天下幸得无事，一旦将臣摈弃，移徙外镇，臣罪在何处？敢乞明示！”唐主愈怒，拂袖遽起，退入内廷。

适宣徽使朱弘昭入侍，便与语重诲无礼，弘昭婉奏道：“陛下平日待重诲如左右手，奈何因一旦小忿，遽加摈斥，臣见重诲语多拗戾，心实无他，还求陛下三思！”唐主怒为少霁，越日复召入重诲，温言抚慰。建立乃陛辞归镇，唐主道：“卿曾言入分朕忧，奈何辞去？”建立道：“臣若在朝，反累陛下动怒，不若告辞！”唐主道：“朕知道了。”会同平章事郑珏，表情致仕，有诏允准，即令建立为右仆射，兼同平章事。

既而皇子从厚纳孔循女为妃，循乘便入朝，厚赂王德妃左右，乞留内用。安重诲再三奏斥，仍促令赴镇。皇侄从璨，素性刚猛，不为人屈。从前唐主幸汴，往讨朱守殷，留他为皇城使，他召客宴会节园，酒后忘情，戏登御榻，当日并无人纠弹，蹉跎年余，反由重诲提出劾奏，贬为房州司户参军，寻且赐死。此外挟权胁主，党同伐异，尚难尽述。

义武节度使王都，在镇十余年，因与庄宗结为姻亲，曾将爱女嫁与继岌，所以累蒙宠眷，属州得自除刺史，所出租赋，皆赡本军。至庄宗已殁，继岌自杀，唐主嗣源即位，尚是曲意优容，不加征索，独安重诲屡加裁抑，且说他逼父夺位，心不可问，因之唐主亦随时预防。会契丹屡次犯塞，唐廷调兵守边，多屯驻幽、易间，免不得仰给定州，都不愿输运，遂有异图。再加心腹将和昭训，劝都为自全计，都即遣人至青、徐、歧、潞、梓五镇，赍投蜡书，约同起事。偏五镇概不答复，令都孤掌难鸣，乃复募得说客，令劝北面副招讨使王晏球。晏球不但不从，反飞表唐廷，报称都反，唐主便命晏球为招讨使，发诸道兵进攻定州。

都至此已势成骑虎，不能再下，只好纠众拒守，不反乌乎死，不死乌能泄养父遗恨！一面向奚酋秃馁处求救，啖以重赂。秃馁遂率万骑来援，突入定州。晏球见番兵气盛，不如让他一舍，退保曲阳。那秃馁即洋洋自得，与都合兵进攻。将至曲阳附近，伏兵猝发，左右夹击，把秃馁等一鼓杀退。晏球乘胜追击，拔西关城，作为行府，令祁、易、定三州土民，输税供军。都与秃馁困守孤城，呼秃馁为馁王，屈身奉事，求他设法免患。秃馁乃替他乞师契丹，契丹亦发兵相助。都遣部将郑季璘、杜弘寿等，往迎契丹军，适被晏球侦悉，潜师邀击，把季璘、弘寿一并擒回，斩首示众。

都益觉气沮，至契丹兵到，方与秃馁开城相会，合兵袭破新乐，复逼曲阳。晏球凭城遥望，见来军轻佻不整，可以力破，便召集将校，指示敌隙，方下城宣谕道："王都恃有外援，跃马前来，我看他趾高气扬，必然无备，可一战成擒哩。今日乃诸军报国的时间，宜悉去弓矢，概用短兵接战，不得回顾，违令立斩！"此令一下，全军应命，当即开城出战。骑兵先驱，步兵继进，或奋梃，或挥剑，或持斧，或挺刃，不管什么死活，一齐冲杀过去。晏球在后督战，有进无退，任你番骑精壮得很，也被杀得七零八落，死亡过半，余众北遁，都与秃馁，拼命逃还。

契丹败卒，走回本国，途中又被卢龙军截杀一阵，只剩得寥寥无几，脱归告败。契丹主耶律德光，再遣酋长惕隐一作特哩衮，系契丹官名。来救定州，又为王晏球杀败，仍然遁回。卢龙节度使赵德钧，复遣牙将武从谏，埋伏要路，截住归踪。惕隐不及防备，被从谏突出一枪，搠落马下，活捉而去，并擒得番目五十人，番兵六百人。赵德钧遣使献俘，解至洛都。廷臣请骈戮示威，唐主道："此等皆虏中骁将，若尽加诛戮，使彼绝望，不如暂行留存，借纾边患。"乃赦惕隐及番目五十人，余六百人一体处斩。

契丹两次失败，不敢再入。唐主即遣使促晏球攻城，晏球与朝使联辔并行，至定州城下，指阅形势，扬鞭密语道："此城如此高峻，就使城主听外兵登城，亦非梯冲所及，徒丧精兵，无损贼势，不若食三州租赋，爱民养兵，静俟内溃，自可不战而下了。"确是将略。朝使返报唐主，唐主乃不再催逼。好容易过了残年，直至次年即天成四年。二月，定州内乱，都指挥使马让能，开城迎纳官军，晏球麾军直入，都阖家自焚。负心人应该如此。秃馁被唐军擒住，械送大梁，就地枭首。贪小失大。晏球振旅而还，已而入朝，唐主褒劳有加。晏球口不言功，但说是久劳馈运，不免怀惭，因此益契主心，拜为天平军节度使，兼中书令，未几又徙镇平卢，寻即病逝。追赠太尉。晏球虽是两朝臣，但将略可称，故特详叙。会吴丞相徐温病殁，吴主杨溥，自称皇帝，改元乾贞，追尊行密为"太祖武皇帝"，渥为"烈宗景皇帝"，隆演为"高祖宣皇帝"，授徐知诰太尉兼侍中，拜温子知询为辅国大将军，兼金陵尹。因荆南高季兴称藩表贺，特封秦王。应前回。季兴侵楚，至白田击败楚师，获将吏三十四人，献入吴国。楚王马殷，遣使诉唐，且请建行台。唐封殷为楚国王，殷始升潭州为长沙府，立宫殿，置百官，命弟宾为静江军节度使，子希振为武顺军节度使，次子希声，判内外诸军事，姚彦章为左相，许德勋为右相，整兵添戍，控制边疆。

吴主杨溥，闻唐楚相结，遣使与唐修好，国书中自称皇帝。安重诲谓杨溥敢与朝廷抗礼，遣使窥视，不应延纳，遂将吴使拒绝，吴使自去。杨溥以唐既绝好，索性再发兵攻楚。到了岳州，楚人早已预备，不待吴兵列阵，便迎头痛击，擒得吴将苗璘、王彦章。尚有几个败卒，逃归报知吴主。吴主方有惧色，亟遣人赴楚求和，请放还苗、王二将。楚王殷乃将二将释归，与吴息争。

荆南节度使高季兴死，有子九人，长子从诲，向吴告哀，吴令从诲承袭父职。从诲既得嗣位，召语僚佐道："唐近吴远，务远舍近，终非良策，不如服唐为是。"乃遣使如楚，浼楚王殷代为谢罪，情愿仍修职贡，一面令押牙官刘知谦，奉表唐廷，进赎罪银三千两。唐主许令赦罪，拜从诲节度使，追封季兴为楚王。

先是季兴在日，闻楚得富强，赖有谋臣高郁，乃屡遣门客至楚，进说楚王，阴加反间。楚王殷始终不信，待郁如初。及希声用事，又向楚散布谣言，谓马氏当为高郁所夺，希声已是动疑；又经妻族杨昭遂，谋代郁任，屡向希声前谮郁，希声竟夺郁兵柄，左迁为行军司马，郁愤愤道："犬子渐大，即欲咋人，我将归老西山，免为所噬！"这数语为希声所闻，立矫父命杀郁，并及族党。数语杀身，可见语言不可不慎。是日大雾四塞，马殷深居简出，尚未知郁死耗，及瞧着大雾，方语左右道："我昔从孙儒渡淮，每杀无辜，必遭天变，难道今日有冤死的人么？"翌日始闻郁死，殷拊膺大恸道："我已老耄，政非己出，使我勋旧横罹冤酷，可悲可痛！看来我亦不能长久了。”不死何为。越年殷即病死，年已七十九。

长子希振，因弟握大权，自愿让位，遂由希声承袭父职，报达唐廷。唐以殷官爵俱高，无可追赠，惟赐谥“武穆”。并授希声为武安、静江等军节度使。希声嗜食鸡汁，每日必烹五十鸡，至送殷安葬，並无戚容，且食尽鸡臛数器，然后出送。礼部侍郎潘起道：“从前阮籍居丧，尝食蒸豚，何代没有贤人呢！”希声尚莫名其妙，还道他是赞美词，烹鸡如故。惟去建国成制，复藩镇旧仪，尽心事唐，尚不失畏天事大的意义。且因亨国不永，二载即亡，所以保全首领，尚得善终。

此外如吴越王钱镠，当庄宗末年，也据国称尊，改元宝正。后来致安重诲书，语多倨傲，重诲奏遣供奉官乌昭遇、韩玫，出使吴越，传旨诘问。吴越王钱镠，还算照旧接待，不曾摆出帝王的架子，胁迫唐使。及唐使北返，韩玫却诬劾昭遇，说他屈节称臣，向镠拜舞，昭遇竟致枉死。重诲请削镠王爵，但令以太师致仕，所有吴越朝聘使臣，悉令所在系治。镠令子传瓘等上表讼冤，均被重诲掯阻，不得自伸。嗣是重诲身为怨府，连藩镇亦痛心疾首了。死期将至。

惟自唐主嗣源即位后，励精图治，不事畋游，不耽货利，不任宦官，不喜兵革，志在与民更始，共享承平，所以四方无事，百谷用成。唐主改名为“亶”，表示诚意，且与宰相等从容坐论，谈及乐岁，亦自觉有三分喜色。冯道在旁讽谏道：“臣昔在先皇幕府，奉使中山，道出井陉，路甚险阻。臣自忧马蹶，牢持马缰，幸不失坠；及行入坦途，放辔自逸，竟至颠陨。可见临危时未必果危，居安时未必果安，行路尚且如此，何况治国平天下呢！”述冯道语，是不以人废言之意。唐主点首称善，又接口问道：“今岁虽是丰年，百姓果家给人足否？”道又答道：“凶年患饿莩，丰年伤谷贱，丰凶皆病，惟农家如是。臣尝记进士聂夷诗云：‘二月卖新丝，五月粜新谷，医得眼前疮，剜却心头肉。’语虽鄙俚，却曲尽田家情状。总之民业有四，农为最苦，人主最应体恤呢。”

唐主甚喜，命左右录聂夷诗，时常讽诵，差不多似座右铭，且因自己年逾花甲，料不能久，每夜在宫中沐手焚香，向天叩祝道：“某本胡人，因天下扰乱，为众所推，权居此位，自惭不德，未足安民；愿天早生圣人，为生民主，俾某早得息肩，乃是四海的幸福了！”相传宋太祖赵匡胤，便是后唐天成二年，降生洛阳的夹马营内。乃父叫做赵弘殷，曾在后唐掌领禁军，至匡胤开国登基，海内才得统一，这都由唐主嗣源，一片诚心，感格上苍，方生此真命天子呢。小子有诗咏道：

> 敢将诚意告苍穹，一片私心愿化公。
> 夹马营中征诞降，果然天意与人同。

天成五年二月，唐主复改元长兴。过了二月，河中忽报兵变，逐去节度使李从珂。欲知变乱原因，容待下回分解。

史称唐明宗不迩声色，语难尽信。王德妃为梁将刘鄩侍儿，曾有“花见羞”之美名，至为唐主所得，极承宠眷，尚得谓非好色耶！况唐主纳德妃时，度其年已逾半百，此时已非少壮，尚为美色所迷，盥栉服御，悉出妃手，是其溺情床第，朝夕不离，已可想见。安重诲虽为佐命功臣，而挟权专恣，实由妃酿成之。设重诲不失妃欢，始终固结，吾知在明宗朝，未必其即遭危祸也。自王都受诛，四方无事，亦不过为一时之幸遇。至焚香祝天一事，史家播为美谈，夫既无心为帝，则何不迎立继岌，岂必知继岌之不足治民，乃起而暂代耶？第时当五季，如天成、长兴之小康，已属仅见，故史官不无溢美之词。本编叙明宗事，瑕瑜并采，毁誉存真，是固犹是董狐史笔也。

第二十二回

攻三镇悍帅生谋　失两川权臣碎首

却说唐主养子李从珂屡立战功，就是唐主得国，亦亏他引兵先至，才得号召各军，从珂未免自恃，与安重诲势不相下。一日重诲宴饮，彼此争夸功绩，究竟从珂是武夫，数语不合，即起座用武，欲殴重诲。幸重诲自知不敌，急忙走匿，方免老拳。越宿，从珂酒醒，亦自悔卤莽，至重诲处谢过，重诲虽然接待，总不免怀恨在心。度量太窄。唐主颇有所闻，乃出从珂为河中节度使。从珂至镇，性好游猎，出入无常。重诲意欲加害，矫传密旨，谕河东牙内指挥使王彦温，令觑随逐从珂。彦温奉命，会从珂出城阅马，彦温即勒兵闭门，不容从珂入内，从珂叩门呼问道："我待汝甚厚，奈何见拒？"彦温从城上应声道："彦温未敢负恩，但受枢密院密札，请公入朝，不必还城！"从珂没法，只好退驻虞乡，遣使表闻。

唐主毫不接洽，自然召问重诲。重诲不便实陈，诈称由奸人妄言，应速加讨。唐主欲诱致彦温，面讯虚实，乃除授彦温为绛州刺史，促令入朝。看官试想，此时矫诏害人的安重诲，肯令彦温入朝面证么？当下一再请讨，始由西都留守索自通，步军都指挥使药彦稠，率兵往讨彦温。唐主却面嘱彦稠道："彦温拒绝从珂，想是有人主使，汝至河中，须生絷彦温回来，朕当面问底细。"彦稠应命而去，及驰抵河中，彦温尚未悉情由，出城相迎。不料见了彦稠，未曾发言，那刀锋已经过来，好头颅竟被斫去。恐做鬼也莫明其妙。彦稠既杀了彦温，即传首阙下，唐主怒彦稠违命，下敕严责，重诲独出为解免，竟不加罪。明是串通一气。从珂知为重诲所构，诣阙自陈，偏唐主不令详辩，责使归第。重诲再讽令冯道、赵凤等，劾奏从珂失守河中，应加罪谴。唐主道："我儿为奸党所倾，未明曲直，奈何亦出此言，岂必欲置诸死地么？朕料卿等受托而来，未必出自本意。"道与凤不禁怀惭，无言而退。

翌日，由重诲独自进见，仍劾从珂罪状。唐主艴然道："朕昔为小校时，家况贫苦，赖此儿负石灰，收马粪，得钱养活。朕今日贵为天子，难道不能庇护一儿！卿必欲加他谴责，试问卿将若何处置？"愤懑已极。重诲道："陛下谊关父子，臣何敢言！惟陛下裁断！"唐主道："令他闲居私第，也算是重处了，此外何必多言！"重诲更奏保索自通为河中节度使，有诏允准。自通至镇，承重诲意旨，检点军府甲仗，列籍上陈，指为从珂私造。赖王德妃从中保护，从珂因得免罪。看官阅过前回，已知王德妃为了婚议，渐疏重诲。是时德妃已进位淑妃，取外库美锦，造作地毯。重诲上书切谏，引刘后事为戒。这却不得咎重诲。惹起美人嗔怒，始与重诲两不相容。重诲欲害从珂，王德妃偏阴护从珂，究竟枢密权威，不及帷房气焰，重诲尚未知敛抑，特徙磁州刺史康福，出镇朔方。朔方为羌胡出没地，镇帅往往罹害，福受知唐主，为重诲所忌，欲令他出当戎冲，亏得主恩隆重，特遣将军牛知柔、卫审峭等，率万人护送，沿途掩击逆羌，杀获几尽，转令福安抵塞上，大振声威。人各有命，谋害何益？

重诲计不得逞，也只好付诸缓图。偏是一波才了，一波又起：西川节度使孟知祥雄踞成都，渐露异志，重诲又出预军谋，献上二议，一是分蜀地以椽蜀势，一是增蜀官以制蜀帅。两策不得谓非，可惜调度未善。唐主却也称善，便委重诲调度。

重诲令夏鲁奇为武信军节度使，镇治遂州。又割东川中的果、阆二州，创置保宁军，授李仁矩为节度使。并命武虔裕为绵州刺史，各置戍兵。这种处置，实为防备两川起见。东川节度使董璋，首先动起疑来。原来李仁矩曾往来东川，先时因唐主祀天，持诏谕璋，令献礼钱百万缗，仁矩到了梓州，由璋设宴相待，一再催请，至日中尚然未至。璋不禁怒起，带领徒卒，持刃入驿，仁矩方拥妓酣饮，蓦闻璋至，仓皇出见。璋令他站立阶下，厉声呵斥道："公但闻西川斩李客省，难道我不能杀汝么?"仁矩始有惧意，涕泣拜请，才得乞免。璋乃遣仁矩归，但献钱五十万缗。仁矩本唐主旧将，又与安重诲友善，挟怒归来，极言璋必叛命，重诲因命他出镇阆州，使与绵州刺史武虔裕联络，控制东川。虔裕系重诲表兄，重诲益恃为心腹，密令诇璋。嗣是唐廷屡得密报，竞言璋将发难，重诲又饬武信军节度使夏鲁奇，亟治遂州城隍，严兵为备。

那时董璋很是惊惶，不得不自求生路，实行抵制。他与孟知祥素有宿嫌，未尝通问，此次因急求外援，不得不通好知祥，愿与知祥结为婚媾。知祥见梓州使至，召入问明，本意是不愿连和，只因道路谣传，朝廷将割绵、龙二州为节镇，自思祸近剥肤，与董璋同病相怜，也只好弃嫌修好。当下商诸副使赵季良，季良亦请合纵拒唐。知祥遂遣梓州使还报，愿招璋子为女夫，并令季良答聘梓州。季良归语知祥道："董公贪残好胜，志大谋短，将来必为患西川，不可不防!"后来两川交哄，由此一言。知祥始欲悔婚，但一时不好渝盟，姑与董璋虚与周旋，约他联名上表，略言"阆中建镇，绵、遂增兵，适启流言，震动全蜀，请收回成命"等语。嗣得唐廷颁敕，不过略加慰谕，毫不更张。董璋乃诱执武虔裕，幽锢府廷，发兵至剑门，筑起七寨，复在剑门北置永定关，布列烽火，一面募民入伍，剪发黥面，驱往遂、阆二州，剽掠镇军。孟知祥又表请割云安十二盐监，隶属西川，将盐值拨给宁江戍兵。于是两难并发，反令唐廷大费踌躇。

唐主嗣源因董璋已露叛迹，不若知祥尚隐逆萌，乃许知祥所请，另派指挥使姚洪，率兵千人，从李仁矩戍阆州。董璋闻阆州又增兵戍，忍无可忍，他本有子光业，在都为宫苑使，便致书嘱子道："朝廷割我支郡，分建节镇，又屡次拨兵戍守，是明明欲杀我了。你为我转白枢要，若朝廷再发一骑入斜谷，我不得不反，当与汝永诀呢。"光业得书，取示枢密院承旨李虔徽，虔徽转告安重诲。重诲怒道："他敢阻我增兵么？我偏要增兵，看他如何区处！"既已挑动二憾，还要抱薪赴火。随即派别将荀咸乂再率千人西行。光业闻知，急语虔徽道："此兵西去，我父必反，我不敢自爱，恐烦朝廷调发，糜饷劳师，不若速止此兵，可保我父不反。"虔徽又转白重诲，重诲哪里肯依。果然咸乂未到阆州，董璋已经倡乱。

阆州镇将李仁矩，遂州镇将夏鲁奇，与利州镇将李彦琦飞表奏闻。唐主召群臣会议军事，安重诲进言道："臣早料两川必反，但陛下含容不讨，因致如此！"若非你去逼反，度亦未必至此。唐主道："我不负人，人既负我，不能不讨了。"遂饬利、遂、阆三州，联兵进讨。偏三镇尚未出师，两川先已入犯，反使三镇自顾不暇，还想什么联军。看官道两川兵马，如何这般迅速？原来唐廷会议发兵，适有西川进奏官苏愿，得知消息，立遣从官驰报知祥。知祥与赵季良计议。季良道："为今日计，莫若令东川先取遂、阆，然后我拨兵相助，并守剑门。彼时大军虽至，我已无内顾忧了！"知祥依议而行，遣使约董璋起兵。璋愿引兵击阆州，请知祥进攻遂州。知祥乃遣指挥使李仁罕为行营都部署，汉州刺史赵廷隐为副，简州刺史张业为先锋，率兵三万，往攻遂州，再派牙内指挥使侯弘实、孟思恭等，领兵四千，助董璋攻阆州。

阆中镇帅李仁矩本来是个糊涂虫，一闻川兵到来，便欲出城搦战，部将皆进谏道：“董璋久蓄反谋，来锋必不可当，不如固垒拒守，挫他锐气；俟大军到来，贼自然走了。”仁矩怒道：“蜀兵懦弱，怎能当我精卒呢？”遂不从众言，居然出战。诸将因良谋不纳，各无斗志，未曾交锋，便即溃退，仁矩亦策马逃归。董璋乘势追击，险些儿突入城中，幸经姚洪断后，抵敌一阵，才得收兵入城，登陴拒守。璋曾为梁将，姚洪尝隶璋麾下，至是用密书招洪，诱令内应，洪投诸厕中。璋昼夜攻城，城中除姚洪外，都不肯为仁矩效力，眼见得保守乏人，坐致陷没。仁矩立被杀毙，家属尽死。姚洪巷战被执，由董璋向他面责道：“我尝从行间拔汝，今日如何相负！”洪瞋目道：“老贼！汝昔为李氏奴，扫除马粪，得一脔残炙，感恩无穷。今天子用汝为节度使，有何负汝，乃竟尔造反呢？汝犹负天子，我受汝何恩，反云相负！我宁为天子死，不愿与人奴并生！”璋闻言大怒，令壮士扛镬至前，刲洪肉入镬烹食，洪至死尚骂不绝声。不没忠节。

唐廷闻阆州失守，乃下诏削董璋官爵，诛璋子光业，命天雄军节度使石敬瑭为招讨使，夏鲁奇为副，右武卫上将军王思同为先锋，率兵征蜀，且令孟知祥兼供馈使。知祥已与璋同反，唐主尚欲笼络，所以有此诏命。毋乃太愚。知祥当然不受，反益兵围遂州，并促董璋速攻利州。璋向利州进发，途次遇雨，饷运不继，仍退还阆州。知祥闻报大惊道：“阆中已破，正好进取利州，我闻李彦琦无甚勇略，必望风遁去，若得他仓廪，据险拒守，北军怎能西救遂州！今董公僻处阆中，远弃剑阁，必非良策，一旦剑门失陷，两川都吃紧了！”知祥谋略，远过董璋，故董璋卒为所败。遂遣人驰白董璋，愿发兵三千人，助守剑门。璋答言剑门有备，不劳遣师。知祥乃更派将下夔州，取泸州，更分道往略黔、涪。

过了旬日，果得董璋急报，谓石敬瑭前军，已袭据剑门，守将齐彦温被他擒去。知祥顿足道："董公果误我了！"急召都指挥使李肇入见，令他率兵五千，倍道往据剑州。又遣人诣遂州，令赵廷隐分兵万人，会屯剑州。再派故蜀永平节度使李筠领兵四千，据守龙州要害。西川诸将多系郭崇韬留戍，崇韬冤死，诸将多归咎朝廷，故愿为知祥效力。时适隆冬，天寒道滑，赵廷隐自遂州移军，士卒多观望不前，廷隐泣谕道："今北军势盛，若汝等不肯力战，妻孥皆为人有了！"于是众志始奋，亟向剑州进发。

先是西川牙内指挥使庞福诚，昭信指挥使谢锽屯来苏村，闻剑门失守，互相告语道："若北军更得剑州，两蜀恐难保了。"遂引步兵千余人，从间道趋剑州，适值石敬瑭前锋王思同，与阶州刺史王弘贽，泸州刺史冯晖等从此山驰下，望将过去，不下万余人，福诚便语谢锽道："我军只有千余名，来军总在万人以上，就使以一敌十，尚虑不足。今已天暮，待至明晨，我辈恐无遗类了。"谢锽道："不若乘着今夜，先去劫营，杀他一个下马威，免他轻视。"福诚道："我意也是如此！但敌众我寡，只好用着疑兵计，前后夹攻，令他惊退，便好保住剑州了。"锽奋然道："我挡敌前，君挡敌后，可好么？"福诚大喜，便与锽分路潜进，是夜唐军已越北山，就在山下扎营，约至黎明进攻剑州。夜色将阑，忽闻营外喊声骤起，急忙出兵对敌，不意来兵甚猛，所持皆系利刃，乱冲乱斫，好似生龙活虎一般。时当黑夜，也不知来兵若干，情急心虚，已觉遮拦不住，又听得山上吹角鸣鼓，响彻行营，不由的惊上加惊，立即弃营遁去，还保剑门，十多日不敢出军。

庞、谢二将，已将唐军吓退，安返剑州，计议用明写，攻战用虚写，笔法灵活。赵廷隐、李肇两军，亦陆续到来，剑州已保无虞，再加董璋遣将王晖，也来助守，兵厚势盛，足敌官军。

那庞、谢二将，仍出镇原汛去了。

石敬瑭到了剑门，才奏称知祥拒命。有诏夺知祥官爵，促敬瑭即日进讨。知祥闻剑州已固，方大喜道："我但恐唐军进据剑州，扼守险要，或分兵直趋朴州，董公必弃阆州奔还，我军失援，也只好撤遂州围。两川震动，势甚可虞。今乃顿兵剑门，连日不出，我定可济事了。"遂命赵廷隐、李肇等，整备迎敌。石敬瑭带着大军，进屯北山。赵廷隐在牙城后面，依山列阵，使李肇、王晖，出阵河桥。敬瑭引步兵进击廷隐，饬骑兵冲突河桥，两路兵马，统被蜀兵用强弩射退。到了日暮，敬瑭引退，又被廷隐等追杀一阵，丧失至千余人，仍还屯剑门。

当下飞使至洛，极言蜀道险阻，未易进兵，关右人民，转饷多劳，往往窜匿山谷，聚为盗贼，情势可忧，务乞睿断等语。敬瑭亦不免推诿。唐主接得军报，愀然语左右道："何人能办得了蜀事？看来朕当自行呢。"安重诲在旁进言道："臣职忝机密，军威不振，由臣负责，臣愿自往督战！"唐主道："卿愿西行，尚有何言！"

重诲拜命即行，日夜驰数百里，西方藩镇，闻重诲西来，无不惶骇，急将钱帛刍粮，运往利州。天寒道阻，人畜毙踣，不可胜计。凤翔节度使季从曮，已徙镇天平军，继任为朱弘昭，闻重诲过境，迎拜马前，留馆府舍，供张甚谨，连妻子也出来拜谒。重诲还道他是义重情深，与语朝事，无非说是"谗言可畏，此行誓为国家宣力，杜塞谗口"。弘昭尚极力称扬，及重诲既去，他即上书奏陈，说是重诲怨望，不可令至行营。小人之不可与处也如此。又贻书石敬瑭，劝他阻止重诲，免夺兵权。敬瑭正防到此着，再引兵出屯北山，与赵廷隐等交战数次，未见得利。且因遂州被陷，夏鲁奇阵亡，心下很是焦烦，一得弘昭来书，连忙拜表唐廷，但言重诲远来，转惑军心，乞即征还。

唐主早不悦重诲，别用范延光为枢密使，又因宣徽使孟汉琼，出使军前，还言两川变乱，统由重诲一人所致，再加王德妃从旁媒孽，越使唐主动疑，遂召重诲东归。重诲方到三泉，接到诏敕，不得已马首东瞻。

石敬瑭闻重诲东还，即生退志，适知祥枭夏鲁奇首，遣人持示行营。鲁奇有二子随军，共向敬瑭泣陈，愿取父首。敬瑭道："知祥长厚，必葬汝父，较诸身首异处，不更好么？"越日果由知祥传命，收还首级，备棺殓葬。敬瑭即毁去营寨，班师北归，两川兵从后追蹑，直至利州。李彦琦亦弃城奔还。自是利、遂、阆三镇，尽为蜀有。知祥复遣李仁罕等，攻夺忠、万、夔三州，声势大振。董璋乃收兵还东川。

唐主闻敬瑭奔还，并不加谴，但欲归罪重诲。重诲还，过凤翔，再想与朱弘昭谈心，弘昭已经变脸，闭门不纳。重诲怅怅还都，途中奉诏，命为河中节度使，不必入觐，方转趋河中去了。

未几由唐廷宣敕，复吴越王钱镠官爵，再起李从珂为左卫上将军，出镇凤翔。重诲愈觉不安，乃上章乞休，朝命以太子太师致仕，另简皇侄从璋为河中节度使，并遣步军药彦稠率兵同行，使防重诲变状。重诲有二子，长崇绪，次崇赞，宿卫京师，一闻制下，即日私奔至河中省视重诲。重诲道："尔等来此，有无朝命？"二子答言未曾，重诲大惊道："未奉敕旨，怎得擅来！"说至此，不禁顿足，半晌才唏嘘道："我知道了，这事非尔等意，有人诱使尔等，陷我重罪，我以死报国罢了，余复何言！"乃将二子械送阙下。行至陕州，已有制敕传到，令就地下狱。

重诲既发遣二子，自如不妙，日夕防有后命。忽有中使到来，见了重诲，尚未开口，即向他恸哭。重诲亦流涕问故。中使道："人言公有异志，朝廷已遣药彦稠领兵来了。"重诲泫然道："我久受国恩，死不足报，尚敢另生异志，更烦国家发兵，贻主上忧么?"已而李从璋、药彦稠到来，与重诲相见，尚无恶意。重诲正要交卸，不防来了皇城使翟光邺传着密旨，令从璋转图重诲。从璋即带兵围重诲第，自入门见重诲。甫至庭中，便即下拜。重诲惊出，降阶答礼，偏从璋手出一锤，趁着重诲俯首时，猛击过去，砉然一声，流血满庭。重诲妻张氏，三脚两步地走了出来，抱住重诲，大呼道："令公就使得罪，死亦未晚，何必这般辣手!"从璋又用锤击张氏首，可怜一对夫妇，就此毕命，同归地下。享尽荣华，难免有此一日。

看官听着！翟光邺奉遣至河中，不过由唐主密嘱，谓重诲果有异志，可与从璋密商。光邺素恨重诲，即授意从璋，击死重诲夫妇，然后返报唐主，只说重诲已蓄异图。唐主即日下诏，把断绝钱镠，及离间孟知祥、董璋等事，一股脑儿归至重诲身上，并将他二子并诛，惟族属得免连坐。小子有诗叹道：

大臣风度贵休休，贪利终贻家国忧。
一奋铁锤双陨命，生前何不早回头！

唐主已诛死重诲，又命西川进奏官苏愿，东川进奉军将刘澄，各还本道，传谕安重诲专命兴兵，今已伏辜了。毕竟两川如何对待，且至下回表明。

安重诲恃宠擅权，其足以致死也，由来久矣。从珂虽唐主养子，但为唐主所垂爱，且已立有大功，语云疏不间亲，宁重诲独未之闻乎？顾因杯酒小嫌，必欲陷害从珂，计尚未遂，而君臣之疑忌，已从此生矣。王德妃为重诲内援，特以制锦铺地之谏阻，即致失欢，重诲不乘此乞休，尚欲何为？至于两川发难，必激之使变，已属乖方。且李仁矩、武虔裕等皆非将才，乃一以私党而令镇阆州，一以私亲而使守绵州，用人失当，专顾私图，几何而不偾事也！逮夫内外交构，不死何待，彼尚自诩为一死报国。为问其所谓报国者，果属何在耶？或犹以死非其罪惜之，夫罪如重诲，死何足惜，所惜者唐主嗣源，不能明正其罪，乃徒为李从璋所击毙耳。重诲不死于国法，而死于从璋之手，宜后人之为彼呼冤也。

第二十三回

杀董璋乱兵卖主　宠从荣骄子弄兵

却说孟知祥据有西川，得进奉官苏愿归报，已知朝廷有意诏谕，且闻在京家属，均得无恙；乃遣使往告董璋，欲约他同上谢表。璋勃然道：“孟公家属皆存，原可归附，我子孙已经被戮，还谢他什么?”遂将来使斥归。知祥再三遣使，往说董璋，略言“主上既加礼两川，若非奉表谢罪，恐复致讨。我曲彼直，反足致败，不如早日归朝，得免后祸。”璋始终不从。越年为唐主长兴元年，知祥再遣掌书记李昊诣梓州，极陈利害。璋不但不允，反将昊诟骂一番，撵出府门。昊怏怏回来，入白知祥道：“璋不通谋议，且欲入窥西川，公宜预备为是。”知祥乃增戍设防，按兵以待。

果然到了孟夏，董璋率兵入境，攻破白杨林镇，把守将武弘礼擒去。当董璋出兵时，与诸将谋袭成都，诸将统皆赞成，独部将王晖道：“剑南万里，成都为大，时方盛夏，师出无名，看来似未必成功哩。”璋不肯依言，遂进兵白杨林镇。

知祥闻武弘礼被擒，亟集众将会议。副使赵季良道：“董璋为人，轻躁寡恩，未能拊循士卒。若据险固守，却是不易进攻，今不守巢穴，前来野战，乃是舍长用短，不难成擒了。惟董璋用兵，轻锐皆在前锋，公宜诱以羸卒，待以劲兵，始虽小衄，终必大捷。愿公勿忧!”季良善谋。知祥又问何人可为统帅，季良道：“璋素有威名，今举兵突至，摇动人心，公当自出抵御，振作士气。”赵廷隐独插入道：“璋有勇无谋，举兵必败，廷隐当为公往擒此贼！”知祥大喜，即命廷隐为行营马步军都部署，率三万人出拒董璋。

廷隐部署军伍，已经成队，乃入府辞行。适外面递入董璋檄文，指斥知祥悔婚败盟，又有遗季良、廷隐及李肇书，文中语气，似与三人已订密约，有里应外合的意思。知祥阅毕，递视廷隐，廷隐举书掷地道：“何必污目！想总是行反间计，欲公杀副使及廷隐呢。”再拜而行，知祥目送廷隐道：“众志成城，当必能济事了。”

才阅两日，又接汉州败报，守将潘仁嗣，与董璋交战赤水，大败被擒，接连又得汉州失守警耗。知祥投袂起座，命赵季良守成都，自率八千人趋汉州，行至弥牟镇，见廷隐驻营镇北，遂与他会师。次日见董璋兵至，会廷隐列阵鸡踪桥，扼住敌冲；又令都知兵马使张公铎列阵后面，自登高阜督战。

董璋至鸡踪桥畔，望见西川兵盛，也有惧意，退驻武侯庙前，下马休息。帐下骁卒忽大噪道：“日已亭午，曝我做甚？何不速战！”璋乃上马趋进，前锋甫交，东川右厢马步指挥使张守进，即弃甲投戈，奔降知祥。知祥召问军情，守进道：“璋兵尽此，无复后继，请急击勿失。”知祥乃麾军逆击，两下里一场鏖斗。东川兵恰也利害，争夺鸡踪桥，廷隐部下指挥使毛重威、李瑭，相继阵亡，惹得廷隐性起，拼死力战，三进三却，总敌不住东川兵。都指挥副使侯弘实，见廷隐不能得利，也挥兵倒退。知祥立马高阜，瞧着情形，不禁捏着一把冷汗，亟用马箠指麾后阵，令张公铎上前救应。公铎部下养足锐气，一经知祥指麾，骤马突出，大呼而进。东川兵已杀得筋疲力软，不防一支生力军，从刺斜里杀将过来，顿时旗靡辙乱，不能支持。廷隐、弘实，又乘势杀转，把东川兵一阵蹂躏，擒住东川指挥使元积、董光裕等八十余人。先败后胜，果如季良所料。董璋拊膺长叹道："亲兵已尽，我将何依？"遂率数骑遁去，余众七千人投降知祥。潘仁嗣也得逃还。知祥再引兵穷追，至五侯津，又收降东川都指挥使元瓌，长驱入汉州城。董璋早弃城东奔，西川兵入璋府第，觅璋不得，但见有刍粮甲械，遗积甚多，大众相率搬取，无心去追董璋，璋因是得脱。

惟赵廷隐带着亲卒，追至赤水，复得收降东川散卒三千人。知祥命李昊草榜，慰谕东川吏民，且草书劳问董璋，谓将至梓州，诘问负约情由，及见侵罪状，一面至赤水会廷隐军，进攻梓州。璋奔至梓州城下，肩舆入城。王晖迎问道："公全军出征，今随还不及十人，究属何因？"报复语虽然痛快，究非臣下所宜。璋无言可答，只向他流涕下泪。晖却冷笑而退。及璋入府就食，不意外面突起喧声，慌忙投箸出窥，略略一瞧，乱兵不下数百，为首有两员统领，一个正是王晖，一个乃是从子都虞侯董延浩，自知不能理喻，亟率妻子从后门逃出。登城呼指挥使潘稠，令讨乱兵。稠引十卒登城，竟把璋首取去，献与王晖。璋妻及子光嗣，统自经死。适西川军将赵廷隐驰抵城下，晖即开城迎降。

廷隐趋入梓州，检封府库，候知祥到来发落。偏是知祥有疾，中途逗留。那李仁罕自遂州到来，由廷隐出迎板桥，仁罕并不道贺，且侮嫚廷隐。廷隐非常衔恨，强延仁罕入城。既而知祥疾瘳，方入梓州，犒赏将士，本欲令廷隐为东川留后，偏是仁罕不服，也欲留镇梓州，乃由知祥自行兼领，调廷隐为保宁军留后，仍饬仁罕还镇遂州，两人才算受命，各归镇地。

山南西道王思同奏达唐廷，谓董璋败死，知祥已并有两川。当由唐主商诸辅臣，枢密使范延光道："知祥虽据全蜀，但士卒皆东方人，知祥恐他思归为变，亦欲借朝廷威望，镇压众心，陛下不如曲意招抚，令彼自新。"唐主道："知祥本我故人，为谗人离间至此，朕今日招抚故交，也不好算是曲意哩。”乃遣供奉官李存瓌赴蜀，宣慰知祥。知祥已还成都，闻存瓌持诏到来，即遣李昊出迎，延入府第，存瓌即开读诏词，略云：

董璋狐狼，自贻族灭。卿邱园亲戚，皆保安全，所宜成家世之美名，守君臣之大节。既往不咎，勉释前嫌，卿其善体朕意！

知祥跪读诏书，拜泣受命。存瓌将诏书递交知祥，然后与知祥行甥舅礼。原来存瓌系李克宁子，克宁妻孟氏，即知祥胞妹。克宁为庄宗所杀，子孙免罪。克宁被杀，见第四回。存瓌留事阙下，得为供奉官。知祥见甥儿无恙，恰也欣慰。留住数日，便遣存瓌东归，上表谢罪。且因琼华长公主即知祥妻，见前文。已经病逝，讣告丧期，又表称将校赵季良五人，平东有功，乞授节钺。唐主再命存瓌西行，赐故长公主祭奠，赠绢三千匹，赏还知祥官爵，并赐玉带。所有赵季良等五将，候知祥择地委任，再请后命。知祥乃复请西川文武将吏，乞许权行墨制，除补始奏。唐主一一允许。知祥遂用墨制授季良等为节度使，越年且由唐廷派遣尚书卢文纪，礼部郎中吕琦，册封知祥为东西川节度使蜀王，自是知祥得步进步，隐然有帝蜀的思想了。隐伏下文。

是时吴越王钱镠，亦已老病，奄卧多日，自知病必不起，召诸将吏入寝室，流涕与语道：“我子皆愚懦，恐不足任后事，我死，愿公等择贤嗣立！”诸将吏皆泣下道：“大王令嗣传瓘，素从征伐，仁孝有功，大众俱愿受戴，请以为嗣！”镠乃召入传瓘，悉出印钥相授道：“将士推尔，尔宜善自守成，无忝所生！”传瓘拜受印钥，起侍寝侧，镠又与语道：“世世子孙，当善事中国，就使中原易姓，亦毋失事大礼，切记勿忘!”传瓘亦唯唯遵教，未几镠殁，享寿八十一岁。

相传镠生时适遇天旱，道士东方生指镠所居，谓池龙已生此家。时镠正产下，红光满室，父宽以为不祥，弃诸井旁。惟镠祖母知非常儿，抱归抚养，名为婆留，且号井为“婆留井”。及镠年数岁，尝在村中大木下，指示群儿，戏为队伍，颇得军法。后来骁勇绝伦，善射与槊。邑中有衣锦山，上列石镜，阔二尺七寸，镠对石自顾，身服冕旒，如封王状。虽尝隐秘不言，但因此有自负意。至受梁封为吴越王后，广杭州城，筑捍海石塘，江中怒潮急湍，版筑不就，镠采山阳劲竹，制成强弩五百，硬箭三千，选弓弩手出射潮头，潮乃退趋西陵，遂得竖桩垒石，筑成长堤。射潮事传为美谈，其实潮汐长落，本有定时，镠特借此以鼓动工役耳。且建候潮、通江等城门，并置龙山、浙江两闸，遏潮入河。嗣是钱塘富庶，冠绝东南。为民奠土，不为无功。

镠自少年从军，夜未尝寐，倦极乃就圆木小枕，或枕大铃，枕欹辄寤，名为警枕。寝室内置一粉盘，有所记忆，即书盘中，至老不倦。平时立法颇严，一夕微行，还叩北城门，门吏不肯启关，自内传语道：“就使大王到来，亦不便启门!”诘旦镠乃从北门入，召入北门守吏，嘉他守法，厚给赏赐。有宠姬郑氏父，犯法当死，左右替他乞免。镠怒道：“为一妇人，欲乱我法么?”并命宫人牵出郑姬，斩首以徇。纯是权术。每遇春秋荐享，必呜咽道：“今日贵盛，皆祖先积善所致，但恨祖考不及见哩。”孝思可嘉。晚年礼贤下士，得知人誉。自传瓘袭职，传讣唐都，唐主赐谥“武肃”，命以王礼安葬，且令工部侍郎杨凝式撰作碑文。浙民代请立庙，奉诏俞允。越二年庙成供像，历代不移。浙人称为海龙王，或沿称为钱大王。补叙钱镠故事，亦不可少。

传瓘为镠第五子，《十国春秋》谓为第七子。曾任镇海、镇东两军节度使，嗣位后改名元瓘，以遗命去国仪，仍用藩镇法，除民逋赋，友于兄弟，慎择贤能，所以吴越一方，安堵如恒。

惟闽王王延钧杀兄攘位，据闽数年，会遇疾不能视事，延禀竟率子继雄自建州来袭福州。延钧忙遣楼船指挥使王仁达往御，仁达遇继雄军，为立白帜，作乞降状。继雄信为真情，过舟慰抚，被仁达一刀杀死，乘势追擒延禀，牵至延钧帐前。延钧病已少愈，面责延禀道："兄尝谓我善继先志，免兄再来，今日烦兄至此，莫非由我不能承先么？"回应前第二十回。延禀惭不能答，即由延钧喝令推出，枭首示众，复姓名为周绍琛。遣弟延政往抚建州，慰抚军民，闽地复安。

延钧渐萌骄态，上书唐廷，内称楚王马殷，吴越王钱镠，统加尚书令，今两王皆殁，请授臣尚书令。唐廷置诸不理。延钧遂不通朝贡。已而信道士陈守元言，建宝皇宫，自称皇帝，改名为鏻。守元又妄称黄龙出现，因改元龙启，国仍号闽，追尊审知为太祖，立五庙，置百官，升福州为长乐府，独霸一方。唐廷力不能讨，由他逞雄。

武安军节度使马希声病死，弟希范向唐报丧，唐主准令袭职，不烦细表。定难军治夏州。节度使李仁福，也因病去世，子彝超自称留后，唐主欲稍示国威，徙彝超镇彰武军，治延州。别简安从进为定难留后。偏彝超不肯奉命，但托词为军民所留，不得他往。唐廷令从进往讨彝超，卒因饷道不继，无功引还。彝超上表谢罪，自陈无叛唐意，不过因祖父世守，上下相习，所以迁徙为难，乞恩许留镇。廷议以夏州僻远，不若权事羁縻，省得劳师费财。唐主也得过且过，授彝超得节度使，姑息偷安罢了。将外事并作一束，无非是插叙文字。

外事粗定，内乱复萌！骨肉竟同仇敌，萧墙忽起干戈，这也是教训不良，酿成祸变，说将起来，可叹可悲！哭起一峰，笔不平直。原来唐主嗣源，生有四子，长名从璟，为元行钦所杀，元行钦即李绍荣。已见前文。次名从荣，又次名从厚，又次名从益。天成元年，从荣受命为天雄军节度使，兼同平章事。次年，授从厚同平章事，充河南尹，判六军诸卫事。从荣闻从厚位出己上，未免怏怏。又越年，徙从荣为河东节度使，兼北都留守。未几，又与从厚互易，从荣得为河南尹，判六军诸卫事。两人为一母所生，见二十一回。性情却绝不相同。从厚谨慎小心，颇有老成态度；独从荣躁率轻夸，专喜与浮薄子弟，赋诗饮酒，自命不凡。唐主屡遣人规劝，终不肯改，也只好付诸度外。教之不从，奈何置之。

长兴元年，封从荣为秦王，从厚为宋王。从荣既得王爵，开府置属，益招集淫朋为僚佐，日夕酣歌，豪纵无度；一日入谒内廷，唐主问道："尔当军政余暇，所习何事？"从荣答道："暇时读书，或与诸儒讲论经义。"唐主道："我虽不知书，但喜闻经义，经义所陈，无非父子君臣的大道，足以益人智思，此外皆不足学。我见庄宗好作歌诗，毫无益处，尔系将家子，文章本非素习，必不能工，传诸人口，徒滋笑谤，愿汝勿效此浮华哩！"从荣勉强答应，心中却不以为然。惟当时安重诲尚在禁中，遇事抑制，为从荣所敬惮，故尚未敢为非。

及重诲已死，王淑妃、孟汉琼居中用事，授范延光、赵延寿为枢密使。延光以疏属见用，没甚重望。延寿本姓刘，为卢龙节度使赵德钧养子，冒姓刘氏，因巧佞得幸，尚唐主女兴平公主，参入枢要。从荣都瞧不上眼，任意揶揄。石敬瑭自西蜀还朝，受任六军诸卫副使。他本娶唐主女永宁公主为妻，公主与从荣异母，素相憎嫉，敬瑭恐因妻得祸，不愿与从荣共事，屡思出补外任，免惹是非。就是延光、延寿，也与敬瑭同一思想，巴不得离开殿廷，省却无数恶气，只恨无隙可请，没奈何低首下心，虚与周旋。会契丹东丹王兀欲，怨及母弟，越海奔唐，唐赐姓名为李赞华，授怀化军治慎州。节度使。就是从前卢龙献俘的惕隐，见二十一回。也授他官职，赐姓名为狄怀忠。契丹遣使索还，唐廷不许，遂屡次入寇。唐主欲简择河东镇帅，控御契丹，延光、延寿遂荐举石敬瑭，及山南东道节度使康义诚。敬瑭幸得此隙，立即入阙，自请出镇，乃授敬瑭为河东节度使，敬瑭拜命，即日登程。既至晋阳，用部将刘知远、周瓌为都押衙，委以心腹，军事委知远，财政委瓌，静听内处消息，相机行事。后晋基业，肇始于此。

唐主调回康义诚，令掌六军诸卫副使，代敬瑭职。出从珂为凤翔节度使，加封潞王。四子从益为许王，并加秦王从荣为尚书令，兼官侍中。从益乳母王氏，本宫中司衣，因见秦王势盛，欲借端依托，为日后计，乃暗嘱从益至唐主前，求见秦王。唐主以幼儿思兄，人情常事，乃遣王氏挈往秦府。王氏见了从荣，非常谄谀，甚且装出许多媚态，殷勤凑奉。从荣最喜奉承，又见王氏有三分姿色，乐得移篙近舵，索性将从益哄出，令婢媪抱见王妃刘氏，自与王氏搂入别室，做了一出鸳鸯梦。待至云收雨散，再订后期，且嘱王氏伺察宫中动静。王氏当然依嘱，仍带从益回宫。嗣是王氏常出入秦府，传递消息，所有宫中情事，从荣无不与闻。又有太仆少卿致仕何泽，乘机希宠，表请立从荣为皇太子。唐主览表泣下，私语左右道："群臣请立太子，朕当归老太原旧第了！"六十余岁，尚恋尊荣耶？不得已令宰相枢密会议。从荣闻信，亟入见唐主道："近闻有奸人请立太子，臣年尚幼，愿学治军民，不愿当此名位呢。"唐主道："这是群臣的意思，朕尚未曾决定。"从荣乃退，出语延光、延寿道："执政欲立我为太子，是欲夺人兵权，幽入东宫哩。"延光等揣知上意，且惧从荣见怪，遂奏请授从荣为天下兵马大元帅，位宰相上。有诏准奏，于是从荣总揽兵权，得用禁军为牙兵。每一出入，侍卫盈途，就是入朝时候，从骑必数百人，张弓挟矢，驰骋皇衢，居然是六军领袖，八面威风。小子有诗咏道：

皇嗣何堪使帅师？《春秋》大义贵先知。
只因骄子操兵柄，坐使萧墙祸乱随。

从荣擅权，朝臣畏祸，最着急的莫若两人。看官道两人为谁？待小子下回再表。

读此回而知唐明宗之未足有为，不过一庸柔主耳。两川交争，正可借此进兵，坐收渔人之利，董璋出师，能间道以袭东川，易如反手，否则俟孟知祥入东川时，乘虚捣成都，亦是攻其无备之一策。璋固败死，知祥亦疲，卞庄子之所以能刺二虎者，由是道也。乃事前毫不注意，事后徒知慰谕，遂令知祥坐大，并有两川，是非失策之甚者乎？至若对待藩镇，同一柔弱，甚至不能制驭其子，酿成骄戾，卫州吁之致乱，咎在庄公，岂尽厥子罪哉！况年已老迈，尚不欲择贤为嗣，当断不断，反受其乱，识者有以窥明宗之心术矣。

第二十四回

毙秦王夫妻同受刃　号蜀帝父子迭称雄

却说唐廷大臣，见秦王从荣擅权，多恐惹祸，就中最着急的，乃是枢密使范延光、赵延寿两人。屡次辞职，俱不得唐主允许。嗣因唐主有疾，好几日不能视朝，从荣却私语亲属道：“我一旦得居南面，定当族诛权幸，廓清宫廷！”如此狂言，奈何得居南面！延光、延寿得闻此语，越加惶急，复上表乞请外调。唐主正日夕忧病，见了此表，遽掷置地上道：“要去便去，何用表闻！”延光、延寿急得没法。究竟延寿是唐室驸马，有公主可通内线。公主已进封齐国，颇得唐主垂爱，遂替延寿入宫陈情，但说是延寿多病，不堪机务，唐主还未肯遽允。延寿又邀同延光，入内自陈道：“臣等非敢惮劳，愿与勋旧迭掌枢密，免人疑议。且亦未敢俱去，愿听一人先出，若新进不能称职，仍可召臣，臣奉诏即至便了。”唐主乃令延寿为宣武节度使，延寿欢跃而去。枢密使一缺，召入节度使朱弘昭继任。弘昭入朝固辞，唐主怒叱道：“汝等皆不欲侍侧，朕养汝等做什么？”弘昭始不敢再言，悚惶受命。前日待安重诲机变得很，此次却上钩了。

范延光见延寿外调，欣羡得很，他恨无玉叶金枝作为妻室，只好把囊中积蓄，取了出来，送奉宣徽使孟汉琼，托他恳求王淑妃，代为请求，希望外调。无非拜倒石榴裙下，不过难易有别。毕竟钱可通灵，一道诏下，授延光为成德军节度使。延光如脱重囚，即日陛辞，向镇州莅任去了。晦气了一个三司使冯赟，调补枢密使，枢密使非不可为，但惜朱、冯二人，才不称职耳。外此如近要各官，亦多半求去，有蒙允准的，有不蒙允准的，允准的统是喜慰，不允准的统是忧愁。康义诚度不能脱，遣子服事秦王，为自全计，唐主还道他朴忠可恃，命为亲军都指挥使，兼同平章事，其实义诚是佯为恭顺，阴持两端，有什么朴忠可恃呢！一班狡徒，任内外事，安得不乱？

先是大理少卿康澄目击乱萌，曾有《五不足惧六可畏》一疏，奏入宫廷，当时称为名论。疏中略云：

> 臣闻安危得失，治乱兴亡，曾不系于天时，固非由于地利，童谣非祸福之本，妖祥岂隆替之源？故雊雉升鼎而桑谷生朝，不能止殷宗之盛；神马长嘶而玉龟告兆，不能延晋祚之长。是知国家有不足惧者五，有深可畏者六，阴阳不调不足惧，三辰失行不足惧，小人讹言不足惧，山崩川涸不足惧，蟊贼伤稼不足惧，此不足惧者五也；贤人藏匿深可畏，四民迁业深可畏，上下相徇深可畏，廉耻道消深可畏，毁誉乱真深可畏，直言蔑闻深可畏，此深可畏者六也。伏惟陛下尊临万国，奄有八纮，荡三季之浇风，振百王之旧典，设四科而罗俊彦，提二柄而御英雄。所以不轨不物之徒，咸思革面；无礼无义之辈，相率悛心。然而不足畏者，愿陛下存而勿论，深可畏者，愿陛下修而靡忒，加以崇三纲五常之教，敷六府三事之歌，则鸿基与五岳争高，盛业共磐石永固矣。谨此疏闻。

唐主览疏，虽优诏褒答，但总未能切实举行。所以六可畏事，始终失防，徒落得优柔寡断，上下蒙蔽，几乎又惹出伦常大变，贻祸宫闱。

长兴四年十一月，唐主病体少瘳，出宫赏雪，至士和亭宴玩半日，免不得受了风寒。回宫以后，当夜发然，急召医官诊视，说是伤寒所致，投药一剂，未得挽回。次日且热不可耐，竟至昏昏沉沉，不省人事。秦王从荣与枢密使朱弘昭、冯赟，入问起居，三呼不应。王淑妃侍坐榻旁，代为传语道："从荣在此。"唐主又不答。淑妃再说道："弘昭等亦在此。"唐主仍然不答。从荣等无言可说，只好退出。

既至门外，闻宫中有哭泣声，还疑是唐主已崩。从荣还至府中，竟夕不寐，专俟中使迎入。哪知候到黎明，一些儿没有影响，自己却倦极思眠，便在卧室中躺下，呼呼睡去，等到醒来，已是午牌时候，起问仆从，并没有宫廷消息，不由得惊惧交并，一心思想做皇帝，可惜运气未来。当即遣人入宫，诈称遇疾，私下召集党人，定一密谋，拟用兵入侍，先制权臣。遂遣押衙马处钧，往告朱弘昭、冯赟道："我欲带兵入宫，既便侍疾，且备非常，当就何处居住？"弘昭等答道："宫中随便可居，惟王自择。"嗣又私语处钧道："皇上万福，王宜竭力忠孝，不可妄信浮言。"处钧还白从荣，从荣又遣处钧语二人道："尔等独不念家族么？怎敢拒我！"二人大惧，入告孟汉琼。汉琼转白王德妃，德妃道："主上昨已少愈，今晨食粥一器，当可无虞。从荣奈何敢蓄异图！"汉琼道："此事须要预防，一经秦王入宫，必有巨变！看来惟先召康义诚，调兵入卫，方免他虑。"德妃点首，汉琼自去。

原来唐主嗣源昏睡了一昼夜，到了次日夜半，出了一身微汗，便觉热退神清，蹶然坐起。四顾卧室，只有一个守漏宫女，尚是坐着。便问道："夜漏几何？"宫女起答道："已是四更了。"唐主再欲续问，忽觉喉间微痒，忙向痰盂唾出数片败肉，好似肺叶一般，随又令宫女携起溺壶，撤下许多涎液，当有宫女启问道："万岁爷曾省事否？"唐主道："终日昏沉，此刻才能知晓，未知后妃等何往?”宫女道：“想是各往寝室，待去通报便了。”语毕，便抢步外出，往报后妃。六宫闻信，陆续趋集，互相笑语道：“大家还魂了!”汝等去做什么?因相率请安，并问唐主腹可饥否?唐主颇欲进食，乃进粥一器，由唐主食尽，仍然安睡，到了天明，神色更好了许多。

惟从荣尚未得知，还疑是宫中秘丧，将迎立他人，不得不先行下手。至孟汉琼往晤康义诚，义诚爱子情深，未免投鼠忌器，但嗫嚅对答道：“仆系将校，不敢预议，凡事须由宰相处置!”汉琼见义诚首鼠两端，忙去转告朱弘昭。弘昭大惊，夜邀义诚入私室，一再详问，义诚仍执前言，未几辞去。是夕已由从荣召集牙兵千人，列阵天津桥，待至黎明，即遣马处钧至冯赟第，叩门传语道：“秦王决计入侍，当居兴圣宫，公等各有宗族，办事应求详允，祸福在指顾间，幸勿自误!”赟未及答，处钧已去，转告康义诚，义诚道：“王欲入宫，自当奉迎。”于是冯赟、康义诚，各怀私意，俱驰入右掖门，朱弘昭相继驰至，孟汉琼自内趋出，与弘昭等共至中兴殿门外，聚议要事。赟具述处钧传语，且顾语义诚道：“如秦王言，心迹可知，公勿因儿在秦府，左右顾望，须知主上禄养吾徒，正为今日，若使秦王兵得入此门，将置主上何地!我辈尚有遗种么?”义诚尚未及答，门吏已仓皇趋入，大声呼道：“秦王已引兵至端门外了。”孟汉琼闻报，拂袖遽起道：“今日变生仓猝，危及君父，难道尚可观望么?如我贱命，有何足惜，当自率兵拒击哩!”说着，即趋入殿门。朱、冯两人，联步随入。义诚不得已，也跟在后面。汉琼入白唐主道：“从荣造反，已引兵攻端门，若纵他入宫，便成大乱了!”宫人听了此言，相向号哭，唐主亦惊语道：“从荣何苦出此!”还是溺爱。便问朱、冯两人道：“究竟有无此事?”两人齐声道：“确有此事，现已令门吏闭门了。”唐主指天泣下，且语义诚道：“烦卿处置，勿惊百姓！”还是相信。

适从珂子控鹤指挥使重吉在侧，也由唐主与语道：“我与尔父亲冒矢石，手定天下，从荣等有何功劳，今乃为人所教，敢行悖逆！我原知此等竖子，不足付大事，当呼尔父来朝，授他兵柄。汝速为我闭守宫门！”重吉应命，即召集控鹤兵，把宫门堵住。

孟汉琼披甲上马，出召入马军都指挥使朱弘实，令率五百骑讨从荣。从荣方扼住天津桥，踞坐胡床，令亲卒召康义诚。亲卒行至端门，见门已紧闭，转叩左掖门，亦没人答应，便从门隙中瞧将进去，遥见朱弘实引着骑兵，踊跃而来，慌忙走白从荣。从荣惊惶失措，忙起座擐甲，弯弓执矢。俄而骑兵大至，冒矢直进，朱弘实遥呼道：“来军何故从逆，快快回营，免得连坐！”从荣部下的牙兵，应声散去，慌得从荣狼狈奔回。走入府第，四顾无人，只有妻室刘氏在寝室中抖做一团。正在没法摆布，又听得人声鼎沸，突入门来，刘氏先钻入床下，从荣急不暇择，也匍匐进去，与刘氏一同避匿。似此怯弱，何故作威！皇城使安从益，先驱驰入，带兵搜寻，从外至内，上下一顾，已见床下伏着两人，便即顺手拽出，一刀一个，结果性命。夫妻同死，不意安重诲后，复有从荣。再从床后搜寻，尚躲着少子一人，也即杀死，各枭首级，携归献功。

唐主闻从荣被杀，且悲且骇，险些儿堕落御榻。再绝再苏，疾乃复剧。从荣尚有一子，留养宫中，诸将请一体诛夷。唐主泣语道：“此儿何罪？”语未毕，孟汉琼入奏道：“从荣为逆，应坐妻孥，望陛下割恩正法！”唐主尚不肯遽允，偏将吏哗声遽起，无可禁止。只得命汉琼取出幼儿，毕命刀下，追废从荣为庶人。诸将方才散归。

宰相冯道率百寮入宫问安，唐主泪下如雨，呜咽与语道：“我家不幸，竟致如此，愧见卿等！”冯道等亦泣下沾襟，徐用婉言劝慰，然后退出。行至朝堂，朱弘昭等正在聚议，欲尽诛秦府官属，道即抗声道：“从荣心腹，只有高辇、刘陟、王说三人，若判官任赞任事才及半月，王居敏、司徒诩因病告假，已过半年，岂与从荣同谋？为政宜尚宽大，不宜株连无辜！”弘昭尚不肯从，冯赟却赞同道议，与弘昭力争，乃止诛高辇一人。刘陟、王说也得免死，长流远方。任赞、王居敏、司徒诩等贬谪有差。

时宋王从厚已调镇天雄军，唐主命孟汉琼驰驿往召，即令汉琼权知天雄军府事。从厚奉命还都，及至宫中，那唐主李嗣源，已先三日归天了。总计唐主嗣源在位，共得八年，寿六十有七。史称他性不猜忌，与物无竞，即位后年谷屡丰，兵革罕用，好算是五代贤君，小子也不暇评驳，请看官自加体察便了。不断之断，尤善于断。越年四月，始得安葬徽陵，庙号“明宗”。这且慢表。

且说宋王从厚，既至洛都，便在柩前行即位礼。阅七日始缞服朝见群臣，给赐中外将士。至群臣退后，御光政楼存问军民，无非是表示新政，安定人心。及还宫后，谒见曹后、王妃，恰也尽礼，不消细说。适朱弘实妻入宫朝贺，司衣王氏，与语秦王从荣事，唏嘘说道：“秦王为人子，不在左右侍疾，反欲引兵入卫，原是误处；但必说他敢为大逆，实是冤诬！朱公颇受王恩，奈何不为辩白呢？”语虽近是，但汝与他私通，忽出此语，转令人愈加疑心。弘实妻归告弘实。弘实大惧，亟与康义诚同白嗣皇，且言王氏曾私通从荣，尝代诇宫中情事。一番奏陈，断送王氏生命，有诏令她自尽。好去与从荣叙地下欢了。既而辗转牵连，复累及司仪康氏，也一并赐死。寻复株连王德妃，险些儿迁入至德宫，幸曹后出为洗释，才算无事，但嗣皇从厚，待遇王德妃，即因是寖薄了。

越年正月，改元应顺，大赦天下。加封冯道为司空，李愚为右仆射，刘煦为吏部尚书，并兼同平章事。进康义诚为检校太尉，兼官侍中，判六军诸卫事。朱弘实为检校太保，充侍卫马军都指挥使。且命枢密使朱弘昭、冯赟及河东节度使石敬瑭，并兼中书令。赟以超迁太过，辞不受命，乃改兼侍中，封邠国公。康义诚以下并得加封，岂因其杀兄有功耶？居心如此，安得令终！外如内外百官，俱进阶有差。就是荆南节度使高从诲，也进封南平王，湖南节度使马希范，得进封楚王，两浙节度使钱元瓘，并进封吴越王。惟加蜀王孟知祥为检校太师。知祥却不愿受命，遣归唐使，嘱使代辞。

看官听着！知祥既并有两川，野心勃勃，欲效王建故事。闻唐主已殂，从厚入嗣，遂顾语僚佐道：“宋王幼弱，执政皆胥吏小人，不久即要生乱哩。”僚佐闻言，已知他富有深意，但因岁月将阑，权且蹉跎过去。未几就是孟春，乃推赵季良为首，上表劝进，且历陈符命，什么黄龙现，什么白鹊集，都说是瑞征骈集，天与人归。知祥假意谦让道：“孤德薄不足辱天命，但得以蜀王终老，已算幸事！”季良进言道：“将士大夫，尽节效忠，无非望附翼攀鳞，长承恩宠，今王不正大统，转无从慰副人望，还乞勿辞！”季良本臣事后唐，乃赴蜀后，专媚知祥，曲为效力，可鄙可叹！知祥乃命草定帝制，择日登位。国号蜀，改元明德。

届期衮冕登坛，受百寮朝贺。偏天公不肯做美，竟尔狂风怒号，阴霾四塞，一班趋炎附势的人员，恰也有些惊异。但且享受了目前富贵，无暇顾及天心。何不亦称符瑞？当下授赵季良为司空同平章事、王处回为枢密使、李仁罕为卫圣诸军马步军指挥使、赵廷隐为左匡圣步军都指挥使、张业为右匡圣步军都指挥使、张公铎为捧圣控鹤都指挥使、李肇为奉銮肃卫都指挥使、侯弘实为副使，掌书记。毋昭裔为御史中丞、李昊为观察判官、徐光溥为翰林学士。所有季良等兼领节使，概令照旧。追册唐长公主李氏为皇后，夫人李氏为贵妃。妃系唐庄宗嫔御，赐给知祥，累从知祥出兵，备尝艰苦。一夕梦大星坠怀，起告长公主，公主即语知祥道："此女颇有福相，当生贵子。"既而生子仁赞，就是蜀后主昶。昶系仁赞改名，详见下文。史家称王建为前蜀，孟知祥为后蜀。

知祥僭号以后，唐山南西道张虔钊、武定军节度使孙汉韶，皆奉款请降，兴州刺史刘遂清尽撤三泉、西县、金牛、桑林戍兵，退归洛阳。于是散关以南，如阶、成、文诸州，悉为蜀有。

过了数月，张虔钊等入谒知祥，知祥宴劳降将。由虔钊等奉觞上寿，知祥正欲接受，不意手臂竟酸痛起来，勉强受觞，好似九鼎一般，力不能胜，急忙取置案上以口承饮，及虔钊等谢宴趋退，知祥强起入内，手足都不便运动，成了一个疯瘫症。延至新秋，一命告终。遗诏立子仁赞为太子，承袭帝位。

赵季良、李仁罕、赵廷隐、王处回、张公铎、侯弘实等，拥立仁赞，然后告丧。仁赞改名为昶，年才十六，暂不改元。尊知祥为高祖，生母李氏为皇太后。

知祥据蜀称尊，才阅六月，当时有一僧人自号"醋头"，手携一灯檠，随走随呼道："不得灯，得灯便倒！"蜀人都目僧为痴，及知祥去世，才知"灯"字是借映登极。又相传知祥入蜀时，见有一老人状貌清癯，挽车趋过，所载无多。知祥问他能载几何？老人答道："尽力不过两袋。"知祥初不经意，渐亦引为忌讳，后来果传了两代，为宋所并。小子有诗咏道：

两川窃据即称尊，风日阴霾蜀道昏。
半载甫经灯便倒，才知释子不虚言。

知祥帝蜀，半年即亡。这半年内，后唐国事，却有一番绝大变动，待小子下回再详。

观从荣之引兵入卫，谓其即图杀逆，尚无确证，不过急思承祚，恐为乃弟所夺耳。孟汉琼、朱弘昭、冯赟等，遽以反告，命朱弘实、安从益率兵迎击，追入秦府，杀于床下。从荣死不足责，但罪及妻孥，毋乃太甚！唐主嗣源，始不能抑制骄儿，继不能抑制莽将，徒因悲骇增病，遽尔告终。宋王入都，已死三日，幸当时如潞王者，在外尚未闻丧讣。否则阋墙之衅，早起阙下，宁待至应顺改元后耶！蜀王知祥，乘间称帝，彼既知从厚幼弱，不久必乱，奈何于亲子仁赞，转未知所防耶！观人则明，对己则昧，知祥亦徒自哓哓耳。

第二十五回

讨凤翔军帅溃归　入洛阳藩王篡位

却说唐主从厚已改元应顺，尊嫡母曹氏为太后，庶母王氏为太妃，所有藩镇文武臣僚，更一体覃恩，俱给赏赐。独疑忌潞王从珂听信朱、冯两枢密，出从珂子重吉为亳州团练使。重吉有妹名惠明，在洛为尼，亦召入禁中。从珂闻子被外黜，女被内召，料知新主有猜忌意，免不得瞻顾彷徨。他本为明宗所爱，夙立战功，明宗病剧，只遣夫人刘氏入省，自在凤翔观望。及明宗去世，亦谢病不来奔丧。彼时已料有内衅，坐觇成败。果然嗣皇从厚，信谗见猜，屡遣使侦察从珂。朱弘昭、冯赟，又捕风捉影，专喜生事。内侍孟汉琼，与朱、冯结为知己，朱、冯说他有功，加官至开府仪同三司，且赐号忠贞扶运保泰功臣。汉琼有何功绩，只杀从荣一事，由他首倡。此时汉琼出守天雄军，见上回。意欲邀他回都，协同办事，于是奏请召还汉琼，徙成德节度使范延光，转镇天雄军。河东节度使石敬瑭，移镇成德军。潞王从珂，却叫他改镇河东，兼北都留守。天下本无事，庸人自扰之。从厚也不知利害，俱从所请，遣使出发四镇，分头传命。

从珂镇守凤翔，距都最近，第一个接到敕使，满肚中怀着鬼胎。忽又闻洋王从璋前来接替，更觉疑虑不安。看官阅过上文，应知从璋为明宗从子，前时简任河中，手杀安重诲。这番调至凤翔，从珂也恐他来下辣手，随即召集僚佐，商议行止。

大众应声道："主上年少，未亲庶事，军国大政，统由朱、冯两枢密主持。大王威名震主，离镇是自投罗网，不如拒绝为是！"观察判官冯胤孙，独出为谏阻道："君命召，不俟驾而行，诸君所议，恐非良图。"大众闻言，统哑然失笑，目为迂谈。从珂乃命书记李专美，草起檄文，传达邻镇，大略谓"朱弘昭、冯赟等，乘先帝疾亟，杀长立少，专制朝权，疏间骨肉，动摇藩垣，从珂将整甲入朝，誓清君侧，但虑力不逮心，愿乞灵邻藩，共图报国"云云。

檄文既发，又因西都留守王思同，挡住出路，不得不先与联络，特派推官郝诩，押牙朱廷乂等相继诣长安，说以利害，饵以美妓。思同却慨然道："我受明宗大恩，位至节镇，若与凤翔同反，就使成事，也不足为荣。一或失败，身名两丧，反致遗臭万年。这事岂可行得！"遂将郝诩、朱廷乂拘住，详报唐廷。此外各镇，接到从珂檄文，或与反对，或主中立，惟陇州防御使相里金，有心依附，即遣判官薛文遇，往来计事。

唐主从厚，既闻从珂叛命，拟遣康义诚出兵往讨。义诚不欲督师，请饬王思同为统帅，羽林都指挥使侯益为行营马步都虞侯。益知军情将变，辞疾不行，遂被黜为商州刺史，侯益尚不失为智，义诚却很是狡诈。即命王思同为西面行营马步军都部署，前静难军节度使药彦稠为副；前绛州刺史苌从简为马步都虞侯，严卫步军左厢指挥使尹晖、羽林指挥使杨思权等，皆为偏裨，出师数万，往讨从珂。又命护国节度使安彦威，为西面行营都监，会同山南、西道，及武定、彰义、静难各军帅，夹攻凤翔。一面令殿直楚昭祚，往执亳州团练使李重吉，幽锢宋州。洋王从璋，行至中途，闻从珂拒命，便即折还。

王思同等会同各道兵马，共至凤翔城下，鼙鼓喧天，兵戈耀日，当即传令攻城。城堑低浅，守备不多，由从珂勉谕部众，乘陴抵御。怎奈城外兵众势盛，防不胜防，东西两关，为全城保障，不到一日，都被攻破，守兵伤亡，不下千百，急得从珂危惧万分，寝食不遑。好容易过了一宵，才见天明，又听得城外喧声，一齐趋集，好似那霸王被困，四面楚歌。极写唐军声势，反射后文降溃。

从珂情急登城，泣语外军道：“我年未二十，即从先帝征伐，出生入死，金疮满身，才立得本朝基业，汝等都随我有年，亦应目睹，今朝廷信任谗臣，猜忌骨肉，试想我有何罪，乃劳大军痛击，必欲置我死地呢？”说至此，就在城上大哭起来。内外军士相率泣下。忽西门外跃出一将，仰首大呼道：“大相公真是我主哩！”遂率部众解甲投戈，愿降潞王。从珂开城放入，思权用片纸呈入，内书数语云“愿王克京城日，授臣节度使，勿用作防团。”从珂即下城迎劳，援笔批入纸中，写就“思权为邠宁节度使”八字，授与思权。思权舞蹈称谢。为彼一人，断送社稷，试问彼心何忍？且登城招诱尹晖，尹晖即遍呼各军道：“城西军已入城受赏了！我等应早自为计！”说着，也将甲胄脱卸，作为先导，各军遂纷纷弃械，乞降城中。从珂复开了东门，迎纳尹晖等降军。

王思同毫不接洽，骤见乱兵入城，顿时仓皇失措，与安彦威等五节度使，统皆遁去。凤翔城下，依旧是风清日朗，雾扫云开。从珂转惊为喜，大括城中财帛，犒赏将士，甚至鼎釜等器，亦估值作为赏物。大众都得满愿，欢声如雷。长安副留守对遂雍，闻思同败还，也生异志，闭门不纳。思同等只好转走潼关。从珂建大将旗鼓，整众东行，尚恐思同据住长安，并力拒守。及行次岐山，闻刘遂雍不纳思同，大喜过望，便即遣人慰抚。遂雍悉倾库帑，遍赏从珂前军，前军皆不入城，受赏即去。至从珂到来，由遂雍出城迎接，复搜索民财，充作供给。从珂也无暇入城，顺道东趋，径逼潼关。

唐廷尚未得败报，至西面步军都监王景从等自军中奔还，才识各军大溃。唐主从厚惊慌得了不得，亟召康义诚入议，凄然与语道：“先帝升遐，朕在外藩，并不愿入都争位，诸公同心推戴，辅朕登基。朕既承大业，自恐年少无知，国事都委任诸公，就是朕对待兄弟，也未尝苛刻。不幸凤翔发难，诸公皆主张出师，以为区区叛乱，立可荡平，今乃失败至此，如何能转祸为福？看来只有朕亲往凤翔，迎兄入主社稷，朕仍旧归藩。就使不免罪谴，亦所甘心，省得生灵涂炭了！”徒然哀鸣，有何益处？朱弘昭、冯赟等，面面相觑，不发一言。不能收火，如何放火？

康义诚眉头一皱、计上心来，便进议道：“西师惊溃，统由主将失策，今侍卫诸军尚多，臣请自往抵敌，扼住要冲，招集离散，想不至再蹈前辙，愿陛下勿为过忧！”唐主从厚道：“卿果前往督军，当有把握，但恐寇敌方盛，一人不足济事，且去召入石驸马，一同进兵，可好么？”义诚道：“石驸马闻徙镇命，恐亦未愿，倘有异心，转足资寇，不如由臣自行，免受牵制！”巧言如簧。从厚总道他语出至诚，毫不动疑，便召将士慰谕，亲至左藏，悉发所储金帛，分给将士。且更面嘱道：“汝等若平凤翔，每人当更赏二百缗。”将士无功得赏，益加骄玩，各负所赐物，出语途人道：“到凤翔后，再请给一分，不怕朝廷不允！”途人闻言，有几个见识较高，已料他贪狡难恃，康义诚独洋洋得意，调集卫军，入朝辞行。

都指挥使朱弘实，进白唐主道：“禁军若都出拒敌，洛都归何人把守？臣意以为先固洛阳，然后徐图进取，可保万全。”义诚正恨弘实主兵，击毙从荣，此时又出来阻挠，顿觉怒气上冲，厉声叱道：“弘实敢为此言，莫非图反不成？”弘实本是莽夫，怎肯退让，也厉声答道：“公自欲反，还说别人欲反么？”这二语的声音，比义诚还要激响，适值从厚登殿，听是弘实口音，心滋不悦，便召二人面讯。二人争讼殿前，弘实仍盛怒相向，义诚独佯作低声，两下各执一词。义诚便面奏道："弘实目无君上，在御座前，尚敢这般放肆，况叛兵将至，不发兵拦阻，却听他直入都下，惊动宗社，这尚得谓非反么?"从厚不禁点首，义诚又逼紧一层道："朝廷出此奸臣，怪不得凤翔一乱，各军惊溃；今欲整军耀武，必须将此等国蠹，先正典刑，然后将士奋振，足以平寇!"从厚被他一激，遂命将弘实绑出市曹，斩首以徇。各禁军见弘实冤死，无不惊叹，那康义诚得泄余恨，遂带着禁军，一麾出都去了。

从厚见义诚就道，还以为长城可靠，索性令楚匡祚杀死李重吉，并将重吉妹惠明，也勒令自尽，眼巴巴地专待捷音。当下宣诏军前，命康义诚为凤翔行营都招讨使，王思同为副。哪知思同奔至潼关，被从珂前军追至，活擒而去，解至从珂行辕。从珂面加诘责，思同慨然道："思同起自行间，蒙先帝擢至节镇，常愧无功报主；非不知依附大王，立得富贵，但人生总有一死，死后何颜往见先帝？今战败就擒，愿早就死!"忠有余而才略不足，终致杀身。从珂也自觉怀惭，改容起谢道："公且休言!"遂命羁住后帐，偏杨思权、尹晖二人，羞与相见，屡劝从珂心腹将刘延朗，谋毙思同。延朗遂乘从珂醉后，擅将思同杀死。及从珂醒后报闻，托言思同谋变，从珂徒付诸一叹罢了。

再进军入华州，前驱又执到药彦稠，命系狱中。越日进次阌乡，又越日进次灵宝，各州邑无一拒守，如入无人之境。护国节度使安彦威，与匡国节度使安重霸望风迎降。独陕州节度使康思立闭门登城，拟俟康义诚到来，协同守御。从珂前驱至城下，中有捧圣军五百骑，前曾出守陕西，至此为从珂所诱，令充前锋，便向城上仰呼道："城中将吏听着！现我等禁军十万，已奉迎新帝，尔等数人，尚为谁守？徒累得一城人民，肝脑涂地，岂不可惜!"守兵应声下城，开门出迎。思立禁遏不住，也只好随了出来，迎从珂入城。

从珂入城安民，与僚佐再商行止。僚佐献议道："今大王将及京畿，料都中人必皆丧胆，不如移书入都，慰谕文武士庶，令他趋吉避凶，定可不劳而服了。"从珂依言，即驰书都中，略言大兵入都，惟朱弘昭、冯赟两族不赦外，此外各安旧职，不必忧疑。时侍卫马军指挥使安从进，方受命为京城巡检，一得此书，即潜布心腹，专待从珂军到，好出城迎降。

唐主从厚，尚似睡在梦中，诏促康义诚进兵。义诚军至新安，部下将士，争弃甲兵，赴陕投降。及抵乾壕，十成中走去了九成半，只剩得寥寥数十人。义诚心本叵测，此次自请出兵，意欲尽举卫卒，迎降从珂，作为首功，不意卫卒已走了先着，顿失所望。可巧途次遇着从珂候骑，即与他相见，自解所佩弓剑，令携去作为信物，传语请降。心术最坏，莫如此人。警报飞达都中，可怜唐主从厚，急得不知所为，忙遣中使宣召朱弘昭。弘昭正忧心如焚，突然闻召，即惶遽出涕道："急乃召我，是明明欲杀我谢敌呢！"当即投井自尽。安从进闻弘昭已死，竟引兵入弘昭第，枭了弘昭首级，乘便往杀冯赟，把冯家男女长幼，尽行屠戮，遂将朱、冯两颗头颅送入陕中。

从厚得弘昭死耗，复闻冯族被屠，自知危在旦夕，不得不避难出奔。适值孟汉琼自魏州归来，便令他再往魏州，整备行辕，以便出幸。汉琼佯为应命，及趋出都门，却扬鞭西驰，投奔陕府去了。保泰功臣，所为也如是么？从厚尚未得知，自率五十骑至玄武门，顾语控鹤指挥使慕容进道："朕且幸魏州，徐图兴复，汝可率控鹤兵从行！"进系从厚爱将，便即应声道："生死当从陛下！请陛下先行一步，俟臣召集部众，出卫乘舆！"从厚乃驰出玄武门。一出门外，门便阖住。看官道是何人所阖？原来就是慕容进。进绐出主子，立即变卦，安安稳稳地居住都中，并没有从驾的意思。

宰相冯道等入朝，到了端门，始知朱、冯皆死，车驾出走，因怅然欲归。李愚道："天子出幸，并未向我等与谋。今太后在宫，我等且至中书省，遣小黄门入宫请示，取太后进止，然后归第，诸公以为何如？"道摇首道："主上失守社稷，人臣将何处禀承？若再入宫城，恐非所宜。潞王已处处张榜，不若归俟教令，再作计较。"已生变志。乃共归至天宫寺。安从进遣人与语道："潞王倍道前来，行将入都，相公宜带领百官，至谷水奉迎。"道等乃入憩寺中，传召百官。中书舍人卢导先至，道与语道："闻潞王将至，应具书劝进，请舍人速即起草！"便欲劝进，太无廉耻。导答道："潞王入朝，百官只可班迎，就使有废立情事，亦当俟太后教令，怎得遽往劝进呢？"道又说道："凡事总须务实。"导答驳道："公等身为大臣，难道有天子出外，遽向别人劝进吗？若潞王尚守臣节，举大义相责，敢问公等具何词对答呢？为公等计，不如率百官径诣宫门，进名问安，取太后进止，再定去就，方算是情义兼尽了。"

道尚踌躇未决，那安从进复遣人催促道："潞王来了，太后、太妃，已遣中使迎劳潞王，奈何百官尚未出迎？"道慌忙出寺，李愚、刘昫等，也纷然随行。到了上阳门外，伫候了半日有余，并不见潞王到来，但只有卢导趋过。道复召与语，导对答如初。李愚喟然道："舍人所言甚当，我等罪不胜数了。"罪止贪生，何必过谦。乃相偕还都。

是时潞王从珂尚留陕中，康义诚至陕待罪，从珂面责道："先帝晏驾，立嗣由诸公，今上居丧，政事出诸公，何为不能终始，陷吾弟至此？"你也口是心非。义诚大惧，叩头请死。本意想立首功，谁知当场出丑！从珂冷笑道："你且住着，再听后命！"已露杀机。义诚不得已留住行营，马步都虞侯苌从简、左龙武统军王景戡，均为从珂军所执，匍匐乞降。从珂俱命系狱，遂遣人上笺太后，一面由陕出发，东趋洛都。至渑池西，遇着孟汉琼，汉琼伏地大哭，欲有所陈。一哭便能保命么？从珂勃然道："汝也不必多言，我已早知道了！"遂命左右道："快了此阉奴！"汉琼魂不附体，连哀求语都说不出来，刀光一闪，身首分离。杀得好。

从珂复引兵至蒋桥，唐相冯道等，已排班恭迎。丑极。从珂传令，说是未谒梓宫，不便相见。道等又上笺劝进，越丑。从珂并不审视，但令左右收下，竟尔昂然入都。先进谒太后、太妃，再趋至西宫，拜伏明宗柩前，泣诉诣阙的缘由。冯道等跟了进来，俟从珂起身，列班拜谒，从珂亦答拜。冯道等又复劝进，从珂道："我非来夺位，实出自不得已。俟皇帝归阙，园寝礼终，当还守藩服，诸公遽议及此，似未谅我的苦衷了！"汝谁欺？欺天乎！看官！你道从珂此言，果然好当真么？翌日即由太后下令，废少帝从厚为鄂王，命从珂知军国事。又翌日复传出太后教令，谓"潞王从珂，应即皇帝位"。从珂并不固辞，居然在柩前行即位礼，受百官朝贺了。写得从珂即位之速，返射上文伪言。

先是从珂在凤翔，有瞽者张濛自言知术数事，尝事太白山神。神祠就是北魏崔浩庙。每遇人问休咎，由濛祷告，神即附体传语，颇有应验。从珂亲校房暠，酷信濛术，曾托濛代询潞王吉凶。濛即传神语道："三珠并一珠，驴马没人驱。岁月甲庚午，中兴戊己土。"暠茫然不解，请濛代释。濛答道："这是神语，我亦未能解释呢。"暠转白从珂，从珂亦莫明其妙，至入都受册，文中起首，便是"应顺元年岁次甲午，四月庚午朔"三语，从珂回视房暠道："张濛神言，果然应验了！"惟"三珠"两语，尚难索解，再令暠往延张濛，共相研究。濛言"三珠"指"三帝"，"驴马没人驱"，便是失位的意义。是耶非耶！乃授濛为将作少监同正，敕赐金紫，作为酬谢。

还有一种奇怪的应兆，凤翔人何叟年逾七十，无疾猝死。

冥中见了阴官，凭几告叟道："为我白潞王，来年三月，当为天子二十三年。"叟方闻此语，一声怪响，竟尔还阳。自思阴官所言，不便转告，仍秘匿过去。逾月又死，复见阴官，向他怒叱道："怎得违我命令，不去转达！今再放汝还阳，速即传报！"阴官必欲转白，究是何因？叟惶恐遵教，退见廊庑下簿书，便问守吏。守吏道："朝代将易，这就是升降人爵的簿籍呢。"及叟已再苏，不敢隐匿，乃转告从珂亲校刘延朗，延朗转白从珂，从珂召叟入问，叟答道："请待至来年三月，必有征信，否则戮我未迟。"从珂乃给与金帛，嘱他不再泄漏，遣令还家，及期果验。但从珂据国，先后仅及三年，何故讹作二十三年，后人仔细研求，方知从珂生日，是正月二十三日，小字二十三，诨名便叫作"阿三"。二十三年，就是三年，究竟此事真假，小子也无从辨明。但史乘上载有此语，不妨依言录述，聊供看官谈助。并随笔写入一诗道：

同胞兄弟尚操戈，异类何能保太和！
养子可曾如养虎，明宗以后即从珂。

从珂篡位，故主从厚，究竟往何处去了？欲知详情，试阅下回便知。

明宗既殂，从厚依次当立，名正言顺，本无可乘之隙。且即位仅及数月，无甚失德，亦何至速即危亡，所误者任用非人耳！朱弘昭、冯赟等前时尝畏惮从荣，不敢入任枢密使。至从荣既死，从珂犹存，阿三骁勇善战，出从荣上，亟宜设法笼络，曲予羁縻。彼于从厚入都之时，不过在外观望，未尝反唇相讥，是固非觊觎神器者比。何物朱、冯，乃轻令徙镇，激之使反乎！且王思同等率领大军，围攻凤翔，东西关陷，围城岌岌，而杨思权大呼先降，尹晖随靡，遂致众军大溃，是思权之罪，且比朱、冯为尤甚。康义诚居心叵测，更过思权，从厚误信而用之，几何而不亡国杀身耶！然观当时卖国诸臣，皆属先朝遗老，是其咎尤不在从厚，而在明宗。祖父欲传国于子孙，不为之择贤而辅，虽举国家而授之，亦属无益。此贻谋之所以宜慎也。

第二十六回

卫州廨贼臣缢故主　长春宫逆子弑昏君

却说潞王从珂入洛篡位的期间，正故主从厚，流寓卫州驿，剩得一个匹马单身，穷极无聊的时候。他自玄武门趋出，随身只五十骑兵，四顾门已阖住，料知慕容进变卦，不由得自嗟自怨，踯躅前行。到了卫州东境，忽见有一簇人马，拥着一位金盔铁甲的大员，吆喝而来。到了面前，那大员滚鞍下马，倒身下拜，仔细瞧着，乃是河东节度使石敬瑭。便即传谕免礼，令他起谈。敬瑭起问道："陛下为什么到此？"从厚道："潞王发难，气焰甚盛，京都恐不能保守，我所以匆匆出幸，拟号召各镇，勉图兴复，公来正好助我！"敬瑭道："闻康义诚出军西讨，胜负如何？"从厚道："还要说他什么，他已是叛去了！"敬瑭俯首无言，只是长叹。也生歹心。

从厚道："公系国家懿戚，事至今日，全仗公一力扶持！"敬瑭道："臣奉命徙镇，所以入朝。麾下不过一二百人，如何御敌？惟闻卫州刺史王弘赞，本系宿将，练达老成，愿与他共谋国事，再行禀命！"从厚允诺。敬瑭即驰入卫州，由弘赞出来迎见，两下叙谈。敬瑭即开口道："天子蒙尘，已入使君境内，君奈何不去迎驾？"弘赞叹息道："前代天子，亦多播越，但总有将相侍卫，并随带府库法物，使群下得所依仰。今闻车驾北来，只有五十骑相随，就使有忠臣义士，赤心报主，恐到了此时，亦无能为力了！"乐得别图富贵。

敬瑭闻言，也不加评驳，但支吾对付道：“君言亦是，惟主上留驻驿馆，亦须还报，听候裁夺。”便别了弘贽，返白从厚，尽述弘贽所言。从厚不禁陨涕。旁边恼动了弓箭使沙守荣、奔洪进，奔与贲同系洪进姓。直趋敬瑭前，正辞诘责道：“公系明宗爱婿，与国家义同休戚，今日主忧臣辱，理应相恤；况天子蒙尘播越，所恃惟公。今公乃误听邪言，不代设法，直欲趋附逆贼，卖我天子呢！”说至此，守荣即拔出佩刀，欲刺敬瑭。忠义可嘉，惜太莽撞。敬瑭连忙倒退，部将陈晖，即上前救护敬瑭，拔剑与守荣交斗，约有三五个回合。敬瑭牙将指挥使刘知远，遽引兵入驿，接应陈晖。晖胆力愈奋，格去守荣手中刀，把他一剑劈死。洪进料不能支，也即自刎。知远见两人已死，索性指挥部兵，趋至从厚面前，将从厚随骑数十人，杀得一个不留。从厚已吓作一团，不敢发声，那知远却麾兵出驿，拥了敬瑭，竟驰往洛阳去了。不杀从厚，还算是留些余地。看官！你想此时的唐主从厚，弄得形单影只，举目无亲，进不得进、退不得退，只好流落驿中，任人发落。卫州刺史王弘贽，全不过问，直至废立令下，乃遣使迎入从厚，使居州廨。明知从厚难保，因特视为奇货。一住数日，无人问候，惟磁州刺史宋令询，遣使存问起居。从厚但对使流泪，未敢多言。皇帝失势，一至于此，后人亦何苦欲做皇帝。既而洛阳遣到一使，入见弘贽，向贽下拜，这人非别，就是弘贽子峦，曾充殿前宿卫。贽问他来意，他即与贽附耳数语，贽频频点首，便备了鸩酒，引峦往见从厚。从厚识是王峦，便询都中消息，峦不发一语，即进酒劝饮。从厚顾问弘贽道：“这是何意？”弘贽道：“殿下已封鄂王，朝廷遣峦进酒，想是为殿下饯行呢。”从厚知非真言，未肯遽饮，弘贽父子，屡劝不允，峦竟性起，取过束帛，硬将从厚勒毙，年止二十一岁。

从厚妃孔氏即孔循女。尚居宫中，生子四人，俱属幼稚。

自王峦弑主还报，从珂遣人语孔妃道："重吉等何在？汝等尚想全生么？"孔妃顾着四子，只是悲号。不到一时，复有人持刃进来，随手乱斫，可怜妃与四子，一同毕命。从厚只杀一重吉，却要六人抵命，如此凶横，宁能久存！

磁州刺史宋令询，闻故主遇害，恸哭半日，自缢而亡。从厚之死，尚有宋令询死节，后来从珂自焚，无一死事忠臣，是从珂且有愧多矣。从珂即改应顺元年为清泰元年，大赦天下，惟不赦康义诚、药彦稠。义诚伏诛，并且夷族。此举差快人意。余如苌从简、王景戡等，一律释免。葬明宗于徽陵，并从荣、重吉遗棺，及故主从厚遗骸，俱埋葬徽陵域中。从厚墓土，才及数尺，不封不树，令人悲叹。至后晋石敬瑭登基，乃追谥从厚为闵帝，可见从珂残忍，且过敬瑭，怪不得他在位三年，葬身火窟哩。莫谓天道无知。

从珂下诏犒军，见府库已经空虚，乃令有司遍括民财，敲剥了好几日，也止得二万缗。从珂大怒，硬行科派，否则系狱。于是狱囚累累，贫民多赴井自尽，或投缳自经。军士却游行市肆，俱有骄色。市人从旁聚诟道："汝等但知为主立功，反令我等鞭胸杖背，出财为赏，自问良心，能无愧天地否？"军士闻言，横加殴逐，甚至血肉纷飞，积尸道旁，人民无从呼吁。犒军费尚属不敷，再搜括内藏旧物，及诸道贡献，极至太后、太妃，亦取出器物簪珥，充作犒赏，还不过二十万缗。当从珂出发凤翔时，曾下令军中，谓入洛后当赏人百缗，至是估计，非五十万缗不可，偏仅得二十万缗，不及半数，从珂未免怀忧。

适李专美夜值禁中，遂召入与语道："卿素有才名，独不能为我设谋，筹足军赏么？"专美拜谢道："臣本驽劣，材不称职，但军赏不足，与臣无咎。自长兴以来，屡次行赏，反养成一班骄卒。财帛有限，欲望无穷，陛下适乘此隙，故能得国。臣愚以为国家存亡，不在厚赏，要当修法度、立纪纲，保养元气，若不改前车覆辙，恐徒困百姓，存亡尚未可知呢！今财力已尽，只得此数，即请酌量派给，何必定践前言哩！”从珂没法，只得下了制敕，凡在凤翔归命，如杨思权、尹晖等，各赐二马一驼，钱七十缗，下至军人钱二十缗，在京军士各十缗。诸军未满所望，便即造谣道：“去却生菩萨，扶起一条铁。”“生菩萨”指故主从厚，“一条铁”指新主从珂。玩他语意，已不免怀着悔心了。全为下文写照。

当下大封功臣，除冯道、李愚、刘昫三宰相仍守旧职外，用凤翔判官韩昭胤为枢密使，刘延朗为副，房暠为宣徽北院使，随驾牙将宋审虔为皇城使，观察判官马裔孙为翰林学士，掌书记李专美为枢密院直学士。康思立调任邢州节度使，安重霸调任西京留守，杨思权升任邠州节度使，尹晖升任齐州防御使，安重进升任河阳节度使，相里金升任陕州节度使。加封天雄军节度使范延光为齐国公，宣武军节度使驸马都尉赵延寿为鲁国公，幽州节度使赵德钧封北平王，青州节度使房知温封东平王，天平节度使李从曮仍回镇凤翔，封西平王。惟石敬瑭自卫州入朝，虽由从珂面加慰劳，礼貌颇恭，但前此同事明宗，两人各以勇力自夸，素不相下，此时从珂为主，敬瑭为臣，不但敬瑭易勉强趋承，就是从珂亦勉强接待。相见后留居都中，未闻迁调，敬瑭很自不安，以致愁病相侵，形同骨文。亏得妻室永宁公主，出入禁中，屡与曹太后谈及，请令夫婿仍归河东。公主本曹太后所出，情关母女，自然竭力代谋。从珂入事太后、太妃，还算尽礼，因此太后较易进言。有时公主入谒，与从珂相见，亦尝面陈微意，从珂乃复令敬瑭还镇河东，加官检校太师兼中书令，封公主为魏国长公主。

凤翔旧将佐，入劝从珂，都说应留住敬瑭，不宜外任。惟韩昭胤、李专美两人，谓敬瑭与赵延寿，并皆尚主，一居汴州，一留都中，显是阴怀猜忌，未示大公，不如遣归河东为便。从珂也见他骨瘦如柴，料不足患，遂遣使还镇。敬瑭得诏即行，好似那凤出笼中，龙游海外，摆尾摇首，扬长而去。原是得意。

既而进冯道为检校太尉，相国如故。李愚、刘昫，一太苛察，一太刚褊，议论多不相合。或至彼此诟詈，失大臣体。从珂乃有意易相，问及亲信，俱说尚书左丞姚顗，太常卿卢文纪，秘书监崔居俭，均具相才，可以择用。从珂意不能决，因书三人姓名，置诸琉璃瓶中，焚香祝天，用箸挟出，得姚、卢两人。遂命姚顗、卢文纪同平章事，罢李愚为左仆射，刘昫为右仆射。寻册夫人刘氏为皇后，授次子重美为右卫上将军，兼河南尹，判六军诸卫事。嗣且命兼同平章事职衔，加封雍王。一朝规制，内外粗备，那弑君篡国的李从珂，遂高拱九重，自以为安枕无忧了。笔伐口诛，不肯放过。小子按时叙事，正好趁着笔闲，叙及闽中轶闻。回应二十三回。

闽主延钧既僭称皇帝，封长子继鹏为福王，充宝皇宫使，尊生母黄氏为太后，册妃陈氏为皇后。先子而后及母妻，是依时事为录述，并非倒置于此，见闽主之溺爱不明，卒遭子祸。看官道陈氏是何等人物？她本是延钧父王审知侍婢，小名金凤。说起她的履历，更属卑污。她本是福清人氏，父名侯伦，年少美丰姿，曾事福建观察使陈岩。岩酷嗜南风，与侯伦常同卧起，视若男妾。偏岩妾陆氏，也心爱侯伦，眉来眼去，竟与侯伦结不解缘，只瞒了一个陈岩。未几岩死，岩妻弟范晖自称留后。陆氏复托身范晖，产下一女便是金凤。此女系侯伦所生，由晖留养，至王审知攻杀范晖，金凤母女，乘乱走脱，流落民间。幸由族人陈匡胜收养，方得生存。审知据闽，选良家女充入后宫，金凤幸得与选，年方十七，姿貌不过中人，却生得聪明乖巧，娇小玲珑。一入宫中，便解歌舞。审知喜她灵敏，即令贴身服事。

延钧出入问安，金凤曲意承迎，引得延钧很是欢洽，心痒难熬。惟因老父尚在，不便勾搭，没奈何迁延过去。至审知一殁，延钧嗣位，还有什么顾忌？便即召入金凤，侑酒为欢，郎有心，妾有意，彼此不必言传，等到酒酣兴至，自然拥抱入床，同做巫山好梦。这一夜的颠鸾倒凤，备极淫荡。延钧已娶过两妻，从没有这般滋味，遂不禁喜出望外，格外情浓，及僭号称帝，拟册正宫，元配刘氏早卒，继室金氏，貌美且贤，不过枕席上的工夫，很是平淡，延钧本不甚欢昵。到了金凤入幸，比金氏加欢百倍。那时闽后的位置，当然属诸金凤了。只是要做元绪公奈何！既立金凤为皇后，即追封他假父陈岩为节度使，母陆氏为夫人，族人守恩、匡胜为殿使。别筑长春宫，作藏娇窟。

延钧尝用薛文杰为国计使，文杰敛财求媚，往往诬富人罪，籍没家资，充作国用，以此得大兴土木，穷极奢华。并且广采民女，罗列长春宫中，令充侍役。每当宫中夜宴，辄燃金龙烛数百枝，环绕左右，光明如昼。所用杯盘，统是玛瑙、琥珀及金玉制成，且令宫婢数十人擎住，不设几筵。匪夷所思。饮到醉意醺醺，延钧与金凤，便将衣服尽行卸去，裸着身体，上床交欢。床四围共有数丈，枕可丈余，当两人交欢时，又令诸宫人裸体伴寝，互为笑谑。嗣复遣使至安南，特制水晶屏风一具，周围四丈二尺，运入长春宫寝室。延钧与金凤淫狎，每令诸宫女隔屏窥视，金凤常演出种种淫态，取悦延钧。或遇上巳修禊，及端午竞渡，必挈金凤偕游。后宫妇女，杂衣文锦，夹拥而行。金凤作乐游曲，令宫女同声歌唱，悠扬宛转，响遏行云。还有兰麝气，环麝声，遍传远近，令人心醉。这真可谓淫荒已极了。

延钧既贪女色，复爱娈僮。有小吏归守明面似冠玉，肤似凝酥，他即引入宫中，与为欢狎，号为归郎。淫女尤喜狂，顿令这水性杨花的金凤姑娘，也为颠倒梦想，愿与归郎作并头莲。归郎乐得奉承，便觑隙至金凤卧房，成了好事。金凤得自母传，不意归郎竟似侯伦。起初尚顾避延钧，后来延钧得疾，变成一个疯瘫症。于是金凤与归郎，差不多夜夜同床，时时并坐了。但宫中婢妾甚多，有几个狡黠善淫的，也想亲近归郎，乘机要挟。害得归郎无分身法，另想出一条妙计，招入百工院使李可殷与金凤通奸。金凤多多益善，况可殷是个伟岸男子，仿佛是战国时候的嫪毒，独得秘缄，益足令金凤惬意。归郎稍稍得暇，好去应酬宫人，金凤也不去过问。惟可殷不在时，仍令归郎当差。当时延钧曾命锦工做九龙帐，掩蔽大床，国人探悉宫中情形，作一歌词道："谁谓九龙帐，只贮一归郎！"延钧哪里得知，就使有些知觉，也因疾病在身，振作不起。

天下事无独必有偶，那皇后陈金凤外，又出一个李春燕。凤后有燕，何畜生之多也！春燕为延钧侍妾，妖冶善媚，不下金凤。姿态比金凤尤妍。延钧也加爱宠，令居长春宫东偏，叫做东华宫。用珊瑚为棁榆，琉璃为椽瓦，檀楠为梁栋，缀珠为帘幕，范金为柱础，与长春宫一般无二。自延钧骤得疯瘫，不能御女，金凤得了归守明、李可殷等，作为延钧的替身，春燕未免向隅，势不免另寻主顾。凑巧延钧长子继鹏，愿替父代劳，与春燕联为比翼，私下订约，愿做长久夫妻。乃运动金凤，乞她转告延钧，令两人得为配偶。延钧本来不愿，经金凤巧言代请，方将春燕赐给继鹏，两人自然快意，不消絮述。

惟延钧素性猜忌，委任权奸。内枢密使吴英为国计使薛文杰所谮，竟致处死。英尝典兵，得军士心，军士因此嗟怨。忽闻吴人攻建州，当即发兵出御，偏军士不肯出发，请先将文杰交出，然后起程。延钧不允，经继鹏一再固请，乃将文杰捕下，给与军士，军士乱刀分刲，脔食立尽，始登途拒吴。吴人退去。

既而延钧复忌亲军将领王仁达，勒令自尽，一切政事，统归继鹏处置。皇城使李仿，与春燕同姓，冒认兄妹，遂与继鹏作郎舅亲，自恣威福。李可殷尝被狎侮，心怀不平，密与殿使陈匡胜勾结，谗构李仿及继鹏。继鹏弟继韬，又与继鹏不睦，党入可殷，密图杀兄。偏继鹏已有所闻，也尝与李仿密商，设法除患。会延钧病剧，继鹏及仿，放胆横行，竟使壮士持梃，闯入可殷宅中。正值可殷出来，当头猛击，脑裂而死。死得猝不及防。

看官试想，这李可殷是皇后情夫，骤遭惨毙，教阿凤何以为情？慌忙转白延钧，不意延钧昏卧床上，满口谵语，不是说延禀索命，就是说仁达呼冤。金凤无从进言，只好暗暗垂泪，暂行忍耐。到了次日，延钧已经清醒，即由金凤入诉，激起延钧暴怒，力疾视朝。呼入李仿，诘问可殷何罪？仿含糊对付，但言当查明复旨。踉跄趋出，急与继鹏定计，一不做，二不休，号召皇城卫士，鼓噪入宫。

延钧正退朝休息，高卧九龙帐中，蓦闻哗声大至，亟欲起身，怎奈手足疲软，无力支撑。那卫士一拥突入，就在帐外用槊乱刺，把延钧搠了几个窟窿。金凤不及奔避，也被刺死。归郎躲入门后，由卫士一把抓住，斫断头颅。李仿再出外擒捕陈守恩、匡胜两殿使，尽加杀戮。继韬闻变欲逃，奔至城门，冤家碰着对头，适与李仿相值，拔刀一挥，便即陨首。延钧在九龙帐中，尚未断气，宛转啼号，痛苦难忍。宫人因卫士已去，揭帐启视，已是血殷床褥，当由延钧嘱咐，自求速死，令宫人刺断喉管，方才毕命。小子有诗叹道：

九龙帐内闪刀光，一代昏君到此亡！
荡妇狂且同一死，人生何苦极淫荒！

延钧被弑，这大闽皇帝的宝座，便由继鹏据住，安然即位。欲知此后情形，俟小子下回说明。

唐主从厚，与闽主延钧，先后被弑，正是两两相对。惟从厚生平行事，不若延钧之淫昏，乃一则即位未几，即遭变祸，一则享国十年，才致陨命；此非天道之无知，实由人事之有别。明宗末年，乱机已伏，不发难于明宗之世，而延及于从厚之身，天或者尚因明宗之逆取顺守，尚有令名，特不忍其亲罹惨祸，乃使其子从厚当之耳。延钧嗣位，闽固无恙，初年尚不甚淫荒，至僭号为帝，立淫女为后，于是愈昏愈乱，而大祸起矣。本回叙入闽事，全从《十国春秋》中演出，并非故意媟亵，导人为淫。阅者当知淫昏之适以致亡，勿作秽语观可也。

第二十七回

嘲公主醉语启戎　援石郎番兵破敌

却说王继鹏弑父、杀弟，并将仇人一并处死，喜欢得了不得，遂假传皇太后命，即日监国。到了晚间，没一人敢生异议，便登了帝座，召见群臣。群臣皆俯伏称贺。继鹏改名为昶。册李春燕为贤妃。命李仿判六军诸卫事。仿为弑君首恶，心常自疑，多养死士，作为护卫。继鹏恐他复蓄异谋，密与指挥使林延皓计议，托名犒军，大享将士，暗中布着埋伏，专候李仿进来，顺便下手。仿昂然直入，趋至内殿，猝遇伏甲突出将他拿下，立即枭斩。当下阖住内城，严防外乱，并将仿首悬示启圣门外，揭仿弑君、弑后，及擅杀继韬等罪状。仿部众不服，攻应天门，未能得手，转焚启圣门，由林延皓率兵拒守，也不得逞。但将仿首取去，东奔吴越。

继鹏闻乱兵溃去，心下大悦，当命弟继严权判六军诸卫，用六军判官叶翘为内宣徽使，追号父鏻即延钧，见前。为“惠宗皇帝”，发丧安葬，改元通文。尊皇太后黄氏为太皇太后，进册李春燕为皇后。继鹏本有妻李氏，自得了春燕，将妾作妻，正室反贬入冷宫。春燕好淫工媚，善伺主意。继鹏非常宠爱，坐必同席，行必同舆，别造紫微宫，专供春燕游幸，繁华奢丽，且过东华。好算跨灶。春燕所言，继鹏无不允从。内宣徽使叶翘，博学质直，本为福邸宾僚，继鹏待以师礼，多所裨益。及入为宣徽使，反致言不见用，翘固请辞职，却屡承慰留。既而为李后事，上书切谏，惹动继鹏怒意，援笔批答道："一叶随风落御沟！"是古今批语中所罕有。遂放翘归水泰原籍，翘幸得寿终。

这且慢表，且说河东节度使石敬瑭，既抵晋阳，尚恐为朝廷所忌，阴图自全，常称病不理政事。有二子重英、重裔，留仕都中，重英任右卫上将军，重裔为皇城副使，皆受敬瑭密嘱，侦探内事。两人贿托太后左右，每有所闻，即行传报。所以唐主从珂，与李专美、李崧、吕琦、薛文遇、赵廷义等日夕密谈，无不探悉。适契丹屡寇北边，禁军多屯戍幽州。敬瑭乃与幽州节度使赵德钧，联名上表，乞请增粮。有诏借河东菽粟，及镇州输绢五万匹，出易粮米。特派镇、冀二州车千五百乘，运粮至幽州戍所。敬瑭复自率大军，出屯忻州。

是时天旱民饥，百姓既苦乏食，又病徭役。敬瑭督促甚急，未免怨声载道。凑巧唐廷遣使到来，赐给敬瑭军夏衣，军士急呼万岁，声彻全营。敬瑭独自担忧，幕僚段希尧进言道："将在外，君命有所不受。今军士不由将令，预先传呼万岁，是目中已无主帅了，他日如何使用？请查出首倡，明正军法！"敬瑭乃令刘知远查究，得三十六人，推出处斩，为各军戒。朝使闻此消息，返报从珂。从珂越生疑忌，即派武宁军节度使张敬达，为北面行营副总管，名目上是防御契丹，实际上是监制敬瑭。敬瑭并非笨伯，猜透从珂微意，格外加防。药线已设，总要爆裂。

好容易到了清泰三年，正月上浣，即值从珂诞辰，宫中号为千春节，置酒内廷，文武百官，联翩趋入，奉觞进贺。从珂已喝了许多巨觥，带着一片醉意，宴毕回宫，巧值魏国长公主，自晋阳来朝祝寿，便即捧上瑶觞，表达贺忱。从珂接饮毕，便笑问道："石郎近日何为？"公主答道："敬瑭多病，连政务都不愿亲理，每日惟卧床调养，需人侍奉罢了。"为夫托疾，究竟女生外向。从珂道：“我忆他筋力素强，何致骤然衰弱？公主既已至京，且在宫中宽留数日，由他去罢。”公主着急道：“正为他侍奉需人，所以今日入祝，明日即拟辞归。”从珂不待词毕，便作醉语道：“才行到京，便想西归，莫非欲与石郎谋反么？”公主闻言，不禁俯首，默然趋退。从珂亦即安寝。

次日醒来，即有人入谏从珂，说他酒后失言。此人为谁？乃是皇后刘氏。从珂即位后，曾追尊生母鲁国夫人魏氏为太后，册正室沛国夫人刘氏为皇后。此是补叙之笔。刘氏素性强悍，颇为从珂所畏，她闻从珂醉语，一时不便进规，待至诘旦，方才入谏。从珂已经失记，至由刘后述及，方模模糊糊地记忆起来，心中亦觉自悔。当下召入魏国长公主，好言抚慰，并说昨夕过醉，语不加检，幸勿介怀。公主自然谦逊，一住数日，方敢告辞。从珂且进封她为晋国长公主，俾她悦意，且赐宴饯行。

毕竟夫妇情深，远过兄妹，公主还归晋阳，即将从珂醉语，报告敬瑭。敬瑭益加疑惧，即致书二子，嘱令将洛都存积的私财，悉数载至晋阳，只托言军需不足，取此接济。于是都下谣言，日甚一日，都说是河东将反。

唐主从珂，时有所闻，夜与近臣从容议事，因与语道：“石郎是朕至亲，本无可疑，但谣言不靖，万一失欢，将如何对待呢？”群臣皆不敢对，彼此支吾半晌，便即退出。学士李崧，私语同僚吕琦道：“我等受恩深厚，怎能袖手旁观？吕公智虑过人，究竟有无良策？”琦答道：“河东若有异谋，必结契丹为援。契丹太后，以赞华投奔我国，屡求和亲，赞华事见二十三回。只因我拘留番将，未尽遣还，所以和议未成。今若送归番将，再饵以厚利，岁给礼币十余万缗，谅契丹必欢然从命，河东虽欲跳梁，当亦无能为了。”和亲亦非良策，不过少延岁月。崧答道："这原是目前至计，惟钱谷皆出三司，须先与张相熟商，方可奏闻。"说着，即邀吕琦同往张第。

张相乃是张延朗，明宗时曾充三司使，从珂篡位，命他为吏部尚书，兼同平章事职衔，仍掌三司。后唐称度支、盐铁、户部为三司。闻李、吕二人进谒，当即出迎。李崧代述琦计，延朗道："如吕学士言，不但足制河东，并可节省边费。若主上果行此计，国家自可少安，应纳契丹礼币，但向老夫责办，定可筹措，请两公速即奏陈。"二人大喜，辞了延朗。至次日入内密奏，从珂颇以为然，令二人密草国书，往遗契丹，静俟使命。

二人应命退出，从珂复召入枢密直学士薛文遇，与商此事。文遇道："堂堂天子，若屈身夷狄，岂不足羞！况虏性无厌，他日求尚公主，如何拒绝！汉成帝献昭君出塞，后悔无穷，后人作昭君诗云：'安危托妇人。'这事岂可行得？"从珂不禁失声道："非卿言，几乎误事！"

越日急召崧、珂入后楼，二人总道是索阅国书，怀稿入见。不料从珂在座，满面怒容，待二人行过了礼，便叱责道："卿等当力持大体，敷佐承平，奈何徒出和亲下策！朕只一女，年尚乳臭，卿等欲弃诸沙漠么？且外人并未索币，乃欲以养士财帛，输纳虏廷，试问二卿究怀何意？'二人慌忙拜伏道："臣等竭愚报国，并非敢为虏计，愿陛下熟察！"从珂怒尚未息，李崧只管磕头，吕琦拜了两拜，便即停住。从珂瞋目道："吕琦强项，尚视朕为人主么？"琦亦抗声道："臣等为谋不臧，但请陛下治罪，若多拜即可邀赦，国法转致没用了！"尚有丈夫气。从珂被他一驳，颜才少霁，令二人起身，各赐卮酒压惊。二人跪饮，拜谢而退。

未几即降调琦为御史中丞，不令入直。朝臣窥测意旨，哪敢再言和亲。忽由河东呈入奏章，系是石敬瑭自陈羸疾，乞解兵柄，或徙他镇。从珂览奏，明知非敬瑭真意，但事出彼请，乐得依从，便拟将敬瑭移镇郓州。李崧、吕琦又上书谏阻，还有升任枢密使房暠，亦力言不可。独薛文遇奋然道："俗语有言，'道旁筑室，三年不成'，此事应断自圣衷，群臣各为身谋，怎肯尽言！臣料河东移亦反，不移亦反，不若先事防维为是！"也是汉晁错流亚。从珂大喜道："卿言正合朕意。前日有术士言，谓朕今年应得贤佐，谋定天下，想应验在卿身了！"不从彼言，何致焚身？立命学士院草制，徙敬瑭为天平节度使，特命马军都指挥使宋审虔出镇河东，且令张敬达为西北蕃汉马步都部署，促敬瑭速移郓州。

看官试想，这石敬瑭表请移镇，明明是有意尝试，哪知弄假成真，竟颁下这道诏命。慌忙召集将佐，私下与商道："我再来河东时，主上曾许我终身在此，不更换人接替，今忽有是命，是与千春节向公主言，同一忌我，我难道便来就死么？"幕僚段希尧，及节度判官赵莹，观察判官薛融等，俱劝敬瑭暂且忍耐，姑往郓州。旁有一将闪出道："不可不可！明公今往郓州，是所谓迁乔入谷了。试思明公在此，兵强马壮，若称兵传檄，帝业可成，奈何以一纸诏书，甘投虎口呢？"敬瑭闻言瞧着，正是都押牙刘知远，彼固不屑在人下者。方欲出言回答，又有一人接入道："明公入朝，今上新即位，岂不知蛟龙异物，不宜纵入深渊，乃仍把河东授公，这是天意相助，非人谋所得违。况明宗遗爱在人，今上以养子入继，名不正，言不顺，公系明宗爱婿，反招今上疑忌，若不早图，后悔无及了！"敬瑭视之，是掌书记桑维翰，一推一挽，拥起此石。乃向二人拱手道："二公所言甚明，但恐河东一镇，未能抵制朝廷。"维翰又道："从前契丹主子，与明宗约为兄弟，今部兵出没西北，公诚能推诚屈节，服事契丹，万一有急，朝呼夕至，何患不成？"甘心事狄，沦十六州为左衽，维翰实为罪魁。敬瑭遂决意发难，特令维翰草起表文，请唐主从珂让位。略云：

臣河东节度使石敬瑭，谨顿首上言：古者帝王之治天下也，立储以长，传位以嫡，为古今不易之良法。晋献公以骊姬之故，废太子，立奚齐，晋之乱者数十年。秦始皇不早立储君，杀扶苏，立胡亥，卒至自亡其国。唐之天下，明宗之天下也。明宗皇帝，金戈铁马之所经营，麦饭豆粥之所收拾，持三尺剑，马上得天下，厥功亦非小可。近者宫车晏驾，宋王登基，陛下乃以养子入攘大统，天下忠义之士，皆为扼腕。区区臣愚，欲望陛下退处藩邸，传位许王，有以对明宗皇帝在天之灵，有以服天下忠臣义士之心。不然，同兴问罪之师，稍正篡位之罪，徒使流血污庭，生灵涂炭，彼时悔之，亦噬脐矣！冒昧上言，复候裁夺。

原来从珂篡位时，除弑死故主从厚外，所有明宗后妃，及少子许王从益，俱安居宫中，未尝冒犯。所以敬瑭此表，迫从珂传位从益。情理颇正，但问汝入洛后，何故不拥立许王？看官！你想从珂是肯依不肯依呢？表文到京，一入从珂目中，无名火引起三丈，立即撕碎，抛掷地上，令学士书诏斥责道：

卿于鄂王固非疏远，卫州之事，卿实负之。许王之言，何人肯信？卿其速往郓州，毋得徘徊不进，致干罪戾，特此谕知。

敬瑭得诏，复与刘知远等商议，知远道：“先发制人，后发为人制。今日已成骑虎，不能再下，请即传檄四方，且求救契丹，即日举义，当无不克！”敬瑭依计而行，忽报雄义都指挥使安元信，率部下六百人来降，即由敬瑭迎入，婉言慰问道："朝廷称强，河东称弱，公为何舍强归弱呢?"元信道："元信不能知星识气，但据人事而论，帝王能治天下，唯信最重。今主上与明公最亲，尚不能以信相待，况疏贱呢？无信如此，亡可立待，怎得为强！"敬瑭大悦，委以军事，命为亲军巡检使。既而振武西北巡检使安重荣，及西北先锋指挥使安审信、张万迪等，各率部兵归晋阳。敬瑭一一欣纳。

嗣闻朝旨次第颁下，削夺河东节度使官爵，这尚是意中所有的事情。未几，由探卒入报，张敬达为四面排阵使，张彦琪为马步军都指挥使，安审琦为马军都指挥使，相里金为步军都指挥使，武廷翰为壕塞使，率兵数万，杀奔太原来了。一急。又未几再得急报，张敬达为太原四面都部署，杨光远为副，高行周为太原四面招抚排阵等使，调集各道马步兵，已自怀州进行，不日要到太原了。二急。

敬瑭召语将佐道："事急了！快到契丹求救罢。"言未已，复有一凶耗传来，乃是亲弟都指挥使敬德，及从弟都指挥使敬威，并二子重英、重裔，一并被诛，险些儿将敬瑭痛死，半晌才哭出声来。此急非同小可。一声大恸，又复将喉咙塞住，但用两手捶胸，好容易迸出声泪，且哭且语道："我受明宗皇帝厚恩，出力报国，今乃使子弟冤死，含恨九泉！若非举兵向阙，恐一门无噍类了！我非敢负明宗，实朝廷激我至此，不得不然。皇天后土，实闻此言！"各将佐等都从旁劝慰。

敬瑭亟命桑维翰草表，向契丹称臣，且愿事以父礼，乞即发兵入援。事成以后，愿割卢龙一道，及雁门关以北诸州，作为酬谢。刘知远忙出阻道："称臣已足，何必称子；厚许金币，亦足求援，何必割畀土地。今日因急相许，他日必为中国大患，悔无及了！"颇得先见，可惜敬瑭不从。敬瑭道："且管眼前要紧，顾不得日后了。"便令维翰缮讫，遣使持表赴契丹。

契丹主耶律德光，曾梦一神人从天而下，庄容与语道："石郎使人唤汝，汝宜速去！"及醒后，转告述律太后，太后以为梦兆无凭，不足注意。及敬瑭使至，览表大喜，慨然允诺。入白述律太后道："梦兆已验，天意早使我援石郎呢！"述律太后也即喜慰，因打发回书，仍令原使赍还，约言秋高马肥，当倾国入援。敬瑭得书，稍稍放怀，惟整缮兵备，固守城濠。

过了数日，张敬达率军大至，来攻晋阳。敬瑭授刘知远为马步军指挥使，所有安重荣、张万迪诸降将悉归节制。知远用法无私，不分新旧，因此士心归附，俱乐为用。敬瑭身披重甲，亲自登城，任他城下各军，飞矢投石，一些儿没有畏缩，只是坐镇城楼。知远在旁进言道："观敬达辈无他奇策，不过深沟高垒，为持久计，愿明公分道遣使，招抚军民，免得与我为难。若守城尚是容易，知远一人，已足担当，请公勿忧！"敬瑭握知远手，且抚背道："得公如此，我自无忧了。"遂下城自去办事，一切守城计划，悉委知远。

知远日夕不懈，小心拒守，张敬达屡攻不下。那催督攻城的朝使，却一再至军，嗣又令吕琦犒师。兵马副使杨光远语琦道："愿附奏皇上，幸宽宵旰，贼若无援，旦夕当平，就使契丹兵到来，亦可一战破敌呢！"谈何容易。琦返报唐主从珂，从珂很是欣慰。偏偏过了旬日，未见捷报，免不得再下诏谕，饬诸军速攻晋阳。敬达恰也心焦，四面围攻，适值秋雨连绵，营垒多被冲坏，长围竟不能合。晋阳城中，粮储日罄，也不免焦急起来，专望契丹入援。

契丹主耶律德光，如约出师，号令军前道："我非为石郎兴兵，乃奉天帝敕使，汝等但踊跃前进，必得天助，保无他患！"可见梦兆之言，或由德光设词欺众，并非果有此事。军士齐声应命，共得五万铁骑，浩荡南来，扬言大兵三十万，从扬武谷趋入，直达晋阳，列营汾北。德光先遣人通报敬瑭道："我今日即拟破敌，可好么?"敬瑭亟遣人驰告德光，谓"南军势盛，未可轻战，不如待至明日"。使人方去，遥闻鼓角齐鸣，喊声大震，料知两边已经交锋，忙令刘知远带着精兵，出城助战。

说时迟，那时快，契丹主德光，已遣轻骑三千，进薄张敬达大营。敬达早已防着，见来兵皆不被甲，纵马乱闯，还道他轻率不整，便尽出营兵搦战，一场驱逐，把契丹兵赶至汾曲，契丹兵涉水自去。唐兵尚不肯舍，沿岸追击，哪知芦苇中尽是伏兵，几声胡哨，尽行突出，将唐兵冲作数截。唐步兵已追过北岸，多为所杀，惟骑兵尚在南岸，一齐引退。敬达忙收军回营，营内忽突出一彪人马，首先一员大将，跃马横枪，大声呼道："张敬达休走，刘知远已守候多时了。"敬达不觉着忙，急率败军南遁，又被追兵掩杀一阵，伤亡约万余人。

晋阳解围，敬瑭即整备羊酒，亲出犒契丹兵士。见了契丹主德光，行过臣礼。德光用手搀扶，且语敬瑭道："会面很迟，今日是君臣父子，幸得相会，也好算是盛遇了！"敬瑭拜谢，认虏为父已出不情，况敬瑭年龄当比德光为长，奈何以父礼事之！起身复问道："皇帝远来，士马疲倦，骤与唐兵大战，竟得大胜，这是何因?"德光大笑道："闻汝带兵多年，难道尚未知兵法么?"乐得嘲笑。敬瑭怀惭，只好侧身恭听。正是：

战败适形中国弱，兵谋竟让外夷优。

毕竟德光如何说法，且看下回续叙。

有从珂之弑君篡位，必有石敬瑭之叛命兴师，以逆召逆，非特天道，人事亦如是耳。从珂，明宗之养子也；敬瑭，明宗之爱婿也。养子得之，何如爱婿得之。从珂因而忌敬瑭，敬瑭亦因之拒从珂。薛文遇谓河东移亦反，不移亦反，原是确论，但不结契丹以制河东之死命，徒激之使反，果何益乎？敬瑭急于叛命，甘臣契丹。称臣不足，继以称子，称子不足，继以割燕云十六州，刘知远谏阻不从，卒使十六州人民，沦入夷狄，敬瑭之罪，莫大于此。故其叛从珂也，情尚可原，而其引契丹入中国也，罪实难恕。敬瑭其五代时之祸首乎！

第二十八回

契丹主册立晋高祖　述律后笑骂赵大王

却说契丹主耶律德光，因石敬瑭问及兵谋，便笑答道："我出兵南来，但恐雁门诸路，为唐军所阻，扼守险要，使我不得进兵。嗣使人侦视，并无一卒，我知唐无能为，事必有成，所以长驱深入，直压唐营。我气方锐，彼气方沮，若非乘势急击，坐误事机，胜负转未可知了。这乃是临机应变，不能与劳逸常理，一般评论哩。"敬瑭很是叹服，便与德光会师，进逼唐军。

张敬达等奔至晋安寨，收集残兵，闭门固守，当被两军围住，几乎水泄不通。敬达检点兵卒，尚不下五万人，战马亦尚存万匹，怎奈士无斗志，无故自惊。敬达也自知难恃，忙遣使从间道驰出，赍表入京，详告败状，并乞济师。唐主从珂，当然惶急，更命都指挥使符言饶，率洛阳步骑兵，出屯河阳，天雄节度使范延光，卢龙节度使赵德钧，耀州防御使潘环，三路进兵，共救晋安寨。一面下敕亲征。次子雍王重美入奏道："陛下目疾未痊，不宜远涉风沙，臣儿虽然幼弱，愿代陛下北行！"从珂巴不得有人代往，既得重美奏请，即欲依议，尚书张延朗及宣徽使刘延朗等入谏道："河东联络契丹，气焰正盛，陛下若不亲征，恐士卒失望，转误大事。还请陛下三思！"从珂不得已，自洛阳出发。

途次语宰相卢文纪道："朕素闻卿有相才，所以重用，今祸难至此，卿可为朕分忧否?”文纪无言可答，惟惶恐拜谢。及进次河阳，再由从珂召集群臣，咨询方略。文纪才进言道：“国家根本，实在河南，胡兵忽来忽往，怎能久留?晋安大寨甚固，况已发三路兵马，克日往援，兵厚力集，不难破敌。河阳系天下津要，车驾可留此镇抚南北，且遣近臣前往督战，就使不得解围，进亦未晚。”善承意旨，总算相才。张延朗亦插入道：“文纪所言甚是，请陛下准议便了。”

看官听着！张延朗曾劝驾亲征，为什么到了中途，骤然变计?他因忠武节度使赵延寿随驾北行，兼掌枢务，大权为彼所握，自己未免失势。此时闻文纪请遣近臣，正好将他派往，免得争权，因此竭力赞成。到此还要倾轧，可叹可恨！从珂怎识私谋，还道两人爱己，只是点首。待延朗说毕，乃问何人可派往督战，延朗又开口道：“赵延寿父德钧，率卢龙兵赴难，陛下何不遣延寿往会，乘便督战。”从珂迟疑未答，翰林学士须昌、和凝等，一同怂恿，方命延寿率兵二万，前往潞州。延寿领命去讫。

从珂数日不接军报，因复出次怀州，遍谕文武官僚，令他设谋拒敌。各官吏多半无能，想不出什么计策，惟吏部侍郎龙敏，上书献议道：“河东叛命，全仗契丹帮助，契丹主倾国入寇，内顾必然空虚，臣意请立李赞华为契丹主，派天雄、卢龙二镇，分兵护送，自幽州直趋西楼，令他自乱。朝廷不妨露檄说明，使契丹主内顾怀忧，回兵备变，然后命行营将士，简选精锐，从后追击，不但晋安可以解围，就是寇叛亦不难扫灭，这乃是出奇捣虚的上计。”确是良策。从珂却也称妙，偏宰相卢文纪等，谓契丹太后，素善用兵，国内不致无备，反多使二镇将士，送命沙场，因是议久不决；从珂反弄得毫无主张，但酣饮悲歌，得过且过。

群臣或又劝从珂北行，从珂道：“卿等勿言石郎，使我心胆堕地！”想是天夺其魄，所以索然气馁。于是群臣箝口，相戒勿言。独赵德钧上表行在，愿调集附近兵马，自救晋安寨，从珂总道他忠心为国，优诏传奖，且命他为诸道行营都统。赵延寿为河东道南面行营招讨使，父子在潞州相见，延寿便将所部二万人，尽付德钧。天雄节度使范延光，正奉命出屯辽州，德钧欲并延光军，延光不从，德钧即逗留潞州，延挨不进。从珂一再敦促，未闻受命。又是一个变脸。乃遣吕琦赐德钧手敕，并赍金帛犒师，德钧乃引军至团柏，屯营谷口，再行观望。

契丹主耶律德光，进兵榆林，所有辎重老弱，留住虎北口，相机行事，胜即进，败即退。赵延寿欲探知消息，出兵掩击，入白德钧，德钧笑道：“汝尚未知我来意么？我且为汝表奏行在，请授汝为成德节度使，若得旨俞允，我父子姑效忠朝廷，否则石氏称兵，欲图河南，我难道不能行此么？”延寿颇怨及延朗，也乐得依了假父。即日上表，略言“臣德钧奉命远征，幽州势孤，欲使延寿往驻镇州，以便接应，请朝廷暂假旌节”云云。从珂得表，面谕来使道：“延寿方往击贼，何暇移驻镇州，俟贼平后，当如所请。”来使返报德钧。德钧又复上表，坚请即日简命。从珂大怒道：“赵氏父子，必欲得一镇州，究为何意？他能击却胡寇，虽入代朕位，朕亦甘心。若徒玩寇要君，恐犬兔俱毙，难道畀一镇州，便能永远富贵么？”遂叱回来使，不允所请。

德钧闻报，即遣幕客厚赍金帛，往赂契丹。契丹主德光，问他来意，幕客便进言道：“皇帝率兵远来，非欲得中国土地，不过为石郎报怨。但石郎兵马，不及幽州，今幽州镇帅赵德钧，愿至皇帝前请命；如皇帝肯立德钧为帝，德钧兵力，自足平定洛阳，将与贵国约为兄弟，永不渝盟。石氏一面，仍令常镇河东，皇帝不必久劳士卒，尽可整甲回国，待德钧事成，再当厚礼相报。”这番言语，却把德光哄动起来。暗思自己深入唐境，晋安未下，德钧尚强，范延光出屯辽州，倘或归路被截，反致腹背受敌，陷入危途，不若姑允所请，一来可卖情德钧，二来仍保全石郎，取了金帛，安然归国，也可谓不虚此行了。便留住德钧幕客，徐与定议。

早有敬瑭探马，报知敬瑭。敬瑭大惊，忙令桑维翰谒见德光。德光传入，由维翰跪告道："皇帝亲提义师，来救孤危，汾曲一战，唐兵瓦解，退守孤寨，食尽力穷，转眼间即可扫灭。赵氏父子，不忠不信，素蓄异图，部下皆临期召集，更不足畏，彼特惧皇帝兵威，权词为饵，皇帝怎可信他诡言，贪取微利，坐隳大功。且使晋得天下，将尽中国财力，奉献大国，岂小利所得比呢！"德光半晌答道："尔曾见捕鼠否？不自防备，必致啮伤，况大敌呢！"维翰又道："今大国已扼彼喉，怎能啮人！"德光道："我非背盟，不过兵家权谋，知难乃退。况石郎仍得永镇河东，我也算是保全他了。"维翰急答道："皇帝顾全信义，救人急难，四海人民，俱系耳目，奈何一旦变约，反使大义不终，臣窃为陛下不取哩。"德光尚未肯允，经维翰跪在帐前，自旦至暮，涕泣固争，说得德光无词可驳，只好屈志相从。便召出德钧幕客，指着帐外大石，且示且语道："我为石郎前来，石烂乃改此心。汝去回报赵将军，他若晓事，且退兵自守，将来不失一方面，否则尽可来战！"德钧幕客，料知不便再说，只好辞归。

德光乃使维翰返报敬瑭，敬瑭即至契丹军营，亲自拜谢。但管自己，不管子孙，真正何苦！德光喜道："我千里来援，总要成功方去。观汝气貌识量，不愧中原主，我今便立汝为天子，可好么？"敬瑭闻言，好似暖天吃雪，非常凉快。但一时不好承认，只得推辞道："敬瑭受明宗厚恩，何忍遽忘？今因潞王篡国，恃强欺人，致烦皇帝远来，救危纾难。若自立为帝，非但无以对明宗，并且无以对大国！此事未敢从命！"德光道：

“事贵从权，立汝为帝，方使中国有主，何必固辞！”敬瑭含糊答应，但言回营再议。

既返本营，诸将佐已知消息，当然奉书劝进。遂在晋阳城南，筑起坛位，先受契丹主册封，命为晋王。然后择吉登坛，特于唐清泰三年十一月间，行即位礼。届期这一日，契丹主德光，自解衣冠，遣使赍授，并给册命。相传册中词句，因夷夏不同，特命桑维翰主稿，册文有云：

维天显九年。天显系契丹年号，见前文。岁次丙申，十一月丙戌朔，十二日丁酉，大契丹皇帝若曰：於戏！元气肇开，树之以君，天命不恒，人辅以德。故商政衰而周道盛，秦德乱而汉图昌。人事天心，古今靡异。咨尔子晋王，神钟睿哲，天赞英雄，叶梦日以储祥，应澄河而启运。迨事数帝，历试诸艰，武略文经，乃由天纵，忠规孝节，固自生知，猥以眇躬，奄有北土，暨明宗之享国也，与我先哲王保奉明契，所期子孙顺承，患难相济，丹书未泯，白日难欺。顾予纂承，匪敢失坠，尔维近戚，实系本支，所以予视尔若子，尔待予犹父也。朕昨以独夫从珂，本非公族，窃据宝图，弃义忘恩，逆天暴物，诛翦骨肉，离间忠良，听任矫谀，威虐黎献，华夷震悚，内外崩离。知尔无辜，为彼致害，敢征众旅，来逼严城。虽并吞之志甚坚，而幽显之情何负！达予闻听，深激愤惊，乃命兴师，为尔除患。亲提万旅，远殄群雄，但赴急难，罔辞艰险。果见神祇助顺，卿士协谋，旗一麾而弃甲平山，鼓三作而僵尸遍野。虽已遂予本志，快彼群心，将期税驾金河，班师玉塞。矧今中原无主，四海未宁，茫茫生民，若坠涂炭。况万几不可以暂废，大宝不可以久虚，拯溺救焚，当在此日。尔有庇民之德，格于上下；尔有戡难之勋，光于区宇；尔有无私之行，通乎神明；尔有不言之信，彰乎兆庶。予懋乃德，嘉乃丕绩，天之历数在尔躬，是用命尔，当践皇极。仍以尔自兹并土，首建义旗，宜以国号曰晋。朕永与为父子之邦，保山河之誓。於戏！诵百王之阙礼，行兹盛典，成千载之大义，遂我初心。尔其永保兆民，勉持一德，慎乃有位，允执阙中，亦惟无疆之休，其诫之哉！中国主子，受外夷册封，史不多见，故录述全文。

敬瑭登坛，拜受册命，并接过衣冠，穿戴起来。好一个不华不夷的主子，南面就座，受部臣朝贺。礼毕乃鼓吹而归。当时附和诸臣，又盛言符谶，托为符瑞。相传朱梁开国时，壶关县庶穰乡中，有乡人伐树，树分两片，中有六字云：“天十四载石进。”潞州行营使李思安，呈报梁主朱温，温令大臣考察，均不能解。乃藏诸武库。至敬瑭称帝，遂有人强为解释，谓“天”字两旁，取“四”字旁两画加入，便成“丙”字，“四”字去中间两画，加入“十”字，便成“申”字。如此牵强，无不可解。这就是应在丙申年。《周易》晋卦彖辞，有“晋者进也”一语，国号大晋，岂非明验。又当晋阳受困时，城中北面，有毗沙门天王祠，夤夜献灵，金甲执殳，巡行城上，既而不见，内外俱惊为神奇。牙城内有崇福坊，坊西北隅有泥神，首上忽出现烟光，如曲突状。询诸坊僧，谓唐庄宗得国时，神首上亦曾出烟。今烟又重出，当有别应。嗣是日旁多有五色云气，如莲芰状，术士多指为天瑞。敬瑭也目为祥征，因此乘势称帝，号令四方。

即位以后，又至番营拜谢德光，愿割幽、蓟、瀛、莫、涿、檀、顺、新、妫、儒、武、云、应、环、朔、蔚十六州，作为酬谢，并输契丹岁币三十万匹。何其慷慨。德光自然心喜，就在营内设宴，与敬瑭欢饮而别。

敬瑭返入晋阳，即于次日御崇元殿，降制改元，号为天福。一切法制，皆遵唐明宗故事。命赵莹为翰林学士承旨，桑维翰为翰林学士，权知枢密院事。刘知远为侍卫马军都指挥使，客将景延广为步军都指挥使。此外文武将佐，封赏有差，册立晋国长公主李氏为皇后，大赦天下。布置已定，再会契丹兵攻晋安寨。

晋安寨已被围数月，待援不至，营将高行周、符彦卿等，屡出突围，均被契丹兵杀回。寨中刍粮俱尽，张敬达决志死守，毫无叛意。杨光远、安审琦等，入劝敬达，谓“不如投降契丹，保全一营性命。”敬达怒叱道：“我为元帅，兵败被围，已负重罪，奈何反教我降敌呢！且援兵旦暮且至，何妨再待数日。万一援绝势穷，汝等可降，我却不降，宁可刎首，俾汝等出献番虏，自求多福，我终不愿背主求荣哩！”还算忠臣。光远斜睨审琦，意欲令他下手，审琦不忍加害，转身趋出，告知高行周，行周也服敬达忠诚，常引壮骑为卫。敬达未识情由，反语人道：“行周尝随我后，意欲何为？”不识好人，终致一死。行周乃不敢相随。杨光远觑得此隙，屡召诸将密议，诸将常称敬达为张生铁，各有怨言，遂与光远合谋，决杀敬达。诘旦敬达升帐，光远佯称启事，趋至案前，拔出佩刀，竟将敬达刺死，开寨出降契丹。

契丹主德光，收纳降众，入寨检查，尚存马五千匹，铠仗五万件，悉数搬归，交与敬瑭，并将降将降卒，亦尽归敬瑭约束，且面谕道：“勉事尔主！”又因张敬达为忠死事，收尸礼葬，语部众及晋诸将道：“汝等身为人臣，当效法敬达呢！”唐马军都指挥使康思立，听了此言，且惭且愤，即致病终。思立尚有人心，足愧杨光远等。敬瑭复请命德光，会师南下，德光语敬瑭道：“桑维翰为汝尽忠，汝当用以为相。”敬瑭乃授维翰为中书侍郎，赵莹为门下侍郎，并同平章事，赐号推忠兴运致理功臣。敬瑭欲留一子守河东，亦向德光询明。德光令尽出诸子，以便审择。敬瑭当然遵命，令诸子进谒德光。德光仔细端详，见有一人貌类敬瑭，双目炯炯有光，即指示敬瑭道："此儿目大，可任留守。"敬瑭答道："这是臣养子重贵。"德光点首，乃令重贵留守太原，兼河东节度使。看官听说！这重贵是敬瑭兄敬儒子，敬儒早卒，敬瑭颇爱重贵，视若己儿，就是后来的出帝。

晋阳既有人把守，遂由德光下令，遣部将高谟翰为先锋，用降卒前导，迤逦进兵，自与敬瑭为后应。前锋到了团柏，赵德钧父子，未战先遁。符彦饶、张彦琪、刘延朗、刘在明各将吏，本皆由从珂遣往救应，至是亦相继溃散。士卒自相践踏，伤亡无算，再经契丹兵从后尾击，杀得唐军尸横遍野，血流成渠。及德光、敬瑭至团柏谷口，唐军早不知去向，仅剩得一片荒郊，枯骨累累了。

唐主从珂留寓怀州，尚未得各军消息，至刘延朗、刘在明等，狼狈奔还，方知晋安失守，团柏又溃，敬瑭已自称帝，杨光远等统皆叛去，急得神色仓皇，不知所措。众议天雄军未曾交战，军府远在山东，足遏敌氛，不如驾幸魏州，再作计较。从珂也以为然。但因学士李崧，素与范延光友善，乃召崧入议。薛文遇未知情由，亦踵迹入见，从珂勃然变色。崧料知为着文遇，急蹑文遇靴尖，文遇会意，慌忙退出。从珂乃语崧道："我见此物，几乎肉颤，恨不拔刀刺死了他！"本是贤佐，奈何欲将他刺死？崧答道："文遇小人，浅谋误国。何劳陛下亲自动手！"从珂怒意少解，始与崧议东幸事。崧谓延光亦未必可恃，不如南还洛阳。从珂依议，遂谕令起程还都。

洛阳人民，闻北军败溃，车驾遁还，顿时谣言四起，争出逃生。门吏禀请河南尹重美，出令禁止，重美道："国家多难，未能保护百姓，倘再欲绝他生路，愈增恶名，不如听他自便罢！”乃纵令四窜，众心少安。

从珂自怀州至河阳，闻都下有慌乱情形，也不敢遽返，且在河阳暂住，命诸将分守南北城。一面遣人招抚溃将，为兴复计。哪知人心瓦解，众叛亲离，诸道行营都统赵德钧，与招讨使赵延寿，已迎降契丹，被耶律德光拘送西楼去了。原来德钧父子，奔至潞州，敬瑭先遣降将高行周，劝令迎降，德钧到也乐从。既而敬瑭与德光同至潞州，德钧父子，即迎谒高河。德光尚好言慰谕，惟敬瑭掉头不顾，任他谒问，始终不与交言。德光知两下难容，乃将德钧父子，送解西楼。

德钧见述律太后，把所赍宝货，及田宅册籍进献。述律太后问道：“汝近日何故往太原？”德钧道：“奉唐主命。”述律太后指天道：“汝从吾儿求为天子，奈何作此妄语？”说着，又自指胸前道：“此心殊不可欺哩！”德钧俯伏在地，不敢出声。至此亦知愧悔否？述律太后又说道：“我儿将行，我曾诫我儿云：‘赵大王若伺我空虚，北向渝关，汝急宜引归，自顾要紧！太原一方的成败，管不得许多了。’汝果欲为天子，俟击退我儿，再行打算，也不为迟。汝本为人臣，既不思报主，又不能击敌，徒欲乘乱徼利，不忠不义，尚有什么面目，来此求生呢？”爽快之至，读至此应浮一大白！德钧吓得乱抖，只是叩首乞哀。述律太后又问道：“货物在此，田宅何在？”德钧道：“在幽州。”述律太后道：“幽州今属何人？”德钧道：“现属太后！”述律太后道：“既属吾国，要你献什么？”德钧渐汗交流，只恨地上无隙，不能钻入。还是述律太后大发慈悲，令暂拘狱中，俟德光回来，再行发落。可怜德钧至此，又不能不磕头称谢，退至番狱待罪。及德光北归，才将他父子释出。德钧怏怏而亡，延寿却得为翰林学士。小子有诗叹道：

番妇犹知忠义名，如何华胄反偷生！
虏廷俯伏遭呵责，可有人心抱不平！

欲知耶律德光何时归国，容至下回叙明。

从珂以骁勇著名，乃石郎一反，即致心胆坠地，是非前勇而后怯也，盖未得富贵以前，冒险进取，虽死不顾，故能以百战成名。既得富贵以后，志愿既盈，其气渐衰，故转至一蹶不振。且也从珂得国，由于篡窃而来，不意石郎之起而议其后，自问心虚，益致气馁，而当时文武将佐，又属朝秦暮楚，成为习惯，四顾无一人可恃，安能不为之沮丧也。惟石敬瑭乞怜外族，恬不知羞，同一称臣，何如不反，既已为帝，奈何受封，虽为唐廷所迫，不能不倒行逆施，然名节攸关，岂宜轻隳！谋之不臧，非特贻害子孙，抑且沦陷民族，惜不令述律太后，以责赵德钧者责石敬瑭，而竟使其靦为民上也。

第二十九回

一炬成灰到头孽报　三帅叛命依次削平

却说晋王石敬瑭，既入潞州，即欲引军南向。契丹主耶律德光，意欲北归，乃置酒告别，举杯语敬瑭道："我远来赴义，幸蒙天佑，累破唐军。今大事已成，我若南向，未免惊扰中原，汝可自引汉兵南下，省得人心震动。我令先锋高谟翰，率五千骑护送，汝至河梁，尚欲谟翰相助，可一同渡河，否则亦听汝所便。我且留此数日，候汝好音，万一有急，可飞使报我，我当南来救汝！若洛阳既定，我即北返了。"敬瑭很是感激，与德光握手，依依不舍，泣下沾襟。亦知德光之为胡酋否？德光亦不禁泪下，自脱白貂裘，披住敬瑭身上。且赠敬瑭良马二十匹，战马千二百匹，并与订约道："世世子孙，幸勿相忘！"敬瑭自然应命。德光又说道："刘知远、赵莹、桑维翰，统是汝创业功臣，若无大故，不得相弃！"敬瑭亦唯唯遵教。随即拜别德光，与契丹将高谟翰，进逼河阳。

唐都指挥使符彦饶、张彦琪等，自团柏败还，密白唐主从珂道："今胡兵得势，即日南来，河水复浅，人心已离，此处断不能固守，不如退归洛都。"从珂乃命河阳节度使苌从简，与赵州刺史赵在明，协守河阳南城，自断浮桥归洛阳。遣宦官秦继旻，与皇城使李彦绅，突至李赞华第中，将他击死，聊自泄忿。哪知石敬瑭一到河阳，苌从简马上迎降，且代备舟楫，请敬瑭渡河，一面执住刺史刘在明，送入敬瑭营中。敬瑭释在明缚，令复原官，遂渡河向洛阳进发。

唐主从珂，亟命都指挥使宋审虔、符彦饶，及节度使张彦琪，宣徽使刘延朗，率千余骑至白马阪，巡行战地，准备驻守。忽见晋军渡河而来，约有五千余骑，登岸先驱，符彦饶等已相顾骇愕，共语审虔道："何地不可战？何苦在此驻营，首当敌冲！"说着，便即驰还。审虔独力难支，也即退归。从珂见四将还朝，尚是痴心妄想，与议恢复河阳，四将面面相觑，不发一言。迎新送旧，已成常态。

那警报如雪片传来，不是说敌到某处，就是说某将迎敌，最后报称是胡兵千骑，分扼渑池，截住西行要路，从珂方仰天叹道："这是绝我生机了！"既有今日，何必当初！遂返入宫中，往见曹太后、王太妃，潸然泪下。王太妃不待说出，已知不佳，便语曹太后道："事已万急，不如权时躲避，听候姑夫裁夺！"太后道："我子孙妇女，一朝至此，我还有何颜求生，妹请早自为计！"曹太后亦有呆气，何不死于从厚时，而独为养子死耶？王太妃乃抢步趋出，带了许王从益，窜往球场去了。

从珂奉着曹太后，并挈皇后刘氏，及次子雍王重美，并都指挥使宋审虔等，携传国宝，登玄武楼，积薪自焚。刘皇后回顾宫室，语从珂道："我等将葬身火窟，还留宫室何用？不如一同毁去，免入敌手！"妇人心肠，究比男子为毒。重美在旁谏阻道："新天子入都，怎肯露居！他日重劳民力，死且遗怨，亦何苦出此辣手哩！"于是后议不行，就在玄武楼下，纵起火来。一道烟焰，直冲霄汉，霎时间火烈楼崩，所有在楼诸人的灵魂，统随了祝融氏驰往南方去了。

从珂一死，都城各将吏，统开城迎降，解甲待罪。晋主石敬瑭，即率兵入都，暂居旧第。命刘知远部署京城，扑灭玄武楼余火，禁止侵掠，使各军一律还营。所有契丹将卒留馆天宫寺中，全城肃然，莫敢犯令。从前窜匿诸人民，数日皆还，悉复旧业。当由晋主下诏，促朝官入见，文武百官，俱在宫门外谢恩。车驾乃移入大内，御文明殿，受群臣朝贺，用唐礼乐，大赦天下。惟从珂旧臣张延朗、刘延浩、刘延朗三人，罪在不赦，应正典刑。延浩自缢，两延朗皆处斩。追谥鄂王从厚为“闵帝”，改行礼葬，闵帝妃孔氏为皇后，祔葬闵帝陵。并为明宗皇后曹氏举哀，辍朝三日，拾骨安埋。觅得王德妃及许王从益，迎还宫中。妃自请为尼，晋主不许，引居至德宫，令皇后随时省问，事妃若母。封从益为郇国公，独废故主从珂为庶人。或取从珂膂及髀骨以献，乃命用王礼瘗葬。从珂享年至五十一岁，史家称为废帝。总计后唐，自庄宗起，至废帝止，四易主，三易姓，只过了十三年。

后唐已亡，变作后晋，仍用冯道同平章事，卢文纪为吏部尚书，周瓌为大将军，充三司使。符彦饶为滑州节度使，苌从简为许州节度使，刘凝为华州节度使，张希崇为朔方节度使，皇甫遇为定州节度使，余镇多沿用旧帅。命皇子重乂为河南尹。追赠皇弟敬德、敬殷为太傅，皇子重英、重裔为太保。改兴唐府为广晋府，唐庄宗晋陵为伊陵。饯契丹将士归国，送回李赞华丧，封赠燕王。前学士李崧、吕琦，逃匿伊阙，晋主闻他多才，赦罪召还，授琦为秘书监，崧为兵部侍郎，兼判户部。寻且擢崧为相，充枢密使。桑维翰兼枢密使。

时晋主新得中原，藩镇未尽归服，就使上表称贺，也未免反侧不安。再加兵燹余生，疮痍未复，公私两困，国库空虚，契丹独征求无厌，今日索币、明日索金，几乎供不胜供，屡苦支绌。维翰劝晋主推诚弃怨，厚抚藩镇，卑辞厚礼，敬事契丹，训卒缮兵，勤修武备，劝农课桑，藉实仓廪，通商惠工，俾足财货，因此中外欢洽，国内粗安。

契丹主耶律德光，闻晋主已经得国，当即北还，道出云州，节度使沙彦珣出迎，为德光所留。城中将吏，奉判官吴峦，管领州事，闭城拒寇。德光自至城下，仰呼吴峦道："云州已让归我属，奈何拒命？"言未已，忽有一箭射下，险些儿穿通项领。幸亏闪避得快，才将来箭撇过一旁，德光大怒，立命部众攻城。城上矢石如雨，反击伤许多番兵，一连旬日，竟不能下。倒是一位硬汉子。德光急欲归国，乃留部将围攻，自己带领亲卒，奏凯而回。吴峦固守至半年，尚不稍懈，但苦城孤粮竭，不得已遣使至洛，乞即济师。晋主不便食言，一面致书契丹，请他解围，一面召还吴峦，免他作梗，契丹兵果解围引去，峦亦奉召入都，晋主令为宁武军节度使。还有应州指挥使郭崇威，亦耻臣契丹，挺身南归。十六州土地人民，悉数割与契丹。中国外患，从此迭发，差不多有三百年，这都是石晋酿成大祸呢！痛乎言之！

卢龙节度使卢文进，自思为契丹叛将，恐契丹向晋索捕，乃弃镇奔吴。文进归唐见前文。吴徐知诰方谋篡国，引为已用。当时中原多故，名士耆儒，多拔身南来。知诰预使人招迎淮上，赠给厚币。既至金陵，即縻以厚禄，客卿多乐为效用。知诰又阴察民间，遇有婚丧乏资，辄为赒恤。盛暑不张盖操扇，尝语左右道："士众尚多暴露，我何忍用此！"士民为所笼络，相率归心。他因生时曾得异征，有一赤蛇从梨中出，走入母刘氏榻下，刘氏就此得孕，满月而产。及为杨行密所掠，令拜徐温为义父，温又梦得一黄龙，所以格外垂爱。为此种种征兆，遂靠了养父余烈，牢笼人士，日思篡吴。

吴王杨溥尚无失德，知诰苦无隙可乘，乃阳请归老金陵，留子景通为相，暗中却嘱使右仆射宋齐邱，劝吴王溥徙都金陵。不怀好意。吴人多不愿迁都，溥亦无心移徙，仍遣齐邱往谕知诰，罢迁都议。知诰计不得逞，再令属吏周宗驰诣广陵，讽吴王传禅。齐邱独以为未可，请斩宗以谢吴人，因黜宗为池州刺史。既而节度副使李建勋，及司马徐玠等，屡陈知诰功业，应早从民望，乃复召宗为都押牙，封知诰为东海郡王，嗣复加封尚父太师大丞相天下兵马大元帅，进封齐王。

知诰复忌吴王弟临川王濛，诬他藏匿亡命，擅造兵器，竟降濛为历阳公，幽锢和州，令控鹤军使王宏监守。濛突出杀宏，奔往庐州，欲依节度使周本。本子祚将濛执住，解送金陵，为知诰所杀。知诰遂开大元帅府，自置僚属。闽、越诸国，皆遣使劝进。那时吴王杨溥已成赘瘤，乐得推位让国。把乃父传下的土地人民，悉数交给，即遣江夏王璘奉册宝至金陵，禅位齐王。知诰建太庙社稷，改金陵为江宁府，即皇帝位，改吴天祚三年为升元元年，国号大齐。尊吴王溥为“高尚思玄弘古让皇帝”，上册自称受禅老臣。用宋齐邱、徐玠为左右丞相，周宗、周廷玉为内枢密使，追尊徐温为太祖武皇帝。温子知询，与知诰未洽，已被褫官。独知询弟知证、知谔，素与知诰亲睦，因封知证为江王，知谔为饶王。且以“知”字应该避嫌，不如自将“知”字除去，单名为诰。吴太子琏，尝娶诰女为妃，宋齐邱请与绝婚，且迁让皇溥居他州。诰遂徙让皇溥至润州丹阳宫，派兵防守，阳称护卫，阴实管束。降吴太子琏为弘农郡公，封琏妃即诰女。为永兴公主。可怜杨溥父子，抑郁成疾，父死丹阳宫，子死池州康化军。得保首领，还是大幸。就是这位皇女永兴公主，也朝夕悲切，闻宫人呼公主名，越多涕泪，渐渐地形瘵骨瘦，也致病终。

诰立宋氏为皇后，子景通为吴王，改名为璟。徐氏子知证、知谔，请诰复姓，诰佯为谦抑，只言不敢忘徐氏恩。旋经百官申请，乃复姓李氏，改名为昪。自言为唐宪宗子建王恪四世孙，因再易国号为唐，立唐高祖、太宗庙，追尊四代祖恪为定宗，曾祖超为成宗，祖志为惠宗，父荣为庆宗。奉徐温为义祖。以江宁为西都，广陵为东都。庐州节度使周本，亦曾至金陵劝进，归途自叹道：“我不能声讨逆臣，报杨氏德，老而无用，还有何颜事二姓呢？”返镇未几，即至去世。既知自愧，何必劝进？

自李昪改国号为唐，史家恐与唐朝相混，特标明为南唐。先是江南童谣云：“东海鲤鱼飞上天”。至是南唐大臣，趁势附会，谓“鲤”“李”音通，“东海”系徐氏祖籍，李昪过养徐氏，乃得为帝，这便是童谣的应验。又江西有杨花一株，变成李花，临川有李树生连理枝，相传为李昪还宗预兆。江州陈氏，宗族多至七百口，仍不析居，每食必设广席，长幼依次坐食。又畜犬百余，也共食一牢，一犬不至，诸犬不食，当时称为德政所及，因有此瑞。州县有司，采风问俗，报明孝子悌弟，不下百数，五代同居，共计七家，由李昪颁下制敕，旌表门闾，蠲免役赋。这也无非是铺张扬厉，粉饰承平罢了。抹倒一切。

事且慢表，且说天雄军节度使范延光，闻晋军入洛，自辽州退归魏州，及晋主颁敕招抚，不得已奉表请降。但事出强迫，未免阳奉阴违。他未贵显时，曾有术士张生，与谈命理，谓他日必为将相。至张言果验，格外信重。又尝梦蛇入腹，仍要张生详梦，张生谓蛇龙同种，将来可做帝王。蛇钻七窍，还有何吉。嗣是侈然自负，阴怀非望。因唐主从珂素加厚待，一时不忍负德，所以蹉跎过去。到了石晋开国，还有什么顾恋，不过仓猝发兵，恐非晋敌，乃虚与周旋，敷衍面子，暗中致齐州防御使秘琼书，欲与为乱。琼得书不报，延光恐他密报晋主，使人伺琼，乘他因事出城，把他刺死。随即聚卒缮兵，意图作乱。

晋主闻知消息，颇以为忧。桑维翰请晋主徙都大梁，且献议道：“大梁北控燕赵，南通江淮，是一个水陆都会，资用很是富足。今延光反形已露，正好乘时迁都。大梁距魏，不过十驿，彼若有变，即可发兵往讨，迅雷不及掩耳，庶可制彼死命！”晋主称善，遂托词东巡，出发洛都。留前朔方节度使张从宾为东都巡检使，辅皇子重乂居守，自挈后妃等赴汴。沿途由百官扈跸，安安稳稳，到了大梁。下诏大赦，进封凤翔节度使李从曮为岐王，平卢节度使王建立为临淄王，两人是范延光陪宾。就是将反未反的范延光，也加封临清王，权示羁縻。

延光得了王爵，也把反意一半打消。偏左都押牙孙锐与澶州刺史冯晖合谋，屡劝延光发难。延光尚是踌躇，会有病恙，不能视事，锐竟擅上表章，诋斥朝廷。及延光得知，使人已经出发，不能追回。乃召锐面询，锐本延光心腹，久知一切底细，便伸述延光梦兆，催他乘机发难，必得成功。否则何至速死！延光又觉心热，遂依了锐计，遣兵渡河，焚劫草市。

滑州节度使符彦饶，据实奏闻。当由晋主调动兵马，令马军都指挥使白奉进，率骑兵千五百人，出屯白马津。再命东都巡检使张从宾为魏府西南面都部署，续派侍卫都军使杨光远，率步骑万人屯滑州。护圣都指挥使杜重威，率步骑五千屯卫州。哪知人情变幻，不可预料，西南面都部署张从宾，出兵讨魏，反为延光所诱，也一同造起反来。

晋主方令杨光远为魏府四面都部署，以从宾为副。忽闻此报，急调杜重威移师往讨。重威未及移兵，从宾已还陷河阳，杀死节度使皇子重信，再入洛阳，杀死东都留守皇子重乂，并进兵据汜水关，将逼汴州。有诏令都指挥使侯益，统禁兵五千，会同杜重威，往击从宾，并饬宣徽使刘处让，从黎阳分兵会讨。远水难救近火，急得汴城里面，烽火惊心，从官无不惊惧。独桑维翰指画军事，从容不迫，神色自如。晋主戎服戒严，密议奔往晋阳。夺位时非常踊跃，即位后非常胆怯，这都为富贵所误。维翰叩头苦谏道：“贼烽虽盛，势不能久，请少待数日，不可轻动！”晋主乃止，但促各军分头进剿。

白奉进至滑州，与符彦饶分营驻扎。军士有乘夜掠夺，由奉进遣兵出捕，共得五人，三人系奉进部下，二人系彦饶部下，奉进尽令斩首，然后通知彦饶。彦饶以奉进不先关白，很觉不平，奉进乃率数骑至彦饶营，婉言谢过。彦饶道："军中各有部分，公奈何取滑州军士，擅加诛戮！难道不分主客么？"奉进也不禁怒起，便勃然答道："军士犯法，例当受诛，仆与公同为大臣，何分彼此！况仆已引咎谢公，公尚不肯解怒，莫非欲与延光同反么？"语亦太激。说着，拂衣竟去，彦饶并不挽留，由他自去。偏帐下甲士大噪，持刀突出，竟杀奉进。所有奉进从骑，仓皇逃脱，且走且呼。诸军各擐甲操兵，喧噪不休。左厢都指挥使马万，禁遏不住，意欲从乱。巧遇右厢都指挥使卢顺密，率兵出营，厉声语万道："符公擅杀白公，必与魏州通谋，我等家属，尽在大梁，奈何不思报国，反欲助乱，自求灭族呢？今日当共擒符公送天子，立大功，军士从命有赏，违命即诛，何必再疑！"万嘿然不答。部下且还有数人，呼跃而出，被顺密麾动亲军，捕戮数人，余众才不敢动。万亦只好依了顺密，与都虞侯方太等，共攻牙城，一鼓即拔，擒住彦饶，令方太解送大梁，诏赐自尽。即授马万为滑州节度使，卢顺密为果州团练使，方太为赵州刺史。

杨光远为滑州变乱，急自白皋至滑城，士卒欲推光远为主。光远叱道："天子岂汝等贩弄物！晋阳乞降，出自穷蹙，今又欲改图，乃真是反贼了！"士卒始不敢再言。及抵滑城，已是风平浪静，重见太平。乃奏请滑州平乱情形，归功卢顺密。

晋主因三镇迭叛，不免惊惶，遂向刘知远问计。知远道："陛下前在晋阳，粮不能支五日，尚成大业，今中原已定，内拥劲兵，外结强邻，难道尚怕这鼠辈么？愿下抚将相以恩，臣等驭士卒以威，恩威并著，京邑自安，本根深固，枝叶自不致伤残了！"确是至论。晋主转忧为喜，委知远整饬禁军。知远严申科禁，用法无私，有军士盗纸钱一幞，事发被擒，知远即令处死。左右因罪犯轻微，代求赦宥。知远道："国法论心不论迹，我诛彼情，岂计价值呢！"由是众皆畏服，全城安堵。

及得杨光远奏报，复命光远为魏府行营都招讨使，兼知行府事。调昭义节度使高行周为河南尹，兼东都留守，授杜重威昭义节度使，充侍卫马军都指挥使，命侯益为河阳节度使。且因重威方在讨逆，卢顺密平乱有功，先调顺密为昭义留后，令重威、侯益与光远进军讨贼。光远驱众至六明镇，正值魏州叛将冯晖、孙锐等，渡河前来，当即掩他不备，横击中流。晖与锐不能抵挡，大败走还，众多溺死。重威、侯益乘胜至汜水，遇张从宾众万余人，迎头痛击，俘斩殆尽。从宾慌忙西走，乘马渡河，竟致溺死。党与张延播、张继祚、娄继英等，统被擒住，送至阙下。那时还有何幸，当然身首分离，妻孥骈戮了。两镇既平，范延光知事不济，归罪孙锐，把他族诛。因贻书杨光远，乞他代奏阙廷，情愿待罪。正是：

失势复成摇尾犬，乞怜再做磕头虫。

杨光远代为奏闻，能否邀晋主允准，容待下回叙明。

俚语有云："风吹墙头草，东吹东倒，西吹西倒。"观五代时之将吏，正与里谚相符。从珂得势，则归从珂，从珂失势，即降敬瑭，是而欲国家治安，百年不乱，其可得乎！但从珂弑鄂王，杀孔妃，及其四子，篡逆不道，隐干天诛，其举室自焚，宜也！非不幸也！敬瑭入洛，虽未能迎立从益，昌言仗义，但奉养王德妃，仍封从益以公爵，不忘故主，犹为可取。范延光为唐大臣，不能效死于晋阳，反欲称兵于魏博，朝降晋，夕叛晋，不忠不义，乌能成事？符彦饶、张从宾等，益等诸自郐以下，不足讥焉。然敬瑭入洛，仅阅一年，而叛者迭起，降臣之不足信也，固如是夫！

第三十回

杨光远贪利噬人　王延羲乘乱窃国

却说晋主得杨光远奏报，不欲遽允，仍敕光远进攻魏州。光远意存观望，遇有军事调度，辄与朝廷龃龉。晋主曲意含容，且令光远长子承祚，尚帝女长安公主，次子承信，亦拜美官，光远乃整军徐进。到了魏州城下，驻立大营，亦不过虚张声势，迁延时日。自天福二年秋季进兵，直至次年秋季，仍不损魏州片堞。惟招降前澶州刺史冯晖，荐请授官。晋主特擢晖为义成节度使，欲借此诱劝魏州将士，偏魏州坚守如故，杨光远旷日无功。为下文谋叛伏案。

晋主因师老民疲，没奈何再议招抚，乃遣内职朱宪，往谕延光，许以大藩，且使朱宪传谕道："汝若投降，决不杀汝，如或食言，白日在上，不得享国！"至此与设重誓，何如前日允请！延光乃顾副使李式道："主上重信，许我不死，想不至有他虑了。"遂撤去守备，厚待朱宪，遣令归报。宪复命后，好几日不得延光降表，因复遣宣徽使刘处让往谕，申说再三，始由延光令二子入质，并派牙将奉表待罪。晋主颁赐赦书，延光素服出迎，顿首受诏。接连是恩诏迭下，改封延光为高平郡王，调任天平军节度使，仍赐铁券。所有延光将佐李式、孙汉威、薛霸等，各授防御使、团练使、刺史。牙兵皆升为侍卫亲军，就是张从宾、符彦饶余党，一并赦罪，不再株连。未免太宽。魏州步军都监使李彦珣，本为河阳行军司马，随张从宾同反。从宾败死，他得脱奔魏州，延光令为都监使，登城拒守。彦珣有母在邢州，为杨光远军捕取，推至城下，招降彦珣。彦珣拈弓搭箭，竟将老母射死。及延光复降，晋主却令彦珣为坊州刺史。近臣言彦珣杀母，恶逆已甚，不宜轻赦。晋主道："赦令已行，如何再改呢?"即许令莅任。叛君之罪尚可赦，弑母之罪乌可恕！晋主欲全小信，反失大义，故特揭之。授杨光远为天雄节度使，加官检校太师，兼中书令。

光远已恃宠生骄，尝与宣徽使刘处让叙谈，多不平语。处让答言朝廷处置，均由李、桑二相主议，并非出自宸断。光远不禁动怒道："宰相得兼枢密，自前代郭崇韬后，无此重官。今闻李、桑二相，皆兼枢密，怪不得他独断独行。主上尚肯优容，我光远却忍耐不下呢！"既而处让归朝，光远即托呈密奏，极言执政过失。晋主明知他有意刁难，但因军事甫平，不得已曲从所请，乃加桑维翰兵部尚书，李崧工部尚书，撤去枢密使兼职，即令刘处让代任。光远益加专恣，随时上表，尚指斥宰辅不已。

晋主见他跋扈，恐将来势大难制，密与桑维翰熟商。维翰谓天雄重镇，屡生叛乱，应析土分众，减杀势力。延光可使守洛阳，调虎离山，免为后患。晋主依议，即升汴州为东京，置开封府，改洛京为西京，雍京为晋昌军，即加杨光远为太尉，命任西京留守，兼河阳节度使。升广晋府为邺都，即魏州。设置留守，就命高行周调任。升相州为彰德军，以澶、卫二州为属郡，置节度使，由贝州防御使王延胤升任。升贝州为永清军，以博、冀二州为属郡，也置节度使，由右神武统军王周升任。自高行周以下，俱奉命莅镇，毫无异言。独杨光远怏怏失望，勉强移镇，密贻契丹货赂，诋毁晋室君臣。自养壮士千余人，作为爪牙。既而诬劾桑维翰，迁除不公，与民争利。晋主不得已出维翰镇相州，调王延胤为义武节度使，另用刘知远、杜重威同平章事。

知远有佐命大功，得升宰辅，自谓应当此职。重威出讨魏州，略有微勋，怎能与知远相比？不过尚帝妹乐平公主，得列外戚，也居然与揽朝纲。知远羞与为伍，杜门托疾，不受朝命。晋主不觉怒起，召问赵莹道："知远坚拒制敕，太觉不恭，朕意拟削夺兵权，令归私第。"莹拜请道："陛下前在晋阳，兵不过五千人，为唐兵十余万所攻，危如朝露，若非知远心同金石，怎能成此大业？奈何因区区小过，便欲弃置，窃恐此语外闻，反不足示人君大度呢！"晋主意乃少解，即命学士和凝，诣知远第慰谕，知远才起床拜受。

范延光自郓州入朝，面请致仕，经晋主慰留，仍行还镇。嗣复屡表乞休，乃命以太子太师致仕，留居大梁。越年，延光又请归河阳私第，奉诏允准，遂重载而行。西京留守杨光远，偏奏称延光叛臣，不居洛汴，归处里门，他日逃入敌国，适贻后患，请思患预防，禁止归里云云。晋主乃命延光寓居西京，延光到了洛阳，光远即遣子承贵，带领甲士，把他围住，逼令自杀。延光道："天子在上，赐我铁券，许我不死，尔父子怎得如此！"承贵不允，挺着白刃，驱延光上马，胁见光远。途中遇河过桥，被承贵推落桥左，连人带马，坠了下去，活活沉死。死固其宜。只不应为光远父子所杀。所有延光载归宝货，统为承贵所劫，一股脑儿搬回府署，光远大喜。无非为此。

奏闻晋廷，但说延光赴水自尽。晋主也诇破阴谋，但畏光远强盛，不敢诘责，只征令光远入朝。光远还算听命，入阙面觐，晋主与语道："围魏一役，卿左右各立功劳，未授重赏，今当各除一州，遍给恩荣，免他失望。"光远代为谢恩，晋主遂选择光远亲将数人，分授各州刺史。待他出发，却下了一道诏敕，徙光远为平卢节度使，进爵东平王。光远才识中计，惘惘出都，驰赴青州去了。

时契丹改元会同，国号大辽。公卿百官，皆仿中国制度，且参用中国人，进赵延寿为枢密使，兼政事令。一面遣人入洛，接归延寿妻燕国长公主。即兴平公主进爵燕国。夫妇同入虏廷，延寿遂一心一意，为辽效力。晋主闻契丹改辽，乃遣使上辽尊号，命宰相冯道为辽太后册礼使，左仆射刘昫为辽主册礼使，备着卤簿仪仗，直抵西楼。辽主大悦，优待二使，厚赏遣归。晋主事辽甚谨，奉表称臣，尊辽主为父皇帝，每辽使至，必至别殿拜受诏敕，岁输金帛三十万外，吉凶庆吊，岁时赠遗，相续不绝。凡辽太后、元帅、太子、诸王大臣，各有馈遗，稍不如意，即来诮让，朝廷均引为耻事，独晋主卑辞厚礼，忍辱含羞。前已铸成大错，此时不得不尔。辽主见他诚意，屡止晋主上表称臣，但令称儿皇帝，如家人礼。嗣且颁给册宝，加晋主号为“英武明义皇帝”。晋主受册，事辽益恭。辽主既得幽州，改名南京，用唐降将赵思温为留守。思温子延照在晋，晋主命为祁州刺史。思温密令延照代奏，谓虏情终变，愿以幽州内附，晋主不许。吐谷浑在雁门北面，本属中国，自卢龙一带，让归辽有，吐谷浑亦皆辽属。因苦辽贪虐，仍思归晋，遂挈千余帐来奔。辽主因此责晋，晋主忙派兵逐回，才得无事。

北方稍得安静，始思控驭南方。吴越王钱元瓘、楚王马希范、南平王高从诲，均向晋通好，尚守臣礼。独闽自王延钧称帝后，与中原久绝通问，嗣主继鹏，改名为昶，晋天福二年，曾遣弟继恭，入修职贡，且告嗣位。晋主以三镇方乱，不暇南顾。但礼待继恭，即日遣还。次年冬季，始命左散骑常侍卢损为册礼使，封闽主昶为闽王，赐给赭袍，闽主弟继恭为临海郡王。

使节方发，闽主昶已有所闻，即令进奏官林恩，入白晋相，谓“已袭帝号，愿辞册使”。晋主不追回卢损，损竟至福州，昶辞疾不见，但令弟继恭招待，不受册命。有士人林省邹，私语卢损道："我主不事君，不爱亲，不恤民，不敬神，不睦邻，不礼宾，怎能久享国家？我将僧服北逃，他日当相见上国呢！"不为国讳，亦非所宜。损遂辞归。昶仍不出面，但令继恭署名奉表，遣礼部员外郎郑元弼，随损入贡。晋主召元弼入见，谕令归国禀明，此后上表，不应再由继恭出名。元弼唯唯而去，还白闽主。闽主昶置诸不理，但与宠后李春燕，及六宫嫔御，彻夜宴饮，淫媟不休。弑父逆子，独守家法，也算难得。应二十七回。

方士陈守元、谭紫霄以房术得幸。守元号"天师"，紫霄号"正一先生"，两人受贿入请，言无不从。通文二年建白龙寺，四年作三清殿，统是雕甍画栋，备极辉煌。白龙寺的缘起，是由谭紫霄等捏称白龙夜现，乃命建筑。三清殿是由天师怂恿，内供宝皇大帝、元始天尊、太上老君像。统用黄金铸成，约需数千斤。日焚龙脑、薰陆诸香，佐以铙钹诸乐。每晨祷祝，谓可求大还丹，命巫祝林兴住持殿中。一切国政，均由兴传宝皇命，裁决施行。确是捣鬼。兴与闽主叔父延武、延望有怨，假托神语，谓"二叔将生内变"。闽主昶不察虚实，即令兴率壮士夜杀二叔，及他五子。判六军诸卫事建王继严，即昶弟，见二十七回。颇得士心，昶又信林兴言，罢他兵柄，令改名继裕，别命季弟继镕掌判六军，革去"诸卫"字样。既而兴谋发觉，尚不加诛，只流戍泉州。方士等又上言紫微宫中，恐有灾祲，乃徙居长春宫，两宫俱见二十六、七回。淫酗如故。有时且召入诸王，强令饮酒，伺他过失。从弟继隆，因醉失礼，即命处斩，又屡因醉后动怒，诛戮宗室。

左仆射平章事延羲，系昶叔父，佯狂避祸，由昶赏给道士服，放置武夷山中。嗣复召还，幽锢私第。国用不足，专务苛征，甚至果蔬鸡豚，无不有赋。因此天怒人怨，众叛亲离。

先是昶父在日，曾袭开国遗制，设二卫军，号为控宸、控鹤二都，昶独另募壮士二千人为腹心，号为宸卫都，禄赐比二都较厚。或言二都怨望，恐将为乱。昶因欲将他遣出，分隶漳、泉二州，二都相率惊惶。控宸军使朱文进、控鹤军使连重遇，又屡为昶所侮弄，阴怀不平。会北宫大火，求贼不得，昶令重遇率内外营兵，扫除灰烬，限日告成。又疑重遇与谋纵火，意欲加诛。内学士陈郯，私告重遇，重遇因夜入值，竟号召二都卫兵，焚毁长春宫，攻逼闽王。且使人就延羲私第，迫出延羲，令从瓦砾中直入，奉为主帅，共呼万岁。复召外营兵共逐闽主。

闽主昶仓皇出走，引着皇后李春燕，及妃妾、诸王，奔至宸卫都营中，宸卫都慌忙拒战。怎奈火势燎原，不可向迩，那控宸、控鹤二都，又乘势杀来，令人无从拦阻。彼此乱杀多时，宸卫都一半伤亡，剩得残兵千余人，奉闽主昶等逃出北关。行至梧桐岭，众稍溃散。忽闻后面喊声大震，延羲兄子继业，统兵追来。昶素来善射，引弓射毙多人。俄而追兵云集，射不胜射，昶投弓语继业道："卿为人臣，臣节何在？"继业道："君无君德，臣怎得有臣节？况新君系是叔父，旧君乃是兄弟，孰亲孰疏，不问可知！"可作昏君棒喝。昶无词可答，即由继业麾动兵士，拥与俱还。行至陁庄，用酒灌昶，令他醉卧，用帛缢死。皇后李春燕，及昶诸子，并昶弟继恭，一并被杀，藁葬莲花山侧。后来冢上生树，树生异花，似鸳鸯交颈状，时人号为鸳鸯树。可谓一双同命鸟。

继业返报延羲，延羲遂自称闽王，易名为曦，改元永隆。讣闻邻国，反说是宸卫都所弑，假意改葬故主，谥昶为"康宗"，一面向晋称藩，遣商人间道上表。晋乃遣使至闽，授曦为检校太师中书令，福州威武军节度使，兼封闽国王。曦虽受晋命，一切措施，仍如帝制。天师陈守元等，已为重遇所杀，更命泉州刺史，诛死林兴，用太子太傅致仕李真为司空，兼同平章事，闽中粗安。

曦因宫阙俱焚，另造新宫居住，册李真女为皇后。曦性嗜酒，后性亦嗜酒，一双夫妇，统视杯中物为性命。闽主累世嗜饮，应改称为酒国。所以终日痛饮，不醉不休。一日在九龙殿宴集群臣，从子继柔在侧，向不能饮，偏曦令概酌巨觥，不得少减。继柔实饮不下去，伺曦旁顾，倾酒壶中，不意被曦瞧着，怒他违令，竟命推出斩首。群臣相顾骇愕，不知所措，勉强饮了数觥，偷看曦面，亦有醉容，便陆续逃席，退出殿外。只翰林学士周维岳，尚在席中。曦醉眼模糊，顾左右道："下面坐着，系是何人?"左右答是维岳，曦微笑道："维岳身子矮小，为何独能容酒?"左右道："酒有别肠，不在长大。"曦作色道："酒果有别肠么?可捽他下殿，剖腹验肠。"此语说出，吓得维岳魂不附身，面无人色。幸亏左右代为解免，向曦禀白道："陛下如杀维岳，何人侍陛下终饮?"曦乃免杀维岳，叱令退去。维岳忙磕头谢恩，急趋而出，三脚两步地逃回私第。

泉州刺史余廷英，尝矫曦命，掠取良家女，曦闻报大怒，即欲加诛。廷英即进买宴钱十万缗，曦尚是嫌少，便道："皇后之贡，奈何没有!"廷英乃复献皇后钱十万，因得赦罪。

曦尝嫁女，全朝士尽献贺礼，否则加笞。御史刘赞，坐不纠举，亦将笞责。谏议大夫郑元弼，入朝面诤，曦叱责道："卿何如魏郑公，乃敢来强谏么?"元弼答道："陛下似唐太宗，臣亦敢自拟魏征了!"曦乃心喜，释赞不笞。

曦又纳金吾使尚保殷女为妃，尚妃生有殊色，甚得宠幸。每当曦酣醉时，妃欲杀即杀，欲宥即宥，朝臣时虞不测。曦弟延政，出任建州刺史，屡上书规兄，曦不但不从，反覆书痛詈，且遣亲吏邺翘，监建州军。

翘与延政议事，屡起龃龉，翘语延政道："公欲反么!"延政遽起，欲拔剑斩翘。翘狂奔而出，往投南镇，依监军杜汉崇。延政发兵进攻，南镇兵溃，翘与汉崇俱逃回福州。曦见二人奔归，乃遣统军使潘师逵、吴行真等，率兵四万，往击延政。兵至建州城下，分扎二营，师逵驻城西，行真驻城南，皆阻水自固，所有城外庐舍，悉数焚毁。镇日里烟雾迷蒙。延政登城四顾，未免惊心，亟遣使至吴越乞援。吴越王元瓘，命同平章事仰仁诠、都监使薛万忠，领兵救建州。兵尚未至，那延政已攻破闽军，杀退大敌。原来师逵在营，轻率寡谋，被延政探悉情形，先遣将林汉徽等，出兵挑战，诱至茶山，由城中出军接应，两路夹攻，斩首千余级。越宿复募敢死士千余人，昏暮渡水，潜劫师逵营，因风纵火，城上鼓噪助威，吓得师逵脚忙手乱，闯营出奔。凑巧碰着建州都头陈诲，一枪刺去，坠落马下，再复一枪，断送性命。余众四溃。待至黎明，整兵再攻行真寨，行真闻潘营尽覆，正想遁走，蓦闻鼓声遥震，亟弃营奔逃。建州兵追杀一阵，约死万余人。延政遂分兵进取水平、顺昌二城。

会值吴越兵至，延政出牛酒犒师，说是闽军败去，请他回军。偏仰仁诠等不肯空回，竟至城西北隅下营，想与建州为难。正是多事。建州已经过两战，人马劳乏，更因分兵出攻，愈觉空虚，不得已想出一策，延入名幕，写了一封急书，遣人诣闽求救，闽主曦本与延政为敌。得了来书，怎肯遽允，但书中说得异常恳切，引着阋墙御侮的大义，前来劝勉，乃令泉州刺史王继业为行营都统，率兵二万驰援，并遣轻兵绝吴越粮道。吴越军食尽欲归，由延政麾兵出击，大破吴越军，俘斩万计，仁诠等仓皇窜免。这叫做自讨苦吃。

延政乃遣牙将赍了誓书，女奴捧了香炉，赴闽盟曦。曦与建州牙将，同至太祖审知墓前，歃血与盟，总算是罢战息争，再敦睦谊。但宿嫌未泯，总不能贯彻始终。

未几延政添筑建州城，周围二十里，一面向闽王乞请，拟升建州为威武军，自为节度使。曦以威武军是福州定名，不应复称，但称建州为镇安军，授延政节度使，加封富沙王。延政复改镇安为镇武，不从曦议。曦因是复忌延政。

汀州刺史延喜，系是曦弟，曦疑他与延政通谋，发兵捕归。又闻延政与继业书，有勾通意，因即召继业还闽，赐死郊外。并杀继业子于泉州，别授继严为刺史。后来复疑及继严，罢归鸩死，专用子亚澄同平章事，掌判六军诸卫，自称为大闽皇。已而僭号为帝，授子亚澄为威武节度使，兼中书令，封长乐王。寻且加封闽王。王延政亦自称兵马大元帅，与曦失和，再行攻击，两下互有胜负。至晋天福八年，也公然称帝。国号殷，改元天德，偌大一个闽国，生出了两个皇帝来。仿佛两头蛇。小子有诗叹道：

阋墙构衅肇兵争，宁识君臣与弟兄！
分守一隅蜗角似，如何同气不同情！

闽乱未靖，晋廷亦变故多端，俟小子下回再表。

杨光远为后唐部将，从张敬达出讨晋阳，战败以后，遽杀敬达出降，其心迹之不足恃，已可概见。及魏州一役，侥幸成功，彼即拥兵自恣，要挟多端。晋主曲为优容，愈足养成跋扈。范延光乞休归里，载宝甚多，虽象齿焚身，咎由自取，然光远安得而杀之，亦安得而夺之！身为人臣，目无法纪，彼岂尚肯为晋室臣乎？闽祖王审知，虽起自盗贼，而好礼下士，有长者风。乃子孙不贤，淫酗无度，鳞后有昶，昶后有曦。篡杀相寻，祸乱无已。要之五季之世，君不君，臣不臣，父不父，子不子，一晦盲否塞之天下也，胥中国而夷狄之，禽兽之，可悲也夫！

第三十一回

讨叛镇行宫遣将　纳叔母嗣主乱伦

却说晋成德节度使安重荣，出自行伍，恃勇轻暴，尝语部下道："现今时代，讲什么君臣，但教兵强马壮，便好做天子了。"府署立有幡竿，高数十尺，尝挟弓矢自诩道："我射中竿上龙首，必得天命。"说着，即将一箭射去，正中龙首。投弓大笑，侈然自负。嗣是召集亡命，采买战马，意欲独霸一方，每有奏请，辄多逾制，朝廷稍稍批驳，他便反唇相讥。镇帅多跋扈不臣，都是当日的主子教导出来。

晋主惩前毖后，尝有戒心，义武军节度使皇甫遇，与重荣为儿女亲家，晋主恐他就近联络，特徙遇为昭义军节度使，并命刘知远为北京留守，隐防重荣。重荣不愿事晋，尤不屑事辽，每见辽使，必箕踞嫚骂，有时且将辽使杀毙境上，辽主尝贻书诮让，晋主只好卑辞谢罪。重荣越加气愤，适遇辽使拽刺一作伊呼。过境，便派兵捕归。再遣轻骑出掠幽州人民，置诸博野。又上表晋廷，略言"吐谷浑、突厥、契苾、沙陀等，各率部众归附，党项等亦纳辽牒，愿备十万众击辽。朔州节度副使赵崇，已逐去辽节度使刘山，求归中国，此外旧臣沦没虏廷，亦皆延颈企踵，专待王师，天道人心，不便违拒，兴华扫虏，正在此时。陛下臣事北虏，甘心为子，竭中国脂膏，供外夷欲壑，薄海臣民，无不惭愤。何勿勃然变计，誓师北讨，上洗国耻，下慰人望，臣愿为陛下前驱"云云。晋主览奏，却也有些心动，屡召群臣会议。北京留守刘知远，尚未出发，劝晋主毋信重荣，桑维翰正调镇泰宁军，闻知消息，亦即密疏谏阻，略云：

窃谓善兵者待机乃发，不善战者彼己不量。陛下得免晋阳之难，而有天下，皆契丹之功，不可负也。今安重荣恃勇轻敌，吐谷浑假手报仇，皆非国家之利，不可听也。臣观契丹数年以来，士马精强，吞噬四邻，战必胜、攻必取，割中国之土地，收中国之器械，其君智勇过人，其臣上下辑睦，牛马蕃息，国无天灾，此未可与为敌也。且中国初定，士气雕沮，以当契丹乘胜之威，其势相去甚远。若和亲既绝，则当发兵守塞。兵少不足以待寇，兵多则馈运无以继之。我出则彼归，我归则彼至，臣恐禁卫之士，疲于奔命，镇定之地，无复遗民。今天下粗安，疮痍未复，府库虚竭，兵民疲敝，静而守之，犹惧不济，其可妄动乎？契丹与国家恩义非轻，信誓甚著，彼无间隙而自启衅端，就使克之，后患愈重。万一不克，大事去矣！议者以为岁输缯帛，谓之耗蠹，有所卑逊，谓之屈辱。殊不知兵连而不休，祸结而不解，财力将匮，耗蠹孰甚焉！用兵则武吏功臣，过求姑息，边藩远郡，得以骄矜，屈辱孰甚焉！臣愿陛下训农习战，养兵息民，俟国无内忧，民有余力，然后观衅而动，则动必有成矣。近闻邺都留守，尚未赴镇，军府乏人。以邺都之富强，为国家之藩屏，臣窃思慢藏诲盗之言，勇夫重闭之戒。乞陛下略加巡幸，以杜奸谋，是所至盼。冒昧上言，伏乞裁夺。

晋主看到此疏，方欣然道：“朕今日心绪未宁，烦懑不决，得桑卿奏，似醉初醒了。”遂促刘知远速赴邺都，并兼河东节度使，且诏谕安重荣道：

> 尔身为大臣，家有老母，忿不思难，弃君与亲。吾因契丹得天下，尔因吾致富贵，吾不敢忘德，尔乃忘之，何耶？今吾以天下臣之，尔欲以一镇抗之，不亦难乎！宜审思之，毋取后悔！

重荣得诏，反加骄慢，指挥使贾章，一再劝谏，反诬以他罪，推出斩首。章家中只遗一女，年仅垂髫，因此得释。女慨然道："我家三十口，俱罹兵燹，独我与父尚存。今父无罪见杀，我何忍独生！愿随父俱死。"重荣也将女处斩。镇州人民，称为烈女，已料重荣不能善终。不没烈女。饶阳令刘岩献五色水鸟，重荣妄指为凤，畜诸水潭。又使人制大铁鞭，置诸牙门，谓铁鞭有神，指人辄死，自号"铁鞭郎君"，每出必令军士抬鞭，作为前导。镇州城门，有抱关铁像，状似胡人，像头无故自落，重荣小字"铁胡"，虽知引为忌讳，但反意总未肯消融。取死之兆。

山南东道节度使安从进，与重荣同姓，恃江为险，隐蓄异谋，重荣遂阴相结托，互为表里。晋主既虑重荣，复防从进，乃遣人语从进道："青州节度使王建立来朝，愿归乡里，朕已允准。特虚青州待卿，卿若乐行，朕即降敕。"要徙就徙，必先使人探问，主权已旁落了。从进答道："移青州至汉江南，臣即赴任。"晋主闻他出言不逊，颇有怒意，但恐两难并发，权且含容。从进子弘超，为宫苑副使，留居京师，从进请遣子归省，晋主也依言遣归。弘超既至襄州，从进遂决计造反。

天福六年冬季，晋主忆桑维翰言，北巡邺都。学士和凝已升任同平章事，独入朝面请道："陛下北行，从进必反，理应预先布置。"晋主道："朕已留郑王重贵，居守大梁，卿意还有何说?”凝又奏道:“兵法有言,先人乃能夺人。陛下此行,京中事恐难兼顾,愿留空名宣敕三十通,密付留守郑王,一旦闻变,便可书诸将名遣往讨逆了。”晋主称善,依议而行,遂留重贵居守,自向邺都进发。及驾入邺都,留守刘知远,已遣亲将郭威,招诱吐谷浑酋长白承福,徙入内地,翦去安重荣羽翼,专待晋主命令,听候发兵。晋主因重荣虽有反意,尚无反迹,但遣杜重威为天平节度使,马全节为安国节度使,密令调军储械,控制重荣。

重荣致书从进,教他即日起事,趁着大梁空虚,掩击过去。从进遂举兵造反,进攻邓州。郑王重贵闻报,立派西京留守高行周,为南面行营都部署,前同州节度使宋彦筠为副,宣徽南院使张从恩为监军,就从空敕填名,颁发出去,令讨从进。邓州节度使安审晖,方闭城拒守,飞促高行周赴援。行周亟命武德使焦继勋,先锋都指挥使郭金海,右厢都监陈思让等带着精兵万人,往援邓州。从进得侦卒探报,谓邓州援师将至,不禁惊诧道:“晋主未归,何人调兵派将,来得这般迅速呢?”乃退至唐州,驻扎花山,列营待战。陈思让跃马前来,挺枪突入,焦、郭二将,挥兵后应,一哄儿冲入从进阵内。从进不防他这般勇猛,吓得步步倒退。主将一动,士卒自乱,被思让等一阵扫击,万余人统行溃散。襄州指挥使安弘义,马蹶被擒,从进单骑走脱,连山南东道的印信,都致失去。如此不耐战,也想造反,真是自不量力。既返襄州,慌忙集众守御。高行周、宋彦筠、张从恩等,陆续至襄州,四面围住。

从进很是危急,重荣尚未闻知,竟集境内饥民数万,南向邺都,声言将入朝行在。晋主知他诈谋,即命杜重威、马全节进讨,添派前贝州节度使王周,为马步都虞侯。重威率师西趋,至宗城西南,正与重荣相值。重荣列阵自固,由重威一再挑战,均被强弩射退。重威颇有惧色,便欲退兵,指挥使王重胤道："兵家有进无退！镇州精兵，尽在中军，请公分锐卒为二队，击他左右两翼。重胤等愿直冲中坚，彼势难兼顾，必败无疑。"重威依议，分军并进，重胤身先士卒，闯入中坚，镇军少却。重威、全节见前军已经得势，也麾众齐进，杀死镇军无数。镇州将赵彦之，卷旗倒戈，奔降晋军。晋军见他铠甲鞍辔，俱用银饰，不由得起了贪心，也无暇问及来由，即把他乱刀分尸，掷首与敌，所有铠甲鞍辔等，当即分散。此等军士，实不中用，奈安重荣更属不济，所以败死。重荣见全军失利，已是惊心，更闻彦之降晋被杀，益觉战栗不安。遂退匿辎重中，飞奔而去。部下二万余人马，一半被杀，一半逃散。是年冬季大冷，逃兵饥寒交迫，至无孑遗，重荣仅率十余骑，奔还镇州。驱州民守城，用牛马皮为甲，闹得全城不宁。重威兵至城下，镇州牙将自西郭水碾门，引官军入城，杀守陴民二万人，城中大乱。重荣入守牙城，又被晋军攻破，没处奔逃，束手就戮，枭首送邺。晋主御楼受馘，命漆重荣首级，赍献辽主，改镇州成德军为恒州顺国军，即用杜重威为顺国节度使，令镇恒州。

先是辽主耶律德光，闻重荣擅执辽使，即遣人驰责晋廷。晋主恐他犯塞，亟遣邢州即安国军。节度使杨彦询为使，至辽谢罪。辽主盛怒相见，彦询却从容说道："譬如家出逆子，父母不能制伏，奈何？"辽主怒乃少解，但尚拘留彦询，不肯放归。至重荣已反，始信罪在重荣，与晋无涉，乃释彦询归晋。既而重荣首级，已至西楼，晋廷以为可告无罪，哪知辽使复来诘责，问晋何故招纳吐谷浑。晋主以吐谷浑酋长，阴附重荣，不得已徙入内地。偏辽使索白承福头颅，致晋主无从应命，为此忧郁盈胸，渐渐地生起重病来了。谁叫你向虏称臣，事虏为父？

是时已是天福七年，高行周攻克襄州，安从进自焚死，执住从进子弘超，及将佐四十三人，送往大梁。晋主尚在邺都，病已不起，但闻捷报，不能还京受俘，徒落得唏嘘叹息，一命呜呼。统计在位七年，寿五十一岁，后来庙号“高祖”，安葬显陵。

晋主生有七子，四子被杀，散见上文，二子早殁，只剩幼子重睿，尚在冲龄。晋主卧疾，宰相冯道入见，由晋主呼出重睿，向道下拜，且令内侍抱置道怀，意欲托孤寄命，使道辅立幼主。及晋主病终，道与侍卫马步都虞侯景延广商议，延广谓国家多难，应立长君。道本是个模棱人物，依了延广，竟与议定拥立重贵，飞使奉迎。

重贵已晋封齐王，接得来使，星夜赴邺，哭临保昌殿，就在柩前即位，大赦天下。内外文武官吏，进爵有差。会襄州行营都部署高行周，都监张从恩等，自大梁献俘至邺。由嗣主重贵，御乾明门受俘，命将安弘超等四十余人，斩首市曹。随即就崇德殿宴集将校，行饮至受赏礼，命高行周为宋州节度使，加检校太尉，改调宋州节度使安彦威为西京留守，兼河南尹，张从恩为东京留守，兼开封尹，加检校太尉。降襄州为防御使，升邓州为威胜军，即授宋彦筠为邓州节度使，此外立功将校，并皆进阶。加景延广同平章事，兼侍卫马步军都指挥使。延广恃定策功，乘势擅权，禁人不得偶语，官吏相率侧目。从前高祖弥留，曾有遗言，命刘知远辅政，延广密劝重贵，抹煞遗旨，加知远检校太师，调任河东节度使。知远由是怏怏，失望而去。暗映下文。

冯道、景延广等拟向辽告哀，草表时互有争议，延广谓称孙已足，不必称臣。既已称孙，何妨称臣。道不置一词。长乐老惯作此态。学士李崧，新任为左仆射，独从旁力诤道：“屈身事辽，无非为社稷计，今日若不称臣，他日战衅一开，贻忧宵旰，恐已无及了！”延广犹辩驳不休。重贵正倚重延广，便依他计议，缮表告哀。晋使至辽，辽主览表大怒，遣使至邺，问何故称孙不称臣？且责重贵不先禀命，遽即帝位，亦属非是。

景延广怒目道："先帝为北朝所立，所以奉表称臣。今上乃中国所立，不过为先帝盟约，卑躬称孙，这已是格外逊顺，有什么称臣的道理！况国不可一日无君，若先帝晏驾，必须禀命北朝，然后立主，恐国中已启乱端，试问北朝能负此责任么？"强词非不足夺理，奈将士之材何？辽使倔强不服，怀忿北归，详报辽主。辽主已怒上加怒，再经政事令兼卢龙节度使赵延寿，从旁挑拨，好似火上添油。那时辽主德光，自然愤不能平，便欲兴兵问罪，入捣中原了。后来战祸，实始于此。

晋主重贵，毫不在意，反日去勾搭一位嫠居娇娘，竟得称心如愿，一淘儿行起乐来。看官道嫠妇为谁？原来是重贵叔母冯氏。冯氏为邺都副留守冯濛女，很有美色，晋高祖素与濛善，遂替季弟重胤，娶濛女为妇，得封吴国夫人。不幸红颜薄命，竟失所天，冯氏寂居寡欢，免不得双眉锁恨，两泪倾珠。重贵早已生心，只因叔侄相关，尊卑须辨，更兼晋高祖素严阃范，不敢胡行，蓝桥无路，徒唤奈何！及为汴京留守，正值元配魏国夫人张氏，得病身亡，他便想勾引这位冯叔母，要她来做继室。转思高祖出幸，总有归期，倘被闻知，必遭谴责。况且高祖膝下，单剩一个幼子重睿，自己虽是高祖侄儿，受宠不殊皇子，他日皇位继承，十成中可希望七八成，若使乱伦得罪，岂非这个现成帝座，恰为了一时淫乐，把他抛弃吗？于是捺下情肠，专心筹划军事，得平定安从进，成了大功。

到了赴邺嗣位，大权在手，正好任所欲为，求偿宿愿。可巧这位冯叔母，也与高祖后李氏，重贵母安氏等，同来奔丧，彼此在梓宫前，素服举哀。由重贵瞧将过去，但见冯氏缟衣素袂，越觉苗条，青溜溜的一簇乌云、碧澄澄的一双凤目、红隐隐的一张桃靥、娇怯怯的一搦柳肢，真是无形不俏，无态不妍，再加那一腔娇喉，啼哭起来，仿佛莺歌百啭，饶有余音。此时的重贵呆立一旁，几不知如何才好。那冯氏却已偷眼觑着，把水汪汪的眼波，与重贵打个照面，更把那重贵的神魂，摄了过去。及举哀已毕，重贵方按定了神，即命左右导入行宫，拣了一所幽雅房间，使冯氏居住。

到了晚间，重贵先至李后、安妃处，请过了安，顺便路行至冯氏房间。冯氏起身相迎，重贵便说道："我的婶娘，可辛苦了么？我特来问安！"冯氏道："不敢！不敢！陛下既承大统，妾正当拜贺，哪里当得起'问安'二字！"开口已心许了。说至此，即向重贵裣衽，重贵忙欲搀扶，冯氏偏停住不拜，却故意说道："妾弄错了！朝贺须在正殿哩。"重贵笑道："正是，此处只可行家人礼，且坐下叙谈。"冯氏乃与重贵对坐。重贵令侍女回避，便对冯氏道："我特来与婶娘密商，我已正位，万事俱备，可惜没有皇后！"冯氏答道："元妃虽薨，难道没有嫔御？"重贵道："后房虽多，都不配为后，奈何？"冯氏嫣然道："陛下身为天子，要如何才貌佳人，尽可采选。中原甚大，宁无一人中意么？"重贵道："意中却有一人，但不知她乐允否？"冯氏道："天威咫尺，怎敢不依！"满口应承。重贵欣然起立，凑近冯氏身旁，附耳说出一语，乃是看中了婶娘。冯氏又惊又喜，偏低声答道："这却使不得，妾是残花败柳，怎堪过侍陛下！"重贵道："我的婶娘！你已说过依我，今日是就要依我了。"说着，即用双手去搂冯氏。冯氏假意推开，起身趋入卧房，欲将寝门掩住。重贵抢步赶入，关住了门，凭着一副膂力，轻轻将冯氏举起，掖入罗帏。冯氏半推半就，遂与重贵成了好事。这一夜的海誓山盟，笔难尽述。

好容易欢恋数宵，大众俱已闻知。重贵竟不避嫌疑，意欲册冯氏为后，先尊高祖后李氏为皇太后，生母安氏为皇太妃，然后备着六宫仗卫，太常鼓吹，与冯氏同至西御庄，就高祖像前，行庙见礼。宰臣冯道以下，统皆入贺。重贵怡然道："奉皇太后命，卿等不必庆贺！"道等乃退。重贵挈冯氏回宫，张乐设饮，金樽檀板，展开西子之颦；绿酒红灯，煊出南威之色。重贵固乐不可支，冯氏亦喜出望外。待至酒酣兴至，醉态横生，那冯氏凭着一身艳妆，起座歌舞，曼声度曲，宛转动人，彩袖生姿，蹁跹入画。重贵越瞧越爱，越爱越怜，蓦然间忆及梓宫，竟移酒过奠，且拜祷道："皇太后有命，先帝不预大庆！"真是昏话。一语说出，左右都以为奇闻，忍不住掩口胡卢。重贵亦自觉说错，也不禁大笑绝倒，且顾语左右道："我今日又做新女婿了！"冯氏闻言，嗤然一笑，左右不暇避忌，索性一笑哄堂。重贵趁势揽冯氏手，竟入寝宫，再演龙凤配去了。小子有诗咏道：

> 叔母何堪作继妻，雄狐牝雉太痴迷！
> 北廷暴恶移文日，曾否疚心悔噬脐？

转瞬间又阅一年，晋主重贵，已将高祖安葬，奉了太后、太妃，及宠后冯氏，一同还都。欲知后事，请看下回。

安从进与安重荣，材具平庸，且无功绩之足言，徒以攀龙附凤，得为镇帅，富贵已达极点，而犹不知足，敢生异志者，无非欲为石敬瑭第二，妄冀非分之尊荣耳。迨晋军分道出兵，而二悍即归殄灭，不度德，不量力，害必至此，何足怪乎！重贵以兄子继统，甫经莅事，即听景延广言，开罪契丹。外衅已开，自速其祸，而又纳叔母冯氏，渎伦伤化，败德乱常，名为人主，而行同禽兽，亦安能不危且亡也！若冯氏以叔母之尊，甘与犹子为偶，淫妇无耻，殊不足责，厥后与重贵同毙沙漠，正天道恶淫之报。此淫之所以为万恶首也！

第三十二回

悍弟杀兄僭承汉祚　逆臣弑主大乱闽都

却说晋主重贵，由邺都启行还汴，暂不改元，仍称天福八年。自幸内外无事，但与冯皇后日夕纵乐，消遣光阴。冯氏得专内宠，所有宫内女官，得邀冯氏欢心，无不封为郡夫人。又用男子李彦弼为皇后都押衙，正是特开创例，破格用人。重贵已为色所迷，也不管什么男女嫌疑，但教后意所欲，统皆从命。独不怕为元绪公么？后兄冯玉，本不知书，因是椒房懿戚，擢知制诰，拜中书舍人。同僚殷鹏，颇有才思，一切制诰，常替玉捉刀，玉得敷衍过去。寻且升为端明殿学士，又未几升任枢密使，真个是皇亲国戚，比众不同。可惜是块碔砆。

小子因专叙晋事，把别国别镇的状况，未免失记。此处乘晋室少暇，不得不将别国情形，略行叙述。

南汉主刘龑，自遣何词入唐后，已知唐不足惧，并因击败楚军，越加强横。事见第二十回。龑生十九子，俱封为王。长子耀枢，次子龟图，已皆早世。三子弘度，受封秦王。四子弘熙，受封晋王，两人素性骄恣。惟五子弘昌封越王，颇能孝谨，且有智识。龑欲使为储贰，惟越次册立，心殊未安，因此蹉跎过去。且自龑僭位后，岭南无恙，全国太平，他却安安稳稳过了二十多年。年龄虽越五十，尚属体强力壮，没甚病痛，总道是寿命延长，不妨将立储问题，宽延时日。哪知六气偶侵，二竖为祟。当后晋天福七年，即南汉大有十五年，竟染了一场重症，医药罔效。当下召入左仆射王翻，密与语道："弘度、弘熙，寿算虽长，但终不能任天下大事，弘昌类我，我早欲立为太子，苦不能决，我子孙不肖，恐将来骨肉纷争，好似鼠入牛角，越斗越小呢。"说至此，泣下唏嘘。翻劝慰道："陛下既属意越王，须赶紧筹备，臣意拟将秦、晋二王，调守他州，方可无虞。"龚点首称是，乃拟徙弘度守邕州，弘熙守容州。

计议已定，适崇文使萧益入问起居，龚又述明己意。益力谏道："废长立少，必启争端，此事还求三思！"龚被他一说，又害得没有主意，蹉跎了好几日，竟尔毕命。弘度依次当立，遂即南汉皇帝位，更名为玢，改大有十五年为光天元年。命弟晋王弘熙辅政，尊龚为天皇大帝，庙号高祖。龚僭位二十六年，享年五十四岁，生平最喜杀人，创设汤镬、铁床等具，有灌鼻、割舌、肢解、刳剔、炮炙、烹蒸诸刑，或就水中捕集毒蛇，即将罪人投入，俾蛇吮噬，号为水狱。每决罪囚，必亲往监视，往往垂涎呀呷，不觉朵颐。想是豺狼转生。又性好奢侈，尽聚南海珍宝，作为玉堂璇宫。晚年更筑起一座南薰殿，柱皆镂金饰玉，础石间暗置香炉，朝夕燃香，有气无形，真个是穷奢极丽，不惜工资。

到了弘度即位，比乃父更觉骄奢，更添一种好色的奇癖，专喜观男女裸逐，混作一淘。外面作乐，里面饮酒，镇日间嬉戏淫媟，不亲政事。或夜间穿着墨缞，与娼女微行，出入民家，毫无顾忌。左右稍稍谏阻，立被杀死。惟越王弘昌及内常侍吴怀恩，屡次进谏，虽然言不见从，还算是顾全脸面，不加杀戮。

晋王弘熙，日进声伎，诱他荒淫。昏迷了好几月，度过残冬，已是光天二年，弘熙阴图篡位，知乃兄素好手搏，特嘱指挥使陈道庠，引力士刘思潮、谭令禋、林少强、林少良、何昌廷等五人，聚习晋府，习角抵戏，技艺有成，献入汉宫。弘度大悦，亲加验视，果然拳法精通，不同凡汉，遂留五人为侍卫，有暇辄命他角逐，评量优劣，核定赏罚。未几已届暮春，召集诸王至长春宫，宴饮为欢。侑乐以外，即令五力士演角抵戏，且饮且观。五力士抖擞精神，卖弄拳技，引得弘度心花大开，尽管把黄汤灌将下去，顿时酩酊大醉，不省人事。弘熙发出暗号，那陈道庠即指示刘思潮等，掖着弘度，就势用力，竟将弘度干骨拉断。但听得一声狂叫，遽尔暴亡。可怜这位少年昏君，只活得二十四岁，便被害死。速死为幸。

后来谥为“殇帝”。所有宫内侍从，都杀得一个不留，诸王乘势逸出，不敢入视。待至翌晨，始由越王弘昌，带着诸弟，哭临寝殿。因即迎弘熙嗣位，易名为“晟”，改光天二年为应乾元年。命弟弘昌为太尉，兼诸道兵马都元帅，少弟循王弘杲为副，并预政事。陈道庠及刘思潮等，皆赏赉有差。南汉吏民，虽不敢公然讨逆，但宫中篡弑情形，已是无人不晓，免不得街谈巷议，传作新闻。

循王弘杲，请斩刘思潮等以谢中外。不能仗义讨逆，徒欲归咎从犯，安得不自取死亡！看官试想，这弑君、杀兄的刘弘熙，岂肯把佐命功臣，付诸典刑么？思潮等闻弘杲言，反诬称弘杲谋反，弘熙遂嘱思潮暗伺行踪。会弘杲宴客，思潮即纠集谭令禋等，带同卫兵，持械突入。弘杲不及趋避，立被刺死。弘熙闻报，很是欣慰，且大出金帛，厚赏思潮、令禋等人。一面严刑峻法，威吓臣下，并且猜忌骨肉，比前益甚。南汉高祖十九子，除长、次二子早死外，三子、五子被害，第九子万王弘操，先在交州阵亡，此时尚剩十四子。弘熙欲将十三人尽行加害，陆续设法，杀一个，少一个，结果是同归于尽，这便是南汉主龚好杀的惨报呢。大声疾呼。

小子因隔年太远，不应并叙下去，只好将汉事暂搁，另述唐事。唐主徐知诰，已复姓李氏，改名为昪。见二十九回。自命为江南强国，与晋廷不相聘问，独向辽通使，彼此互有往来。每当辽使至唐，辄给厚贿。及送至淮北，已入晋境，暗使人刺杀辽使，竟欲嫁祸晋廷，令他南北失和，自己可收渔人厚利。晋天福五年，晋安远节度使李金全，为亲吏胡汉筠所怂恿，擅杀朝使贾仁沼，为晋所讨，不得已奉表降唐。唐主昪遣鄂州屯营使李承裕、段处恭等，率兵三千，往迎金全。金全驰诣唐军，承裕遂入据安州。晋廷别简节度使马全节，兴师规复，与李承裕交战安州城南，承裕败走。晋副使安审晖领兵追击，复破唐兵，斩段处恭，擒李承裕，自唐监军杜光邺以下，尽被捕获。全节杀死承裕及俘卒千五百人，械送光邺等归大梁。

时晋主石敬瑭尚存，闻光邺等被械入都，不禁叹息道："此曹何罪！"遂各赐马匹及器服，令还江南。唐主昪严拒不纳，送还淮北，且遗晋主书，内有边校贪功，乘便据垒，军法朝章，彼此不可四语。晋主仍遣令南归，偏唐主昪派了战船，力拒光邺，光邺只好仍入大梁。晋主授光邺官，编光邺部兵为显义都，命旧将刘康统领，追赠贾仁沼官阶，算是了案。李金全到了金陵，唐主昪待他甚薄，只命为宣威统军，金全已不能归晋，没奈何靦颜受命，此段文字，补前文所未详。嗣是昪无心窥晋，惟知保守吴疆。

既而吴越大火，焚去宫室府库，所储财帛兵甲，俱付一炬。吴越王钱元瓘骇极成狂，竟致病殁。将吏奉元瓘子弘佐为嗣，弘佐年仅十三，主少国疑，更因火灾以后，元气萧条。吴越事就便带过。南唐大臣，多劝昪进击吴越，昪摇首道："奈何利人灾殃！"这是李昪仁心，不得谓其迂腐。遂遣使厚赍金粟，吊灾唁丧，此后通好不绝。昪客冯延巳好大言，尝私讥昪道："田舍翁怎能成大事？"昪虽有所闻，也并不加罪。但保境安民，韬甲敛戈，吴人赖以休息。

好容易做了七年的江南皇帝，年已五十六岁，未免精力衰颓。方士史守冲，献入丹方，照方合药，服将下去，起初似觉一振，后来渐致躁急。近臣谓不宜再服，昪却不从。忽然间背中奇痛，突发一疽，他尚不令人知，密召医官诊治，每晨仍强起视朝。无如疽患愈剧，医治无功，乃召长子齐王璟入侍，未几已近弥留，执璟手与语道："德昌宫积储兵器金帛，约七百余万，汝守成业，应善交邻国，保全社稷。我试服金石，欲求延年，不意反自速死，汝宜视此为戒！"说至此，牵璟手入口，啮指出血，才行放下，涕泣嘱咐道："他日北方当有事，勿忘我言！"为后文伏笔。

璟唯唯听命。是夕昪殂，璟秘不发丧，先下制命齐王监国，大赦中外。越数日不闻异议，方宣遗诏，即皇帝位，改元保大。太常卿韩熙载上书，谓越年改元，乃是古制，事不师古，勿可以训。璟优旨褒答，但制书已行，不便收回，就将错便错地混了过去。

璟初名景通，有四弟景迁、景遂、景达、景逷。景迁蚤卒，由璟追封为楚王。景遂由寿王进封燕王，景达由宣城王进封鄂王，景逷为昪妃种氏所出。昪既受禅，方得此子，颇加宠爱。种氏以乐妓得幸，至此亦加封郡夫人。蛾眉擅宠，便思夺嫡，尝乘间进言，谓景逷才过诸兄。昪不禁发怒，责他刁狡，竟出种氏为尼，且不加景逷封爵。及昪殁璟继，种氏恐璟报怨，且泣且语道："人彘骨醉，将复见今日了！"以小人心，度君子腹。幸璟笃爱同胞，晋封景逷为保宁王，并许种氏入宫就养。璟母宋氏，尊为皇太后，种氏亦受册为皇太妃。议定父昪庙号，称为"烈祖"。

寻改封景遂为齐王，兼诸道兵马元帅，燕王景达为副。璟与诸弟立盟柩前，誓兄弟世世继立，景遂等一再谦让，璟终不许。给事中萧俨疏谏，亦不见报，但封长子弘冀为南昌王，兼江都尹。虔州妖贼张遇贤作乱，派将荡平。中书令太保宋齐邱，自恃勋旧，树党擅权，由璟徙宋为镇海军节度使。宋齐邱暗生忿怼，自请归老九华，一表即允，赐号九华先生，封青阳公。齐邱去后，引用冯延巳、常梦锡为翰林学士，冯延鲁为中书舍人，陈觉为枢密使，魏岑、查文徽为副使。这六人中除梦锡外，半系齐邱旧党，且专喜倾轧，贻误国家，吴人目为五鬼。梦锡屡言五人不宜重用，璟皆不纳。

既而璟欲传位景遂，令他裁决庶政。冯延巳、陈觉等，乘机设法，令中外不得擅奏，大臣非经召对，不得进见。给事中萧俨，复上疏极谏，俱留中不发。连宋齐邱在外闻知，亦上表谏阻。侍卫都虞侯贾崇，排闼入诤道："臣事先帝三十年，看他延纳忠言，孜孜不倦，尚虑下情不能上达。陛下新即位，所恃何人，遽与群臣谢绝。臣年已衰老，死期将至，恐从此不能再见天颜了！"言毕，泣下呜咽。璟亦不觉动容，引坐赐食，乃将前令撤销。表扬谏臣。

忽由闽将朱文进，弑主称王，遣使入告，唐主璟斥他不道，拘住来使，拟发兵声讨。群臣谓闽乱首祸，为王延政，应先讨伪殷，方足代除乱本。延政不过叛兄，未尝弑主，唐臣所言不免偏见。因将闽使遣归，特派查文徽为江西安抚使，令觇建州虚实，再行进兵。看官道闽中大乱，从何而起？小子在前文三十回中，已叙闽主曦酗乱情形，早见他不能久享。唐主璟即位，曾贻闽主曦及殷主延政书，责他兄弟寻戈，有乖友爱。曦复书辩驳，引周公诛管、蔡，及唐太宗杀建成、元吉事，作为比附，自护所短。延政且驳斥唐主篡吴，负杨氏恩。唐主怒起，便与两国绝好，尤恨延政无礼，意图报怨。释闽攻殷，伏机于此。可巧闽拱宸都指挥使朱文进，突然发难，再弑闽主，激成祸乱，于是全闽大扰，利归南唐。

先是文进与连重遇分统两都，重遇弑昶立曦，入任阁门使，控鹤都归魏从朗统带，从朗亦勾连党羽，统军未久，为曦所杀。文进、重遇未免兔死狐悲，阴生疑贰。曦又召二人侍宴，酒兴方酣，遽吟唐白居易诗云：“惟有人心相对间，咫尺之情不能料！”二人知曦示讽，忙起座下拜道：“臣子服事君父，怎敢再生他志？”曦微笑无言，二人佯为流涕，亦不闻慰答。宴毕趋出，文进顾语重遇道：“主上忌我已深，毋遭毒手！”重遇应诺。

会曦后半氏，妒害尚妃。俱见三十回。密欲图曦，改立子亚澄为闽主，遂使人告文进、重遇道：“主上将加害二公，如何是好？”夫主不可信，别人可信么？二人闻言益惧，即密谋行弑。适后父李真有疾，曦至真第问安，文进、重遇暗嘱拱宸马步使钱达，掖曦上马，乘便拉死。

侍从奔散，文进、重遇，拥兵至朝堂，率百官会议。当由文进宣言道：“太祖皇帝，光启闽国，已数十年，今子孙淫虐，荒坠厥绪，天厌王氏，应该择贤嗣立，如有异议，罪在不赦！”大众统是怕死，没一人敢发一言。重遇即接口道：“功高望重，无过朱公，今日应当推立了！”大众又噤不发声。文进并不推让，居然升殿，被服衮冕，南面坐着。重遇率百官北面朝贺，再拜称臣，草草成礼。即由文进下令，悉收王氏宗族。自太祖子延熹以下，少长共五十余人，一体骈戮。就是曦后李氏，曦子亚澄，也同时被杀。李真闻变惊死，余官得过且过，乐得偷生。惟谏议大夫郑元弼，抗辞不屈，拟奔建州，为文进所害。元弼虽死犹荣，不若曦后、曦子之死有余辜。文进自称威武军留后，权知闽国事。葬闽主曦，号为“景宗”。用重遇总掌六军，兼礼部尚书判三司事，进枢密使鲍思润同平章事，令羽林统军使黄绍颇，为泉州刺史，左军使程文纬为漳州刺史，汀州刺史许文稹举郡降文进，文进许为原官。部署少定，因派人四出报告，且向晋奉表称藩。晋授文进为威武节度使，知闽国事。独殷主延政，倡议讨逆，先遣统军使吴成义，率兵击闽，与战不利。再遣部将陈敬佺，领兵三千，屯尤溪及古田，卢进率兵二千屯长溪，作为援应。

泉州指挥使留从效语同僚王忠顺、董思安、张汉思道：“朱文进屠灭王氏，遣腹心分据诸州，我辈世受王氏恩，乃交臂事贼，一旦富沙王攻克福州，我辈且死有余愧了！”王、董等也以为然，从效即召部下壮士，夜饮家中，酒酣与语道：“富沙王已平福州，密旨令我等讨黄绍颇，我观诸君状貌，皆非贫贱士，何不乘此讨贼？能从我言，富贵可图，否则祸且立至了！”众壮士不以为诈，踊跃效命，各出持白梃，逾垣入刺史署，擒住绍颇，剁作两段。从效入取州印，赴延政族子王继勋宅中，请主军府，自称平贼统军使，函绍颇首，遣兵马使陈洪进赍诣建州。延政立授继勋为泉州刺史，从效、洪进为都指挥使。漳州将陈谟，闻风起应，亦杀刺史程文纬，请王继成权知州事。继成也是延政族子，与继勋同居疏远，所以文进篡位，王氏亲族多死，惟二人幸全。汀州刺史许文稹，又见风驶帆，奉表降殷。

朱文进闻三州生变，慌得手足无措，忙悬重赏募兵，得二万人，令部下林守谅、李廷谔为将，往攻泉州，钲鼓声达百里。殷主延政，也遣大将军杜进，率兵二万救泉州。留从效得了援师，开城出战，与杜进夹攻闽军。闽军兵皆乌合，似鸟兽散，林守谅战死，李廷谔被擒。捷报飞达建州，延政因促吴成义，率战舰千艘，速攻福州。朱文进求救吴越，遣子弟为质，吴越尚未出师，殷军已集城下。那时唐主璟已从查文徽请，遣都虞侯边镐攻殷。吴成义吓迫闽人，反诈称唐军援己，闽人大恐。朱文进无法可施，因遣同平章事李光准诣建州，赍献国宝。

光准方行，部吏已有贰心。南廊承旨林仁翰，密语徒众道："我辈世事王氏，今受制贼臣，倘富沙王到来，有何面目相见呢？"众应声道："愿听公令！"仁翰便令众被甲，径趋连重遇第，重遇严兵自卫，由仁翰执槊直前，刺杀重遇，斩首示众道："富沙王将至，恐汝等要族灭了！现我已杀死重遇，去一逆党，汝等何不亟取文进，赎罪图功？"大众听到此言，一齐摩拳擦掌，闯入阙廷，饶你文进威焰薰天，至此变成一个独夫，立被乱军拖出，乱刀齐下，粉骨碎身！恶人终有恶报，世人何苦作恶！

当下大开城门，迎吴成义入城。成义验过二人首级，传送建州，并由闽臣附表，请殷主延政归闽。延政因唐兵方至，未暇徙都，但命从子继昌，出镇福州，改号福州为南都，且复国号为闽。发南都侍卫及左右两军甲士万五千人，同至建州，抵御唐兵。小子有诗叹道：

外侮都从内讧招，一波才了一波摇；
闽江波浪喧豗甚，春色原来已早凋。

欲知闽唐争战情形，且容下回续叙。

五季之世，虽为天地闭塞之时，然亦未尝无公理。南汉主刘龑，暴虐不仁，以杀人为快事，竟得安享国家，至二十有六年之久，且生子至十有九人，几疑天心助暴，公理尽亡。且弘熙杀兄屠弟，淫刑以逞，弘度荒耽酒色，死不足惜，诸弟无辜，亦遭毒手，冥漠岂真无凭，意者其假手弘熙，俾龑子之无噍类，以偿其杀人之罪恶乎！即如闽乱情形，成自篡弑，子可弑父，弟何不可叛兄！臣何不可戕君！朱文进、连重遇两逆，连毙二主，自以为凶横无敌，而卒归诛夷，报施不爽，公理固自在也。彼唐主昪虽得国不正，而休兵息民，终为彼善于此。嗣主璟笃爱同胞，迎养庶母，孝友可风，大节已著，即无失政，而卒免篡弑之祸。阅者于夹缝中求之，可知公理昭昭，著书人固已道破也。

第三十三回

得主援高行周脱围　迫父降杨光远伏法

却说唐、闽交争的时候，正晋、辽失好的期间。晋主重贵，自信任一个景延广，向辽称孙不称臣，辽主已有怒意，见三十一回。会辽回图使乔荣，来晋互市，置邸大梁。回图使系辽官名，执掌通商事宜。荣本河阳牙将，从赵延寿降辽，辽主因他熟悉华情，令充此使。偏景延广喜事生风，说荣为虎作伥，力劝晋主捕荣，拘系狱中。晋主不管好歹，惟言是从。延广既将荣下狱，复把荣邸存货，尽行夺取，再命境内所有辽商，一律捕诛，没货充公。仿佛强盗行径。晋廷大臣，恐激怒北廷，乃上言辽有大功，不应遽负。晋主重贵，难违众议，因释荣出狱，厚礼遣归。

荣过辞延广，延广张目道："归语尔主，勿再信赵延寿等诳言，轻侮中国，须知中国土马，今方盛强，翁若来战，孙有十万横磨剑，尽足相待，他日为孙所败，贻笑天下，悔无及了！"大言不惭者，其鉴之。荣正虑亡失货财，不便归报，既闻延广大言，遂乘机对答道："公语颇多，未免遗忘，敢请记诸纸墨，俾便览忆！"延广即令属吏照词笔录，付与乔荣。荣欢然别去，归至西楼，即将书纸呈上。辽主耶律德光，不瞧犹可，瞧着此纸，勃然大怒，立命将在辽诸晋使，絷住幽州，一面集兵五万，指日南侵。

是时晋连遭水旱，复遇飞蝗，国中大饥。晋廷方遣使六十余人，分行诸道，搜括民谷。一闻辽将入寇，稍有知识的官吏，自然加忧。桑维翰已入为侍中，力请卑辞谢辽，免起兵戈。独景延广以为无恐，再四阻挠。那晋主重贵，始终倚任延广，还道平辽妙策，言听计从。朝臣领袖，除延广外，要算维翰，维翰言不见用，还有何人再来多嘴。河东节度使刘知远，料定延广鲁莽，必致巨寇，只因不便力争，但募兵戍边，奏置兴捷武节等十余军，为固圉计。为后文代晋张本。

平卢节度使杨光远，已蓄异谋。见三十回。从前高祖尝借给良马三百匹，景延广又特传诏命，发使索还。光远不得已取缴，密语亲吏道："这明明是疑我呢！"遂发使至单州，召子承祚使归。承祚本为单州刺史，闻召后，即托词母病，夜奔青州。晋廷遣飞龙使何超权知单州事，且颁赐光远金帛，及玉带御马，隐示羁縻。这却不必。光远视恩若仇，竟密遣心腹至辽，报称"晋主负德背盟，境内大饥，公私困敝，乘此进攻，一举可灭"等语。辽主已跃跃欲动，再加赵延寿从旁怂恿，便语延寿道："我已召集山后及卢龙兵五万人，令汝为将。汝此去经略中原，如果得手，当立汝为帝！"

延寿闻命，喜欢得了不得，忙伏地叩谢。谢毕起身，即统兵起程。到了幽州，适留守赵思温子延照，自祁州奔至父所。见三十回。当由延寿命为先锋，驱军南下，直逼贝州。

晋主重贵方因即位逾年，御殿受贺，庆赏上元，忽接到贝州警报，说是危急异常。重贵召群臣计议，群臣多说道："贝州系水陆要冲，关系甚大，但前此已拨给刍粟，厚为防备，大约可支持十年，为什么一旦遇寇，便这般紧急哩！"重贵道："想是知州吴峦，虚张敌焰，待朕慢慢儿地遣将援他便了！"救兵如救火，奈何迟缓！

过了数日，又有警信到来，乃是贝州失守，吴峦死节。于是晋廷君臣，才觉着忙。看官阅过前文，应知吴峦在云州时，守城半年，尚不为动，此次何故速败，与城俱亡？原来贝州升为永清军，曾由节度使王周管辖。见三十回。王周调任，改用王令温。令温因军校邵珂，凶悖不法，将他斥革。珂阴怀怨望，潜结辽军。会令温入朝执政，保举吴峦，权知州事。峦才到任，辽兵大至，城中将卒，与峦素不相习，怎能驱使得人？峦尚推诚抚士，誓众守城，将士颇为感奋，愿效死力。那居心叵测的邵珂，也居然在吴峦前，自告奋勇，情愿独当一面。峦不知有诈，优词奖勉，令他率兵守南门，自统将吏守东门。赵延寿麾众猛扑，经峦登陴督守，所有辽人攻具，多被峦用火扑毁，残缺不全。极写吴峦。既而辽主耶律德光亲率大军至贝州城下，再行进攻，峦毫不胆怯，一面向晋廷乞援，一面督将吏死守。不意邵珂竟大开南门，迎纳辽兵。辽兵一拥而入，全城大乱。峦懊悔不及，尚率将吏巷战，待至支持不住，自赴井中，投水殉难。贝州遂陷，被杀至万人。

晋廷闻报，乃命归德节度使高行周为北面行营都部署，河阳节度使符彦卿为马军左厢排阵使，右神武统军皇甫遇为马军右厢排阵使，陕府节度使王周为步军左厢排阵使，左羽林将军潘环为步军右厢排阵使，率兵三万，往御辽兵。晋主重贵更下诏亲征，择日启銮。可巧成德节度使杜威即杜重威，因避晋主名讳，去一重字。遣幕僚曹光裔至青州，为杨光远陈说祸福。光远即令光裔入奏，诡言存心不二，臣子承祚私归，实由省视母病，既蒙恩宥，全族荷恩，怎敢再作他想，重贵信以为真，仍命光裔复往慰谕。其实光远何尝变计，不过为缓兵起见，权作哀词。重贵以为东顾无忧，可以安心北征，命前邠州节度使李周为东京留守，自率禁军启行。授景延广为御营使，一切方略号令，悉归延广主裁。

途次连接各道警报，河东奏称辽兵入雁门关，恒、邢、沧三州，亦俱报寇入境内，滑州又飞奏辽主至黎阳。重贵乃命河东节度使刘知远为幽州道行营招讨使，成德节度使杜威为副。再派右武卫上将军张彦泽等，赴黎阳御辽。因恐辽兵势盛，未可轻敌，更派译官孟守忠，致书辽主，乞修旧好。辽主复书道：“事势已成，不可复改了！”

重贵未免心焦，硬着头皮，行至澶州。探报谓辽主屯元城，赵延寿屯南乐，又觉得与敌相近，益加愁烦。镇日里军书旁午，应接不遑。太原刘知远，奏破辽伟王于秀容，斩首三千级，余众遁去。一喜。知郓州颜衎，遣观察判官窦仪驰报，说是博州刺史周儒举城降辽，又与杨光远通使往来，引辽兵自马家口渡河，左武卫将军察行遇战败，竟为所擒。一忧。

重贵忧喜交并，只好请出这位全权大使景延广，与议军情。窦仪语延广道：“虏若渡河，与光远合，河南两面受敌，势且难保了！”延广也以为然，乃派侍卫马军都指挥使李守贞，及神武统军皇甫遇，陈州防御使梁汉璋，怀州刺史薛怀让，统兵万人，沿河进御。蓦接高行周、符彦卿等急报，谓军至戚城，被辽兵围住，请即发兵相援。延广本已下令，饬诸将分地拒守，毋得相救，此次来使请师，稍与军令有违，不如观望数天，再作计较。以人命为儿戏，安能不亡国败家！

嗣是戚城军报，日紧一日，始入白重贵。重贵大惊道：“这是正军，怎得不救！”延广道：“各军已皆派往别处，现在只有陛下亲军，难道也派往不成！”重贵奋然道：“朕自统军赴援，有何不可！”改怯为勇，想是被延广激起。遂召集卫军，整辔前行。

将至戚城附近，遥闻鼓角喧天，料知两军开战，当下麾军急进，仅越里许，已达战场。遥见敌骑甚众，纵横满野，一少年骁将，白袍白马，翼住行营都部署高行周，冲突出围，敌骑四面追来，被少将张弓迭射，左射左倒，右射右倒，敌皆披靡。重贵乘势杀上，高行周见御驾亲援，也翻身再战，救出左厢排阵使符彦卿，及先锋指挥使石公霸，杀毙辽兵甚多。辽兵遁去。

重贵登戚城古台，慰劳三将，三将齐声道："臣等早已告急，待援不至，幸蒙陛下亲临，始得重生。"重贵不禁失声道："这皆为景延广所误！延广迟报数日，所以朕来得太迟了。"三人凄然道："延广与臣等何仇，不肯遣兵救急？"说至此，相对泣下。经重贵好言抚慰，始各收泪。重贵问少将为谁？行周道："是臣儿怀德。"点出高怀德，语加郑重。重贵立即召见，赐给弓马，怀德拜谢，重贵仍还次澶州。

这边方奏凯班师，那边亦捷书驰至，李守贞等至马家口，正值辽兵筑垒，步兵为役，骑兵为卫，当由守贞等冲杀过去，骑兵退走。晋军乘胜攻垒，应手即下，辽兵大溃，乘马赴河，溺死数千人，战殁亦数千人，还有驻扎河西的辽兵，见河东失败，也痛哭退还，辽人始不敢东侵了。守贞生擒敌将七十八人，及部众五百人，解送澶州，一并伏法。又有夏州节度使李彝殷，奏称合蕃、汉兵四万，从麟州渡河，攻入辽境，牵制敌势，有诏授彝殷为西南面招讨使。寻闻杨光远欲西会辽兵，即命前保义节度使石赟，分兵屯戍郓州，防御光远。且命刘知远带领部众，自土门出恒州，会同杜威各军，掩击辽兵。知远不肯受命，但移屯乐平，逗留不进。

辽主耶律德光，闻各路失利，已萌退志，又未甘遽退，特想出一计，伪弃元城，声言北归，暗在古顿、邱城旁，埋伏精骑，等候晋军。邺都留守张从恩，屡奏称虏已遁去，晋军意欲追击，为霖雨所阻，方才停止。辽兵埋伏经旬，并不见晋军追来，反弄得人马饥疲。辽主因计不得逞，唏嘘不已。赵延寿进策道："晋军畏我势盛，必不敢前，不如进薄澶州，四面合攻，得据住浮梁，便可长驱中原了！"辽主依议，即于三月朔日，自督兵十余万，进攻澶州。自城北列阵，横亘至东西两隅，端的是金戈挥日，铁骑成云。高行周等自戚城进援，前锋与辽兵对仗，自午至晡，不分胜负。辽主自领精骑，前来接应，晋主重贵亦出阵待着。辽主望见晋军颇盛，顾语左右道："杨光远谓晋遇饥荒，兵多馁死，为何尚这般强盛呢？"遂分精骑为两队，左右夹击晋军，晋军屹立不动。等到辽兵趋近，却发出一声梆响，接连是万弩齐发，飞矢蔽空，辽兵前队，多半中箭，当然退却。又攻晋军东偏，两下里苦战至暮，互有杀伤。辽主知不能胜，引兵自去，至三十里外下营。

既而北去，有帐中小校窃马来奔，报称辽主已收兵北归；景延广疑他有诈，闭营高坐，不敢追蹑。那辽主却分军为二，一出沧德，一出深冀，安然归去。所过焚掠一空，留赵延寿为贝州留后。别将麻答陷德州，把刺史尹居璠拘去。嗣由缘河巡检梁进，募集乡社民兵，乘敌出境，复将德州取还。

晋主重贵，因辽兵已退，留高行周、王周镇守澶州，自率亲军归大梁。侍中桑维翰，劾奏景延广不救戚城，专权自恣，乃出延广为西京留守。延广郁郁无聊，唯日夕纵酒，藉以自娱。旋因朝使出括民财，河南府出缗钱二十万，延广擅增至三十七万，意欲把十七万缗，中饱私囊。判官卢亿进言道："公位兼将相，富贵已极，今国家不幸，府库空虚，不得已取诸百姓，公奈何额外求利，徒为子孙增累呢！"延广也不觉怀惭，方才罢议。尚有人心。

各道横敛民财，锁械刀杖，备极苛酷，百姓求生不得，求死不能。再加朝旨驱民为兵，号"武定军"，得七万余人，每七户迫出兵械，供给一卒，可怜百姓无从呼吁，统害得卖妻鬻子，荡产破家。那晋主重贵，尚下诏改元开运，连日庆贺，朝欢暮乐，晓得什么民间痛苦，草野流离。坐是速亡。

邺都留守张从恩，上言赵延寿虽据贝州，部众统久客思归，正好伺隙进击。奉诏授为贝州行营都部署，督将士规复贝州。当下麾兵往攻。及抵贝州城下，赵延寿已弃城遁去。城中烟焰迷濛，余火未息。从恩入城扑救，盘查府库，已无一钱，民居亦被劫无遗，徒剩得一座空城了。

未几滑州河决，水溢汴、曹、单、濮、郓五州，朝命发数道丁夫，堵塞决口，好容易才得堵住。晋主重贵，欲刻碑记事，中书舍人杨昭进谏，疏中有“刻石纪功，不若降哀痛之诏；染翰颂美，不若颁罪已之文”四语，最为恳切。重贵方将原议搁起。

嗣有人谓宰相冯道，依违两可，无补时艰，特出道为匡国军节度使，进任桑维翰为中书令，兼枢密使。维翰再秉国政，尽心措置，纪纲少振，颇有转机。且授刘知远为北面行营都统，晋封北平王，杜威为招讨使，督率十三节度，控御朔方。维翰在内指挥，自行营都统以下，无敢违命，时人多服他胆略。惟权位既重，四方赂遗，竞集门庭，仅阅一岁，积资巨万。并且恩怨太明，睚眦必报，又生成一张大面，耳目口鼻，无不广大。僚属按班进见，仰视声威，无不失色，所以秉政岁余，渐有谤言。磨穿铁砚之桑维翰，亦未能免俗，可叹！

杨光远素为维翰所嫉，至是维翰必欲除去光远，遂专任侍卫马步都虞侯李守贞，率步骑二万，进讨青州。光远方自棣州败还，突闻守贞兵到，慌忙领兵守城，且遣使求救辽廷。守贞奋力督攻，四面兜围，困得水泄不通。光远日望辽兵来援，哪知辽兵只来得千余人，被齐州防御使薛可言，中途击退。城中援绝势孤，粮食渐尽，兵士多半饿死。光远料不能出，自登城上，遥向北方叩首道：“皇帝！皇帝！误我光远了！”谁叫你叛国事虏？言已泣下，光远子承勋、承信、承祚等，劝光远出降，光远摇首道：“我在代北时，尝用纸钱驼马祭天，入池沉没，人皆说我当做天子，我且死守待援，勿轻言降晋哩！”承勋等怏怏退下，回忆谋叛首领，实出判官邱涛，及亲校杜延寿、杨瞻、白承祚数人，乃俟光远回府，竟号召徒众，杀死邱、杜、杨、白四人，函首出送晋营。一面纵火大噪，劫光远出居私第，然后开城迎纳官军，派即墨县令王德柔上表谢罪。

德柔赍表入都，晋主重贵览表，踌躇未决，召桑维翰入问道："光远罪大宜诛，但伊子归命，可否为子免父？"维翰忙接口道："岂有逆状滔天，尚可轻赦？望陛下速正明刑。"重贵始终怀疑，俟维翰退后，惟传命军前，饬李守贞便宜从事。守贞已入青州，接到廷寄，乃遣客省副使何延祚，率兵入光远私第，拉死光远，便算了案。上书报闻，诡言光远病死。晋主重贵，反起复杨承勋为汝州防御使。乃父叛君，诸子劫父，不忠不孝，同一负辜，可笑那重贵赏罚不明，纵容叛逆，徒养成一班无父无君的禽兽，哪里能保有国家呢！评论精严！

先是光远叛命，中外大震，有朝士扬言道："杨光远欲谋大事么？我实不信！光远素患秃疮，伊妻又尝跛足，天下岂有秃头天子，跛脚皇后么？"为这数语，转令人心渐靖，不到一年，光远果然伏诛了！

辽主耶律德光，闻光远被诛，青州归晋，又拟大举入寇。令赵延寿引兵先进，前锋直达邢州。成德节度使杜威，飞章告急。晋主复欲亲征，会遇疾不果，乃调张从恩为天平节度使，马全节为邺都留守，会同护国军节度使安审琦，武宁军节度使赵在礼，共御辽兵。在礼屯邺都，余军皆屯邢州，两下俱按兵不战。辽主德光，复率大兵踵至，建牙元氏县，声势甚盛。各军已有惧意，再经晋廷戒他慎重，越加惶恐，顿时未战先却，沿途抛弃甲仗，无复部伍。匆匆奔至相州，勉强过了残冬。

开运二年正月，朝旨命赵在礼退屯澶州，马全节还守邺都；另遣右神武统军张彦泽，出戍黎阳；西京留守景延广，出扼胡梁渡。辽兵大掠邢、洺、磁三州，进逼邺境。张从恩、马全节、安审琦三军，同时会集，列阵相州安阳水南，为截击计。神武统军皇甫遇，方加官检校太师，出任义成军节度使，也闻难前来，与濮州刺史慕容彦超，带着数千骑兵，作为游骑，先去侦探敌势。自旦至暮，未见回来，安阳诸将，免不得惊讶起来。正是：

军情艰险原难测，兵报稽迟促暗惊。

究竟皇甫遇驰往何处，容至下回表明。

石晋之向辽称臣，原一大谬。但铸错已成，势难骤改。重贵新立，皇纲未振，乃误信一景延广，向辽挑衅，辽主入寇无功，旋即引去，此岂重贵之果能却敌，实由天夺之鉴，促其波亡耳！景延广虽被勐外调，而进任者为一桑维翰，悉心秉政，颇有转机。然贿赂公行，恩怨必报，究非大臣风度。且幽、涿十六州，沦没虏廷，创此议者为谁，而可谓无罪乎？杨光远引虏入侵，甘心叛主，实欲效石敬瑭故事，但秃疮天子，跛脚皇后，久为世笑，安能有成？惟重贵不能明正典刑，徒令李守贞之遣人拉死，反以病卒见告，叛命者可以免罪，则天下谁不思藉蛮夷力，窃皇帝位乎？故辽兵再举，而虎伥甚多。石晋不亡于内乱，而亡于外寇，有以夫！

第三十四回

战阳城辽兵败溃　失建州闽主覆亡

却说义成节度使皇甫遇，与濮州刺史慕容彦超，往探敌踪，行至邺县漳水旁，正值辽兵数万，控骑前来。遇等且战且却，至榆林店，后面尘头大起，见辽兵无数驰至，遇语彦超道："我等寡不敌众，但越逃越死，不如列阵待援。"彦超亦以为然，乃布一方阵，露刃相向。辽兵四面冲突，由遇督军力战，自午至未，约百余合，杀伤甚众。遇坐马受伤，下骑步战。仆人顾知敏，让马与遇。遇一跃上马，再行冲锋，奋斗多时，才见辽兵少却。旁觅知敏，已经失去，料知为敌所擒，便呼彦超道："知敏义士，怎可轻弃！"彦超闻言，便怒马突入辽阵，遇亦随往，从枪林箭雨中，救出知敏，跃马而还。义勇可风。

时已薄暮，辽兵又调出生力军，前来围击，遇复语彦超道："我等万不可走，只得以死报国了！"乃闭营自固，以守为战。安阳诸将，怪遇等至暮未归，各生疑虑。安审琦道："皇甫太师，寂无声问，想必为敌所困。"言未已，有一骑士驰来，报称遇等被围，危急万状。审琦即引骑兵出行。张从恩问将何往？审琦慨然道："往救皇甫太师！"如闻其声。从恩道："传言未必可信，果有此事，虏骑必多，夜色昏皇，公往何益！"审琦朗声道："成败乃是天数，万一不济，亦当共受艰难，倘使虏不南来，坐失皇甫太师，我辈何颜还见天子！"审琦亦颇忠勇。说至此，已扬鞭驰去，逾水急进，辽兵见有援师，便即解围。遇与彦超，才得偕归相州。

张从恩道：“辽主倾国南来，势甚汹涌，我兵不多，城中粮又不支一旬，倘有奸人告我虚实，彼虏悉众来围，我等死无葬地了。不若引兵就黎阳仓，倚河为拒，尚保万全。”审琦等尚未从议，从恩麾军先走，各军不能坚持，相率南趋，扰乱失次，如邢州溃退时相同。从恩只留步卒五百名，守安阳桥，夜已四鼓。

知相州事符彦伦，闻各军退去，惊语将佐道：“暮夜纷纭，人无固志，区区五百步卒，怎能守桥！快召他入城，登陴守御。”当下遣使召还守兵，甫经入城，天色已曙。遥望安阳水北，已是敌骑纵横。彦伦命将士乘城，扬旗鸣鼓，佯示军威。辽兵不知底细，总道是兵防严密，不敢径进。彦伦复出甲士五百，列阵城北，辽兵益惧，至午退归。

北面副招讨使马全节等，奏称虏众引还，宜乘势大举，出袭幽州。振武节度使折从远，又表称截击归寇，进攻胜朔。于是晋主重贵，复起雄心，召张从恩入都，权充东京留守，自率亲军往滑州。命安审琦屯邺都，再从滑州趋澶州，马全节部军，依次北上。刘知远在河东，得知消息，不禁叹息道：“中原疲敝，自守尚恐不足，今乃横挑强胡，幸胜且有后患，况未必能胜呢！”你也未免观望。

辽主尚未知晋主亲出，但取道恒州，向北旋师。前驱用羸兵带着牛羊，趋过祁州城下。刺史沈斌，望见辽兵羸弱，以为可取，遂派兵出击。不意兵已出发，那后队的辽兵，突然掩至，竟将州兵隔断，趁势急攻。斌登城督守，赵延寿在城下指挥辽兵，仰首呼斌道：“沈使君！你我本系故交，想区区孤城，如何得保！不如趋利避害，速即出降。”斌正色答道：“公父子失计，陷没虏廷，忍心害理，敢率犬羊遗裔，来噬父母宗邦，试问公具有天良，奈何不自愧耻，尚有骄色。斌弓折矢尽，宁为国家死节，终不效公所为！”对牛弹琴。延寿恼羞成怒，扑攻益急，两下相持一昼夜，待至诘朝，城被攻破，斌即自杀。延寿掳掠一周，出城自归。

晋主再命杜威为北面行营都招讨使，领本道兵，会马全节等进军。杜威乃进兵定州，派供奉官萧处钧，收复祁州，权知州事。一面会同各军，进攻泰州，辽刺史晋廷谦开城出降。晋军乘胜攻满城，擒住辽将没刺，复移兵拔遂城。

辽主耶律德光，还至虎北口，迭接晋军进攻消息，又拥众南向，麾下约八万人。晋营哨卒，报知杜威，威不禁生畏，拔寨遽退，还保泰州。及辽军进逼，再退至阳城，那辽主不肯休息，鼓行而南，晋军退无可退，不得不上前厮杀。可巧遇着辽兵前锋，即兜头拦截，一阵痛击，杀败辽兵，逐北十余里，辽兵始逾白沟遁去。

越二日，晋军结队南行，才经十余里，忽遇辽兵掩住，四面环攻。晋军突围而出，至白团卫村，依险列阵，前后左右，排着鹿角，权作行寨。辽兵一齐奔集，攒聚如蚁，又把晋营围住，并用奇兵绕出营后断绝晋军粮道。是夜东北风大起，拔木扬沙，很是利害。晋营中掘井取水，方见泉源，泥辄倒入，军士用帛绞泥，得水取饮，终究不能解渴，免不得人马俱疲。挨至黎明，风势愈剧，辽主德光，踞坐胡车，大声发令道：“晋军止有此数，今日须一律擒住，然后南取大梁。”遂命铁鹞军辽人称精骑为铁鹞。同时下马，来踹晋营。拔去鹿角，用短兵杀人，后队更顺风扬火，声助兵威。

晋军至此，却也愤怒起来，齐声大呼道：“都招讨使！何不下令速战！难道甘束手就死么？”杜威尚是迟疑，徐徐答道：“俟风少缓，再定进止。”李守贞进言道：“敌众我寡，现值风扬尘起，彼尚未辨我军多少，此风正是助我，若再不出军奋击，一俟风缓，吾属无噍类了！”说至此，便向众齐呼道：“速出击贼。”又回头语威道：“公善守御，守贞愿率中军决死了。”马军排阵使张彦泽欲退，副使药元福力阻道：“军中饥渴已甚，一经退走，必且崩溃。敌谓我不能逆风出战，我何妨出彼所料，上前痛击，这正是兵法中诡道哩！”马步军都排阵使符彦卿，亦挺身出语道：“与其束手就擒，宁可拼生报国！”遂与彦泽、元福，拔关出战。皇甫遇亦麾兵跃出，纵横驰骤，锐不可当，辽兵辟易，倒退至数百步。风势越吹越大，天愈昏暗，几乎不辨南北，彦卿与守贞相遇，并马与语道：“还是曳队往来呢？还是再行前进，以胜为度呢？”守贞道：“兵利速进，正宜长驱取胜，怎得回马自沮！”彦卿乃呼集诸军，拥着万余骑，横击辽兵，呐喊声震动天地。辽兵大败而走，势如崩山，晋军追逐至二十余里。

辽铁鹞军已经下马，仓猝不能复上，委弃马仗，满积沙场，及奔至阳城东南水上，始稍稍成列。杜威闻胜出追，行至阳城，遥见辽兵正在布阵，乃下令道：“贼已破胆，不宜更令成列！”因遣轻骑驰击，也来驶顺风船么？辽兵皆逾水遁去。耶律德光乘车北走千余里，得一橐驼，改乘急走。诸将请诸杜威，谓急追勿失。杜威独扬言道，“遇贼幸得不死，尚欲索取衣囊么？”总不肯改过本心。李守贞接入道：“两日以来，人马渴甚，今得水畅饮，必患脚肿，不如全军南归为是。”乃退保定州，嗣复自定州引还，晋主也即还都。

杜威归镇，表请入朝，晋主不许。看官道他何意？原来杜威久镇恒州，自恃贵戚，贪纵无度，往往托词备边，敛取吏民钱帛，入充私囊。富室藏有珍货，及名姝骏马，必设法夺取，甚且诬以他罪，横加杀戮，没资充公。至虏骑入境，他却畏缩异常，任他纵掠，属城多成榛莽。自思境内残敝，又适当敌冲，不如入都觐主，面请改调。晋主重贵不许，他竟不受朝命，委镇入朝。

朝廷闻报，相率惊骇。桑维翰入奏道："威常凭恃勋亲，邀求姑息，及疆场多事，无守御意，擅离边镇，藐视帝命。正当乘他入朝，降旨黜逐，方免后患！"晋主重贵，默然不答，面上反露出二分愠意。维翰又道："陛下若顾全亲谊，不忍加罪，亦只宜授他近京小镇，勿复委镇雄藩。"重贵才出言道："威与朕至亲，必无异志，但长公主欲来相见，所以入朝，愿卿勿疑！"维翰怏怏趋出。嗣是不愿再言国事，托词足疾，上表乞休。晋主总算慰留。

未几杜威入都，果挈妻同至。妻系晋主女弟，已进封宋国长公主，至是入宫私觌，替威面请，求改镇邺都。晋主重贵，立即应诺，命威为邺都留守，仍号邺都为天雄军，令兼充节度使。为了兄妹的私情，竟把宗社送掉了。调故留守马全节镇成德军，威欣然辞行，挈妻偕往。马全节调任未几，即报病殁，后任为定州节度使王周，用前易州刺史安审约充定州留后，这也无容絮述。

且说辽主连年入寇，中国原被他蹂躏，受害不堪，就是北廷人畜，亦多致亡死。述律太后语德光道："今欲令汉人为辽主，汝以为可行否？"德光答言不可。述律太后复道："汝不欲汉人主辽，奈何汝欲主汉？"德光答道："石氏负我太甚，情不可容！"述律太后道："汝今日虽得汉土，亦不能久居，万一蹉跌，后悔难追！"又顾语群下道："汉儿怎得一向眠，自古但闻汉和蕃，不闻蕃和汉，若汉儿果能回意，我亦何惜与和。"这消息传入大梁，桑维翰含忍不住，复劝晋主向辽修和，稍纾国患。晋主重贵，乃使供奉官张晖，奉表称臣，往辽谢过。

辽主德光道："使景延广、桑维翰自来，再割镇、定两道与我，方可言和。"张晖不敢多辩，归白晋主。晋主谓辽无和意，不再遣使。且默忆辽兵两入，均得击退，自谓可无后虞，乐得安享太平，耽恋酒色。凡四方贡献珍奇，尽归内府，选嫔御、广宫室，多造器玩，崇饰后庭。在宫中筑织锦楼，用织工数百，制成地毯，期年甫成。又往往召入优伶，夤夜歌舞，赏赐无算。寻且因各道贡赋，统用银两，遂命将银易金，取藏内库，笑语侍臣道："金质轻价昂，最便携带。"后人即指为北迁预兆。骄侈如此，即无以金易银之举，宁能免虏！桑维翰复进谏道："强邻在迩，未可偷安！曩时陛下亲御胡寇，遇有战士重伤，且不过赏帛数端。今优人一谈一笑，偶尔称旨，辄赐束帛万缗，并给锦袍银带，彼战士宁无见闻！将谓陛下待遇优伶，远过战将，势必灰心懈体，尚谁肯奋身效力，为陛下保卫社稷呢？"重贵不从。

枢密使冯玉，专事逢迎，甚得主欢，兄妹本是同情。竟升任同平章事。玉尝有微疾，乞假在家，重贵语群臣道："自刺史以上，俟冯玉病愈视事，方可迁除。"嗣是内外官吏，多趋奉冯玉，门庭如市。还有宣徽南院使李彦韬，倾邪险巧，素为高祖幸臣，至此复与冯玉联络，得充侍卫马军都指挥使，晋官检校太保。两嬖专权，朝政益坏。

先是重贵有疾，桑维翰尝遣女仆入宫，朝见太后，且问皇弟重睿，曾否读书。语为重贵所闻，未免芥蒂。至冯玉擅权，偶与谈及，玉即谓维翰有意废立，益触动重贵疑心。李彦韬是冯家走狗，当然与玉相联，排斥维翰。还有天平节度使李守贞，亦与维翰有隙，内外构陷，立将维翰捽去，罢为开封尹。进前开封尹赵莹为中书令，左仆射李崧为枢密使，司空刘昫判三司。维翰政权被夺，遂屡称足疾，谢绝宾客，不常朝谒。或语冯玉道："桑公系是元老，就使撤除枢务，亦当委任重藩，奈何令为开封尹，徒治理琐务呢！"玉半晌才道："恐他造反啰！"或又道："彼乃儒生，怎能造反？"玉复道："自己不能造反，难道不能教人造反么?”朝臣以玉党同伐异，啧有烦言。玉内恃懿戚，外结藩臣，遂把那石氏一家，轻轻地送与他人了。

小子因开运二年的秋季，闽为唐灭，不得不按时叙入，只好把晋事暂停，另述闽事。应三十二回。闽主延政，与唐相拒，不分胜负。唐安抚使查文徽，屡请益兵，唐主璟更派都虞侯何敬洙为建州行营招讨使，将军祖全恩为应援使，姚凤为都监，率兵数千攻建州，由崇安进屯赤岭。闽主延政，遣仆射杨思恭，统军使陈望，率兵万人，前往抵御。望列栅水南，旬余不战，唐人也不敢进逼。偏思恭传延政命，促望出击。望答道：“江淮兵精将悍，不可轻敌。我国安危，系此一举，须谋出万全，然后可动!”思恭变色道：“唐兵深入，主上寝不交睫，委命将军。今唐军不过数千，将军拥众万余，不急督兵出击，徒然老师縻饷，试问将军如何对得住主上呢?”望不得已引军涉水，与唐交仗。

唐将祖全恩见闽兵到来，只用千人对仗，佯作亏输，诱望穷追。望猛力追去，蓦听得后队大噪，急忙回顾，已被唐兵截作数段，顿时脚忙手乱，不及施救。唐将姚凤搅入中坚，先将帅旗砍翻，祖全恩又自前杀入。两唐将交逼陈望，望心胆愈裂，偶然失防，身已中槊，一个倒栽葱，跌落马下，立刻送命。望能守，不能战，故致丧身。杨思恭并不援应，一闻陈望阵亡，即慌忙逃回。延政大惧，婴城自守，且向泉州调将董思安、王忠顺，使率本州兵五千，分防建州要害。王、董二人见三十二回。

偏建州未能免兵，福州又复生变。从前福州指挥使李仁达，叛曦奔建州，延政用以为将。及朱文进叛曦，仁达复奔还福州，为文进谋取建州。文进虑他多诈，黜居福清。尚有著作郎陈继珣亦叛延政入福州。至延政子继昌，由延政派为福州镇守，仁达、继珣，恐难免罪，意欲先发制人。继昌暗弱嗜酒，不恤将士，部下多生怨谤，延政曾防到此着，遣指挥使黄仁讽，为镇遏使，率兵保护继昌。继昌瞧不起仁讽，仁讽亦不免介意。仁达、继珣，乘间进语仁讽道："今唐兵乘胜南下，建州孤危，富沙王不能保有建州，怎能顾及福州？昔王潮兄弟，皆光山布衣，取福建尚如反掌，况我等乘此机会，自图富贵，难道不及王潮兄弟么！"仁讽也不多说，但点首示表同情。仁达、继珣退出，即密召党羽，乘夜突入府舍，杀死王继昌。吴成义闻变来援，双手不敌四拳，也为所杀。

仁达初欲自立，恐众心未服，特迎雪峰寺僧卓岩明为主，托言此僧两目重瞳，手垂过膝，真天子相。党徒同声附和，遂将秃奴拥入，代解衲衣，被服衮冕，就在南面高坐起来。大约亦是盘坐。仁达率将吏北面拜舞，年号恰遵晋正朔，称为天福十年。遣使至大梁，上表称藩。闽主延政闻报，族灭黄仁讽家，更派统军使张汉真，带领水军五千，会漳泉兵往讨岩明。

到了福州东关，船甫下碇，那城内突出一将，领着数千弓弩手，飞射来船。汉真不及备御，所带战舰，均被射得帆折樯摧。当下麾船欲遁，不防江中驶出许多小舟，舟中载着水兵，七铛八叉，来捉汉真。汉真措手不迭，被他叉落水中，活擒而去。余众或逃或死，不在话下。该统将入城报功，即将汉真砍为两段。看官道该将为谁？原来就是黄仁讽。仁讽因家族夷灭，无愤可泄，所以勇往直前，擒戮来将，聊报仇恨。亦是错想。那半僧半帝的卓岩明，毫无他能。惟在殿上噀水散豆，喃喃诵咒，谓为镇压来兵，因得胜仗。赏劳已毕，派人至莆田迎入乃父，尊为太上皇。仁达自判六军诸卫事，使黄仁讽守西门，陈继珣守北门。

仁讽事后追思，忽觉怀惭，是良心发现处。从容语继珣道："人生世上，贵有忠信仁义。我尝服事富沙王，中道背叛，忠在哪里？富沙王以从子托我，我反帮同乱党，将他杀毙，信在哪里？近日与建州兵交战，所杀多乡曲故人，仁在哪里？抛撇妻子，令为鱼肉，受人屠戮，义在哪里？身负数恶，死有余愧了！”说着，泪如雨下。继珣劝慰道：“大丈夫建功立名，顾不到什么妻子，且置此事，勿自取祸！”两人密谈心曲，偏为外人所闻，往报仁达。仁达竟诬称两人谋反，猝遣兵役捕至，枭首示众。仁讽实是该死。

既而大集将士，请卓岩明亲临校阅。岩明昂然到来，甫经坐定，由仁达目视部众，众已会意，竞登阶刺杀岩明，仁达却佯作惊惶，仓皇欲走，当被大众拥住，迫居岩明坐位。仁达令杀伪太上皇，自称威武军留后，用南唐保大年号，向唐称臣，又遣人入贡晋廷。唐命仁达为威武节度使，赐名弘义，编入国籍。仁达又派使至吴越修好。

闽主延政，因国势日危，亦遣使至吴越乞援，愿为附庸。吴越尚未发兵，那唐军却锐意进攻，日夕不休。延政左右，密告福州援兵，有谋叛情状，乃收还甲仗，遣归福州。暗中却出兵埋伏，待至半途，突起围住，杀得一个不留，共得八千余尸骸，载归为脯，充作兵粮。看官试想，兔死尚且狐悲，这守兵也有天良，怎忍残食同类，因此人人痛怨，瓦解土崩。或劝董思安早择去就，思安慨然道：“我世事王氏，见危即叛，天下尚有人容我么？”部众感泣，始无叛意。

唐先锋使王建封，攻城数日，侦得守兵已无固志，遂缘梯先登。唐兵随上，守卒尽遁。闽主延政，无可奈何，只好自缚请降。王忠顺战死，董思安整众奔泉州。汀州守将许文稹、泉州守将王继勋、漳州守将王继成，闻建州失守，相继降唐。闽自王审知僭据，至延政降唐，凡六主，共五十年。小子有诗叹道：

不经弑夺不危亡，祸乱都因政失常。
五十年来王氏祚，可怜一战入南唐！

延政被解至金陵，能否保全性命，待至下回再表。

兵贵鼓气，气盛则一往莫御，观此回白团卫村之战，知晋之所以能胜辽者，全在气盛而已。然杜威、张彦泽之临阵畏缩，偷生畏死，已见一斑。若非李守贞、药元福、符彦卿、皇甫遇诸人，踊跃直前，彼早觍颜降虏矣。晋主重贵任用非人，反以威为懿亲，有功王室，违命不诛，拒谏不从，能保狼子之不反噬乎！若闽主延政，势成弩末，既无保邦却敌之材，复有好猜嗜杀之失，倒行逆施，不亡何待！彼雪峰寺僧卓岩明，是何侥幸，一跃称帝！但有非分之福，必有无妄之灾。僭位未几，父子骈戮，求再披缁而不可得，富贵岂可幸致耶！览此书，可作当头棒喝。

第三十五回

拒唐师李达守危城　中辽计杜威设孤寨

却说王延政被虏至金陵，入见唐主。唐主降敕赦罪，授为羽林大将军，所有建州诸臣，一概赦免。惟仆射杨思恭，暴敛横征，剥民肥己，建州人号为杨剥皮，唐主特数罪处斩，以谢建人。另简王崇文为永安节度使，令镇建州。崇文治尚宽简，建人遂安。

越年三月，唐泉州刺史王继勋，贻书福州，意在修好。李弘义即李仁达。以泉州本隶威武军，素归节制，此时平行抗礼，与前不符，免不得暗生愤怒，拒书不受。嗣且遣弟弘通，率兵万人，往攻泉州。泉州指挥使留从效，语刺史王继勋道："李弘通兵势甚盛，本州将士，因使君赏罚不明，不愿出战，使君且避位自省罢！"继勋沉吟未决，当由从效指挥部众，把继勋掖出府门，逼居私第。自称代领军府事，部署行伍，出截弘通。战至数十回合，从效用旗一麾，部兵都冒死直上，弘通招架不住，回马返奔。主将一逃，全军大乱，走得快的还算幸免，稍迟一步，便即丧生。从效追至数十里外，方才凯旋，便遣人至金陵告捷。唐主璟授从效为泉州刺史，召继勋归金陵，徙漳州刺史王继成为和州刺史，汀州许文稹为蕲州刺史，惩前毖后，为休息计。

燕王景达用属掾谢仲宣言，面白唐主，谓宋齐邱系国家勋旧，弃诸草莱，未惬众望。宋齐邱归老九华，见三十二回。唐主乃复召齐邱为太傅，但奉朝请，不令预政。偏齐邱未肯安闲，硬要来出风头。枢密使陈觉，向与齐邱交好，遂托齐邱上疏推荐，愿往召李弘义入朝。齐邱乐得吹嘘。未奉批答，觉又自上一书，谓孑身往说弘义，不怕弘义不来。唐主乃令觉为福州宣谕使，赉赐弘义金帛，并封弘义母妻为国夫人，四弟皆迁官。

觉到了福州，满望弘义出迎，就可仗他三寸舌，劝令入觐。不意弘义高坐府署，但遣属吏导觉入见，弘义惟稍稍欠身，面上含着一种杀气，凛凛可畏。两旁更站住刀斧手，仿佛与觉为仇，有请君入瓮的情状。吓得陈觉魂胆飞扬，但传唐主赐命，不敢说及“入朝”二字。弘义但拱手言谢，即使属吏送觉入馆，以寻常酒饭相待。觉很觉没趣，住了一昼夜，便即辞归。可谓扫脸。

行至剑州，越想越惭，越惭越愤，便矫诏使侍卫官顾忠，再至福州，召弘义入朝。自称权领福州军府事，且擅发汀、建、抚、信各州戍卒，命建州监军使冯延鲁为将，前往福州，促弘义入朝。延鲁先致弘义书，晓谕祸福。弘义毫不畏怯，竟覆书请战，特遣楼船指挥使杨崇葆，率舟师抵拒延鲁。觉恐延鲁独力难支，续派剑州刺史陈诲，为沿江战棹指挥使，援应延鲁。一面拜表金陵，但说福州孤危，旦夕可克。

唐主璟并未接洽，接阅表文，才知觉矫制调兵，专擅得了不得，禁不住怒气勃发。学士冯延巳已进任首相，与朝上一班大臣，多是陈觉党羽，慌忙上前劝解，统说是兵逼福州，不宜中止，且俟战胜后再作区处。唐主乃权时忍耐。未几接得军报，延鲁已得胜仗，击败杨崇葆。又未几复接军报，延鲁进攻福州西关，被弘义一鼓击退，士卒多死，连左神威指挥使杨匡邺，都为所擒。那时唐主不能罢手，只好将错便错地做了下去。当下命永安节度使王崇文，为东南面都招讨使；漳泉安抚使魏岑，为东面监军使；延鲁为南面监军使，会兵进攻福州。

凭着人多势厚，陷入外郛。弘义收集残众，固守内城，改名弘达，奉表晋廷。晋授弘达为威武节度使，知闽国事，惟不过授他虚名，并没有什么帮助。唐兵在福州外城，攻扑以外，一再招诱。福州排阵使马捷，愿为内应，遽引唐军至善化门桥。弘达不防内变，几乎手足失措，还亏都指挥使丁彦贞率敢死士百人，用着短兵，闯入唐兵阵内，再荡再决，才将唐兵击却，不令入门。但孤城总危急得很，弘达寝卧不安，复改名为达，遣使至吴越乞援，奉表称臣。再四改名，有何益处？适唐漳州将林赞尧作乱，杀死监军使周承义。剑州刺史陈诲，忙会同泉州刺史留从效，往平漳乱，逐去赞尧。即用故闽将董思安权知漳州事，且联名保荐思安，唐主因授思安为漳州刺史。思安以父名章，上书辞职。这也未免迂拘。唐主特改称漳州为南州，且令他与从效合兵，助攻福州。

福州已如累卵，怎禁得住唐兵合攻？只好再三派使，至吴越催促援军。吴越王弘佐，召诸将商议进止。诸将统言道路险远，不便往援，惟内都监使邱昭券，主张出师。弘佐道："唇亡齿寒，古有明戒，我世受中原命令，位居天下兵马元帅，难道邻国有难，可坐视不救么？诸君只乐饱食安坐，奈何为国！"说着，便命统军使张筠、赵承泰，调兵二万，水陆南下，往援福州。李达闻援兵到来，急开水城门迎接。吴越军自罾浦夜进，得入城中。偏唐军闻风急攻，进东武门。李达偕吴越军拼命出拒，鏖斗多时，不能得胜，只勉强保守危城。

唐主更遣信州刺史王建封，再往福州，满拟添兵益将，指日成功。偏建封素性倔强，不肯服从王崇文。陈觉、冯延鲁、魏岑、留从效等，又彼此争功，彼进此退，彼退此进，好似满盘散沙，不相团结，因此将士灰心，各无斗志。唐主召江州观察使杜昌业为吏部尚书，昌业查阅簿籍，慨然叹道："连年用兵，国帑将罄，如何能持久呢？"为下文伏笔。

且说晋主重贵，本欲发兵援闽，因北寇方深，无暇南顾，只好虚词笼络，得过且过。定州西北有狼山，土人入山筑堡，意在避寇。堡中有佛舍，由女尼孙深意住持，深意妖言惑众，远近奉若神明。中山人孙方简，及弟行友，与深意联宗。自居侄辈，敬事深意。深意病死，方简诡称深意坐化，用漆髹尸，置诸神龛中，服饰如生，香花供奉。徒党辗转依附，多至数百人。时晋、辽绝好，北方赋役繁重，寇盗充斥。方简兄弟，自言有天神相助，可庇人民。百姓奔趋如鹜，求他保护，他遂选择壮丁，勒成部伍，舍寺作寨，号为一方保障。初意却是可取。

辽兵入寇，即督众邀击，夺得甲兵牛马军资，分给徒众，众皆欢跃。乡民闻风往依，携老挈幼，络绎不绝，历久得千余家，自恐为吏所讨，归款晋廷。晋廷亦借他御寇，令署东北招收指挥使。方简遂屡入辽境抄掠，辄有杀获，渐渐地骄恣起来，尝向晋廷多方要求。晋廷怎能事事依他，他不得如愿，即叛晋降辽，愿为向导，引辽入寇。匪人之不可恃也如此！会河北大饥，饿莩载道，兖、郓、沧、贝一带，盗贼蜂起，吏不能禁。天雄军节度使杜威，遣部将刘延翰，出塞市马，竟为方简所掳，押献辽廷。途次被延翰脱逃，还奔大梁。报称方简为辽作伥，亟宜预防。晋主乃命天平节度使李守贞为北面行营都部署，义成节度使皇甫遇为副，彰德节度使张彦泽充马军都指挥使，义武节度使李殷充步军都指挥使，并遣指挥使王彦超、白延遇等，率步兵十营戍邢州。守贞虽为统帅，但与内廷都指挥使李彦韬未协。彦韬方党附冯玉，掌握军权，应前回。往往牵制守贞。守贞佯为敬奉，暗中实怒恨不平。看官！你想内外不和，形同水火，国事尚堪再问么！呼应语不可少。

晋主恐吐谷浑等，再为辽诱，屡召白承福入朝，宴赐甚厚，白承福降晋见三十一回。令戍滑州。承福令部众仍往太原，择地畜牧。番众不知法律，尝犯河东禁令。节度使刘知远，依法惩办，不肯少贷。番目白可久，渐生怨望，率所部先亡归辽。

知远得报，密与亲将郭威计议道："今天下多事，番部出没太原，实是腹心大病，况白可久已先叛去，能保不辗转相诱么！"威答道："顷闻可久奔辽，辽授他云州观察使，倘被承福闻知，必望风欣羡，阴生异图。俗语说得好：'擒贼先擒王'，承福一除，部落自衰。且承福拥资甚厚，饲马尝用银槽，我若得资饷军，雄踞河东，就使中原生变，也可独霸一方。天下事安危难测，愿公早为决计！"威亦乱世枭雄。知远称善，因密表吐谷浑反复无常，请迁居内地。晋主遂派使押还蕃众，分置诸州。

知远料承福势孤，即遣郭威召诱承福，俟承福入太原城，用兵围住，诬他谋叛，把承福亲族四百余口，杀得精光。所有承福遗资，一并籍没。事后奏达晋廷，仍然将"谋叛"二字作为话柄。晋主哪里知晓，颁敕褒赏，吐谷浑从此衰微，河东却从此雄厚了。为刘氏代晋张本。

既而辽兵三万寇河东。想由白可久导入！刘知远命郭威出拒阳武谷，击破辽兵，斩首七千级，露布告捷。张彦泽亦报称泰、定二州，连败辽人，俘馘二千名。晋廷君臣，得意扬扬，还道是北虏浸衰，容易翦灭。

适幽州来了一个弁目，谓赵延寿有意归国。枢密使李崧、冯玉信为真情，遽使杜威致书延寿，具述朝旨，啖他厚利。嗣得延寿复书，略言久处异域，思归故国，乞发大兵接应，即当自拔来归。冯玉等更怀痴望，且派使往幽州，与延寿约定师期。延寿假意承认，暗地里报知辽主。辽主将计就计，且嘱瀛州刺史刘延祚，遗乐寿监军王峦书，佯言愿举城内附。并云"城中辽兵不满千人，朝廷若发兵往袭，自为内应，城可立下。今秋又值多雨，瓦桥以北，积水漫天，辽主已归牙帐，虽闻关南有变，道远水阻，如何能来？请朝廷乘势速行”等语。王峦得书，飞使表闻。

冯玉、李崧，喜欢得了不得，拟先发大军，往迎延寿与延祚。杜威亦上言瀛、莫可取状。深州刺史慕容迁，且献入瀛、莫地图。玉与崧遂奏白晋主，请用杜威为都招讨使，李守贞为副。中书令赵莹，私语冯、李二人道：“杜为国戚，身兼将相，尚所欲无餍，心常慊慊，此岂还可复假兵权！必欲有事朔方，不如专任守贞，尚无他虑呢！”亦非知本之言。冯、李亦不以为然，遂授杜威行营都招讨使，李守贞为兵马都监，安审琦为左右厢都指挥使，符彦卿为马军左厢都指挥使，皇甫遇为马军右厢都指挥使，他如梁汉璋、宋彦筠、王饶、薛怀让诸将，统随往北征。且下敕榜道，专发大军，往平黠虏，先收瀛、莫，安定关南，次复幽、燕，荡平塞北。能说不能行奈何？结末一行，是有能擒获虏主者，除上镇节度使，赏钱万缗、绢万匹、银万两。是敕一下，各军陆续出发。偏偏天不助美，自六月积雨，至十月未止，军行粮输，免不得拖泥带水，各生怨言。

杜威到了广晋，与李守贞会师，北向进行，且恐兵马不足，再令妻宋国公主入都，乞请添兵。晋主将禁军多半拨往，顾不得宿卫空虚，但望他克期奏捷。威带领全军，直往瀛州，遥见城门大开，寂若无人，不由得暗暗惊疑，徬徨却顾。当下驻营城外，分遣侦骑四往探听。俟得侦报，谓辽将高漠翰，已引兵潜出，刺史刘延祚不知去向，威乃令马军排阵使梁汉璋，引二千骑往追辽兵。此时应知中计，何不速退？还要令梁汉璋往追，想是汉璋该死此地了。汉璋奉令前进，行至南阳务，陷入伏中，辽兵四面齐起，把汉璋困住垓心。汉璋左冲右突，竟不能脱，徒落得全军覆没，暴骨沙场。

败报递入威营，威慌忙引还。那时辽主耶律德光，闻知晋军已退，遂大举南来，追蹑晋军。杜威素来胆小，星夜南奔，张彦泽时在恒州，引兵往会，主张拒敌。威乃与同趋恒州，使彦泽为先锋。进至中渡桥，桥据滹沱河中流，辽兵已上桥扼守，由彦泽麾众与争，三却三进，辽兵焚桥退去，与晋军夹河列营。

辽主德光，见晋军大至，争桥失利，恐晋军急渡滹沱，势不可当，正拟引众北归。嗣闻晋军沿河筑寨，为持久计，乃逗留不去。杜威筑垒自固，闭门高坐，偏裨皆节度使，无一奋进，但日相承迎，置酒作乐，罕谈军事。磁州刺史李穀献策道："今大军与恒州相距，不过咫尺，烟火相望。若多用三股木置水中，就木上积薪布土，桥可立成。更密约城中举火相应，夜募壮士，斫入虏营，表里合势，虏自惊溃了！"确是退敌之策。诸将皆以为然，独杜威不从。惟遣穀南至怀孟，督运军粮。

辽主德光，见杜威久不出兵，料知恇怯无能，遂用大兵潜压晋营，暗遣部将萧翰，与通事刘重进，领骑兵百人，及步卒数百，潜渡滹沱河上游，绕出晋军后面，断晋粮道。途中遇着晋军樵采，便即掠去。有几个脚生得长的，逃回营中，张皇虏势，说有无数辽兵，截我归路。营中得此消息，当然恟惧。辽将萧翰等驰至栾城，如入无人之境，城中戍兵千余人，猝不及防，竟被翰等闯入，没奈何狼狈乞降。翰俘得晋民，黥面为文，有"奉敕不杀"四字，各纵使南走。运粮诸役夫，从道旁遇着，总道是虏兵深入，不如赶紧逃生，遂把粮车弃去，四处奔溃。一时风声鹤唳，传遍中原。中国专思骗人，偏被外人骗去。李穀在怀孟闻警，忙自缮奏疏，密陈大军危急，请车驾速幸澶州，并召高行周、符彦卿扈从，急发兵守澶州、河阳，防备敌冲。这疏由军将关勋飞马走报，晋廷接到穀疏，相率惊惶。那杜威又奏请益兵，都城卫士，已遣发军前，只剩得宫禁守兵数百名，又一齐调赴，并命发河北及滑、孟、泽、潞刍粮五十万，往诣军前，追呼严急，所在鼎沸。已而杜威复遣使张祚告急，晋廷无从派兵，但遣祚归报行营，令他严守。祚还至途中，竟被辽兵掳去。嗣是内外隔绝，两不相通。

开封尹桑维翰目击危状，求见晋主，拟进陈守御计划。晋主正在苑中调鹰，只图快乐，不欲维翰入见，当遣内侍拒绝。维翰不得已入枢密院，与冯玉、李崧，谈及国事。话不投机半句多，任你桑维翰韬略弘深，议论确当，那冯、李两公，只是摇首闭目，不答一词。维翰怅然趋出，还语所亲道："晋氏将不血食了！"

过了两三天，军报益急，晋主因欲亲自出征，都指挥使李彦韬入阻道："陛下亲征，孰守宗社？臣闻千金之子，坐不垂堂；况陛下尊为天子，难道可屡冒矢石么？"晋主乃命高行周为北面都部署，副以符彦卿，共戍澶州，遣西京留守景延广，出屯河阳。

杜威在中渡桥，与辽兵相持多日，不展一筹，恼了指挥使王清，入帐见威道："我军暴露河滨，无城为障，营孤食尽，势且自溃。清愿率步兵二千为先锋，夺桥开道，公率诸军继进，得入恒州，守御有资，始可无恐了！"威踌躇半晌，方才许诺。派宋彦筠领兵千人，与清俱往。清挺身直前，逾河进战，约数十回合，杀毙辽兵百余人，虏势少却。宋彦筠胆小如鼷，一遇辽兵接仗，不到半刻，便即退缩。辽兵从后追杀，彦筠凫水逃回。独清尚带着孤军，猛力奋斗，互有杀伤。一再遣使至大营，促威进兵，威安坐营幄，竟不使一人一骑，往救王清。清力战至暮，顾语部众道："上将握兵，坐视我等围困，不肯来援，想必另有异谋。我等食君禄，当尽力君事，迟早总是一死，不如以死报国罢！"部众都为感动，死战不退。既而天色渐昏，辽主腾出新军，来围王清。可怜王清势孤力竭，与众尽死。临死时尚格毙辽兵数名。小子有诗叹道：

沙场战死显忠名，壮士原来不惜生。
只恨贼臣甘误国，前驱殉节尚无成。

王清既死，诸军夺气，辽兵乘胜逾河，环逼晋营。究竟杜威如何抵敌，容至下回再详。

倾南唐之全力，尚不能拔一孤城，可见师克在和，不和必败。彼李仁达四处乞援，仅得一吴越偏师，拒战失利，假令南唐各将，齐心协力，取孤城如反手，亦何至旷日无功耶？若杜威虽中辽计，坐失一梁汉璋，然尚无损大局。苟联合张彦泽等，逾滹沱河以杀敌，则一举可逐辽兵，抑或从王清言，并力俱进，亦得入据恒州，固守却敌。失此不行，徒致良将丧躯，强虏四逼，天下未有将帅不和，而能出师告捷者也。南唐尚不足责，如杜威者，其石氏之贼臣乎！

第三十六回

张彦泽倒戈入汴　石重贵举国降辽

却说辽兵环逼晋营，气焰甚盛，晋营中势孤援绝，粮食且尽。杜威计无所施，惟有降辽一策，或尚得保全性命。当与李守贞、宋彦筠等商议，众皆无言。独皇甫遇进言道：“朝廷以公为贵戚，委付重任，今兵未战败，遽欲覥颜降虏，敢问公如何得对朝廷！”遇后来为晋殉难，故特别提出。威答道：“时势如此，不能不委曲求全！”遇愤慨而出。威密遣心腹将士，驰往辽营请降，且求重赏。辽主德光道：“赵延寿威望素浅，未足为中原主子；汝果降我，当令汝为帝。”仍是骗局。这语由将士还报，威大喜过望，即令书记官草好降表。越宿召集诸将，出表相示，令他依次署名。诸将虽然骇愕，但多半贪生怕死，依令画诺，惟皇甫遇未曾与列。威再遣阁门使高勋，赍奉降表，呈入辽营。辽主优诏慰纳，遣勋报威，即日受降。

威便令军士出营列阵，军士踊跃趋出，摩拳擦掌，等待厮杀。俄见威出帐宣谕道：“现已食尽途穷，当与汝等共求生计，看来只有降敌了。”说着，遂命军士释甲投戈，军士惊出意外，禁不住号哭起来，霎时闻声震原野。威与守贞同时扬言道：“主上失德，信用奸邪，猜忌我军，我等进退无路，不如投顺北朝，别求富贵。”杜威原是丧心，不意守贞亦复如此。

语未毕，已有一辽将带着辽骑，整辔前来，身上穿着赭袍，很是鲜明。看官道是何人？原来就是赵延寿。延寿到了军前，抚慰士卒，杜威以下，相率迎谒。延寿命随行辽兵，递上赭袍，交与杜威。威欣然披服，向北下拜，及起身向众，居然趾高气扬，隐隐以中国皇帝自命。廉耻扫地。延寿即引威等往谒辽主。辽主语威道："汝果立功中国，我当不负前言！"威率众将舞蹈谢恩。辽主面授威为太傅，李守贞为司徒。

威愿为前驱，引辽主至恒州城下，招谕守将王周，劝他出降。周即开城迎入，辽主率大军入城，派兵往袭代州，刺史王晖，亦举城迎降。辽主复遣通事耿崇美，招降易州。易州刺史郭璘，素具忠忱，每当辽兵过境，必登陴拒守，无懈可击。辽主德光，尝恐他邀截归路，屡有戒心，每过城下，必指城叹息道："我欲吞并中原，恨为此人所扼，迟早总要除他哩。"至是命崇美往抚易州，易州兵吏，闻风生畏，争先出降。璘不能禁阻。但痛詈崇美。崇美怒起，拔剑杀璘，应手而倒。不略忠臣。

易州归辽，义武军节度使李殷，安国军留后方泰，相继降辽。辽主命孙方简为义武节度使，麻答为安国节度使，另派客省副使马崇祚权知恒州事。遂引兵自邢、相南行，杜威率降众随从。皇甫遇不欲降辽，偏辽主召他入帐，令先驱入大梁。遇固辞而出，泣谓左右曰："我位为将相，败不能死，尚忍倒戈图主么！"是夜引从骑数人，行至平棘，顾语从骑道："我已数日不食了，尚何面目南行！"遂扼吭而死。节尚可取。

辽主改命张彦泽先进，用通事傅住儿一译作富珠哩。为都监，偕彦泽前职大梁。彦泽引兵二千骑，倍道疾驰，星夜渡白马津，直抵滑州。晋主重贵，始闻杜威败降，接连收到辽主檄文，乃是由彦泽传驿递来，内有"纳叔母于中宫、乱人伦之大典"等语。想是晋臣所为。慌得重贵面色如土，急召冯玉、李崧、李彦韬三人，入内计事。三人面面相觑，最后是李崧开口道："禁军统已外出，急切无兵可调，看来只有飞诏河东，令刘知远发兵入卫呢!”重贵闻言，忙命李崧草诏，遣使西往。

过了一宵，天色微明，宫廷内外，竞起喧声。重贵惊醒起床，出问左右，才知张彦泽领着番骑，已逼城下。嗣又有内侍入报道：“封邱门失守，张彦泽斩关直入，已抵明德门了!”重贵越加慌忙，急令李彦韬搜集禁兵，往阻彦泽。不意彦韬已去，宫中益乱，有两三处纵起火来。重贵自知难免，携剑巡宫，驱后妃以下十余人，将同赴火。亲军将薛超，从后赶上，抱住重贵，乞请缓图。俄递入辽主与晋太后书，语颇和平，重贵乃令亲卒扑灭烟火，自出上苑中，召入翰林学士范质，含泪与语道：“杜郎背我降辽，太觉相负，从前先帝起太原时，欲择一子为留守，商诸辽主，辽主曾谓我可当此任。卿今替我草一降表，具述前事，我母子或尚可生活了。”

质依言起草，援笔写就，但见表中列着：

孙男臣重贵言：顷者唐运告终，中原失驭，数穷否极，天缺地倾。先人有田一成，有众一旅，兵连祸结，力屈势孤。翁皇帝救患摧刚，兴利除害，躬擐甲胄，深入寇场，犯露蒙霜，度雁门之险，驰风击电，行中冀之诛，黄钺一麾，天下大定，势凌宇宙，义感神明；功成不居，遂兴晋祚，则翁皇帝有大造于石氏也。旋属天降鞠凶，先君即世。臣遵承遗旨，纂绍前基。谅暗之初，荒迷失次，凡有军国重事，皆委将相大臣。至于嬗继宗祧，既非禀命，轻发文字，辄敢抗尊，自启衅端，果贻赫怒。祸至神惑，运尽天亡，十万师徒，望风束手，亿兆黎庶，延颈归心。臣负义包羞，贪生忍耻，自贻颠覆，上累祖宗，偷度朝昏，苟存视息。翁皇帝若惠顾畴昔，稍霁雷霆，未赐灵诛，不绝先祀，则百口荷更生之德，一门衔罔报之恩，虽所愿焉，非敢望也。臣与太后暨妻冯氏，及举家戚属，见于郊野，面缚待罪，所有国宝一面，金印三面，今遣长子陕府节度使延煦，次子曹州节度使延宝，管押进纳，并奉表请罪，陈谢以闻。

表文草就，呈示重贵。重贵正在瞧着，突有一老妇踉跄进来，带哭带语道："我曾屡说冯氏兄妹，是靠不住的。汝宠信冯氏，听她妄行，目今闹到这个地步，如何保全宗社！如何对得住先人！"重贵转眼旁顾，进来的不是别人，正是皇太后李氏。当下心烦意乱，也无心行礼，只呆呆地站立一旁，李太后尚欲发言，外面又有人趋入道："辽兵已入宽仁门，专待太后及皇帝回话！"太后乃顾问重贵道："汝究竟怎么样办？"重贵答不出一句话儿，只好将降表奉阅，太后约略一瞧，又恸哭起来。

范质在旁劝慰道："臣闻辽主来书，无甚恶意，或因奉表请罪，仍旧还我宗社，亦未可知。"痴呆子语。太后也想不出别法，徐徐答道："祸及燃眉，也顾不得许多了。他既致书与我，我也只好复答一表，卿且为我缮草罢。"质乃再草一表。其文云：

晋室皇太后新妇李氏妾言：张彦泽、傅住儿至，伏蒙阿翁皇帝降书安抚。妾伏念先皇帝顷在并、汾，适逢屯难，危同累卵，急若倒悬，智勇俱穷，朝夕不保。皇帝阿翁，发自冀北，亲抵河东，跋履山川，逾越险阻，立平巨孽，遂定中原。救石氏之覆亡，立晋朝之社稷。不幸先皇帝厌代，嗣子承祧，不能继好息民，反且辜恩亏义。兵戈屡动，驷马难追，戚实自贻，咎将谁执！今穹旻震怒，中外携离，上将牵羊，六师解甲，妾举宗负衅，视景偷生。

惶惑之中，抚问斯至，明宣恩旨，曲示含容，慰谕丁宁，神爽飞越，岂谓已垂之命，忽蒙更生之恩！省罪责躬，九死未报。今遣孙男延煦、延宝，奉表请罪，陈谢以闻！

太后与重贵，把表文略瞧一周，便召入延煦、延宝，令他赍着表文，往谒辽营。相传延煦、延宝，系是重贵从子，重贵养为己儿，或说由重贵亲生，未知孰是。两人素居内廷，所兼节度使职衔，乃是遥领，并未莅任。此次入奉主命，只好赍表前去。那辽通事傅住儿，已入朝来宣辽主敕命，重贵无法拒绝，勉强出见。傅住儿令重贵脱去黄袍，改服素衣。下阶再拜，听读辽敕。重贵顾命要紧，不得已唯言是从，左右皆掩面而泣。满朝皆妇人，如何守国！

待傅住儿读毕出朝，重贵垂泪入内，特遣内侍往召张彦泽，欲与商量后事。彦泽不肯应召，但使内侍复报道：“臣无面目见陛下！”重贵还道他怀羞怕责，因此不来。再遣使慰召，彦泽微笑不应，自至侍卫司中，捏称晋主命令，召开封尹桑维翰入见。维翰应命前来，行至天街，适与李崧相遇，立马与谈。才说了一二语，有军吏行近维翰马前，长揖与语道：“请相公赴侍卫司。”维翰料为彦泽所欺，势难免祸，乃语李崧道：“侍中当国，今日国亡，反令维翰死事，究为何因？”崧怀惭自去。

维翰既入侍卫司，望见彦泽堂皇高坐，面色骄倨，不禁愤恨交并，指斥彦泽道：“去年脱公罪戾，使领大镇，继授兵权，主上待公不薄，公奈何负恩至此！”彦泽无词可答，但令置诸别室，派兵看守。

一面索捕仇人，稍有嫌隙，无不处死。复纵兵大掠，掳得珍宝，多取为己有。贫民亦乘势闯入富家，杀人越货，抢劫至两昼夜，都城一空。彦泽所居，宝货山积，自谓有功北朝，日益骄横，出入骑从，常数百人，前面导着大旗，上书“赤心为主”四字。道旁士民，免不得笑骂揶揄。随军闻声拿捕，有几个晦气的，被他拿至彦泽面前，彦泽不问所犯，但瞋目竖起三指，便将犯人枭首。宣徽使孟承诲，匿避私第，也被彦泽捕至，结果性命。阁门使高勋，外出未归。彦泽乘醉入高勋家，勋有叔母及弟，出来酬应，片语未合，俱被杀死，陈尸门前。都下咸有戒心，差不多似豺虎入境，寝食不安。

先是彦泽尝为彰义军节度使，擅杀掌书记张式，甚至决口剖心，截断四肢。又捕住亡将杨洪，先截手足，然后处斩。河阳节度使王周，曾奏劾彦泽不法二十六条，刑部郎中李涛等，亦交章请诛，彦泽坐贬为龙武将军。后来御辽有功，因复擢用。上文所载桑维翰语，就指此事。补叙明白。

李涛时为中书舍人，私语所亲道：“我若逃匿沟渎，仍不得免，何如亲自往见，听他处置！”遂大胆前往，至彦泽处投刺直入，朗声呼道：“上疏请杀太尉人李涛，谨来请死！”彦泽欣就接见。且笑语道：“舍人今日，可知惧否？”涛答道：“涛今日惧足下，仿佛足下前日惧涛，向使朝廷早用涛言，何致有今日事！”彦泽益发狂笑，命从吏酌酒与饮。涛取饮立尽，从容自去，旁若无人。彦泽倒也无可如何。

未几令部兵入宫，胁迁重贵家属至开封府，宫中无不痛哭。重贵与太后李氏、皇后冯氏，得乘肩舆，宫人、宦官十余名，随后步行。彦泽见重贵等携有金珠，又使人前语道：“北朝皇帝，就要来京，库物却不应取藏哩。”重贵没法，悉数缴出。彦泽择取奇玩，余仍还封库中，留待辽主。及重贵等已入开封府署，更派控鹤指挥使李筠率兵监守，内外不通。汉奸比外夷更凶，彦泽可见一斑。重贵姑母乌氏公主，以金帛赂守卒，始得入见重贵及太后，相持一恸，诀别而归，夜自经死。倒还是个烈妇。重贵使取内库帛数匹，库吏不肯照给，且厉声道：

“这岂尚是晋主所有么?”重贵又向李崧求酒，崧语使人道:“非敢爱酒，恐陛下饮酒后，更致忧躁，别生不测，所以不敢奉进。”宗社已失，还要酒帛何用，这是重贵自取其辱。重贵因所求不得，再欲召见李彦韬。待久不至，正在潸然泪下，忽由彦泽差来悍吏，硬索楚国夫人丁氏。丁氏系延煦母，年逾三十，华色不衰，为彦泽所垂涎。重贵禀白太后，不欲使往，太后当然迟疑。怎奈彦泽一再强迫，连太后亦不能阻难，丁氏更身不由主，被他载去。冶容诲淫，想总不能保全名节了！不索冯皇后，还保存重贵体面。是夕彦泽竟杀死桑维翰，用带加颈，遣报辽主，诡云维翰自缢身亡。辽主怅然道:“我并不欲杀维翰，奈何自尽!”遂传命厚恤家属。晋将高行周、符彦卿，都诣辽营请降。辽主传入，两人拜谒帐前，但听辽主宣言道:“符彦卿！你可记得阳城战事否?”见三十四回。彦卿答道:“臣当日出战，但知为晋主效力，不暇他想，今日特来请罪，死生惟命!”你既知有晋主，到此何故变节！辽主解颐笑道:“也好算一个强项士，我赦你前罪罢了!”彦卿拜谢，与高行周一同退出。

适延煦、延宝，奉表入帐，并呈上传国宝等。辽主览过表文，也不多言，惟接受传国宝时，却反覆摩挲，最后问延煦道:“这印可真吗?”延煦答言是真，辽主沉吟道:“恐怕未必!”遂从案上取过片纸，草草写了数行，递给延煦道:“你去交与重贵便了。”二人趋出，即返报重贵。重贵见辽主手书，乃是模模糊糊的汉文。略云:

大辽皇帝付与孙石重贵知悉，孙勿忧恐，必使汝有啖饭处。惟所献传国宝，未必是真，汝既诚心归降，速将真印送来!

重贵看了前数语，心下略略放宽。及瞧到后数语，又不免焦急起来，便自言自语道："我家只有此宝，奈何说是假的！"忽又猛然省悟道："不错！不错！"旁顾左右，只有愁容惨淡的妃嫔几个，没人可代为书状。乃援笔自书道：

> 先帝入洛京时，为伪主从珂自焚，传国旧宝，不知所在，想必与之俱烬。先帝受命，旋制此宝，臣僚备知此事。臣至今日，何敢藏宝勿献！谨此状闻。

这奏状着人递去，才免辽主诘责。嗣闻辽主渡河来京，意欲与太后前往奉迎，先告知张彦泽。彦泽不欲令见辽主，特遣人奏白辽主道："天无二日，宁有两天子相见路旁？"辽主依议，不许重贵郊迎，赵延寿等语辽主道："晋主既已乞降，当使衔璧牵羊，大臣舆榇，恭迎郊外。"辽主摇首道："我遣奇兵直取大梁，并非前往受降，何必用这般古礼！惟景延广前言不逊，很是可恨，应即速捕来！"遂派兵往捕延广，自引亲军渡河南行。途次传令晋臣，一切如故，朝廷制度，仍用汉仪。晋臣请备齐法驾，迎接辽主。辽主又复报道："我方擐甲督兵，太常仪卫，尚未暇用，尽可不必施行！"

及行至封邱，景延广自来谒见。辽主怒责道："两国失欢，皆汝一人所致，汝尚敢来见我么？十万横磨剑，今日何在！"妙甚，趣甚！延广极口抵赖。辽主召乔荣入证，那延广尚不肯承认，经乔荣取出一纸，就是当日笔录，字迹分明。见三十三回。此时证据显然，百喙难辩。荣复证成延广罪案十条，每服一事，即授一筹。筹至八数，辽主忿然道："罪不胜诛，说他作甚！"延广浑身发抖，伏地请死。由辽主喝令锁着，押往北庭，延广夜宿陈桥，俟守兵少懈，扼吭而死。得免刀头痛苦，还是幸事。

时已岁暮，到了除夕这一日，晋廷文武百官，闻辽主翌日到京，夤夜出宿封禅寺。越日为正月元旦，百官在寺内排班，遥辞晋主，改服素衣纱帽，出迎辽主。但见辽兵整队前来，前步后骑，统是雄纠纠的健儿、声蹀蹀的壮马。当中拥着一位辽皇帝，貂帽貂裘，裹着铁甲，高坐逍遥马上，英气逼人。惹得晋臣眼花撩乱，慌忙匍伏道旁，叩头请罪。辽主见路左有一高阜，纵辔上登，笑盈盈地俯视晋臣，徐令亲军传谕，叫晋臣一律起身，仍易常服。晋臣三呼万岁，响彻云霄。越写越丑。

晋左卫上将军安叔千，起身出班，趋至高阜前，再行跪下，口作胡语。辽主哂道："汝就是安没字么？汝从前镇守邢州，已累表通诚，我尝记着，至今未忘。"叔千听着，好似小儿得饼，非常喜欢，便磕了几个响头，呼跃而退。毫无羞耻。他本喜习夷言，罕识汉文，时人呼为安没字，所以辽主亦如此相呼。

晋臣已皆起立，引导辽主入封邱门。才到门前，晋主重贵偕太后等一齐出城，来迎辽主。辽主拒不令见，但使往寓封禅寺中，自率大军径入。城内百姓，惊呼骇走。辽主上登城楼，遣通事宣谕道："我亦犹人，汝等百姓，无庸惊慌，此后当使汝等苏息！我本无意南来，汉人引我至此哩！"百姓闻谕，稍稍安静。辽主再下楼入明德门，门内就是宫禁，他却下马拜揖，然后入宫。令枢密副使刘敏权知开封尹事。到了日暮，辽主仍出屯赤冈。不欲污乱宫闱，夷狄尚知礼义。

晋阁门使高勋，上诉辽主，谓张彦泽妄杀家人；百姓亦争投牒疏，详列彦泽罪状。辽主命将彦泽系至，宣示百官，问彦泽应否处死，百官统言应斩。辽主道："彦泽应加死刑，傅住儿亦不为无罪，索性叫他同死罢。"遂令并捕傅住儿，与彦泽绑至北市，派高勋监刑。号炮一响，双首齐落。彦泽前时所杀士大夫的子孙，俱绖杖来观，且哭且詈。高勋命将彦泽尸骸，断腕剖心，祭奠枉死诸人。百姓且破脑取髓，脔肉分食，顷刻即尽。未知延煦母丁氏意中如何？

辽主又命将晋主宫眷，尽徙入封禅寺，派兵把守。会连日雨雪，外无供亿，重贵等冻馁不堪。李太后使人语寺僧道：“我尝饭僧至数万金，今日独不相念么？”可为施僧者鉴。僧徒谓虏意难测，不敢进食，太后哭泣不止。重贵复密求守兵，丐得粗粝烂饭，勉强充饥。过了数日，辽主颁下诏敕，废重贵为负义侯。晋自石敬瑭僭位，只得一传，共计二主，凑成十一年而亡。小子有诗叹道：

大敌当前敢倒戈，皇纲不正叛臣多。
追原祸始非无自，成也萧何败也何！

重贵被废后，还要迁他到黄龙府。欲知底细，请看官续阅下回。

观本回杜威、张彦泽事，令人发指，但亦由石氏自取其咎耳。石敬瑭为明宗婿而灭唐，杜威为石氏婿而灭晋，报应显然，何足深怪！张彦泽反颜事仇，为虏效力，屠掠京邑，劫辱帝妃，罪较杜威为尤甚，然当日杀人负罪，廷臣交章请诛，石氏何为姑息养奸，略从贬抑，便即迁擢，仍使之典握兵权，倒戈反噬耶！况石重贵奸淫叔母，宠信佞臣，太后屡诫不知悛，谋臣献议不知纳，国危身辱，仓皇出降，不亦宜乎！故有石敬瑭之为父，必有石重贵之为子，其父暴兴，其子暴亡，因果诚不爽哉！

第三十七回

迁漠北出帝泣穷途　镇河东藩王登大位

却说辽主废去晋主重贵，且令徙往黄龙府。黄龙府本渤海扶余城，辽太祖东征渤海，还至城下，见有黄龙出现城上，因改号为黄龙府。重贵闻要徙至辽东，哪得不慌、哪得不悲！就是李太后以下诸宫眷，统是相向号泣，用泪洗面。有何益处？辽主却使人传语李太后道："闻重贵不从母言，因致覆亡。汝可自便，不必与重贵偕行。"李太后泣答道："重贵事妾甚谨，不过违背先君，失和上国，所以一举败灭。今幸蒙大恩，全生保家，母不随子，将安所归？"语亦太迂。

辽主乃仍自赤岗入宫，所有内外各门，统派辽兵守卫。每门磔犬洒血，并用竿悬挂羊皮，作为厌胜。当下面谕晋臣道："从今以后，不修甲兵，不买战马，轻赋省役，好与天下共享太平了。"遂撤消东京名目，降开封府为汴州，府尹为防御使。辽主改服中国衣冠，百官起居，悉仍旧制。赵延寿荐引李崧，说他才可大用。还有辽学士张砺，从前也做过晋臣，与延寿同时降辽，亦谓崧可入相，辽主因授崧为太子太师，充枢密使。适威胜军节度使冯道，自邓州入朝，辽主亦素闻道名，即时召见。道拜谒如仪，辽主戏问道："你是何等老子？"道答道："无才无德，痴顽老子。"辽主不禁微笑，又问道："汝看天下百姓，如何救得？"道应声道："此时即一佛出世，亦恐救不得百姓；惟皇帝尚可救得呢。"无非面谀。辽主甚喜，仍令道守官太傅，充枢密顾问。随即遣使四出，颁诏各镇，诸藩争上表称臣。独彰义节度使史匡威，据住泾州，不受辽命。雄武节度使何重建，手刃辽使，举秦、成、阶三州降蜀。

杜威自降辽后，仍复名重威，率部众屯驻陈桥。辽主在河北时，恐他兵众生变，曾令缴出铠仗数百万，搬贮恒州，战马数万，驱归北庭。及辽主渡河入梁，意欲派遣胡骑，驱众入河，尽行处死。部将谓他处晋兵，闻风知惧，必皆拒命，不若权时安抚，缓图良策。辽主虽然罢议，心中总不能无疑，所以供给不时，累得陈桥戍卒，昼饿夜冻，怨骂重威。

重威不得已表达军情，辽主召赵延寿入议，仍欲尽诛晋兵。延寿道："皇帝亲冒矢石，取得晋国，是归诸己有呢？还是替他人代取呢？"辽主变色道："我倾国南征，五年不解甲，才得中原，难道甘心让人么？"延寿又道："晋国南有唐，西有蜀，皇帝可曾闻知否？"辽主道："如何不闻！"延寿复道："晋国东自沂密，西及秦、凤，延袤数千里，接连吴、蜀，晋尝用兵防守，连年不懈。臣想南方暑湿，非北人所能久居，他日车驾北归，无兵守边，吴、蜀必乘虚入寇，恐中原仍非皇帝所有，岂不是历年辛苦，终归他人么！"辽主愕然道："我未曾料到此着，据汝所说，今将奈何？"延寿道："最好将陈桥降卒，分守南边，吴蜀便不能为患了。"辽主道："我前在潞州，一时失策，尽把唐兵授晋。晋得此兵，反与我为仇，转战数年，才得告捷。今幸入我手，若非悉数歼除，后患仍不浅哩！"延寿道："从前留住晋兵，不质妻孥，故有此患。今若将戍卒家属，徙置恒、定、云、朔间，每岁分番，使戍南边，料他必顾念妻子，不敢生变。这却是目前上策哩！"辽主方才称善，即命陈桥降卒，分遣还营。

看官！你道延寿此言，是为辽呢，是为晋呢，还是为降卒呢？小子不必评断，但看上文辽主与延寿言，许他为中国皇帝，他喜出望外，便可知他的心术，话中有话了。含蓄得妙。

且说晋主重贵，得辽主敕命，迁往黄龙府，重贵不敢不行，又不欲遽行，延挨了好几日。那辽主已派骑士三百名，迫令北迁，没奈何挈眷起行。除重贵外，如皇太后李氏，皇太妃安氏，皇后冯氏，皇弟重睿，皇子延煦、延宝，相偕随往。还有宫嫔五十人、内官三十人、东西班五十人、医官一人、控鹤官四人、御厨七人、茶酒三人、仪銮司三人、亲军二十人一同从行。辽主又派晋相赵莹，枢密使冯玉，都指挥使李彦韬，伴送重贵。沿途所经，州郡长吏，不敢迎奉。就使有人供馈，也被辽骑攫去。可怜重贵以下诸人，得了早餐，没有晚餐；得了晚餐，又没有早餐。更且山川艰险，风雨凄清，触目皆愁，噬脐何及！回忆在大内时，与冯后等调情作乐，谑浪笑傲，恍同隔世。富贵原是幻梦。

及入磁州境内，刺史李穀，迎谒路隅，相对泣下。穀且泣且语道："臣实无状，负陛下恩！"重贵流涕不止，仿佛似有物堵喉，一语都说不出来。穀倾囊献上，由重贵接受后，方说了"与卿长别"四字！辽兵不肯容情，催穀速去，穀乃拜别重贵，自返磁州。重贵行至中渡桥，见杜重威寨址，慨然愤叹道："我家何负杜贼，乃竟被他破坏！天乎！天乎！"说至此，不禁大恸。谁叫你信任此贼！左右勉强劝慰，方越河北趋。

到了幽州，阖城士庶，统来迎观。父老或牵羊持酒，愿为献纳，都为卫兵叱去，不令与重贵相见。重贵当然悲惨，州民亦无不唏嘘。至重贵入城，驻留旬余，州将承辽主命，犒赏酒肉。赵延寿母，亦具食馔来献，重贵及从行诸人，才算得了一饱。

既而自幽州启行，过蓟州、平州，东向榆关，榛莽塞路，尘沙蔽天，途中毫无供给，大众统饿得饥肠辘辘，困顿异常。夜间住宿，也没有一定馆驿，往往在山麓林间，瞌睡了事。幸喜木实野蔬，到处皆有，宫女、从官，自往采食，尚得疗饥。重贵亦借此分甘，苟延残命。

又行七八日至锦州，州署中悬有辽太祖阿保机画像，辽兵迫令重贵等下拜。重贵不胜屈辱，拜后泣呼道："薛超误我！不使我死。"求死甚易，恐仍口是心非。再走了五六日，过海北州。境内有东丹王墓，特遣延煦瞻拜。嗣是渡辽水抵渤海国铁州，迤逦至黄龙府，大约又越十余天。说不尽的苦楚，话不完的劳乏。李太后、安太妃两人，年龄已高，委顿得了不得。安太妃本有目疾，至是连日流泪，竟至失明。就是冯皇后以下诸妃嫔，均累得花容憔悴，玉骨销磨，这真所谓物极必反，数极必倾，前半生享尽荣华，免不得有此结果呢！当头棒喝。

辽主德光，已将重贵北迁，据有中原。遂号令四方，征求贡献。镇日里纵酒作乐，不顾兵民。赵延寿请给辽兵饷糈，德光笑道："我国向无此例，如各兵乏食，令他打草谷罢了。"看官道"打草谷"三字，作何解释？原来就是劫夺的别名，自辽主有此宣言，胡骑遂四出剽掠，凡东西两京畿，及郑、滑、曹、濮数百里间，财畜俱尽，村落一空。

辽主又尝语判三司刘昫道："辽兵应有犒赏，速宜筹办！"刘昫道："府库空虚，无从颁给，看来只有括借富民了！"辽主允诺。遂先向都城士民，括借钱帛；继复遣使数十人，分诣各州，到处括借。民不应命，即加苛罚。百姓痛苦异常，不得已倾产输纳。哪知辽主并未取作犒赏，一股脑儿贮入内库，于是内外怨愤，连辽兵亦都解体了。

杨光远子承勋，由汝州防御使，调任郑州。见三十三回。辽主因他劫父致死，召令入都，承勋不敢不至。及进谒辽主，被辽主当面呵斥，且置诸极刑，令部兵脔割分食。别用承勋弟承信为平卢节度使，使承杨氏宗祀。匡国军节度使刘继勋，曾参预绝辽政策，至是入朝辽主，亦为辽主所责，命将他锁住，解送黄龙府。宋州节度使赵在礼，闻辽将述轧、拽刺等人据洛阳，急自宋趋洛，进谒辽将。述轧、拽刺踞坐堂上，绝不答礼，反勒令献出财帛。在礼很是愤闷，但托言入朝大梁，再行报命，侥幸脱身。转趋郑州，接得刘继勋被拘消息，自恐不免，便在马枥间缢死。死已晚矣。辽主闻在礼死耗，方将继勋释出，继勋已惊慌成疾，未几毕命。为此种种情事，遂致各镇担忧，别思拥戴一尊，驱逐胡兵。可巧河东节度使刘知远，乘势崛起，雄长西陲，于是中原帝统，迫归刘氏身上，又算做了一代的乱世君主。特笔提出，成一片段。

刘知远镇守河东，本来是蓄势待时，审机观变，所以晋主绝辽，他亦明知非策，始终未尝入谏。及辽主入汴，亟派兵分守四境，防备不虞。且恐辽兵强盛，一时不便反抗，特遣客将王峻，赍奉三表，驰往大梁。一是贺辽主入汴；二是说河东境内，夷夏杂居，随在须防，所以未便离镇入朝；三是因辽将刘九一，驻守南川，有碍贡道，请将刘军调开，俾便入贡。辽主德光，览毕表文，很是喜欢，便令左右拟诏褒奖。诏书草定，由辽主过目，特提起笔来，将"刘知远"三字上，加一"儿"字。又取出木枴一支，作为赐物，命王峻持诏及枴，还报知远。向例辽主赏赐大臣，以木枴为最贵，大约如汉朝旧制，颁赐几杖相似。辽臣中惟皇叔伟王，才得此物。王峻负枴西行，辽兵望见，相率避路，可见得这枝木枴，是非常郑重的意思。

及峻到河东，复报知远，呈上辽主诏书及所赐木枴，知远略略一瞧，并没有什么希罕，但问及大梁情形。峻答道："辽主贪残，上下离心，必不能久有中原。大王若举兵倡义，锐图兴复，海内定然响应，胡儿虽欲久居，也不可得了！"知远道："我递去三表，原是缓兵计策，并不是甘心臣虏。借知远口中，说出赍表本意。但用兵当审察机宜，不可妄动，今辽兵新据京邑，未有他变，怎可轻与争锋？好在他专嗜财货，欲壑已盈，必将北去。况且冰雪已消，南方卑湿，虏骑断不便久留。我乘他北走，进取中原，方可保万全了。”计策固是，奈百姓何！于是按兵不发，专俟大梁动静，再定进止。

辽主未得知远谢表，疑有贰心，又派使催贡方物。知远乃遣副留守白文珂入献奇缯名马。辽主面语文珂道：“汝主帅刘知远，既不事南朝，又不事北朝，究竟怀着什么意思？”文珂权词解免。经辽主令他回报，即兼程西归，报明知远。孔目官郭威在侧，便即进言道：“虏恨已深，不可不防！”知远道：“且再探听虚实，起兵未迟。”

忽由大梁传到辽诏，上书大辽会同十年，大赦天下。知远大惊道：“辽主颁行正朔，宣布赦文，难道真要做中国皇帝么？”行军司马张彦威入劝道：“中原无主，惟大王威望日隆，理应乘此正位，号召四方，共逐胡虏。”知远笑道：“这却未便，我究竟是个晋臣，怎可背主称尊！且主上北迁，我若可半道截回，迎入太原，再谋恢复，庶几名正言顺，容易成功了。”遂下令调兵，拟从丹陉口出发，往迎晋主。特派指挥使史弘肇，部署兵马，预戒行期。

看官！你道刘知远的举动，果是真心为晋么？他探听得大梁消息，多推尊辽主为中国皇帝，不禁心中一急，因急生智，独想出一个迎主的名目，试验军情。揭出肺肠。究竟大梁城内，是何实迹？小子不得不据实叙明。

辽主德光，入据大梁，已经匝月。乃召晋百官入议，开口问道：“我看中国风俗，与我国不同，我不便在此久留，当另择一人为主，尔等意下如何？”语才说毕，即听得一片喧声，或是歌功，或是颂德，结末是说的中外人心，都愿推戴皇帝。大家都是摇尾狗。辽主狞笑道：“尔等果是同情么？”语未已，又听了几十百个“是”字。辽主道：“众情一致，足见天意，我便在下月朔日，升殿颁赦便了。”大众才退。

到了二月朔日，天色微明，晋百官已奔入正殿，排班候着。但见四面乐悬，依然重设，两旁仪卫，特别一新。大众已忘故主，只眼巴巴地望着辽主临朝。好容易待至辰牌，才闻钟声震响，杂乐随鸣，里面拥出一位华夷大皇帝，戴通天冠，着绛纱袍，手执大珪，昂然登座。晋百官慌忙拜谒，舞拜三呼。极写丑态。朝贺礼毕，辽主颁正朔，下赦诏，当即退朝。

晋百官陆续散归，都道是富贵犹存，毫无怅触。独有一个为虎作伥的赵延寿，回居私第，很是怏怏。他本由辽主面许，允立为帝，见三十三回。此时忽然变幻，无从称尊，一场大希望，化作水中泡，哪得不郁闷异常。左思右想，才得一策，越日即进谒辽主，乞为皇太子。亏他想出。辽主勃然道："你也太误了！天子儿方可做皇太子，别人怎得羼入！"延寿连磕数头，好似哑子吃黄连，说不出的苦衷。辽主徐说道："我封你为燕王，莫非你还不足么？我当格外迁擢便了。"延寿又不好多嘴，只得称谢而出。辽主乃召入学士张励，令为赵延寿迁官。时方号恒州为辽中京，张励因奏拟延寿为中京留守，大丞相，录尚书事，都督中外诸军事，兼枢密使。辽主见了奏草，援笔涂去二语，单剩得"中京留守兼枢密使"八字，颁给延寿。延寿不敢有违，惟益怨辽主食言，越加愤愤。

谁知赵延寿未得称帝，刘知远恰自加帝号，居然与辽抗衡。河东指挥使史弘肇，奉知远命，召诸军至球场，当面传言，令他即日迎主。军士齐声道："天子已被掳去，何人作主？现在请我王先正位号，然后出师！"弘肇转白知远，知远道："虏势尚强，我军未振，宜乘此建功立业，再作计较。士卒无知，速应禁止乱言！"恐非由衷之论。遂命亲吏驰诣球场，传示禁令。军士方争呼万岁，俟闻禁令传下，方才少静，次第归营。

是夕即由行军司马张彦威等，上笺劝进，知远尚不肯允；

翌日复迭上二笺，知远乃召郭威等入商。郭威尚未开言，旁有都押衙杨邠进言道："天与不取，反受其咎，王若再谦让不居，恐人心一移，反致生变了！"郭威亦接入道："杨押衙所言甚是，愿王勿疑！"知远道："我始终未忍忘晋，就使权宜正位，也不应骤改国号，另颁正朔。"郭威道："这也何妨！"知远乃诹吉称尊，择定二月辛未日，即皇帝位。

届期这一日，知远在晋阳宫内，被服衮冕，登殿受朝。将吏等联翩拜贺，三呼万岁。即由知远传制，仍称晋朝，惟略去开运年号，复称天福十二年。蹊跷得很。礼成还宫，又传谕诸道，凡为辽括借钱帛，一概加禁。且指日出迎故主，令军士部署整齐，护驾启行。已经称帝，还要迎什么故主，这明是掩耳盗铃。小子记得唐朝袁天罡与李淳风同作推背图，曾传下谶语道：

宗亲散尽尚生疑，岂识河东赤帝儿！
顽石一朝俱烂尽，后图惟有老榴皮。

自刘知远称帝后，人始能解此谶文，首句是隐斥石重贵；次句是借汉高祖的故事，比例知远；三句是本辽主石烂改盟语，见二十八回。见得辽主灭晋，石已烂尽，应该易姓；四句老榴皮，是"榴""刘"同音，作为借映。此语未免牵强。照此看来，似乎万事都有定数呢。闲文少表，且请看官续阅下回，再叙刘知远出兵详情。

前半回叙及晋主北迁，写出无限痛苦，为后世乱政失国者，作一龟鉴。李太后以下，随往沙漠，历受艰辛，尚足令人叹息。若如冯氏之嫁侄失节，得为皇后，始若以为可幸，及北徙以后，奔波劳悴，求死不得，乃知有奇福者必有奇祸，守节者未必果死，失节者亦未必幸生也。后半回叙刘知远事，见得知远之处心积虑，无非私图。彼于《五代史》中，得国可谓较正，乃以堂堂正正之举，反作鬼鬼祟祟之为，忽臣晋，忽臣辽，忽欲自帝，心术不纯，终属可鄙，以视豁达豪爽之刘季，相去为何如耶？上下数千年，得汉高祖二人，名同迹异，优劣固自有别也。

第三十八回

闻乱惊心辽主遄返　乘丧夺位燕王受拘

却说刘知远已即位称帝，才亲督军士，出发寿阳，托词北趋，邀迎故主。是时石重贵等，早已过去，差不多要到黄龙府，哪里还能截回？知远乃分兵戍守，自率亲军还入晋阳。假惺惺何为。当下拟敛取民财，犒赏将士，将士巴不得有重赏，当然没有异言。独有一位新皇内助，闻知此事，便乘知远入宫时，直言进谏道："国家创业，虽由天意，但亦须与民同治。陛下即位，不闻惠民，先欲剥民，这岂是新天子救民的本意？妾请陛下毋取民财！"知远皱眉道："公帑不足，如何是好？"语未毕，又听得答语道："后宫颇有积蓄，何妨悉数取出，赏劳各军！就使不能厚赏，想各军亦当原谅，不生怨言。"知远不禁改容道："卿言足豁我心，敬当从命！"遂检出内库金帛，尽行颁赏，军士格外感激，愈加欢跃。看官道这位贤妇，系是何人？原来是刘夫人李氏。李氏本晋阳农女，颇有才色，知远为校卒时，牧马晋阳，偶然窥见李氏，便欲娶她为妻，先向李家求婚。偏李家不愿联姻，严词拒绝，惹得知远性起，邀同伙伴，夤夜闯入李家，把李氏劫取回来。实是强盗行为。李家素来微贱，无从申诉，只好由他劫去。李氏不得脱身，没奈何从了知远，成为夫妇，不意遇难成祥，转祸为福，知远迭升大官、进王爵、握兵权，李氏随夫贵显，亦得受封为魏国夫人。农家女得此厚福，可谓难得！此次知远为帝，事出匆匆，未及立后，李氏已乘隙进言，情愿将半生私积，一并充公。农家女有此大度，怪不得身受荣封，转眼间就为国母了。

这且慢表。且说辽主德光，闻知远称帝河东，勃然大怒，立夺知远官爵，派通事耿承美为昭义节度使，守住泽潞，高唐英为彰德节度使，守住相州；崔廷勋为河阳节度使，守住孟州。三面扼定，断绝河东来路，且好相机进攻。哪知各处人民，苦辽贪虐，又经游兵辗转招诱，相聚为盗，所在揭竿。

滏阳贼帅梁晖，集众千人，送款晋阳，愿效驱策，磁州刺史李榖，也遣人密报知远，令晖往袭相州。晖侦知相州空虚，高唐英尚未到来，急率壮士数百名，乘夜潜行，直抵相州城下。城上毫无守备，便悄悄地架起云梯，有好几十个矫捷健儿，陆续登城。城内尚未闻知，直至健儿下城启关，纳入众人，一哄儿杀将进去，守城将吏，才得惊醒。急切如何抵御，只得拼命闯出，夺路飞跑，一半送命，一半逃生。梁晖入据相州，自称留后，一面报捷晋阳。

还有陕府指挥使赵晖、侯章，及都头王晏等，杀死辽监军刘愿，悬首府门。众推赵晖为留后，侯章为副，奉表晋阳，输诚投效。

刘知远闻两处响应，即欲进取大梁。郭威道："晋代未平，不宜远出，且先攻取二州，然后规画大梁。"知远乃遣史弘肇率兵五千，往攻代州。

代州刺史王晖，背晋降辽，总道是高枕无忧，忽闻晋阳兵到，慌忙调兵守城。无如兵难猝集，敌已先登，霎时间满城皆敌，无处逃避，立被河东兵拘住，牵至史弘肇马前，一刀毕命。

代州既下，晋州亦相继归顺。原来知远登极，曾遣部吏张晏洪、辛处明等，招谕晋州。适晋州留后刘在明，往朝辽主，由副使骆从朗，权知州事，从朗拘住张、辛二使，置诸狱中。

可巧辽吏赵熙，奉命驰至，括借民财。从朗格外巴结，相助为虐，民不聊生。大将药可俦，代抱不平，且闻河东势盛，有意归向，乃纠众攻杀从朗，并戮赵熙，就在狱中释出张、辛二使，推张为留后，辛为都监。张、辛便奏报晋阳，知远自然欣慰。

接连是潞州留后王守恩，亦上表输诚，又未几得澶州表章，乞请速援。澶州已为辽属，由辽将耶律郎五五或作乌，亦作郎鄂。居守。郎五贪酷，为吏民所苦。水运什长王琼，连接盗首张乙，得千余人，袭据南城，围攻郎五。郎五一面拒守，一面求救。王琼亦恐辽兵来援，寡不敌众，忙令弟超奉表晋阳，求发援师。知远召超入见，赏赉甚厚，越日遣还，但言援兵即发。超驰回澶州，琼已败死，徒落得怅断鸰原，自寻生路罢了！连叙数事，为辽去汉兴之兆。

惟辽主迭闻变乱，未免心惊，乃遣天雄军节度使杜重威、泰宁军节度使安审琦、武宁军节度使符彦卿等，各归原镇，用汉官治汉人，冀免反抗，仍用亲吏监军。适赵延寿新赋悼亡，意欲续婚。他的妻室，即燕国公主，本是唐明宗女。尚有妹子永安公主，出居洛阳，延寿闻阿姨有姿，遂请诸辽主，愿以妹代姊。辽主当然允诺。即遣人至洛，迎永安公主入京。

这永安公主，是许王从益胞妹，素由王德妃抚养。石敬瑭篡唐即位，曾迎王德妃母子，留养宫中。且封从益为郇国公，继承唐祀。见二十九回。至重贵嗣立，动加猜忌，王德妃自请出外，挈领从益兄妹，往居洛阳。此时接得辽敕，王德妃是一女流，怎敢违慢，即与郇国公从益，送永安公主入京，亲主婚礼，顺便请谒辽主。辽主德光，亦下座答礼，且语王德妃道："明宗与我约为弟兄，尔是我嫂，怎好受拜！"胡人尚顾名分。德妃令从益入谒，辽主亦欢颜相待，令母子俱居客馆。已而婚嫁礼毕，王德妃母子，向辽主辞行。辽主面授从益为彰信军节度使。德妃以从益年少，未达政事，替他代辞。辽主乃令随母还洛，仍封从益为许王。自己尚欲留主中原，命张砺、和凝同平章事，且亲临崇元殿，易服赭袍，令晋臣行入阁礼。唐朝故事，天子正殿叫做衙，便殿叫做阁，辽主饬行入阁礼，无非随时咨问，求治弭乱的意思。

不料礼仪甫定，那宋、亳、密各州，俱有警报，并称为盗所陷。辽主长叹道："中国人如此难制，正非我所意料！"嗣是惹动归思，即拟北返。天气渐暖，春光将老，辽主越不耐烦，便召晋臣入谕道："天时向暑，我难久留，意欲暂归北庭，省问太后。此处当留一亲将，令为节度使，料亦不至生变。"晋臣齐声道："皇帝怎可北去！如因省亲不便，何妨派使奉迎。"辽主道："太后族大，好似古柏蟠根，不便移动。我意已定，无容多议了！"晋臣不敢再言，纷纷退出。已而有诏颁下，复称汴梁为宣武军，令国舅萧翰为节度使，留守汴梁。翰系述律太后的兄子，有妹为辽主后，赐姓为"萧"，于是辽国后族，世称"萧氏"。

辽主欲令晋臣一并从行，嗣恐摇动人心，乃只命文武诸司，及诸军吏卒，随往北庭，统计已达数千人，又选宦官、宫女数百名，饬令随侍，所有库中金帛，悉数捆载整装起行。萧翰送辽主出城，仍然还守。辽主向北进发，见沿途一带，村落皆空，却也不免唏嘘，立命有司发榜数百纸，揭示人民，招抚流亡。偏胡骑性喜剽掠，遇有人民聚处的地方，仍往劫夺，辽主也未尝禁止。夷夏大防，万不可溃，一溃防闲，必罹此祸。昼行夜宿，到了白马津，率众渡河，顾语宣徽使高勋道："我在北廷，每日射猎，很觉适意。自入中原后，局居宫廷，毫无乐趣，今得生还，虽死无遗恨了！"死在目前。

行抵相州，正值辽将高唐英围攻州城，与梁晖相持不下。辽主纵兵助攻，顿时陷入，梁晖巷战亡身。城中所有男人，悉被屠戮；婴儿赤子，由胡骑掷向空中，举刃相接，多半刳腹流肠，或竟坠落地上，跌作肉饼。妇女杀老留少，驱使北去，留高唐英守相州。唐英检阅城中遗民，只剩得七百人，骷髅约十数万具。看官试想，惨不惨呢！

辽主闻磁州刺史李穀，密通晋阳，派兵拘至，亲加质讯。穀诘问证据，反使辽主语塞，佯从车中引手，索取文书。经穀窥破诈谋，乐得再三穷诘，声色不挠。辽主竟被瞒过，乃命释归。算是大幸。

嗣因所过城邑，满目萧条，遂遍语蕃、汉群臣道："使中国如此受殃，统是燕王一人的罪过。"又顾相臣张砺道："汝也算一个出力人员！"虎伥原是可恨，虎亦不谓无罪。砺俯首怀惭，无言可答，闷闷地随向北行，毋庸细述。

独宁国军都虞侯武行德，为辽主所遣，与辽吏督运兵仗，用舟装载，自汴入河，溯流北驶。行德麾下，有士卒千余人，驶至河阴，密语士卒道："我等为虏所制，离乡远去，人生总有一死，难道统去做外国鬼么？今虏主已归，虏势渐衰，何不变计逐虏，据守河阳？待中原有主，然后臣服，岂不是一条好计呢！"士卒一体赞成，愿归驱使，行德遂举舟中甲仗，分给士卒，一声号令，全军俱起，把辽吏砍成肉泥，乘势袭击河阳城。辽节度使崔廷勋，方派兵助耿崇美，进攻潞州，城内无备，突被行德杀入，逐去廷勋，据住河阳，令弟行友持奉蜡书，从间道驰诣晋阳，表明诚意。

那时潞州留守王守恩，已向晋阳告急，刘知远命史弘肇为指挥使，率兵援潞。弘肇用部将马诲为先锋，星夜进兵，驰诣潞州城下，寂静无声，并不见有辽兵，马诲大起疑心。及王守恩出城相迎，两下晤谈，方知辽兵闻有援师，已经退去。马诲奋然道："虏闻我军到来，便即退兵，这是古人所谓弩末呢。我当前往追击，杀敌报功！"正说着，史弘肇继至，即由马诲请令，麾兵追虏。途中遇着辽兵，大呼直前，挟刃齐进，好似风扫落叶一般，不到一时，已枭得虏首千余级，余众遁去。

马诲方奏凯回军，辽将耿崇美退保怀州，崔廷勋亦狼狈奔至。就是洛阳辽将拽剌等，亦闻风胆落，趋至怀州，与崇美、廷勋等会晤，相对咨嗟，且会衔报闻辽主。

辽主得报，大为失意，继且自叹道："我有三失，怪不得中国叛我呢！我令诸道括钱，是第一失；纵兵打草谷，是第二失；不早遣诸节度使还镇，是第三失。如今追悔无及了！"前责人，后责己，尚非愚愎者比。看官听着！辽主德光，也是一个好大喜功的雄主，此番大举入汴，到处顺手，已经如愿以偿，但他尚思久据中原，偏偏不能满意，连得许多警耗，由愤生悔，由悔生忧，竟至恹恹成疾。到了栾城，遍体苦热，用冰沃身，且沃且啖。及抵杀狐林，病势愈剧，即日毕命。

亲吏恐尸身腐臭，特剖腹贮盐，腹大能容积盐数斗，乃载尸归国，晋人号为帝羓。辽太后述律氏，抚尸不哭，且作恨辞道："汝违我命，谋夺中原，坐令内外不安，须俟诸部宁一，才好葬汝哩。"

原来辽主一死，形势立变，赵延寿恨主背约，首先发难。他本内任枢密，遥领中京，至是扈跸前驱，欲借中京为根据地。便引兵先入恒州，且语左右道："我不愿再入辽京了！"哪知人有千算，天教一算，似这卖国求荣，糜烂中原的赵延寿，怎能长享富贵，得使考终！借古讽世，是著书人本意。延寿入恒州时，即有一辽国亲王，蹑迹前来，亦带兵随入。延寿不敢拒绝，只好由他进城。这辽亲王为谁？乃是耶律德光的侄儿，东丹王突欲的长子。突欲奔唐，唐赐姓名为李赞华，留居京师。赞华为李从珂所杀，事见前文。独突欲子尚留北庭，未尝随父归唐。看官欲问他名字，乃是叫做兀欲。旧作乌裕，亦作鄂约。德光因他舍父事己，目为忠诚，特封为永康王。

兀欲随主入汴，复随主归国，尝见延寿快快，料他蓄怨，特暗地加防。此次追踪而至，明明是夺他根据。一入城门，即令门吏缴出管钥，进至府署，复令库吏缴出簿籍，全城要件，已归掌握，辽将又多半归附，愿奉他为嗣君。兀欲登鼓角楼，与诸将商定密谋，择日推戴。那赵延寿尚似在睡梦中，全然没有知晓，反自称受辽主遗诏，权知南朝军国事，且向兀欲要求管钥簿籍，兀欲当然不许。

有人通知延寿道："辽将与永康王聚谋，必有他变，请预备为要。今中国兵尚有万人，可借以击虏，否则事必无成！"延寿迟疑未决，后来想得一法，拟于五月朔日，受文武官谒贺。晋臣李崧入语道："虏意不同，事情难测，愿公暂从缓议。"延寿乃止。

辽永康王兀欲闻延寿将行谒贺礼，即与各辽将商定，届期掩击。嗣因延寿罢议，不得不另想别法。可巧兀欲妻自北庭驰至，探望兀欲，兀欲大喜道："妙计成了，不怕燕王不入彀中。"遂折东往邀延寿，及张砺、和凝、冯道、李崧等，共至寓所饮酒。延寿如约到来，就是张砺以下，皆应召而至。兀欲欢颜迎入，请延寿入坐首席，大众依次列坐，兀欲下坐相陪。酒醴具陈，肴核维旅。彼此饮了好几觥，谈了许多客套话，兀欲方语延寿道："内子已至，燕王欲相见么？"延寿道："妹果来此，怎得不见！"即起身离座，与兀欲欣然入内，去了多时，未见出来，李崧颇为担忧。和凝、冯道私问张砺道："燕王有妹适永康王么？"张砺摇首道："并非燕王亲妹。我与燕王在辽有年，始知永康王夫人，与燕王联为异姓兄妹，所以有此称呼。"借张砺口中说明，无非倒戟而出之笔法。道言未绝，兀欲已由内出外，独不见延寿偕出。李崧正要启问，兀欲笑语道："燕王谋反，我已将他锁住了！"这语说出，吓得数人面面相觑，不发一言。兀欲复道："先帝在汴时，遗我一筹，许我知南朝军国事，至归途猝崩，并无遗诏。燕王怎得擅自主张，捏称先帝遗命，惟罪止燕王一人。诸公勿虑，请再饮数觥！”和凝、冯道等唯唯听命，勉强饮毕，告谢而出。

越日由兀欲下令，宣布先帝遗制，略云：“永康王为大圣皇帝嫡孙，人皇王长子，太后钟爱，群情允归，可就中京即皇帝位。”看官阅此，当知遗制为兀欲所捏造。但恐未知大圣皇帝，及人皇王为何人？小子应该补叙明白：大圣皇帝，就是辽太祖阿保机的尊谥，人皇王就是突欲。阿保机在世时，自称天皇王，号长子突欲为人皇王，因此兀欲捏造遗制，特别声明。兀欲始举哀成服，传讣四方，并遣人报知述律太后。太后怒道：“我儿平晋国、取中原，有大功业，伊子留侍我侧，应该嗣立。人皇王叛我归唐，兀欲为人皇王子，怎得僭立呢！”当下传谕兀欲，令取消成议。兀欲哪里肯从，竟在恒州即皇帝位，受蕃汉各官朝贺。寻即撤去丧服，鼓吹作乐，声彻内外。

忽闻述律太后，将发声讨，便恨恨道：“我不逼人，人且逼我，这尚可坐视么？”遂命亲将麻答守恒州，并晋臣文武吏卒，一概留住，自率部兵北行。选得宫女、宦官、乐工数百人，随从马后。最后复有军士数十名，押着一乘囚车，内坐一个燕王赵延寿。揶揄极了。小子走笔至此，口占一诗，随笔录出，为赵延寿写照。诗云：

失身事虏已堪羞，况复甘心作寇仇！
自古贤奸终有报，好从马后看羁囚。

兀欲北去，刘知远南来。欲知南北各事，且看下回分解。

辽主之不能久据中原，或谓由天限华夷，迫令北返，是实不然。当时廉耻道丧，官吏以送旧迎新为得计。中原人民，手无尺寸柄，畴能反抗强虏？假令辽主入汴，但以噢咻小惠，笼络臣民，中国可坐而定也。误在贪酷残虐，激成众怨，遂致枭桀四起，与辽为难。辽主怅然北归，自陈三失，亶其然乎！赵延寿叛唐降辽，又引辽灭晋，嗣复欲背辽自主，居心叵测，不可复问。辽永康王兀欲，一举而拘絷之，诚为快事。且其称帝恒州，亦非全然无理，立嫡以长，古有明训，谁令辽太后溺爱少子，舍长立幼，违大经而生巨变，正辽太后之自取也！于兀欲乎何尤！

第三十九回

故妃被逼与子同亡　御史敢言奉母出戍

却说赵延寿为兀欲所拘，带归辽京，消息传至河东，河东军将，以河中节度使赵匡赞为延寿子，正好乘势招谕，劝他归降。刘知远依议办理，派使至河中宣抚。既而传说纷纷，言延寿已死，再由郭威献策，着人往河中吊祭。其实延寿还是活着，过了二年，始受尽折磨，瘐死狱中。只难为永安公主。

知远遂召集将佐，商议进取，诸将哗声道："欲取河南，应先定河北。为今日计，不若出师井陉，攻取镇、魏二州。镇州即恒州。二镇得下，河北已定，河南自拱手臣服了。"知远沉吟道："此议未免迂远，我意从潞州进行。"言至此，有一人抗声谏阻道："两议皆未可行！今虏主虽死，党众尚盛，各据坚城。我出河北，兵少路迂，旁无应援，倘群虏合势共击，截我前锋，断我后路，我不能进，又不能退，援绝粮尽，如何支持？这是万不可行的。若从潞州进兵，山路险窄，粟少兵残，未能供给大军，亦非良策。臣意谓应从陕、晋进发，陕、晋二镇，新近款附，引兵过境，必然欢迎，饷通路便，万无一失，不出两旬，洛、汴可俱定了。"三议相较，自以此议为善。知远点首道："卿言甚善，朕当照行。"

节度判官苏逢吉已升任中书侍郎，独出班进言道："史弘肇屯兵潞州，群虏相继遁去，不如出师天井关，直达孟津，更为利便。"知远也以为然。嗣经司天监奏称太岁在午，不利南行，宜由晋、绛抵陕。知远乃决，准于天福十二年五月十二日，自太原启銮。告谕诸道，一面部署内政，厘定乃行。遂册魏国夫人李氏为皇后，皇弟刘崇为太原尹，从弟刘信为侍卫指挥使。皇子承训、承佑、承勋及皇侄承赟为将军，杨邠为枢密使，郭威为副使，王章为三司使，苏逢吉、苏禹珪同平章事。凡首先归附诸镇将，如赵晖、王守恩、武行德等，皆实授节度使。

转瞬间已是启銮期限，即命太原尹刘崇留守北都，赵州刺史李存瓌为副，幕僚李骧为少尹，牙将蔚进为马步指挥使，佐崇驻守。知远挈领全眷，及部下将士三万人，由太原出发。越阴地关，道出晋、绛，意欲召还史弘肇，一同扈驾。苏逢吉、杨邠谏阻道："今陕、晋、河阳均已向化，虏将崔廷勋、耿崇美亦将遁去，若召还弘肇，恐河南人心动摇，虏势复盛，转足为患了。"知远尚在踌躇，使人谕意弘肇，弘肇遣还使人，附呈奏议，与苏、杨相符。乃令弘肇屯潞，规取泽州。

泽州刺史翟令奇，坚壁拒守，弘肇已派兵往攻，经旬未下，部将李万超，愿往招降，得弘肇允许，骑至城下，仰呼令奇道："今虏兵北遁，天下无主。太原刘公，兴义师，定中土，所向风靡，后服者诛；君奈何不早自计！"令奇迟疑未答，万超又道："君为汉人，奈何为虏守节？况城池一破，玉石不分，君甘为虏死，难道百姓亦愿为虏死么？"令奇被他提醒，方答称愿降，开门迎纳官军。弘肇闻报，亦驰入泽州。安民已毕，留万超权知州事，自还潞州镇守。

会辽将崔廷勋、耿崇美等，又进逼河阳，节度使武行德，与战失利，飞向潞州求援。弘肇率众南下，甫入孟州境内，廷勋等已拥众北遁。经过卫州，大掠而去。行德出迎弘肇，两下联合，分略河南。弘肇为人，沉毅寡言，御众严整，将校有过，立杀无赦，兵士所至，秋毫无犯，因此士皆用命，民亦归心。刘知远从容南下，兵不血刃，都由弘肇先驱开路，抚定人民，所以有此容易哩。反射后文。

辽将萧翰留守汴梁，闻知远拥兵南来，崔、耿诸将，统已遁还，自知大势已去，不如北归。筹划了好几日，又恐中原无主，必且大乱，归途亦不免受祸。乃从无策中想出一策，捏传辽主诏命，令许王李从益，知南朝军国事。当即派遣部将，驰抵洛阳，礼迎从益母子。王德妃闻报大惊道："我儿年少，怎能当此大任？"说着，忙挈从益逃匿徽陵城中。徽陵即唐明宗陵，见前文。辽将蹑迹找寻，竟被觅着，强迫从益母子出赴大梁。萧翰用兵拥护从益，即日御崇元殿。从益年才十七，胆气尚小，几乎吓下座来，勉强支撑，受蕃、汉诸臣谒贺。翰率部将拜谒殿上，令晋百官拜谒殿下，奉印纳册，由从益接受。方才毕礼，王德妃明知不妙，自在殿后立着。至从益返入，心尚未定。偏晋臣联袂入谒，德妃忙说道："休拜！休拜！"晋臣只管屈膝，黑压压地跪下一地。此时屈膝，比拜虏还算有光。德妃又连语道："快……快请起来！"等到大众尽起，不禁泣下道："我家母子，孤弱得很，乃为诸公推戴，明明非福，眼见得是祸祟了！奈何！奈何！"大众支吾一番，尽行告退。翰留部将刘祚带兵千人，卫护从益，自率蕃众北去。

王德妃昼夜不安，屡派人侦探河东军，当下有人入报道："刘知远已入绛州，收降刺史李从朗，留偏将薛琼为防御使，自率大军东来了。"未几又有人走报，谓刘知远已抵陕州；又未几得知远檄文，是从洛阳传到，宣慰汴城官民。凡经辽主补署诸吏，概置勿问。晋臣接读来檄，又私自聚谋，欲迎新主，免不得伺隙窃出，趋洛投效，也想做个佐命功臣。丑极。

王德妃焦急万分，与群臣会议数次，欲召宋州节度使高行周，河阳节度使武行德，共商拒守事宜。使命迭发，并不见到，德妃乃召语群臣道："我母子为萧翰所逼，应该灭亡，诸公无罪，可早迎新主，自求多福，勿以我母子为念！”说至此，那两眶凤目中，已堕落无数珠泪。花见羞要变成花见怜了。大众也被感触，无不泣下。忽有一人启口道：“河东兵迂道来此，势必劳敝。今若调集诸营，与辽将并力拒守，以逸待劳，不致坐失，能有一月相持，北救必至，当可无虑。”德妃道：“我母子系亡国残余，怎敢与人争夺天下？若新主悯我苦衷，知我为辽所劫，或尚肯宥我余生。今别筹抵制，惹动敌怒，我母子死不足惜，恐全城且从此涂炭了！”是谓妇人之仁，但此外亦别无良策。大众闻言，尚交相聚论，主张坚守。三司使刘审交道：“城中公私俱尽，遗民无几，若更受围一月，必无噍类。愿诸公勿复坚持，一听太妃处分！”众始无言。德妃再与群臣议定，遣使奉表洛阳，迎接刘知远。表文首署名衔，乃是“臣梁王权知军国事李从益”数字，从益出居私第，专候刘知远到来。

知远至洛阳后，两京文武百官，陆续迎谒。至从益表至，因命郑州防御使郭从义，领兵数千，先入大梁清宫。临行时密谕从义道：“李从益母子并非真心迎我，我闻他曾召高行周等，与我相争，行周等不肯应召，始穷蹙无法，遣使表迎。汝入大梁，可先除此二人，切切勿误！”郭从义奉命即行，到了大梁，便率兵围住从益私第，传知远命，迫令从益母子自杀。王德妃临死大呼道：“我家母子，究负何罪，何不留我儿在世，使每岁寒食节，持一盂麦饭，祭扫徽陵呢！”说毕，乃与从益伏剑自尽。

大梁城中，多为悲惋，惟从义遣人报命。刘知远独欢慰异常。未免太忍。乃启行入大梁，汴城百官，争往荥阳迎驾。辽将刘祚，无法归国，亦只好随同迎降。知远纵辔入城，御殿受贺，下诏大赦。凡辽主所除节度使，下至将吏，各安职任，不复变更。乃称汴梁为东京，国号大汉，惟尚用天福年号。顾语左右道："我实未忍忘晋呢！"还要骗人。嗣是封赏功臣，犒劳兵士，当然有一番忙碌。小子述不胜述，姑从阙如。

当时各道镇帅，先后纳款。就是吴越、湘南、南平三镇，亦遣人表贺。大汉皇帝刘知远，得晋版图，南面垂裳，又是一新朝气象了。可惜不长。南唐主李璟，当辽主入汴时，曾派使贺辽，且请诣长安修复诸陵，即唐高祖、太宗诸陵。辽主不许。会晋密州刺史皇甫晖，棣州刺史王建，皆避辽奔唐，淮北贼帅，亦多向江南请命。唐史馆修撰韩熙载上疏道："陛下恢复祖业，正在今日。若虏主北归，中原有主，恐已落人后，必至规复无期。"唐主览书感叹，颇欲出师。怎奈福州军事，尚未成功，反且败报传来，丧师不少，自慨国威已挫，哪里还能规取中原。

福州李达得吴越援军，与唐兵相持，小子前已叙过。见三十五回。两下里攻守逾年，未判成败。吴越复令水军统帅余安，领着战舰千艘，续援福州，行抵白虾浦，海岸泥淖，须先布竹箦，方可登岸。唐兵在城南瞧着，弯弓竞射，箦不得施。余安正没法摆布，静待多时，既而箭声已歇，便纵兵布箦，悉数登岸，进击唐兵。唐将冯延鲁，抵挡不住，弃师先走，冤冤枉枉地死了多人，并阵亡良将孟坚。原来唐兵停射，系是延鲁主见，延鲁欲纵敌登岸，尽加歼除，孟坚苦谏不从。至吴越兵登岸，大呼奋击，锐不可当。延鲁遁去，孟坚战死。唐将刘从效、王建封等亦相继披靡，城中兵又出来夹攻，大破唐兵，尸横遍野。还亏唐帅王崇文，亲督牙兵三百人，断住后路，且战且行，才得保全残众，走归江南。这番唐兵败衄，丧师二万余人，委弃军资器械，至数十万，府库一空，兵威大损。

唐主以陈觉矫诏，冯延鲁失策，咎止二人，拟正法以谢中外，余皆赦免。御史江文蔚本系中原文士，与韩熙载同具盛名，熙载奔唐，文蔚亦坐安重荣叛党，惧罪南奔。安重荣事见三十一回。唐主喜他能文，令充谏职。他见唐主诏敕只罪陈觉、冯延鲁，不及冯延巳、魏岑，心下大为不平，遂对仗纠弹，上书达数千言。说得淋漓痛快。小子不忍割爱，因限于篇幅，节录如下：

臣闻赏罚者帝王所重。赏以进君子，不自私恩；罚以退小人，不自私怨。陛下践阼以来，所信重者冯延巳、延鲁、魏岑、陈觉四人，皆擢自下僚，骤升高位，未尝进一贤臣，成国家之美。阴狡弄权，引用群小，在外者握兵，居中者当国。师克在和，而四凶邀利，迭为前却，使精锐者奔北，馈运者死亡，谷帛戈甲，委而资寇，取弱邻邦，贻讥海内。今陈觉、冯延鲁虽已伏辜，而冯延巳、魏岑犹在，本根未殄，枝干复生。延巳善柔其色，才业无闻，凭恃旧恩，遂阶任用。蔽惑天聪，敛怨归上，以致纲纪大坏，刑赏失中。风雨由是不时，阴阳以之失序。伤风败俗，蠹政害人，蚀日月之明，累乾坤之德。天生魏岑，朋合延巳，蛇豕成性，专利无厌。逋逃归国，鼠奸狐媚，谗疾君子，交结小人，善事延巳，遂当枢要，面欺人主，孩视亲王，侍燕喧哗，远近惊骇，进俳优以取容，作淫巧以求宠，视国用如私财，夺君恩为己惠，上下相蒙，道路以目。征讨之柄，在岑折简，帑藏取与，系岑一言。福州之役，岑为东面应援使，而自焚营壁，纵兵入城，使穷寇坚心，大军失势。军法逗留畏懦者斩，律云：主将守城，为贼所攻，不固守而弃去，及守备不设，为贼掩覆者皆斩。昨敕赦诸将，盖以军政威令，各非己出。岑与觉、延鲁更相违戾，互肆威权，号令并行，理在无赦。况天兵败衄，宇内震惊，将雪宗庙之羞，宜醢奸臣之肉。已诛二罪，未塞群情，尽去四凶，方祛众怒。今民多饥馑，政未和平。

东有伺隙之邻，北有霸强之国。市里讹言，遐迩危惧。陛下宜轸虑殷忧，诛鉏虺蜮。延巳谋国不忠，在法难原，魏岑同罪异诛，观听疑惑，请并行典法以谢四方，则国家幸甚！

文蔚上疏时，明知词太激烈，恐触主怒，先在江中备着小舟，载送老母，立待左迁。果然唐主下敕，责他诽谤大臣，降为江州司士参军。文蔚即奉母赴江州。直臣虽去，谏草具存，江南人士，辗转传写，纸价为之一昂。究竟有名无利，宜乎谀媚日多。太傅宋齐邱，曾荐陈觉为福州宣谕使，见三十五回。至是竭力营救，竟得准请。赦免陈觉、冯延鲁死罪，但流觉至蕲州、延鲁至舒州。韩熙载亦忍耐不住，上书并劾齐邱，兼及冯延巳、魏岑二人。唐主但撤延巳相位，降为少傅，贬岑为太子洗马，齐邱全不加谴，宠任如故。熙载又屡言齐邱党与，必为祸乱；齐邱益与熙载为仇，劾他嗜酒猖狂，被黜为和州司士参军。是时辽主归死，辽将萧翰，亦弃汴北遁。唐主又想经略北方，用李金全为北面招讨使。哪知刘知远已捷足先得，驰入大梁，还要他费什么心，动什么兵哩！统是空思想。

吴越军将解福州围，凯旋钱塘。吴越王弘佐，另派东南安抚使鲍修让，助戍福州。未几吴越王病殁，年仅二十，无子可承，弟弘倧依次嗣立。颁敕至福州，李达令弟通权知留后，自诣钱塘，朝贺新君。弘倧加达兼官侍中，赐名孺赟，寻且遣归。达已返福州，与鲍修让两不相下，屡有龃龉，复欲举兵降唐，杀鲍自解，偏被修让察觉。先引兵往攻府第，一场蹂躏，不但杀死李达，并将他全家老小，一并诛夷。凶狡如达，应该至此。随即传首钱塘，报明情状。吴越王弘倧，别简丞相吴程，出知威武军节度使事。

自是福州归吴越，建州归南唐，各守疆域，相安无事。那北方最强的大辽帝国，偏由兀欲继统，仇视祖母，彼此争哄。兀欲得着胜仗，竟把一位聪明伶俐的述律太后，拘至辽太祖阿保机墓旁，锢禁起来。小子有诗叹道：

虏廷挺出女中豪，佐主兴邦不惮劳。
只为立储差一着，被孙拘禁祸难逃。

欲知辽太后被幽详情，且至下回再阅。

辽将北去，刘氏南来，偏夹出一个李从益来，权知南朝军国事。从益母子，系亡国遗裔，谁乐推戴？而萧翰乃迫而出之，舍安土而入危境，不死何待！但母子茕茕，受人迫胁，原为不得已之举；且于刘知远无名分之嫌，知远又臣事唐明宗，胡为必杀之而后快？残忍若此，宜其享年不永，而传祚亦最短也。南唐为当时强国，苟任用得人，本可乘时出师，与刘知远共争中原，尚未知鹿死谁手。乃庸臣当国，呆竖弄兵，仅攻一残破之福州，犹不能下，反且丧师败北，致遭大挫，何其无英雄气象耶！直言如江文蔚，反遭罢斥，而佥壬宵小，仍得窃位，南唐之不振也亦宜哉；读江中丞弹文，可为南唐一哭。

第四十回

徙建州晋太后绝命　幸邺都汉高祖亲征

却说辽永康王兀欲，在恒州擅立为帝，便即率兵北向，归承大统。到了石桥，正遇辽太后遣来的兵士，为首的乃是降将李彦韬。彦韬随晋主北去，进谒辽太后，太后见他相貌魁梧，语言伶俐，即令他隶属麾下。以貌取人，失之彦韬。此时闻兀欲进来，便命彦韬为排阵使，出拒兀欲。兀欲前锋，就是伟王。伟王大呼道："来将莫非李彦韬么？须知新主是太祖嫡孙，理应嗣位。汝由何人差遣，前来抗拒？若下马迎降，不失富贵；否则刀下无情，何必来做杀头鬼！"彦韬见来军势盛，本已带着惧意，一闻伟王招降，乐得滚鞍下马，迎拜道旁。伟王大喜，更晓谕彦韬部众，教他一体投诚，免受屠戮。大众亦抛戈释甲，情愿归降。两军一合，倍道急进，不到一日，便达辽京。述律太后方派彦韬出战，总道他肯尽死力，不意才阅一宵，即闻伟王兵到，惊得手足失措，悲泪满颐。老婆娘亦有此日耶！

城中将吏，又素感兀欲厚恩，争先出迎。原来兀欲平日，性情豪爽，散财下士。前由德光赐绢数千匹，便悉数分散，顷刻而尽。所以将士多受笼络，相率爱戴。伟王入城，兀欲继至，述律太后束手无策，只好听他处置。当有数骑入宫，拥出太后，胁往木叶山。木叶山就是阿保机葬处，墓旁多筑矮屋，派人守护。那述律太后被迫至此，没奈何在矮屋栖身，昼听猿啼，夜闻鬼哭，任她铁石心肠，也是忍受不住。况且年力已衰，猝遭此变，自己也情愿速死。忧能致疾，未几告终。是前杀酋长之报。

兀欲易名为阮，自号天授皇帝，改元天禄。国舅萧翰驰至国城，大局已经就绪，孤掌当然难鸣，也只能得过且过。进见兀欲，行过了君臣礼，才报称张砺谋反，已与中京留守麻合，将他伏诛。兀欲也不细问，但令翰复职了事。

看官道张砺被杀，是为何因？砺随辽主德光入汴，尝劝德光任用镇帅，勿使辽人，翰因此怀恨。及自汴州还至恒州，即与麻合说明，麾骑围张砺第，牵砺出问道："汝教先帝勿用辽人为节度使，究怀何意？"砺抗声道："中国人民，非辽人所能治，先帝不用我言，所以功败垂成。我今还当转问国舅，先帝命汝守汴，汝何故不召自来呢？"理论固是，但问他何故引虏入寇，残害中原？翰无言可诘，惟益加忿恚，饬左右将砺锁住。砺又恨恨道："欲杀就杀，何必锁我！"翰置诸不理，但令左右牵他下狱。越宿由狱卒入视，砺已气绝仆地，想已是气死了。看官记着！张砺、赵延寿，同是汉奸，同是虏伥。砺拜相，延寿封王，为虏效力，结果是同死虏手。古人有言："惠迪吉，从逆凶。"这两人就是榜样呢！苦口婆心。

兀欲已经定国，乃为先君德光安葬，仍至木叶山营陵，追谥德光为嗣圣皇帝，庙号太宗。临葬时遣人至恒州召晋臣冯道、和凝等会葬，可巧恒州军乱，指挥使白再荣等，逐出麻答，并据定州。冯道等乘隙南归，仍至中原来事新主，免为异域鬼魂。这正是不幸中的大幸。惟恒州乱源，咎由麻答一人。麻答为辽主德光从弟，平生好杀。在恒州时，残酷尤甚，往往虐待汉人，或剥面抉目，或髡发断腕，令他辗转呼号，然后杀死。出入必以刑具自随，甚至寝处前后，亦悬人肝胫手足，人民不胜荼毒，所以酿成变乱。已而白再荣等，表顺汉廷，于是恒、定二镇，仍为汉有。这且无庸细表。

惟辽负义侯石重贵，自徙居黄龙府后，曾奉述律太后命令，改迁至怀密州，州距黄龙府西北千余里。重贵不敢逗留，带领全眷，跋涉长途。故后冯氏，不堪艰苦，密嘱内官搜求毒药，将与重贵同饮，做一对地下鸳鸯。可奈毒药难求，生命未绝，不得不再行趱路。行过辽阳二百里，适辽嗣皇兀欲入都，幽禁述律，特下赦文，召重贵等还居辽阳，略具供给。重贵等仍得生机，全眷少慰。越年四月，兀欲巡幸辽阳，重贵带着母妻，白衣纱帽，往谒帐前，还算蒙兀欲特恩，令易常服入见。重贵伏地悲泣，自陈过失。兀欲令人扶起，赐他旁坐。当下摆起酒席，奏起乐歌，令重贵入座与饮，分尝一脔。那帐下的伶人、从官，多由大梁掳去，此时得见故主，无不伤怀。至饮毕散归，各赉衣服药饵，饷遗重贵。重贵且感且泣，自思被掳至此，才觉得苦尽甘来，倒也安心过去。想冯氏亦不愿服药了。

偏偏福无双至，祸不单行。兀欲住居旬日，因天气已近盛夏，拟上陉避暑，竟向重贵索取内宫十五人，及东西班十五人，还要重贵子延煦，随他同行。重贵不敢不依，心中很是伤感，最苦恼的是膝下娇雏，也被蕃骑取去。父女惨别，怎得不悲！原来兀欲妻兄禅奴，一作绰诺锡里。见重贵身旁有一幼女，双髻绰约，娇小动人，便欲取为婢妾。面向重贵请求，重贵以年幼为辞。禅奴转白兀欲，兀欲竟遣一骑卒，硬向重贵索去，赐给禅奴。到了仲秋，凉风徐拂，暑气尽消，兀欲乃下陉至霸州。陉系北塞高凉地，夏上陉，秋下陉，乃向来辽主惯例。

重贵忆念延煦，探得兀欲下陉消息，即求李太后往谒兀欲，乘便顾视。李太后因驰至霸州，与兀欲相见，延煦在兀欲帐后，趋谒祖母，老少重逢，悲喜交集。兀欲顾李太后道："我无心害汝子孙，汝可勿忧！"李太后拜谢道："蒙皇帝特恩，宥妾子孙，没世衔感。但在此坐食，徒劳上国供给，自问亦未免怀惭，可否在汉儿城侧，赐一隙地，俾妾子孙得耕种为生？如承俯允，感德更无穷了！”向虏主求一隙地，何如速死为是。兀欲温颜道：“我当令汝满意便了。”又顾延煦道：“汝可从汝祖母同返辽阳，静待后命。”延煦遂与李太后一同拜辞，仍至辽阳候敕。

未几即有辽敕颁到，令南徙建州，重贵复挈全眷启行。自辽阳至建州又约千余里，途中登山越岭，备极艰辛。安太妃目早失明，禁不起历届困苦，镇日里卧着车中，饮食不进，奄奄将尽。当下与李太后等诀别，且嘱重贵道：“我死后当焚骨成灰，南向飞扬，令我遗魂得返中国，庶不至为虏地鬼了！”悲惨语，不忍卒读。说着，痰喘交作，须臾即逝。重贵遵她遗命，为焚尸计，偏道旁不生草木，只有一带砂碛，极目无垠，哪里寻得出引火物！嗣经左右想出一法，折毁车轮，作为火种，乃向南焚尸。尚有余骨未尽，载至建州。

建州节度使赵延晖，已接辽敕，谕令优待，乃出城迎入，自让正寝，馆待重贵母子。一住数日，李太后商诸延晖，求一耕牧地，延晖令属吏四觅，去建州数十里外，得地五千余顷，可耕可牧。当下给发库银，交与重贵，俾得往垦隙地，筑室分耕。重贵随从尚有数百人，尽往种作，莳蔬植麦，按时收成，供养重贵母子。重贵却逍遥自在，安享天年，随身除冯后外，尚有宠姬数人，陪伴寂寥，随时消遣。

一日正与妻妾闲谈，忽来了胡骑数名，说是奉皇子命，指索赵氏、聂氏二美人。这二美人是重贵宠姬，怎肯无端割舍！偏胡骑不肯容情，硬扯二人上舆，向北驰去。看官！你想重贵此时，伤心不伤心么？重贵伏案悲号，李太后亦不胜凄惋。冯氏拔去眼中钉，想是暗地喜欢。大家哽咽多时，想不出什么法儿，可以追回，只好撒手了事。惟李太后睹此惨剧，长恨无穷，蹉跎过了一年，已是后汉乾祐三年。李太后寝疾，无药可医，尝仰天号泣，南向戟手，呼杜重威、李守贞等姓名，且斥且詈道："我死无知，倒也罢了；如或有知，地下相逢，断不饶汝等奸贼！"骂亦无益。嗣是病势日重，延至八月，已是弥留。见重贵在侧，呜咽与语道："从前安太妃病终，曾教汝焚骨扬灰。我死，汝也可照办，我的烬骨，可送往范阳佛寺，我也不愿作虏地鬼哩！"语与安太妃略同，恰另具一种口吻。是夕即殁，重贵与冯氏宫人，及宦官东西班，均被发徒跣，舁柩至赐地中，焚骨扬灰，穿地而葬。

后来重贵夫妇，不知所终。至后周显德年间，有中国人自辽逃归，说他尚在建州，惟随从吏役，多半亡故。此后遂无消息，大约总难免一死，生做异乡人，死做异乡鬼罢了。卅六鸳鸯同命鸟，一双蝴蝶可怜虫。史家因重贵北迁，号为"出帝"，或因他年少失国，号为"少帝"，究竟他何年死、何地死，无从查考。小子也不能臆造，权作阙文，愿看官勿笑我疏忽哩。叙法周密。

且说刘知远入主大梁，四方表贺，络绎不绝。河南一带，统已归顺，辽兵或降或遁，辽将高唐英驻守相州，为指挥使王继弘、楚晖所杀，传首诣阙。知远大悦，免不得有一番封赏。湖南节度使马希广，派人告哀，并报称兄终弟及，有乞请册封的意思。知远遂加希广为检校太尉，兼中书令，行天策上将军事，镇守湖南，加封楚王。

希广即希范弟，希范曾受石晋册封，岁贡不绝。生平豪侈，挥金如土，尝造会春园及嘉宴堂，费至巨万。继筑九龙殿，用沉香雕成八龙，外饰金宝，抱柱相向。自言已身亦是一龙，故称九龙。辽兵灭晋，中原大乱，湖南牙将丁思瑾，劝希范出兵荆、襄，进图汴、洛，成一时霸业。希范也惊为奇论，但终不能照行。思瑾意图尸谏，扼吭竟死。无如希范纵乐忘返，哪里肯发愤为雄！昼聚狎客，饮博欢呼，夜罗美女，荒淫狎亵。后宫多至数百人，尚嫌不足，甚至先王妾媵，多加无礼。又往往嘱令尼僧，潜搜良家女子，闻有容色，强迫入宫。一商人妇甚美，为希范所闻，胁令该夫送入，该夫不愿，立被杀毙，取妇而归。偏该妇颜如桃李，节若冰霜，誓志不辱，投缳自尽。足与罗敷齐名，可惜不载姓氏。希范毫不知悔，肆淫如故，尝语左右道："我闻轩辕御五百妇女，乃得升天，我亦将为轩辕氏呢？"果然贪欢成痨，一病不起。濒危时召入学士拓跋常，常一作恒。以母弟希广相属，令他辅立。拓跋常有敢谏名，素为希范所嫉视，至是却嘱以后事，想是回光返照，一隙生明。但希广尚有兄希萼，为朗州节度使，舍长立少，仍然非计。希范殁，希广入嗣，拓跋常虑有后患，劝希广以位让兄。独都指挥使刘彦瑫、天策学士李弘皋，定欲遵先王遗命，乃即定议。继受汉主册封，似乎名位已定，可免后忧，哪知骨肉成仇，阋墙不远。湖南北十州数千里，从此祸乱无已，将拱手让人了。插入楚事，为湖南入唐伏案。小子因楚乱在后，汉乱在先，且将楚事暂搁，再叙汉事。

天雄军节度使杜重威、天平军节度使李守贞等前奉辽主命令，各得还镇。刘知远入汴，重威、守贞，皆奉表归命。适宋州节度使高行周入朝，朝命行周往邺都，镇天雄军，调重威镇宋州。并徙河中节度使赵匡赞镇晋昌军，调守贞镇河中，此外亦各有迁调，无非是防微杜渐，免得他深根固蒂，跋扈一方。各镇多奉命转徙，独有一反复无常的杜重威，竟抗不受命，遣子弘璲，北行乞援。时辽将麻答，尚在恒州，即拨赵延寿遗下幽州兵二千人，令指挥使张琏为将，南援重威。重威请琏助守，再求麻答济师，麻答又派部将杨衮，率辽兵千五百人，及幽州兵千人，共赴邺都。汉主刘知远得知消息，忙命高行周为招讨使，镇宁军节度使慕容彦超为副，率兵往讨重威。并诏削重威官爵，饬二将速即出师。

行周与彦超，同至邺州城下，彦超自恃骁勇，请诸行周，愿督兵攻城。行周道："邺都重镇，容易固守，况重威屯戍日久，兵甲坚利，怎能一鼓即下哩！"彦超道："行军全靠锐气，今乘锐而来，尚不速攻，将待何时？"行周道："兵贵持重，见可乃进，现尚不应急攻，且伺城内有变，进攻未迟！"彦超又道："此时不攻，留屯城下，我气日衰，彼气益盛。况闻辽兵将至，来援重威，他日内外夹攻，敢问主帅如何对付？"行周道："我为统帅，进退自有主张，休得争执！"彦超冷笑道："大丈夫当为国忘家，为公忘私，奈何顾及儿女亲家，甘误国事！"行周闻言，越觉动恼，正要发言诘责，彦超又冷笑数声，疾趋而出。原来行周有女，为重威子妇，所以彦超疑他营私，且扬言军前，谓行周"爱女及贼，因此不攻。"应有此嫌。行周有口难分，不得已表达汉廷。

汉主虑有他变，乃议亲征。当下召入宰臣苏逢吉、苏禹珪等，商谘亲征事宜，两人模棱未决。汉主转询吏部尚书窦贞固，贞固与知远同事石晋，素相和协，至是独赞成亲征。还有中书舍人李涛，未曾与议，却密上一疏，促御驾即日征邺，毋误时机。汉主因二人同心，并擢为相，便下诏出巡澶、魏，往劳王师。越二日即拟启行，命皇子承训为开封尹，留守大梁，凑巧晋臣李崧、和凝等，自恒州来归，报称辽将麻答，已经被逐，可绝杜重威后援。汉主甚喜，面授崧为太子太傅，凝为太子少保，令佐承训驻京。且颁诏恒州，宣抚指挥使白再荣，命为留后。见上文。复称恒州为镇州，仍原名为成德军。

号炮一振，銮驾出征，前后拥卫诸将吏，不下万人。行径匆匆，也不暇访察民情，一直趋至邺下行营。高行周首先迎谒，泣诉军情。汉主知曲在彦超，因当彦超谒见时，面责数语，且令向行周谢过。行周意乃少解，随即遣给事中陈观，往谕重威，劝他速降。重威闭城谢客，不肯放入。陈观复命，触动汉主怒意，便命攻城。彦超踊跃直前，领兵先进，行周不好违慢，也驱军接应。汉主登高遥望，但见城上的矢石，好似雨点一般，飞向城下。城下各军，冒险进攻，也是个个争先、人人努力。怎奈矢石无情，不容各军进步，自辰至午，仍然危城兀立，垣堞依然。那时只得鸣金收军，检点士卒，万余人受伤，千余人丧命。汉主始叹行周先见，就是好勇多疑的慕容彦超，至此亦索然意尽，哑口无言。

行周入帐献议道："臣来此已久，城中闻将食尽，但兵心未变，更有辽将张琏助守，所以明持不下。请陛下招谕张琏，琏若肯降，重威也无能为力了。"汉主依议，遣人招张琏降，许他不死。偏偏琏不肯从，一再往劝，始终无效。迁延至两旬有余，围城中渐觉不支，内殿直韩训献上攻具。汉主摇首道："守城全恃众心，众心一离，城自不保，要用什么攻具呢？"韩训怀惭而退，忽由帐外报入，有一妇人求见，汉主问明底细，才命召入。正是：

猖獗全凭强虏助，窃危要仗妇人扶。

毕竟妇人为谁，待至下回表明。

辽太后为朔漠女豪，佐夫相子，奄有北方，而受制于其孙。李太后为石氏内助，因宴传言，激成大举。而被累于其子。南北睽违，事适相合，何两智妇结果之不幸也！但辽太后幽死墓侧，得随夫于地下；李太后羁死建州，徒做鬼于虏中。两两相较，当以李太后之死为尤惨焉。杜重威身亡晋室，引虏覆邦，罪不容于死，不特李太后骂为奸贼，至死不忘，即中原人士，亦谁不思食其肉，寝其皮乎？刘氏入汴，不加显罚，仍令守官，几若多行不义之人，亦得幸免；乃移镇命下，复思抗拒，枭獍心肠，不死不止，而天意亦故欲迫诸死地，以为奸恶者戒。汉主亲征，犹然招降，虽得苟延残喘，而终不免于诛夷。李太后有知，庶或可少泄余恨也夫！

第四十一回

奉密谕王景崇入关　捏遗诏杜重威肆市

却说汉主刘知远，传见来妇，看官道妇人为谁？原来是重威妻宋国公主。公主入谒汉主，行过了礼，由汉主赐令旁坐，问及重威情形，公主道："重威因陛下肇兴，重见天日，不胜庆幸。但恐陛下追究既往，负罪难逃，所以一闻移镇，虑蹈不测。适辽将又来监守，遂致触犯天威，劳动王师，今愿开城谢罪，令臣妾前来乞恩。望陛下网开一面，曲贷余生！"汉主道："朕信重威，重威尚不信朕么？况朕已一再招降，奈何拒命？"公主道："重威非敢抗陛下，实由虏将张琏，挟制重威，不使迎降。"虽是诳言，但欲为夫解免，不得不尔，阅者尚当为公主曲原。汉主道："虏将独不怕死么？"公主道："正为怕死，所以阻挠。"汉主沉吟半晌，方微笑道："朕一视同仁，既赦重威，何不可赦张琏。烦汝入城回报，如果真心出降，不问华夷，一体赦免！"公主起身拜谢，辞别回城。

重威得公主传语，转告张琏，琏答道："公可全生，琏难幸免，愿守此城，以死为期！"倒是个硬汉。重威道："粮食早尽，兵皆枵腹，看来是不能不降了！汉主谓一体赦免，谅不欺人，请君勿虑！"琏又道："恐怕未必。"重威道："我再遣次子弘琏，前去请求，能得一朝廷赦书，大家好安心出降了。"琏方才允诺，弘琏即出往汉营。过了半日，持到汉主手谕，许琏归国。重威乃复遣判官王敏，先送谢表，旋即素服出降，拜谒汉主。汉主赐还衣冠，仍授检校太师，守官太傅，兼中书令。大军随汉主入城，城内已饿殍载道，满目萧条。辽将张琏，亦来拜见，汉主忽瞋目道："全城兵民，为汝一人，害得这般凄惨，汝可知罪否?"琏不意有此一诘，一时转无从措词。汉主便令推出斩首，复捕斩弁目数十人，天子无戏言，奈何背约！惟什长以下，放还幽州。辽众无从报怨，将出汉境，大掠而去。枢密使郭威入帐，与汉主附耳数语，汉主即令他会同王章，按录重威部下诸亲将，一并拿下，悉数处斩。又将重威私资，及僚属家产，抄没充公，分赐战士。重威似刀剜肉，无从呼吁，只好与妻孥相对，暗地流涕罢了。还是小事，请看后来。

汉主住邺数日，下令还都，留高行周为邺都留守，充天雄军节度使。行周固辞，汉主语苏逢吉道："想是为着慕容彦超了，我当命他徙镇泰宁军，卿可为我谕意。"逢吉转谕行周，行周乃受命留邺。汉主且晋封行周为临清王，即命杜重威随驾还都。既归大梁，加封重威为楚国公。重威平时出入，路人辄旁掷瓦砾，且掷且詈，亏得他脸皮素厚，还是禁受得起，但威风已尽扫地了。所有宋州一缺，不愿再任重威，但令史弘肇兼镇，毋庸细表。看似闲文，实补前回未了之文。

且说汉主刘知远原籍，本属沙陀部落，知远以自己姓刘，改国号汉，强引西汉高祖、东汉光武帝，作为远祖。当尊汉高祖为太祖、光武帝为世祖，立庙祭享，历世不祧。高祖湍尊为"文祖"，妣李氏为"明贞皇后"；曾祖昂为"德祖"，妣杨氏为恭惠皇后；祖僎为"翼祖"，妣李氏为昭穆皇后；父琠为"显祖"，母安氏为"章懿皇后"。共立四庙，与汉高祖、光武帝并列，合成六庙。命太常卿张昭，厘定六庙乐章舞名。知远以邺都告平，入庙告祖，所有订定乐舞，概令举行，真个是和声鸣盛，肃祀明禋。

不料皇子开封尹承训，自助祭后，感冒风寒，逐日加剧。汉主因承训孝友忠厚，明达政事，格外留心看护，多方医治。怎奈区区药物，不能挽回造化，竟于天福十二年十二月中，悠然而逝，年止二十六。汉主在太平宫举哀，哭得涕泗滂沱，几致晕去。经左右极力劝慰，勉强收泪，亲视棺殓，追封魏王，送归太原安葬。此子若存，刘氏不至遽亡。嗣是常带悲容，少乐多优，一代枭雄，又将谢世。

蹉跎过了残年，便是元旦。汉主因身躯未适，不受朝贺，自在宫中调养。转眼间已过四天，病体少痊，乃出宫视朝，改天福十三年为乾祐元年，颁诏大赦。越数日，易名为暠，晋封冯道为齐国公，兼官太师。兵部递上奏牍，报称凤翔节度使侯益，与晋昌节度使赵匡赞，叛国降蜀，蟠踞关中，请速派将往讨云云。汉主闻变，即命右卫大将军王景崇，将军齐藏珍，调集禁兵数千，往略关西。

原来蜀主孟昶，嗣知祥位，除去强臣李仁罕、张业，国内太平，十年无事。辽主灭晋，晋雄武节度使何重建，举秦、成、阶三州降蜀。见三十七回。蜀主昶遂欲吞并关中，遣山南西道节度使孙汉韶等，攻下凤州。适晋昌军节度使赵匡赞，闻杜重威得罪，恐自己亦未必保全，索性向蜀投降，别图富贵。遂派人奉表蜀主，乞遣兵援应长安，即晋昌军。兼略凤翔。蜀主甚喜，即命中书令张虔钊，为北面行营招讨安抚使，宣徽使韩保贞为都虞侯，率兵五万，道出散关。又饬何重建为副使，领部众出陇州，与张虔钊等会师，同趋凤翔。一面令都虞侯李廷珪，统兵二万出子午谷，为长安声援。

凤翔节度使侯益，接得侦报，知蜀主大举入侵，惊慌得了不得。正拟拜表告急，忽来了雄武军弁吴崇恽，递入何重建手书，并附蜀枢密使王处回招降文。内容大意，无非是晓示利害、劝益归蜀。益恐待援不及，不如依书乞降，免得惊惶。遂缴出地图兵籍，使吴崇恽带还，附表请平定关中，且贻书赵匡赞，约为犄角，互相帮扶。偏赵匡赞狐疑未定，复听了判官李恕，仍然上表汉廷，自请入朝。东倒西歪，比墙头草且勿如。

这李恕本是赵延寿幕僚，延寿令佐匡赞，为晋昌军节度判官。当匡赞降蜀时，恕已出言谏阻，匡赞不从，至是复极谏道："燕王入胡，本非所愿，今汉家新得天下，方务招怀，若谢罪归朝，必能保全爵禄，入蜀恐非良策哩。蹄涔不容尺鲤，愿公三思，毋贻后悔！"匡赞听了，很觉有理，因遣恕入朝谢罪，情愿面觐汉主，听受处分。汉主问恕道："匡赞何故附蜀？"恕答道："匡赞以身受虏官，父在虏廷，恐陛下未肯俯谅，所以附蜀求生。臣一再谏诤，谓国家必应存抚，匡赞亦自知悔悟，故遣臣来祈哀！"汉主道："匡赞父子，本吾故交，不幸陷虏。今延寿方坠槛阱，我何忍再害匡赞呢？汝可返报匡赞，不必多疑，尽可来朝！"恕拜谢而去。

嗣得侯益表章，也与匡赞一般见解，谢罪请朝。时王景崇尚未启行，汉主召入卧内，密谕景崇道："赵匡赞、侯益虽俱来请朝，未知他有无诡计，汝率兵西去，当密观动静！他若真心入朝，不必过问，倘或迁延观望，汝可便宜从事，勿堕狡谋！"景崇应声遵旨，即日启行，西赴长安。

赵匡赞恐蜀兵驰至，转难脱身，不待李恕返报，便离长安，趋入大梁。途次与李恕接着，得知汉主谕言，益放心前行。复与景崇晤谈，景崇亦让他过去，自率兵径谒长安。才入长安城中，军报已陆续到来，统说蜀兵已入秦州，就要来攻长安。景崇因随兵不多，恐未足敌蜀，忙发本道兵马，及赵匡赞牙兵千余人，同拒蜀人。又虑匡赞牙兵，或有叛亡等情，意欲黥字面中，使不得逞。当下与齐藏珍商议，藏珍尚不甚赞成，那牙兵将校赵思绾，已入请黥面，为部兵倡。景崇当然心喜。藏珍待思绾退出，私语景崇道："思绾面带杀气，恐非良将，况黥面命令，尚未发出，他即先来面请，越是谄谀，越是狡诈，此人万不可恃，速除为宜！”甚是，甚是。景崇摇首道：“无罪杀人，如何服众？”遂不从藏珍计议，自督兵往堵蜀军。

蜀将张廷珪，正自子午谷出师，探得匡赞入朝音信，便欲引归。不意景崇突至，险些儿措手不及，仓猝对敌，已被景崇麾兵入阵，冲破中坚，没奈何且战且行，奔回至十里外，才免追袭。手下兵士，已伤亡至数千名，懊丧而去。侯益闻景崇得胜，廷珪败还，自然顺风使帆，决计拒蜀。蜀帅张虔钊行至宝鸡，略悉侯益反覆情形，便与诸将会商。或主进，或主退，弄得虔钊无可解决，只好按兵暂住。忽闻汉将王景崇，召集凤翔、陇、邠、泾、鄜、坊各兵，纷纷前来，吓得魂不附体，急忙引兵夜遁。及景崇追到散关，蜀兵已奔入关中，只剩得后队四百人，被景崇一鼓掳归。

景崇两次告捷，朝命景崇兼凤翔巡检使，因即引兵至凤翔。侯益开门迎入，与景崇谈入朝事，语带支吾。景崇未免动疑，即派部军分守诸门，再伺侯益行止。蓦然间接到朝旨，御驾升遐，皇次子承祐即皇帝位，不由得心下一动，倒有些踌躇起来。小子且慢叙景崇意见，先将汉主临崩大略，演述出来。顺事叙入，而文法独奇。

汉主刘知远，自长子承训殁后，感伤成疾，屡患不豫。亏得参苓补品，逐日服饵，才支撑了一两月。乾祐元年正月终旬，病体加重，服药无灵，乃召宰相苏逢吉，枢密使杨邠、郭威，入受顾命。还有都指挥使史弘肇，虽命他兼镇宋州，却是在都遥制，所以亦得奉召。四大臣同入御寝，见汉主病已大渐，俱作愁容。汉主顾谕道：“人生总有一死，死亦何惧。但承训已殁，承祐依次当立。朕虑他幼弱，后事一切，不得不嘱托诸卿！”四人齐声道：“敢不效力！”汉主又长叹道：“眼前国事，尚无甚危险，但须善防杜重威！”说到“威”字，喉中如有物梗住，不能出声。四人慌忙趋退，请后妃、皇子等送终。

未几即发哀声，当由苏逢吉趋入道："且慢！且慢举哀！皇帝有要旨传下，须立刻办了，方可发丧。"后妃等未识何因，只因逢吉身任首相，且是顾命中第一个大臣，料他必有要图。当即停住了哀，令他出办。逢吉退出，见杨邠、郭威等，已拟好诏敕。即饬侍卫带领禁军，往拿杜重威及重威子弘璋、弘琏、弘璲。重威在私第中，安然坐着，毫不预防。至禁军入门，仓皇接诏，甫经下跪，那冠带已被禁军褫去。且听侍卫宣诏道：

杜重威犹贮祸心，未悛逆节，枭首不改，虺性难驯。昨朕小有不安，罢朝数日，而重威父子，潜肆凶言，怨谤大朝，煽惑小辈。今则显有陈告，备验奸期，既负深恩，须置极法。其杜重威父子，并令处斩。所有晋朝公主及外亲族，一切如常，仍与供给。特谕。

重威听罢，魂飞天外，急得带哭带辩。偏侍卫绝不留情，即令禁军缚住重威，并将他三子拿下，一并牵出，连他妻室宋国公主，都不使诀别。匆匆驱至市曹，已有监刑官待着，指麾两旁刽子手，趋至重威父子身旁，拔出光芒闪闪的刀儿，剁将过去。只听得有三四声，重威父子的头颅，皆已堕落。父子同时入冥府，未始非天伦乐事。遗骸陈设通衢，都人士在旁聚观，统激起一腔义愤，或诟骂，或蹴击，连军吏都禁遏不住。霎时间成为肉泥，几无从辨认了。该有此报，但至此始见伏法，已不免为失刑。

重威既诛，方为故主发丧。并传出遗制，封皇子承祐为周王，即日嗣位，朝见百官，然后举哀成服。先是汉主刘知远欲改年号，宰臣进拟“乾和”二字。御笔改为“乾祐”，适与嗣主名相同，当时目为预征，所以后来沿称乾祐，不复改元。太常卿张昭，拟上先帝谥法，称为“睿文圣武昭肃孝皇帝”，庙号“高祖”，嗣葬睿陵。统计刘知远称帝，未满一年，不过时已易岁，历史上算做二年，享年五十四岁。

承祐既立，尊母李氏为皇太后，颁诏大赦，号令四方。关中接得诏书，王景崇踌躇未定，便是为处置侯益的问题。侯益非常狡黠，为景崇所疑。或劝景崇杀益，景崇叹道：“先帝原许我便宜行事，但谕出机密，恐嗣皇帝未曾闻知，我若杀益，转近专擅。况赦文已下，更觉难行，我只好密奏朝廷，再作计较。”主见已定，便草密疏奏请，疏未缮发，那侯益已私离凤翔，星夜入都去了。景崇不禁大悔，甚至自诟不休。

这侯益却是机变，一入都门，便诣阙求见。嗣主承祐，问他何故引入蜀军？益并不慌忙，反从容答道：“蜀兵屡寇西陲，臣意欲诱他入境，为聚歼计。”承祐不由得“嗤”了一声，令益退出。似乎有些识见。益见嗣主形态，倒也自危，幸喜家资富厚，好仗那黄白物，运动相臣。金银是人人喜欢，宰相以下，得了他的好处，哪有不替他说项。你吹嘘、我称扬，究竟承祐年未弱冠，也道是前日错疑，即授益为开封尹，兼中书令。益又贿通史弘肇等，谗构景崇，说他如何专恣，如何骄横。承祐不得不信，派供奉官王益至凤翔，征赵匡赞牙兵诣阙。

赵思绾很是不安，复由景崇激他数语，越觉心慌，既随王益启行，到了半途，语同党常彦卿道：“小太尉已落人手，我等若至京师，自投死路，奈何！奈何！”小太尉指赵匡赞。彦卿道：“临机应变，自有方法，愿勿再言！”

越日行抵长安，长安已改号“永兴军”。节度副使安友规，巡检使乔守温，出迎王益，置酒客亭。思绾入请道：“部下军士，已在城东安驻。惟将士家属，多在城中，意欲暂时入城，挈眷出宿城东。”友规不知是计，且见思绾并无铠仗，乐得做个人情，应允下去。思绾便引弁目驰入西门，适有州校坐守门侧，腰剑下悬，为思绾所注目，突然趋进，顺手夺剑，挺刃一挥，剁落州校头颅。州校真是枉死。当下顾令党羽，一齐动手，急切里无从得械。便向附近觅得白梃，左横右扫，击死门吏十余人，遂把城门阖住，自入府署劈开武库，取出甲仗，分给部众，把守各门。友规等在外闻变，惊慌失措，不待饮毕，便已溜去。朝使王益，也逃之夭夭，不知去向。思绾据住城池，募集城中少年，得四千余人，缮城隍，葺楼堞，才经十日，守具皆备。王景崇不知声讨，反讽凤翔吏民上表，请令自己知军府事。正是：

功业未成先跋扈，嫌疑才启即猖狂。

欲知汉廷如何处置，容至下回说明。

汉主刘知远杀张琏而赦杜重威，赏罚不明，无逾于此。琏不过一虏将耳。既已请降，抚之可也，纵之亦可也；诱使降顺，突令处斩，是为不信，是为不仁。重威引虏亡晋，罪已难逃；况复叛复靡常，负恶益甚，不杀果胡为者？彼侯益、赵匡赞之忽叛忽服，亦无非藐视汉威，同儿戏耳。迨知远已殂，始由苏逢吉等捏称遗诏，捕诛重威。所颁诏文，实是无端架诬，不足为重威罪。罪可杀而杀非其道，犹之失刑也。前过宽，后过暴，何怪三叛之又复连兵乎。

第四十二回

智郭威抵掌谈兵　勇刘词从容破敌

却说王景崇暗讽吏民，代求节钺。汉主承佑，与群臣会议，都料是景崇诡计，不肯允行，别徙邠州节度使王守恩，为永兴节度使；陕州节度使赵晖，为凤翔节度使；调景崇为邠州留后，令即赴镇。景崇迁延观望，不肯遽行。那时又突出一个叛臣，竟勾通永兴、凤翔两镇，谋据中原。这人为谁？就是河中节度使李守贞。守贞为三叛之首，故特提一笔。

守贞与重威为故交，重威诛死，也未免兔死狐悲。默思汉室新造，嗣君才立，朝中执政，统是后进，没一个可与比伦；不若乘时图变，倒可转祸为福。遂潜纳亡命，暗养死士，治城堑，缮甲兵，昼夜不息。参军赵修己，颇通术数。守贞召与密议，修己谓时命不可妄动，再三劝阻。守贞半信半疑。修己辞职归田，忽有游僧总伦，入谒守贞，托言望气前来，称守贞为真主。守贞大喜，尊为国师，日思发难。一日召集将佐，置酒大会，畅饮了好几杯。起座取弓，遥指一虎舐掌图，顾语将佐道："我将来若得大福，当射中虎舌。"说着，即张弓搭箭，向图射去，"飕"的一声，好似箭镞生眼，不偏不倚，正在虎舌中插住。将佐同声喝采，统离座拜贺。守贞益觉自豪，与将佐入席再饮，抵掌而谈，自鸣得意。将佐乐得面谀，益令守贞手舞足蹈，乐不可支。饮至夜静更阑，方才散席。

未几有使人自长安来，递上文书。经守贞启视，乃是赵思绾的劝进表，不由得心花怒开。使人复献上御衣，光辉灿烂，藻锦氤氲。守贞到了此时，是喜欢极了，略问来使数语，令左右厚礼款待，阅数日才命归报，结作爪牙。自是反谋益决，妄言天人相应，僭号秦王。遣使册思绾为节度使，令仍称永兴军为晋昌军。

同州节度使张彦威，因与河中相近，诇知守贞所为，时常戒备，且密表请师。汉廷派滑州指挥使罗金山，率领部曲，助戍同州。因此守贞起事，同州得以无恐。守贞遣骁将王继勋，出兵据潼关。军报驰入大梁，汉主乃命澶州节度使郭从义，充永兴军行营都部署，与客省使王峻，率兵讨赵思绾，邠州节度使白文珂，为河中行营都部署，率兵讨李守贞。继复派出夔州指挥使尚洪迁，为永兴行营都虞侯；阆州防御使刘词，为河中行营都虞侯。

各军同时西行，独尚洪迁恃勇前驱，趋至长安城下。赵思绾正养足锐气，专待官军对仗，遥望洪迁前来，立即麾众杀出，与洪迁交锋。洪迁尚未列阵，思绾已经杀到，主客异形，劳逸异势，就使洪迁骁悍过人，至此亦旗靡辙乱，禁遏不住。勉强招架，终究是不能支撑。看看士卒多伤，便麾兵先退，自率亲军断后，且战且行。思绾力追不舍，恼动了洪迁血性，拼死力斗，才把思绾击退。但洪迁身上，已受了数十创，回至大营，呕血不止，过了一宵，便即捐生。写洪迁阵亡情状，又另是一种写法。

郭从义、王峻二人因洪迁战死，未免畏缩，敛兵不进。峻与从义，又两不相容，越觉得你推我诿，延宕不前。汉廷再遣泽潞节度使常恩，领兵援应，可巧郭从义也分兵往迎，两下会师，总算克复了一座潼关，由常恩屯兵守着。河中行营都部署白文珂，逗留同州，未尝进兵。新授凤翔节度使赵晖，到了咸阳，部署兵士，一时也不能急进。汉主承祐，颇以为忧，特派枢密使郭威为西面军前招谕安抚使，所有河中、永兴、凤翔诸军，悉归郭威节制。

威奉命将行，先诣太师冯道处问策。冯道徐语道："守贞宿将，自谓功高望重，必能约束士卒，令他归附。公去后，若勿爱官物，尽赐兵吏，势必众情倾向，无不乐从，守贞自无能为了！"威谢教即行，承制传檄，调集各道兵马，前来会师。并促令白文珂趋河中，赵晖趋凤翔。晖已探得王景崇降蜀，并通李守贞，连表奏闻，有诏命郭威兼讨景崇。威乃与诸将会议军情，熟权缓急。诸将拟先攻长安、凤翔。时华州节度使扈彦珂，亦奉调从军，独在旁献议道："今三叛连兵，推守贞为主，守贞灭亡，两镇自然胆落，一战可下了。古人有言，'擒贼先擒王'，不取首逆，先攻王、赵，已属非计。况河中路近，长安、凤翔皆路远，攻远舍近，倘王、赵拒我前锋，守贞袭我后路，岂非是一危道么！"诚然！诚然！威待他说毕，连声称善，乃决分三道攻河中，白文珂及刘词自同州进，常恩自潼关进、自率部众从陕州进。沿途所经，与士卒同甘苦，小功必赏，微过不责；士卒有疾，辄亲自抚视；属吏无论贤愚，有所陈请，均和颜悦色，虚心听从。虽由冯道处得来秘诀，但亦能得法意外。因此人人喜跃，个个欢腾。

守贞初闻郭威统兵，毫不在意，且因禁军尝从麾下，曾受恩施，若一到城下，可坐待倒戈，不战自服。哪知三路汉兵，陆续趋集，统是扬旗伐鼓，耀武扬威。郭威所带的随军，尤觉得气盛无前，野心勃勃。当下已有三分惧色，凭城俯瞩，见有认识军将，便呼与叙旧。未曾发言，已听得一片哗声，统叫自己为叛贼，几乎无地自容。转思木已成舟，悔恨无益，只得提起精神，督众拒守。郭威竖栅城西，白文珂竖栅河西，常恩竖栅城南。威见恩立营不整，又见他无将领才，遣令归镇，自分兵驻扎南城。诸将竞请急攻，威摇首道："守贞系前朝宿将，健斗好施，屡立战功，况城临大河，楼堞完固，万难急拔。且彼据高临下，势若建瓴，我军仰首攻城，非常危险，譬如驱士卒投汤火，九死一生。有何益处？从来勇有盛衰，攻有缓急；时有可否，事有后先。不若且设长围，以守为战，使他飞走路绝。我洗兵牧马，坐食转饷，温饱有余，城中乏食，公私皆竭。然后设梯冲，飞书檄，且攻且抚。我料城中将士，志在逃生，父子且不相保，况乌合之众呢！”一番大议论，确有特见。诸将道：“长安、凤翔，与守贞联结，必来相救。倘或内外夹攻，如何是好？”威微笑道：“尽可放心，思绾、景崇徒凭血气，不识军谋。况有郭从义等在长安，赵晖往凤翔，已足牵制两人。不必再虑了！”成算在胸。乃发诸州民夫二万余人，使白文珂督领，四面掘长壕，筑连垒，列队伍，环城围住。越数日，见城上守兵，尚无变志，威又语诸将道：“守贞前畏高祖，不敢嚣张。今见我辈崛起太原，事功未著，有轻我心，故敢造反。我正宜守静示弱，慢慢儿地制伏呢。”遂命将吏偃旗息鼓，闭垒不出。但沿河遍设火铺，延长至数十里，命部兵更番巡守。又遣水军舣舟河滨，日夕防备，水陆扼住。遇有间谍，无不捕获，于是守贞计无所出，只有驱兵突围一法。偏郭威早已料着，但遇守兵出来，便命各军截击，不使一人一骑，突过长围。所以守贞兵士，屡出屡败，屡败屡还。守贞又遣使赍着蜡书，分头求救。南求唐、西求蜀、北求辽，均被汉营逻卒，掩捕而去。城中益穷蹙无计，渐渐地粮食将尽，不能久持，急得守贞日蹙愁眉，窘急万状。国师总伦，时常在侧，守贞当然加诘。总伦道：“大王当为天子，人不能夺，惟现在分野有灾，须待磨灭将尽。单剩得一人一骑，方是大王鹊起的时光哩。”真是呆话。守贞尚以为然，待遇如初。利令智昏，一至于此。

王景崇据住凤翔，既与守贞勾通，受他封爵，便杀死侯益家属七十余人，只有一子仁矩，曾为天平行事司马，在外得免。仁矩子延广，尚在襁褓，乳母刘氏，易以己子，抱延广潜逃，乞食至大梁。狡如侯益，不期得此乳母。侯益大恸，哀请朝廷诛叛复仇。汉主传诏军前，促攻凤翔。

赵晖时已进攻，与景崇相持。忽闻蜀兵来援景崇，已至散关，当即派遣都监李彦从，潜师袭击，杀退蜀兵。且乘势夺取凤翔西关。景崇退守大城，晖屡用羸兵诱战，不见景崇出师。乃别设一计，暗令千余人绕出南山，伪效蜀装，张着蜀旗，从南山趋下。又命围城军士，佯作慌张，哗称蜀兵大至。景崇本已遣子德让，诣蜀乞援，眼巴巴地望着好音，一闻蜀兵到来，还辨什么真假，即派兵数千往迎。出城未及里许，蓦闻号炮声响，晖军四面攒集，把数千凤翔兵围住。凤翔兵士，方知中伏，可怜进退无路，统被晖军杀尽。晖颇能军。景崇闻报，徒落得垂头丧气，懊悔不及，自是不敢轻出。

那蜀主孟昶果遣山南西道节度使安思谦，率兵救凤翔，另派雄武节度使韩保贞，引兵出汧阳，牵制汉军。景崇子德让，先行入报，景崇才令部将李彦舜等，出迓蜀兵。赵晖得蜀兵来信，亟分兵遏守宝鸡。蜀将申贵，为思谦前驱，用诱敌计来诱汉兵。汉兵已入宝鸡城内，见蜀兵稀少，出城追赶，遇伏败还。不意城内已被蜀兵掩入，竟将宝鸡夺去。幸赵晖先事预防，恐宝鸡戍兵，不足敌蜀，更派精兵五千人援应，途中遇着败军，两下会合，复将宝鸡夺还。思谦引军至渭水，经申贵还报，始知先胜后挫。再欲进攻，因探得宝鸡有备，料一时不能攻下，遂语大众道："敌势尚强，我军粮少，未便与他久持。不若暂退，再作后图。"实是怯懦。乃退屯凤州，寻归兴元。

王景崇闻蜀兵退归，再遣使向蜀告急，蜀臣多不愿发兵。经景崇再三表请，始由蜀主下令，仍命安思谦出援。思谦请先运粮四十万斛，方可出境。蜀主太息道："思谦未曾出兵，先来索粮，意已可知，岂肯为朕进取？朕且拨粮颁给，看他愿出兵否？”乃发兴州、兴元米数万斛，交与思谦。思谦始自兴元出凤州，再由凤州进散关，另派部将申贵、高彦俦等，击破汉箭筈、安都诸寨。宝鸡戍卒，出截玉女津，也为蜀兵所败，仍然退归。思谦进驻模壁，韩保贞也出新关，同至陇州会齐，将攻宝鸡。赵晖再欲分军接应，因怕势分力弱，反为景崇所乘，乃饬宝鸡兵吏，严守城池，不得妄动。一面移文至河中，向郭威乞师。

威正欲破灭李守贞，适值南唐起兵，来援河中，不得不分师邀击，暂缓攻城。守贞幕下，有游客二人，一是狂士舒元，一是道士杨讷。二人见守贞围困，特扮作平民，出城南向，求救唐廷。舒元易姓为“朱”，杨讷易姓名为“李平”，好容易混出重围，奔至金陵，吁请救急。唐主璟犹豫未决，谏议大夫查文徽、兵部侍郎魏岑，怂恿唐主出师。唐主因命北面行营招讨使李金全出救河中，以清淮节度使刘彦贞为副，文徽为监军使，岑为沿淮巡检使，相偕俱出，同至沂州。

金全令部众暂憩，遣探骑侦察汉营，再定行止。探骑去了多时，至午未回，营中已备好午餐，一齐会食。那探骑入帐通报道：“距此地十数里外，有一长涧，涧北有汉兵驻守，不过数百人，且甚羸弱，请急击勿失！”金全不待说毕，厉声叱退，仍然安坐食饭。诸将莫名其妙，待至大众食毕，都至金全面前，请即出战。金全又厉声道：“敢言出战者斩！”两层写来，事奇笔亦奇。诸将默然退出，免不得交头接耳，私谤金全。待至夕阳西下，暮色苍黄，金全又下令道：“营内队伍，须要整齐，各军器械，不得抛离。大家守住营门，毋得妄动，违令立斩！”又作一层疑案。诸将越加疑心，但军令如山，不敢不遵，只好依言备办。

蓦听得鼓声大震，四面八方，有兵掩至，统到营门前呐喊，几不知有多少人马。金全营内，但守住营垒，无人出战，那来兵喧嚷多时，恰也不闻进攻，四散而去。到了起更，已寂静无声，方奉金全命令，造饭会食。

金全问诸将道："汝等试想，午后可出战么？"诸将始齐声道："大帅料敌如神，幸免危祸，但究竟从何料着？"金全微笑道："兵法有言，'知己知彼，百战不殆'。汉帅系是郭威，号称能军，难道我军远来，彼尚未能侦悉么？涧北设着羸兵，明明是诱我过涧，堕他伏中。我军至暮不出，伏兵无用，当然前来鼓噪，乱我军心。待见我壁垒森严，无隙可乘，不得已知难而退，明眼人何难预料呢！"诸将方才拜服。

金全一驻数日，复探得汉垒严密，料知河中必危，便语诸将道："郭威为帅，守贞断难幸免。我等进援，有损无益，不如退师为是。"查文徽、魏岑等，前时乘兴而来，至此也兴尽欲返，即拔营退驻海州。且遣使入奏唐主，详陈一切情形。唐主复贻汉书，婉谢前失，请仍通商旅，并乞赦李守贞。

汉廷置诸不答，但闻赵晖情急，饬郭威设法往援。威计却唐兵，亲督兵往援赵晖，行抵华州，接晖来文，谓蜀兵食尽退去，因即折回。途次过了残腊，便是乾祐二年。白文珂闻郭威将至，引兵往迎，河中行营，只留都指挥使刘词，主持一切。

先是郭威西行，曾戒白文珂、刘词道："贼不能突围，迟早难逃我手；若彼突出，我等且功败垂成。成败关键，全在此举。我看贼中骁锐，尽在城西，我去必来突围。汝等须要严防，切切毋忽！"白文珂、刘词两人，依着威言，日夕注意，守兵也不敢出来。到了文珂迎威，城中已经探悉，潜遣人夜缒出城，沽酒村墅，任人赊欠。逻骑多半嗜酒，见了这杯中物，不禁垂涎，况又是不需现钱，乐得畅饮数杯。你也饮、我也饮，饮得酩酊大醉，统向营中睡熟，不复巡逻。杯中物误人甚大，故酒色财气中列为第一。刘词恰也小心，惟这一着未尝预防，险些儿堕他狡计。

一夕已经三鼓，词觉有倦意，和衣假寐，正要朦胧睡去。忽闻栅外有鼓噪声，歘然惊起，趋出寝所，向外一望，已是火势炎炎，光明如昼。部兵东张西望，不知所为。词故意镇定，绝不变色，且下令道："区区小盗，怕他什么！"遂率众堵御，冒烟而出。客省使阎晋卿道："贼甲皆黄，为火所照，容易辨认。惟众无斗志，颇觉可忧！"裨将李韬朗声道："无事食君禄，有急可不死斗么？我愿当先，诸将士快随我来！"说至此，即援槊先进，大众也趁势随上。俗语说得好，一夫拼命，万夫莫当，况经李韬一言，激动众愤，就使火势燎原，一些儿没有怕惧，只管向前奋击。河中兵相率辟易，为首骁将王继勋，勇敢善斗，至此也杀得大败，身受重伤，逃入城中。手下剩得百余骑，踉跄随回，余众皆死。

刘词方收军入栅，扑灭余火，夤夜修补，次日仍壁垒一新。待郭威到来，词出迎马首，向威请罪。威欣然道："我正愁此一着，非兄健斗，几为虏笑。今幸破贼，贼技已穷，可无他虑了。"至入栅后，厚赏刘词及李韬，将士等亦各给财帛。惟严申酒禁，非俟破城犒宴，不准私饮。爱将李审，首犯军令，饮酒少许，威察得情迹，召审入诘道："汝为我帐下亲将，敢违我令，若非加刑，何以示众！"遂喝令左右，推审出辕，斩首示众。小子有诗赞道：

用威用爱两无私，便是诸军用命时。
莫怪将来成帝业，尧山兵法本来奇。

李审就诛，全营股栗。嗣是令出必行，成功就在目前了。欲知河中克复情形，请看官续阅下回。

三叛连兵，首发难者为赵思绾，继以李守贞、王景崇，似乎思绾之罪为最大，而守贞次之，景崇又次之。实则不然，守贞背晋降虏，罪与杜重威相同，倘有明王，早已不赦。乃幸得免死，仍予旌节，复敢效重威故智，再生叛乱，罪恶至此，死有余辜。景崇受命讨叛，反自为叛，《春秋》之戮，宁能后诸！赵思绾一狂暴徒耳，若非守贞、景崇之为逆，一将平之足矣。故本回叙事，于河中为最详，次凤翔，次长安。而于郭威之首攻河中，赵晖之分攻凤翔，亦具有褒词，一褒一贬，笔下固自有阳秋也。

第四十三回

覆叛巢智全符氏女　投火窟悔拒汉家军

却说河中叛帅李守贞，被围逾年，城中粮食已尽，十死五六，眼见是把守不住。左思右想，除突围外无他策。乃出敢死士五千余人，分作五路，突攻长围的西北隅。郭威遣都监吴虔裕，引兵横击，把河中兵扫将过去，五路俱纷纷败走，多半伤亡。越数日又有守兵出来突围，陷入伏中，统将魏延朗、郑宾，俱为汉兵所擒。威不加杀戮，好言抚慰。魏、郑二人，大喜投诚，因即令他作书，射入城中，招谕副使周光逊，及骁将王继勋、聂知遇。光逊等知不可为，亦率千余人出降。嗣是城中将士，陆续出来，统向汉营归命。郭威乃下令各军，分道进攻，各军闻命，当然踊跃争先，巴不得一鼓就下。怎奈城高堑阔，一时尚攻它不进，因此一攻一守，又迁延了一两月。想是守贞命数中，尚有一两月可延。

可巧郭从义、王峻，报称赵思绾已有降意，惟此人不除，终为后患，应该如何处置，听命发落。郭威令他便宜行事。于是首先发难的赵思绾，也首先伏诛。思绾为郭从义、王峻所围，苦守经年，曾遣子怀义，诣蜀乞援。蜀兵尚未能到河中，怎能入援长安？援绝犹可，最苦粮空。思绾本喜食人肝，尝亲自持刀，剖肝作脍，脍已食尽，人尚未死。又好取人胆作下酒物，且饮且语道："吞人胆至一千，便胆气无敌了。"至城中食尽，即掠妇女、幼稚，充作军粮。糜肉饲兵，自己吞食肝胆，权代饭餐。有时且用人犒军，计数分给，如屠羊豕一般。可怜城中冤气冲天，镇日里笼着黑雾，不论晴雨，统是这般。郭从义乃使人诱降。

先是思绾少时，求为左骁卫上将军李肃仆从，肃适致仕，谢绝不纳。肃妻张氏，系梁、晋两朝元老张全义女，具有远识，特问肃何故不纳思绾。肃慨然道："是人目乱语诞，他日必为叛贼！"张氏道："妾意亦然。但君今拒绝，他必挟恨无穷，一旦逞志，必遭报复，我家恐无遗类。不若厚赠金帛，遣令图生！"肃如言召入思绾，馈赠多金，思绾拜谢而去。

后来入据长安，正值李肃闲居城中，思绾即往谒见，拜伏如故。肃惊起避席，禁不住思绾勇力，将肃捺入座中，定要肃完全受拜，且尊呼肃为恩公。肃勉强敷衍，心中委实难过，及思绾退出，急入语张夫人道："我说此人必叛，今果闯乱，复来见我，我且受污，奈何！"张氏道："何不劝他归国！"肃又道："他已势成骑虎，怎肯遽下！我若劝他，反惹他疑心，自招屠戮了。"张氏道："长安虽固，料他必不能久据。他若舍此而去，不必说了，否则官军来攻，总有危急这一日，那时容易进言，自无他患。"肃也以为然，暂且纾忧。

思绾屡遣人送奉珍馐，加以裘帛。肃不好峻拒，又不便接受，百端为难。自思将来多凶少吉，不如图个自尽，免致株连。因觅得毒药，即欲服下。亏得张氏预先觉察，将药夺去，始得免死。及长安围急，日食人肉，张氏复语肃道："今日正可入府劝降。幸勿再延！"相时知机，好一个贤智妇人。肃乃往见思绾，思绾倒履相迎，推肃上坐，便开口问道："恩公前来，想是怜念思绾，设法解围，愿乞明教！"肃答道："公本与国家无嫌，不过因惧罪起见，据城固守。今国家三道用兵，均未成功，公若乘此变计，幡然归顺，料朝廷必然喜悦，保公富贵，为二镇劝。公试自思，坐而待毙，亦何若出而全身呢？"

思绾道："倘朝廷不容我归顺，岂不是欲巧反拙！"肃又道："这可无虑，包管在我手中。我虽致仕，朝廷未尝不知。若由公表明诚意，再附我一疏，为公洗释前愆，当无有不允了！"

思绾尚未能决，判官程让能，正受郭从义密书，有意出降，乘着李肃进言时，也即入劝，熟陈祸福。思绾乃即令让能起草，撰成二表，一表是由肃出名，一表是思绾出名，遣使诣阙。待过旬余，得去使返报，知朝廷已允赦宥，且调任他镇。思绾大喜。未几即有诏敕颁到行营，授思绾检校太保，调任华州留后。当由郭从义传入城中，令思绾出城受诏，思绾释甲出城，拜受朝命，遂与郭从义面约行期，指日往华州任事。从义允诺，许令还城整装，惟派兵随入，守住南门。思绾迟留未发，托言行装未整，改易行期，至再至三。从义乃与王峻商议道："狼子野心，终不可用。不如早除，杜绝后患！"王峻不甚赞成，但言须禀命郭威。便是两不相容之故。

从义因遣人至河中行营，请除思绾。既得威诺，即与王峻按辔入城，陈列步骑，直至府署。遣人召思绾出署道："太保登途，不遑出饯，请就此对饮一杯，便申别意。"思绾不得不从，一出署门，便被从义一声暗号，麾动军士，将他拿下。并入署搜捕家属，及都指挥常彦卿，一并牵至市曹，枭首示众。且籍没思绾家赀，得二十余万贯，一半入库，一半赈饥。城中丁口，旧有十余万，至是仅遗万人。从义延入李肃，请他主持赈务，肃自然出办，两日即尽。入府销差，归家与张夫人说明，一对老夫妻，才得高枕无忧，白头偕老了。应该向闺中道谢。

思绾伏法，郭威免得兼顾，日夕督兵攻城，冲入外郭。李守贞收拾余众，退保内城，诸将请乘胜急攻，威说道："鸟穷犹啄，况一军呢！今日大功将成，譬如涸水取鱼，不必性急了。"守贞知己必死，在衙署中多积薪刍，为自焚计。迁延数日，守将已开城迎降，有人报知守贞，守贞忙纵火焚薪，举家投入火中。说时迟，那时快，官军已驰入府衙，用水沃火，应手扑灭。守贞与妻及子崇勋，已经焚死。尚有数子、二女，但触烟倒地，未曾毙命。官军已检出尸骸，枭守贞首，并取将死未死的子女，献至郭威马前。

威查验守贞家属，尚缺逆子崇训一人，再命军士入府搜拿。府署外厅已毁，独内室岿然仅存。军士驰入室中，但见积尸累累，也不知谁为崇训。惟堂上坐一华妆命妇，丰采自若，绝不慌张。大众疑是木偶，趋近谛视，但听该妇呵声道："休来！休来！郭公与我父旧交，汝等怎得犯我！"好大胆识。军士更不知为何人，但因她词庄色厉，未敢上前锁拿，只好退出府门，报知郭威。威亦惊诧起来，便下马入府，亲自验明。那妇见郭威进来，方下堂相迎，亭亭下拜。威略有三分认识，又一时记忆不清，当即问明姓氏。及该妇从容说出，方且惊且喜道："汝是我世侄女，如何叫汝受累呢！我当送汝回母家。"该妇反凄然道："叛臣家属，难缓一死。蒙公盛德，贷及微躯，感恩何似！但侄女误适孽门，与叛子崇训结褵有年，崇训已经自杀，可否令侄女棺殓，作为永诀！得承曲允，来生当誓为犬马，再报隆恩！"威见该妇情状可怜，不禁心折，便令指出崇训尸首，由随军代为殓埋。该妇送丧尽哀，然后向威拜谢，辞归母家。威拨兵护送，不消细叙。惟该妇究为何人？她自说与崇训结褵，明明是崇训妻室。惟她的母家，却在兖州，兖州即泰宁军，节度使魏国公符彦卿，就是该妇的父亲。画龙点睛。

先是守贞有异志，尝觅术士卜问休咎。有一术士能听声推数，判断吉凶。守贞召出全眷，各令出声。术士听一个，评一个，统不与寻常套话。挨到崇训妻符氏发言，不禁瞿然道："后当大贵，必母仪天下！"术士既知吉凶，如何专推符氏，不言守贞全家之多凶。守贞果信术士言，何不转诘崇训之可否为帝。史家所载，往往类此，本编亦依史演述云尔。守贞闻言，益觉自夸道："我媳且为天下母，我取天下，当然成功，何必再加疑虑呢！"于是决计造反。

及城破后，守贞葬身火窟。崇训独不随往，先杀家人，继欲手刃符氏。符氏走匿隐处，用帷自蔽，令崇训无从寻觅。崇训惶遽自杀，符氏乃得脱身，东归兖州。符彦卿贻书谢威，且因威有再生恩，愿令女拜威为父，威也不推辞，复称如约。惟女母对此嫠雏，说她夫家灭亡，孑身仅存，无非是神明佑护，不如削发为尼，做一个禅门弟子，聊尽天年。符氏独摇首道："死生乃是天命，无故毁形祝发，真是何苦呢？"还要去做皇后，怎肯为尼。后来再嫁周世宗，果如术士所言，这且待后再表。

且说郭威攻克河中，检阅守贞文书，所有往来信札，或与朝臣勾结，或与藩镇交通，彼此统指斥朝廷，语多悖逆。威欲援为证据，一并奏闻。秘书郎王溥进谏道："魑魅乘夜争出，见日自消，愿一概付火，俾安反侧！"保全甚多。威闻言称善，乃将河中所留文牍，尽行焚去。当即驰书奏捷。召赵修己为幕宾，掌管天文。四面搜缉伪丞相靖崎、孙愿，伪枢密使刘芮，伪国师总伦等犯，与守贞子女，分入囚车，派将士押送阙下。

汉主承祐，御明德楼，受俘馘，宣露布，百官称贺。礼毕，即命将罪犯徇行都城，悬守贞首于南市，诛各犯于西市。二叛既平，但有凤翔一城，朝夕可下。朝旨令郭威还朝，留扈彦珂镇守河中，所有华州一缺，即命刘词补任。授郭从义为永安节度使，兼加同平章事职衔。此外立功将士，封赏有差。

郭威奉诏还都。入阙朝见，汉主承佑，令威升阶，面加慰劳，亲酌御酒赐威，威跪饮尽卮，叩首谢恩。汉主又命左右取出赏物，如金帛、衣服、玉带、鞍马等类，一一备具。威复拜辞道："臣受命期年，只克一城，何功足录！且臣统兵在外，凡镇安京师，拨运军食，统由诸大臣居中调度，使臣得灭叛诛凶，臣怎敢独膺此赐？请分赏朝廷诸大臣！”汉主承佑道：“朕亦知诸大臣功勋，当有后命。此物但足赏卿，卿毋固辞！”威乃拜辞而出。翌晨，威复入朝，汉主拟使威兼领方镇，威又拜辞道：“杨邠位在臣上，未受茅土，臣何敢当此！且臣尝蒙陛下厚恩，忝居枢密，帷幄参谋，不能与将帅同例。史弘肇为开国功臣，夙总武事，所以兼领藩封，臣万不敢受！”汉主乃上威检校太师，兼职侍中，且加赐史弘肇、苏逢吉、苏禹珪、窦贞固、杨邠等兼职，与威略同。惟中书侍郎李涛，已早罢相，不得与赐。汉主尚欲特别赏威，威一再叩谢道：“运筹建画，出自庙堂；发兵馈粮，出自藩镇；暴露战斗，出自将士；今功独归臣，再三加赏，反足使臣折福。愿匄余生为陛下效力，嗣有他功，再当领赏便了！”差不多似三揖三让。汉主方才罢议。

嗣因受赐诸臣，谓恩赏只及亲近，不录外藩，未免重内轻外。于是再议加恩，加天雄节度使高行周为太师，山南东道节度使安审琦为太傅，泰宁即上文兖州。节度使符彦卿为太保，河看官览这诰文，应知刘赟是知远养子，并非亲生。究竟他生父为谁？就是河东节度使刘崇兼中书令；忠武节度使刘信，天平节度使慕容彦超，平卢节度使刘铢并兼侍中；朔方节度使冯晖，夏州节度使李彝殷，并兼中书令；义武节度使孙方简，武宁节度使刘赟并加同平章事。他如镇州节度使武行德，凤翔节度使赵晖等，也各加封爵，不胜殚述。

赵晖围攻凤翔，已历年余。闻河中、长安依次平定，独凤翔不下，功落人后，免不得焦急异常。遂督部众努力进攻，期在必克。王景崇困守危城，也害得智穷力竭，食尽势孤。幕客周璨，入语景崇道：“公前与河中、长安，互为表里，所以坚守至今。今二镇皆平，公将何恃？蜀儿万不可靠，不如降顺汉室，尚足全生。”景崇道：“我一时失策，累及君等，虽悔难追！君劝我出降，计亦甚是。但城破必死，出降亦未必不死，君独不闻赵思绾么？”瓖知不可劝，退出署外。

越数日外攻益急。景崇登陴四望，见赵晖跨马往来，亲冒矢石，所有将士，无不效命。城北一隅，攻扑更是利害，不由得俯首长吁，猛然间得了一计。立即下城，召语亲将公孙辇、张思练道：“我看赵晖精兵，多在城北。来日五鼓，汝二人可毁城东门，诈意示降，勿令寇入。我当与周瓖带领牙兵，突出北门，攻击晖军。幸而得胜，或守或去，再作良图。万一失败，也不过一死，较诸束手待毙，似更胜一筹了。”两将唯唯听命，景崇又与周瓖约定，诘旦始发，是时准备停当，专待天明。

既而城楼谯鼓，已打五更，公孙辇、张思练两人，行至东门，即令随兵纵起火来。周瓖也到了府署，恭候景崇出门。不意府署中忽然火起，烧得烟焰冲天，不可向迩。瓖急召牙兵救火，待至扑灭，署内已毁去一半，四面壁立，独有景崇居室，一些儿没有遗留。眼见是景崇全家，随从那祝融回禄，同往南方去了。辇与思练，正派弁目来约景崇，突然见府舍成墟，大惊失色，急忙返报。急得两将没法，只好弄假成真，毁门出降。周瓖早有降意，当然随降赵晖。晖引兵入城，检出景崇烬骨，折作数段。当即晓谕大众，禁止侵掠。立遣部吏报捷大梁。汉廷更有一番赏赐，无容细表，于是三叛俱亡。

当时另有一位大员，也坐罪屠戮。看官欲问他姓名，就是太子太傅李崧。李崧受祸的原因，与三叛不同。从前刘氏入汴，崧北去未归，所有都中宅舍，由刘知远赐给苏逢吉。逢吉既得崧第，凡宅中宿藏，及洛阳别业，悉数占有。至崧得还都，虽受命为太子太傅，仍不得给还家产。自知形迹孤危，不敢生怨，又因宅券尚存，出献逢吉。马屁拍错了。逢吉不好面斥，强颜接受。入语家人道："此宅出自特赐，何用李崧献券！难道还想卖情么?"从此与崧有嫌。崧弟屿嗜酒无识，尝与逢吉子弟往来，酒后忘情，每怨逢吉夺他居第。逢吉闻言，衔恨益深。

翰林学士陶穀，先为崧所引用，至此却阿附逢吉，时有谤言。可巧三叛连兵，都城震动，史弘肇巡逻都中，遇有罪人，不问情迹轻重，一股脑儿置入叛案，悉数加诛。李屿仆夫葛延遇，逋负失偿，被屿杖责，积成怨隙。遂与逢吉仆李澄，同谋告变，诬屿谋叛。结怨小人，祸至灭家。但陶穀文士，以怨报德，遑论一仆！逢吉得延遇诉状，正好乘隙报怨，遂将原状递交史弘肇。且遣吏召崧至第，从容语及葛延遇事，佯为叹息。崧还道是好人，愿以幼女为托。逢吉又假意允许，不使归家，即命家人送崧入狱。

崧才识逢吉刁狡，且悔且忿道："从古以来，没有一国不亡，一人不死。我死了便休，何用这般倾陷呢！"及为吏所鞫，屿先入对簿，断断辩论。崧上堂闻声，顾语屿道："任汝舌吐莲花，也是无益。当道权豪，硬要灭我家族，毋庸哓哓了！"屿乃自诬伏罪，但说与兄弟僮仆二十人，同谋作乱，又遣人结李守贞，并召辽兵。逢吉得了供词，复改二十字为五十字，有诏诛崧及屿，兼戮亲属，无论少长，悉斩东市；葛延遇、李澄，反得受赏。都人士统为崧呼冤。小子有诗叹道：

遭谗诬伏愿拼生，死等鸿毛已太轻。
同是身亡兼族灭，何如殉晋尚留名！

欲知后事如何，且至下回续叙。

永兴围城中，有一李肃妻张氏，河中叛眷内，有一李崇训妻符氏，本回特别叙明。于军马倥偬之际，独显出两个女豪，尤足使全回生色。惟张氏以智全夫，且令叛贼出降，长安得以戡定，为家为国，共得保安，七尺须眉，对之具有愧色矣。符氏胆识过人，智不在张氏下。但夫死不嫁，礼有明文，女母令削发为尼，实欲为女保全贞节。符氏乃不从母言，志在再醮。虽其后果为国母，而绳以礼律，毋乃犹有遗憾欤！若夫三叛之亡，咎皆自取，而李崧族灭，不无冤诬。然试问谁与亡晋，谁与降辽，而得长享富贵耶？故苏逢吉固不得杀崧，而崧之罪实无可逭；都下称冤，其犹为一时之偏见也夫！

第四十四回

弟兄构衅湖上操戈　将相积嫌席间用武

却说汉主承祐，因三叛已平，内外无事，自然欣慰异常。除赏赐诸臣外，复加封吴越、荆南、湖南三镇帅。吴越王弘倧，秉性刚严，统军使胡进思，骄横不法，为弘倧所嫉视，密与指挥使何承训商议，谋逐进思。承训佯为定计，出与进思说明。进思即带领亲兵，夤夜叩宫，戎服入见。弘倧惊问何事，进思以下，语多狂悖，急得弘倧骇奔，跑入义和院，闭门避祸。进思反锁院门，矫传王命，诡言猝得疯痰，不能视事，可传位王弟弘俶等语。弘俶本出镇台州，当弘倧嗣立时，召入钱塘，赐居南邸，参相府事。进思既颁发伪敕，即召集文武大吏，至南邸迎谒弘俶。弘俶愕然道："能全我兄，方敢承命。否则宁避贤路，幸勿强迫！"进思拜手道："愿遵王言！"诸官吏亦俯伏称贺。弘俶乃入元帅府南厅，受册视事，徙故王弘倧至锦衣军，遣都头薛温率兵保护。且戒温道："此后有非常处分，均非我意，汝当死拒，不得相从！"温受命而去。

进思屡劝弘俶害兄，弘俶始终不从，且严防进思。何承训希承意旨，复请弘俶速诛进思。弘俶恨他反复无常，猝命左右拿下承训，推出斩首。杀得爽快。进思闻承训卖己，却也说是该杀，惟日虑弘倧报复，又捏称弘俶命令，饬薛温毒死弘倧。温抗声道："温受命时，未闻此言，不敢妄发！"进思复夜遣私党二人，逾垣突入，持刀前进。亏得弘倧日夜戒惧，闻声大呼，温急率众趋救，捉住二贼，剁毙庭中。诘旦面报弘俶，弘俶大惊道："保全我兄，全出汝力。"乃赏温金帛，仍令加意。进思无从下手，忧惧日积，猝然间疽发背上，呼号而死。命该如此。

弘俶仍奉汉正朔，奏达弘倧传位情形。汉主承佑授弘俶为东南面兵马都元帅，兼镇海、镇东等军节度使，封吴越国王。未几以平乱覃恩，加授尚书令。弘倧得弘俶优待，移居东府，优游二十年，安然告终，吴越号为"让王"。友爱家风，足矫乱世。这是后话。同时荆南节度使高从诲病殁，子保融嗣。先是汉高祖起兵太原，高从诲尝遣使劝进，一面且入贡大梁，取媚辽主。至汉已定国，从诲上表称贺，并求给郢州，未得俞允。从诲遂潜师寇郢，被刺史尹实击退。又发水军袭襄州，也为节度使安审琦所破，败归荆南。从诲两次失败，恐汉兵南讨，急向唐、蜀称臣，求他援助。时人见他东奔西走，南投北降，见利即趋，见害即避，呼他为高无赖。乾祐元年，从诲因与汉失和，北方商旅不通，境内贫乏，复上表汉廷，自陈悔过，愿修职贡。汉廷方虑三叛构兵，无暇诘责，乃派使臣宣抚荆南。既而从诲寝疾，命三子保融判内外兵马事。从诲旋殁。保融嗣知留后，告哀汉廷，汉授保融荆南节度使，同平章事。越年汉平三叛，推恩加封，命保融兼官侍中，与吴越同时颁诏。

尚有湖南节度使楚王马希广，亦得进授太尉，算是大汉隆恩。希广当然拜命，独希广兄希萼，据有朗州，也遣使至汉，表求节钺。小子于前四十回中，曾已叙明希萼为兄，希广为弟，弟承王位，兄独向隅，势不免同室操戈，想看官当已阅过。果然为时未几，即致暴裂。希广有庶弟希崇，曾为天策左司马，素性狡险。阴遗希萼书，内言"指挥使刘彦瑫等，妄称遗命，废长立少。愿兄勿为所欺"云云。希萼得书览毕，激动怒意，遂借奔丧为名，入探虚实。行至跌石，早被刘彦瑫闻知，请命希广遣都指挥使周廷诲，带着水军，往迎希萼。两下会着，由廷诲逼他释甲，然后导入。希萼见廷诲军容，不敢不屈意相从，卸甲改装，随廷诲入国城，成服丧次，留居碧湘宫。及丧葬礼毕，希萼求还。廷诲入白希广道：“王若能让位与兄，不必说了；否则为国割爱，毋使生还！”劝人杀兄，亦属非是。希广道：“我何忍杀兄，宁可分土与治。”乃厚赠希萼，遣归朗州。

希萼大为失望，还镇后即上诉汉廷，谓希广越次擅立，事出不经，臣位次居长，愿与希广各修职贡，置邸称藩。汉廷以希广已受册封，未便再封希萼，乃不允所请，但谕以兄弟一体，毋得失和，所有贡献，当附希广以闻。又别赐希广诏书，亦无非劝他友爱，弭衅息争。希广原是受命，希萼偏不肯从，募乡兵，造战舰，将与希广从事，争个你死我活。

适南汉主晟，本名弘熙，见三十二回。杀死诸弟，骄奢淫佚，特遣工部郎中钟允章，赴楚求婚，哪知希广不许，谢绝允章。允章还报，晟愤愤道：“马氏尚能经略南土否？”允章道：“马氏方启内争，怎能害我？”晟又道：“果如卿言，我正好乘隙进取了。”允章极口赞成。晟遂遣指挥使吴珣，内侍吴怀恩，率兵攻贺州。楚主希广，忙派指挥使徐知新、任廷晖，统兵往救。到了贺州城下，见城上已遍竖敌旗，惹起众愤，立刻攻城，鼓声一起，各队竞进。忽听得几声怪响，地忽裂开，前驱兵士，统坠入地下去了。令人惊讶。徐知新等忙令收军，十成中已失去四五成，且恐敌兵出击，星夜奔回，乞请济师。希广责他不肯尽力，立将徐、任二将处斩。看官听着！这徐、任二将的败衄，并非畏怯，实出鲁莽。南汉统将吴珣，陷入贺州，就在城外凿一大阱，上复竹箔，附以土泥。复从堑中穿穴达阱，设着机轴，专待禁军来攻。若徐、任等能小心查察，当可免祸，误在麾兵轻进，徒然把前驱士卒，送死阱中。罪固难贷，情尚可原。希广当日，何妨令他戴罪立功，乃骤加显戮，伤将士心，如何能御敌固防呢！评断精确。南汉兵转攻昭、桂、连、宜、严、梧、蒙诸州，多半被陷，大掠而去。希萼乘势发兵，督领战舰七百艘，将攻长沙。妻苑氏进阻道："兄弟相攻，无论胜负，俱为人笑，不如勿行！"希萼不听，引兵趋潭州。即长沙。希广闻变，召入刘彦瑫等，慨然与语道："朗州是我兄镇治，不可与争，我情愿举国让兄。"言之有理，惜为群小所误。刘彦瑫固言不可，天策学士李弘皋、邓懿文亦同声谏阻，乃命岳州刺史王赟为战棹指挥使，出拒希萼。即命刘彦瑫监军。彦瑫与赟，驶舟至仆射洲，巧值朗州战船，逆风前来。赟据住上风，麾众截击，大破朗州兵，获住战舰三百艘。复顺风追赶，将及希萼坐船，忽后面有差船到来，传希广命，说是"勿伤我兄！"既不能让国，还要戒以勿伤，真是妇人之仁。赟乃引还，希萼得从赤沙湖遁归。苑氏闻希萼败还，泣语家人道："祸将到了！我不忍见屠戮呢。"遂投井自尽。未免轻生。

静江军节度使马希瞻，系希广弟，闻两兄交争，屡次作书劝戒，各不见从，也病疽而殁。希萼因败益愤，招诱辰溆州及梅山蛮共击湖南。蛮众贪利忘义，争来赴敌，与希萼同攻益阳。希广遣指挥使陈璠往援，交战淹溪，璠竟败死。希萼又遣群蛮破迪田，杀死镇将张延嗣，希广再命指挥使黄处超赴剿，也致败亡。希萼连得胜仗，再向汉廷上表，请别置进奏务于京师。汉主承祐，仍优诏不许，惟劝他兄弟修和。希萼遂改道求援，臣事南唐。唐令楚州刺史何敬洙，将兵往助希萼，共攻希广。

希广到了此时，哪得不焦灼万分。慌忙遣使至汉，表称荆南、岭南、江南连兵，谋分湖南，乞速发兵屯澧州，扼住江南、荆南要路。汉廷并未颁发复谕，急得希广寝食不安。刘彦瑫入见希广道："朗州兵不满万，马不盈千，何足深惧！愿假臣兵万余人，战舰百五十艘，径入朗州，缚取希萼，为大王解忧。”言之不怍。希广大悦，即授彦瑫为战棹指挥使，兼朗州行营都统，亲出都门饯行。

彦瑫辞别希广，航行入朗州境，父老各赍牛酒犒军。彦瑫总道是民心趋附，定可进取。战舰既过，即用竹木自断后路，表示决心。也想学项羽之破釜沉舟耶！行次湄州，望见朗州战舰百余艘，装载州兵、蛮兵各数千，即乘风纵击，且抛掷火具，焚毁敌船。敌兵惊骇，正思返奔，忽风势倒吹，火及彦瑫战船，反致自焚，彦瑫不遑扑救，只好退走，无如后路已断，追兵又至，士卒穷蹙无路，战死溺死，不下数千人。

彦瑫单舸走免，败报传入长沙，希广忧泣终日，不知所为。或劝希广发帑犒师，鼓励将士，再行拒敌。希广素来吝啬，没奈何颁发内帑，取悦士心。或又谓希崇流言惑众，反状已明，请速诛以绝内应。希广又是不忍，潸然流涕道：“我杀我弟，如何见先王于地下。”迂腐之极。将士见希广迂懦，不免懈体。马军指挥使张晖，从间道击朗州，闻彦瑫败还，也退屯益阳。嗣因朗州将朱进忠来攻，诡词诳众道：“我率麾下绕出贼后，汝等可留城中待我，首尾夹击，不患不胜。”说着，引部众出城，竟从竹头市逃归长沙。进忠闻城中无主，驱兵急攻，遂陷益阳。守兵九千余人，尽被杀死。

希广见张晖遁归，急上加急，不得已遣僚属孟骈，赴朗州求和。希萼令骈还报道：“大义已绝。不至地下，不便相见了！”希广益惧，忽又接朗州探报，希萼自称顺天王，大举入寇。那时无法可施，只好飞使入汉，三跪九叩首的，乞请援师。汉主承佑，倒也被他感动，拟调将遣兵，往援湖南。偏值外侮猝乘，内变纷起，连自己的宗社，也要拱手让人，哪里还能顾到南方！说来又是话长，小子按年叙事，不得不依着次第，先述汉乱。界限划清，次第分明。

汉主承祐嗣位，倏经三年。起初是任用勋旧：命杨邠掌机要、郭威主征伐、史弘肇典宿卫、王章总财赋，四大臣同寅协恭，国内粗安。惟国家大事，尽在四大臣掌握，宰相苏逢吉、苏尚珪等，反若赘瘤。二苏多迁补官吏，杨邠谓虚糜国用，屡加裁抑，遂致将相生嫌，互怀猜忌。适关西乱起，纷扰不休，中书侍郎兼同平章事李涛，请调杨、郭二枢密，出任重镇，控御外侮；内政可委二苏办理。这明明是思患预防、调停将相的意思。不意杨、郭二人误会涛意，疑他联络二苏，从旁倾轧，竟入宫泣诉太后，自请留奉山陵。李太后又疑承祐喜新厌旧，面责承佑，经承祐述及涛言，益增母怒，立命罢涛政柄，勒归私第。种种误会，构成隐患。承佑欲使母生欢，更重用杨、郭、史、王四大臣，除弘肇兼官侍中外，三大臣皆加同平章事兼衔。二苏益致失权，愈抱不平。既而郭威出讨河中，朝政归三大臣主持。邠司黜陟，重武轻文，文吏升迁，多方抑制；弘肇司巡察，怙权专杀，都人犯禁，横加诛夷；章司出纳，加税增赋，聚敛苛急，不顾民生。由是吏民交怨，恨不得将三大臣同时捽去。

及三叛告平，郭威还朝，今日赐宴，明月颁赏，仿佛是四海清夷，从此无患。承祐年已浸长，性且渐骄，除视朝听政外，辄与近侍戏狎宫中。飞龙使后匡赞，茶酒使郭允明，最善谄媚，大得主宠。往往编造庾词，杂以媟语，不顾主仆名分，乱嘈嘈地聚作一堆，互相笑谑。李太后颇有所闻，常召承祐入宫，严词督责。承祐初尚遵礼，不敢发言，后来听得厌烦，竟反唇相讥道：“国事由朝廷作主，太后妇人管什么朝事！”说至此，便抢步趋出，徒惹起太后一场烦恼，他却仍往寻乐去了。太常卿张昭得知此事，上疏切谏，大旨在远小人，亲君子。承佑怎肯听受，置诸不理。

到了乾祐三年初夏，边报称辽兵入寇，横行河北，免不得召集大臣，共商战守。会议结果，是遣枢密使郭威出镇邺都，督率各道备辽。史弘肇复提出一议，谓威虽出镇，仍可兼领枢密。苏逢吉据例辩驳，弘肇愤然道：“事贵从权，岂必定援故例，况兼领枢密，方可便宜行事，使诸军畏服。汝等文臣，怎晓得疆场机变哩！”逢吉畏他凶威，不敢与较，但退朝语人道：“用内制外，方得为顺。今反用外制内，祸变不远了！”逢吉能料大局，如何不能料自身？越日有诏颁出，授郭威为邺都留守天雄军节度使，仍兼枢密使，凡河北兵甲钱谷，见威文书，不得违误。为此一诏，汉社遂墟。

是夕宰相窦贞固，为威饯行，且邀集朝贵，列座相陪。大家各敬威一樽，才行归座。弘肇见逢吉在侧，引酒满觥，故意向威厉声道：“昨日廷议，各争异同，弟应为君尽此一杯。”说毕一饮而尽。逢吉亦忍耐不住，举觞自言道：“彼此都为国事，何足介意！”杨邠亦举觞道：“我意也是如此！”是几时孟光接了梁鸿案。遂与逢吉同饮告干。郭威恰过意不下，用言解劝。弘肇又厉声道：“安朝廷，定祸乱，须恃长枪大剑，毛锥子有何用处？”王章闻言，代为不平，也插嘴道：“没有毛锥子，饷军财赋，从何而出？史公亦未免欺人了！”真是舌战，不是饯客。弘肇方才无言。

少顷席散，各怏怏归第。威于次日入朝辞行，伏阙奏请道：“太后随先帝多年，具有经验，陛下春秋方富，有事须禀训乃行。更宜亲近忠直，屏逐奸邪，善善恶恶，最宜明审！苏逢吉、杨邠、史弘肇，皆先帝旧臣，尽忠殉国，愿陛下推心委任，遇事谘询，当无失败！至若疆场戎事，臣愿竭愚诚，不负驱策，请陛下勿忧！”承祐敛容称谢。待威既北去，仍然置诸脑后，不复记忆。那三五朝贵，却暗争日烈，好似有不共戴天的大仇。

一日由王章置酒，宴集朝贵。酒至半酣，章倡为酒令，拍手为节，节误须罚酒一樽。大家都愿遵行，独史弘肇喧嚷道："我不惯行此手势令，幸毋苦我！"客省使阎晋卿，适坐弘肇肩下，便语弘肇道："史公何妨从众？如不惯此令，可先行练习，事不难为，一学便能了。"说着，即拍手相示，弘肇瞧了数拍，到也有些理会，因即应声遵令。令既举行，你也拍，我也拍。轮到弘肇，偏偏生手易错，不禁忙乱，幸由晋卿从旁指导，才免罚酒。苏逢吉冷笑道："身旁有姓阎人，自无虑罚酒了！"道言未绝，忽闻席上豁喇一声，几震得杯盘乱响。随后即闻弘肇诟骂声，大众才知席上震动，由弘肇拍案所致。好大的手势令。逢吉见弘肇变脸，慌忙闭住了口。弘肇尚不肯干休，投袂遽起，握拳相向。逢吉忙起座出走，跨马奔归。弘肇向王章索剑，定要追击逢吉，杨邠从旁泣劝道："苏公是宰相，公若加害，将置天子何地！愿公三思后行！"弘肇怒气未平，上马径去。邠恐他再追逢吉，也即上马追驰，与弘肇联镳并进，直送至弘肇第中，方才辞归。

看官试想，逢吉虽出言相嘲，也无非口头套话，并不是什么揶揄，为何弘肇动怒，竟致如此？原来弘肇籍隶郑州，系出农家，少时好勇斗狠，专喜闯祸。惟乡里有不平事，辄能扶弱锄强。酒妓阎氏，为势家所窘，经弘肇用力解决，阎氏始得脱祸。娼妓多情，以身报德，且潜出私蓄，赠与弘肇，令他投军。阎氏颇似梁红玉，可惜弘肇不及韩蕲王。弘肇投入戎伍，得为小校，遂感阎氏恩，娶为妻室。到了夫荣妻贵，相得益欢。逢吉所言，是指阎晋卿，弘肇还道是讥及爱妻，所以怒不可遏，况已挟有宿嫌，更带着三分酒意，越觉怒气上冲。还亏逢吉逃走得快，侥幸全生。逢吉遭此不测，始欲外调免祸，继且自忖道："我若出都门，只烦仇人一处分，便成齑粉了。"乃打消初意。王章亦郁郁不乐，欲求外官。还是杨邠慰留，也致迁延过去。统是出去为妙。汉主承祐探悉情形，特命宣徽使王峻，设席和解，仍然无效。小子有诗叹道：

岂真杯酒伏戈矛，攘臂都因宿忿留。
天子徒为和事老，不临死地不知休！

将相不和，内变已伏，尚有各种谗构情形，待小子下回再叙。

希广、希萼阋墙构衅，与吴越适成反比例。故吴越虽有内乱，而得免破裂，湖南一启纷争，而即促危亡，甚矣兄弟之不宜相残也！希萼凶悍，希广迂懦，刘彦瑫等喜懦惧凶，故舍长立少，庸讵知迂懦者之终难成事耶！但推原祸始，实由希范，有事或可达权，无事必宜守经，否则，未有不乱且亡者也。夫兄弟不和，家必破，将相不和，国必亡。楚以兄弟不和而破家，汉以将相不和而亡国。同时肇乱，又若不相谋而适相合。著书人读书得间，合成一回，使其两相对照，标目生新，是亦一文字中之特色也。

第四十五回

伏甲士骈诛权宦　溃御营窜死孱君

却说杨邠、史弘肇等，揽权执政，势焰薰天，就是皇帝老子，亦奈何他不得。汉主近侍，及太后亲戚，夤缘得位，多被邠等撤除。太后有故人子，求补军职，弘肇不但不允，反把他斩首示众。还有太后弟李业，充武德使，夙掌内帑，适宣徽使出缺，业密白太后，乞请升补。太后转告承祐，承祐复转语执政，邠与弘肇，俱抗声说道："内使迁补，须有次第，外戚不得超擢，紊乱旧纲！"理非不正，语亦太激。承祐入禀太后，只好作为罢论。客省使阎晋卿，依次当升宣徽使，久不得补。这是何理？枢密承旨聂文进、飞龙使后匡赞、茶酒使郭允明，皆汉主幸臣，亦始终不得迁官。平卢节度使刘铢，罢职还都，守候数月，并未调任。因此各生怨恨，渐启杀机。

承祐三年服阕，除丧听乐，赐伶人锦袍、玉带。伶人知弘肇骄横，不得不前去道谢，果然触怒弘肇，当面叱辱道："士卒守边苦战，尚未得此重赏，汝等何功，乃得此赐？"立命脱下，还贮官库。伶人固不应重赏，但亦须上疏谏阻，不得如此专横。承祐尝娶张彦成女为妃，不甚和协。嗣得一耿氏女，秀丽绝伦，大加宠信，便欲立她为后。商诸杨邠，邠谓立后太速，且从缓议。何不辨明嫡庶。偏偏红颜薄命，遽尔夭逝。速死实是幸事。累得承祐哀毁，如丧考妣，且欲用后礼殓葬。又被邠从旁阻挠，不得如愿。承祐已恨为所制，积不能平。有时与杨邠、史弘肇商议政事，承祐面谕道："事须审慎，勿使人有违言！"邠与弘肇齐声道："陛下但禁声，有臣等在，还怕何人！"骄恣极了。承祐虽不敢斥责，心中却懊恨得很。退朝后与左右谈及恨事，左右趁势进言道："邠等专恣，后必为乱，陛下如欲安枕，亟宜设法除奸！"承祐尚不能决，是夕闻作坊锻声，疑有急兵，起床危坐，达旦不寐。嗣是虑祸益深，遂欲除去权臣，为自安计。

宰相苏逢吉与弘肇有隙，屡用微言挑拨李业，使诛弘肇。业即与文进、匡赞、允明，定好密计，入白承祐，承祐令转禀太后。太后道："这事何可轻发，应与宰相等熟权利害，方可定议。"业答道："先帝在日，尝谓朝廷大事，不可谋及书生，文人怯懦，容易误人。"太后终不以为然，召入承祐，嘱他慎重。承祐愤愤道："国家重事，非闺阁所知，儿自有主张。"言已，拂衣径出。业等亦退告阎晋卿，晋卿恐谋事不成，反致及祸，急诣弘肇第求见，欲述所闻。也是弘肇恶贯已盈，适有他故，不遑见客，竟命门吏谢绝晋卿。晋卿不得已驰归。

越日天明，杨邠、史弘肇、王章入朝，甫至广政殿东庑，忽有甲士数十人驰出，拔出腰刀，先向弘肇砍去，弘肇猝不及防，竟被砍倒。杨邠、王章骇极欲奔，怎禁得甲士攒集，七手八脚，立将两人砍翻，结果又是三刀，三道冤魂，同往冥府。殿外官吏，不知何因，都惊惶得了不得，忽由聂文进趋出，宣召宰相朝臣，排班崇元殿，听读诏书。宰臣等硬着头皮，入殿候旨。文进复趋入宣诏道："杨邠、史弘肇、王章，同谋叛逆，欲危宗社，故并处斩，当与卿等同庆。"大众听诏毕，退出朝房，未敢散去。嗣由汉主承祐，亲御万岁殿，召入诸军将校，面加慰谕道："杨邠、史弘肇、王章，欺朕年幼，专权擅命，使汝等常怀忧恐。朕今除此大憝，始得为汝等主，汝等总可免横祸了！"大众皆拜谢而退。又召前任节度使、刺史等升殿，晓谕如前，大众亦无异言，陆续趋退。无如宫城诸门，尚有禁军守住，不放一人，待至日旰，始放大众出宫。大众步行归第，才知杨邠、史弘肇、王章三家，尽被屠戮，家产亦籍没无遗了。可为争权夺利者鉴。

到了次日，又闻得缇骑四出，收捕杨、史、王三人戚党，并平时仆从，随到随杀。大众都恐连坐，待至日暮无事，才得安心。侍卫步军都指挥使王殷，向与弘肇友善，此时正出屯澶州。承祐闻信李业等言，遣供奉官孟业，赍着密敕，令业弟澶州节度使李洪义，乘便杀殷。又因邺都留守郭威，素与杨、史等联络一气，也遣使赍诏，密授邺都行营马军指挥使郭崇威、步军指挥使曹威，令杀郭威及监军王峻。令两威杀一威，恐还是一威利害。

是时高行周调镇天平、符彦卿调镇平卢、慕容彦超调泰宁，俱由承祐颁敕，令与永兴节度使郭从义，同州节度使薛怀让、郑州防御使吴虔裕、陈州刺史李谷一同入朝。命宰相苏逢吉权知枢密院事，前平卢节度使刘铢，权知开封府事；侍卫马步都指挥使李洪建，权判侍卫司事；客省使阎晋卿，权充侍卫马军都指挥使。逢吉虽与弘肇有嫌，但李业等私下定谋，实是未曾预议。蓦闻此变，也觉惊心，私语同僚道："事太匆匆，倘主上有言问我，也不至这般仓皇了！"刘铢索性残忍，既任开封尹职务，便与李业合谋，为斩草除根的计划，凡郭威、王峻的家族，一律捕戮，老少无遗。李洪建本为业兄，业使他捕诛王殷家属，他却不肯逞凶，但派兵吏监守殷家，仍令照常寝食，殷家竟得平安。独殷在澶州，尚未知悉，忽有李洪义入帐，递交密诏，令殷自阅。殷览毕大惊，问从何处得来。洪义道："朝廷正遣孟业到此，嘱洪义依着密旨，加害使君。洪义与使君交好有年，怎忍下此毒手？"殷慌忙下拜道："如殷余生，尽出公赐！"又问孟业尚在否。洪义道："适与他同来，想在门外。”说至此，即出引孟业，同入见殷。殷问及朝事，略得数语，已是愦愦，便将业囚住，立派副使陈光穗，转报邺都。

郭威至邺都后，去烦除弊，严饬边将谨守疆场，不得妄动，如遇辽人寇掠，尽可坚壁清野，以逸待劳。边将相率遵令，辽人也不敢入侵，河北粗安。

一日正与宣徽使监军王峻，出城巡阅，坐论边事。忽来澶州副使陈光穗，便即延入。光穗呈上密书，由威披阅，才知京都有变，将来书藏入袖中，即引光穗回入府署。王峻尚未知底细，也即随归。威遽召入郭崇威、曹威及大小三军将校，齐集一堂，当面宣言道：“我与诸公拔除荆棘，从先帝取天下。先帝升遐，亲受顾命，与杨、史诸公弹压经营，忘寝与餐，才令国家无事。今杨、史诸公，无故遭戮，又有密诏到来，取我及监军首级。我想故人皆死，亦不愿独生，汝等可奉行诏书，断我首以报天子，庶不至相累呢！”

郭崇威等听着，不禁失色，俱涕泣答言道：“天子幼冲，此事必非圣意，定是左右小人，诬罔窃发；假使此辈得志，国家尚能治安么？末将等愿从公入朝，面自洗雪，荡涤鼠辈，廓清朝廷，万不可为单使所杀，徒受恶名！”威尚有难色，假意为之。枢密使魏仁浦进言道：“公系国家大臣，功名素著，今握强兵，据重镇，致为群小所构，此岂辞说所能自解？时事至此，怎得坐而待毙！”翰林天文赵修己亦从旁接入道：“公徒死无益，不若顺从众请，驱兵南向。天意授公，违天是不祥呢！”威意乃决，留养子荣镇守邺都。

荣本姓柴，父名守礼，系威妻兄子。天姿沉敏，为威所爱，乃令为义儿。汉命荣为贵州刺史，荣愿随义父麾下，未尝赴任，故留居邺城，任牙内都指挥使，遥领贵州。为后文入嗣周祚，故特从详。威以留守有人，遂命郭崇威为前驱，自与王峻带领部众，向南进发。道出澶州，李洪义、王殷，出郊相见，殷对威恸哭，愿举兵属威，乃率部众从威渡河。途次获得一谍，审讯姓名，叫做鸗脱，是汉宫中的小竖，受汉主命，来探邺军进止。威喜道："我正劳汝还奏阙廷。"当下命随吏属草，缮起一疏，置鸗脱衣领中，令他返奏。疏中略云：

臣威言：臣发迹寒贱，遭际圣明，既富且贵，实过平生之望，唯思报国，敢有他图！今奉诏命，忽令郭崇威等杀臣，即时俟死，而诸军不肯行刑，逼臣赴阙，令臣请罪廷前，且言致有此事，必是陛下左右谮臣耳！今鸗脱至此，天假其便，得伸臣心，三五日当及阙朝。陛下若以臣有欺天之罪，臣岂敢惜死。若实有谮臣者，乞陛下缚送军前，以快三军之意，则臣虽死无恨矣！谨托鸗脱附奏以闻。

郭威既遣还鸗脱，驱众再进。到了滑州，节度使宋延渥，本尚高祖女永宁公主，自思力不能敌，开城迎威。威入城取出库物，犒赏将士，且申告道："主上为谗邪所惑，诛戮功臣，我此来实不得已。但以臣拒君，究属非是。我日夜筹思，益增惭汗。汝等家在京师，不若奉行前诏，我死亦无恨了！"还要笼络军士。诸将应声道："国家负公，公不负国家，请公速行毋迟！安邦雪怨，正在此时！"威乃无言，王峻却私谕军士道："我得郭公处分，俟克京城，听汝等旬日剽掠！"观王峻言，则郭威之志在灭汉，不问可知。况剽掠何事，乃堪令经旬日耶！众闻命益奋，怂恿郭威，飞速进兵。威乃与宋延渥同出滑城，直趋大梁。

是时汉廷君臣，已闻郭威南来，拟发兵出拒。可巧慕容彦超，与吴虔裕应召入朝。汉主承祐，即与商发兵事宜。慕容彦超力请出师。前开封尹侯益，亦列朝班，独出奏道：“邺军前来，势不可遏，宜闭城坚守，挫他锐气！臣意谓邺都家属，多在京师，最好是令他母妻，登城招致，可不战自下哩！”郭威正防到此着，故前此一再谕军。彦超应声道：“这是懦夫的愚计哩！叛臣入犯，理应发兵声讨，侯益衰老，不足与言大计！”看你有何妙策。汉主承祐道：“慎重亦是好处，朕当令卿等同行便了！”乃令益与彦超及阎晋卿、吴虔裕，并前鄜州节度使张彦超，率禁军趋澶州。

诏敕甫下，正值鬗脱回朝，报称郭威军已至河上，且取出原疏，呈上御览。承祐且阅且惧，且惧且悔，忙召宰臣等入商。窦贞固首先开口道：“日前急变，臣等实未与闻。既得幸除三逆，奈何尚连及外藩？”承祐亦叹息道：“前事原太草草，今已至此，说亦无益了。”李业在旁，抗声说道：“前事休提！目今叛兵前来，总宜截击，请倾库赐军，重赏下必有勇夫，何足深虑！”苏禹珪驳业道：“库帑一倾，国用将何从支给？臣意以为未可！”这语说出，急得李业头筋爆绽，向禹珪下拜道：“相公且顾全天子，勿惜库资！”乃开库取钱，分赐禁军，每人二十缗，下军十缗。所有邺军家属，仍加抚恤，使通家信诱降。

未几，接得紧急军报，乃是威军已到封邱，封邱距都城不过百里。宫廷内外，得此消息，相率震骇。李太后在宫中闻悉，不禁泣下道：“前不用李涛言，应该受祸，悔也迟了！”我说尚不止此误。承祐也很觉不安。独慕容彦超自恃骁勇，入朝奏请道：“前因叛臣郭威，已至河上，所以陛下收回前命，留臣宿卫。臣看北军如同蠛蠓，当为陛下生擒渠魁，愿陛下勿忧！”又来说大话了。承佑慰劳一番，令出朝候旨。彦超退出，碰见聂文进，问北来兵数，及将校姓名，由文进约略说明，彦超方失色道：“似此剧贼，到也未易轻视哩！”徒恃血气，不战即馁！

俄顷有朝旨颁出，令慕容彦超为前锋，左神武统军袁ǒ，前邓州节度使刘重进，与侯益为后应，出拒郭威。彦超即领军出都，至七里店驻营，掘堑自守，令坊市出酒色饷军。袁ǒ、刘重进、侯益也出都驻扎赤岗。两军待了半日，未见邺军到来。俄而天色已暮，各退守都城。翌日复出，至刘子坡，与邺军相遇，彼此下营，按兵不战。

承佑欲自出劳军，禀白李太后。太后道："郭威是我家故旧，非死亡切身，何至如此！但教守住都城，飞诏慰谕。威必有说自解。可从即从，不可从再与理论。那时君臣名分，尚可保全，慎勿轻出临兵！"尚不失为下策。承祐不从，出召聂文进等扈驾，竟出都门。李太后又遣内侍戒文进道："贼军向迩，大须留意！"文进答道："有臣随驾，必不失策，就使有一百个郭威，也可悉数擒归！太后何必多心！"比彦超还要瞎闹。内侍自去，文进即导车驾至七里店，慰劳彦超，留营多时，又值薄暮，南北军仍然不动，乃启跸还宫。彦超送承祐出营，复扬声道："陛下宫中无事，请明日再莅臣营，看臣破贼！臣实不必与战，但一加呵叱，贼众自然散归了。"还要说大话。承祐很是欣慰，还宫酣睡。

越日早起，用过早膳，又欲出城观战。李太后忙来劝阻，禁不住少年豪兴，定要自去督军，究竟慈母无威，只好眼睁睁地由他自去。承祐率侍从出城，忽御马无故失足，险些儿将乘舆掀翻。已示不祥。亏得扈从人多，忙将马缰代为勒住，方得前进。既至刘子坡，立马高阜，看他交战。南北军各出营列阵，郭威下令道："我此来欲入清君侧，非敢与天子为仇。如南军未曾来攻，汝等休得轻动！"

道言甫毕，突闻南军阵内，鼓声一震，那慕容彦超，引着轻骑，跃马前来。邺军指挥使郭崇威，与前博州刺史李筠，也领骑兵出战。两下相交，喊声震地，约有数十回合，未见胜负。郭威又遣前曹州防御使何福进，前复州防御使王彦超，领劲骑出阵，横冲南军。彦超未及防备，骤被突入，眼见得人仰马翻，不可禁遏，自尚仗着勇力，上前拦阻。怎禁得铁骑纵横，劲气直达，扑喇一声，竟将彦超坐马撞倒，邺军一齐上前，来捉彦超。幸彦超跃起得快，改乘他马，再欲督战，左右旁顾，见敌骑已围裹拢来，自恐陷入垓心，不如速走。乃怒马冲出，引兵退去，麾下死了百余人。汉军里面，全仗这位慕容彦超，彦超败退，众皆夺气，陆续走降北军。侯益、吴虔裕、张彦超、袁𡸁、刘重进等，俱向威通款，威军大振。一班不要脸的狗官，令人愤叹！彦超知不可为，自率数十骑奔兖州。威知汉主孤危，顾语宋延渥道："天子方危，公系国戚，可率牙兵往卫乘舆。且又面奏主上，请乘间速至我营，免生意外！"延渥奉令，引兵趋汉营，但见乱兵云扰，无从进步，只得半途折还。

是夕汉主承祐，与宰相从官数十人，留宿七里寨。吴虔裕、张彦超等，相继遁去，侯益且潜奔威营，自请投降，余众已失统帅，当然四溃。到了天明，由汉主承祐起视，只剩得一座空营。慌忙登高北望，见邺营高悬旗帜，烨烨生光。将士出入营门，甚是雄壮，不由得魂飞天外。当即策马下岗，加鞭驰回。行至玄化门，门已紧闭，城上立着开封尹刘铢。厉声问道："陛下回来，如何没有兵马？"承祐无词可对，回顾从吏，拟令他代答刘铢，蓦闻弓弦声响，急忙闪避，那从吏已应声倒地，吓得承祐胆裂，回辔乱跑，向西北驰去。苏逢吉、聂文进、郭允明等尚跟着同跑，一口气趋至赵村。后面尘头大起，人声马声，杂沓而来，承祐料有追兵，慌忙下马，将入民家暂避。不意背后刺入一刀，痛苦至不可名状，一声狂号，倒地而亡，享年只二十岁。小子有诗叹道：

主少由来虑国危，况兼群小日相随。

将军降敌君王走，剚刃胸中果孰悲！

欲知何人弑主，待至下回叙明。

杨邠、史弘肇专权自恣，目无君上；王章横征暴敛，民怨日滋，声其罪而诛之，谁曰不宜！乃与群小密谋，伏甲图逞，已失人君之道。幸而得手，则权恶已诛，余宜赦宥以示宽大，乃必屠其家，夷其族，何其酷也！不宁惟是，且于积功最著之郭威，又欲并诛之而后快，天下有淫刑以逞者，而可保有国家耶！邺军一出，全局瓦解，仅一慕容彦超，亦乌足恃！刘子坡一战，彦超虽败，止伤亡百余人，而余将即通款邺营，不战自降，盖鉴于立功之被戮，毋宁卖主以求荣，有激而来，非必其皆无耻也。惟郭威引兵向阙，托言入清君侧，一再申令，似与窥窃神器者不同。抑知大奸似忠，大诈似信，观其申谕将士之言，无非激成众愤，入阙图君。王峻且谓克君以后，任军士剽掠旬日。是可忍，孰不可忍乎！《纲目》以承祐被弑，归罪郭威，谅哉！

第四十六回

清君侧入都大掠　遭兵变拥驾争归

却说汉主承祐，走入赵村，背后忽有刀刺入，立时倒毙。看官道是何人所刺？原来就是茶酒使郭允明。他见后面追兵大至，还道是邺都将士，因欲弑主报功，恶狠狠地下此毒手。不料追兵近前，仔细一望，并非邺军，乃仍是汉主承佑的亲兵，前来扈卫。允明才知弄错，心下一急，便把弑主的刀儿，向脖颈上一横，也即倒毙。好与承祐同至森罗殿对簿受罪去了。苏逢吉还要逃走，偏前面有一人挡路，浑身血污，状甚可怖。模糊辨认，正是故太子太傅李崧，事见四十三回。这一吓非同小可，顿时心胆俱碎，跌落马下，立即归阴。独有聂文进逃了一程，被追兵赶上，乱刀竞斫，分作数段。李业、后匡赞尚在城中，闻北郊兵败，便从宫中攫取金宝，藏入怀中，混出城外。业奔陕州，匡赞奔兖州。阎晋卿在家自尽，都中大乱。

郭威得汉主被弑消息，放声恸哭。这副急泪，如何得来？将佐都入帐劝慰，威且哭且语道："我早晨出营巡视，尚望见天子车驾，停着高坡，正思下马免胄，往迎天子，偏车驾已经南去。我总料是回都休息，不意为奸竖所弑，怎得不悲？细想起来，实是老夫的罪孽哩。"你既自知罪孽，何不自缚入都，听候太后发落。将佐道："主上失德，应有此变，与公无涉。请速入都平乱，保国安民！"威乃收泪，率军入都，甫在玄化门，尚见刘铢拒守，箭如雨下，乃转向迎春门，门已大开，难民载道。威无心顾恤，纵辔驰入，先至私第中探望，门庭无恙，人物一空，回首前时，忍不住几点痛泪。这是真哭。便遣何福进守明德门，纵兵四掠，可怜满城屋宇，悉被蹂躏。毁宅纵火，杀人取财，闹得一塌糊涂，不可收拾。前滑州节度使白再荣，闲居私第，被乱兵闯将进去，把他缚住，尽情劫掠。既将财物取尽，复向再荣说道："我等尝趋走麾下，今无礼至此，无面见公。公不如慨给头颅罢！"说至此，即拔刀剁再荣首，扬长自去。

吏部侍郎张允，积资巨万，性最悭吝，虽亲如妻孥，亦不使妄支一钱。甚至箱笼锁钥，统悬挂衣间，好似妇人家环佩一般，行动震响，戛戛可听。妙语解颐。至是畏匿佛殿中，尚恐有人觅着，特在重檐下面的夹板间，扒将进去，踡伏似鼠。怎奈乱兵不可放过，先至他家中拷逼妻孥，迫令说明去向，然后入殿搜寻，到处寻觅，未见踪迹。便上登重檐，从夹板中窥视，果然有人伏着，当即用手牵扯。张允尚不肯出来，拼死相拒。一边躲，一边扯，两下里用力过猛，那夹板却不甚坚固，竟尔脱笋，连人带板，坠将下来。乱兵似虎似狼，揿住张允，把他衣服剥下，连锁钥一并取去。允已跌得头青眼肿，不省人事，渐渐地苏醒还阳，开眼一望，只剩得一个光身，又痛又冷，又可惜许多钥匙，急欲出殿还家，已是手不能动，足不能行。正在悲惨的时候，幸得家人来寻，才将他扛舁回去。一入家门，问明妻子，听得历年家蓄，尽被抢完，"哇"的一声，狂血直喷，不到半日，呜呼哀哉。守财奴请视此。

乱兵越抢越凶，夜以继日，满城烟火冲天，号哭震地。右千牛卫大将军赵凤，看不过去，挺身直出道："郭侍中举兵入都，为锄恶安良起见，鼠辈敢尔，与乱贼何异！难道侍中本意，教他这般么？"遂持弓挟矢，带着从卒数十名，出至巷口，踞坐胡床。遇有乱兵劫掠，即与从卒迭射，射死了好几人。巷中民居，才得安全。次日辰牌，郭崇威语王殷道："兵扰已甚，若不止剽掠，再经一日，要变作空城了！"乃请命郭威，严行部署，令将弁分道巡城，不得再加剽掠，违令立斩。兵士尚恃有原约，未肯罢手，及见有数人悬首市曹，乃敛迹归营，时已斜日下山了。

郭威偕王峻入宫，向李太后问安，太后已泣涕涟涟。只因事成既往，无法挽回，不得已出言慰抚。威复面请太后，此后军国重事，须俟太后教令，然后施行。太后也不多言，惟命威为故主发丧，另择嗣君。威唯唯而出，令礼官驰诣赵村，检验故主尸骸，妥为棺殓，移入西宫。威部下争议丧礼，或说宜如魏高贵乡公即魏曹髦。故事，以公礼葬。威太息道："祸起仓猝，我不能保护乘舆，负罪已大，奈何尚敢贬君呢！"乃择日举哀，命前宗正卿刘皞主丧，且禀承太后命令，宣召百官入朝，会议后事。

太师冯道，最号老成，实最无耻。率百官入见郭威。威尚下阶拜道，道居然受拜，仍如前日，且徐徐说道："侍中此行，好算是不容易呢！"威闻道言，不觉色变，半晌才复原状。语中有刺。旁顾百官，多半在列，惟不见窦贞固、苏禹珪二相。及问明冯道，方知二人从七里寨逃归，匿居私第。当下遣吏往召。二人不敢再拒，只好入朝。威仍欢颜与叙，请他照常办事，才得把二人忧虑，一概销除。

于是共同会议，指定罪魁为李业、阎晋卿、聂文进、后匡赞、郭允明等人。阎、聂、郭三人已死，李业、后匡赞在逃。还有权知开封府事刘铢、权判侍卫府事李洪建，亦属从犯，尚留都下，立即派兵往捕，将他拿到，囚住狱中。冯道乘间进言道："国家不可无君，明日当禀白太后，请旨定夺！"百官当然赞同，郭威也不能不允。文字中俱寓微意。大致议定，已是日晡，始退朝散归。翌晨由郭威会同冯道，诣明德门，候太后起居，且奏述军国大议，并请早立嗣君。太后召冯道入内商量了好多时，才由道赍着教令，出宫宣告。其词云：

懿维高祖皇帝，翦乱除凶，变家为国，救生民于涂炭，创王业于艰难，甫定寰区，遽遗弓剑！枢密使郭威、杨邠，侍卫使史弘肇，三司使王章，亲承顾命，辅立少君，协力同心，安邦定国。旋属四方多事，三叛连衡；吴、蜀内侵，契丹启衅；蒸黎恟惧，宗社阽危。郭威授任专征，提戈进讨，躬当矢石，尽扫烟尘，外寇荡平，中原宁谧。复以强敌未殄，边塞多艰，允赖宝臣，往临大邺。疆埸有藩篱之固，朝廷宽宵旰之忧。不谓凶竖连谋，群小得志，密藏锋刃，窃发殿廷。已杀害其忠良，方奏闻于少主，无辜受戮，有口称冤。而又潜差使臣，矫赍宣命，谋害枢密使郭威，宣徽使王峻，侍卫步军都指挥使王殷等。人知无罪，天不助奸。今者郭威、王峻、澶州节度使李洪义，前曹州防御使何福进，前复州防御使王彦超，前博州刺史李筠，北面行营马步都指挥使郭崇威，步军都指挥使曹威，护圣都指挥使白重赞、索万进、田景咸、樊爱能、李万全、史彦超，奉国都指挥使张铎、王晖、胡立、弩手指挥使何赟等，径领兵师，来安社稷。逆党皇城使李业，内客省使阎晋卿，枢密都承旨聂文进，飞龙使后匡赞，茶酒使郭允明，胁君于大内，出战于近郊，及至力穷，遂行弑逆，冤愤之极，今古未闻。今则凶党既除，群情共悦。神器不可以无主，万几不可以久旷，宜择贤君，以安天下。河东节度使崇、许州节度使信皆高祖之弟；徐州节度使赟，开封尹承勋，皆高祖之男。俱列磐维，皆居屏翰，宜令文武百辟，议择所宜，嗣承大统，毋再迁延！特此谕知。

教令读毕，郭威等与百官退入朝堂，择选嗣君。郭威宣言道：“高祖子三人，只剩一前开封尹承勋，今欲择嗣，舍彼为谁？”大众齐声道：“这是不易的至理，还有何疑！”郭威道：“众志佥同，我等就入禀太后便了。”随即率众出朝，再入明德门，进至万岁宫，面谒李太后，请立承勋为嗣君。”太后道：“承勋依次当立，名正言顺。但他自开封卸任，久罹羸疾，致不能起，奈何？”威答道：“可否令大众一见病状？”太后道：“有何不可？”便令左右入内，舁出承勋坐床，举示大众，大众才无异言。

郭威顾王峻道：“这且如何是好？”王峻道：“看来只好迎立徐州节度使了。”威沉吟半晌，方徐声答道：“且至朝堂再议罢。”言下有不悦意。遂相偕出宫，再至朝堂，询问大众，大众却愿立刘赟。威亦未便梗议，但淡淡地说道：“时候不早，我等不应再入宫中，向太后絮烦，看来只好表闻罢。”大众又应声道：“甚善！甚善！即请侍中属吏草表便了。”威应声而出，众亦散去。及威归私第，便令书记草表。草就后，由威审阅，尚未惬意，再令改窜，仍然未惬，没奈何将就了事。无非是不愿立赟。

越日入朝，百官统已在列，即由威取出表文，推冯道为首，自己与百官陆续署名。名已署毕，乃命内侍呈入。俄而得太后旨，召入冯道、郭威，允议立赟。命冯道代撰教令，择日往迎。冯道是个著名圆滑的人物，实是老奸巨滑。料得此次迎赟，非威本意。不如用言推诿，较为妥当，遂禀太后道：“迎立新主，须先酌定礼仪，就是教令亦须斟酌，俟臣与郭威出外商定，再行奏闻。”太后点首称是。道与威便即辞出，且行且语道：“郭侍中幕下多才，所有教令礼仪，请侍中酌定为是。”威笑道：“太师何必过谦。”道皱眉道：“我已老了。前日教令，太后命我起草，我搜索枯肠，勉成此令，今番却饶了我罢。”郭威道：“我是武夫，不通文墨，幕下亦无甚佳士。惟忆我出征河中，每见朝廷诏书，处分军事，均合机宜。当时问明朝使，说是翰林学士范质手笔，现未知他留住都中否？”道答言范质未曾归里，想总尚在都中。威喜道：“待我前去访求便是。”遂分途自行。

时已隆冬，风雪漫天。威冒雪前进，到处访问，方得范质住址。造门入见，相知恨晚。威即脱所服紫袍，披上质身，质当然拜谢。便由威邀他入朝，替太后代作教令。质谓“前代故事，太上皇传言，例得称诰，皇太后称令，今是否仍遵古制？”威答说道：“目下国家无主，凡事须凭太后裁断，不妨径称为诰。”质即应命，提笔作诰文，一挥立就。诰曰：

天未悔祸，丧乱弘多。嗣主幼冲，群凶蔽惑。构奸谋于造次，纵毒虿于斯须。将相大臣，连颈受戮，股肱良佐，无罪见屠。行路咨嗟，群情扼腕。我高祖之弘烈，将坠于地。赖大臣郭威等，激扬忠义，拯救颠危，除恶蔓以无遗，俾缀旒之不绝。宗祧事重，缵继才难，既闻将相之谋，复考蓍龟之兆，天人协赞，社稷是依。徐州节度使赟，禀上圣之资，抱中和之德。先皇视之如子，钟爱特深，固可以子育兆民，君临万国，宜令所司择日备法驾奉迎，即皇帝位。於戏！神器至重，天步方艰，致理保邦，不可以不敬，贻谋听政，不可以不勤，允执厥中，祇膺景命！

看官览这诰文，应知刘赟是知远养子，并非亲生。究竟他生父为谁？就是河东节度使刘崇，崇为知远弟，赟即知远侄儿。知远爱赟，引为己子。此次奉迎礼节，为汉家所未有，范质援古证今，仓皇讨论，即日撰定。威取示廷臣，大家同声赞美，莫易一词。当由威上奏太后，请遣太师冯道，及枢密直学士王度，秘书监赵上交，同赴徐州，迎赟入朝。太后便即批准，颁下诰令。

冯道得诰，又不免吃惊，沉思良久，竟往见郭威道：“我已年老，奈何还使往徐州？”威微笑道：“太师勋望，比众不同，此次出迎嗣君，若非太师作为领袖，何人胜任？”道应声道：“侍中此举，果出自真心么？”威怅然道：“太师休疑，天日在上，威无异心。”好似《西游记》中猪八戒，专会罚咒。道乃与王度、赵上交出，都南下。途次顾语二人道：“我生平不作谬语人，今却作谬语了。”

威既送道出都，复率群臣上禀太后，略言嗣皇到阙，尚须时日，请太后临朝听政。太后俞允，立颁诰命，想仍是翰林学士范质手笔。词云：

昨以奸邪构衅，乱我邦家，勋德效忠，翦除凶慝。俯从人欲，已立嗣君，宗社危而复安，纪纲坏而复振。皇帝法驾未至，庶事方殷。百辟上言，请予莅政，宜允舆议，权总万几，止于浃旬，即复明辟。此诰！

李太后既允听政，当然陟赏功臣，升王峻为枢密使兼右神武统军，袁𫇴为宣徽南院使，王殷为侍卫马步军都指挥使，郭崇威为侍卫马军都指挥使，曹威为步军都指挥使。惟三司事宜，权命陈州刺史李榖充任。

忽接到兖州奏牍，乃是节度使慕容彦超，拿住前飞龙使后匡赞，押送东都，因有此奏。郭威待匡赞解到，便令押送法司，与刘铢、李洪建两犯，一并审讯，定谳后刑。嗣经法司呈入谳案，谓后匡赞、刘铢、李洪建，已一并伏罪。匡赞与苏逢吉、李业、阎晋卿、聂文进、郭允明等同谋，令散员都虞侯奔德等下手，杀害杨邠、史弘肇、王章。刘铢、李洪建党附李业等，屠害将相家属，供据确凿，罪应诛夷。惟李业尚在逃未获，宜移文陕州，勒令节度使李洪信，速拿业赴阙，并案正法云云。威乃飞使赴陕，勒交李业。业前时奔赴陕州，正因节度使李洪信，为业从兄，欲往投靠，洪信知业闯祸，不敢容纳，挥令他适。业西奔晋阳，道出绛州，为盗所伺，利他多金，杀业夺货而去。洪信闻郭威入都，恐防连坐，遣人捕业。查知为盗所杀，便即奏闻。使人在途，与朝使相遇，一并入都，报知郭威。威遂将全案处置，奏闻太后，太后当然准议。

先是刘铢被获时，铢顾语妻室道："我死，汝不免为人婢。"妻泣答道："如君所为，正合如是。妾为君罹罪，恐为婢不足，还要一同枭首哩。"铢默然无言，随吏下狱，惟妻言适为郭威所闻，颇加怜念，因使人入狱责铢道："我常与君同事汉室，岂无故人情谊？家属屠灭，虽有君命，汝何不留一线情，忍使我全家受戮！敢问君家有无妻子，今日亦知顾念否？"铢无可解免，竟强辩道："铢当时只知为汉，无暇他顾。今日但凭郭公处分，尚有何言！"使人还报郭威。威乃戮铢及子，但释铢妻。王殷家属，前由李洪建保全。殷屡向威请求，乞免洪建一死，威独不许，惟赦免家属。刘铢、李洪建、后匡赞，同日处斩，并枭苏逢吉、阎晋卿、郭允明、聂文进首级，悬诸市曹。允明弑主，罪恶尤甚，此时异罪同刑，已可见郭威之心。蓦接镇、邢二州急报，谓"辽主兀欲，发兵深入。屠封邱，陷饶阳，乞即调师出援。"郭威遂入禀太后。太后即令威统师北征，国事权委窦贞固、苏禹珪、王峻，军事委王殷，授翰林学士范质为枢密副使，参赞机要。威即于十二月朔日，领大军出发都城。行至滑州，接着徐州来使，乃是奉刘赟命，令慰劳诸将。赟亦未免太急。诸将见郭威辞色，微露不平，遂面面相觑，不肯拜命，且私相告语道："我等屠陷京师，自知不法。若刘氏复立，我等尚有遗种么?”威闻言，似作惊愕状，便遣还徐使，立麾军士趋澶州。

途次正值天晴，冬日荧荧，很觉可爱。诸将乘势献谀，谓郭威马前，有紫气拥护而行。威佯若不闻，驱兵渡河，进至澶州留宿，诘旦起来，早餐已毕，再下令启行。忽听得军士大噪，声如雷动，他却不慌不忙，返身入内，将门闭住。军士逾垣直入，向威面请道：“天子须由侍中自为，大众已与刘氏为仇，不愿再立刘氏子弟了!”威未及答言，军士已将威绕住，前扶后拥，或即扯裂黄旗，披威身上，竞呼万岁。威无从禁止，累得声势沮丧，形色仓皇。入门时并未慌忙，对众时却似遑遽，好一种欺人手段！待至众声少静，方宣言道：“汝等休得喧哗，欲我还朝，亦须奉汉宗庙，谨事太后，且不准骚扰人民！从我乃归，不从我宁死!”众应声道：“愿从钧谕!”威乃率众南还，沿途禁止喧扰。

到了河滨，河冰初解，须筑浮桥，然后可渡。威命军士驻扎一宵，俟明日筑桥渡河。到了夜半，朔风大起，天气骤寒，待旦视河，冰复坚沍，各军即拥威南渡，号为凌桥。渡毕风止，冰亦渐解。小子有诗叹道：

入都报怨揽权威，北讨南侵任手挥。
岂是天心真有属，凌桥特渡“雀儿”归！雀儿系郭威绰号。详见下回。

威已越河南还，当有人驰报都中。朝内诸大臣，究竟如何对付，待至下回再详。

观本回写郭威事，处处似忠，却处处是诈。彼既以清君侧为名，奈何入都纵掠，置诸不理，反俟郭崇威、王殷之请，然后谕禁乎？冯道谓此行不易，乃不敢自立，初议立高祖三子承勋，继议立高祖从子赟，廷臣皆未知其伪，独冯道从旁窥破，知其言不由衷，道固料事明而虑患深者，惜其模棱苟合，甘为长乐老以终也！澶州之变，非郭威之暗中运动，谁其信之？经作者一一叙述，虽未揭橥隐衷，而已具匣剑帷灯之妙，欲知个中意，尽在不言中。妙笔亦妙文也。

第四十七回

废刘宗嗣主被幽　易汉祚新皇传诏

却说枢密使王峻，马步军都指挥使王殷，本是郭威心腹。一闻澶州兵变，料知威必南还，自为天子。当即派马军指挥使郭崇威，率骑兵七百人，驰赴宋州，阳言往卫刘赟，阴实使图刘赟。至崇威出发，便与窦贞固等商议，往迎郭威。窦、苏两相，本来是庸懦得很，况又手无兵权，怎能与郭威对垒，没奈何承认下去。可巧郭威有人差到，奉笺李太后，谓“由诸军所迫，班师南归，军士一致戴臣，臣始终不忘汉恩，愿事汉宗庙，母事太后”等语。掩耳盗铃。峻等即将笺呈入，一介女流，屡经巨变，只有在宫暗泣，一些儿没有他策。窦贞固、苏禹珪已与王峻、王殷等，出至七里店，迎接郭威。一俟威到，即在道旁伛偻鸣恭，趋跄表敬。可恨可叹。威尚下马相见，共叙寒暄，略谈数语，便由窦贞固等，捧呈一篇劝进文，所有朝内百僚，一并署名。威喜形眉宇，形式上很是谦逊，口口声声，说是未奉太后诰敕，不敢擅专。贞固等请即入都，威总以未奉诰敕为词，留驻皋门村。

是夕贞固等还朝，报明太后，不知如何胁迫，取了一道诰文。即于次日黎明，赍诣威营，当面宣读诰文。其词云：

枢密使侍中郭威，以英武之才，兼内外之任，翦除祸乱，弘济艰难，功业格天，人望冠世。今则军民爱戴，朝野推崇，宜总万机，以允群议。可即监国，中外庶事，并取监国处分，特此通告。

威拜受诰敕，便称孤道寡起来，也有一道教令，传示吏民。略云：

寡人出自军戎，并无德望，因缘际会，叨窃宠灵。数语恰是的确。高祖皇帝甫在经纶，待之心腹，洎登大位，寻付重权。当顾命之时，受忍死之寄，与诸勋旧，辅立嗣君。旋属三叛连衡，四郊多垒，谬膺朝旨，委以专征，兼守重藩，俾当劲敌，敢不横身戮力，竭节尽心，冀肃静于疆埸，用保安于宗社！不谓奸邪构乱，将相连诛，偶脱锋铓，克平患难。志安刘氏，顺报汉恩，推择长君以绍丕构，遂奏太后，请立徐州相公，奉迎已在于道途，行李未及于都辇。寻以北面事急，寇骑深侵，遂领师徒，径往掩袭。行次近镇，已渡洪河。十二月二十日，将登澶州，军情忽变，旌旗倒指，喊叫连天，引袂牵襟，迫请为主。环绕而逃避无所，纷纭而逼胁愈坚。顷刻之间，安危不保。事不获已，须至徇从。于是马步诸军，拥至京阙。今奉太后诰旨，以时运艰危，机务难旷，传令监国，逊避无由，黾勉遵承，夙夜忧愧。所望内外文武百官，共鉴微忱，匡予不逮，则寡人有深幸焉！布教四方，咸使闻知！

岁聿云暮，转眼新年。郭威仍留驻皋门村，拟俟新岁入都，即位改元，做一个新朝天子。那徐州节度使刘赟，尚未曾得悉，使右都押牙巩廷美、教练使杨温居守徐州。自与冯道等西来，在途仪仗，很是烜赫，差不多似天子出巡，左右皆呼万岁。赟得意洋洋，昂然前进。到了宋州，入宿府署，翌晨起床，闻门外有人马声，不知是何变故。急忙阖门登楼，凭窗俯瞩，见有许多骑士，声势汹汹，环集门外。为首的统兵将官，扬鞭仰望，也觉英气逼人，便惊问道："来将为谁？如何在此喧哗！"言未毕，已听得来将应声道："末将是殿前马军指挥使郭崇威，目下澶州军变，朝廷特遣崇威至此，保卫行旌，非有他意！"赟答道："既如此说，可令骑士暂退，卿且入见！"崇威不答，俯首迟疑。赟乃遣冯道出门，与崇威叙谈片刻，崇威才下马入门，随道登楼，向赟谒见。赟执崇威手，抚慰数语，继以泣下。来时何等轩昂，至此如何胆落。崇威道："澶州虽有变动，郭公仍效忠汉室，尽可勿忧！"崇威并未称臣，内变可知。赟稍稍放心，彼此又问答数语，崇威即下楼趋出。

徐州判官董裔入见道："崇威此来，看他语言举止，定有异谋。道路谣传，统说郭威已经称帝，陛下尚深入不止，未免少吉多凶！陛下有指挥使张令超护驾，何不召入与商，谕以祸福，令乘夜劫迫崇威，夺他部众。明日掠取睢阳金帛，北走晋阳，召集大兵，再行东下。想郭威此时，新定京邑，必无暇遣兵追袭，这乃是今日的上策呢！"赟犹豫未决。还应入做皇帝么？董裔叹息而出。赟夜不安枕，辗转筹思，才觉裔言有理。至天明宣召令超，哪知令超已为崇威所诱，不肯进见，眼见得大事已去了。

未几由冯道入见，奉上一书，乃是郭威寄赟，内言兵变大略，召道先归安抚，留王度、赵上交奉跸入朝。赟亦明知是郭威欺人，一时却不便说破。道竟开口辞行，赟始愀然道："寡人此来，所恃惟公。公为三十年旧相，老成望重，所以不疑。今崇威夺我卫兵，危在旦夕，问公何以教寡人？"还要自称寡人。道语带支吾，但云待回京后，抚定兵变，再行报命。赟部将贾贞在侧，瞋目视道，且举佩剑示赟，赟摇手道："休得草率！这事与冯公无涉，勿疑冯公。"实可杀却，何必放归。道乘势辞出，星夜驰回。未几即有太后诰命，传到宋州，由郭崇威赍诏示赟，令赟拜受。诰云：

> 比者枢密使郭威，志安社稷，议立长君，以徐州节度使赟，为高祖近亲，立为汉嗣，爰自藩镇征赴京师。虽诰命寻行，而军情不附，天道在北，人心靡东，适取改卜之初，俾膺分土之命。赟可降授开府仪同三司，检校太师上柱国，封湘阴公，食邑三千户，食实封五百户。钦哉唯命！

赟受诰后，面色如土。郭崇威更绝不容情，立迫赟出就外馆，不准逗留府署。董裔、贾贞代抱不平，硬与崇威理论。崇威竟麾动部众，拿下二人，立刻枭首。可怜这位湘阴公刘赟，鼻涕眼泪，流作一堆。没奈何迁居别馆，由崇威派兵监守，寸步难移。王度、赵上交仍奉郭威命令，召还都中。

王峻等助威为虐，又遣申州刺史马铎，率兵诣许州，监制节度使刘信。信为刘知远从弟。曾任侍卫马军都指挥使，知远将殂，杨邠等出信镇许，不准入辞，信号泣而去。承佑嗣位，信任官如旧。及邠等被诛，信大集将佐，开宴庆贺，且与语道："我还道老天无眼，令我三年不能适意，主上孤立，几落贼手。今幸天日重开，贼臣授首，乐得与诸公畅饮数杯了！"既而邺军入都，承佑被弑，信又惶急无计，食不下咽。寻闻迎立刘赟，即命子往徐州奉迎。谁知一波未平，一波又起，马铎竟领兵到来，突然入城。信情急无聊，索性自尽了事。铎遣人复命。

王峻、王殷等已为郭威除去二患，便于正月五日，迎威入都，一面胁令李太后下诰，把汉室所有国宝，悉数赍送郭威，威敬谨受诰。诰云：

邃古以来，受命相继，系不一姓，传诸百王。莫不人心顺之则兴，天命去之则废。昭然事迹，著之典书。予否运所丁，遭家不造，奸邪构乱，朋党横行，大臣冤枉以被诛，少主仓猝而及祸，人自作孽，天道宁论！监国威深念汉恩，切安刘氏，既平乱略，复正颓纲。思固护于基扃，择继嗣于宗室，而狱讼尽归于西伯，讴歌不在于丹朱，六师竭推戴之诚，万国仰钦明之德。鼎革斯启，图箓有归。予作佳宾，固以为幸。今奉符宝授监国，可即皇帝位。於戏！天禄在躬，神器自至，允集天命，永绥兆民，敬之哉！

威受诰后，并接收国宝，便自皋门入大内，被服衮冕，御崇元殿，受文武百官朝贺。苏禹珪、窦贞固以下，联翩入朝，舞蹈山呼。就是历朝元老冯太师，自宋州驰归，也入殿称臣，躬与朝谒。不记当日受拜时耶！礼毕退班，即由新天子下诏道：

自古受命之君，兴邦建统，莫不上符天意，下顺人心。是以夏德既衰，爰启有商之祚，炎风不竞，肇开皇魏之基。朕早事前朝，久居重位。受遗辅政，敢忘伊、霍之忠，仗钺临戎，复委韩、彭之任。匪躬尽瘁，焦思劳心，讨叛涣于河、潼；张声援于岐、雍。竟平大憝，粗立微劳。才旋师于关西，寻统兵于河朔，训齐师旅，固护边陲。只将身许国家，不以贼遗君父。外忧少息，内患俄生。群小联谋，大臣遇害，栋梁既坏，社稷将倾。朕方在藩维，已遭谗构。逃一生于万死，径赴阙廷；枭四罪于九衢，幸安区宇。将延汉祚，择立刘宗，征命已行，军情忽变。朕以众庶所迫，逃避无由，扶拥至京，尊戴为主。谁为为之！孰令听之！重以中外劝进，方岳推崇，黾勉虽顺于众心，临御实惭于凉德。改元建号，祇率旧章，革故鼎新，宜覃沛泽。朕本姬氏之远裔，虢叔之后昆，积庆累功，格天光表，盛德既延于百世，大命复集于眇躬。今连国宜以大周为号，可改汉乾祐四年为周广顺元年。自正月五日昧爽以前，一应天下罪人，为常赦所不原者，咸赦除之。故枢密使杨邠、侍卫都指挥使史弘肇、三司使王章等，以劳定国，尽节致君，千载逢时，一旦同命，悲感行路，愤结重泉。虽寻雪于沉冤，宜更伸于渥泽，并可加等追赠，备礼归葬，葬事官给，仍访子孙叙用。其余同遭枉害者，亦与追赠。马步诸军将士等，戮力协诚，输忠效义，先则平持内难，后乃推戴朕躬，言念勋劳，所宜旌赏。其原属将士等，各与等第，超加恩命，仍赐功臣名号。内外前任、现任文武官致仕官，各与加恩；如父母在未有恩泽者即与恩泽，已有恩泽者，更与恩泽；如亡没未曾追封赠者，更与封赠。一应天下州县所欠乾祐二年以前夏秋残税，并与除放。澶州已来官路，两边共二十里内，得除放乾祐三年残税欠税。河北沿边州县，曾经契丹蹂践处，豁免通欠，如澶州同。凡天下仓场库务，宜令节度使专切钤辖，掌纳官吏，一依省条指挥，无得收斟余秤耗。旧所进羡余物色，今后一切停罢。乘舆服御，宫闱器用，大官常膳，概从俭约。诸道所有进奉，只助军国之费，诸无用之物，不急之务，并宜停罢。帝王之道，德化为先，崇饰虚名，朕所不取。未必。今后诸道所有祥瑞，不得辄有奏献。古者用刑，本期止辟，今兹作法，义切禁非，宽以济猛，庶臻中道。今后应犯窃盗贼赃及和奸者，并依晋天福元年以前条制施行。罪人非判逆，毋得诛及亲族，籍没家资。天下诸侯，皆有戚友，自可慎择委任，必当克效参禅。朝廷选差，理或未当，宜矫前失，庶叶通规。其先时由京差遣军将，充诸州郡都押牙、孔目官、内知客等，并可停废，仍勒却还旧处职役。近代帝王陵寝，令禁樵采。唐庄宗、明宗、晋高祖诸陵，各置守陵十户；汉高祖陵前，以近陵人户充署职员及守宫人，时日荐飨，并旧有守陵人户等，一切如故。仍以晋、汉之胄为二王后，委中书门下处分。值景运之方新，与天下为更始，兴利除弊，一道同风，朕实有厚望焉！此诏。

翌日再行视朝，派前曹州防御使何福进，权许州节度使；前复州防御使王彦超，擢徐州节度使；前澶州节度使李洪义，权宋州节度使。这三缺最是要紧。又越日上汉太后尊号，称为昭圣皇太后，徙居西宫。命有司择日为故主发丧，丧期已定，周主郭威，亲至西宫成服。祭奠举哀，辍朝七日。禁坊市音乐。追谥故主为“汉隐帝”，且遵古制殡灵七月，始遣前宗正卿刘皞，护灵輴，备仪仗，送葬许州。五代享年，汉祚最短，先后两主，仅得四年。汉前开封尹承勋，即于是年去世，追封陈王。汉太后又延寿三年，即显德元年。病殁宫中，祔葬汉高祖陵，这也不在话下。了结汉事。惟小子前叙郭威，只及官爵功勋，未曾叙及履历籍贯。此次郭威为帝，追尊四代。应将他少年家世，补叙明白。

威本邢州尧山人，父名简，曾为晋顺州刺史，被兵死难。威时仅数龄，随母王氏走潞州，母又道殁，赖姨母韩氏提携抚育，始得成人。潞州留后李继韬，即李嗣源子。招募壮士。威年方十八，依故人常氏家，闻命应募，编入行伍。素性好刚使气，不肯为人下。继韬爱他勇敢，就使逾法犯禁，亦特别贷免。尝游行市中，见有屠夫豪横武断，为众所惮，不由得愤怒起来。便呼屠割肉，稍不如意，更加呵叱。屠夫坦腹相示道，

“汝敢刺我否?”道言未绝，已被威剸刃入胸。市人大惊，拥威付吏，继韬不忍杀他，纵令亡去。嗣得友人李琼，授以《阃外春秋》，方折节读书，得谙兵法。娶同里女柴氏为妻。柴氏家颇殷实，听得嫁奁，易钱给威，令再出从军，乃走依汉高祖麾下，积功发迹，代汉为帝。追尊高祖璟为“信祖”，妣张氏为“睿恭皇后”；曾祖湛为“僖祖”，妣申氏为“明孝皇后”；祖蕴为“义祖”，妣韩氏为“翼敬皇后”；父简为“庆祖”，母王氏为“章德皇后”。夫人柴氏早卒，进册为后，谥曰“圣穆”。继室杨氏，也早病逝。再继室为张氏，自威出镇邺都，留张氏居京师，为刘铢所杀。子青哥、意哥，侄守筠、奉超、定哥，孙宜哥、喜哥、三哥，同时被屠。周主顾念前情，追封继室杨氏为淑妃，再继室张氏为贵妃；子青哥赐名为侗，追赠太保；意哥赐名为信，追赠司空；守筠改名为愿，追赠左领军将军；奉超赠左监门将军；定哥赐名为逊，赠左千卫将军；宜哥赠左骁卫大将军，赐名为谊；喜哥赠武卫大将军，赐名为诚；三哥赠左领卫大将军，赐名为諴。家属以外，进封故旧，高行周进位尚书令，仍封齐王；安审琦封南阳王，符彦卿封淮阳王，遣归原镇；王殷加同平章事职衔，充邺都留守，典军如故；前太师冯道为中书令弘文馆大学士，以司徒兼门下侍郎同平章事。前宰相窦贞固为侍中，兼修国史；苏禹珪守司空平章事。此外各进爵有差。追封杨邠为恒农郡王，史弘肇为郑王，王章为琅琊郡王，召还郭崇威，令为洋州节度使，兼检校太保；曹威为荆州节度使，兼检校太傅，各领军如故。郭崇威避周主讳，省去威字；曹威易名为英。皇养子荣，闻镇邺有人，表请入觐，有旨不必来朝，调授澶州节度使，兼检校太保，封太原郡侯。

河东节度使刘崇，为赟生父，初闻故主遇害，拟发兵南向，继得赟入嗣消息，欣然说道：“我儿为帝，尚有何求?”

遂按兵不进，但使人至郭威处，探明虚实。威少时微贱，尝在颈上黥一飞雀，时人号为郭雀儿。当时语河东来使道："郭雀儿要做天子，也不待今日了！"继又自指颈上，示来使道："世上岂有雕青天子？请转告刘公，不必多疑。"来使便即辞行，返报刘崇，崇益喜慰。独太原少尹李骧进言道："公休信郭威，看他志不在小，必将自取。请公速引兵逾太行，据孟津，俟徐州殿下即位，然后还镇，方不为他所卖。"崇拍案大怒道："腐儒欲离间我父子么？左右快推出斩首！"良言不用，枉送儿命，还要杀死李骧，真是愚悖。骧大呼道："我负经济才，为愚夫谋事，死也应该！但家有老妻，愿与同死！"崇闻言益怒，竟令属吏捕取骧妻，一同处斩。

及赟既见废，被锢宋州，乃遣徐州押牙巩廷美，奉表周廷，求赟调藩。为这一表，要将赟送到枉死城中去了。小子有诗叹道：

不听忠言错已成，归藩一表促儿生。
雕青天子欺人惯，肯使湘阴入汴京！

欲知周主如何答复，请看下回便知。

刘赟以旁支入承正统，本非创闻；但内有郭威之专政，即令赟得入都，果嗣大位，能保威之不为曹丕、刘裕乎？为赟计，能辞则辞，不能辞，亦当向河东请兵，作为声援，自率大军诣阙，则郭氏或尚不敢动。至行抵宋州，受逼郭崇威，即从董裔言，遁归晋阳，已非上策。乃犹迁延不决，不死奚待乎？郭威入都称帝，易汉为周，新制下颁，犹存礼义，较之梁、唐、晋、汉，似进一筹，然亦由文字之优长，始觉规模之粗备。五季以乱易乱，文学浸衰，不值一盼，有范质以振兴之，始稍见右文之治。文事盛而武力绌，正天之所以开赵宗也。否则军阀骄横，兵争益甚，大乱果何日靖乎？

第四十八回

陷长沙马希萼称王　攻晋州刘承钧折将

却说周主郭威，接到巩廷美来表，踌躇一回，特想出数语，作为答复河东文书。大略说是：

湘阴公近在宋州，正拟令搬取赴京，但勿忧疑，必令得所。惟公在彼，固请安心，若能同力扶持，别无顾虑，即当便封王爵，永镇北门，铁契丹书，必无爱惜！特此复谕。

巩廷美接得复文，转达刘崇，且言周主多诈，不可不防。请即发兵援徐，愿与教练使杨温，固守徐州，静待后命。刘崇得报，也欲称帝晋阳，与周抗衡，一时无暇遣援。哪知巩廷美、杨温二人，已奉刘赟妃董氏为主，仍张汉帜，不服周命。周主遣新授节度使王彦超，率兵驰诣徐州，且遗湘阴公刘赟书，令他转示廷美等人，嘱使静候新节度入城，各除刺史。刘尚依言致书，嘱巩、杨迎王彦超，巩、杨不肯从命，一意拒守。王彦超到了城下，射书谕降，仍然不从，乃督兵围攻。巩、杨二将，日夜戒备，专待河东援兵。

河东节度使刘崇决计抗周，就在晋阳宫殿中，南面称帝。国仍号汉，沿用乾祐年号，据有并、汾、忻、代、岚、宪、隆、蔚、沁、辽、麟、石十二州，命节度判官郑珙、观察判官赵华，同平章事，次子承钧为侍卫亲军都指挥使兼太原尹，副使李存瓌为代州防御使，裨将张元徽为马步军都指挥使，陈光裕为宣徽使。存瓌、元徽等，请建立宗庙。崇慨然道："朕因高祖皇帝的基业，一旦坠地，不得已南面称尊，权承汉祚。究竟我是何等天子，尔等是何等将相呢？宗庙且不必立，但如家人祭礼，延我宗祀。得能规复中原，再修庙貌，妥我先灵，也未为迟哩。"将吏方才罢议。惟河东地窄民贫，岁入无多，百官俸给，不得不格外减省，宰相俸钱，月止百缗，节度使月止三十缗，此外惟薄有资给罢了。历史上称崇为东汉，或号为北汉，免与南汉相混。小子因南北分称，容易记忆，故此后叙及河东，概以北汉为名。叙事明析。

北汉主称帝这一日，就是湘阴公赟毕命的时期。当时宋州节度使李洪义讣报周廷，只说是刘赟暴亡。后来《涑水通鉴》、司马光著。《紫阳纲目》朱熹著。大书特书云："周主威弑湘阴公赟于宋州。汉刘崇称帝于晋阳。"可见得刘赟暴亡，实是李洪义密奉主命，暗中下手。且直书为"弑"，令郭威更无从躲闪，所以千秋万世，统称他是直笔呢。引古为证，取义谨严。

闲文少表，且说周主郭威即位，颁诏四方，荆南节度使高保融，首先表贺。且报称："去年十一月间，朗州节度使马希萼破潭州，十二月缢杀楚王马希广，自称天策上将军，武安、武平、静江、宁远等军节度使嗣楚王。"周主郭威，因国家初定，无暇南顾，但优旨嘉奖高保融，加封渤海郡王。但高保融奏报楚事，仅据纲领，欲知详细，还须另行叙明。

自楚王马希广，出师屡败，益阳失守，长沙吃紧，希萼大举入寇，希广向汉告急，汉适内乱，不遑出援。应四十四回。希萼知希广势孤，急引兵进攻岳州，刺史王赟登城坚拒，无懈可击。希萼在城下呼赟道："公非马氏旧臣，不事我，反欲事异国么？既为人臣，独怀二心，岂非贻辱先人！”赟从容答道：“亡父为先王将，亦破淮南兵。今大王兄弟构兵，适贻淮南厚利，且先王破淮南，后嗣臣淮南，贻辱何如！大王诚能释憾罢兵，不伤同气，赟愿尽死事大王兄弟，怎敢别生二心！”希萼闻言，颇也知惭，引兵转趋长沙。部将朱进忠，已自益阳攻陷玉潭，再与希萼会师，屯兵湘西。

希广令刘彦瑫召集水师，与水军指挥使许可琼率战舰五百艘，守城北津，迤及南津，独派庶弟希崇为监军。前已有人请诛，置诸不理，此时更派作监军，痴极笨极！又遣马军指挥使李彦温，领骑兵屯驼口，扼住湘阴路，步军指挥使韩礼，率步兵屯杨柳桥，扼住栅路，与希萼相持数日，胜负未决。强弩指挥使彭师暠，登城西望，入白希广道：“朗人骤胜致骄，行列未整，更有蛮兵夹入，益见喧嚣。若假臣步卒三千，从巴陵渡江，绕出湘西，攻敌后面，再令许可琼带领战舰，攻敌前面，背腹夹攻，不怕敌人不走。一场败北，将来自不敢轻入了。”此计甚妙。希广却也称善，便召可琼入议。哪知可琼已阴与希萼密约，分治湖南，至是闻师暠计议，反瞠目伸舌道：“这是危道，决不可从，况师暠出身蛮都，能保他不生异心么？”自己通敌，还说别人难恃，此等人安可不杀？希广乃止。且命诸将尽受可琼节制，日给可琼五百金。可琼时常闭垒，不使士卒知朗军进退，或且诈称巡江，与希萼密会水西，愿为内应。希广反叹为良将，言听计从。彭师暠闻可琼通敌，入谏希广道：“可琼将叛，国人尽知，请速加诛，毋贻后患！”希广叱道：“可琼世为楚将，岂有此事！”师暠退出，喟然长叹道：“我王仁柔寡断，败亡可立俟呢！”

已而长沙大雪，平地积四尺许。两军苦不得战，希广迷信僧巫，抟土作鬼神形，举手指江，谓可却退朗人。又命众僧日夜诵经，向佛祷告，希广也披缁膜拜，高念宝胜如来，声彻户外。是谓祈死。朗州步军指挥使何敬真，乘雪少霁，即率蛮兵三千，迫韩礼营，阴遣小校雷晖，冒充长沙兵士，混入礼寨，用剑击礼。礼骇走狂呼，一军惊扰，敬真乘乱掩入，立将礼营捣破。礼军大溃，礼受创奔回，越日毙命。于是朗兵水陆齐进，急攻长沙。长沙某军指挥使吴宏，与小门使杨涤相语道："强敌凭陵，城且不保，我等不效死报国，尚待何时?"遂各引兵出战，宏出清泰门，涤出长乐门。统怒马争先，以一当十，奋斗至三四时，朗兵少却。刘彦瑫与许可琼袖手旁观，并不出援。宏士卒饥疲，先退入城，涤亦还军就食。

朗兵复竞进扑城，彭师暠挺槊突出，与朗兵交战城北，未分胜负。朗将朱进忠带引蛮众，至城东纵起火来。城上守兵，为烟雾所迷，不免惊惶，忙招许可琼军，令他救城。可琼竟举军降希萼。守兵见可琼降敌，当然惊乱，朗兵遂一拥登城，长沙遂陷。希广亟带领妻孥，走匿慈堂。朗兵及蛮兵，杀官民、焚庐舍，彻夜不休。自马殷立国后，所积珍宝，尽被夺散。宫殿屋宇，统成灰烬，闹得人声鼎沸，烟焰迷离。

李彦温尚屯兵驼口，望见城中火起，急引兵还援。至清泰门，朗人已据城拒战，矢石交下，正拟冒险进攻，忽有千余人绕城而来，统是神色仓皇，备极狼狈。为首的且凄声呼道："李将军快寻生路罢!"彦温瞧着，正是刘彦瑫，便问主子如何?彦瑫道："不知下落；我已觅得先王及今王诸子，从旁门逃出，幸与君相遇，正好结伴同奔。朗兵利害得很，若不急走，恐一经追杀，必无噍类了!"彦温被他一吓，也觉惊慌，遂与彦瑫等同奔袁州，转降南唐。

希萼入城后，即与希崇相见，希崇率将吏进谒，上书劝进。吴宏战血满袖，顾视希萼道："我不幸为许可琼所误，今日虽死，地下也好对先王了!"彭师暠投槊地下，大呼道："师暠不降，情愿请死!"希萼叹道："这可谓铁石人了!"纵令自便，不欲加诛。也是保全忠臣，却是难得。希崇遂导希萼入府视事，闭城搜捕希广夫妇，及掌书记李弘皋、弘节，都军判官唐昭胤，学士邓懿文，小门吏杨涤等，先后拘至，尽作俘囚。

希萼首问希广道："你我承父兄余业，难道不分长幼么？"希广流涕道："将吏见推，朝廷见命，所以权受，并非出自本心。"希萼也不禁恻然，便顾左右道："这是钝夫，怎能作恶？徒受群小欺蒙，因致如此。"遂命牵往狱中。嗣讯弘皋、弘节等，多半说是先王遗命，不肯伏罪，惹得希萼怒起，命将弘皋、弘节、唐昭胤、杨涤四人，绑出府门，凌迟处死，分饷蛮军。邓懿文少说数语，总算从宽一线，枭首市曹。似此残忍，何能久享！遂自称天策上将军、武安、武平、静江、宁远等军节度使，嗣爵楚王。授希崇节度副使，判军府事，其余要职，悉用朗人充任。

越日，语将吏道："希广懦夫，受制左右，我欲使他不死。汝等以为然否？"诸将皆不敢对，独朱进忠尝为希广所笞，乘此报怨，奋然进言道："大王血战三年，始得长沙。一国不容二主，今日不除，他日悔无及了！"乃命牵出勒死。希广临刑，尚喃喃诵佛书，至死才觉绝口。希广妻捶毙杖下，彭师暠不忘故主，棺殓希广，瘗诸浏阳门外，后人号为"废王冢"。希萼命子光赞为武平留后，遣何敬真为朗州都指挥使，统兵戍守，且因故学士拓跋恒，曾劝希广让国，召令复职。恒称疾不起，希萼亦无可如何。

未几令掌书记刘光辅入贡南唐，唐主璟命右仆射孙晟、客省使姚凤为册礼使，册封希萼为楚王。希萼又令光辅报谢，唐主厚待光辅，并问湖南情形。光辅密奏道："湖南民疲主骄，陛下若发兵往取，易如反掌呢。"又是一个卖国臣。唐主乃命都虞侯边镐为信州刺史，屯兵袁州，渐渐地谋吞湖南了。

南方正扰攘不休，北方亦兵戈迭起。北汉主刘崇，闻赟死人手，向南大恸道："我悔不用忠臣言，致伤儿命！"遂命为李骧立祠，岁时致祭。一面整兵缮甲，锐意复仇。可巧辽将潘聿拈，奉辽主命，贻书崇子承钧，通问国情。刘崇即使承钧复书，略说本朝沦亡，因袭帝位，欲循晋室故事，求援北朝。聿拈转报辽主。辽主兀欲，得了复书，当然欣允，发兵屯阴地、黄泽、团柏，遥作声援。刘崇即命皇子承钧为招讨使，白从晖为副，李存环为都监，统兵万人，分作五道，出攻晋州。

晋州节度使王晏，闭门不出，城上旗帜兵仗，亦散乱不整。承钧还道他是不能拒守，饬兵士蚁附登城。不料一声鼓响，那堞内伏兵，霎时齐起，挟着硬弓毒矢，接连射下，还有长枪大戟，巨斧利矛，钩的钩、斫的斫，把北汉兵杀伤无数，承钧忙鸣金收军，退出濠外。王晏竟驱兵杀出，前来追击。承钧哪里还敢恋战，麾兵急奔，跑了十多里，方不见有追兵，择地下寨。招集散卒，死伤已千余人，并失去副兵马使安元宝，不知是否阵亡，后经探骑报闻，才知元宝被擒，投降晋州了。

承钧且惭且愤，移攻隰州，行至长寿村，突遇隰州步军指挥使孙继业，从刺斜里杀将出来，顿使承钧又吃一大惊。前锋牙将程筠，不管好歹，竟挺枪跃马，出战继业。两马相交，双枪并举。约有一二十合，被继业大喝一声，把程筠刺落马下。隰州兵捉住程筠，立刻斩首，枭示军前。承钧大怒，麾兵前斗，要与继业拼命。偏继业刁猾得很，率军急退，竟回入城中去了。承钧追至城下，城上早已准备，由隰州刺史许迁，亲自督守，再加孙继业登陴相助，里守外攻，约过了数昼夜，北汉兵毫无便宜，反伤亡了许多人马，只好一齐退去。北汉兵两次败退，这叫做出手就献丑。

北汉主刘崇，接得败报，正在焦灼，怎奈不如意事，接踵而来。徐州一城，被周将王彦超陷入，杀死巩廷美、杨温，只湘阴公夫人董氏，还算由周主特恩，安抚保护，未曾殉难。徐州事虽用带笔，恰是毫不渗漏。崇忧愤交并，立遣通事舍人李晉，赴辽乞援。辽主兀欲，本来是用两头烧通的计策。当周主郭威称帝时，已从饶阳回师，应四十六回。派蕃将朱宪奉书周廷，称贺即位，周廷亦遣尚书右丞田敏报聘。此次联络北汉，明明使他鹬蚌相争，自己好做个渔翁。至李晉到辽乞师，兀欲尚不肯发兵，先遣使臣拽剌梅里，与晉同诣北汉。捏称周使田敏，已约输岁贡十万缗。刘崇不禁情急，忙使宰相郑珙，赍着金帛，与拽剌梅里同往，纳赂辽主。国书中且自称侄皇帝，致书于叔天授皇帝，见四十回。请行册礼。辽主兀欲，喜如所愿，厚待郑珙，日夕赐宴。珙在途已感受风寒，禁不起肉酪厚味，一夕宴毕归馆，竟致暴亡。兀欲发还珙丧，并遣燕王述轧，一作舒斡。政事令高勋，同至北汉，册封刘崇为“大汉神武皇帝”，妃为皇后。刘崇情急求人，也顾不得什么屈膝，只好对着辽使，拜受册封，改名为旻。令学士卫融等，诣辽报谢，乞即济师。

辽主召集诸部酋长，拟即日大举，援汉侵周，诸部酋长多不愿南行。兀欲强令从军，自督部众至新州。驻宿火神淀，夜间忽遭兵变，由燕王述轧，及伟王子呕里僧为首，持刀入帐，竟将兀欲劈死。也有此日。

辽太宗德光子齐王述律，一作舒噜。在军闻变，走入南山。述轧即自立为帝，偏各部酋长不乐推戴，情愿往迎述律，攻杀述轧及呕里僧。述律乃自火神淀入幽州，即辽主位，号天顺皇帝，改元应历，当下为故主兀欲发丧，并遣使至北汉告哀。

刘崇派枢密直学士王得中等，贺述律即位，且吊兀欲丧，仍称述律为叔，请兵攻周。述律素好游畋，不亲政事，每夜酣饮，达旦乃寐，日中方起，国人号为“睡王”。北汉乞援再四，方遣彰国军节度使萧禹厥，统兵五万，与北汉会师，自阴地关进攻晋州。

时晋州节度使王晏，与徐州节度使王彦超对调；晏已离镇，彦超未至。巡检使王万敢权知晋州军事，与龙捷都指挥使史彦超，虎捷都指挥使何徽，募兵拒守。辽兵五万人，北汉兵二万人，共至晋州城北，三面营垒，日夜攻扑。王万敢等多方抵御，且飞使至大梁求援。周主郭威，命王峻为行营都部署，发诸道兵援晋州，威自至西庄饯行，亲赐御酒三卮，峻饮毕拜别，上马径去。驰至陕州，留军不进。周主闻报，免不得遣使促行，并欲督师亲征，正是：

将军故意留西鄙，天子劳心欲北征。

究竟王峻何故逗留，待至下回表明。

希广不能让兄，又不能拒兄，潭州之陷，戚本自诒。况忠如彭师暠而不用，奸如许可琼而独任，迷信僧巫，至死且讽诵佛经，愚昧至此，安能不亡？若希萼之加刃同胞，脔食旧臣，残忍太甚，几何而不俱灭也！刘崇不从李骧之言，以致刘赟死于非命，虽悔奚追，厥后甘心事狄，出师屡败，欲泄忿而不得，欲报怨而未能，乃知失之毫厘，谬以千里，天下之不听忠言，自致危祸者，皆类是耳。特揭出之以为后世鉴云。

第四十九回

降南唐马氏亡国　征东鲁周主督师

却说王峻留驻陕州，并非故意逗挠，他却另有秘谋，不便先行奏闻。周主郭威，闻报惊疑，拟自统禁军出征，取道泽州，与王峻会救晋州。一面遣使臣翟守素，往谕王峻，峻与守素相见，屏去左右，附耳密语道："晋州城坚，可以久守。刘崇会合辽兵，气势方锐，不可力争，峻在此驻兵，并非畏怯，实欲待他气馁，然后进击，我盛彼衰，容易取胜。今上即位方新，藩镇未必心服，切不可轻出京师！近闻慕容彦超据住兖州，阴生异志，若车驾朝出汜水，彦超必暮袭京城，一或被陷，大事去了！幸转达陛下，勿生他疑！"守素唯唯遵教，即日驰还京城，报知周主郭威，威闻言大悟，手自提耳道："几败我事！"遂将亲征计议，下敕取消。郭雀儿亦有失策时耶？

是时已为广顺元年十二月，天气严寒，雨雪霏霏。峻乃下令各军，速即进发，到了绛州，也无暇休息，便语都排阵使药元福道："晋州南有蒙阬，地最险恶，若为敌兵所据，阻我前进，却很费事。汝引部卒三千，赶紧前行，得能越过蒙阬，便可无忧了！"元福应命前驱，冒雪急进，到了蒙阬相近，见地势果然险恶，幸无敌兵把守，便纵马飞越，出了蒙阬，方才扎住。令部校回报王峻。峻私喜道："我事得成了！"因即麾军继进，过了蒙阬径路，与药元福相会，向晋州进兵。

北汉主刘崇，及辽将萧禹厥，正虑攻城不下。粮食将尽，更兼大雪漫天，野无所掠，未免智穷力尽，日思退归。忽接哨骑探报，知王峻已逾蒙阬，不由得心惊胆战，立命烧去营垒，夤夜返奔。至王峻到了晋州，敌兵早遁。城内王万敢、史彦超、何徽等出迎王峻，导入城中。彦超便禀王峻道：“寇兵虽去，相距未远，若使轻骑追击，必得大胜。”峻答说道：“我军远来劳乏，且休养一宵，明日再议。”彦超乃退。翌晨值峻升厅，彦超又来禀白，药元福等亦从旁怂恿，峻乃令药元福统兵，与指挥使仇弘超，左厢排阵使陈思让、康延诏，策马出追。驰至霍邑，追及敌众，便奋击过去。敌军后队，统是北汉兵，一闻追兵到来，都越山四跑，急不择路，或坠崖，或堕谷，死了无数。元福催后军急进，偏偏延诏懦怯，沿途逗留，且语元福道：“地势险窄，恐有伏兵，且回兵徐图进取。”元福忿然道：“刘崇挟胡骑南来，志吞晋、绛，今气衰力惫，狼狈遁还，不乘此时扫灭，必为后患。”言未已，那王峻遣人到来，说是穷寇勿追，饬令回军，元福长叹数声，收军而还。王峻亦非真良将。

辽兵还至晋阳，人马十丧三四，萧禹厥自耻无功，诿罪一部酋，钉死市中。刘崇亦丧兵无数，复因辽兵归去，不得不畀他厚赆，害得府库空虚，人财两失，只好付诸一叹，缓图报怨罢了。智力原不及郭威。

且说楚王马希萼得据长沙，刑戮无度，已失人心。更且纵酒荒淫，尽把军府政事，委任希崇。小门使谢彦颙，系家僮出身，面目清扬，姣如处女，希萼很是宠爱，尝令与妃嫔杂坐，视同男妾。不怕作元绪公么？彦颙恃宠生骄，凌蔑大臣，就是手握大权的王弟希崇，他亦未加尊敬，或且拊肩搭背，戏狎靡常，希崇引为恨事。向例王府开宴，小门使只能伺候门外，希萼独使彦颙与座，甚至列诸将上，诸将亦愤愤不平。希萼因府舍被焚，命朗州指挥使王逵，副使周行逢，率部曲千余人修葺府署，执役甚劳，毫无犒赐。士卒统有怨言，逵与行逢密语道："众怒已深，不早为计，祸将及我两人了！"遂率众逃归朗州。

希萼沉醉未醒，左右不敢白，越宿始报知希萼。希萼大怒，立遣指挥使唐师翥，领兵往追。直抵朗州城下，被王逵等伏兵邀击，士卒尽死，师翥孑身逃归。逵入朗州城，逐去留后马光赞，别奉希萼兄子光惠知朗州事，寻且立为节度使。光惠愚懦嗜酒，不能服众，逵与行逢，商诸朗州戍将何敬真，废去光惠，推立辰州刺史刘言，权知留后，逵自为副使。因恐希萼往讨，特向南唐求请旌节，唐主不许。乃奉表周廷，自称藩臣，周主也不给复谕，置诸不闻。

希萼本与许可琼密约，分治湖南，及攻入潭州，背约食言，且恐可琼怨望，暗通朗州，遽出为蒙州刺史。一面派马步指挥使徐威，左右军马步使陈敬迁、水军指挥使鲁公绾，牙内侍卫指挥使陆孟俊，率兵出城西北隅，立营置栅，预备朗兵。

徐威等劳役经旬，并未抚问，免不得怨声又起。希崇已知众怒，未尝进谏。一日希萼置酒端阳门，宴集将吏，徐威等不得预宴，希崇亦称疾不至，威等遂共谋作乱。先使人驱踶啮马数十匹，闯入府署。自率徒众持械相随，待马奔入府中，即托言絷马，掩入座上，纵横击人，颠踣满地。希萼骇奔，逾垣欲走，被威等追及，缚置囚车，并执小门使谢彦颙，自顶至踵，剉成齑粉。南风不竞，致罹此祸。遂推希崇为武安留后，大掠两日，方才安民。

希崇欲借刀杀人，特令彭师暠押住希萼，解往衡山县锢禁，随时管束。希萼已去，随接到朗州檄文，数希崇篡逆罪状，希崇方觉心惊。忽又闻朗州留后刘言，派马步军至益阳，将逼潭州，顿时仓皇失措，急发兵二千往御，且遣人赴朗州求和，愿为邻藩。平时很是刁滑，此时奈何若此。刘言见了潭使，颇费踌躇，掌书记李观象进议道："希萼旧将，尚在长沙，必不欲与公为邻，公不若先檄希崇，令他取各首来献，然后可和。希崇若从此议，取湖南如反掌了。"言依议而行，即令潭使返报，果然希崇畏言，杀死希萼旧臣杨仲敏、魏光辅、魏师进、黄勍等十余人，函首送朗州，派前辰阳令李翊为使。翊至朗州纳入首级，统已血肉模糊，不可辨认。言与王逵，遂说他以伪冒真，呵叱李翊。翊且愤且惧，撞死阶下。言也为心动，暂许希崇和议，调回益阳等军。希崇闻朗军调回，安然无忌，乐得纵情酒色，终日寻欢。不意彭师暠押送希萼，到了衡山，竟与衡山指挥使廖偃，共立希萼为衡山王，改县为府，断江立栅，编竹成战舰，居然与希崇为敌。这都是希崇弄巧成拙，反害自身！原来师暠受希崇差遣，明知是借刀杀人，及与廖偃相见，慨然与语道："要我弑君，我却不愿，宁可以德报怨，不甘枉受恶名！"廖偃也以为然，即与师暠拥立希萼，召募徒众，旬日间得万余人，且遣判官刘虚己，向唐乞援。师暠以德报怨，已属矫枉过正，更且引敌亡楚，尤觉失策。

希崇得悉此变，也遣使奉表唐廷，请兵拒朗。唐主璟立命袁州戍将边镐，西趋长沙。楚将徐威等又欲杀希崇。被希崇先期察觉，左思右想，无可为计，只好赶紧迎镐，尚可自全。忽闻镐军已至醴陵，适如所望，急发库款犒军。去使回报希崇，传述镐言，谓"此来拟平楚乱，并非代灭朗兵，如欲自保，速即迎降"。希崇听了，半晌无言，嗣且泪下。没奈何迫令前学士拓跋恒奉笺镐军，情愿降唐。恒怅然道："我久不死，徒为小儿等赍送降表，岂不可叹！"乃诣镐军请降。究竟贪生。

镐率兵抵潭州，希崇率弟侄出城，望尘迎拜。镐下马宣慰，与希崇等同入城中，寓居浏阳门楼，湖南将吏，相率趋贺，镐即发湖南仓库，取出金帛粟米。金帛给将吏，粟米赈饥民，阖城大悦。慷他人之慨，何乐不为。唐武昌节度使刘仁赡乘势取岳州，安抚吏民，舆情翕然。

捷报驰入金陵，唐百官额手称庆，独起居郎高远道：“乘乱取楚，原是容易，但观统兵各将，均非良才，恐易取却难守哩。”为后文伏线。唐主璟独喜出望外，授边镐为武安节度使，征马氏全族入朝。希崇不欲东行，聚族相泣，并愿重赂边镐，令他代为奏请，仍准留居长沙。镐微笑道：“我朝与公家世为仇敌，屈指将六十年，但未尝大举入境，欲灭公家。今公兄弟阋墙，穷蹙乞降，这是天意欲归我朝。公若再图反复，恐人肯恕公，天也未肯恕公了！”可作世人棒喝。希崇无词可答，只得挈领宗族，及将佐千余人，号哭登舟，共赴金陵。谁叫你陷害骨肉？

马希萼据住衡山，还想经略岭南，特命龙峒戍将彭彦晖，移屯桂州。桂州节度副使马希隐，系是马殷少子，不愿彦晖前来，急檄蒙州刺史许可琼，同拒彦晖。可琼引兵趋桂州，与希隐合兵，杀退彦晖。彦晖奔回衡山，希萼大惊。适唐将李承戬，奉边镐命，引兵数千至衡山，促希萼入朝金陵，逼得希萼忧上加忧。就是廖偃、彭师暠，也想不出救急方法，索性投顺南唐，乃是无策中的一策。乃与希萼沿江东下，往朝南唐。

先是湖南有童谣云：“鞭打马，马急走！”至是果验。马希隐闻二兄降唐，还想据守岭南，负嵎自固，偏南汉主刘晟，遣内侍吴怀恩入境，先乘虚袭入蒙州，继乘胜进逼桂州。希隐与许可琼，保守不住，乘夜斩关，带领遗众，向全州遁去。吴怀恩得了蒙、桂，复略定连、梧、严、富、昭、流、象、龚等州，于是南岭以北属南唐，南岭以南属南汉。只有朗州一隅，尚为刘言所据，但亦不复属马氏。自马殷据有湖南，至希崇降唐，共得六主，合成五十六年。

希萼兄弟，先后至金陵。唐主璟嘉他恭顺，命希萼为江南西道观察使，驻守洪州，仍封楚王；希崇为永泰军节度使，驻守扬州。其余湖南将吏，以次拜官。且因廖偃、彭师暠二人，忠事故主，特授偃为左殿直军使兼莱州刺史、师暠为殿直都虞侯。湖南刺史，俱望风朝唐。最可惜的是前岳州刺史王赟，至此已改调永州，独伤心故国，不忍降唐。经唐廷一再征召，勉强入觐。唐主璟责他后至，赐鸩而死。人生到此，天道难论，这叫做有幸有不幸呢！褒贬咸宜。

南唐既并有湖南，复议北略。参军韩熙载，入任户部侍郎，独上书谏阻道："郭氏奸雄，不亚曹、马，得国虽浅，守境已固。我若妄动兵戈，恐不独无成，反且有害呢！"唐主璟乃罢兵不发。偏是兖州节度使慕容彦超，叛周起兵，向唐求援，遂令唐主璟触动雄心，出兵五千人，令指挥使燕敬权为将，往援彦超。从南唐出援，接入彦超叛周事，绾合无痕。彦超自汴京逃归，心常疑惧，昼夜不安，特遣人贡献方物，自表歉忱，探试周主意向。周主加授彦超为中书令，并遣翰林学士鱼崇谅，至兖州传旨抚慰。略云：

向以前朝失德，少主用谗。仓猝之间，召卿赴阙，卿即奔驰应命，信宿至京，救国难而不顾身，闻君召而不俟驾。以至天亡汉祚，兵散梁郊，降将败军，相继而至，卿即便回马首，径返龟阴。为主为时，有终有始，所谓危乱见忠臣之节，疾风知劲草之心。若使为臣者皆复如是，则有国者谁不欲大用斯人！朕潜龙河朔之际，平难浚郊之时，缘不奉示谕之言，亦不得差人至行阙。且事主之道，何必如斯？若或二三于汉朝，又安肯效忠于周室，以此为惧，不亦过乎？卿但悉力推心，安民体国，事朕之节，如事故君，不惟黎庶获安，抑亦社稷是赖！但坚表率，未易替移，由衷之诚，言尽于此，卿其勿疑！

彦超得了此谕，心终未释；且闻刘赟暴死，益不自安。募壮士，蓄刍粮，购战马，潜使人通书北汉，为关吏所获，奏报周廷。周主郭威，命中书舍人郑好谦，申谕彦超，与订誓约。彦超始终未信，特令都押牙郑麟诣阙，伪输情款，实觇机事。又捏造天平节度使高行周书，说是约他造反，因此出首。周主郭威，披书审阅，语多指斥朝廷，不禁微笑道："鬼蜮伎俩，怎能欺人？"遂将书颁示行周，行周果然奏辩，兼且谢恩。周主即遣阁门使张凝领兵赴郓州，为行周助守。彦超计不得逞，复表请入朝，竟由周主允准。未几又得彦超复奏，伪称境内多盗，不便离镇。周主付诸一笑，但待他发难，兴师问罪便了。并非姑息养奸，实是请君入瓮。

好容易过了一载，已是广顺二年。彦超召乡兵入城，引泗水注入城濠，预备战守。且令部吏伪扮商人，混入南唐，求请援师。一面募集群盗，剽掠邻境。寻得朝廷诏敕，命沂、密二州，不复属泰宁军。彦超怎肯失去二州，决计抗命。判官崔周度谏阻道："东鲁素习《诗》、《书》，自伯禽周公子。以来，不能霸诸侯，但用礼仪守国，自可长世。况公对朝廷，并无私憾，何必自疑？主上又再三谕慰，公能撤备归诚，定可长享富贵，安如泰山。公岂不闻杜重威、李守贞故事，奈何自取灭亡呢？"彦超不从，竟尔叛周。周主命侍卫步军都指挥使曹英，为兖州行营都部署，齐州防御使史彦韬为副，皇城使向训为都监，陈州防御使药元福为都虞侯，东讨彦超。

彦超闻周廷出师，忙遣人南行，约唐夹攻。唐将燕敬权已到下邳，恐众寡不敌，退屯沭阳。不料徐州巡检使张令彬，潜师袭击，捣破唐营，竟将燕敬权活捉了去，献入周廷。周主郭威，欲借此笼络南唐，命将敬权释缚，赐他衣服金帛，放归本土。敬权感泣谢罪，周主面谕道："奖顺除逆，各国从同，难道江南独异致么？我国贼臣，据城肆逆，殃及万民，尔国乃出助凶逆，诚为不解。尔可归语尔主，勿再失算！”敬权应命辞行，返报唐主。唐主也觉感激，不敢再援彦超。

彦超失一大援，不得已登城守御。曹英等到了城下，猛攻不克，乃筑垒围城。可巧王峻自晋州还师，也由周主拨至兖州。彦超见周军迭至，很是心慌，屡率壮士出城突围，统为药元福所败，只好闭城固守。周军四面围住，困得兖州水泄不通。自春至夏，守兵疲敝不堪，彦超因库资告罄，令大括民财，犒赐守兵。前陕州司马阎弘鲁，倾资出献，彦超尚说有私藏，命崔周度至弘鲁家，实行搜括。到处搜遍，毫无所得，乃返报彦超。彦超斥周度包庇弘鲁，俱令下狱。适弘鲁家有乳母，从泥土中拾得金缠臂，献与彦超，欲赎弘鲁。彦超益恨弘鲁藏金，遣军校搒掠弘鲁夫妇，硬要他献出私藏。可怜弘鲁夫妇，无从取献，宛转哀号，同毙杖下。死在眼前，还要这般毒虐。周度连坐处斩。看官听着！这周度坐罪，尚不是全为弘鲁，大半由前日忠谏，触怒彦超，所以遭此奇祸呢。

周主郭威，因兖州久攻未下，下诏亲征。命李榖、范质同平章事，留李榖权守东京，兼判开封府事，进郑仁诲为枢密使，权充大内都点检，郭崇充在京都巡检。布置已定，乃自京城出发，直抵兖州。先令人招谕彦超，守卒出言不逊，始督诸军进攻。诸军因御驾亲临，当然冒险进取，伐鼓渊渊，振旅阗阗。有分教一座坚城，从此崩陷；凶狡贪横的慕容彦超，要全家诛戮了。小子有诗叹道：

休笑人家尽懦夫，蛮横到底伏天诛！
试看身首分离日，谁惜昂藏七尺躯！

欲知攻克兖州情形，下回再行续叙。

古人有言："家必自毁而后人毁之，国必自伐而后人伐之。"观马氏兄弟之阋墙构衅，遂致全国让人，举族入唐，边镐兵不血刃，即得三楚。非马氏之自致覆亡，曷由致此！阅边镐言，凡天下之兄弟不和者，亦曷不亟自猛省也！慕容彦超有勇无谋，亡汉不足，反欲叛周。周主郭威再三慰谕，始终不从，甚且杀崔周度、毙阎弘鲁。如此凶戾，不死何为？乃知马希崇之覆国，与慕容彦超之亡家，无在非自取也。

第五十回

逐边镐攻入潭州府　拘刘言计夺武平军

却说慕容彦超，困守兖州，已是势穷力竭；并且素性贪吝，所括民财，半犒兵士，半充囊橐，因此士无斗志，相继出降。周主郭威，又亲至城下，督军猛攻，眼见得保守不住，彦超无法可施，竟至镇星祠中，禳灾祈福。这镇星祠乃是何神？原来彦超将反，有术士占验天文，谓“镇星行至角亢，角亢为兖州分野，当邀神佑。”彦超信为真言，特设一祠，令民家遍立黄幡，每日一祭。此时穷蹙无计，不得不仰求星君。蓦闻城被摧陷，急忙出祠督战，那周军似潮冲入，怎能招架得住？巷战良久，手下兵皆溃散。再奔至镇星祠旁，放起一把无名火，将祠毁去，然后驰入府署，挈妻投井，顷刻溺毙。子继勋率残众五百人，出奔被擒，立即磔死。彦超枭尸，所有家族，悉数诛夷。应该如此。兖州平定，周主留端明殿学士颜衎，权知兖州军府事，降泰宁军为防御州，并欲尽诛彦超将佐。翰林学士窦仪，心下不忍，特商诸宰臣冯道、范质，请他释免。两宰臣面奏周主，说是胁从罔治，周主乃赦罪不问。

启跸赴曲阜县，谒孔子祠，行释奠礼。登殿将拜，左右劝阻道：“孔子乃是陪臣，不当受天子拜！”周主道：“孔子为百世帝王师，难道可不敬礼么？”遂虔诚拜讫，命将祭器留藏祠中。又至孔林拜孔子墓，访得孔子四十三世孙孔仁玉，命为曲阜令；颜渊后裔颜涉，命为主簿。即令视事。仍饬兖州修葺孔祠，永禁墓旁樵采，然后还都，饮至犒赏，当然有一番手续。

过了数日，德妃董氏，病殁宫中。天子悼亡，免不得辍乐举哀，饰终尽礼。董氏镇州人，本嫁同里刘进超。进超仕晋，充内廷职使。辽兵犯阙，进超殉难，董氏嫠居洛阳。汉高祖自太原入京师，郭威从军过洛，闻董氏德艺兼长，纳为妾媵。后来出镇邺中，只命董氏随行，所以家属被屠，董氏幸得脱祸。及威已称帝，中宫虚位，但册董氏为德妃，摄掌宫事。至此竟遭病殁，享年三十九岁。总觉命薄。叙出董氏，补前文所未逮。

郭威既悲妃殁，复触旧痛，好几日不愿视朝。接连是天平节度使高行周，病终任所，又辍朝数日，犹幸内外无事，朝政清闲。惟冀州边境，为辽兵所掠，由都监杜延熙，一鼓驱退，倒也损失有限，不足廑忧。既而武平军留后刘言，遣牙将张崇嗣入奏，报称“收复湖南，愿如马氏故事，乞请册封”。周主留馆来使，又有一番廷议，处置湖南事宜。

自唐将边镐入据长沙，潭民市不易肆，称镐为边菩萨，一体悦服。后来镐佞佛设斋，筑寺置观，所入赋税，除贡献金陵外，尽充佛事，浮费无节。凡地方一切政治，置诸不理，于是潭人失望。菩萨本来高搁，望他奚为？南汉内侍省丞潘崇彻，及将军谢贯，乘机攻郴州。镐出兵与争，大败奔还。郴州被陷。镐坐失军威。

唐指挥使孙朗、曹进，从镐平楚，部下所得廪给，反不及湖南降卒，军士已有怨言。唐复遣郎中杨继勋等，征取湖南租税，务从苛刻。行营粮料使王绍颜，希承继勋意旨，克减军粮，益激众怒。孙朗、曹进，投袂奋起，率部众入攻绍颜。绍颜走匿囷下，屏息无声。大众四觅无着，转趋府署，向镐要求，请斩绍颜以谢将士。镐含糊应允，待孙朗等退归营中，并不将绍颜取出，枭首示众。所以孙、曹两人，并谋杀镐，夜率部众焚府门，适值天雨，屡燃屡灭。镐本有戒心，至是闻府门被火，出兵格斗，且令传吹鼓角，作将旦状。孙朗等堕入镐谋，恐天晓军集，转难脱身，不如斩关出去，往投朗州，一声吆喝，麾退党徒，纷纷投关出城，夤夜向朗州奔去。

走了两三日，方抵朗州城外，求见刘言。言召他入署，问明原委，很是喜欢。王逵在旁问朗道："我欲再取湖南，恐唐兵来援，多一阻碍，奈何？"朗答道："朗臣唐数年，备知底细，现在朝无贤臣，军无良将，忠佞无别，赏罚不当，得能保守淮南，已是幸事，还有何暇兼顾湖南？朗愿为公前驱，取湖南如拾芥呢！"朗为唐臣，嗾人往取湖南，亦非好人。逵心亦喜，厚待孙朗及曹进，整兵治舰，预谋大举。

唐主璟方用冯延巳、孙晟同平章事。两相意见未合，晟尝语左右道："金杯玉碗，乃竟盛狗矢么？"延巳闻言，恨晟益深。唐主尝遣将军李建期出屯益阳，使图朗州，又命知全州事张峦，兼桂州招讨使，使图桂州。两军出驻多日，未闻报功，唐主召语冯延巳、孙晟道："楚人归我，意在息肩。我未能抚息疮痍，反欲劳民费财，恐失楚意。现欲将桂林、益阳两处戍军，悉数调回，特授刘言旌节，俾得息兵，卿等以为何如？"孙晟道："陛下诚念及此，不但安楚，并足安唐。"延巳勃然道："臣意以为非是。前出偏将下湖南，远近震惊，一旦三分失二，适令他人藐视。请委任边将窥察形势，可进即进，可退乃退。"唐主因遣统军使侯训，率兵五千，往与张峦合兵，共攻桂州。训与峦联军南下，将到桂州城下，被南汉兵内外夹击，杀得大败亏输，训竟战死。峦收残卒数百人，奔回全州。败报到了唐廷，唐主决拟召回李建期，授刘言为节度使。偏冯延巳又出来反对，谓宜召言入朝，察他举止，果肯效顺，再授旌节未迟。唐主乃遣使至朗州，召言入朝。

言与王逵密商行止，逵答道："武陵负江面湖，带甲百万，怎甘拱手让人？况边镐抚字无方，士民不附，可一战成擒，怕他什么?”言尚在沉吟，逵又道：“行军贵速，一或迟延，反令镐得为备，不易进攻了。”乃遣归唐使，佯约入朝。一面召集何敬真、张仿、蒲公益、朱全琇、宇文琼、彭万和、潘叔嗣、张文表等牙将，皆授指挥使，令周行逢为行军司马。部署队伍，即日发兵。行逢善谋，文表善战，叔嗣善冲锋，三人情好颇深，和衷共进。王逵为统军元帅，分道趋长沙；令孙朗、曹进为先锋，直抵沅江，擒住唐都监刘承遇，收降唐军校李师德，乘胜进逼益阳，用着大刀阔斧，砍入唐守将李建期寨内。建期慌忙抵敌，被孙朗、曹进二将，绕住厮杀。张文表、潘叔嗣，持槊助战，任你建期如何力大，也被他七手八脚，活捉了去。所有戍兵二千人，尽行授首，一个不留。嗣是朗兵水陆并进，势如破竹。破桥口，入湘阴，直薄潭州。这位大慈大悲的边菩萨，变做无人无势的边和尚，自知不能敌朗兵，慌忙遣使乞援。怎奈远水难救近火，唐兵不能速到，朗兵已是登城。边镐弃城夜走，吏民俱溃，人多马杂，把醴陵桥门踏断，溺死压死，共约一万余人。得之甚易，失亦甚易。

王逵入城视事，自称武平军节度副使，权知军府事，遣何敬真等追镐。镐已狂窜回去，追赶不及，但杀死溃卒五百名。逵又令蒲公益攻岳州，唐岳州刺史宋德权及监军任镐，不战即溃。湖南各州县唐吏，闻风震栗，相继遁去。从前马氏岭北故土，一股脑儿归入刘言，只郴、连二州，为南汉有。王逵复欲攻取郴州，自督诸军及峒蛮共约五万人，将郴州围住。南汉将潘崇彻，夤夜趋救，出其不意，掩击朗兵，朗兵大败。

王逵走还，乃发使至朗州，请刘言入主长沙。言不愿舍朗，因上表周廷，报捷称臣。且称潭州残破，乞移使府治朗州。周主与群臣会议，大众都主张招抚，乃于广顺二年正月，表刘言为武平节度使，兼朗州大都督；升朗州为湖南首府，位出潭州上。王逵为武安节度使，周行逢为武安行军司马，何敬真为静江节度使，朱全琇为静江节度副使，张仿为武平节度副使。这诏旨颁到朗州，刘言以下，统皆拜受。

惟唐主璟因败惩罪，削边镐官爵，流戍饶州；斩宋德权、任镐；罢冯延巳、孙晟为左右仆射。自悔前失，乃议休兵息民。左右劝璟道：“陛下能数十年不用兵，国可小康。”璟愤然道：“璟将终身不用兵！何止数十年哩！”岂千年不死耶？不到数月，复召冯延巳为相，廷臣统呼为怪事。这且待后再表。

且说王逵入潭州后，与何敬真、朱全琇等，各置牙兵，分厅视事，吏民几不知所从。有时宴集诸将，也不辨尊卑、不分主客，彼此喧呶，毫无规律。逵引以为忧。惟周行逢、张文表二人，事逵尽礼。每有政议，逵倚二人为左右手。敬真、全琇未免疑逵，且已受周廷命令，往镇静江军，当即辞去。逵得拔去眼中钉，恰也心慰。惟自恃有功，不肯为刘言下，平居与言通书，词多倨傲。言不肯容忍，积成嫌隙，隐欲图逵。

逵颇有所闻，时常戒惧。行逢亦语逵道：“刘言与我辈不协，敬真、全琇又与公有隙，若不先下手，将来两路发难，公将如何处置？”逵答道：“君言甚是，逵早已加忧，苦无良策！”行逢与逵附耳数语，逵大喜道：“与公除凶党，同治潭、朗，尚复何忧？”遂遣行逢至朗州，进谒刘言。言问他来意，行逢道：“南汉已兴兵入寇，全、道、永三州，统已吃紧，行逢特来报闻！”言说道：“王节度何不出御？”行逢道：“南汉势大，非潭州兵力所能抵御，须合武平、静江两路军马方足却寇。”言踌躇半晌，方答语道：“我处兵马不多，且是军阃要地，不便远离。看来只好檄调静江军，与潭军会同御敌罢！”正要你出此策。行逢道：“如此甚妙，请大都督照行！”言遂檄令何敬真为南面行营招讨使，朱全琇为先锋使，促赴潭州会师，共御南汉。

行逢辞言先归，复进逵密计。逵待敬真、全琇到来，出郊迎劳，相见甚欢。两人问及敌情，逵答道："我已拨兵往堵，想寇势不即蔓延。公等远来，且入城休息，缓日往剿便了！"遂邀敬真、全琇入城，摆酒接风，并召入美妓侑酒，惹得两人眼花缭乱，情志昏迷。饮罢散席，仍嘱各妓留侍客馆，夜以继日。俗语说得好，"酒不醉人人自醉，色不迷人人自迷"。敬真、全琇一住数日，几与各妓结不解缘，朝朝暮暮，怜我怜卿，还记得什么军事。逵又日供佳酿，兼给嘉肴，使他酒食流连，沉湎不醒。一面又着人至朗州，再请济师。

刘言又拨指挥使李仲迁，率部兵三千，到了潭州。逵使与敬真相见。敬真令他先发，趋往岭北，待着后军。仲迁率兵逾岭，在岭北扎营数日，并不见敬真到来，亦未闻有什么南汉兵。正在惊疑得很，那都头符会，因士卒思归，竟劫仲迁还朗州。都在行逢计中。

敬真尚留居馆中，镇日昏醉，忽来了朗州使人，传刘言命，责敬真玩寇荒宴，把他缚住，送入潭州狱中。敬真醉眼朦胧，怎知真伪？其实朗州使人，是由潭卒假扮，就是南汉入寇，也由行逢捏造出来。朱全琇闻变急遁，由逵派兵追捕，也即拿还。当下从狱中牵出敬真，与全琇同斩市曹。并遣人报知刘言，诬称"敬真全琇私通南汉，托故逗留，不得不军法从事。李仲迁等私自逃归，亦请加罪。"言召诘仲迁，仲迁归罪符会，言竟将符会枭首，复报王逵。

行逢复语王逵道："武平节度副使李仿，系敬真亲戚。仿若不除，将为敬真复仇。公宜加意预防！"逵即转达刘言，请遣副使李仿，会同御寇。言本是个笨伯，一次中计，尚不觉悟；复遣仿至潭州。逵又殷勤迎入，设宴待仿，帐后暗置伏兵。待至酒意半阑，掷杯为号，立见伏兵杀出，将仿剁成肉泥。于是留行逢守潭州，由逵自率轻骑，往袭朗州。

朗州毫不防备，被逵掩入，直趋府署。指挥使郑玟，出来拦阻，未曾开口，项下已着了一刀，倒地而死。刘言闻变，尚不知为何因，冒冒失失地走将出来，兜头碰着王逵。逵麾动徒众，将言拥至别馆，拘禁起来。朗州兵士，仓皇欲遁。逵下令城中，谓言“通款南唐，故特问罪。此外概不株连。”兵士未沐言恩，哪个肯来助言？况朗州本由逵夺取，言不过坐享成功，各军又多逵故部，乐得依从逵命，得过且过。

逵安然据朗，奉表至周，也说刘言欲举周降唐。惟又添出许多诳语，谓“言欲攻潭州，部众不从，将他幽禁；臣至朗州抚安军府，幸得平定，仍移军府至潭州，特此奏闻。”周主郭威，虽然明睿，究竟相隔太远，无从辨别虚实。且湖南是羁縻地，更不必详细诘究，但教称臣纳贡，不妨俯从。因即派通事舍人翟光裔，宣抚王逵，悉如所请，且授逵为武平军节度使，兼中书令。逵厚赆光裔，送他还周，自取朗州图籍，还居潭州。别遣潘叔嗣往杀刘言。言镇朗州凡三年，朗人尝号言为“刘咬牙。”先是有童谣云：“马去不用鞭，咬牙过今年。”鞭、边音通，边镐徙马氏，刘言逐边镐，王逵又杀刘言，是童谣亦已应验了。暂作一束。

且说镇宁节度使郭荣莅镇以后，由周主选择朝臣，令为僚佐。用王敏、崔颂为判官，王朴为掌书记。皆一时名士，辅导有方。荣妻刘氏，曾封彭城县君，前时留居大梁，为刘铢所屠。至周主即位，追封刘氏为彭城郡夫人；复因荣断弦待续，另为择配。荣闻符彦卿女，智足保身，嫠居母家，未曾他适。特请诸义父，愿纳为继室。周主本认符氏为义女，乐得为养子玉成，遂致书彦卿，求为义媳。彦卿自然遵命，当将嫠女送至澶州，与荣结为夫妇。怨女旷夫，各得其所，自不消说。回应四十三回。

荣在镇二年，屡请入朝，王峻时已入相，忌荣英明，辄从旁沮止。会黄河决口，峻奉命巡视，荣觑隙陈情，再乞入觐。

果得周主批准。即日启行，驰诣阙下，父子相见，止孝止慈。即授荣为开封尹，兼功德使，加封晋王。王峻得知消息，遽自河上返大梁，固请辞职，周主不许。峻再乞外调，复经周主慰留，且命兼领平卢节度使。峻尚连章求解相职，并辞枢密，好几日不出视事。周主令近臣征召，仍然托疾不朝。嗣后因枢密直学士陈同，与峻相善，特遣他传示谕旨，谓“峻再不出，当亲临视疾。”峻乃不得已入谒。周主虽温颜劝勉，心下已存芥蒂。峻尚不知返省，屡有请求，遂令患难君臣，凶终隙末，免不得变起脸来。小子有诗讥王峻道：

难得功臣保始终，鸟飞已尽好藏弓。
如何恃宠成骄态，坐使勋名一旦空！

欲知王峻如何得罪，容俟下回续详。

有边镐之俘马氏，即有刘言之逐边镐；有刘言之逐边镐，即有王逵之杀刘言。所谓螳螂捕蝉，黄雀已随其后，特当局未之觉耳。且刘言为逵所推，而逵杀之；何敬真、朱全琇等，佐逵成功，而逵并杀之；争权攘利，不杀不止，彼后世之拥兵求逞，酿成战祸者，何一不可作如是观也！本回叙王逵之攻潭州，写得非常踊跃；及其图朗州也，又写得非常鬼秘。此由笔性之妙，足夺人目，不得以寻常小说目之。

第五十一回

滋德殿病终留遗嘱　高平县敌忾奏奇勋

却说周枢密使同平章事王峻，恃宠生骄，屡有要挟，周主虽然优容，免不得心存芥蒂。峻又在枢密院中，增筑厅舍，务极华丽，特邀周主临幸。周主颇尚俭约，因不便诘责，只好敷衍数语，便即回宫。会周主就内苑中，筑一小殿，峻独入奏道："宫室已多，何用增筑？"周主道："枢密院屋宇，也觉不少。卿何为添筑厅舍呢？"峻惭不能对，方才趋退。

一日适当寒食，周主未曾视朝，百官亦请例假。辰牌甫过，周主因起床较迟，尚未早膳，偏峻趋入内殿，称有密事面陈。周主还道他有特别大事，立即召见。峻行礼已毕，便面请道："臣看李穀、范质两相，实未称职，不若改用他人。"周主道："何人可代两相？"峻答道："端明殿学士尚书颜衎、秘书监陈观，材可大用，陛下何不重任！"周主怏怏道："进退宰相，不宜仓猝，俟朕徐察可否，再行定议。"峻絮聒不休，硬要周主承认。周主时已枵腹，恨不将他叱退，勉强忍住了气，含糊说道："俟寒食假后，当为卿改任二人便了。"亏他能耐。峻乃辞出。

周主入内用膳，越想越恨。好容易过了一宵，诘旦即召见百官。峻昂然直入，被周主叱令左右，将峻拿下，拘住别室。且顾语冯道诸人道："王峻是朕患难弟兄，朕每事曲容。偏他凌朕太甚，至欲尽逐大臣，翦朕羽翼。朕只一子，辄为所忌，百计阻挠。似此目无君上，何人能忍？朕亦顾不得许多了！”冯道等略为劝解，请贷死贬官。乃释峻出室，降为商州司马，勒令即日就道。峻形神沮丧，狼狈出都，行至商州，忧恚成疾，未几遂死。颜衎、陈观，坐王峻党，同时贬官。

邺都留守王殷，与王峻同佐周主，俱立大功。峻既得罪，殷亦不安。何不求去。先是殷出镇邺都，仍领亲军，兼同平章事职衔，自河以北，皆受殷节制。殷专务聚敛，为民所怨。周主尝遣使诫殷道：“朕起自邺都，帑廪储蓄，足支数年。但教汝按额课民，上供朝廷，已足国用。慎勿额外诛求，取怨人民！”殷不以为然，苛敛如故。且所属河北戍兵，任意更调，毫不奏闻，周主很是介意。广顺三年九月，为周主诞日，号“永寿节”，殷表请入朝庆寿，周主疑殷有异志，不准入朝。到了冬季，预备郊祀礼仪。不意殷竟擅自入都，麾下带着许多骑士，出入拥卫，烜赫异常。适值周主有疾，得此消息，很是惊疑。又因殷屡求面觐，并请拨给卫兵，藉防不测。周主越有戒心，遂力疾御滋德殿，召殷入见。殷甫上殿阶，即命侍卫出殿，将殷拿下。责他擅离职守，罪在不赦。一篇诏敕，把殷生平官爵，尽行削夺，长流登州。至殷既东去，复着将吏赍诏，追至半途，说他“有意谋叛，拟俟郊祀日作乱，可就地正法”等语。殷无从辩诬，只好伸颈就戮。一道冤魂，投入冥府，与前时病死的王峻，再做阴间朋友去了。功臣之不得其死，半由主忌，半由自取。

周主既杀死二王，方免后忧，当命皇子晋王荣判内外兵马事。改邺都为天雄军，调天平节度使符彦卿往镇，加封卫王。徙镇州节度使何福进镇天平军，加同平章事。镇州一缺，命侍卫步军都指挥使曹英出任；澶州一缺，命侍卫马军都指挥使郭崇出任。此外亦各有迁调，不可殚述。惟周主病体，始终未痊。残冬已届，周主勉强支持，亲飨太庙，自斋宫乘辇至庙廷，才行下辇。由近臣扶掖升阶，甫及一室，已是痰喘交作，不能行礼。只得命晋王荣恭代，自己仍退居斋宫。夜间痰喘愈甚，险些儿谢世归天。幸经良医调治，始得重生。越日就是广顺四年元旦，周主又复强起，亲至南郊，大祀圜丘。自觉身体疲乏，未能叩拜，只好仰瞻申敬，草草成礼。礼毕还宫，御明德楼，受百官朝贺，宣制大赦，改广顺四年为显德元年。内外文武百官，加恩优赉，命妇并与进封，毋庸细叙。周主经此一番劳动，疾愈加剧，停止诸司进奏；遇有大事，由晋王荣入禀进止，然后宣行。

晋王荣总握内外兵柄，每日在府中办事，人心少安。忽由澶州牙校曹翰，入都见荣。拜谒已毕，即与荣密言道："大王为国储嗣，当思孝养。今主上寝疾，大王不入侍医药，镇日在外办事，如何慰天下仰望呢？"言外寓意。荣不禁大悟，便留翰居府，代决政务，自己入侍禁中，朝夕侍奉。

周主谕荣道："朕若不起，汝速治山陵，毋令灵柩久留殿内。陵所务从俭素，不得劳役百姓，不得多用工匠，勿置下宫，不要守陵宫人，并不必用石人石兽，但用纸衣为殓，瓦棺为椁。入窆后，可募近陵人民三十户，蠲免征徭，令他守视。陵前只立一石，镌刻数语，可云'周天子平生好俭，遗令用纸衣瓦棺。嗣主不敢有违。'如此说法，便足了事。汝若违我遗言，我死有知，必不福汝！"防患未然，可云明哲。荣含糊应命，周主见他怀疑，又申诫道："从前我西征时，见唐朝十八帝陵，统遭发掘，这都由多藏金玉，致启盗心。汝平时读史，应知汉文帝素好俭素，葬在霸陵原，至今完好如旧。每年寒食，可差人祭扫，如没人差去，遥祭亦可。并饬在河府、魏府间，各葬一副剑甲，澶州葬通天冠绛纱袍，东京葬平天冠衮龙袍。千万千万，勿忘遗言！"荣乃唯唯受教。

周主又命荣传敕，著宰臣冯道，加封太师；范质加尚书左仆射，兼修国史；李縠加右仆射，兼集贤殿大学士；升端明殿学士尚书王溥同平章事；宣徽北院使郑仁诲为枢密使；枢密承旨魏仁浦为枢密副使；司徒窦贞固进封汧国公；司空苏禹珪进封莒国公；授龙捷左厢指挥使樊爱能为侍卫马军都指挥使；虎捷左厢指挥使何徽为侍卫步军都指挥使；且加殿前都指挥使李重进为武信军节度使，检校太保，仍典禁军。

重进母系周主胞姊，曾封福庆长公主，周主以重进谊属舅甥，所以用为亲将。及周主大渐，特召重进入内，嘱受顾命。且令向荣下拜，示定君臣名分，重进一一遵旨。周主又叹息道："朕观当世文才，无过范质、王溥，今两人并相，我死无遗恨了！"哪知他后来降宋？是夕周主病逝滋德殿，寿五十一岁。

晋王荣秘不发丧。越三日已经大殓，迁灵柩至万岁殿，乃召集文武百官，颁宣遗制，令晋王荣即皇帝位。百官奉敕，遂奉荣即位柩前。是岁自正月朔日起，天色屡昏，日月多晕；及嗣主即位，忽然晴朗，天日为开，中外相率称奇。嗣主荣居丧数日，由宰臣冯道等，表请听政，三疏乃允。见群臣于万岁殿东庑下，始亲莅事。命太常卿田敏为先帝拟谥，敏上尊谥为"圣神恭肃文武孝皇帝"，庙号"太祖"。

忽由潞州节度使李筠，报称"北汉主刘崇，与辽将杨衮，率兵数万，自团柏谷入寇潞州"。周主荣甫经践阼，即闻此事，恰也有些心惊。幸亏他天姿英武，不以为忧，即召群臣会议，志在亲征。冯道等以为未可，且言"刘崇自晋州奔还，势弱气夺，未必即能再振。现恐由潞州谣传，李筠未战先怯，遽行奏闻，贻忧宵旰。陛下初承大统，人心未定，先帝山陵，方才启工，不应轻率出征。如果刘崇入寇，但教命将出御，便足制敌"云云。周主荣摇首道："刘崇幸我大丧，闻我新立，自谓良好机会，可以入伺中原。目下潞州告急，必非虚语。我若亲自出征，庶几先声夺人，免致轻觑！"冯道等一再固诤，周主荣又道："从前唐太宗创业，屡次亲征，朕岂怕河东刘崇么?"道独答道："陛下未可便学太宗。"周主荣奋然道："刘崇众至数万，统是乌合。如遇王师，可比泰山压卵，必胜无疑。"道又道："陛下试平心自问，果能作得泰山否?"冯道历事四朝，未闻献议，此次硬加谏阻，无非怯敌所致。周主荣拂袖起座，返身入内。

越宿颁出诏敕，分发各道，令他招募勇士，送入阙下。各道节度使得旨，陆续送致壮丁，由周主编入禁卫军，逐日操练，准备扈驾。俄又接得潞州急报。但见纸上写着：

昭义军节度使臣李筠万急上言：河东叛寇刘崇，幸祸伐丧，结连契丹入寇。臣出守太平驿，遣步将穆令均前往迎击，被贼将张元徽用埋伏计，诱杀令均，士卒丧亡逾千。寇焰愈张，兵逼驿舍，臣不得已回城固守，效死勿去，谨待援师。臣措置乖方，自取丧师之罪，乞付有司议谴！谨昧死上闻，翘切待命！李筠败绩，从奏报中叙明，亦一变体。

周主荣得了此报，也不欲与冯道等续商。但召王溥、王朴两人，入议亲征事宜。溥与朴赞成亲征，奏请先调各道兵马，会集潞州，然后车驾启行。周主乃召天雄军节度使符彦卿，自磁州进兵赴潞州，击敌后路，以澶州节度使郭崇为副；河中节度使王彦超，自晋州进兵赴潞州，击敌东面，以陕府节度使韩通为副；又命马军都指挥使樊爱能、步军都指挥使何徽、滑州节度使白重赞、郑州防御使史彦超、前耀州团练使符彦能等，引兵先赴泽州，以宣徽使向训为监军。一面令冯道恭奉梓宫，往赴山陵，留枢密使郑仁诲居守京师。车驾自三月上旬启行。

到了怀州，闻刘崇已引兵南向，拟兼程速进。控鹤都指挥赵晁，密语通事舍人郑好谦道："贼势甚盛，未可轻敌。主上拟倍道进兵，恐非良策。"好谦入阻周主，周主荣发怒道："汝怎得阻挠军情？想是有人主使，从速供出，免得受刑！"好谦慌忙吐实，说是赵晁所言。周主荣系晁入狱，即日下令启行，麾众急进。

不数日已到泽州，驻营东北隅。北汉主刘崇引着辽兵，行过潞州，不欲进攻，竟向泽州进发。至高平南岸，听得周军已到，才据险立营，只派前锋挑战。被周军邀击一阵，便即败退。周主荣恐他遁去，再命诸军夤夜前进。且促河阳节度使刘词，赶紧派兵援应。诸将因刘词未至，不免寒心。但因周主军令甚严，又未敢中途逗挠，不得已驱军前行。翌晨至巴公原，望见敌兵，北汉将张元徽，在东列阵；辽将杨衮，在西列阵。行伍很是整齐。周主命滑州节度使白重赞，与马步都虞侯李重进，率左军居西；樊爱能、何徽率右军居东，向训、史彦超率精骑居中央；殿前都指挥使张永德，率禁兵护住御驾。

两阵对圆，周军与敌兵相较，不过三分有二。刘崇见周军较少，悔召辽兵，顾语诸将道："我观敌垒，与我本部兵相差不多，早知如此，何必借援外人？今日不但破周，且可使外人心服，到也是一举两得了。"慢着。诸将上前道贺，独辽将杨衮，策马上前，望了多时，退见刘崇道："周军严肃，不可轻敌！"老将有识。刘崇奋髯道："时不可失，愿公勿言！看我与周军决战，今日必报儿仇。"徒夸无益。衮默然退去。忽东北风大起，吹得两军毛发森竖，个个惊栗，少顷转做南风，势亦少铩。北汉副枢密使王延嗣及司天监李义，进语刘崇道："风势已小，正可出战。"刘崇便下令进兵。枢密直学士王得中叩马谏阻道："风势逆吹，与我不利。李义素司天文，乃未知风势顺逆，昏昧若此，罪当斩首！"确是可杀。刘崇怒叱道："我意已决，老书生休得妄言！如再多嘴，我先斩汝！"得中吓退一旁，刘崇即麾动东军，令张元徽先进。

元徽率千骑击周右军，正与樊爱能、何徽相遇，两下交锋。不过数合，樊爱能、何徽忽然引退，右军遂溃，步兵千余人，解甲投戈，走降北汉，喧呼万岁。刘崇望见南军阵动，亲督诸军继进。矢如飞蝗，石如雨点，周军不免惊乱。

周主荣自引亲兵，躬冒矢石，向前督战。那时恼动了一位周将，大声呼道："主危如此，我等怎得不致死？"又语张永德道："贼气已骄，力战即可破敌。公麾下多弓弩手，请趁势西出为左翼，末将愿自为右翼，冒险夹击，不患不胜。国家安危，正在此一举了！"永德称善，遂与那将分统二千人，左右出战。那将身先士卒，驰犯敌锋，士卒亦接连跟着，捣入敌阵，无不以一当百。北汉兵不能抵御，纷纷倒退。看官道那将为谁？原来就是将来的宋太祖赵匡胤。提笔醒目。匡胤涿郡人，父名弘殷，曾任岳州防御使。匡胤系出将门，入充宿卫。此时随驾出征，见周主身入危境，不由得激动热忱，勇往直前，把北汉兵杀得大败。匡胤履历，详见《宋史演义》，故此编不过略叙。

内殿直马仁瑀，也呼语徒众道："使乘舆受敌，何用我辈？"遂跃马直出，引弓迭射，连毙数十人，士气益振。殿前右番行首马全义，至周主前面请道："贼已披靡，将为我擒，愿陛下按兵不动，徐观臣等破贼！"说着，即引数百骑进陷敌阵，可巧碰着张元徽，出来拦阻。全义即拨马舞刀，与元徽大战数十合。马仁瑀暗助全义，觑正元徽马首，一箭射去，说一声"着"，正中马眼。马负痛乱跃，立将元徽掀落地上。全义趁势一刀，把元徽挥作两段。元徽为北汉骁将，骤被杀死，北汉兵大为夺气。天空中的南风，越吹越猛，周军顺风冲杀，其势益盛。刘崇料不可支，慌忙自举赤帜，鸣金收军。偏军士已经溃散，一时无从收拾。辽将杨衮，望见周军得胜，不敢进援。且恨刘崇妄自尊大，不知进退，乐得袖手旁观，引还全军。北汉大败，周军大胜。

惟樊爱能、何徽领着残众，擅自南归。沿途遇着粮车，反控弦露刃，硬行剽掠。运夫仓猝骇走，伤亡甚多。周主荣遣军校追回，竟不奉诏，甚且杀死来使，纵辔奔驰。凑巧遇着河阳节度使刘词，率兵来援，爱能忙摇手道："辽兵大至，我军退回，公何必前去寻死！"刘词道："天子安否？"徽答道："我辈亏得速奔，还保生命。主上尚不肯退归，大约已走入泽州了。"词勃然道："主辱臣死，奈何不救？"足愧樊、何。遂引兵北趋，驰至战场。

正值敌众败退，尚有残兵万余人，阻涧屯列。天日将暮，南风尚劲，词带着一支生力军，越涧争锋，呐一声喊，杀入敌阵。北汉兵已经怯馁，还有何心对仗？死的死、逃的逃。词麾众追去，还有涧南休息的周军，遥见词军得胜，也鼓动余勇，跃涧齐进，与词军并力追击。可怜北汉兵没处逃生，或死或降。刘词等直追至高平，方才回军。但见僵尸满野，血流成渠，所弃辎重器械，不可胜计。周军陆续搬入御营，时已昏黄。周主荣尚在野次，随便营宿。各军统夜巡逻，捕得樊、何麾下降敌诸兵，悉数处死。

越日复进军高平。刘崇闻周主将至，急忙被褐戴笠，乘着胡马，由雕窠岭遁归。入夜迷路，强迫村民为导，村民误引至晋州。行百余里，才知错误，杀死村民，返辔北走。所至得食，方拟举箸，传闻周兵追来，忙将碗筷抛去，上马急奔。格外夸能，格外胆小。崇已老惫，昼夜驰骤，几不能支。幸乘马为辽主所赠，特别精良。由崇伏住鞍上，始得奔回晋阳。

周主荣因刘崇已遁，料知追赶不及，且令各军休息高平。选得北汉降卒数千人，号为效顺指挥军，命前武胜行军司马唐景思为将，发往淮上，防御南唐。还有二千余降卒，每人赐绢二匹，并给还衣装，放归本部。各降卒罗拜而去。也是欲擒故纵之法。周主荣转入潞州，由节度使李筠迎入。正欲赏赉功臣，忽报樊爱能、何徽二人前来请罪。周主微笑道：“他尚敢来见朕么?”遂呼左右趋出，将他二人拘住，不必进见，听候发落。正是：

到底英君能破敌，管教叛贼送残生。

未知二人性命如何？容俟下回再叙。

周主郭威临终之言，为死后计，未始不善；但徒尚薄葬，犹非知本之论。为人君者，诚能泽被生民，功昭当世，则后人谁不钦而敬之？试问五帝三王之墓，果有何人窃发耶？郭威自觉心虚，因有此嘱。且命在魏府、河府间，各葬剑甲，澶州、洛阳，葬冠服，既云示俭，何必多设虚冢？毋乃与曹操之七十二疑墓，隐隐相合耶？晋王嗣位，即有北汉之入寇，挟辽兵势，直抵泽潞。内有冯道，外有樊爱能、何徽，向使君主怯敌，大局立溃。郭威但诛及二功臣，不知卖国求荣者，固大有人在。微嗣君之英武聪明，宗社尚能自保乎！然以柴代郭，血统已亡，辛苦一世，徒为他人作马牛，亦可慨已！

第五十二回

丧猛将英主班师　筑坚城良臣破虏

却说周主荣夜宿行宫，暗思樊爱能、何徽是先帝旧臣，徽尝守御晋州，积有功劳，不如贷他一死。转念二人不诛，如何振肃军纪，辗转踌躇，不能自决。适值张永德入内值宿，便加询问。永德道："爱能等本无大功，忝为统将，望敌先逃，一死尚未足塞责。况陛下方欲削平四海，不申军法，就使得百万雄师，有何用处？"周主荣正倚枕假寐，听永德言，蓦然起床，掷枕地上，大呼称善。当下出帐升座，召入樊爱能、何徽，两人械系至前，匍伏叩头。周主叱责道："汝两人系累朝宿将，素经战阵，此次非不能战，实视朕为奇货，意欲卖与刘崇。今复敢来见朕，难道尚想求生么？"两人无法解免，除叩首请死外，乞赦妻孥。周主道："朕岂欲加诛尔曹，实因国法难逃，不能曲贷。家属无辜，朕自当赦宥，何必乞求！"两人拜谢毕。即由帐前军士，将两人如法绑出，斩首示众。并诛两人部将数十名，悬首至旦，便令棺殓，特给榇车归葬。恩威并用，令人心服。自是骄将惰卒，始知戒惧，不敢仍前疲玩了。

次日按功行赏，命李重进兼忠武军节度使，向训兼义成军节度使，张永德兼武信军节度使，史彦超为镇国军节度使，余亦升转有差。永德保荐赵匡胤，说他智勇双全，特授殿前都虞侯，领严州刺史。一面遣人至怀州，释赵晁囚，许令建功赎罪。晁忙至潞州谢恩，随驾如故。

周主荣更命天雄军节度使卫王符彦卿，为河东行营都部署，知太原行府事，澶州节度使郭崇为副，向训为都监，李重进为马步都虞侯，史彦超为先锋都指挥使，领步骑二万，进讨河东。又敕河东节度使王彦超、陕府节度使韩通，引兵入阴地关，与彦卿合军西进。用刘词为随驾都部署，以鄜州节度使白重赞为副。官职或叙或不叙，俱有斟酌，并非缺漏。彦卿、彦超两军指日登程，刘词等尚在潞州，俟车驾出发，然后从行。

北汉汾州防御使董希颜，守城不下。彦超自阴地关进兵，第一重门户，就是汾州城。围攻数日，竟不能拔。彦卿前军亦到，与彦超合攻，四面猛扑，锐不可当。迩时守兵恟惧，彦超忽下令停攻，各部将都来谏阻。彦超道："城已垂危，旦暮可下。我士卒精锐，必欲驱使先登，非不可克。但死伤必多，何若少待一二日，令他降顺为是！"乃收兵入营，只遣部吏入城投书，谕令速降。果然希颜从命，开城相迎。彦超入城安民，休息一宵，彦卿继至，便会师进逼晋阳。

北汉主刘崇，收散卒、缮甲兵、完城堑，防御周军。辽将杨衮，还屯代州，刘崇遣部吏王得中送行，顺便至辽廷乞援。辽主述律许发援兵，先遣得中回报，途次未免耽搁。那刘崇待援未至，只好固守晋阳，无暇顾及属地。辽州刺史张汉超，沁州刺史李廷诲，先后降周。石州刺史安彦进，为王彦超所擒，解送潞州，城亦陷没。周主荣闻前军得手，也命驾启行，亲征河东。甫出潞州，又接符彦卿军报，北汉宪州刺史韩光愿、岚州刺史郭言，亦举城归顺。周主格外喜慰，既入北汉境内，河东父老，箪食壶浆，争迎王师。且泣诉刘氏苛征，民不聊生，愿上供军需，助攻晋阳。

周主本无意吞并河东，不过欲耀武扬威，使刘崇不敢轻视。及见河东人民，夹道相迎，始欲一劳永逸，为兼并计。当下与诸将商议，誓灭晋阳。诸将多虑刍粮未足，请且班师，再图后举。周主已经出发，怎肯退回？英武之主，大都类是。遂麾军亟进，直抵晋阳城下。符彦卿、王彦超等，已在晋阳城外安营。闻御驾亲临，当然出营迎谒。周主入彦卿营，与彦卿谈及军事。彦卿密奏道："晋阳城固，未易猝拔，我军远来，师劳饷匮，恐一时未能取胜。况辽兵有来援消息，还望陛下三思，慎重进止！"周主默然不答。

嗣闻代州防御使郑处谦逐去辽将杨衮，遣人纳款投诚。周主语彦卿道："代州来归，忻州必孤！卿可移军往攻，此处由朕督领。定要扫灭河东，方无后虑。"彦卿不便再说，勉强应命。周主遂命郭从义为天平军节度使，令与向训、白重赞、史彦超等，随彦卿北进。自率各军环城，旌旗蔽天，戈鋋耀日，延袤至四十里。且取安彦进至城下，枭首揭竿，威慑守兵。一面令宰臣李穀，调度刍粮，饬发泽、潞、晋、隰、慈、终各州，及山东近便诸人夫，运粮馈军。怎奈行营人马，差不多有数十万，所至粮草，随到随尽。军士不免剽掠，遂致人民失望，渐渐地窜入山谷，避死求生。周主颇有所闻，敕诸将招抚户口，禁止侵扰。但令征纳当年租税，及募民输纳刍粟。凡输粟至五百斛，纳草至五百围，即赐出身；千斛千围，即授州县官。亦伤政体。

看官！你想河东百姓已经离散，还有何人再来供应？徒然颁出了一纸文书，有名无实。城下数十万兵马，仍旧是仰给饷运，别无他望。那符彦卿的奏报，络绎不绝。第一次要紧报闻，是辽主囚住杨衮，另派精骑至忻州。周主即授郑处谦为节度使，令他接济彦卿。第二次要紧报闻，是忻州监军李勍，杀死刺史赵皋，及辽通事杨耨姑，举城请降。周主又授李勍为忻州刺史，令彦卿速趋忻州。第三次要紧报闻，是代州军将桑珪、解文遇，杀死郑处谦，托言处谦通辽。彦卿防有他变，请速济师。周主再遣李筠、张永德将兵三千，往援彦卿。最后一次，是报称进兵忻口，先锋都指挥使史彦超，追敌阵亡。周主虽然英武，到此也不禁心惊。联翩叙下借宾定主。原来符彦卿等行至忻州，正值郑处谦被杀。桑、解两人，因彦卿到来，却也迎谒，但彦卿总加意戒备。至李筠、张永德赴援，兵力较厚，稍觉安心。无如辽兵时来城下，游弋不休。彦卿乃决计出击，与诸将开城列阵，静待敌兵厮杀。俄见敌骑驰至，三三五五，好似散沙一般。前锋史彦超自恃骁勇，哪里看得上眼，当即怒马突出，杀奔前去，从骑只二十余人。敌骑略略招架，就四散奔走，彦超驱马急赶，东挑西拨，越觉得兴高采烈，不肯回头。

彦卿恐彦超有失，亟命李筠引兵接应。李筠走得慢，彦超走得快，两下里无从望见。及李筠行了一程，见前面统是山谷，林箐丛杂，崖壑阴沉。四面探望，并不见有彦超，也不见有辽兵。自知凶多吉少，只好仔细窥探，再行前进。猛听得几声胡哨，深谷中涌出许多辽兵。当先一员大将，生得眼似铜铃，面似锅底，手执一柄大杆刀，高声喝道："杀不尽的蛮子，快来受死！"李筠心下一慌，也管不及彦超生死，只好火速收军，回马急奔。说时迟，那时快！番兵番将，已经杀到，冲得周军七零八落。筠至此不遑后顾，连部兵统行弃去，一口气跑回大营。番将哪里肯舍，骤马追来，幸亏彦卿出兵抵住，放过李筠，与番将大战一场，杀伤相当。

日将西下，番将方收兵回去，彦卿亦敛兵回城，这一次开仗，丧失了一员大将史彦超，及彦超带去二十余骑，一个也没有逃回。就是李筠麾下，亦十死七八。彦卿长叹道："我原说不如回军，偏偏主上不允，害得丧兵折将，如何是好？"说至此，遂命侦骑夤夜出探，访问彦超下落。至翌晨得了侦报，彦超被辽兵诱入山中，冲突不出，杀毙辽兵甚多，力竭身亡。彦卿也堕了数点眼泪，便令随员缮好奏疏，报明败状，自请处分。且乞周主班师回朝。

周主荣接阅奏章，忍不住悲咽道："可惜！可惜！丧我猛将，罪在朕躬！"乃追赠彦超为太师，命彦卿觅得遗骸，即返御营。周主本欲吞并北汉，日日征兵催饷，凡东自怀、孟，西及蒲、陕，所有丁壮夫马，无不调遣。役徒已劳敝不堪，更兼大雨时行，疫疠交作，更不便久顿城下，周主始兴尽欲归。一闻彦超战死，归计益决。

先是北汉使臣王得中，被周军隔断，不能回入晋阳，暂留代州，桑珪将他拘住，送入周营。周主许令释缚，并赐酒食及带马，和颜问道："汝往辽求援，辽兵果何时到来？"得中道："臣受汉主命令，送杨衮北返，他非所知。"周主冷笑道："汝休得欺朕。"得中答以不欺。周主乃令退居后帐，嘱将校再加盘诘。将校往语得中道："我主优容，待公不薄，若非据实陈明，一旦辽兵猝至，公尚得全生么？"得中叹息道："我食刘氏禄，应为刘氏尽忠！况有老母在围城中，若以实告，不特害我老母，恐且误我君上。国亡家亦亡，我何忍独生？宁可杀身取义，保我国家，我虽死亦瞑目了！"此人却有烈志。至周主决计南归，遂责得中欺罔，将他缢死。

会符彦卿等自忻州驰还，入见周主，面奏彦超遗骸，无从寻败。不得已招魂入棺，殓以旧时衣冠，饬令随兵舁归。周主也只好付诸一叹，出营亲奠。奠毕入营，便命军士收拾行装，即日班师。同州节度使药元福入奏道："进军容易退军难，陛下须慎重将事！"周主道："朕一概委卿。"元福乃部署卒伍，步步为营，俟各军先行，自为后殿。营内尚有粮草数十万，不及搬取，一并毁去。此外随军资械，亦多抛弃，大众匆匆就道，巴不得立刻入京。队伍散乱，无复行列。北汉主刘崇，出兵追蹑，亏得药元福断后一军，严行戒备，列成方阵。俟北汉兵将近，屹立不动，镇定如山。北汉兵冲突数次，几似铜墙铁壁，无隙可钻，渐渐地神颓气沮。那元福阵内，却发出一声梆响，把方阵变为长蛇阵，来击北汉兵，北汉兵顿时骇退，反被元福驱杀数里，斩首千余级，方徐徐再退，向南扈驾去了。元福能军。

周主还至潞州，休息数日，乃复启行至新郑县。县中为嵩陵所在处，嵩陵即周太祖陵。太师冯道，监工早竣，梓宫告窆，道亦病死。周主荣拜谒嵩陵，望陵号恸，俯伏哀泣，至祭奠礼毕，乃收泪而退。一意黩武，至送葬俱未亲到，柴荣亦未免负恩。饬赐守陵将吏，及近陵户帛有差。追封冯道为瀛王，赐谥"文懿"。道卒年已七十三，历相四代，且受辽封为太傅，逢迎为悦，阿谀取容。尝自作《长乐老叙》，自述历朝荣遇。后来宋欧阳修著《五代史》，讥他寡廉鲜耻，有愧虢州司户王凝妻。

凝病殁任所，有子尚幼。妻李氏携子负尸，返过开封府，投宿旅舍。馆主不肯留宿，牵李氏臂，迫使出门。李氏仰天大恸道："我为妇人，不能守节，乃任他牵臂么？"见门旁有斧，便顺手取来，把臂砍去，晕仆门外，好容易才得苏醒。道旁行人，相顾嗟叹，都责主人不情。主人乃留她入舍，给帛缠臂，乃得无恙。开封尹闻知此事，厚恤李氏，笞责馆主，且为李氏请旌朝廷。看官听说，"忠臣不事二主，烈女不事二夫。"如王凝妻才算烈女，冯道最是无耻、最是不忠，若与王凝妻相较，真正可羞。愿后世勿效此长乐老呢！仿佛晨钟。

周主荣还至大梁，立卫国夫人符氏为皇后，备礼册命。果被想到。进符彦卿为太傅，改封魏王。国丈应该加封。郭从义加兼中书令；刘词移镇长安；王彦超移镇许州，与潞州节度使李筠，并加兼侍中；李重进移镇宋州，加同平章事衔，兼侍卫亲军都指挥使；张永德加检校太傅，兼滑州节度使；药元福移镇陕州，白重赞移镇河阳，并加检校太尉；韩通移镇曹州，加检校太傅。这都算从征有功，所以迁官加爵。其实止高平一战，杀退勍敌，不谓无功。若进攻晋阳，有损无益，就是前时所得北汉州县，一经周主还师，所置刺史，望风遁回，地仍归入北汉。惟代州桑珪，婴城自守，终被北汉兵攻破，珪亦遁去。周主耗去了无数军饷，结果是不得一城，可见用兵是不应轻率哩！随笔示儆。

嗣是周主逐日视朝，政无大小，悉由亲断，百官但拱手受成，不加可否。河南府推官高锡，上书切谏，大致劝周主择贤任能，毋亲细事。周主不从。一日语侍臣道："兵贵精，不贵多。今有农夫百人，不足养甲士一名，奈何尚徒豢惰卒，坐涸民膏？且健懦不分，如何劝众？朕观历代宿卫，羸弱居多，又骄蹇不肯用命，一经大敌，非走即降。回溯数十年来，国姓屡易，都坐此弊。朕惟有简阅诸军，留强汰弱，方能振作军心，免蹈前辙哩！"侍臣一体赞成，遂命殿前都虞侯赵匡胤，大阅军士，挑选精锐，充作卫兵。又饬募各镇勇士，悉令诣阙，仍归匡胤简选，遇有材艺出众，即令补入殿前诸班。周主欲惩前弊，令匡胤简阅诸军，原是当时要策，但匡胤之得受周禅，即伏于此。人定不能胜天，令人徒唤奈何！此外马步各军，各命统将选择。凡从前骄兵惰卒，一概汰去。宫廷内外，尽列熊罴，军务方有起色了。

是年冬季，北汉主刘崇，忧愤成疾，竟至逝世。次子承钧向辽告哀，辽册承钧为汉帝，呼他为儿。承钧亦奉表称男，易名为钧。又在晋阳创立七庙，尊刘崇为世祖，改元天会，复向辽乞师复仇。辽遣高勋为将，率兵助刘钧。刘钧即令部将李存瓌，与勋同攻潞州，不克乃还。勋亦归国。刘钧知不能胜周，乃罢兵息民，礼贤下士，境内粗安。只辽骑却屡窥周边，不免骚扰。周主因大兵甫归，疮痍未复，但戒各边将固守边疆，不得出战。

未几，已是显德二年，周主仍遵旧时年号，不复改元。忽闻夏州节度使李彝兴，不奉朝命，拒绝周使。周主与群臣商议，群臣多说道：“夏州地处偏隅，朝廷素来优待。此次不通周使，无非因府州防御使杜德扆厚沐国恩，得加旌节。彝兴耻与比肩，所以有此变态。臣等以为府州褊小，无足重轻，不若抚谕彝兴，善全大体。”周主怫然道：“朕至晋阳，德扆即率众来朝，且为我力拒刘氏。朕授他节钺，不过报功，奈何一旦弃置！夏州止产羊马，贸易百货，悉仰我国。我若与他断绝往来，他便穷蹙，有何能为呢?”借周君臣口中补叙夏州府州事，笔墨较省。乃遣供奉官驰诣夏州，赍诏诘责，果然李彝兴惶恐谢罪，不敢抗违。

周主喜如所期，更下诏求言，详询内情，并及边事。边将张藏英上书献策，谓“深、冀二州交界，有葫芦河横亘数百里，应改掘使深，足限胡马南来，以人力济天险，最为利便”等语。周主因遣许州节度使王彦超、曹州节度使韩通起发兵夫，往掘河道。一面令张藏英绘图立说，再行详闻。藏英奉诏，绘就地形要害，请旨入朝，面陈图说“请俟葫芦河凿深后，即就河岸大堰口，筑城置垒，募兵设戍，无事执耒，有事操戈，且愿自为统率，随宜进止”等语。周主喜道：“卿熟谙地势，悉心规画，定能为朕控御边疆。朕准卿所请，可即前去调度，毋负朕望!”

藏英立即拜辞，回镇月余，募得边民千余人，个个是身强力壮，矫健不群。那辽主述律，闻周军筑城堰口，派兵来争。王彦超、韩通分头堵御，却也敌得住辽兵。无如辽兵忽来忽去，行止无常。周军进击，他即退去；周军退回，他又进来，害得王、韩两将，日夕防备，不遑寝食。一班凿河筑城的民夫，也是惊惶得很，旋作旋辍。可巧张藏英募齐兵丁，前来大堰口，与王彦超、韩通会议，决计自作前驱，王、韩为后应，杀他一个痛快，使不再来。当下引众驰击，横厉无前，辽兵已是披靡。藏英又挺着长矛，左旋右舞，挑着处人人落马，刺着处个个洞胸。任你辽兵如何刁狡，也逃不脱性命。再经王彦超、韩通，从后追上，杀毙辽兵无数，剩得几个脚长的，抱头鼠窜，不知去向。

藏英追赶至二十里外，远望不见辽兵，方才退归。于是葫芦河疏凿得成，大堰口城垒渐竣。王彦超、韩通同时返镇，单留张藏英保守城寨，已足抵制辽人。周廷改称大堰口为大宴口，号屯军为静安军，即令藏英为静安军节度使。小子有诗赞道：

凿河筑垒费经营，扼要才堪却虏兵。
胡骑不来河北静，武夫原可作干城。

长城有靠，朔漠无惊，英武过人的周主荣，又想西征南讨了。欲知后事，请看后文。

知进不知退，是英主好处，亦即英主坏处。高平之战，非周主荣之决计进兵，则北汉炽张，长驱南下，河北必非周有矣。至北汉主已败入晋阳，缮甲兵、完城堑，坚壁以待，志在决死；加以辽兵为助，左右犄角，此固非可轻敌者。况以逸待劳，以主待客，难易判然，安能必胜？周主知进而不知退，此其所以损兵折将，弃械耗财，而卒致废然自返也。若张藏英之浚河筑城，正以守为战之计，可进可退，绰有余裕，胡马不敢南来，两河可以无患，谓非良将得乎！史彦超恃勇而死，张藏英好谋而成。为将者于此觇休咎，为主者亦可于此判优劣焉。

第五十三回

宠徐娘赋诗惊变　俘蜀帅得地报功

却说周主荣既败汉却辽，遂思西征南讨，统一中国。当下召入范质、王溥、李榖诸宰臣，及枢密使郑仁诲等，开口宣谕道："朕观历代君臣，欲求治平，实非容易。近自唐、晋失德，天下愈乱，悍臣叛将，篡窃相仍。至我太祖抚有中原，两河粗定，惟吴、蜀、幽、并，尚未平服，声教未能远被。朕日夜筹思，苦乏良策。想朝臣应多明哲，宜令各试论策，畅陈经济。如可采择，朕必施行，卿等以为何如?"范质、王溥等，齐声称善。乃诏翰林学士承旨徐台符以下二十余人，入殿亲试。每人各撰二文，一是"为君难，为臣不易论"；一是"平边策"。徐台符等得了题目，各去撰著。有的是攒眉蹙额，煞费苦心；有的是下笔成文，很是敏捷。自辰至未，陆续告成，先后缴卷。周主逐篇细览，多半是徒托空言，把孔圣人的"修文德、来远人"二语，敷衍成篇，不得实用。惟给事中窦仪、中书舍人杨昭俭，谓宜用兵江、淮，颇合周主微意。还有一篇崇论闳议的大文，乃是比部郎中王朴所作。略云：

臣闻唐失道而失吴、蜀；晋失道而失幽、并，观所以失之之由，知所以平之之术。当失之时，君暗政乱，兵骄民困；近者奸于内，远者叛于外，小不制而至于大，大不制而至于僭。天下离心，人不用命。吴、蜀乘其乱而窃其号，幽、并乘其间而据其地。平之之术，在乎反唐、晋之失而已。必先进贤退不肖以清其时，用能去不能以审其材；恩信号令以结其心，赏功罚罪以尽其力，恭俭节用以丰其财，时使薄敛以阜其民。俟其仓廪实、器用备，人可用而举之。彼方之民，知我政化大行，上下同心，力强财足，人安将和，有必取之势，则知彼情状者，愿为之间谍；知彼山川者，愿为之先导。彼民与此民之心同，是即与天意同。与天意同，则无不成之功矣。

凡攻取之道，从易者始。当今惟吴易图，东至海，南至江，可挠之地二千里。从少备处先挠之，备东则挠西，备西则挠东，彼必奔走以救其弊。奔走之间，可以知彼之虚实，众之强弱，攻虚击弱，则所向无前矣。攻虚击弱之法，不必大举，但以轻兵挠之。南人懦怯，知我师入其地，必大发以来应，数大发则民困而国竭，一不大发，则我可乘虚而取利。彼竭我利，则江北诸州，乃国家之所有也。既得江北，则用彼之民，扬我之兵，江之南亦不难平之也。如此则用力少而收功多。得吴则桂、广皆为内臣，岷、蜀可飞书而召之。若其不至，则四面并进，席卷而蜀平矣。吴、蜀平，幽州亦望风而至。惟并州为必死之寇，不可以恩信诱，必须以强兵攻之。然彼自高平之败，力已竭、气已丧，不足以为边患，可为后图。

方今兵力精练，器用具备，群下知法，诸将用命，一稔之后，可以平边。臣书生也，不足以讲大事。至于不达大体，不合机变，惟陛下宽之！

周主览到这篇文字，大加称赏，便引与计议。朴谈论风生，无不称旨，因授为左谏议大夫。未几且命知开封府事。就是窦仪、杨昭俭，也得升官：仪为礼部侍郎，昭俭为御史中丞。特用声西击东的计策，先命偏师攻蜀，继出正军击唐。

先是秦、成、阶三州入蜀，蜀人又取凤州。见前文。蜀主孟昶，好游渔色，浪费无度，国用不足，专向民间取偿。秦、凤人民，迭遭苛税，仍欲归隶中原，乃相次诣阙，乞举兵收复旧地。周主正要发兵，又得了这个机会，更加喜悦。立命凤翔节度使王景及宣徽南院使向训，为征蜀正副招讨使，西攻秦、凤。蜀主闻报，忙遣客省使赵季札，趋赴秦、凤二州，按视边备。季札本没有什么材干，偏他目中无人，妄自尊大。一到秦州，节度使韩继勋迎入城中，与谈军事。多经季札吹毛索瘢，免不得唐突数语，季札怏怏而去。转至凤州，刺史王万迪，见他趾高气扬，也是不服，勉强应酬了事。自大者必遭众忌。季札匆匆还入成都，面白蜀主，谓韩、王皆非将才，不足御敌。蜀主亦叹道："继勋原不足当周师，卿意属在何人?"季札朗言道："臣虽不才，愿当此任！管教周军片甲不回！"令人好笑。蜀主乃命季札为雄武节度使，拨宿卫兵千人，归他统带，再往秦、凤扼守。又派知枢密王昭远，按行北边城塞，部署兵马，防备周师。自己仍评花问柳，赌酒吟诗；日聚后宫佳丽，教坊歌伎，以及词臣狎客，一堂笑乐，好似太平无事一般。

广政初年，广政即蜀主昶年号，见前。内廷专宠，要算妃子张太华，眉目如画，色艺兼优，蜀主昶爱若拱璧，出入必偕。尝同辇游青城山，宿九天文人观中，月余不返。忽一日雷雨大作，白昼晦暝，张太华身轻胆怯，避匿小楼。不意霹雳无情，偏向这美人头上，震击过去。一声响亮，玉骨冰销。想系房帷不谨，触动神怒，故遭此谴。昶悲悼得了不得。因张妃在日，曾留恋此观，有死后瘗此的谶语，乃用红锦龙褥，裹瘗观前白杨树下。

昶即日回銮，悼亡不已。一班媚子谐臣，欲解主忧，因多方采选丽姝。天下无难事，总教有心人，果然得一绝色娇娃，献入宫中。昶仔细端详，花容玉貌，仿佛太华，而且秀外慧中，擅长文墨，试以诗词歌赋，无一不精。直把这好色昏君，喜欢得不可名状。绸缪数夕，即拜贵妃，别号“花蕊夫人”，寻又赐号“慧妃”。妃爱赏牡丹芙蓉，所以蜀中有牡丹苑，有芙蓉锦城。牡丹苑中，罗列各种，无色不备。芙蓉锦城，是在城上种植芙蓉，秋间盛开，蔚若锦霞，因此号为“锦城”。

蜀地素称饶富，又经十年无事，五谷丰登，斗米三钱。都下士女，不辨菽麦，多半是采兰赠芍，买笑寻欢。上行下效，捷如影响。蜀主昶见近置远，居安忘危，除花蕊夫人外，又广选良家女子，充入后宫，各赐位号。有昭仪、昭容、昭华、保芳、保香、保衣、安宸、安跸、安情、修容、修媛、修娟等名目，秩比公卿大夫。甚至舞娼李艳娘，亦召入宫中，厕列女官，特赐娼家钱十万缗，代作聘金。

是年周，蜀开衅，适当夏日。昶既派出赵季札、王昭远两人，还道是御敌有余，依旧流连声色。渐渐地天气炎热，便挈花蕊夫人等，避暑摩诃池上，夜凉开宴，环侍群芳。昶左顾右盼，无限欢娱。及谛视嫔嫱，究要推那花蕊夫人，作为首选。酒酣兴至，就命左右取过纸笔，即席书词，赞美花蕊夫人。第一句写下道：“冰肌玉骨清无汗”，第二句接写道：“水殿风来暗香满。”从战鼓冬冬中，忽插一段香艳文字，越觉夺目。再拟写第三句，突有紧急边报到来，乃是周招讨使王景，自大散关至秦州，连拔黄牛八寨。昶不禁掷笔道：“可恨强寇，败我诗兴！”乃并撤酒肴，即召词臣拟旨，派都指挥使李廷珪为北路行营都统、高彦俦为招讨使、吕彦琦为副招讨使、客省使赵崇韬为都监，出拒周师。一面促赵季札速赴秦州，援应韩继勋。

季札奉命出军，连爱妾都带在身旁，按驿徐进，兴致勃然。到了德阳，闻周军连拔诸寨，气势甚盛，不由得畏缩起来。嗣经朝旨催促，越觉进退两难。床头妇人，权逾君上，劝令还都避寇，不容季札不依。季札遂疏请解任，托词还朝白事。先遣亲军保护爱妾，与辎重一同西归，然后引兵随返。既至成都，留军士在外驻扎，单骑入城。都中人民，还疑他是孑身逃回，相率震恐。及季札入见蜀主，由蜀主问他军机，统是支吾对答，并没有切实办法。蜀主大怒道："我道汝有什么材能，委付重任，不料愚怯如此！"遂命将季札拘住御史台，付御史审勘。御史劾他挈妾同行，擅自回朝，应加死罪。蜀主批准，令把季札推出崇礼门外，斩首示众。谋及妇人，宜其死也。蜀行营都统李廷珪率兵至威武城，正值周排阵使胡立，带领百余骑，前来巡逻。廷珪即麾军杀上，把胡立困在垓心。胡立兵少势孤，冲突不出，被蜀将射落马下，活擒而去。立部下多为所获，只剩数十骑逃归周营。李廷珪得了小胜，报称大捷，并命军衣上绣作斧形，号为"破柴都。"周主本姓为柴，故有此号。虚名何益？

蜀主昶接着捷报，很是喜慰，且遣使至南唐、北汉，约共出兵攻周。偏是得意事少，失意事多。捷报才到，败报又来。廷珪前军，为周将所败，掳去将士三百人。蜀主乃复遣知枢密使伊审征抚勉行营，再行督战。

审征驰诣军前，与廷珪商定军谋，遣先锋李进据马岭寨，截住周军来路。再派游击队旁出斜谷，进屯白涧，作为偏师。又令染院使王峦，引兵出凤州北境，至堂仓镇及黄花谷，绝周粮道。三路出师，审征、廷珪等择地扎营，专待消息，准备接应。

王峦率兵三千人，径趋堂仓。先令侦骑至黄花谷中，探明敌踪，还报谷外有周军往来，统是输运辎重，接济周营，并没有大将弹压。峦大喜道："我去把他辎重军，一齐夺来，管教他粮食中断，全军溃走了。"我亦说是妙计，无如不从汝愿。遂驱军前进，驰入黄花谷。谷长路窄，兵士不能并行，只好鱼贯而入，慢慢儿地蛇行过去。哪知周军伏在谷口，见蜀兵出谷前来，立即突出。打倒一个捉一个，打倒两个捉一双。王峦押着后队，尚未得知，只管催军速趱，待至前队已擒去千人，方悉谷外警报，慌忙传令退还。怎奈后面的谷口，也有周军出现，峦沙哑命杀出，手下只剩百余骑，紧紧随着。此外都陷入谷中，被周军前后搜捕，一股脑儿捉去。峦带百余骑还奔堂仓，急急如漏网鱼，累累如丧家犬，恨不得三脚两步，即抵大营。甫至堂仓镇附近，见前面摆着一彪人马，很是雄壮，为首的戴着兜鍪，穿着铁甲，立马横枪，朗声呼道："我周将张建雄也！来将快下马受缚，免我动手。"峦至此叫苦不迭，自思进退无路，只好硬着头皮，纵马来战。两下交锋，一个是胆壮气雄，一个是心惊力怯。才及四五合，杀得王峦满身臭汗，招架不住。建雄大喝一声，把峦扯住衣襟，摔落马下。周军顺手揿住，将峦缚好，牵往马前。蜀兵只有百余骑，怎能夺回主将，兼且无路脱奔，没奈何哀求乞降。建雄令军士反绑蜀兵，仍然由原路回军。那时黄花谷内，已将蜀兵捉得精光，仔细检点，刚刚捉了三千人，一个也不少、一个也不多。更奇的是一个不死，各由建雄带去，回营报功。原来王景、向训等，早已防蜀兵劫粮，伏兵黄花谷口。巧巧王峦中计，遂致全军覆没。

李进在马岭寨中，得知此信，吓得战战兢兢，还道周军具有神力，能使片甲不留。要逃性命，走为上策，便弃了马岭寨，奔回大营。白涧屯兵，也闻声奔溃。伊、李两蜀将的规画，一并失败。自知立脚不住，不如见机早退。因弃营返奔，直至青泥岭下，依险扎住。雄武节度使韩继勳，亦乐得逃生，画个依样葫芦，走还成都。一班逃将军。秦州观察判官赵玭，召官属与语道："敌兵甚锐，战无不胜。我国所遣兵将，向称骁勇，一经战阵，非死即逃。我等怎可束手待毙？去危就安，正在今日，未知诸君意下如何？"大众都是贪生怕死，听了玭言，应声如响，即开城迎纳周军。

王景等已入秦州，便分兵攻成、阶二州，自督军往围凤州。成、阶二州的刺史，闻秦州失守，当即迎降，独凤州固守不下。自韩继勋逃回成都，蜀主昶把他褫职，改用王环为威武节度使、赵崇溥为都监，往援秦州。两将行至中途，接得秦州降周消息，忙引兵转趋凤州。甫入凤州城，那王景已率师来攻，急登陴守御。景四面攻扑，都被赵崇溥督兵拒却，乃筑垒成围，断绝城中樵汲，令他自毙。适曹州节度使韩通奉周主命，来助王景。景令他往城固镇，堵住蜀中援师。城中饷竭援穷，渐渐支撑不住，每夜有兵将缒城出降。王景乘危督攻，一鼓登城，城上守兵俱靡，王环、赵崇溥，尚率众巷战。怎奈士无斗志，陆续逃散。只剩王、赵两将，无路可奔，统被周将擒住. 崇溥愤不欲生，绝粒而死，环被拘狱中。于是秦、凤、成、阶四州，俱为周有。

王景露布奏捷，静候朝命。周主传谕优奖，且命赦四州所获将士. 愿归诸人，给资遣还。愿留诸人，各予俸赐，编为怀恩军，即令降将萧知远带领，暂住凤州。嗣因兴兵南讨，欲罢西征，遂遣萧知远率兵西归。

蜀中兵败地削，上下震惊。伊审征、李廷珪等，奉表请罪。蜀主概置不问，但命在剑门、白帝城各处，多聚刍粮，为备御计。一面鼓铸铁钱，禁民间私用铁器。国人很觉不便，都归咎李廷珪等将士。昶母李氏，亦屡言典兵非人，除高彦俦忠诚足恃外，应悉数改置，昶不能从。后来惟彦俦死节，方知李氏有识，可惜孟昶不用。但罢廷珪兵柄，令为检校太尉。及萧知远等还蜀，蜀主昶亦放还周将胡立等八十余人，并嘱立带转国书，向周请和。

立还至大梁，呈上蜀主昶书。周主展开一阅，但见起首二语，乃是大蜀皇帝，谨致书于大周皇帝阁下，不禁忿然道：

“他尚敢与朕为敌么?”嗣复看将下去，乃是一篇骈体文。略云：

窃念自承先训，恭守旧邦，匪敢荒宁，于兹二纪。顷者晋朝覆灭，何建来归，不因背水之战争，遂有仇池之土地。洎审晋君北去，中国且空，暂兴敝邑之师，更复成都之境。厥后贵朝先皇帝应天顺人，继统即位，奉玉帛而未克，承弓剑之空遗；但伤嘉运之难谐，适叹新欢之且隔。以至去载，忽劳睿德，远举全师，土疆寻隶于大朝，将卒亦拘于贵国。幸蒙皇帝惠其首领，颁以衣裘，偏裨尽补其职员，士伍遍加以粮赐，则在彼无殊于在此，敝都宁比于雄都！方怀全活之恩，非有放还之望。今则指导使萧知远等，押领将士子弟，共计八百九十三人，还入成都，具审皇帝迥开仁愍，深念支离，厚给衣装，兼加巾屦，给沿程之驿料，散逐分之缗钱。此则皇帝念疆场几经变革，举干戈不在盛朝，特轸优容，曲全情好。求怀厚谊，常贮微衷。载念前在凤州，支敌虎旅，曾拘贵国排阵使胡立以下八十余人，嘱令军幕收管，令各支廪食，各给衣装。只因未测宸襟，不敢放还乡国。今既先蒙开释，已认冲融，归朝虽愧于后时，报德未稽于此日。其胡立以下，令各给鞍马、衣装、钱帛等，专差御衣库使李彦昭部领，送至贵境，望垂宣旨收管。矧以昶昔在龆龄，即离并都，亦承皇帝风起晋阳，龙兴汾水，合叙乡关之分，以申玉帛之欢。倘蒙惠以嘉音，即伫专驰信使，谨因胡立行次，聊陈感谢。词不尽意，伏惟仁明洞鉴，瞻念不宣。

周主览毕，颜色少霁，便语胡立道：“他向朕乞和，情尚可原；但不应与朕钧礼，朕不便答复。汝在蜀多日，能悉蜀中情形否?”立叩陈蜀主荒淫情事，且自请失败罪名。周主道：“现在有事南方，且令蜀苟延一二年，俟征服南唐，再图西蜀未迟。朕赦汝罪，汝且退出去罢!”立谢恩而退。

蜀主昶俟周复书，始终不至，竟向东戟指道：“朕郊祀天地，即位称帝时，尔方鼠窃作贼，今何得藐我至此?”遂仍与周绝好，复为敌国。小子有诗咏道：

丧师失地尚非羞，满口骄矜最足忧。
幸有南唐分敌势，尚留残喘度春秋。

蜀事暂从缓叙，小子要述及周、唐战争了。看官不嫌词费，还请再阅下回。

“声色”二字，最足误人，而国君尤甚。自古迄今，未闻有耽情声色，而能保邦致治者。蜀主孟昶据有两川，因佚思淫，因淫致侈，幸经中原多故，方得十余年无事。然周师一出，即失四州，所遣诸将，非死即逃，盖淫靡成风，将骄卒惰，欲其杀敌致果也得乎？逮夫修书乞和，不得答复，复有庞然自大之言。师徒挠败不之忧，土宇侵削不之惧，几何而不亡国败家也。厥后徐妃入宋，咏述亡国之由来，有“十四万人齐解甲，可无一个是男儿!”二语，后世竞传诵之。然美人误国，厥罪维钧，半老徐娘，亦宁能辞咎乎？而蜀主昶固不足责焉。

第五十四回

李重进涉水扫千军　赵匡胤斩关擒二将

却说蜀主昶致书乞和，周主虽不答复，却为着南讨兴师，暂罢西征。令各将振旅言旋，别命宰臣李穀为淮南道前军行营都部署，兼知庐、寿等州行府事，许州节度使王彦超为副，都指挥使韩令坤等一十二将，一齐从征，向南进发，并先谕淮南州县道：

朕自缵承基构，统御寰瀛。方当恭己临朝，诞修文德，岂欲兴兵动众，专耀武功！顾兹昏乱之邦，须举吊伐之义。蠢尔淮甸，敢拒大邦！因唐室之凌迟，接黄寇之纷扰，飞扬跋扈，垂六十年，盗据一方，僭称伪号。幸数朝之多事，与北境以交通，厚启兵端，诱为边患。晋、汉之代，寰境未宁，而乃招纳叛亡，朋助凶慝，李金全之据安陆，李守贞之叛河中，大起师徒，来为援应，攻侵高密，杀掠吏民，迫夺闽、越之封疆，涂炭湘、潭之士庶。以至我朝启运，东鲁不庭，发兵而应接叛臣，观衅而凭陵徐部。沭阳之役，曲直可知，尚示包荒，犹稽问罪。迩后维扬一境，连岁阻饥，我国家念彼灾荒，大许籴易。前后擒获将士，皆遣放还。自来禁戢边兵，不令侵挠。我无所负，彼实多奸！勾诱契丹，至今未已；结连并寇，与我为仇。罪恶难名，神人共愤！今则推轮命将，鸣鼓出师，征

> 浙右之楼船，下朗陵之戈甲，东西合势，水陆齐攻。吴孙皓之计穷，自当归命；陈叔宝之数尽，何处偷生？一应淮南将士军人百姓等，久隔朝廷，莫闻声教，虽从伪俗，应乐华风，必须善择安危，早图去就。如能投戈献款，举郡来降，具牛酒以犒师，纳圭符而请命；车服玉帛，岂吝旌酬，土地山河，诚无爱惜。刑赏之令，信若丹青。若或执迷，宁免后悔！王师所至，军政甚明，不犯秋毫，有如时雨。百姓父老，各务安居，剽掳焚烧，必令禁止。须知助逆，何如效顺，伐罪乃能吊民。朕言尽此，俾众周知！

这道谕旨，传入南唐，江淮一带，当然震动。唐主璟只信用二冯，冯延巳尝坐罪罢相。见前文潭州失守事。不到数月，便命复职；冯延鲁又入任工部侍郎，兼东都副留守。东都即广陵，见前。就是陈觉、魏岑等，亦相继起用，奸佞盈廷，国政日紊。每年冬季，淮水浅涸，唐主本发兵戍守，号为“把浅兵”。寿州监军吴廷绍以为疆场无事，奏请撤戍，竟邀唐主俞允。清淮节度使刘仁赡固争不得，自决藩篱。忽闻周师将至，正值天寒水涸的时候，淮上人民，很是恐慌。独刘仁赡神色自若，部分守御，不异平时，众情少安。唐主命神武统军刘彦贞，为北面行营都部署，率兵二万趋寿州；奉化节度使同平章事皇甫晖，为北面行营应援使，常州团练使姚凤为应援都监，率兵三万屯定远县；召镇南节度使宋齐邱还至金陵，又授户部尚书殷崇义知枢密院事，与齐邱共预兵谋，居中调度。

周都部署李穀等，引兵至正阳镇。见淮上防守无人，便赶造浮梁，数夕即成，越淮而东，直指寿州城下。虽有唐兵二千余人，半途拦阻，哪里是周军对手，略略交锋，便即溃去。周都指挥使白延遇乘胜长驱，进至山口镇，又遇唐兵千余名，也不值周军一扫。惟进攻寿州，却是城坚难拔，用了许多兵力，毫不见功。李穀屡驰书周廷，报明情实，周主即拟亲征。适枢密使郑仁诲病逝，朝右失一谋臣，周主很是叹惜，亲往吊丧。近臣奏称年月方向，不利驾临。周主摇首道："君臣义重，尚顾得年月方向么？"可称豁达。遂亲至郑宅，哭奠而归。特叙仁诲之死，惜其贤也。

嗣由吴越王钱弘俶，遣来贡使，入献方物。周主召见使臣，嘱令赍诏回国，谕吴越王发兵击唐。吴越王应诏发兵，特简同平章事吴程，出袭常州。唐右武卫将军柴克宏，引军邀击，大破吴越军，斩首万余级，吴程遁还，克宏复移援寿州，途中忽然遇疾，竟尔暴亡。也是寿州晦气。

寿州尚是固守，李穀久攻不克，便在行营中过年。越年已是周显德三年了。周主闻寿州不下，决计亲征。命宣徽南院使向训，权任留守，端明殿学士王朴为副；彰信节度使韩通，权任点检侍卫司，及在京内外都巡检。派侍卫都指挥使李重进为先锋，前往正阳；河阳节度使白重赞，出屯颍上，遥应重进。两人先发，自督禁军启行。

那时唐将刘彦贞，已引兵援寿州，并具战船数百艘，令驶往正阳，毁周浮梁。李穀探知敌谋，召将佐集议道："我军不能水战。若正阳浮梁，为贼所毁，势且腹背受敌，退无所归。不如还保正阳，伫候车驾到来，听旨定夺。"乃一面报明周主，一面焚去刍粮，拔营齐退。

周主行至固镇，接到李穀奏报，不以为然。急遣中使驰往穀营，谕止退兵。穀已到正阳，才得谕旨，乃更复奏道："贼将刘彦贞来救寿州，臣却不惧。只虑贼舰顺流掩击，断我浮梁，截我后路，所以不得已退守正阳。今贼舰日进，淮水日涨，若车驾亲临，万一粮道断绝，危且不测，愿陛下驻跸陈颍，俟臣审度可否，再行进取未迟！"周主览奏，愀然不乐，飞促李重进驰诣淮上，与穀会师。且传谕道："唐兵且至，须急击勿失!”

重进奉命抵正阳，那唐将刘彦贞，到了寿州，见周军退去，便欲追击。刘仁赡谏阻道：“公军未至，敌已先退，想是畏公声威，故即遁去。但能固我边圉，何用速战！倘或追击失利，大事反去了。”彦贞道：“火来水挡，兵来将御。敌已怯退，正好乘此进击，奈何不行?”池州刺史张全约，又力为谏止，怎奈彦贞坚执不从，驱军急进。死期已至，如何挽回！仁赡长叹道：“果遇周军，必败无疑！看来寿州是难保了。我当为国效死，城存与存，城亡与亡。”说毕泣下。部众统是感奋，乃入城登陴，修堞益兵，决计死守。

这位不识进退的刘彦贞，他本是无才无能，不娴军旅，平时靠着刻薄百姓的手段，日朘月削，积财巨万。一半儿充入宦囊，一半儿取赂权要。所以冯延巳、陈觉、魏岑等，争相标榜，或称他治民如龚、黄，龚遂、黄霸，汉时循吏。或誉他用兵如韩、彭，韩信、彭越，汉时良将。唐主信以为真，一闻周师入境，便把兵权交付与他，他亦直受不辞，贸然专阃。裨将咸师朗等，亦皆轻率寡谋，毫不足用。当下违谏进兵，直抵正阳，旌旗辎重，亘数百里。

周先锋将李重进，望见唐兵到来，便渡淮东进，也不及与彦贞答话，便身先士卒，冲入唐军。唐将咸师朗，自恃骁勇，策马舞刀，抵住重进。兵器并举，战到四五十合，不分胜负。重进佯输，跑马绕阵而走。师朗不知是计，骤马急追，约有二百余步，由重进按住了刀，挽弓搭箭，回放一矢。师朗刚刚追上，相距只有数武，急切无从闪避，左肩上着了一箭，忍痛不住，撞落马下。唐兵忙来抢救，被重进回马杀退，捉住师朗，遣部卒解入穀营。

穀闻重进得胜，也拨韩令坤等将士，越淮接应。重进正杀入唐阵，凭着一把大刀，左劈右斫，挥死多人。刘彦贞随兵虽众，统是酒囊饭袋，不耐争战。蓦遇重进一支人马，已似虎入羊群，望风奔避。再加韩令坤等相继杀来，哪里还敢抵敌，霎时间狂奔乱窜，四散逃生。单剩刘彦贞亲军数百人，如何支持？当然拥着彦贞，落荒西走。重进怎肯饶他，紧紧追蹑。前面有一小陂，地势不高，却很峻削。唐军越陂而逃，彦贞也跃马上陂。不防马失后蹄，倒退下来，竟将彦贞送落马后，滚坠陂下。凑巧重进追到，顺手一刀，把彦贞劈作两段！钱难买命，何如不贪？此外四窜的唐兵，被周军分头赶杀，斩首万余级，伏尸三十里，军资器械，遍地抛弃。由周军慢慢搬去，共得二十余万件。

唐刺史张全约，方运粮进饷前军，途次见败卒逃归，报称彦贞战死，急将粮车折回寿州。所有彦贞残众，也共逃入寿州城内。刘仁赡表举全约为马步左厢都指挥使，同守州城。皇甫晖、姚凤闻彦贞覆师，不敢屯留定远县，即退保清流关。滁州刺史王绍颜，已委城遁去。

周主得知正阳胜仗，也自陈州至正阳，命李重进代为招讨使。但令毂判寿州行府事，自督大军进攻寿州，在淝水南下营。徙正阳浮梁至下蔡镇，且召宋、亳、陈、颍、徐、宿、许、蔡等处数十万，围攻寿州，昼夜不息。刘仁赡已备足守具，镇日里发矢掷石，鸣炮扬灰，使周军不能薄城。周军虽多，无从进步，只好顿留城下；周主亦无可如何。

忽报唐都监何延锡，率战舰百余艘，驻营涂山，为寿州声援，乃召殿前都虞侯赵匡胤入帐道："何延锡来援寿州，但在涂山下立营，不敢到此，想亦没有什么能力。惟寿州城内的守兵，得此声援。却不易摇动，汝可引兵前去，破灭此营。"匡胤领命，即率兵五千，趋往涂山。遥见唐兵维舟山下，一排儿却很整齐。岸上只有一营，想是何延锡驻着，便顾语部将道："我军是陆兵，敌军是水师。主客殊形，如何破敌？我惟有用计除他便了。”遂选老弱兵百余骑，授他密语，往诱敌营，自引精骑埋伏涡口。何延锡正在营中坐着，自思寿州孤危，不好不救，又不能遽救，心下好同辘轳一般。突有军吏入报道：“周军来了！”延锡忙即上马，招集水军，出营角斗。营外只有百余骑周兵，更兼老少不齐，或长或短。延锡不禁大笑道：“我道周军如何利害，怎知是这等人物！也想来踹我营么？”便麾兵杀上。那周兵并未对仗，立即返奔。延锡追了一程，也欲回军，但听得敌骑笑骂道：“料你这等没用的贼奴，不敢追来，我有大军在涡口，你等如再追我，管教你人人陨首，个个丧生！”不欺之欺，尤善于欺。延锡被他一激，不肯罢休，索性再赶。且嘱令战舰五十艘，驶至涡口，就使遇着不测，也可下船急走。于是周兵前奔，唐兵后追，不多时已至涡口，只见前面统是芦苇，长可称身，并没有周军驻扎。延锡胆愈放大，又听得敌骑揶揄，仍然如故，便当先力追，那敌骑却从芦苇中，窜了进去。延锡不知好歹，也纵马入芦苇间，追杀敌骑。不意两旁伏着绊马索，竟将马足绊住，马忽坠倒，延锡也跌作一个倒栽葱。慌忙爬起，突来了一位面红大将军，兜头一棍，击破延锡脑袋，死于非命。

看官不必细猜，便可知是赵匡胤。匡胤既击死何延锡，指挥伏兵，驱杀唐军，唐军都做了刀头鬼。有几个跑得快的，远远逃去，哪里还好下船？所有战船五十艘，急急驶来，正好被匡胤夺住，乘船至御营报功，周主自然嘉奖。又接得庐、寿、光、黄巡检使司超，奏称在盛唐地方，击败唐兵，夺得战舰四十余艘。周主大喜，且谕匡胤道：“我军处处得胜，先声已振，只是寿州不下，阻我前进。我欲进击清流关，卿以为可行否？”匡胤道：“臣愿得二万人，往取此关。”周主道：“清流关颇称雄壮，除非掩袭一法，未易成功。卿既欲往，就烦前去。”匡胤道：“臣即引兵前往便了。”周主便派兵二万名，令匡胤带领了去。复遣人往谕朗州节度使王逵，命他出攻鄂州，特授南面行营都统使。王逵应诏出师，后文自有交代。

且说赵匡胤往袭清流关，星夜前进，路上偃旗息鼓，寂无声响，但令各队衔枚疾走。及距关十里，分部兵为两队，前队兵直往关下，自引兵从间道而去。皇甫晖、姚凤两人，探得周兵到来，开关迎敌，正在山下列阵。不防山后杀出一队雄师，喊呐前来，径去抢关。晖、凤连忙回军，奔入关门，那周军已经驰到，守兵阖门不及，被周军一拥杀进。吓得晖、凤手足失措，没奈何逃往滁州，周军队里的大将，就是赵匡胤，既占住清流关，便进薄滁城。

晖、凤才入城中，后面已有鼓声传到，回头遥望，远远的旗帜飘扬，如飞而至。就中有一最大的帅旗，上面隐约露一“赵”字。皇甫晖叫苦不迭，忙令把城外吊桥，立即拆去，阻住来军，与姚凤阖门拒守。登城俯眺，见周军已逼城壕，一齐下马凫水，越过濠西。那赵匡胤更来得突兀，勒马一跃，竟跳过七八丈阔的大渠，晖不禁伸舌！未几即见匡胤指麾兵士，督令攻城。当下开口传呼道：“赵统帅不必逞雄，彼此各为其主，请容我列阵出战，决一胜负。幸勿逼人太甚！”匡胤笑道：“你尽管出来交锋，我便让你一箭地，容你列阵，赌个你死我活，叫你死而无怨！”说至此，便用鞭一挥，令部众退后数步，自己亦勒马倒退，伫候守兵出战。好整以暇。

待了多时，听得城门一响，两扉骤辟，守兵滚滚出来，后面便是晖、凤二人，并辔督军。两阵对圆，匡胤持着一杆通天棍，上前突阵，且大呼道：“我止擒皇甫晖，他人非我敌手，休来送死！”唐兵见他来势甚猛，便即让开两旁，由他驰入。他即冲至皇甫晖马前，晖忙拔刀迎战。刀棍相交，才及数合，被匡胤用棍架开晖刀，右手拔剑，向晖脑袋上斫去。晖将首一偏，不由得眼花撩乱，再经匡胤用棍一敲，就从马上坠下。姚凤急来相救，那马首已着了一棍，马蹄前蹶，也将姚凤掀翻。周军乘势齐上，把晖、凤都活捉了去。唐兵失了主帅，自然溃散，滁州城唾手取来。匡胤入城安民，遣人报捷。

周主命马军副指挥使赵弘殷，东取扬州，道过滁城，已值昏夜。弘殷为匡胤父，拟入城休息，即至城下叩门。匡胤问明来意，便道："父子虽系至亲，但城门乃是王事。深夜不便开城，请父亲权宿城外，俟诘旦出迎便了！"公而忘私。弘殷只好依言，在城外留宿一宵。越日天明，方由匡胤出谒，导父入城。嗣又连接钦使，一个是翰林学士窦仪，来籍滁州帑藏；一个是左金吾卫将军马承祚，来知滁州府事；还有一个蓟州人赵普，来做滁州军事判官。匡胤一一接见，很是欢洽。一面将皇甫晖、姚凤等，解献行在。晖已受伤，入见周主，不能起立，但委卧地上道："臣非不忠于所事，但士卒勇怯不同，所以被擒。臣前此亦屡与辽人交战，未尝见兵精如此。今贵朝兵甲坚强，又有统帅赵匡胤，智勇过人，无怪臣丧师委命，臣死也值得了！"虽是勉强解嘲，还算有些志节。周主颇加怜悯，命左右替他释缚，留在帐后养疴，晖竟病死。周主诇知扬州无备，令赵弘殷速即进兵，再派韩令坤、白延遇两将，援应弘殷。弘殷时已抱病，力疾从公，既与韩、白二人会晤，便即引兵去讫。

唐主璟屡接败报，很是惶急，特遣泗州牙将王知朗，奉书周主，情愿求和。书中自称：唐皇帝奉书大周皇帝，请息兵修好，兄事周主，愿岁输货财，补助军需。周主得书不答，斥归知朗。唐主没法，再遣翰林学士钟谟，工部侍郎李德明赍献御药，及金器千两，银器五千两、缯帛二千匹、犒军牛五百头、酒二千斛，直至寿州城下，奉表称臣。周主命大陈军备，自帐内直达帐外，两旁统站着赳赳武夫，握刃操兵，非常严肃。然后令唐臣入见。钟谟、李德明一入御营，瞧着如许军容，已觉惊惶得很。没奈何趋近御座，见上面坐着一位威灵显赫的周天子，不由得魂悸魄丧，拜倒案前。正是：

上国耀兵张御幄，外臣投地怵天威。

欲知周主如何对付唐使？请看下回便知。

观南唐之不能敌周，说者多归咎于唐主之第知修文，不知经武。实则不然；唐主之误，误在任用非人耳。五鬼当朝，始终不悟，又加一自命元老之宋齐邱，为五鬼之首领，斥忠良，进奸佞。贪庸如刘彦贞，第以权奸之称誉，任为统帅，一战即死，坐失藩篱。皇甫晖、姚凤等皆庸碌子。清流关未战即溃，滁州城遇敌成擒，以阘茸无能之将士，欲其保守淮南，固必无是事也。子舆氏有言：不用贤则亡，削何可得？彼淮南之丧师削地，犹得苟延至十数年，意者其犹为淮南之幸欤！

第五十五回

唐孙晟奉使效忠　李景达丧师奔命

却说唐使钟谟、李德明入谒周主，拜倒座前，战兢兢地自述姓名，说明来意。并呈上唐主表文，由周主亲自展阅。表中略云：

> 臣唐主李璟上言：窃闻舍短从长，乃推通理；以小事大，著在格言。伏惟皇帝陛下，体上帝之姿，膺下武之运，协一千而命世，继八百以卜年。大驾天临，六师雷动，猥以遐陬之俗，亲为跋扈之行。循省伏深，兢畏无所，岂因薄质，有累蒸人！今则仰望高明，俯存亿兆，虔将上国，永附天朝。冀诏虎贲而归国，用巡雉堞以回兵。万乘千官，免驰驱于原隰；地征土贡，常奔走于岁时。质在神明，誓诸天地。别呈贡物，另具清单，伏冀赏纳，伫望宏慈。谨表！

周主览毕，掷置案上，顾语唐使道："汝主自谓唐室苗裔，应知礼义。我太祖奄有中原，及朕嗣位，已经六年有余。汝国只隔一水，从未遣一介修好。但闻泛海通辽，往来报问，舍华事夷，礼义何在？且汝两人来此，是否欲说我罢兵？我非愚主，岂汝三寸舌所得说动。今可归语汝主，亟来见朕，再拜谢过。朕或鉴汝主诚意，许令罢兵。否则朕即进抵金陵，借汝国库资，作我军犒赏。汝君臣休得后悔呢！”谟与德明，素有口才，至此俱震慑声威，一语不敢出口，惟有叩头听命，立即辞行。文武都是怕死。周主留住钟谟，遣还德明。嗣又得广陵捷报，韩令坤、白延遇等，掩入扬州。逐去唐营屯使贾崇，执住扬州副留守冯延鲁。惟赵弘殷在途遇病，已返滁州云云。周主乃复命令坤转取泰州。

看官听着！广陵就是扬州。从前扬州市中，有一疯人游行，诟骂市民道：“俟显德三年，当尽杀汝等。”继又改语道：“若不得韩、白二人，汝等必无遗类。”市民以为疯狂，毫不理睬。哪知周显德三年春季，果然有周军掩至，周将白延遇先入城中，唐东都营屯使贾崇，不敢抵抗，即焚去官府民舍，弃城南走。继而韩令坤踵至，饬捕守吏。冯延鲁本为副留守，一时逃避不及，慌忙削发披缁，匿居僧寺。偏偏有人认识，报知周军，似僧非僧的冯侍郎，竟被周军寻着，把他牵出，当作猪奴一般，捆缚了去。韩、白两将，既得延鲁，便禁止杀掠，使民安堵。果如疯人所言。令坤奉周主命，转取泰州。

泰州为杨氏遗族所居，杨溥让位李昪，病死丹阳，子孙徙居泰州，锢住永宁宫中，断绝交通，甚至男女自为匹偶，蠢若犬豕。唐主璟因江北鏖兵，恐杨氏子孙，乘势为变。特遣园苑使尹延范，迁置京口，统计杨氏遗男，尚有六十余人，妇女亦不下数十。延范承唐主密嘱，竟将杨氏男子六十余人，驱至江滨，一并杀死，仅率妇女渡江，杨氏遂绝。唐主璟反归咎延范，下令腰斩。延范有口难言，也冤冤枉枉地受了死刑。不得谓之冤枉，恐难偿六十余人性命！后来唐主泣语左右道：“延范亦成济流亚。魏成济助司马昭刺死曹髦，旋为司马昭所杀。我非不知他效忠，因恐国人不服，没奈何处他死刑呢！”遂命抚恤延范家属，毋令失所。国将危亡，尚如此残忍，莫谓李璟优柔。嗣闻泰州被韩令坤取去，刺史方讷遁归。接连是鄂州长山寨守将陈泽，为朗州节度使王逵所擒，解献周营。天长制置使耿谦，举城降周。常州、宣州又有吴越兵入侵，静海军制置使姚彦洪，投奔吴越。急得李璟心慌意乱，日夕召入宋齐邱、冯延巳等会议军情。齐邱、延巳等也是无法，只劝唐主向辽乞援。唐主不得已遣使北往，行至淮北，被周将截住。搜出蜡书，拘送寿州御营。

唐廷待援不至，再由冯延巳奏请，特派司空孙晟，及礼部尚书王崇质赍表如周，愿比两浙、湖南，奉周正朔。晟语延巳道："此行本当属公，惟晟受国厚恩，始终当不负先帝。愿代公一行，可和即和，不可和即死。公等为国大臣，当思主辱臣死的大义，毋再误国。"一士谔谔，但与冯延巳相谈，未免对牛弹琴。延巳惭不能答。惟更令工部侍郎李德明，与晟等偕行。晟退语王崇质道："君家百口，宜自为谋。我志已定，终不负永陵一抔土，他非所计了！"永陵即李昪陵。遂草草整了行装，与崇质、德明二人，并及从吏百名，出都西去。

途次又迭闻败耗，光州兵马都监张延翰降周，刺史张绍弃城遁走；舒州亦被周军陷没，刺史周宏祚投水自尽；蕲州将李福，为周所诱，杀死知州王承，亦举州降周。唐失各州，叙笔随处不同，可谓化板为活。晟不禁长叹道："国事可知，我此行恐不复返了！"仿佛易水荆卿。便兼程前进，直抵寿州城下，进谒周主。当将表文呈入，大略说是：

朝阳委照，爝火收光；春雷发声，蛰户知令。伏念天佑之后，率土分摧，或跨据江山，或革迁朝代，皆为司牧，各拯黎元。臣由是克嗣先基，获安江表，诚以瞻乌未定，附凤何从？今则青云之候，明悬白水之符，斯应仰祈声教，俯被遐方，岂可远动和銮，上劳薄伐？倘或俯悯下国，许作功臣，则柔远之风，其谁不服！无战之胜，自古独高。别进金千两、银十万两、罗绮二千匹，宣给军士，伏祈赐纳！

周主且阅且语道："一纸虚文，又来搪塞，朕岂被汝所欺么？"晟从容答道："称臣纳币，并非虚文；况陛下南征不庭，已由敝国谢罪归命。叛即讨，服即舍，古来圣帝明王，大都如是。望陛下俯纳臣言！"周主又道："朕率军南来，岂为这区区金帛？如果欲朕罢兵，速将江北各州县，悉数献朕。休得迟疑！"晟亦正色道："江北土地，传自先朝，并非得自大周，且江南亦奉表称臣，已不啻大周藩服，陛下何勿网开一面，稍假隆恩呢！"周主怒道："不必多言，汝国若不割江北，朕决不退师！"随又顾语李德明道："汝前来见朕，朕叫汝归语汝主，自来谢罪，今果何如？"德明慌忙叩首，且忆及延巳密嘱，愿献濠、寿、泗、楚、光、海六州，更岁输金帛百万，乞请罢兵，当下便尽情吐出。周主道："光州已为朕所得，何劳汝献？此外各州，朕亦不难即取。惟寿州久抗王师，汝国节度使刘仁赡，颇有能耐，朕却很加怜惜，汝等可替朕招来！"德明尚未及答，晟已目视德明，似含着一腔怒意。周主已经瞧透，索性逼晟前去，招降仁赡。晟却慨然请行。

周主遣中使监晟，同至城下，招呼仁赡答话。仁赡在城上拜手，问晟来意。晟仰语道："我来周营议和，尚无头绪。君受国恩，切不可开门纳寇，主上已发兵来援，不日就到了！"也是一个晋解扬。语毕自回，中使入报周主。周主召晟叱责道："朕令汝招降仁赡，如何反教他坚守？"晟朗声道："臣为唐宰相，好教节度使外叛么？若使大周有此叛臣，未知陛下肯容忍否？"周主见他理直气壮，倒也不能驳斥，便道："汝算是淮南忠臣，奈天意欲亡淮南，汝虽尽忠，亦无益了。"随命晟留居帐后，优礼相待。惟与李德明、王崇质商议和款，定要南唐献江北地，方准修好。

德明、崇质不敢力争，但说须归报唐主，当遵谕旨。周主乃遣二人东还，并付给诏书。略云：

> 朕擅一百州之富庶，握三十万之甲兵，农战交修，士卒乐用。苟不能恢复内地，申画边疆，便议班旋，直同戏剧。至于削去尊称，愿输臣节，孙权事魏，萧詧奉周，古也固然，今则不取。但存帝号，何爽岁寒，倘坚事大之心，必不迫人于险，事资真悫，辞匪枝游。俟诸郡之悉来，即大军之立罢，言尽于此，更不烦云。苟曰未然，请从兹绝。特谕！

李德明、王崇质两人，得了诏书，便还诣金陵，把周主诏书呈与唐主过目。唐主沉吟未决。宋齐邱从旁进言道："江北是江南藩篱，江北一失，江南亦不能保守了。德明等往周议和，并不是去献地，如何反替周主传诏，叫我国割献江北呢？"德明忍耐不住，竟抗声答道："周主英武过人，周军气焰甚盛，若不割江北，恐江南也遭蹂躏呢。"齐邱厉声道："汝二人也想学张松么？张松献西川地图，古今唾骂，汝等奈何不闻！"王崇质被他一吓，慌忙推诿，专归咎德明一人。于是枢密使陈觉，及副使李征古，同时入奏道："德明奉命出使，不能伸国威、修邻好，反且输情强敌，自示国弱。情愿割弃屏藩，坐捐要害，这与卖国贼何异？请陛下速正明刑，再图退敌！"德明闻言，越加暴躁，竟攘袂诟詈陈觉等人。惹得唐主大怒，立命绑出德明，责他卖国求荣的罪状，枭首市曹。德明若早知要死，不如死在周营，好与孙晟齐名。乃更简选精锐，得六万人，命太弟齐王景达为诸道兵马元帅，统兵拒周。授陈觉为监军使，起前武安节度使边镐为应援都军使，次第出发。

中书舍人韩熙载上书，略谓“皇弟最亲，元帅最重，不必另用监军”。唐主不听，又遣鸿胪卿潘承佑速赴泉州，招募勇士。承佑荐举前永安节度使许文缜、静江指挥使陈德诚，及建州人郑彦华、林仁肇，俱说是可为将帅。唐主因命文缜为西面行营应援使，彦华、仁肇，各授副将，再与周军决战。还有右卫将军陆孟俊，也自常州率兵万人，往攻泰州。

周将韩令坤，已回屯维扬，只留千人守泰州城，兵单力寡，哪里敌得过孟俊，当然遁走，泰州复被孟俊占去。俊又乘胜攻扬州，兵至蜀冈，令坤闻孟俊兵众，却也心惊。又且新纳爱妾杨氏，正在朝欢暮乐的时候，更不免英雄气短，儿女情长。当下令部兵护出杨氏，先行避敌，自己也弃城出走。忽有诏旨颁到，已遣滑州节度使张永德来援，那时只好勒马回城。入城以后，复闻赵匡胤调守六合，下令军中：不准放过扬州兵，如有扬州兵过境，一概刖足。自思归路已断，不如决一死战，与孟俊见个高下。计划已定，索性将爱妾杨氏，亦追了回来，整兵备械，专待孟俊攻城，好与他鏖斗一场。

孟俊不管死活，领着兵到了扬州，方就城东下寨。令坤先发制人，骤马杀出，领着敢死士千人，大刀阔斧，搅入孟俊寨内。孟俊不及预防，顿时骇退，主将一逃，全军四溃。独令坤不肯舍去，只管认着孟俊，紧紧追上。大约相距百余步，即拈弓搭箭，把孟俊射落马下，麾兵擒住，收军还城。

正拟将孟俊解送行在，偏是冤冤相凑，由爱妾杨氏出厅哭诉，要将孟俊剖心复仇。原来杨氏是潭州人，孟俊前时，曾随边镐往攻潭州，杀死杨氏家眷二百余口，惟杨氏有色，为楚王马希崇所得，充作妾媵。希崇降唐，出镇舒州，留家属居扬州。及韩令坤得扬州城，保全希崇家属，惟见杨氏华色未衰，勒令为妾。杨氏系一介女流，如何抵拒？只好随遇而安。到底是杨花水性。此时见了仇人孟俊，便请令坤借公报私。令坤当然依从，便将孟俊洗刷干净，活祭杨氏父母，挖心取肝，脔割了事。

那边唐元帅李景达，闻孟俊败死，急自瓜步渡江。行至六合县附近，探知赵匡胤据守六合，料不是好惹的人物，便在六合东南二十余里，安营设栅，逗留不进。赵匡胤早已侦悉，也按兵勿动。诸将请进击景达，匡胤道："景达率众前来，半道下寨，设栅自固，是明明怕我呢。今我兵只有二千，若前去击他，他见我兵寥寥，反足壮胆，不若待他来攻，我得以逸待劳，不患不胜。"

果然过了数日，城外鼓声大震，有唐兵万余人杀来，匡胤已养足锐气，立即杀出。自己仗剑督军，与唐兵奋斗多时，不分胜负。两军都有饥色，各鸣金收军。翌晨匡胤升帐，令军士各呈皮笠，笠上留有剑痕，约数十人。便指示军士道："汝等出战，如何不肯尽力？我督战时，曾斫汝皮笠，留为记号。如此不忠，要汝等何用？"遂命将数十人绑出军辕，一一斩讫。军法不得不严。部兵自是畏服，不敢少懈。

匡胤即令牙将张琼潜引千人出城，绕出唐军背后，截住去路，自率千人径捣唐营。唐营中方在早餐，蓦闻周军驰至，急忙开营迎敌。景达亦出来观战。不防周军勇猛得很，个个似生龙活虎，不可捉摸。突然间冲入中军，竟将景达马前的帅旗，用矛钩翻。景达吃一大惊，忙勒马返奔。帅旗是全军耳目，帅旗一倒，全军大乱，况且景达奔去，军中已没人主持。你也逃。我也走，反被周军前截后追，杀毙了无数人马。景达奔至江口，巧值周将张琼，列阵待着，要想活擒景达。还亏景达部将岑楼景，抵住张琼，大战数十回合，景达得带着残军，拼命冲出，觅舟径渡。岑楼景尚与张琼力战，后面又值匡胤追到，也只可舍了张琼，夺路逃生。张琼与匡胤合兵，追至江口，杀获约五千人，余众多泅水遁去，又溺毙了数千。周军始奏凯还城。

这次大战，景达挑选精卒二万人，自为前驱，留陈觉、边镐为后应。觉与镐正要渡江，偏景达已经败归，精卒伤亡了一大半。惟赵匡胤兵只二千，能把唐兵二万人驱杀过江，自然威名大震，骇倒淮南！为后来得国的预兆。

周主闻六合大捷，尚拟从扬州进兵。宰相范质等，叩马力谏，大致谓兵疲食少，乞请回銮。周主尚未肯从，经质再三泣谏，才有归意。可巧唐主又遣使上表，力请罢兵。大略说是：

圣人有作，曾无先见之明；王祭弗供，果致后时之责。六龙电迈，万骑云屯，举国震惊，群臣惴悚。遂驰下使，径诣行宫，乞停薄伐之师，请预外臣之籍。天听悬邈，圣问未回，由是继飞密表，再遣行人，致江河羡海之心，指葵藿向阳之意。伏赐亮鉴，不尽所云！

周主得表，乃整备回銮。留李重进围寿州，更派向训权淮南节度使，兼充沿江招讨使，韩令坤为副招讨使。自往濠州巡阅各军，再至涡口亲视浮梁。适值唐舒州节度使马希崇，率兄弟十七人奔周，独不记杨氏么？周主命为右羽林统军，随驾北归。并将唐使臣孙晟、钟谟，及所获冯延鲁等，也一并带回，且召赵匡胤父子还都。

匡胤留兵捍守六合，自领亲兵入滁州，省父弘殷。弘殷病已少痊，乃奉父启行。判官赵普，相偕随归。道过寿州，正值南寨指挥使李继勋被刘仁赡出兵袭破，所储攻具，多遭焚掠，将士伤毙数百人。继勋走入东寨，李重进在东寨中，仅能自保。军士经此一挫，相率灰心，意欲请旨班师。幸赵匡胤驰入行营，助他一臂，代为搜乘补阙，修垒济师。部署了十余日，周军复振。乃辞别重进，驰还大梁。

周主加封赵弘殷为检校司徒，兼天水县男，匡胤为定国军节度使，兼殿前都指挥使。匡胤复荐普可大用，乃即令为定国军节度推官。

忽由吴越王表奏常州军情，说为唐燕王弘冀所败，丧师万计，周主不胜惊叹。嗣又接到荆南奏表，代报朗州节度使王逵为下所杀，军士推立潭州节度周行逢为帅。周主又叹息道："吴越丧师，湖南又失去一支人马，恐唐兵乘隙猖狂，仍须劳朕再出呢。"小子有诗咏周主荣道：

南征北讨不辞劳，战血何妨洒御袍！
五代史中争一席，郭家养子本英豪。

究竟王逵何故被戕？下回再行补叙。

南唐非无忠臣。如司空孙晟，刚直不阿，颇胜大任，而乃为冯延巳所排挤，令充国使。是明明欲借刀杀人，聊泄私忿而已。晟仗节至周，理直气壮；而往谕刘仁赡数语，可质天地，宁死不辱君命，足为淮南生色。淮南有此忠臣而不能用，无怪其日削日危以底于亡也。李景达以唐主介弟，不堪一战，尤为可鄙。亲贵无一足恃，仅恃此妃黄俪白之文词，欲乞周主罢兵，何其瞢欤！古谓有文事必有武备，武备不足，文言奚益！本编迭录唐表，正以见虚文之无补云。

第五十六回

督租课严夫人归里　尽臣节唐司空就刑

却说王逵据有湖南，始由潭州夺朗州，令周行逢知朗州事，自返长沙。继复由潭州徙朗州，调行逢知潭州事。用潘叔嗣为岳州团练使。周既授逵节钺，因谕令攻唐，逵乃发兵出境。道出岳州，潘叔嗣特具供张，待逵甚谨。逵左右皆是贪夫，屡向叔嗣索赂，叔嗣不肯多与，致遭谗构。逵不免误信，遂将叔嗣诘责一番。两下里争论起来，惹得王逵性起，当面呵斥道："待我夺得鄂州，再来问汝。"说毕自去。自取其死。

既入鄂州境内，忽有蜜蜂数万，攒麾盖上，驱不胜驱或且飞集逵身，逵不禁大惊。左右统是谀媚，向逵称贺，谓即封王预兆，逵始转惊为喜。果然进攻长山寨，一战得胜，突入寨中，擒住唐将陈泽。正拟乘势再进，忽接朗州警报，乃是潘叔嗣挟恨怀仇，潜引兵掩袭朗州。逵骇愕道："朗州是我根本地，怎可令叔嗣夺去！"遂仓猝还援，自乘轻舟急返。行至朗州附近，先遣哨卒往探。返报全城无恙，城外亦没有乱兵。逵似信非信，命舟子急驶数里，已达朗州。遥见城上甲兵整列，城下却也平静，那时也不遑细问，立即登岸。

时当仲春，百卉齐生，岸上草木迷离，瞧不出什么埋伏。谁知走了数步，树丛中一声暗号，跑出许多步卒，来捉王逵。逵随兵不过数十人，如何抵敌？当即窜去。逵亦抢步欲逃，偏被步卒追上，似老鹰拖小鸡一般，把他攫去。牵至树下，有一大将跨马立着，不是别人，正是岳州团练使潘叔嗣。仇人相见，还有何幸？立被叔嗣叱骂数语，拔刀砍死。原来叔嗣欲报逵怨，竟攻朗州，料知逵必还援，特探明行踪，伏兵江岸，得将逵获住处死。

当下引军欲还，部将俱请入朗州。叔嗣道："我不杀逵，恐他战胜回来，我等将无噍类，所以不得已设此一策。今仇人已诛，朗州非我所利，我不如仍还岳州罢！"部将道："朗州无主，将归何人镇守？"叔嗣道："最好是往迎周公，他近来深得民心，若迎镇朗州，人情自然悦服了。"说着，即留部将李简，入谕朗州吏民，自率众回岳州。

李简入朗州城，令吏民往迎周行逢。大众相率踊跃，即与简驰往潭州，请行逢为朗州主帅。行逢乃趋往朗州，自称武平留后。或为叔嗣作说客，请把潭州一缺，令叔嗣升任。行逢摇首道："叔嗣擅杀主帅，罪不容诛。我若反畀潭州，是我使他杀主帅了。这事岂可使得！"因召叔嗣为行军司马，叔嗣托疾不至。可见前时退还岳州，实是畏惧周行逢。行逢道："我召他为行军司马，他不肯来，是又欲杀我了。"乃再召叔嗣，佯言将授付潭州，令他至府受命。叔嗣欣然应召，即至朗州。行逢传令入见，自坐堂上，使叔嗣立庭下，厉声斥责道："汝前为小校，未得大功。王逵用汝为团练使，待汝不为不厚。今反杀死主帅，汝可知罪否？我未忍斩汝，乃尚敢拒我命么？"说至此，即喝令左右，拿下叔嗣，推出斩首。部众各无异言，行逢即奉表周廷，陈述详状。周主授行逢为武平军节度使，制置武安、静江等军事。

行逢本朗州农家子，出身田间，颇知民间疾苦，平时励精图治，守法无私。女夫唐德，求补吏职，行逢道："汝实无才，怎堪作吏！我今日畀汝一官，他日奉职无状，反不能为法贷汝。汝不如回里为农，还可保全身家呢。"看似行逢无情，实是顾全之计。乃给与农具，遣令还乡。府署僚属，悉用廉士，约束简要，吏民称便。

先是湖南大饥，民食野草，行逢尚在潭州，开仓赈贷，活民甚众，因此民皆爱戴。独自奉不丰，终身俭约。有人说他俭不中礼，行逢叹道：“我见马氏父子，穷奢极欲，不恤百姓，今子孙且向人乞食，我难道好效尤吗？”能惩前辙，不失为智。行逢少年喜事，尝犯法戍静江军，面上黥有字迹。及得掌旌节，左右统劝他用药灭字。行逢慨然道：“我闻汉有黥布，不失为英雄。况我因犯法知戒，始有今日，何必灭去？”左右闻言，方才佩服。惟秉性勇敢，不轻恕人，遇有骄惰将士，立惩无贷。一日闻有将吏十余人，密谋作乱。便即暗伏壮士，佯召将吏入宴。酒至半酣，呼壮士出厅，竟将十数人一并拖出，声罪处斩。部下因相戒勿犯。民有过失，无论大小，多加死刑。

妻严氏得封勋国夫人，见行逢用刑太峻，未免自危。尝从旁规谏道：“人情有善有恶，怎好不分皂白，一概滥杀呢！”行逢怒道：“这是外事，妇人不得预闻！”

严氏知不可谏，过了数日，乃伪语行逢道：“家田佃户，多半狡黠。他闻公贵，不亲琐务，往往惰农自安，倚势侵民。妾愿自往省视。”行逢允诺，严氏即归还故里，修葺故居，一住不返。居常布衣菜饭，绝无骄贵气象。行逢屡遣仆媪往迓，严氏却辞以“志在清闲，不愿城居。”惟每岁春秋两届，自着青裙，押佃户送租入城。行逢谕止不从，且传语道：“税系官物，若主帅自免家税，如何率下？”行逢也不能辩驳。

一日闲着，带领侍妾等人，驰回故里。见严氏在田亩间，督视农人，催耕促种，不禁下马慰劳道：“我已贵显，不比前时，夫人何为自苦？”严氏答道：“君不忆为户长时么？民租失时，常苦鞭扑；今虽已贵，如何把陇亩间事，竟不记忆呢！”行逢笑道：“夫人可谓富贵不移了！”遂指令侍妾，强拥严氏上舆，抬入朗州。严氏住了一二日，仍向行逢辞行。行逢不欲令归，再三诘问。严氏道："妾实告君，君用法太严，将来必失人心。妾非不愿留，恐一旦祸起，仓猝难逃。所以预先归里，情愿辞荣就贱，局居田野，免致碍人耳目，或得容易逃生哩。"一再讽谏，用意良苦。行逢默然。俟严氏归去后，刑威为之少减。

严氏秦人，父名广远，曾仕马氏为评事，因将女嫁与行逢。行逢得此内助，终得自免，严氏亦获考终。史家采入《列女传》，备述严氏言行，这真不愧为巾帼丈夫呢！极力褒扬，风示女界。

且说周主还入大梁，闻寿州久攻不下，更兼吴越、湖南，无力相助，又要启跸亲征。宰相范质等仍加谏阻，因此尚在踌躇。

唐驾部员外郎朱元，颇有武略，上书白事，历言用兵得失事宜。唐主因命他规复江北，统兵渡江。更派别将李平，作为援应。朱元往攻舒州，周刺史郭令图，弃城奔还，唐主即授元为舒州团练使；李平亦收复蕲州，也得任蕲州刺史。从前唐人苛榷茶盐，重征粟帛，名目叫做薄征；又在淮南营田，劳役人民，所以民多怨讟。周师入境，沿途百姓，很表欢迎，往往牵羊担酒，迎犒周军。周军不加抚恤，反行俘掠。于是民皆失望。周主前攻北汉，亦蹈此弊，可见用兵之难。自立堡寨，依险为固；襞纸作甲，操耒为兵，时人号为白甲军。这白甲军同心御侮，守望相助，却是有些利害。每与周军相值，奋力角斗，不避艰险。周军屡为所败，相戒不敢近前。朱元因势利导，驱策民兵，得连复光、和诸州，兵锋直至扬、滁。周淮南节度使向训，拟并力攻扑寿州，反将扬、滁二州将士，调至寿州城下。扬、滁空虚，遂被唐兵夺去。

刘仁赡守寿州城，见周兵日增，屡乞唐廷济师，唐主只令齐王景达赴援。景达惩着前败，但驻军濠州境内，未敢前进。还有监军使陈觉，胆子比景达要小，权柄却比景达要大。凡军书往来，统由觉一人主持，景达但署名纸尾，便算了事。所以拥兵五万，并无斗志。部众亦乐得逍遥，过一日，算一日。惟唐将林仁肇等，有心赴急，特率水陆各军，进援寿州。偏周将张永德屯兵下蔡，截住唐援。仁肇想得一法，用战船载着干柴，因风纵火，来烧下蔡浮梁。永德出兵抵御，为火所熠，险些儿不能支撑。幸喜风回火转，烟焰反扑入唐舰，仁肇只好遁还。永德乃制铁绠千余尺，横绝淮流，外系巨木，遏绝敌船。大约距浮梁十余步外，东西缆住，免得唐军再来攻扑。惟仁肇等心终未死，一次失败，二次复来。永德特悬重赏，募得水中善泅的壮士，潜游至敌船下面，系以铁锁，然后派兵四蹙，绕击敌船。敌船不能行动，被永德夺了十余艘。舰内唐兵，无处逃生，只好扑通扑通地跳下水去，投奔河伯处当差。仁肇单舸走免。

永德大捷，自解所佩金带，赐给泅水的总头目。惟见李重进持久无功，暗加疑忌。当上表奏捷时，附入密书，略谓重进屯兵城下，恐有贰心。周主以重进至戚，当不至此，特示意重进，令他自白。重进单骑诣永德营，永德不能不见，且设席相待。重进从容宴饮，笑语永德道："我与公同受重任，各拥重兵，彼此当为主效力，不敢生贰。我非不知旷日持久，有过无功。无如仁赡善守，寿州又坚，一时实攻他不入，公应为我曲谅，为什么反加疑忌呢！天日在上，重进誓不负君，亦不负友！"后来为周死节，已在言中。永德见他词意诚恳，不由得心平气和，当面谢过，彼此尽欢而散。军帅乘和，必有大功。一日重进在帐内阅视文书，忽由巡卒捉到间谍一名，送至帐下。那人不慌不忙，说有密事相报，请屏左右。重进道："我帐前俱系亲信，尽管说来！"那人方从怀中取出蜡丸，呈与重进。重进剖开一瞧，内有唐主手书。书云：

语曰："知彼知己，百战百胜；知己知彼，百战不殆。"今闻足下受周主之命，围攻寿州，顿兵经年，此危道也。吾守将刘仁赡，有匹夫不可夺之志；城中府库，足应二年之用。撄城自固，捍守有余。吾弟景达等近在濠州，秣马厉兵，养精蓄锐，将与足下相见。足下自思，能战胜否？况周主已起猜疑，别派张永德监守下蔡，以分足下之势，永德密承上旨，闻已腾谤于朝，言足下逗留不进，阴生贰心。

以雄猜之主，得媒蘖之言，似漆投胶，如酒下奏曲，恐寿州未毁一堞，而足下之身家，已先自毁矣。若使一朝削去兵柄，死生难卜，亦何若拥兵敛甲，退图自保之为愈乎？不然，择地而处，惠然南来，孤当虚左以待，与共富贵。铁券丹书，可以昭信。惟足下察之。

重进览毕，大怒道："狂竖无知，敢来下反间书么？"一口喝破。即令左右拿住来人，特差急足驰奏蜡书。

周主亦阅书生愤，传入唐使孙晟，厉色问道："汝屡向朕言，谓汝主决计求成，并无他意。为何行反间计，招诱我朝军将？我君臣同心一德，岂听汝主诳言？但汝主刁猾得很，汝亦明明欺朕，该当何罪？"说着，即将原书掷下，令晟自阅。晟取阅毕，神色自若，且正襟答道："上国以我主为欺，亦思上国果真心相待否？我主一再求和，如果慨然俯允，理应班师示诚，乃围我寿州，经年不撤，这是何理？臣奉使北来，原奉我主谕意，订约修好，迄今已住数月，未奉德音，怪不得我主变计、易和为战了！"言之有理。周主越怒道："朕前日还都，原为休兵起见。偏汝唐兵不戢，夺我扬、滁各州，这岂是真心求和么？”晟又道：“扬、滁各州，原是敝国土地，不得为夺。”周主拍案道：“汝真不怕死吗？敢来与朕斗嘴！”晟奋然道：“外臣来此，生死早置度外，要杀就杀，虽死无怨！”

周主起身入内，令都承旨曹翰，送晟诣右军巡院，且密嘱数语，并付敕书。翰应命而出，呼晟下殿。偕至右军巡院中，饬院吏备了酒肴，与晟对饮。谈了许多时候，无非盘问唐廷底细，偏晟讳莫如深，一句儿不肯出口。翰不禁焦躁，起座与语道：“有敕赐相公死！”晟怡然道：“我得死所了！”便索取靴笏，整肃衣冠，向南再拜道：“臣孙晟以死报国了！”言已就刑，从吏百余人，一并遭戮。惟赦免钟谟，贬为耀州司马。

既而周主自悔道：“有臣如晟，不愧为忠！朕前时待遇加厚，每届朝会，必令与俱，且常赐饮醇醴。哪知他始终恋旧，不愿受恩。如此忠节，朕未免误杀了。”恐仍是笼络人心。乃复召谟为卫尉少卿。谟首鼠两端，怎能及得孙晟？晟死信传至南唐，唐主流涕甚哀，赠官太傅，追封鲁国公，予谥“文忠”。擢晟子为祠部郎中，厚恤家属，这且不必细表。已经表扬得够了。

且说周主既杀死孙晟，更决意征服南唐。自思水军不足，特命就城西汴水中，造战舰数百艘。即令唐降将日夕督练，预备出发。但连年征讨，需用浩繁，国库未免支绌，遂致筹饷为艰。闻得华山隐士陈抟，具有道骨，能知飞升黄白各术，乃遣吏驰召，征抟诣阙。抟因主命难违，没奈何随吏入都。由周主宣令入见，温颜咨询道：“先生通飞升黄白诸术，可否指教一二？”抟答道：“陛下贵为天子，当究心治道，何用这种异术呢？”是高人吐属。周主道：“先生期朕致治，用意可嘉，朕愿与先生共治天下，还请先生留侍朕躬！”抟又道：“臣山野鄙人，未识治道。且上有尧、舜，下有巢、由，盛世未尝无畸士。今臣得寄迹华山，长享承平，未始非出自圣恩呢！”周主尚欲挽留，命为左拾遗，抟再三固辞，乃许令还山。临行时，口占一诗道：

十年踪迹走红尘，回首青山入梦频。
紫阁峥嵘怎及睡？朱门虽贵不如贫。
愁闻剑戟扶危主，闷听笙歌聒醉人。
携取旧书归旧隐，野花啼鸟一般春。

抟既还山，周主又令州县长吏，随时存问，且特赐诏书道：

朕以卿高谢人寰，栖心物外，养太浩自然之气，应少微处士之星。既不屈于王侯，遂甘隐于岩壑，乐我中和之化，庆乎下武之期。而能远涉山涂，暂来城阙，浃旬延遇，宏益居多。白云暂驻于帝乡，好爵难縻于达士。昔唐尧之至圣，有巢、许为外臣，朕虽寡德，庶遵前鉴。恐山中所阙，已令华州刺史，每事供须。乍返故山，履兹春序，缅怀高尚，当适所宜。故兹抚问，想宜知悉。

抟奉诏后，又尝作诗一章道：

华泽吾皇诏，图南抟姓陈。
三峰十年客，四海一闲人。
世态从来薄，诗情自得真。
超然居物外，何必使为臣？

这两首诗，俱传诵一时，时人称他为答诏诗。小子也有一诗赞陈抟道：

不贪荣利不求名，甘隐林泉老一生。
世俗浮尘都洗净，西山留得好风清。

陈抟事至后再表，下回又要叙南北战争了。看官幸勿性急，试看下回表明。

里谚曰："家有贤妻，不遭横祸。"如周行逢妻严氏，可谓贤矣。行逢持己以俭，待民以恩，始非湖南杰士；独用法太峻，不留余地，肘腋之间，危机存焉。严氏能居安思危，归里课耕，以命妇而操贱役，处豪家而忆微时。既足规夫，复足风世，一举而两善备。故本回特揭载不遗，所以示妇道也。唐司空孙晟，奉使求成，始终不屈，置死生于度外，卒未肯输情敌国，委曲求全。观其临死怡然，南向再拜，从容就义，有足多者。本回亦特从详叙，所以示臣道也。至如陈抟之入阙辞官，还山高隐，亦足矫末俗而愧鄙夫。连类并书，有以夫！有以夫！

第五十七回

破山寨君臣耀武　失州城夫妇尽忠

却说周兵围攻寿州，经年不下，转眼间已是显德四年。城中渐渐食尽，有些支持不住。刘仁赡连日求救，齐王景达，尚在濠州，闻报寿州危急万分，乃遣应援使许文缜、都军使边镐，及团练使朱元等，统兵数万，溯淮而上，来援寿州。各军共据紫金山，列十余寨，与城中烽火相通。又南筑甬道，绵亘数十里，直达州城。当下通道输粮，得济城中兵食。

李重进亟召集诸将，当面嘱咐道："刘仁赡死守孤城，已一年有余。我军累攻不克，无非因他城坚粮足，守将得人。近闻城内粮食将罄，正好乘势急攻，偏来了许文缜、边镐等军，筑道运粮，若非用计破敌，此城是无日可下了。今夜拟潜往劫寨，分作两路，一出山前，一从山后，前后夹攻，不患不胜。诸君可为国努力！"众将齐声应令。时当孟春，天气尚寒，重进令牙将刘俊为前军，自为后军，乘着夜半肃霜的时候，严装潜进，直达紫金山。

唐将朱元，也虑重进夜袭，商诸许文缜、边镐，请加意戒备。边、许自恃兵众，毫不在意。元叹息回营，惟令部下严行巡察，防备不虞。回应朱元武略。三更已过，元尚未敢安睡，但和衣就寝。目方交睫，忽有巡卒入报道："周兵来了！"元一跃起床，命军士坚守营寨，不得妄动。一面差人报知边、许二营。许文缜、边镐已经睡熟，接得朱元军报，方从睡梦中惊醒，号召兵士出寨迎敌。周将刘俊，已经杀到，一边是劲气直达，游刃有余；一边是睡眼朦胧，临阵先怯。更兼天昏夜黑，模糊难辨。前队的唐兵，已被周军乱斫乱剁，杀死多名。边、许两人，手忙脚乱，只好倾寨出敌。不防寨后火炬齐鸣，又有一军杀入，当先大将，正是李重进。吓得边、许心胆俱裂，急忙弃去正营，逃入旁寨。朱元保住营帐，无人入犯，惟觉得一片喊声，震动耳鼓，料知边、许失手。乃令壕寨使朱仁裕守营，自率部将时厚卿等，出营往援。巧值李重进跃马麾兵，蹂躏诸寨。元大吼一声，率众抵敌，与周军鏖战多时，杀了一个平手。边镐、许文缜见朱元来援，始稍稍出头，前来指挥。重进恐防有失，与刘俊等徐徐退回，朱元也不追赶。惟与边、许检查营盘，刚刚破了二寨，正是边、许二人的正营。士卒伤数千人，粮车失去数十车。边、许懊悔不及，只朱元寨中，不折一矢，不丧一兵。元向边、许冷笑数声，回营安睡去了。

刘仁赡闻边、许败绩，倍加愤悒，即致书齐王景达，请令边镐守城，自督各军决战。偏景达复书不从。仁赡懊闷成疾，渐渐地不能起床。少子崇谏，恐父病垂危，城必不守，不如潜出降周，还可保全家族。乃乘夜出城，拟泛舟渡往淮北，偏被小校拦住，执送城中。仁赡问明去意，崇谏直供不讳。仁赡大怒道："生为唐臣，死为唐鬼，汝怎得违弃君父，私出降敌呢？左右快与我斩讫报来！"左右不好违令，只好将崇谏绑出。监军使周廷构，止住开刀，独驰入救解。仁赡令掩住中门，不令廷构入内，且使人传语道："逆子犯法，理应腰斩。如有为逆子说情，罪当连坐。"廷构闻言，且哭且呼，号叫了好一歇，并没有人开门。慌忙另遣小吏，向仁赡夫人处求救。仁赡夫人薛氏，蹙然与语道："崇谏是我幼子，何忍置诸死地？但彼既犯令，罪实难容。军法不可私，臣节不可隳，若宥一崇谏，是我刘氏一门忠孝，至此尽丧，尚有何面目见将士呢！”夫妇同心，古今罕有。说着，更派使促令速斩，然后举丧。众皆感泣，周廷构独说他夫妇残忍，代为不平。为后文降周伏笔。

李重进闻得消息，也为感叹。部将多有归志，谓“仁赡军令如山，不私己子，更有紫金山援兵，虽败未退，看来寿州是不易攻入，不如奏请班师，姑俟再举。”重进不得已出奏，候旨定夺。

周主得重进奏章，犹豫未决。适李穀得病甚剧，给假还都，周主特遣范质、王溥同诣穀宅，问及军事进止。穀答道：“寿州危困，亡在旦夕。盖御驾亲征，将士必奋。先破援兵，后扑孤城。城中自知必亡，当然迎降，唾手便成功了。”

范质、王溥还白周主，周主再下诏亲征。仍命王朴留守京城，授右骁卫大将军王环，为水军统领，带领战舰数十艘，自闵河沿颍入淮，作为水军前队；自己亦坐着大舟，督率战舰百余艘，鱼贯而进，端的是舳舻横江，旌旗蔽空。

先是周与唐战，陆军精锐，非唐可敌，惟水军寥寥，远不及唐，唐人每以此自负。至是见周军战棹，顺流而下，无不惊心。朱元留心军事，探得周军入淮，便登紫金山高冈，向西遥望，果见战船如织，飞驶而来，或纵或横，指挥如意。也不禁失声道：“罢了！罢了！周军鼓棹，如此锐敏，我水军反不相及，真是出人不料了！”说着，那周军已薄紫金山。周主躬擐甲胄，带着许多将士，陆续登岸。就中有一威风凛凛的大将，随着周主。龙颜虎步，与周主不相上下，不由得暗暗喝采。有将校曾经战阵，认得是赵匡胤，随即报明。元即下冈至边、许寨中，与二人语道：“周军来势甚锐，未可轻战，我军只好守住山麓，相戒勿动，待他锐气少衰，方可出与交锋。”许文缜道：“彼军远来，正宜与他速战，奈何怯战不前！”言未已，即有军吏入报道：“周将赵匡胤前来踹营了！”许文缜便即上马，领兵杀出，边镐亦随了同去。独朱元留住不行，且语部曲道："此行必败。"果然不到多时，边、许两军，狼狈奔回，各说赵匡胤厉害。朱元接着，便微哂道："我原说周军势盛，不便力争，只可坚壁以待。两公不听忠告，乃有此败。"边、许尚不肯认错，还埋怨朱元不救。朱元道："我若来接应两公，恐各寨统要失去了。"说罢，愤愤回营。

许文缜因此恨元，密报陈觉，请觉表求易帅。觉已因朱元恃功不逊，上书弹劾。此时又补上弹章，诬元如何骄蹇，如何观望。唐主璟信觉疑元，另派武昌节度使杨守忠代元。守忠至濠州，觉遂传齐王景达命令，召元诣濠州议事。元料有他变，喟然叹道："将帅不才，妒功忌能，恐淮南要被他断送了。我迟早总是一死，不如就此毕命罢！"说着，拔剑出鞘，意欲自刎。忽有一人突入，把剑夺住，抗声说道："大丈夫何往不富贵，怎可为妻子死？"元按剑审视，乃是门下客宋垍，便道："汝叫我降敌么？"垍答道："徒死无益，何若择主而事。"元叹息道："如此君臣，原不足与共事，但反颜事敌，亦觉自惭。罢罢！我也顾不得名节了。"朱元为南唐健将，唐不能用，原是大误，惟元甘降敌，终亏臣节。乃把剑掷去，密遣人输款周军。

周主当然收纳，乘势督攻紫金山。许文缜、边镐两人，尚恃着兵众，下山抵敌，被赵匡胤用诱敌计，引至寿州城南，三路杀出，把唐兵冲作数段。吓得边、许连声叫苦，飞马奔还。后面的周军，紧紧追来。他两人只望朱元出救，不防朱元寨内，已竖起降旗，自知立足不住，没奈何弃山逃走。朱元开营迎敌，只裨将时厚卿不肯从命，为元所杀。

周军既破紫金山大寨，又由周主督众追赶，沿淮东趋。周主自北岸进行，令赵匡胤等自南岸追击。水军统领王环，领着战船，自中流而下，沿途杀获万余人。那边镐、许文缜，正向淮东窜去，适遇杨守忠带兵来援，且言濠州全军，都已从水路前来。边、许又放大了胆，与守忠合作一处，来敌周军。冤冤见凑，又与赵匡胤相遇。

杨守忠不知好歹，便来突阵。周军阵内，由骁将张琼突出，抵住守忠。两人战了十多合，守忠战张琼不下，渐渐地刀法散乱，许文缜拨马来助，周将中又杀出张怀忠，四马八蹄，攒住厮杀。忽听得“扑搨”一声，杨守忠被拨落马，由周军活捉过去。文缜见守忠受擒，不免慌忙，一个失手，也被张怀忠擒住。唐军中三个将官，擒去一双，当然大乱。边镐拨马就走，由赵匡胤驱军追上，用箭射倒边镐坐马，镐堕落地上，也由周军向前，捆缚过来余众逃无可逃，多半跪地乞降。

这时候的齐王景达及监军使陈觉，正坐着艨艟大舰，扬帆使顺，来战周军。周水军统领王环，适与相值，便在中流大战起来两下里正在酣斗，但闻岸上鼓声大震，两旁统是周军站住，发出连珠箭，迭射唐兵。唐舰中多中箭倒毙，景达手足失措，顾陈觉道：“莫非紫金山已经陷没么!”陈觉道：“紫金山如已陷没，奈何杨守忠一军，亦杳无踪迹哩!”两人仿佛做梦。景达道：“岸上统是周军，看来凶多吉少，我军将如何抵挡呢?”陈觉道：“不如赶紧回军，再或不退，要全军覆没了。”景达忙传令退回。战舰一动，顿时散乱。王环乘势杀上，把唐舰夺了无数；所得粮械，更不胜计。唐兵或溺死，或请降，差不多有二三万名。景达、陈觉，统逃还濠州去了。

周主追至镇淮军，方才停住，天色已暮，就在镇淮军留宿。越日又发近县丁夫数千人，至镇淮军筑城，夹淮为垒，左右相应。且将下蔡浮梁，移徙至此，扼住濠州来路，省得他再援寿州。会淮水盛涨，唐濠州都监郭廷谓，率水军溯淮来毁浮梁，偏被周右龙武统军赵匡赞探悉，伏兵邀击，把他杀败。廷谓慌忙逃回，陈觉闻廷谓又败，连濠州都不敢留住，竟怂恿景达，同返金陵。只静江指挥使陈德诚一军，未曾对敌，还是完全无恙。他见景达等都已奔归，也恐孤军难保，渡江退还。

唐主闻诸军败退，拟自督诸将拒周。中书舍人乔匡舜，上书极谏，唐主说他阻挠众志，流戍抚州。嗣又将守御方略，问及神卫统军朱匡业、刘存忠。匡业不好直言，但诵罗隐诗道："时来天地皆同力，运去英雄不自由。"存忠亦从旁进言，谓臣意与匡业相同。唐主怒道："汝等坐视国危，不知为朕画策，反欲吟诗调侃，朕岂由汝等嘲弄么？"两人叩首谢罪，唐主怒终未释，竟贬匡业为抚州副使，流存忠至饶州。一面部署兵马，即欲亲行。偏经陈觉奔还，运动宋齐邱等，代为解免。且言周军精锐异常，说得唐主一腔锐气，化作虚无，竟把督军自出的问题，搁过一边，不再提起。于是濠、寿一带，孤危益甚。

周主命向训为淮南道行营都监，统兵戍镇淮军，自率亲军回下蔡，贻书寿州，令刘仁赡自择祸福。过了三日，未见复音，乃亲至寿州城下，再行督攻。刘仁赡闻援兵大败，扼吭叹息，遂致病上加病，卧不能起。至周主贻书，他亦未曾寓目，但昏昏沉沉地睡在床中，满口呓语，不省人事。周廷构见周主复来，攻城益急，料知城不可保，乃与营田副使孙羽，及左骑都指挥使张全约，商议出降。当下草就降表，擅书仁赡姓名，派人赍入周营，面谒周主。周主览表甚喜，即遣阁门使张保续入城，传谕宣慰。刘仁赡全未预闻，统由周廷构、孙羽等款待来使，且迫令仁赡子崇让，偕张保续同往周营，泥首谢罪。周主乃就寿州城北，大陈兵甲，行受降礼。廷构令仁赡左右，舁仁赡出城，仁赡气息仅属，口不能言，只好由他播弄。好汉只怕病来魔。周主温言劝慰，但见仁赡瞟了几眼，也未知他曾否听见，乃复令舁回城中，服药养疴。一面赦州民死罪，凡曾受南唐文书，聚迹山林，抗拒王师的壮丁，悉令复业，不问前过。平日挟仇互殴，致有杀伤，亦不得再讼。旧时政令，如与民不便，概令地方官奏闻。加授刘仁赡为天平节度使，兼中书令，且下制道：

刘仁赡尽忠所事，抗节无亏，前代名臣，几人可比？朕之南伐，得尔为多，其受职勿辞！

看官试想！这为国效死的刘仁赡，连爱子尚且不顾，岂肯骤然变志，背唐降周？只因抱病甚剧，奄奄一息，任他舁出舁入，始终不肯渝节。过了一宿，便即归天。说也奇怪，仁赡身死，天亦怜忠，晨光似晦，雨沙如雾，州民相率巷哭。偏裨以下，感德自刭，共计数十人。就是仁赡妻薛夫人，抚棺大恸，晕过几次，好容易才得救活。她却水米不沾，泣尽继血，悲饿了四五天，一道贞魂，也到黄泉碧落，往寻藁砧去了。夫忠妇节，并耀江南。

周主遣人吊祭，追封彭城郡王，授仁赡长子崇赞为怀州刺史，赐庄宅各一区。寿州故治寿春，周主因他城坚难下，徙往下蔡，改称清淮军为忠正军，慨然太息道："我所以旌仁赡的忠节呢！"唐主闻仁赡死节，亦恸哭尽哀，追赠太师中书令，予谥"忠肃"，且焚敕告灵，中有三语云：

魂兮有知，鉴周惠耶？歆吾命耶？

是夜唐主梦见仁赡，拜谒墀下，仿佛似生前受命情状。及唐主醒来，越加惊叹，进封仁赡为卫王，妻薛氏为卫国夫人，立祠致祭。后来宋朝亦列入祀典，赐祠额曰"忠显"，累世庙食不绝。人心未泯，公道犹存，忠臣义妇，俎豆千秋，一死也算值得了。小子有诗赞道：

孤臣拼死与城亡，忠节堪争日月光。
试看淮南隆食报，千秋庙貌尚留芳。

周主复命朱元为蔡州防御使，周廷构为卫尉卿，孙羽为太仆卿，开仓发粟，分给寿州饥民。另派右羽林统军杨信，为忠正军节度使，管辖寿州，自率亲军还都，留李重进等进攻濠州。欲知濠州能否攻入？且待下回分解。

南唐健将，首为刘仁赡，次为朱元。朱元智能拒敌，而为陈觉、许文缜等所忌，迫令降周。元虽不免负主，然非激之使叛，亦何至铤而走险耶？许文缜、边镐庸奴耳！景达騃竖，陈觉鄙夫，讵足与周主相敌。独刘仁赡誓守孤城，忠而且勇。妻薛氏亦知守大节，甘斩亲儿，国而忘家，公而忘私，诚为古今所罕有。南唐有此忠臣，并有此义妇，乃忍使五鬼为蔽，双忠毕命，岂不足令人太息乎！阐扬名节，责在后人，大书特书，正以维纲常而砭末俗尔。

第五十八回

楚北鏖兵阖城殉节　淮南纳土奉表投诚

却说唐将郭廷谓守住濠州，因闻周主北还，潜率水军至涡口，折断浮梁，又袭破定远军营。周武宁节度使武行德，猝不及防，竟将全营弃去，孑身逃免。廷谓报捷金陵，唐主擢廷谓为滁州团练使，兼充淮上水陆应援使。独周主接得败警，按律定罪，降武行德为左卫将军，又追究李继勋失寨罪名，见五十五回。降为右卫将军。

周主本生父柴守礼，以太子少保光禄卿致仕，常与前许州行军司马韩伦，游宴洛阳。韩伦系令坤父，也是一个大封翁。守礼更不必说。两人恃势恣横，洛人无敢忤意，竟以阿父相呼。

一日，与市民小有口角，守礼竟麾动家丁，格死数人。韩伦也在旁助恶，殴詈不休。市民不甘枉死，激动公愤，即向地方官起诉。地方官览这诉状，吓得瞠目伸舌，不敢批答，只好挽人调处，曲为和解。那柴、韩二老，怎肯认过？市民亦不愿罢休，索性叩阍讼冤。当时周廷对待守礼，虽未明言为天子父，但元舅懿亲，声势亦大。当时接得冤诉，无人敢评论曲直，只有上达宸聪。周主顾念本生，把守礼略过一边，惟查究韩伦劣迹。嗣闻韩伦干预郡政，武断乡曲，公私交怨，罪恶多端，乃命刑官定谳，法当弃市。韩令坤伏阙哀求，情愿削职赎罪，乃只夺韩伦本身官爵，流配沙门岛。令坤任官如故，守礼不复论罪。守礼为周主生父，似难坐罪，惟枉法全恩，亦属非是，此亦一瞽瞍杀人之案。误在周主未知迎养，致有此弊。

内供奉官孙延希，督修永福殿。役夫或就瓦中啖饭，用柿为匕，不意为周主所见，责延希虐待役夫，叱出处死，并黜退御厨使董延勋、副使张皓等。左库藏使符令光，历职内廷，素来清慎。至是周主又欲南征，敕令光督制军士袍襦，限期办集。令光不能如限，又有敕处斩。宰相等入廷救解，周主拂衣入内，不愿从谏，令光竟戮死都市。为这二案，都人代为呼冤。周主亦尝追悔，但素性暴躁，一或忤旨，便欲加刑。亏得皇后符氏，从中解劝，还算保全不少。

显德四年十一月，又欲出征濠、泗，符后以天气严寒，力为谏阻。周主执意不从，累得符后抑郁成疾，饮食少进。周主不遑内顾，命王朴为枢密使，仍令留守东京，自率赵匡胤等出都，倍道至镇淮军。五鼓渡淮，直抵濠州城西。濠州东北十八里，有一巨滩，唐人在滩上立栅，环水自固。周主使内殿直康保裔，乘着橐驼，率军先济，赵匡胤为后应。保裔尚未毕渡，匡胤已跃马入水，截流而进。骑兵追随恐后，霎时间尽登滩上，攻入敌栅。栅内守兵，措手不及，纷纷溃散，遂得拔栅通道，径至濠州城下。

李重进早攻濠州南关，连日不下。忽闻御驾复来督师，大众奋勇百倍，或缘梯，或攀堞，不到半日，已攻入南关城。城东复有水寨，与城中作为犄角，王审琦奉周主命，领兵捣入，也将水寨据住。城北尚屯敌船数百艘，船外植木，防遏周军。周主命水师拔木进攻，纵火焚敌，敌船不能扑灭，被毁去七十余艘，余船遁去。

濠州诸防，种种失败，只剩得斗大孤城，如何保守？郭廷谓想出一法，遣人至周营上表。但说臣家属留居江南，今若遽降，必至夷族，愿先着人至金陵禀命，然后出降。周主微笑道："他无非是缓兵计，想往金陵乞援。朕亦不妨允他，等他援兵到来，一鼓歼灭，管教他死心塌地，举城出降了！"料事如神。遂留兵濠州城下，自移军往攻泗州。行至涣水东，遇着敌船，大约又有数百艘。当下水陆夹击，斩首五千余级，降卒二千余人。因即鼓行而东，所至皆下。赵匡胤为前锋，直薄泗州，焚南关、破水寨、拔月城。泗州守将范再遇，惊慌得了不得，即开城乞降。匡胤入城，禁止掳掠，秋毫无犯，州民大悦，争献刍粟犒军。周主自至城下，再遇迎谒马前，受命为宿州团练使，拜谢而去。匡胤出奏周主，报称全城安堵，周主乃不复入城，分三道进兵。匡胤率步骑自淮南进，自督亲军从淮北进，诸将率水军由中流进。

淮滨因战争日久，人不敢行，两岸葭苇如织，且多泥淖沟堑。周军乘胜长驱，踊跃争趋，几忘劳苦。沿途与唐兵相值，且战且进，金鼓声达数十里。行至楚州西北，地名清口，有唐营驻扎，保障楚州，由唐应援使陈承昭扼守。赵匡胤溯淮而上，夤夜袭击，捣入唐营。陈承昭不及预备，慌忙逃生。匡胤入帐，不见承昭，料他从帐后遁去，急急追赶，马到擒来。所有清口唐船，除焚荡外，尚得三百余艘；将士除杀溺外，收降七千人；淮上唐舰，扫得精光。周水军出没纵横，毫无阻碍。

濠州守将郭廷谓曾遣使至金陵乞援。及使人返报，谓当促陈承昭援泗，所以闭城待着。不料承昭被擒，全军覆没，廷谓无法可施，只得依着周主命令，送呈降表。当令录事参军李延邹起草。延邹勃然道："城存与存，城亡与亡，这是人臣大义，奈何靦颜降敌！"廷谓道："我非不能效死，但满城生灵，无辜遭戮，我实未忍。况泗州已降，清口覆军，区区一城，如何保全？不如通变达权，屈节保民，愿君勿拘拘小节！"此语亦聊自解嘲。延邹掷笔道："大丈夫终不负国，为叛臣作降表！"掷地作金石声。廷谓大怒，拔剑相逼道："汝敢不从我命么？"

延邹道："头可断，降表不可草！"言未毕，已被廷谓把剑一挥，头落地上。濠州尚有戍兵万人，粮数万斛，廷谓举城降周，全城兵粮，俱为周有。

周主因泗州已降，不必后顾，当然大喜，敕授廷谓为亳州防御使，另派将吏驻守，自往楚州攻城。廷谓驰谒行幄，周主语廷谓道："朕南征以来，江南诸将，败亡相继。独卿能断涡口浮梁，破定远寨，也可算是报国了。濠州小城，怎能持久，就使李璟自守，亦岂足恃！卿可谓知几。现命卿往略天长，卿可愿否？"廷谓便称愿往，周主即令自率所部，往攻天长。再遣铁骑右厢都指挥使武守琦，率数百骑趋扬州。甫至高邮，扬州守将，已毁去官府、民庐，驱人民渡江南行，及守琦入扬州城，已是空空洞洞，成了一片瓦砾场。此外只剩十余人，不是老病，就是残疾，死多活少，未便远行，因此还是留着。守琦付诸一叹，据实奏闻。

周主仍命韩令坤往抚扬州，招缉流亡，权知军府事宜，又派兵将拔泰州，陷海州。惟楚州防御使张彦卿，与都监郑昭业，硬铁心肠，仿佛寿州的刘仁赡。周主亲御旗鼓，连日攻扑，城外庐舍，扫尽无遗。更发州民凿通老鹳河，引战舰入江，水陆夹击楚州城。炮声震地，鼓角喧天，彦卿绝不为动，惟与郑昭业同心堵御，视死如归。彦卿子光祚，随父登城，望见周军势盛，城中危在旦暮，乃泣谏彦卿道："敌强我弱，万难支持，城外又无一人来援，看来徒死无益，不如出降。"彦卿不答一词，旁顾诸将道："哪里有敌军来攻，汝等可望见否？"诸将侧身他顾，光祚亦掉头瞧着，不防彦卿拔出腰剑，竟向光祚顶后劈去，砉然一声，首随刀落。诸将闻有剑声，慌忙转视，但见一颗血淋淋的头颅，已在城上摆着，禁不住大家咋舌！彦卿却泣语诸将道："这是彦卿爱子，劝彦卿降敌。彦卿受李氏厚恩，义不苟免。这城就是我死所哩！诸君畏死欲降，尽可从便，但不得劝我，若劝我出降，请视我子首级！”仁赡杀子，彦卿亦杀子，可谓无独有偶。诸将皆感泣思奋，莫敢言降。

苦守至四十日，猛听城外一声怪响，好似天崩地塌一般。城上守卒，腾入天空，城墙坍陷至数十丈，那时堵不胜堵，周军从城缺杀入，一拥进来。原来周主督攻月余，焦躁异常，乃命军士凿城为窟，内纳火药，引以为线。线燃药发，把城轰坍，城遂被陷。彦卿尚结阵城内，誓死巷斗，战到日暮，杀得枪折刀缺，尚未肯休。既而退至州廨，矢刃俱尽。彦卿举绳床搏斗，犹格毙周军数十人，自身亦受了重伤，便大呼道：“臣力竭了！”遂自刎而死。

郑昭业为周将所杀，余众千数百人，个个战死，无一生降。周军亦伤亡不少。周主大怒，下令屠城，自州署以及民舍，俱付一炬，吏民死了万余人。周主身死国亡，未始非由此所致。赵匡胤搜诛彦卿家属，男女多死，惟留一彦卿少子光佑，谓是忠臣遗裔，不当尽歼。俟屠城已毕，方入奏周主，请留彦卿一脉，为臣教忠。周主怒气已平，乃准如所请。复令修筑城垣，募民实城。仍须百姓，何必尽屠。

嗣接郭廷谓奏报，唐天长军使易赟，已举城归顺，周主仍令赟斌为刺史。自发楚州，转趋扬州。韩令坤迎入城内，城乏居民，满目萧条。周主见城内空虚，特命在故城东南隅，另筑小城，俾便驻守。未几又接黄州刺史司超捷报，谓“与控鹤指挥使王审琦，败舒州军，擒唐刺史施仁望”，于是淮右粗平。

周主出巡泰州，复至迎銮镇，进攻江南，临江遥望。见有敌舰数十艘，停泊江心，即命赵匡胤带着战船，前往攻击。敌舰不敢迎战，望风退去。匡胤直抵南岸，毁唐营栅，乃收军驶回。越日，周主又遣都虞侯慕容延钊、右神武统军宋延渥水陆并进，沿江直下。延钊至布州，大破唐兵，江南大震。

先是江南小儿，遍唱“檀来”。人不知为何因，颇以为怪。至周师入境，先锋骑兵，皆唱蕃歌，首句即为“檀来也”三字，才识童谣有验，益加恂惧。

是时已为周显德五年三月，即唐主璟中兴元年。唐主嗣位，年号保大，是年已为保大十六年，改称中兴元年。唐主闻周军临江，恐即南渡，又耻降号称藩，意欲传位皇弟景遂，令他出面求和。景遂本为皇太弟，至是上表辞位，略言“不能扶危，自愿出就外藩”。齐王景达，因出师败还，辞元帅职。唐主乃改封景遂为晋王，兼江南西道兵马元帅，景达为浙西道元帅，兼润州大都督。立皇子燕王弘冀为太子，参治朝政，派枢密使陈觉，奉表至迎銮镇，谒见周主，贡献方物，且请传位太子，听命中朝。

周主谕觉道：“汝主果诚心归顺，何必传位？且江北郡县，尚有庐、舒、蕲、黄四州，及鄂州汉阳、川二县，未曾归我。如欲乞和，即须献纳，方可开议！”觉叩伏案前，不敢违命。但言当遣还随员，再取表章。周主道：“朕欲取江南，亦非难事，不特我军鼓勇争先，战胜攻取，就是荆南、吴越，也助顺讨逆，来请师期。”说至此，即检出二表，取示陈觉。觉一一接阅，一表是荆南高保融，奏称本道舟师，已至鄂州；一表是吴越王钱弘俶，奏称已发战棹四百艘，水军一万七千人，停泊江岸，候命进止。两表阅罢，觉愈加惊惶。且见迎銮镇一带，战舶如林，兵戈如蚁，大有气吞江南的形状，不由得形神觳觫，磕了无数响头，再四乞哀。鬼头鬼脑，不愧为五鬼之一。周主方道：“汝速遣人取表，割献江北，朕得休便休，也不定要汝江南了。”觉拜谢而退，立遣随员还金陵，盛说周主声威，宜速割江北，还可保全江南。

唐主不得已，乃再遣阁门承旨刘承遇，至迎銮镇，愿将庐、舒、蕲、黄四州，及鄂州汉阳、汉川二县，尽行奉献。惟乞海陵盐监，仍属江南，周主不许。经承遇苦苦哀求，请岁结赡军盐三十万石，方邀允准。此外如奉周正朔，岁输土贡等款，亦由陈觉、刘承遇等承认，周主乃许令罢兵，且颁诏江南道：

皇帝恭问江南国主无恙，使人至此，奏请分割舒、庐、蕲、黄等州，画江为界，朕已尽悉。顷逢多事，莫通玉帛之欢；适自近年，遂构干戈之役。两地之交兵未息，蒸民之受弊斯多。日昨再辱使人，重寻前意，将敦久要，须尽缕陈。今者承遇爰来，封函复至，请割州郡，仍定封疆，猥形信誓之辞，备认始终之意，既能如是，又复何求！边陲顿静于烟尘，师旅便还于京阙，永言欣慰，深切诚怀。其常、润一带，及沿江兵棹，今已指挥抽退；兼两浙、荆南、湖南水陆兵士，各令罢兵，以践和约。言归于好，共享承平，朕有厚望焉！

陈觉、刘承遇，既得求成，乃向周主处辞行。周主又语觉道："传位一事，尽可不必。朕有手书，烦汝转达汝主便了。"随即取书给觉，觉与承遇，复拜谢而去。还至金陵，将周主原书呈与唐主。书中写着：

别睹来章，备形缛旨，叙此日传让之意，述向来高尚之怀。仍以数岁已还，交兵不息，备论追悔之事，无非克责之辞，虽古人有引咎责躬，因灾致惧，亦无以过此也。况君血气方刚，春秋甚富，为一方之英主，得百姓之欢心。即今南北才通，疆场甫定，是玉帛交驰之始，乃干戈载戢之初，岂可高谢君临，轻辞世务！与其慕希夷之道，曷若行康济之心。重念天灾流行，分野常事，前代贤哲，所不能逃。苟盛德之日新，则景福之弥远。勉修政务，勿倦经纶，保高义于初终，垂远图于家国。流芳贻庆，不亦美乎！特此谕意，君其鉴之！

周主既遣还陈觉等人，乃诏吴越、荆南军各归本道，赐钱弘俶犒军帛二万匹，高保融帛一万匹。命就庐州置保信军，简授右龙武统军赵匡赞为节度使，自从迎銮镇还扬州。唐主又遣同平章事冯延巳、给事中田霖，为江南进奉使，献入犒军银十万两，绢十万匹，钱十万贯，茶五十万斤，米麦二十万石，附以表文。略云：

臣闻孟津初会，仗黄钺以临戎，铜马既归，推赤心而服众。皇帝量包终古，德合上元，以其执迷未复，则薄赐徂征；以其向化知归，则俯垂信纳。仰荷含容之施，弥坚倾附之念。然以淮海遐陬，东南下国，亲劳玉趾，久驻王师，以是忧惭，不遑启处。今既六师返旆，万乘还京，合申解甲之仪，粗表充庭之实。望风陈款，不尽依依。

延巳等既至扬州，呈入表文，接连又遣汝郡公徐辽，客省使尚全，恭上买宴钱二百万缗。又有一篇四六表文，有云：

伏以柏梁高会，展极居尊，朝臣咸侍于冕旒，天乐盛张于金石，莫不竞输宝瑞，齐献寿杯。而臣僻处偏隅，回承睠顾，虽心存于魏阙，奈日远于长安，无由覲咫尺之颜，何以罄勤拳之意！遂令戚属躬拜殿廷，纳忠则厚，致礼则微，诚惭野老之芹，愿献华封之祝。

周主连得二表，特在行宫赐宴。冯延巳、田霖、徐辽、尚全一并列座。辽代唐主李璟捧上寿觞，并进金酒器、御衣犀带、金银、锦绮、鞍马等物，周主亦各有赠赐。宴毕辞去，车驾乃启程还京。诏进侍卫诸军及诸道将士官阶，优给行营将士，追恤临阵伤亡各家属，子孙并量材录用。新得淮南十四州六十县，所欠赋税，并准蠲免。即授唐将冯延鲁为太府卿，充江南国信使，并以卫尉少卿前唐使钟谟为副，令赍国书及本年历书，还赴江南。并赐唐主御衣玉带，及锦绮罗縠共十万匹；金器千两、银器万两、御马五匹、散马百匹、羊三百匹、犒军帛千万匹。

唐主李璟得书，乃去帝号，自称国主，用周显德年号，一切仪制，皆从降损；并因周信祖庙讳为璟，即郭威高祖，见前文。特将本名除去偏旁，易名为景。再遣冯延鲁、钟谟至周都，奉表谢恩。周主命在京师置进奏院，馆待来使。更升任延鲁为刑部侍郎，谟为给事中，仍遣归江南。小子有诗咏道：

连年争战苦兵戈，割地称臣始许和。
我为淮南留一语，国衰只为佞臣多！

此外尚有俘获唐将，亦陆续放还。俟至下回开篇，再行详叙。

周师入淮，势如破竹，各城多望风乞降，其能为国捐躯者，除孙晟、刘仁赡外，尚有李延邹之不草降表，及张彦卿等之千人皆死。虽曰无补，忠足尚焉。彦卿杀子，见诸赵鼎臣《竹隐畸士集》。子可杀，君不可负，大义灭亲，臣节凛然。说者或讥其愚忠。夫时当五季，纲纪沦亡，得张彦卿等之秉节不挠，实足羽翼名教。即曰近愚，愚亦不可及矣。否则如陈觉、冯延巳等，匍匐乞哀，割地不知惜，屈节不知羞，偷生畏死，甘为奴隶，国家亦乌用此庸臣为耶！唐主璟之任用非人，以致蹙国降号，是乃所谓愚夫也已。

第五十九回

惩奸党唐主施刑　正乐悬周臣明律

却说唐使冯延鲁、钟谟自周遣还，又释归南唐降卒，共五千七百五十人。嗣又将许文缜、边镐、周廷构等，也一并放归。先是冯延巳、陈觉等，自诩多才，睥睨一切，尝侈谈天下事，以为经略中原，可运掌上。延巳尤善长聚咏，著有乐章百余阕，统是铺张扬厉，粉饰隆平。唐主璟本好诗词，与延巳互相唱和，工力悉敌，璟因引为同调。翰林学士常梦锡，屡次进谏，极言延巳等浮夸无术，不应轻信。怎奈延巳正得君心，任你舌敝唇焦，也是无益！淮南战起，唐兵屡败，梦锡又密谏道：“延巳等奸言似忠，若陛下再不觉悟，恐国家从此灭亡了！”唐主璟仍然不从。至李德明被杀，虽由宋齐邱、陈觉等从旁怂恿，见五十五回。延巳也串同一气，斥德明为卖国贼，应该伏诛。及许文缜等战败紫金山，同作俘虏，陈觉与齐王景达自濠州遁归，国人恟惧，唐主璟召入延巳等，会商军事，甚至泣下，延巳尚谓无恐。枢密副使李征古，与延巳同党，且大言道：“陛下当治兵御敌，奈何作儿女子态？徒对臣等涕泣，莫非是酒醉不成，还是由乳母未至呢！”对君敢如此放肆，可知唐主之不堪为君。唐主不禁色变，征古却举止自若。

会司天监奏天文有变，人主应避位禳灾，唐主乃复召谕群臣道：“国难未纾，我欲释去万机，栖心冲寂，究竟何人可以托国？”李征古先答道：“宋公齐邱，系再造国手，陛下如厌弃国机，何不举国授与宋公?”陈觉亦从旁插嘴道：“陛下深居禁中，国事皆委任宋公，先行后闻，臣等可随时入侍，与陛下同谈释、老了。”唐主闻言，目顾延巳，延巳亦似表同情。乃命中书舍人陈乔草诏，将委国与宋齐邱。乔俟群臣退后，独持入草诏，造膝密陈道：“宗社重大，怎可假人！今陛下若署此诏，从此百官朝请，皆归齐邱，尺地一民，俱非己有。就使陛下甘心澹泊，脱屣万乘，独不念烈祖创业，如何艰难，难道可一朝委弃吗?古有齐湻齿、赵李兑，皆战国时人。近有让皇，且为陛下所亲见。抚今思昔，能不寒心！臣恐大权一去，求为田舍翁，且不可得了!”唐主愕然道：“非卿言，几落贼人彀中!”于此益见李璟之愚。乃将草诏撕毁，引乔入见皇后钟氏，及太子弘冀，且指语道：“这是我国忠臣！他日国家急难，汝母子可托付大事，我虽死无遗恨了。”嗣是乃疑忌宋齐邱、陈觉等人。

觉诣周议和，还至金陵，矫传周主诏命，谓江南连岁拒周，皆由严续主谋，须立杀无赦。续为故相严可求子，尚唐烈祖李昪女，性颇持正，不入宋党。唐主命为门下侍郎，兼同平章事。觉与续有嫌，因借此构陷。唐主已有三分明白，不忍杀续，但罢为少傅，且令觉退出枢密，但令为兵部侍郎。并将左相冯延巳，亦罢除相位，降为太子少傅；黜枢密副使李征古，令为晋王景遂副倅。

及钟谟南归入见唐主，乘隙进言道：“宋齐邱累受国恩，见危不能致命，反谋篡窃。陈觉、李征古等，阴为羽翼，罪实难容，请陛下申罪正法!”唐主忽忆及觉言，便问谟道：“觉曾传周主命，迫诛严续，卿在周廷，果闻有此语否?”谟答道：“臣未闻此言，恐是由觉捏造。就是前时李德明，与臣同往议和，他亦无非衡量强弱，因请割地求成。齐邱与觉说他卖国，遂致诛死，试问今日觉往通款，比前时德明所请，得失何如？德明受诛，觉怎得无罪？”虽未免袒护德明，却是言之有理。唐主沉吟多时，乃语谟道：“究竟周主欲诛严续否？”谟又道：“臣谓周主必无此言；如若不信，臣可至周廷问明。”唐主点首，因令谟再赍表入周，略言久拒王师，皆由臣昏愚所致，严续无与，请加恩宽宥。周主览表，不禁惊诧道：“朕何曾欲诛严续？就使续欲拒朕，彼时桀犬吠尧，各为其主，朕亦何必过事苛求。”谟乃述及严续刚正，及陈觉等矫诈情状。周主又道：“据汝说来，严续为汝国忠臣，朕为天下主，难道教人杀忠臣么？”谟叩谢而归，报明唐主。

唐主因欲诛宋齐邱等，又遣钟谟诣周禀白。周主道：“诛佞录忠，系汝国内政，但教汝主自有权衡，朕不为遥制呢。”谟即兼程还报，唐主乃命枢密使殷崇义，草诏惩奸，历数宋齐邱、陈觉、李征古罪恶。放齐邱还九华山，谪觉为国子博士，安置饶州，夺征古官，流戍洪州。觉与征古，惘惘出都，途中复接唐主敕书，赐令自尽。南唐五鬼，陈觉为首，还有魏岑、查文徽，已病死；此外只剩二冯。唐主不复问罪，寻且迁任延巳为太子太傅，延鲁为户部尚书，宠用如故。

唐主尝曲宴内殿，从容语延巳道：“吹皱一池春水，何干卿事！”延巳答道：“怎能如陛下所咏：‘小楼吹彻玉笙寒’，更为高妙呢。”时江南丧败不支，苟延岁月，君臣不能卧薪尝胆，乃各述曲宴旧诗，作为评谑，无怪他一蹶不振，终致灭亡。评断有识。惟宋齐邱至九华山，唐主命地方有司，锁住齐邱居宅，不准自由，但穴墙给与饮食。齐邱叹道：“我从前为李氏谋画，幽住让皇帝族于泰州，天道不爽，理应及此，我也不想再活了！”遂自经死。唐主谥为“丑缪”，追赠李德明为光禄卿，赐谥曰“忠”。亦未见得。

因复遣使报周，并贡冬季方物。周主特派兵部侍郎陶穀报聘，穀素有才名，周主闻江南人士，多擅文才，故令穀充使职。毂既至金陵，见了唐主，吐属风流，温文尔雅。唐主亦颇起敬，特命韩熙载陪宾，殷勤款待。熙载素称江南才子，家中藏书甚多，毂向他借观，且嘱馆伴抄录，一时不能脱身。唐宫中有歌妓秦蒻兰，知书识字，色艺兼优，唐主命她至客馆中，充作女役。不怀好意。毂见她容颜秀丽，体态娉婷，已不禁暗暗喝采。惟身为使臣，不便细询姓氏，总还道是驿吏女儿，未敢唐突。哪知娟娟此豸，故意撩人，有时眼角留情，有时眉梢传语，有时轻颦巧笑，卖弄风骚，惹得陶毂支持不定，未免与她问答数语。偏她应对如流，无论什么诗歌，多半记忆，益令陶毂倾心锺爱，青眼垂怜，渐渐地亲近香肤，引为腻友。美人解意，才子多情，哪有不移篙近岸，图成美事？一宵好梦，备极欢娱。

越宿起床，那美人儿出外自去，镇日里没有见面。毂已是启疑，适由韩熙载奉唐主命，邀令晚宴，毂不好固辞，随着同行。既入唐廷，自有内侍趋出，导引入内殿中。唐主已经待着，降阶相迎。寒暄已罢，即请入席，且召歌妓侑觞，毂很是矜持。唐主微讽道："公南来有日，久居馆中，独不嫌岑寂么？"毂答称借阅韩书，幸免岑寂。唐主道："江南春色，闻已为公采得一枝，何必相欺！"毂极力答辩，唐主付诸一笑，仍举觥劝饮。毂饮了一二杯，忽听得歌声幽咽，从屏后出来。歌云：

好姻缘，恶姻缘，只得邮亭一夜眠。

毂听此二语，已觉惊心，复又有歌词续下道：

别神仙，琵琶拨尽相思调，知音少！再把鸾胶续断弦，是何年！

这词名为“春光好”。穀博通词曲，当然知晓，且料有别因，忙从屏间一瞧，果然走出一个歌娘，似曾相识，微皱眉山，仔细谛视，就是昨夜相偎相抱的秦蒻兰，禁不住面上生惭，汗涔涔下。中冓之言，不可道也，所可道也，言之丑也。便即起座谢宴，托言醉不能饮，经唐主嘲讽数语，也只好似痴似聋，转身退去。次日便即辞行，自回大梁去了。唐主如此弄人，成何大体。唐主自鸣得意，且不必说。

惟南汉主晟，闻唐为周败，不免加忧。他自篡位以后，猜忌骨肉，把弘昌以下十三弟，杀得一个不留。诸侄因尽加歼戮，惟选得几个美色的侄女，取入宫中，迫为婢妾。禽兽不如。且派兵入海，掠得商贾金帛，增筑离宫数千间，殿侧皆置宫人，令她候晓，名为“候窗监”。每值宴会，晟独坐殿廷间，侍宴百官，各结彩亭，列坐殿旁两庑。宴酣后，令有司槛兽而进，两旁翼以刀戟。晟下殿射兽，兽未死，即用戈戟戮毙，算作乐事。又尝夜饮大醉，用瓜置伶人尚玉楼项间，拔剑劈瓜，并斩尚首。翌日酒醒，再召玉楼侍宴，左右谓昨已受诛，方才叹息。后宫专宠，有两个李妃，一号李丽妃，一号李蟾妃。宫人卢琼仙、黄琼芝，色美性狡，特授为女侍中，朝服冠带，参决政事。宦官中最宠林延遇，诸王夷灭，俱由延遇主谋。延遇临死，荐同党龚澄枢自代。澄枢刁滑，与延遇相类。朝政不修，权出嬖幸。至闻周征服淮南，意欲入贡周廷，因为湖南所隔，不便通道，乃治战舰、修武备，为自固计。未几又自叹道：“我身得免祸患，已是幸事，还要管什么子孙呢？”自知颇明。会月食牛女间，出书占卜，谓为自己应该当灾，乃纵情酒色，为长夜饮。渐渐地精枯色悴，加剧而亡。年三十九岁。

长子继兴嗣立，改名为多鋹。尊故主晟为中宗。时鋹年十六，委政中官，龚澄枢、陈延寿权势最重，又进卢琼仙为才人，内政皆取决琼仙。台省官仅备员数，不得与闻国政。鋹性好奢，筑万政殿，一柱费用，须白金三千锭。又建天华宫，筑黄龙洞，日费千万，毫不吝惜。宦官李托，有二养女，均有姿色。长女入为贵妃，次女亦得为才人，一时并宠。还有宫婢波斯女，黑腯而慧，光艳动人，性善淫媚，赐名“媚猪”。尚书右丞钟允章，欲整肃纲纪，惩治奸滑，适为宦官所忌，诬称允章谋反。迫𬬮加刑，竟致族诛。遂擢李托为内太师，兼六军观军容使，国事皆禀托后行。𬬮日与大小李妃及波斯媚猪，恣为淫乐，自称萧闲大夫，不复临朝视事。中官多至七千余，或加至三公、三师职衔，女官亦不下千人，也有师、傅、令、仆的名目。陈延寿又引入女巫樊胡子，戴远游冠，衣紫霞裙。踞坐帐中，自称有玉皇附见，能预知祸福，呼𬬮为太子皇。𬬮极端迷信，往往向胡子就教。卢琼仙及龚澄枢等争相依附，胡子乃伪言琼仙、澄枢、延寿统是上天差来，辅佐太子皇，不宜轻加罪谴。𬬮信用益坚，视国事如儿戏，但因僻处岭南，周天子无暇问罪，所以昏愦糊涂的刘𬬮，尚得荒纵数年，等到赵宋开国，然后灭亡。这且待《宋史演义》中，再行详述，本书已将终篇，不必絮谈了。界画分明。

且说周主还都后，皇后符氏薨逝，年止二十有六，谥曰“宣懿”。后妹亦颇有容色，出入宫中，周主欲册为继后，因南征得手，又思北讨，所以未遑行礼。未几即为显德六年，高丽、女真，均遣人入贡方物。周主御崇德殿，召见番使，命有司遍设乐悬，藉示汉仪。四面钟磬陈列，有几处止属虚设，未闻击响。待番使退朝，周主召问乐工，何故不击钟磬。乐工谓“向例如此，不敢妄击”。周主再加细诘，乐工多不能答，乃命端明殿学士窦仪，讨论古今雅乐，考订阙失。窦仪谓通晓乐音，臣不如朴，因令朴订定乐律。朴援据古今，具疏胪陈，略云：

臣闻礼以检形，乐以治心。形顺于外，心和于内，而天下不治者，未之有也。夫乐生于人心，而声成于物，物声既成，复能感人之心，是谓之乐。昔黄帝吹九寸之管，得黄钟正声，半之为清声，倍之为缓声，三分损益之，以成十二律；旋相为宫，以生七调为一均，凡十二均，八十四调而大备。遭秦灭学，历代罕能用之。唐祖孝孙考正大乐，其法始备。安史之乱，十亡八九，至于黄巢，荡尽无遗。时有博士殷盈孙，铸镈钟十二，编钟二百四十。处士萧承训，校定石磬，今之在悬者是也。虽有钟磬之状，殊无相应之和，其镈钟不问音律，但循环而击，编钟编磬，徒悬而已。丝竹匏土，仅有七声，黄钟之宫，止存一调；盖乐之缺坏，无甚于今。陛下临视乐悬，知其亡失，以臣尝学律吕，宣示古今乐录，命臣讨论，臣虽不敏，敢不奉诏！

朴上疏后，援照古法，用秬黍定尺，一黍为分，十黍为寸，积成九寸，径三分，为黄钟律管。推演得十二律，因作律准。共分十有三弦，长九尺，依次设柱，系弦成声。第一弦为黄钟律，第二弦为大吕律，第三弦为太簇律，第四弦为夹钟律，第五弦为姑洗律，第六弦为仲吕律，第七弦为蕤宾律，第八弦为林钟律，第九弦为夷则律，第十弦为南吕律，第十一弦为无射律，第十二弦为应钟律，第十三弦为黄钟清声。声律既调，用七律为一均，错成五音：宫声为主，徵声、商声、羽声、角声，互为联属。五音相续，迭声不乱，合成八十四调，然后配以笙簧，间以钟磬，凡四面乐悬，无不协响，合成节奏。无论何种歌曲，但好谱入乐声，均能应腔合拍，不疾不徐。朴又上言此法久绝，出臣独见，乞集百官校正得失，有诏令百官再行参酌。百官多半是门外汉，晓得什么音律奥旨，彼此同声附和，统复称王朴高才，非臣等所及。乃命乐工演试，果然五声有序，八音克谐，乐得周主心花怒开，极称盛事。

周主又究心贡举，务求得人，裁并寺院，严禁左道。平居辄留意农事，刻木为农夫、蚕妇，列置殿廷。且诏散骑常侍艾颖等三十四人，分行诸州，均定田租。又诏诸州并乡村，率以百户为团，团置耆长三人，令司民事，课耕劝稼。又从汴口疏河通淮，以达舟楫，再导汴水入蔡水，以便漕运。公私交利，上下翕然。周世宗为五代贤主，故历叙美政。周主遣王朴巡视汴口，督建斗门。工既告竣，还过故相李穀第，忽然疾作，晕仆座上。慌忙用人舁归，医治无效，竟尔谢世，年五十四岁。周主亲往吊丧，用玉钺叩地，痛哭再四，不能自止。左右从旁慰劝，周主仰天叹道："天不欲我平中原么？何为夺我王朴，有这般迅速哩！"吊毕回宫，数日不欢。

朴精究术数，谈言多中，周主志在统一，常恐运祚短促，不能如愿。一日从容问朴，谓："朕躬践阼，能得几年？"朴答道："陛下有心致治，尝以苍生为念，天高听卑，自当蒙福。臣本固陋，一知半解，推演数理，可得三十年。三十年后，非臣所能知呢。"周主喜道："诚如卿言，朕当为主三十年，十年开拓天下，十年养百姓，十年致太平，朕志足了！"后来征辽回师，便即晏驾，计在位止及五年零六个月，似与朴言不符。或谓五六乃三十成数，朴不便直言，故用隐谜相答。究竟朴能否预知，小子也不能定断，只好援据遗闻，随笔录叙。因继咏一诗道：

怀才挟术佐明王，天不假年剧可伤！
岂是庆陵周世宗陵。将晏驾，先归地下待吾皇！

王朴既殁，周主失一股肱，但北伐雄心，仍然不改，因即下诏亲征。欲知周主北伐情形，下回再当详叙。

唐为周败，国威不振，至于割地请和，始正宋党之罪，论者已嫌其太迟。窃谓亡羊补牢，犹为未晚，越王勾践，其前师也。唐主璟诚自惩前败，黜佞任良，则十年生聚，十年教训，二十年后，与北宋角逐中原，尚未知鹿死谁手。顾犹信用二冯，吟风嘲月。迨周使远来，则密嘱歌妓以狎侮之，饵人不足，结怨有余，多见其不知量也。刘晟父子，更出璟下，故其亡也，比江南为尤速。至若周世宗之英武过人，王朴之智谋绝俗，天独未假以年，不获共谋统一，命耶数耶？是固在可解不可解之间矣。然世宗美政，王朴长材，不容过略，故类叙之以风示后世云。

第六十回

得辽关因病返跸　殉周将禅位终篇

却说周主南征时，北汉主刘钧，乘虚袭周，发兵围隰州。隰州刺史孙议，得病暴亡，后任未至。骤闻河东兵至，不免惊惶。幸亏都监李谦溥，权摄州事，浚城隍、严兵备，措置有方，不致失手。时方盛夏，河东兵冒暑围城，谦溥引二小吏登城，从容督御，身服絺绤，手挥羽扇，毫无慌张形状。河东将士，却也料他不透，未敢猛攻。谦溥又潜约建雄军节度使杨廷璋，各募敢死士百人，夜劫河东兵寨。河东兵猝不及防，仓皇散走。谦溥自率守军，开城追击，逐北数十里，斩首数百级，隰州解围。

当下奏报行在。周主即令谦溥为隰州刺史，且命昭义军节度使李筠，与杨廷璋联兵北讨，共伐狡谋。李筠遂进攻石会关，连破河东六寨。廷璋仍命李谦溥往侵汉境，夺得一座孝义县城。北汉主刘钧，不禁生忧，小挫即忧，想什么乘虚袭人？慌忙飞使至辽，乞请济师。辽主述律，不愿出兵，支吾对付，急得刘钧忧急万分。再三通使求援，辽主乃授南京留守萧思温为兵部都总管，助汉侵周。周主已征服南唐，返至大梁，接得辽、汉合寇的消息，决意亲征。他想北汉跳梁，全仗辽人为助，若要釜底抽薪，不如首先攻辽。辽人一败，北汉势孤，自然容易讨平。

计议已定，乃命宣徽南苑使吴延祚权东京留守，宣徽北院使昝居润为副，三司使张美为大内都部署。其余各将各领马步诸军及大小战船，驰赴沧州；自率禁军为后应。都虞侯韩通，由沧州治水道，节节进兵，立栅乾宁军南，修补坏防，开游口三十六，可达瀛、莫诸州。周主亦自至乾宁军，规画地势，指示军机，遂下令进攻宁州。宁州刺史王洪，自知不能守御，开城乞降。乃派韩通为陆路都部署，赵匡胤为水路都部署，水陆并举，向北长驱。车驾自御龙舟，随后继进。

朔方州县，自石晋割隶辽邦，好几年不见兵革，骤闻周师入境，统吓得魂胆飞扬。所有官吏人民，望风四窜，周军顺风顺水，直薄益津关。关中守将终廷辉，登阙南望，但见河中敌舰，一字儿排着，旌旗招飐，矛戟森严，不由得心虚胆怯，连打了好几个寒噤。正在没法摆布，可巧有一人到来，连呼开关。廷辉瞧将下去，乃是宁州刺史王洪。便问他来意，洪但说有密事相商，须入关面谈。廷辉见他一人一骑，不足生畏，乃开关纳入，两下晤谈。洪先自述降周的原因，并劝廷辉也即出降，可保关内百姓。廷辉尚在狐疑。洪又道："此地本是中国版图，你我又是中国人民，从前为时势所迫，没奈何归属北廷，今得周师到此，我辈好重还祖国，岂非甚善！何必再事迟疑？"廷辉听了这番言语，自然心动，便允出降。

周主令王洪返守宁州，留廷辉守益津关，各派兵将助守。遣赵匡胤为先锋，溯流西进。渐渐地水路促狭，不便行舟，乃舍舟登陆，入捣瓦桥关。匡胤到了关下，守将姚内斌见来兵不多，即率数千骑士，出城截击。经匡胤大杀一阵，内斌麾下，伤亡了数百名，方才退回。越日，周主亦倍道趋至，都指挥使李重进以下，亦相继到来，还有韩通一军，收降莫州刺史刘楚信，瀛州刺史高彦晖，沿途毫无阻碍，也到瓦桥关下会师。眼见得周军云集，慑服雄关。

匡胤督军攻城，先在城下招降姚内斌，大略"谓王师前来，各城披靡，单靠这偌大关隘，万难把守若见机投顺，不失富贵，否则玉石俱焚，幸勿后悔！”内斌沉吟多时，方答言明日报命。匡胤也不强迫，便按兵不攻。静守一宵，次日拟再往攻关，已有探骑报入，敌将姚内斌，开城来降。匡胤乃待他到来，导见周主。内斌拜到座前，周主好言抚慰，面授为汝州刺史，内斌叩首谢恩，随起引周军入关。

周主置酒大会，遍宴群臣，席间议进取幽州，诸将奏对道：“陛下出师，只四十二日，兵不过劳，饷不过费，便得关南各州，这都由陛下威灵，所以得此奇功。惟幽州为辽南要隘，必有重兵把守，将来旷日持久，反恐不美，还请陛下三思！”周主默然不答。散宴后，便召指挥使李重进入帐道：“我军前来，势如破竹，关南各州县，不劳而下，这正是灭辽扫北的机会，奈何中道还师？且朕欲统一中原，平定南北，时不可失，决意再进！汝可率兵万人，翌日出发。朕即统兵接应，不捣辽都，定不回军！”重进料难劝阻，只好应声退出。又传谕散骑指挥使孙行友，率骑兵五千名，往攻易州，行友亦奉旨去讫。

重进于次日启行。行至固安，城门洞辟，守吏已经遁去，一任周兵拥入。重进令军士略憩，另派哨骑探视行径。返报固安县北，有一安阳水，既无桥梁，又无舟楫，想是由辽兵惧我前往，所以拆桥藏舟，阻我去路。重进闻报，颇费踌躇，忽闻周主驾到，乃即出城迎谒，禀明前途阻碍。周主锐图进取，当即与重进往阅河流，果然水势汪洋，深不见底。巡视一回，便谕重进道：“此水不能徒涉，只好速筑浮梁，方便进兵。”重进当然应命。周主乃令军士采木作桥，限期告竣，自率亲军还驻瓦桥关。

天有不测风云，人有旦夕祸福。周主忽然得病，连日未痊。那孙行友却已攻下易州，擒住刺史李在钦，献入行营。周主抱病升帐，问他愿降愿死。在钦偏抗声不屈，触动周主怒意，即命推出斩首。此人却有别肠，莫非命中该死。自觉支持不住，退入寝所。又越两日，仍然未瘳，当由赵匡胤入帐劝归。周主不得已照允，乃改称瓦桥关为雄州，留陈思让居守；益津关为霸州，留韩令坤居守，然后下令回銮。

返至澶渊，却逗留不行。宰辅以下，只令在寝门外问疾，不许入见，大众都惶惑得很。澶州节度使，兼殿前都点检张永德，与周主为郎舅亲，独得入寝所问视，婉言进谏道："天下未定，根本空虚，四方藩镇，多是幸灾乐祸，但望京师有变，可从中取利。今澶、汴相去甚迩，车驾若不速归，益致人心摇动，愿陛下俯察舆情，即日还都为是！"周主怫然道："谁使汝为此言？"永德道："群臣统有此意。"周主目注永德道："我亦知汝为人所教，难道都未喻我意么？"未几又摇首道："我看汝福薄命穷，怎能当此！"永德闻言，竟莫明其妙，只管俯首沉思。实是一片疑团。猛听周主厉声道："汝且退去，朕便回京！"

永德慌忙趋出，部署各军，专待周主出来，周主也即出帐，乘辇还都。看官！你道周主何故疑忌永德？原来周主因病南还，途次稍觉痊可。偶从囊中取阅文书，忽得直木一方，约长三尺，上有字迹一行，乃是"点检作天子"五字！不由得惊异起来。他亦不便询问左右，仍然收贮囊中。默思石敬瑭为明宗婿，后来篡唐为晋。今永德亦尚长公主，难道我周家天下，也要被他篡夺么？左思右想，无从索解。及见永德劝他回京，心中忍耐不住，遂露了一些口风。永德哪里知晓，当然摸不着头脑，只好搁过一边。

及周主入京，病体略松，便册宣懿皇后胞妹符氏为继后，封长子宗训为梁王，次子宗让为燕国公。命范质、王溥两相，参知枢密院事。授魏仁浦为枢密使，兼同平章事，吴延祚亦授枢密使。都虞侯韩通得兼宋州节度使，加检校太尉；赵匡胤为殿前都点检，加检校太傅，兼忠武军节度使。此外文武诸官，亦迁转有差。独叙韩通、赵匡胤实为下文伏案。独免都点检张永德官，但令为检校太尉，留奉朝请。朝臣统是惊疑，不知葫芦里卖什么药，惟啧啧私议罢了。

先是周主微时，尝梦神人畀一大伞，色如郁金，上加道经一卷；周主审视道经，似解非解，及醒后追思，尚记忆数语。嗣是福至心灵，举措无不合宜，遂得身登九五，据有大宝。及征辽归国，常患不豫，有时勉强视朝，数刻即退。御医逐日诊治，终乏效验。一日卧床休养，恍惚间复见神人，来索大伞及道经。周主当即交还，又欲向神探问后事，神人不答，拂袖竟去。周主追曳神衣，突闻一声朗语，竟致惊醒。开眼一瞧，手中牵着的衣袂，乃是榻前的侍臣。就是梦中听见的声音，亦无非侍臣惊问，不觉自己也好笑起来。转思梦中情景，甚觉不祥，便起语侍臣道："朕梦不祥，想是天命已去了。"侍臣答道："陛下春秋鼎盛，福寿正长，梦兆不足为凭，请陛下安心！"周主道："汝等哪里能知？朕不妨与汝等说明。"随将前后梦象，略述一遍。侍臣仍然劝解，偏是得梦以后，病竟增剧。

显德六年六月，忽至弥留，急召范质等入受顾命，嘱立梁王宗训为太子，并命起用故人王著，委以相位。质等应诺。及退出宫门，互相窃议道："翰林学士王著，日在醉乡，怎堪为相？愿彼此勿泄此言。"众皆点头会意。是夕周主竟病崩万岁殿中，享年三十九岁。可怜这年华韶稚的新皇后，正位仅及匝旬，忽然遭此大故，叫她如何不哀？如何不哭？实属可怜，后来还要可痛。还有梁王宗训，年仅七岁，晓得什么国事，眼见是寡妇孤儿，未易度日。

宰相范质等亲受遗命，奉着七龄帝子，即位柩前。服纪月日，一依旧制，翰林学士兼判太常寺窦俨，追上先帝尊谥，为“睿武孝文皇帝”，庙号“世宗”。是年冬奉葬庆陵。总计五代十二君，要算周世宗最号英明，文武参用、赏罚不淆，并且知民疾苦，兴利除害，所以在位五年有余，武功卓著。文教诞敷，升遐以后，远近哀慕。惟纳李崇训妻为皇后，夫妇一伦，不无遗议；纵本生父柴守礼杀人，父子一伦，亦留缺憾；就是因怒杀人，往往刑不当罪，未免有伤躁急。但瑕不掩瑜，得足抵失。可惜享年不永，赍志以终，遂使这寡妇孤儿，受制人手。一朝变起，宗社沉沦。这或是天数使然，非人力所可挽回呢！特加论断。为周世宗生色。

闲话休表，且说周幼主宗训嗣位，一切政事，均由宰相范质等主持，尊符氏为皇太后，恭上册宝。朝右大臣，也有一番升迁，说不胜说。惟宋州节度使兼检校太尉韩通，调任郓州节度使，仍充侍卫亲军副都指挥使。改许州节度使赵匡胤为宋州节度使，仍充殿前都点检，兼检校太傅。封晋国长公主张氏，即张永德妻。为大长公主，令驸马都尉兼检校太尉张永德，为许州节度使，进封开国公。所有范质、王溥、魏仁浦、吴延祚四人，均加公爵。仅叙数人升迁，均寓微意。

北面兵马都部署韩令坤，奏败辽骑五百人于霸州。周廷以国遇大丧，未暇用兵，但饬边戍各将，慎守封疆，毋轻出师。辽主述律，本来是沈湎酒色，无志南侵，当关南各州失守时，他尝语左右道：“燕南本中国地，今仍还中国，有什么可惜呢？”可见后来辽兵入寇，实是故意讹传。北汉主刘钧，屡战皆败，亦不敢轻来生事。不过三国连界，彼此戍卒，未免龃龉，或至略有争哄情事，自周廷遥谕静守，边境较安。都为后文返照。

好容易过了残年，周廷仍未改元，沿称显德七年。正月朔日，幼主宗训，未曾御殿，但由文武百僚，进表称贺。蓦然间接得镇定急报，说是辽兵联合北汉，大举入寇，请速发大兵防边。宰相范质等，亟入白符太后。符太后是年轻女流，安知军事？一听范质等处置。范质等派定殿前都点检赵匡胤，会师北征，令副都点检慕容延钊为前锋，率兵先发。此外如高怀德、张令铎、张光翰、赵彦徽等，陆续会齐，即祃纛兴师，逐队出都。匡胤亦陛辞而行。

京都下起了一种谣传，谓将册点检为天子，市民多半避匿。究竟这种传言，是由何人首倡，当时亦无从推究。廷臣中也有几个闻知，总道是口说荒唐，不足凭信。那符太后及幼主宗训，全然不闻此事。哪知正月三日出兵，正月四日晚间，即由陈桥驿递到警信，急得满廷百官，都错愕不知所为。

原来赵匡胤到了陈桥，竟由都指挥高怀德、都押衙李处耘、掌书记赵普等，与匡胤弟匡义密商，推立点检为天子。数人忙了一宵，已把将士运动妥当，便于正月四日黎明，齐至匡胤寝所，喧呼万岁。匡胤闻声惊觉，欠身徐起，当由匡义入室报闻。匡胤尚未肯承认，出谕将士，但见众校已露刃环列，由高怀德捧入黄袍，披在匡胤身上。众将校一律下拜，三呼万岁。匡胤还要推辞，总有这番做作。偏众人不由分说，竟将他扶掖上马，迫令还汴。匡胤揽辔传谕道：“汝等能从我命，方可还都；否则我不能为汝主！”众皆听令。匡胤乃与约法三条：一是不得惊犯太后母子；二是不得欺凌公卿大夫；三是不得侵掠朝市府库。经大众齐声答应，然后肃队入都。

殿前都指挥石守信、都虞侯王审琦，已接匡义密报，具知大略。他两人与匡胤兄弟，素来莫逆，有心推戴匡胤。便暗中传令禁军，放匡胤全军入城，禁军乐得攀龙附凤，不生异言。匡胤等竟安安稳稳，趋入大梁。甫抵都城，先遣属吏楚昭辅，入慰匡胤家属。时匡胤父弘殷已殁，独老母杜氏在堂，闻报惊喜道：“我儿素有大志，今果然出此！”一语作为铁证。

及匡胤入城，已是正月五日上午。百官早朝，正议论陈桥消息。忽见客省使潘美，驰入朝堂，报称点检由各军推戴，奉为天子，现已入都，专待大臣问话。范质等仓皇失措，独侍卫亲军副都指挥使韩通，慌忙退朝，拟集众抵御。途次遇着匡胤部校王彦昇，朗声呼道：“韩侍卫快去接驾，新天子到了！”通大怒道：“天子自在禁中，何物叛徒，敢思篡窃。汝等贪图富贵，去顺助逆，更属可恨！速即回头，免致夷族！”彦昇不待说毕，已是怒不可遏，便即拔刀相向。通手无寸铁，怎能与敌，没奈何回身急奔。彦昇紧紧追捕，通跑入家门，未及阖户，已被彦昇闯入。彦昇手下，又有数十名骑兵，一拥进去，通只有赤身空拳，无从趋避，竟被彦昇手起刀落，砍翻地上，一道忠魂，奔入鬼门关，往见那周世宗，诉冤鸣枉去了。可对周世宗于地下。彦昇已杀死韩通，索性闯将进去，把韩通一家老小，杀得一个不留，然后出报匡胤。

匡胤入城后，命将士一律归营，自己退居公署。不到半日，由军校罗彦瓌等，将范质、王溥等人拥入署门。匡胤流涕与语道：“我受世宗厚恩，被六军胁迫至此，惭负天地，奈何！奈何！”范质等面面相觑，仓猝不敢答言。彦瓌即厉声道：“我辈无主，今日愿奉点检为天子，如有人不肯从命，请试我剑！”说至此，即拔剑出鞘，露刃相向，吓得王溥面色如土，降阶下拜。范质不得已亦拜。有愧韩通。匡胤忙下阶扶住，导令入座，与商即位事宜。掌书记赵普在旁，便提出“法尧禅舜”四字，作为证据，范质等亦只好唯唯相从。遂请匡胤诣崇元殿，行受禅礼。一面宣召百官，待至日晡，始见百官齐集。仓猝中未得禅诏，偏翰林学士陶穀，已经预备，从袖中取出一纸，充作禅位诏书。宣徽使引匡胤就廷，北面拜受，随即登崇元殿，被服衮冕，即皇帝位，受文武百官朝贺。

草草毕礼，即命范质等入内，胁迁周主宗训及太后符氏移居西宫。寡妇孤儿，如何抗拒，当由符太后大哭一场，挈了幼主宗训，向西宫去讫。匡胤下诏，奉周主为郑王，符太后为周太后，命周宗正郭圯祀周陵庙，仍饬令岁时祭享。周亡，总计周得三主，共九年有余，总算作了十年。未几，又徙周郑王至房州，越十二年而殁，年止一十九岁，追谥为周恭帝。周太后符氏，也随殁房州。

赵匡胤既为天子，改国号宋，改元建隆，遣使遍告郡国藩镇。所有内外官吏，均加官进爵有差。追赠周韩通为中书令，饬有司依礼殓葬。并拟加王彦昇罪状，经百官代为乞恩，方得宥免。擅杀一家，尚堪恩宥么？说也奇怪，那辽、汉合寇情事，竟不提起。华山隐士陈抟，闻宋主受禅，欣然说道："天下从此太平了！"后来果如抟言。

惟宋主嗣位初年，中原尚有五国，除赵宋外，就是北汉、南唐、南汉、后蜀；朔方尚有一辽，其余为南方三镇，一是吴越，一是荆南，一是湖南。嗣经宋朝遣兵派将，依次削平。惟辽主述律，后为庖人所杀。述律一作兀律，复改名璟，辽尊为穆宗。嗣子贤继立，不似乃父嗜酒渔色，反渐渐地强盛起来。一再相传，屡为宋患，这事都详叙《宋史演义》中。本编但叙五代史事，把十三主五十三年的大要，演述告终。看官欲要续阅，请再看《宋史演义》便了。小子尚有俚句二绝，作为本书的收场。诗云：

六十年来话劫灰，江山摇动令人哀；
一言括尽全书事，军阀原来是祸胎。
频年篡弑竟相寻，礼教沦亡世变深；
五代一编留史鉴，好教后世辨人禽。

周主征辽，不两月而三关即下，曩令再接再厉，即不能入捣辽都，而燕云十六州，或得重还中国，亦未可知。况辽主述律，沉湎酒色，已视燕南为不足惜，乘势攻取，犹为易事。奈何天不祚周，竟令英武过人之周主荣得病未痊，不得已而归国。岂十六州之民族，固当长沦左衽耶！周主年未四十，即致病殂；符后入宫正位，仅及十日；梁王宗训嗣祚，不过七龄。寡妇孤儿之易欺，未有甚于此时者也。辽、汉合兵入寇，明明是匡胤部下，讹造出来。陈桥之变，黄袍加身，早已预备妥当。乌有匡胤未曾与闻，而仓猝生变者乎？即如点检作天子之谶，亦未始不由人谋，明眼人岂被瞒过。当时为周殉节者，止一韩通。疾风知劲草，板荡识忠臣，可为《五代史》上作一殿军。而宋太祖之得国不正，即于此可见矣。